法藏知津

九 編

杜潔祥 主編

第 30 冊

《大正藏》異文大典
（第十一冊）

王閏吉、康健、魏啟君 主編

花木蘭文化事業有限公司

國家圖書館出版品預行編目資料

《大正藏》異文大典（第十一冊）／王閏吉、康健、魏啟君 著

-- 初版 -- 新北市：花木蘭文化事業有限公司，2023〔民 112〕

目 2+302 面；19×26 公分

（法藏知津九編 第 30 冊）

ISBN 978-626-344-439-3（精裝）

1.CST：大藏經 2.CST：漢語字典

802.08　　　　　　　　　　　　　　　112010453

ISBN-978-626-344-439-3

9 786263 444393

法藏知津九編
第三十冊　　　　　　　　　ISBN：978-626-344-439-3

《大正藏》異文大典（第十一冊）

編　　　者	王閏吉、康健、魏啟君
主　　　編	杜潔祥
副總編輯	楊嘉樂
編輯主任	許郁翎
編　　　輯	張雅淋、潘玟靜　美術編輯　陳逸婷
出　　　版	花木蘭文化事業有限公司
發 行 人	高小娟
聯絡地址	235 新北市中和區中安街七二號十三樓
	電話：02-2923-1455／傳真：02-2923-1452
網　　　址	http://www.huamulan.tw 信箱 service@huamulans.com
印　　　刷	普羅文化出版廣告事業
初　　　版	2023 年 9 月
定　　　價	九編 52 冊（精裝）新台幣 120,000 元

《大正藏》異文大典
（第十一冊）

王閏吉、康健、魏啟君　主編

目

次

誂

能：[乙]2393 發是慮。

洮：[乙]2218 汰般若。

眺

胱：[三][宮]2060 魄至乃。

越

逃：[甲]2018 形性若。

挑：[三][宮]2060 脱或可。

跳

踔：[甲]1736 擲難可，[三][宮][聖][另]1453 躑不，[三][宮]389 躑難。

趒：[聖]1509 小渠尚。

掉：[三][宮]、桃[石]1509 戲習故，[三][宮]1478 尻行不，[元][明]31 疑結，[元][明]152 著他方，[元][明]626 擲虛空。

抛：[三][宮]627 擲空中。

挑：[宮]1422 入白衣，[三][宮]461 置虛空。

眺：[甲]2129 蟲子也。

透：[宮]1998 頌云。

覜

頪：[三]2102 仰。

頄

類：[甲]1736 故論。

糶

標：[三]211 賣家物。

糴：[甲]2083 粟粟既，[三][宮]

2122 賣曲心。

帖

點：[三][宮]1462。

褋：[三][宮]1430 新者上，[另]1428 若緣若。

段：[乙]2263 了。

貼：[甲][乙][丙]、怗[丁]、貼[戊]2187 合第三。

怗：[甲]1921 釋如向。

卷：[甲]1273。

拈：[聖]1429。

鉆：[宋]、貼[元][明][甲]951 金如法。

玷：[宋]、貼[元][明]1007 金亦得。

恬：[甲]1918 然心定，[三][宮]2060 然大安。

條：[甲][乙]2263 題。

帖：[三][宮][聖]1579 塞之如。

怗：[宮]1804 故二爲，[甲]、貼[乙]2087 像即時，[甲]2035 勅付史，[明]2076 自非用，[明][宮]2122 初四重，[三][宮]2060，[三][宮]2060 然安靜，[三][宮]2060 然無驗，[三]2122 前爲八，[宋][明][宮]2060 翔，[宋][元][宮]、貼[明]1421 式叉摩，[宋][元][宮]、貼[明]1454 新，[宋][元][宮]、貼[明]1458 或用線，[宋][元][宮][另]、貼[明]1435 四角不，[宋][元][宮]1458 之時得，[宋][元][宮]2060 衆敬憚，[宋][元][甲]1100 四壁上，[宋]2061 追至。

貼：[宮]2025 衆寮前，[甲]下同
1715 合第三，[明]、褋[聖]下同 1428
著新者，[明]、怗[甲]2053，[明]、怗
[聖][另]1459 在當肩，[明][乙]1276
膝坐也，[明]1421 上，[明]1435 衣，
[明]1435 作鉤，[明]1442 時得惡，
[明]1451 而自受，[明]1453 緣臥具，
[明]1459 葉持，[明]2053 像病即，
[明]2076 茶與，[三][宮]、安褋[聖]
1428 障垢處，[三][宮]、褋[聖]1428
障垢膩，[三][宮]2122 像上痛，[三]
2102 戶以詿，[原]966 於諸尊。

緤：[三][宮]、殜[聖]1425 法者
佛。

葉：[三][宮]1428 見已往。

怡：[聖]1421 四角不。

帙：[乙]、帖藏公[甲][乙][丙]
2173。

狀：[甲]2249 少僧宗。

怗

怗：[甲]1721 合也四，[甲]1870
是身如，[聖]、帖[甲]1733 前爲五，
[元]1451 顛倒任。

恬：[三][宮]790 安今日，[三]1。

貼：[宮]1998 雖未能，[明]1451
緣苾芻。

怡：[三][宮]2060 便往開，[三]
[宮]2060 然神逝，[三][宮]2060 然恬
靜，[聖]2157 然而薨。

貼

帖：[丙]973 一百八，[甲]1728 文

二，[甲]1728 文二觀，[甲]1728 文二
引，[甲]1728 文又爲。

怗：[甲]1728 文二，[甲]1728 文
問，[甲]1775 之以事，[宋][宮]2103
成文斯，[宋][元][甲]1100 四大藥，
[宋][元]1005 龍心。

站

砧：[三]1032 字口中。

僭

潛：[甲]2087 王制奢，[元]2154
號永安，[原]1890 同。

替：[甲]1805 濫矜謂，[三]2103
舞堂鍾。

僞：[甲]2068 號關中，[三][宮]
2122 號關中。

鑊

鑊：[甲][乙]2309 湯湧沸。

錢：[甲]2068。

鐵

鈍：[三][宮]1546 之刀以。

斧：[三]1339 何治所。

鑊：[甲]1733 脚餓鬼，[明]1486
湯鐵，[宋][元]1 瓮中熱。

钁：[宮]1462 傷地殺。

鎧：[宮]1804。

鐃：[宋][元]2087 罪人踞。

錢：[甲]1806 白鑞鉛，[明]2063
薩羅等，[聖]1435 鉢爲貿，[另]1443
木等箱。

熱：[三][宮]2121 臼擣。

銅：[宮]2122 丸飲，[三][宮][久]1486 柱火。

畏：[三][宮]2121 熱故攀。

纖：[甲]2266 團表此。

獄：[宮]2123 床或抱。

越：[宋]、鉞[元][明]643 斧破頭。

針：[三][宮]1644。

鍼：[乙]2408 末裏。

咕

咕：[甲]1782 毘。

飻

餐：[宮]1492 教人貪。

餘：[宋][宮]、饕[元][明]403 心。

饕

饗：[三][宮]1545 以爲香。

飲：[三][宮]606 常闘諍。

汀

丁：[宋][元][丙][丁]865 以。

汻：[甲]2128 的反孔。

听

聽：[甲]2036 其論事，[明]2110 爾而笑。

欣：[甲]2036 然而笑。

桯

㯕：[宮]2060 摧折日。

廳

聽：[三][宮]2059 事。

聽

彼：[三]1340 法故亦。

恥：[聖]292 諸佛及。

聰：[宮]2058 辯利，[甲]1828 邪見之，[甲]2261 受彌勒，[三][宮]1509 者，[三][宮]2123 若水大，[聖]446，[宋][元]、聽而不明聰敏未善[明]2087 而不明，[乙]1775 者，[元][明]639 法師，[元][明]309 復有意，[原]、聰[甲]1782 慧者，[原]1744 慧利根，[原]2339 律師止。

當：[三]1808 捨已更。

得：[明][甲]1177，[三][宮][聖]380 聞法已，[三][宮][聖]1425 主不，[三][宮]1425 見房舍，[三][宮]1425 受生穀，[三][宮]1425 左敷，[三][宮]1435 木上食，[三][宮]2121 復現神，[三]220 受正法，[三]1425，[聖]201 法衆或，[乙]2092 東吳之，[元]1462 汝去答。

淂：[元]847 聞大乘。

德：[宮]532 經四者，[宮]1810 各自解，[和]293 政萬方，[甲]1816 者而可，[明]321 牟尼法，[明]707 却後七，[三]193 遠，[三][宮]1421 我以汝，[三][宮][聖]1425 一年與，[三][宮]583 時閻羅，[三][宮]2060 風規互，[三][宮]2103 者如市，[三][宮]2122 慶有發，[三][宮]2122 之，[三]607 者諦見，[三]2060，[聖][另]285 安住說，[宋]1428，[元][明]1392 衆，[元]1425 僧得此，[元]1428 言要莫，[元]2103 入道斷，[元]2122 肉眼看，

[原]2230 者謂誠。

諦：[元][明]279 受。

放：[三][宮]1435 與出。

敢：[甲]2434 與大日。

告：[明]1435 諸比丘。

根：[三]1340 若此復。

觀：[宮]278 聞一切，[三][宮]848。

許：[甲]1841 遮於八。

境：[宮][甲]1911。

沮：[三][宮]2102 成。

聚：[聖]1441。

聆：[宮]2074 心領昔，[三][宮]263 妙響見。

能：[甲]、聽[甲]1718 我説喻，[原]1851 聞無壅。

諾：[宮]2078 之即爲。

七：[甲]1735 十四頌。

取：[聖][另]1459 服。

然：[甲]2410 法血。

忍：[宮]1435 某甲某，[三][宮]1435 某甲作。

孺：[三][宮]2060 先。

若：[三][宮]1428 自煮若。

僧：[三][宮]1428 與那那。

聲：[甲]2362 聞此甚。

聖：[三][宮]338 衆之德，[聖]1509 受或言，[聖]1509 者作是，[另]1509 法。

受：[三]1331 審詳行。

數：[宮]268。

順：[甲]1816 聞能生。

説：[甲]1816 者但隨，[三][宮]1421 受。

所：[甲]1736 故隨好。

體：[宋][宮]2121 許如是，[元][明]624 亡身命。

望：[三][宮][聖]395 遠視以。

聞：[甲]2266 者正邪，[甲]2349 此南閣，[三][宮]1425 不應許，[三][宮]2123 經。

顯：[甲]2222 二能人，[乙]1736 法或有。

學：[宋]233 此般若。

驗：[乙]1724 二衆。

意：[宋][元]1453 者僧伽。

應：[明]1539 墮負若，[三][宮]1428 在比丘，[三][宮][聖]1435 斷男，[三][宮]1421 作器，[三][宮]1425 與出家，[三][宮]1428 畜迦那，[三][宮]1428 浣彼浣，[三][宮]1428 喚來誨，[三][宮]1428 以皮，[三][宮]1435，[三][宮]1435 作向作，[三][宮]2122 以樹葉，[三]1440 踝上二，[聖][另]1442 許僧伽，[另]1428 熏彼不，[宋][元][宮]1435 打橛安，[宋][元][宮]1435 去七夜。

於：[三][宮]1421 阿那頻。

輙：[明][宮][聖]224 却一却。

制：[甲]1216 受用貪。

恣：[三][宮]1467 汝所問。

總：[甲]2266 叡者諸。

廷

庭：[宮]2108 之上策，[甲]2255 維釋教，[三][宮]2103 其勅殿，[三]

[宮]2122 道，[三][宮]2122 中雖有，
[三]2145 從此而，[宋][元][宮]2103
之叙肅。

　　佺：[三][宮]2102 不近人。

　　延：[明]2122 尉范延，[元][明]
2153 寺譯出。

　　迁：[宮]2060 也。

　　足：[元]2061 尉評王。

莛

　　芒：[宮]2053 無以發。

　　逆：[聖][另]1442 結爲。

　　廷：[宋][元]2103 楹。

　　莛：[宋][宮]、[聖]1442 打斫於。

　　筵：[宋][元]2061 撞發聲。

亭

　　亭：[甲]2339 義苑疏。

　　寧：[宋][元]1092 夜反勃。

　　平：[三]2123 等。

　　其：[甲]1782 中取水。

　　寺：[明]2076 越明年。

　　庭：[三]1 七重七。

　　停：[三]152 側，[三][宮][聖]
1435 車道中，[三][宮]322 筆愴如，
[三][宮]1546 住而不，[三][宮]1550
心者無，[三]1 充滿圓，[三]200 住
時，[宋][元]2063，[宋]2060 然獨悟，
[元][明]329 等轉故。

庭

　　避：[三]112 是。

　　殿：[甲]2039 奏曰姜。

　　定：[宋]、錠[元][明]212。

　　鋌：[三][宮]686。

　　錠：[宮]433。

　　宁：[三][宮]2122 四五。

　　廷：[三][宮]2103 以先君，[三]
[宮]2104 遂使殊，[三][宮]2122 履屢
不。

　　莛：[三][宮]2104 楹亂其。

　　亭：[另]1428，[乙][丙]2092 飛空
幻。

　　頭：[明]1988 東覷西。

　　序：[甲]2087 宇荒涼。

　　延：[明]2108 闕但天，[明]2108
之敍肅，[三]2108。

　　逸：[甲]1267。

　　遮：[甲]2130 尼那摩。

停

　　安：[三]192。

　　保：[三]、亭[聖]125 迦葉當。

　　瞋：[三][宮]721 故多生。

　　淳：[三]2060 不擾縈，[三]2145
至機穎，[原]1849 淨圓智。

　　定：[甲]1929 心得諸。

　　復：[三]203 飢急。

　　高：[宮]1425 至三月，[宋][宮]
2060 住王寺。

　　留：[三][宮][甲]2053。

　　亭：[宮][聖]278 七日而，[宮]
[聖]278 不降雨，[宮][聖]278 空影現，
[宮]278 虛空，[宮]309 至泥洹，[宮]
309 追憶往，[宮]656，[宮]721 應作
如，[宮]1425 截淨染，[三]190 舉動
得，[三][宮]742 路，[三][宮]2121 止，

[三][宮]2122，[三]190 下垂過，[三]
1331 傳鬼，[三]2122 毒更無，[聖]
[另]1428 遂彼諸，[聖][另]1428 作衣
不，[聖]125，[聖]125 今當，[聖]125
我當先，[聖]125 左右便，[聖]200 當
與汝，[聖]211 屍三日，[聖]211 數日
更，[聖]512 如少水，[聖]1425 時宗
親，[聖]1425 是故我，[聖]1425 者舉
不，[聖]1428 息時提，[聖]1509 等故
名，[聖]1547 故不常，[聖]下同 1437
是衣，[另]下同 1428 息唯，[宋]223
蚊，[宋]1013 等，[元][明]742 宿。

云：[甲]1735 捨彼喜。

住：[三][宮][另]1458 若教授，
[元][明]468 猶如流。

淳

淳：[三][宮]2122 淵澄海。

亭：[宋][宮][聖]、停[元][明]278
其底。

停：[三][宮]2122，[三][宮]2122
淵澄鏡，[宋][宮][聖]318 中表清，
[宋][宮]664 清淨無。

源：[明][宮]414 流派別。

霆

電：[三]192 動天地，[三][宮]397
如是觀，[三][宮]1581 聲鼓貝，[三]
192 霹靂聲，[三]2137 等通如，[聖]
[石]1509。

侹

挺：[三][宮]2122 直無所，[宋]

[元][宮]2123 直無所，[元][明]2123
直無所。

挺

拔：[三][宮]2122 劍直進。

遍：[乙]2309 五天受。

鋌：[三]、鋌[宮]2060 先遣數，
[元][明]2060 雇賊入。

搥：[甲]1731 金成一。

鋌：[三][宮]2103 眼類井，[三]
[聖]643。

埏：[明]2145 法師。

扇：[元][明][乙]1092 勿吹當。

特：[三]、庭[甲]1332 人無等，
[三][宮]1442 人所樂，[三]192 既生
母。

體：[宮]721。

從：[三][宮]732 正直便，[三]
[宮]581 直無所，[三][宮]2121 然不
動，[元][明]2121 直猶如。

梃：[宋]、鋌[元][明]190 嗚呼
我，[元][明]2121 直無。

脡：[三]、頲[宮]732 直不復。

挻：[元][明]184 直。

珽

珪：[三]2103 而立。

梃

挺：[宋][元]、埏[明]2145 作。

艇

莛：[宋]、筵[元]1，[宋]、筵[元]

1 被褥沙。

頫

　　讋：[甲]2128 下汀頂。

通

　　包：[甲]2204 十方竪，[三]2110 以成萬。

　　逼：[宮]606 流日月，[甲][乙] 2391，[甲]1733 五能入，[甲]1813 惱 他人，[甲]1813 請亦應，[甲]2266 惱 身心，[甲]2434 而自殆，[乙]2249 故 彼沒，[乙]2391 實，[知]2082 也。

　　徧：[元][明]157 王復有。

　　遍：[宮]1808 夜不同，[甲]1782， [甲]1828 三界等，[甲][乙][丙]1098 皆供養，[甲][乙]1724 喩言，[甲][乙] 1816 至佛所，[甲][乙]2259 知乎答， [甲][乙]2263 諸有爲，[甲][乙]2328 一切有，[甲][乙]2408 數耳，[甲]850 印，[甲]975 覆大千，[甲]1736 色， [甲]1775 現十方，[甲]1816 地第九， [甲]1816 説故，[甲]1828 處三，[甲] 1839 彼師所，[甲]1839 無是第，[甲] 1851 策以何，[甲]1958 心淨即，[甲] 2006 攝了無，[甲]2128 也，[甲]2255 破一切，[甲]2261 三能變，[甲]2266 惑復天，[甲]2266 行思數，[甲]2266 一切處，[甲]2266 緣三世，[甲]2274 有故可，[甲]2290 于，[甲]2301 十方 何，[甲]2337 義無邊，[甲]2339 行三 迴，[甲]2400 智法者，[甲]2837 於法， [三][宮]1605 計我我，[三][宮]263 聞

至，[三][宮]310 智法王，[三][宮]338 虛空照，[三][宮]656 學，[三][宮] 2059，[聖]190 知若有，[聖]1721， [聖]1723，[石][高]1668 無所不，[宋] [元]1595 達眞如，[乙]1821 一切心， [乙]1822 除此三，[乙]2223 十方故， [乙]2261 計名下，[乙]2397 色心云， [乙]2404 一乘三，[乙]2408 乎然， [元][明]624，[原]2270 聲瓶兩，[原] [甲]1851 爲眼所，[原]1818 禮今， [原]1851 不説依，[原]2339 徹窮極。

　　變：[三][宮]1451，[宋][明][宮] 279 無不周。

　　別：[甲]2434 二諦也。

　　逋：[甲]2035 爲隣，[三][宮][甲] [乙][丙]2087 論反，[元][明]2102 諒 理均。

　　常：[原]1849 離此。

　　成：[甲]2371 體。

　　出：[甲]2214。

　　此：[宋]211 移山住。

　　達：[三][宮]1646 證皆是，[三] [宮]2060 樊許。

　　逮：[甲]1781 覺之。

　　但：[甲]1705 約。

　　道：[丁]2244，[宮]2122 除色斷 ，[宮]384 甘露法，[宮]609 自在我， [宮]744 神足悦，[宮]1558 歸依諸， [宮]1592，[宮]2047 利周，[宮]2059， [宮]2059 經律，[宮]2060 練智論， [宮]2060 氣天地，[甲]1733 下具果， [甲][乙]1816 障令修，[甲][乙]1822 緣三性，[甲][乙]2219 以，[甲][乙]

2397，[甲]1733 向楞伽，[甲]1763，[甲]1816 成雖，[甲]1816 業智見，[甲]1822 名故如，[甲]1851 人趣入，[甲]1851 説一切，[甲]1851 問曰此，[甲]1851 細法，[甲]1863，[甲]1863 非，[甲]2035 滅盡我，[甲]2073 賢及居，[甲]2084 不，[甲]2163，[甲]2223 同即此，[甲]2227 中是宿，[甲]2250 菩，[甲]2250 約生五，[甲]2261 昔劫初，[甲]2261 亦異乃，[甲]2262 一時受，[甲]2263 無爲耶，[甲]2266 達位及，[甲]2266 果名一，[甲]2266 若，[甲]2296，[甲]2339 問何故，[甲]2837 是故説，[明]150，[明]1227 合子盛，[明]1550 苦速，[明]2088 人傅毅，[明]2149 無礙六，[三]26 趣覺趣，[三]2123 所攝一，[三][宮]1545，[三][宮]324 慧亦不，[三][宮]1443 果求寂，[三][宮]1490 爲入法，[三][宮]1551，[三][宮]1558 境，[三][宮]1559 解願智，[三][宮]1562 五趣，[三][宮]1563 從有漏，[三][宮]2060 明利，[三][宮]2103 崑崙蓬，[三][宮]2108，[三][聖]643 過踰沙，[三][乙]2087 遠近仰，[三]158 德王如，[三]185 斷，[三]1331 有大小，[三]1579 或有行，[三]2063 而已跡，[三]2103 理又道，[三]2103 以，[三]2103 義由者，[聖]397 法是，[聖]125，[聖]1546 能盡漏，[聖]1548 或若一，[聖]1721 十二部，[聖]1733 名善擇，[聖]2157 前十八，[石]1668 緣三聚，[宋][宮]下同602，[宋]186 雖住一，[宋]481 暢明

慧，[宋]1545 所依，[乙]2194 但阿，[乙]2249 被故文，[乙]2249 戒禁取，[元][明]152 教化之，[元][明]821 教化衆，[元][明]2102 緣皇澤，[原][甲]2196 今據勝，[原]1776 過也己，[原]2339 果，[原]2339 理説融，[原]2339 證獨勝。

得：[甲][知]1785 用之若，[甲]2266，[三][宮]2121 達三藏。

遞：[甲]2290 相影現。

遁：[甲]2339 倫等皆。

墮：[甲][乙]1822 於三世。

爾：[乙]2263 譯即體。

二：[甲]、可[乙]1821 釋應知。

返：[己]、註曰詮云改通作返字1830 前二故，[原]2318 率爾。

分：[甲]、通[甲]1781 方便竟。

負：[三]2149 内外學。

根：[甲][乙]2227 令他歸，[三]384 清徹。

過：[宮]1451 時阿，[甲]2255 十二年，[甲]2262 俱有二，[甲][乙]1830 十地斷，[甲][乙]1866 謂地前，[甲][乙]2250 以此證，[甲]1804 五結輕，[甲]1828 也現量，[甲]2204 諸餘人，[甲]2255 十二年，[甲]2273 非過符，[甲]2281 能別故，[甲]2801 四明化，[三]1616 相故是。

好：[聖]1458 披衣服。

互：[乙]2263 四智據。

晝：[明]、晝[甲]1119 夜念誦。

會：[乙]2263 仁王經。

慧：[甲][乙]1821 解脱。

及：[元][明]1545 後難云。

兼：[乙]2249 中有即。

角：[甲]2255 龜毛常。

近：[甲]2217 分惠多，[甲]2250 於五戒，[宋][元]1562 説餘法，[乙]2249。

進：[甲]2195 入偏説。

空：[明]1451 漸令孔。

了：[三][宮]292 故以是。

力：[甲][乙]2259 自在能，[三][宮]397 巨思議，[三][宮]616 助益衆。

漏：[甲]1736 有漏無。

滅：[甲]、遍[甲]1851 解脱便，[甲][乙]1821 果心但，[甲][乙]1822 依九地。

明：[三][宮]403 慧者功。

廽：[原]2339 解解比。

且：[甲][乙]1821 據少分。

鯑：[甲]2128 傳文中。

逜：[三]2110 舉晉。

取：[甲]2195 凡聖也。

若：[甲]、云[乙]2261 立論，[宋]、答[元][明]2110 言。

善：[甲][乙]1822 二地如。

施：[乙]895。

十：[三]1 婆羅門。

識：[甲][乙]2263 縁遠境。

士：[宋][宮]2060 玄素偏。

適：[三][宮]2103 執此爲，[三][宮]2104 執此爲，[元][明]210 利安如，[原]1775 性故非。

釋：[甲]2250 正理論。

誦：[甲]1805 經亦須，[三][宮]

聖[石]1509 利憶持，[三]2060 諸經聲，[三]2145 其文。

速：[甲][乙]1821 運名。

隨：[甲]1736 縁，[甲]1775 母，[甲]1828 多利益，[元][明]1458。

遂：[甲]1816 有四乘，[乙]2249 存經部。

同：[宮]2112 況在諸，[甲]1717 詮，[明]1810 防止作，[三]、固[宮]2122 身皆痛。

統：[乙]2376 攝悉皆。

退：[甲]1724 説多世。

唯：[甲]1736 染阿陀。

爲：[甲]2261 迷悟境。

違：[甲]1841 故雖知。

謂：[原]1858 之妙盡。

聞：[明]2060 雅傳師。

無：[甲]2263 迷事分。

仙：[乙]1736 還歸取。

限：[乙]2263 助伴也。

行：[宮]342 過有依。

修：[聖]2157 語默。

須：[宮]2122 十力之。

旬：[宋][宮]221 盡得是。

業：[甲][乙]1822 果不知，[甲][乙]1822 三種此，[甲]1821 名法也。

義：[甲]1929 大。

引：[原]2263。

勇：[宮]2122 三年重。

踊：[三][宮]279 菩薩金。

用：[甲]2300 勢也故。

遊：[三]209 不能得。

愚：[原]2264 迷勝義。

曰：[甲]2249 果有二。

約：[甲]2396 始終。

樂：[宋][元]2060 博義窮。

運：[甲]1851 通故名，[甲]1929 用不同，[甲]2339。

直：[原]2339 顯緣起。

至：[甲]1736 名法身。

智：[甲][乙]2263 遙知依。

周：[甲]2214 同爲一。

足：[甲]1929 第一弟，[甲]2337 一現神，[三][宮]403 故謂神，[三]193 力更存，[三]221 不自貢，[三]950，[三]1339 而無疑。

冂

門：[甲]2128 内會意。

曰：[甲]2128 從人也。

同

阿：[宮]2059 閉密室，[宮]2122 絳色巖，[明]1451 前諸苾。

百：[明]2076 歲老人。

本：[明]1428 意取復。

閉：[甲]2231 有情界，[甲]2299 方。

別：[甲]2266 種一前，[原]2263 句義同。

並：[三][宮]2105 日月不。

成：[甲]2183 卷並顯。

詞：[甲]2195 也所以。

伺：[宮][甲]1804 求他慢，[宮]1451 起同坐，[乙][丁]2244 其相熟，[元]2121 受富樂。

丹：[原]2248 局。

當：[宮]1911 對首懺，[明]2076 等閑況。

導：[甲]2181 論抄。

道：[甲]2266 治耶者，[甲]2301 上用，[原]1737 斷。

得：[甲][乙]1822 我釋宗，[甲]1733 念不退，[甲]1811 觀看道，[甲]1821 性法俱，[甲]2305 並生訓，[甲]2317 律儀之，[聖]1733 第四地，[乙]2385 十，[乙]2394 自在之，[乙]2396 彼。

等：[甲][乙]2249 如何。

定：[甲][乙]1822 及境，[甲]1795 故但言。

洞：[石][高]1668 應雜亂，[原]、門[甲]2223 八大菩，[原]2225 八大菩。

動：[乙]1822 也若通，[原]2410 悉曇八，[原]973 事法若。

而：[甲]2039 居一日，[三]1 住露遮。

二：[甲]2157 帙計三。

非：[甲]1705 二乘若。

鋒：[甲]1709 懸流。

夫：[甲]2400 受悦是。

個：[明]220 所護念。

共：[甲][乙]1909 住結業，[甲]1722 到寶所，[明]2076 一月，[三][宮]1425 覆別覆，[聖][另]1458 知，[聖][另]1463 房。

固：[甲]1733 治一障，[甲]2052 焉法師，[甲]2299 之但評，[明]5 知

佛不，[三][宮]2102 弘孝於，[宋]2103
乃即欲，[乙]2376 等無差。

鍋：[三]199。

國：[宮]1799 先令成，[甲]1065
娑嚩賀，[甲]2035 主尚，[元]190 説
法也。

合：[甲][乙]1866 作舍不，[甲]
2250 者新婆，[甲]2269 可知後。

何：[元]2016 唯是無，[元]2123
伴命終。

荷：[明]2088 頂骨有。

囷：[甲]2337 氏義典。

回：[甲]1863 例唯小。

即：[甲]1735 理，[甲]1736 涅槃
通。

間：[內]1141 會説法，[宮]1554
蘊攝故，[宮]1912 彼禪門，[甲][乙]
1822 類，[甲][乙]2394 畫者此，[甲]
1733 出世勢，[甲]1782 贊曰下，[甲]
2266 道方斷，[明]1562 時現有，[乙]
2087 座謂之，[原]1744 類三十。

將：[三][宮]1451。

皆：[三]186 俱作。

淨：[元][明]2060 利。

局：[甲]2266 前後若。

句：[甲]2266 品分轉，[三][宮]
[丙][丁]848 大因陀。

俱：[乙]1736 時而有。

開：[甲]2335 會之位，[甲]2261
明三景，[甲]2299 之便成，[乙]2192
演真言，[乙]2215 一分，[元]2016 悟
則法，[原]2339 總三世。

了：[甲]1820 畜之生。

類：[乙]2309 此心亦。

立：[乙]2309。

門：[甲][乙]1822 因，[甲][乙]
1821 異句，[甲][乙]1965 問衆生，[甲]
2270 是同喻，[乙]2227 不難故，[原]
1851 曰退人。

名：[甲]2305 名意根。

目：[甲]、因[乙]2261 故復言，
[甲][乙]1822 書字，[甲][乙]1822 蘊
婆，[甲]1709 第一處，[甲]1851 論中
無，[甲]2128 上傳文，[甲]2266 上
或，[宋][明]954 前，[乙]1816 三法
等。

內：[甲][乙]1866 前始教，[甲]
[乙]2263 所慮詫，[甲][乙]2328 是方
便，[甲]2035 預譯經，[甲]2263 其
趣，[甲]2266 談外爲，[乙]2261 既
有，[乙]2376 於牛跡。

朋：[三][聖]1579。

齊：[明]2087 其後尊。

豈：[原]2362 勞開卷。

前：[聖]2157 錄出大。

冉：[甲]1225。

日：[甲]1733 順行也，[甲]1781
勝求更，[宋]1191 乘船在。

如：[甲]952 上，[甲]952 上唵嚕，
[甲]2312 上六諾，[甲]2312 上十觸，
[三][宮]1476 上若居，[原]1840 前説
此。

潤：[甲]1828 損即類，[甲]2263
行。

商：[元]2087 去就相。

似：[甲]1736 故二用。

是：[甲]1784 君父體，[甲]2195 金光明。

殊：[三]2125 尼則。

順：[明]1442 邪違正。

司：[宮]1453 佛法至，[甲]2128，[甲]2339 眞如是，[三][宮]2102 也若聖，[三][宮]2108 文寺丞，[三][宮]2108 文寺議，[聖]2157 賓寺亟。

四：[甲]1719 教實智，[元][明]2016 無爲熏。

隨：[甲]2263 也出第。

所：[甲]2195 行畢竟，[乙]1822 類命一。

通：[甲]1735 迴向亦，[甲]1736 果海疏，[明]1810 僧諫隨。

童：[甲]2128 眞地。

銅：[三][宮]1452 蹄畜亦。

圖：[宮]1998 資。

罔：[宮]656 不乎天，[三][宮]2060 惑。

爲：[甲]2195 之如。

謂：[三]653 之在彼。

聞：[丙]2163 臨道場，[宮]1592 等念已，[甲]2337 知，[甲]1733 信不壞，[甲]1736 法者深，[甲]1828 利養乃，[甲]1828 如，[甲]1828 思生得，[甲]2068 見者，[甲]2299 之，[甲]2305 説相，[甲]2339 大衆部，[甲]2339 説，[甲]2362 舍那佛，[甲]2396 此教此，[三]2145 故採，[聖]1512 隨彼衆，[乙]2249 文，[原]1829 法教誡。

問：[甲]1781 若然者，[甲]2281 上卷初，[甲]2299 受變，[甲][乙]1822 此論准，[甲][乙]1822 答有作，[甲][乙]1822 其外道，[甲][乙]1822 受得故，[甲]1512 是布施，[甲]1700 處豐德，[甲]1721 有佛性，[甲]1736 疏二與，[甲]1780 者諸，[甲]1816 單言一，[甲]1816 經文有，[甲]1816 能斷經，[甲]1816 若以無，[甲]1816 於中不，[甲]1821 疑，[甲]1828 有相取，[甲]1863 無，[甲]2036 一直性，[甲]2039 其居士，[甲]2195 也答彌，[甲]2214 疏十九，[甲]2217 攝一切，[甲]2253 前既言，[甲]2259 有積聚，[甲]2266，[甲]2266 地種同，[甲]2270 解同品，[甲]2281 會例難，[甲]2299 名故知，[甲]2299 如下文，[甲]2299 文，[甲]2339 補亡飾，[甲]2339 頗有從，[甲]2339 若爾此，[甲]2339 無明三，[甲]2870 貧富貴，[三][宮]1546 曰誦前，[三]425 學是曰，[三]2060 緣共來，[宋][元][宮]1558 癡闇唯，[乙]1816 初三自，[乙]1834 爲療治，[乙]2249 意就同，[乙]2261 疏，[乙]2296 二義趣，[乙]2309 上下諦，[乙]2394 祕密方，[元][明]1649，[元]1211 觀自在，[原]、問[甲]1781 疾二辭，[原]2248 開，[原]2168 僧延昌，[原]2208 感，[原]2271，[原]2339 不然今，[原]2339 答解釋。

無：[原]、無[甲]2006 等匹休。

相：[甲]2290 故云云。

詳：[宮]1458 樂者，[三][宮]1458。

向：[甲]2274 辨三支，[明][甲]

1177 世間心，[明]309 於自然，[三][宮]1547 墮苦諦，[三][宮]2122 腰細腳，[三]1442 前問，[聖]1509 一事無，[石]1509 便以毒，[乙]1822 是隨信，[元][明]384 時發願。

寫：[三][宮]2053 文錄奏。

行：[乙]2218 者○文。

旬：[元]、一[明]1087 娜句捨。

也：[甲]2299。

依：[三]2125 斯了論。

以：[甲][乙]2263 名同。

異：[甲]、各[乙]2396 體而法，[甲]2266 即是，[三][宮]2104 無同，[乙]、同體異[乙]2228 名云云，[乙]1736。

因：[宮]1799 故同外，[宮]1566 前遮又，[宮]2112，[宮]2121 生釋種，[甲]、同[甲]1851 用真識，[甲]2196 立二空，[甲]2299 豈，[甲]2317 得等流，[甲]2323 大疏中，[甲]2339 車而無，[甲][乙]2317 色香味，[甲][乙]1822 此失自，[甲][乙]1822 類等五，[甲][乙]2261，[甲][乙]2261 復，[甲]1512，[甲]1512 虛空龜，[甲]1709 有隨一，[甲]1719 前，[甲]1731 法身土，[甲]1736 妄而顯，[甲]1775 以往反，[甲]1816，[甲]1816 凡，[甲]1816 梵行者，[甲]1816 流支羅，[甲]1816 生故，[甲]1828 集生緣，[甲]1851 分別一，[甲]1863 有真如，[甲]1886 所作自，[甲]2196 得那羅，[甲]2196 時常相，[甲]2250，[甲]2261 存神鬼，[甲]2261 皆緣法，[甲]2266，[甲]2266

此也，[甲]2266 地名生，[甲]2266 定散則，[甲]2266 句義，[甲]2266 可如所，[甲]2266 名別別，[甲]2266 起此心，[甲]2266 色界有，[甲]2266 修爾故，[甲]2266 喻亦，[甲]2269 可解○，[甲]2270 等七，[甲]2270 喻外無，[甲]2273 非有此，[甲]2273 喻亦有，[甲]2274 必無異，[甲]2274 既決定，[甲]2274 異皆貫，[甲]2274 於合結，[甲]2274 喻，[甲]2274 緣答覺，[甲]2281 喻故今，[甲]2281 喻外無，[甲]2290 今論釋，[甲]2290 其體一，[甲]2290 緣，[甲]2299 此見墮，[甲]2299 煩惱，[甲]2299 前評也，[甲]2299 妄想爲，[甲]2299 中方便，[甲]2305 故，[甲]2339 位最極，[甲]2339 陰有人，[甲]2397 本覺取，[甲]2400 緣同緣，[明]2059 聲發而，[三][東]643 人相故，[三][宮]1598 爲顯不，[三][宮]285 聽受經，[三][宮]374 五塵因，[三][宮]636 化生是，[三][宮]671 不同不，[三][宮]1488 我受之，[三][宮]1522 縛作勝，[三][宮]1545 取一緣，[三][宮]1546 從身口，[三][宮]1546 緣生，[三][宮]1558 此失不，[三][宮]1562 法故其，[三][宮]1595，[三][宮]2102 樂感樂，[三]159 緣自境，[三]193 共白佛，[三]945 見見性，[三]1563，[三]2060 疾，[三]2063 移白山，[三]2125，[聖]1536 親教若，[宋][宮]768 說佛經，[宋][元]1562 離間，[乙]1822，[乙]1821 緣於境，[乙]1816 於苦果，[乙]2261 彼攝

又，[乙]2261 前説別，[乙]2261 種名
之，[乙]2350 外道一，[乙]2376 縁亦
無，[原][甲]1782 講次制，[原]1840
異喩有，[原]2196 是釋，[原]2270，
[原]2273 喩，[原]2339 果徳者。

音：[宮]、同上下同三三[明][甲]
901 上下同。

引：[宋][元][宮]、同上八上聲引
八[明]848 上。

用：[甲]、詞[乙]2250 句同依，
[甲]1735 也若就，[甲][乙]1822 一世
受，[甲]893 部尊遍，[甲]893 次下，
[甲]1225 樓閣眞，[甲]1268，[甲]1736
此消，[明][乙]、結[甲]1225 金剛橛，
[明]2154 舊重編，[三][宮][甲]901 前
護身，[三][宮]2108 此器故，[三]202
歡喜佛，[三]2125 淨法又，[聖]1440
故三欲，[乙]1276 大蟲肉，[乙]1821
前破豈，[乙]2157 舊重編，[乙]2296
巧故，[乙]2408 儀中卷，[原]1141 我
已略，[原]1960 一切藥。

由：[甲]2339 小亦大。

有：[甲][乙]1821 句義。

雨：[三]205 時起吹。

與：[三][宮]410 共歸趣，[元][明]
2106 之又曰，[原]1863 八住已。

圓：[丙]2397 也若約，[甲][乙]
2397 教別教，[甲]1709 是眞修，[甲]
1736 教中初，[甲]1913 喩，[甲]2339
教，[甲]2434 接通二，[乙]2408 座及，
[原]2339 果普因。

曰：[甲]1733 眼也十，[甲][乙]
2092 土中上，[甲]1816 又，[甲]2128

山綺反，[甲]2196 刹土及，[甲]2266
是善染，[甲]2274 是聲故，[元]2153。

月：[宮]2034，[甲]2262 諸并衆，
[甲]1839 有故者，[甲]2239 雖名觀，
[乙]2296 云何以，[原]2262 喩他雖，
[原]2216 蘇愛，[知]1579 增長。

周：[宮]1425 意故不，[宮]2060
號山，[甲]、一[乙]2087 颯，[甲][甲]
2426 集諸物，[甲][乙]957 迴向，[甲]
[乙]1744 今標寄，[甲][乙]2087 遊來
至，[甲]850 法界無，[甲]1775 縁施
中，[甲]1861 阿闍世，[甲]2087 垣異
門，[甲]2362，[甲]2434 屋也門，[明]
2103 凡聖分，[三][宮]288 現亦自，
[三][宮]309 處靡所，[三][宮]403，
[三][宮]425 一切是，[三][宮]2034 世
在京，[三][宮]2102 乎衆所，[三][宮]
2102 四時之，[三][甲]1102 法界，[三]
76 處清淨，[三]291 虛，[三]2110 廣
凡度，[三]2145 乎群生，[三]2154 在
小乘，[聖]2157，[聖]2157 本長壽，
[聖]2157 覩貨邏，[聖]2157 性經二，
[另]1453 住，[宋][宮]2060 詞敬稱，
[乙][丙]2777 覆故能，[乙]1775 故經
曰，[乙]2157 入藏録，[乙]2223 大日
位，[乙]2263 遊西域，[乙]2397 一肘
圓，[元][明]2016 法界微，[元][明]
2060，[原][甲]1781 而，[原]2301 盡
故取，[原]2339，[原]2339 故云大。

諸：[甲]2255 見道斷。

助：[聖]2157 宣梵本。

自：[甲]1828，[甲][乙]1822 餘
心所，[甲]2266，[甲]2400 他願修，

[三]125 知足然，[聖][甲]1733，[聖][甲]1733 前可見，[另][倉]1522 生衆淨，[乙]1821 分眼見，[乙]1822 分眼見，[乙]2408 餘如。

周：[甲][乙][丙]2394 畢已復，[甲][乙]2397 法，[甲]2274 云。

彤

丹：[甲]2231 赤彤三。

彤：[宮]2122 曰涉。

烔

洞：[明]221 然以爲，[三][宮]376 然而出，[三][宮]415 然如，[三][宮]729 然洋銅，[三][宮]1537 然或在，[三][聖]643 然乃至，[三]220 然欲以，[元][明]152 然。

烔：[明]1428 然大。

烱：[明]639 然紅焰，[三][宮]385 然金色。

烟：[宋]196 然概天。

煙：[三]198 然，[宋][宮]415 然諸比。

童

畜：[聖]1437 女爲衆。

幢：[三][宮]1546 佛然燈，[三]193 無導令。

德：[三][宮]1421 女及。

董：[宋]2153 眞所。

端：[甲]1799 子未發。

兒：[甲]2300 乎能如。

黑：[甲]2400 色。

男：[甲]895 及女於。

年：[三]2060 少出家。

生：[甲]1735 眞名故。

太：[元][明]310 子説此。

僮：[宮]221 男行至，[宮]234 眞發説，[宮]263 眞，[宮]263 眞所作，[宮]263 子時也，[宮]741 蒙人，[三][宮]1545 以於佛，[三][宮]1442 僕無辛，[三][宮]1458 女若媒，[三][宮]1545 僕等，[三][宮]1545 子日月，[三][宮]下同 1545 點慧第，[三]2153 子經一，[聖]157 子，[聖]340 子甚爲，[聖]381 眞曰我，[聖]397 男童，[聖]1425 女，[聖]下同 639 子言過，[石]1509 眞行不，[宋]、瞳[元][明]152 子付使，[宋]901 子髮髻，[宋][宮]324 子曰，[宋][宮]397 眞菩薩，[宋][宮]901 女搓此，[宋][宮]下同 620 子調和，[宋][元][宮]305 男童，[宋][元][宮]1559 子，[宋]152 子對曰，[宋]152 子後至，[宋]643 男像手，[宋]643 子時白，[宋]643 子形諸，[宋]901，[宋]901 子坐此，[宋]1341 女阿難，[宋][元][宮]1544 賢寂靜。

瞳：[甲]2255 上亦近，[三]682 子眼終，[三]1097 子天女，[三]1646 子及，[元][明]681 子眼終，[原]1072 人上觀。

意：[甲]2266 少年義。

音：[甲]2128 首謂諸，[三]1339 幢花彼。

眞：[宋][元]895 子若念。

種：[宮]263 皆是佛。

重：[甲][乙]2391 吽迦吒，[明]

309 眞行功，[三][宮]2103 有平壘，[乙]2393 聲婆字，[元]1441 女。

詷

詞：[甲]2266 者釋。

僮

憧：[明]154 豎執炬，[宋]157 使僕從。

幢：[三]1424 相須加。

僕：[宋][元][宮]1548 使穀帛。

童：[宮]1545 僕搥打，[宮]263 聲僮，[宮]1548 使穀帛，[明]1 僕而爲，[明]191 僕，[三][宮][聖]下同 292 不捨母，[三][宮]1545 僕等難，[三][宮]1648 女摩觸，[三][宮]下同 1425 子棄塚，[三]2149 迦葉解，[聖]639 僕，[宋][元][宮]1476 使人等，[宋]1 使皮，[元][明]6 左面屬。

億：[甲]2196 里二百。

僅：[知]2082 事繫御。

銅

剛：[三][宮]2053 相輪二。

鋼：[明][和]261 鐵長十，[明]729 若膿血，[聖]1266 木。

金：[三][宮]1442 塵此七。

鉛：[三]956 或。

鉗：[三]397。

鐵：[三][宮]2121 丸從毛。

同：[乙]2391 佉等法，[元][明]185 棄國如，[知]598 爪也。

鍮：[乙]2092 摹寫雀。

銀：[三]193 鐵金塗，[宋][明]

2122 器珠貝，[乙]2263 金如次。

鍾：[宋][元][宮]、鐘[明]2122 磬可受。

潼

湩：[三]2154 譬喻經。

橦

潼：[三][宮]2060 人。

瞳

童：[甲]1778，[甲][乙]1211 人上觀，[聖]606 因于內，[原]904 中放大。

腫：[三][宮]606 淚出遙。

重：[三]、童[宮]1591 人壞。

捅

較：[宮]2041 之聲鼓。

桶

筩：[三]1336 中七。

箭：[三]1332 柱陰上。

物：[原]2339 是極微。

筒

箇：[甲]1988 一日云，[甲][丙]2227 見，[甲][乙]1822 一穴息，[甲]2194 則直今，[乙]2218 不。

簡：[甲]2039 直難虧，[甲]2266 同品下。

筋：[宋][宮]721 中。

銅：[宋]190 身體洪。

箭：[明][宮]1462 法者用，[明]

1425，[明]1425 諸比丘，[三]、箭[宮]1464 乃命盡，[三][宮]1462，[三][宮][另]1453 用槽未，[三][宮][石]1509 則直出，[三][宮]1442 等事時，[三][宮]1442 作一，[三][宮]1455 床足綿，[三][宮]1462，[三][宮]1462 法者不，[三][宮]1462 飲入過，[三][宮]1543 及餘什，[三][宮]1546 上開則，[三][宮]2123 埋地中，[三][聖]1427，[三]125 尼師壇，[三]1440 者以是，[三]1441 盛作，[三]下同 1440，[聖]1459 不合用，[宋][元][宮]1454 床脚量，[元][明][聖]643 諸，[元][明]212 鑰，[元][明]278 密清，[元][明]643 但見諸，[元][明]643 放已，[元][明]643 腹如，[元][明]643 下垂至，[元][明]643 狀如累，[元][明]721 燒咽，[知]1441 世尊聽。

統

包：[三]2145 極十道。

充：[聖]1851 法界無。

純：[宮]516 大。

絃：[甲]1783 攝之義。

該：[甲]1733 攝爲六，[甲]1813 十方僧，[聖]1851 於，[原]1851 攝口意。

紣：[甲][乙][丁]、統舊作統夾註 [甲][丁]2092 曰爾。

紘：[三][宮]2102 紐至若。

紀：[三][宮]2060。

繼：[甲]2339 續皆隨，[三][宮]2103 承洪緒。

綾：[聖]2157 大義斯。

流：[甲]1851 攝假人，[元][明]2106。

繞：[宮]2122 沙門釋，[甲]1718 而家之。

施：[甲]2296 三。

綏：[三][宮]2045 化領閭。

通：[明]2110 理無，[乙]2218 論信解。

往：[甲]1705 者統也。

謂：[乙]1821 攝一切。

依：[甲]2299 略下云，[甲]2300 沙門法。

緣：[甲]2173 例一卷，[甲]2214 未歸本，[甲]2217 總，[甲]2299 略上卷，[甲]2299 略云信，[甲]2299 略云一，[甲]2299 群聖之。

綜：[三]2145。

總：[甲]2036 以收稱，[三][宮]2121 御三萬，[三]2060 略舊宗。

箚

銅：[明]1463 聽畜復。

桶：[明]1463 埋地。

筒：[甲]1804 戒八十，[明]1440 中持去，[三][宮]、角[聖]1451 盛鹽自，[三][宮]1808 俱夜羅，[三][宮]1443 床足綿，[三][宮]1457 漱聽許，[三]193 拔箭，[三]1441 依止受，[三]2122 令寫經，[宋]125 六物之。

簫：[宮]1670 吹火氣。

痛

愛：[三][宮]398。

病：[宮]397 不，[宮]607 命，
[宮]811 能爲無，[宮]901 處一心，
[甲]1778 失明，[甲]1072 即，[甲]
1085，[甲]1246 者取石，[甲]1333 者
以，[甲]2053，[甲]2068 心貫髓，[甲]
2196 惱六心，[甲]2255 但求良，[明]
1435 起滅觀，[三]212 中之苦，[三]
220 惱咸得，[三][宮][甲]901 處以，
[三][宮]221 者所受，[三][宮]606 也，
[三][宮]721 苦若蟲，[三][宮]737 或
致死，[三][宮]1508 何以故，[三][宮]
1545 逼迫如，[三][宮]1546 逼切，
[三][宮]1646 苦死苦，[三][宮]2122
杖而死，[三][甲]1181 人頭患，[三]
53 悉著身，[三]55 極苦，[三]125 更
不造，[三]125 生死惱，[三]153 目者
不，[三]186 處所，[三]198 船破海，
[三]199 甚酷苦，[三]221 以受，[三]
1354 若有背，[聖]1435 陰是想，[聖]
1509 惱衰壞，[宋][元][宮]2122 緣第
五，[宋][元]1435 作是念，[乙]1246
或半身，[乙]1775 患之生，[知]384
加其身。

瘡：[三][宮]2122 病也以。

當：[三]20。

毒：[三]1 辛酸萬。

度：[三]125 心無。

惡：[三]153 音聲身。

痕：[甲]2039 俗云提。

患：[元][明]125 不。

疾：[三]186 自見其，[三]202 默
然還，[三]2122 百歲諸，[元][明]125
得，[元][明]161 父。

盡：[三][宮]729 三世戒。

疽：[三][宮]813 癩若得。

苦：[三]375 得受安，[聖]278 我
當悉。

漏：[三][宮]638 心盡心。

亂：[甲]1805 心痛惱。

慮：[三][宮]2109 刑害之。

滿：[三][宮]374 受大苦。

疲：[三][宮]1547 勞因痛。

破：[聖]125 極患疼。

奇：[聖]380 哉彼閭。

強：[宋][元][宮]2122 以何因。

傷：[三][宮]415 衆生故。

攝：[宮]1543 三根少。

身：[宋][元]、－[明]603 痛痛相。

瘦：[三][宮]1488 醫藥怖。

疼：[明]1094 牙痛脣，[三][宮]
2122 復有諸，[三]202 啼。

通：[甲]2249 也次於。

慟：[甲]1792 哭往救。

爲：[三][甲]、病[甲]1229 書之
立。

痒：[甲]2128 痒音弋。

癢：[聖][另]342 不入色。

猶：[宋][宮]582 難量沙。

樂：[三]125 痛於。

濁：[三][宮]2122 由積惡。

慟

悼：[元][明][宮]377 悲泣供。

動：[明]1450 傷感其，[三]201
號泣而，[聖]383 絶而作，[聖]1509
一園，[元][明]513 舉聲大。

歎：[三]、難[宮]2059。

痛：[明]152 尤甚。

異：[三][宮]2060 顏狀如。

偸

波：[明]1441 羅遮界。

傖：[丁]2244 音斗。

盜：[甲]1736 鈴欲人。

儉：[乙]2227 鬼魅諸。

倫：[宮]2121 羅國合，[三][宮]2122。

飮：[三][宮]2121 王水用。

渝：[甲]1298 二合。

瑜：[宋][宮]1464。

楡：[明]1161 阿偸。

遮：[明]1435。

鍮

鉢：[三]26 邏驀。

錢：[三][宮]1545 猶嫌其。

輪：[明]1217 石像身。

偸：[三]、瑜[聖]189 石之鼓。

塗：[宮]493 銅也身。

瑜：[甲]2130 波應云。

投

拔：[三]202 已復上。

扳：[乙]2092 井植棗。

杓：[甲][乙]908 供養加。

撥：[甲][乙]2391 頭端彈。

布：[聖]211 地懺悔。

持：[三]5 火蛇，[三]1336 鉢無多。

處：[甲]2193 心表敬。

措：[甲]2837 筆作。

供：[甲]2408 之本命。

穀：[三][宮]2122。

假：[宋][元]2122 一滴水。

教：[宋][宮]、救[元][明]826 心以是。

救：[三][宮]1571 眾病，[三]158 無趣無。

況：[甲]1736 也。

沒：[甲]2207 死生天，[明][宮]606 于，[三][宮]2121 地從是，[三][宮]309 身自歸，[三]44 於地，[三]186 命，[三]202 彼不還，[聖]1595 身火中，[宋]374 大海爾，[元]125，[元]167 沈深水。

沒：[甲]1736 水今以。

牧：[宋]、放[宮]626 手乃到。

起：[乙]1822 非如餘。

殺：[三][宮]2028 人聚或。

設：[三]、救[宮]2121 藥，[元][明]391 槃作禮，[原]2408。

攝：[原]、[甲]1744 道稱爲。

收：[三]200 弓問彼。

受：[甲]2087 杖而去。

授：[宮]2122 苦火永，[甲]1830，[明]309 地接足，[三][宮]2122 夜宿梁，[三]2121 藥爲説，[聖][另]285 石如，[聖][另]1442 擲苾芻，[乙]2174 金剛菩。

掐：[乙]2391 珠先以。

提：[甲]2052 終無得。

頭：[明]2103 陀，[明]2103 陀僧

淨，[三]2149 陀乞食，[三][宮]2103 陀上鳳，[三]125 摩地獄，[三]2145 陀道人，[元][明]2102 陀林，[元][明]2154 陀。

校：[甲]2748 寶塔及，[三]2145 弘通奉。

役：[宮]2122 剡之。

置：[三][宮]2122 餘中。

擲：[石]1509 著火中。

捉：[丙]1753 正直進，[宮]2121，[宮]2121 請二師，[宮]2123 之以湯，[甲]1804，[甲]1805 後生淫，[甲]2125 命何因，[甲][己]1958 心臨終，[甲]1007 於有龍，[甲]1238 魅鬼作，[甲]1804 破者不，[甲]2073 獲一僧，[甲]2087，[甲]2255 分別性，[三]、[宮]2122 之數日，[三]125，[三][宮]2123 之擲於，[三][宮]724 即便割，[三][宮]1425 杖放地，[三][宮]1442 城門王，[三][宮]2121 之手足，[三][宮]2122 彼罪人，[三][宮]2122 出戶外，[三][宮]2122 衣而去，[三]118 捭，[三]190 與彼剃，[聖][另]1459，[宋][宮]345 餘患佛，[宋][元]、作[明]190 佛以爲，[元][明]2059 之數日。

繪

蹦：[三][宮]300 繕那地。

頭

氷：[三]643 啄腦罪。

尺：[三][宮]1509 人人有。

除：[三][宮]2122 鬚髮而。

道：[明]761 凡夫，[明]761 凡夫墮。

地：[明]1425 一一移，[三]2125 愍。

頂：[丙]865 以口著，[丙]973 戴五智，[丁]1199 左成，[宮]2122 虎，[宮]1428 王種，[甲][乙]2390 又云功，[甲]994 至足身，[甲]2128 上，[甲]2748 藥王在，[明][聖]26，[三][宮][石]1509 上有，[三][聖]26 則以，[三][聖]190 趺如是，[三]418 上入阿，[三]1082 腦胸脇，[宋]、冠[元][甲][丙][丁]866，[宋][元][宮][聖]1536 令永於，[乙]1100 上，[乙]1909 痛苦難，[乙]2263 語云汝，[乙]2408 下，[元][明]2060 上帝聞，[原]1862 禮致敬，[原]2409 髮中以。

豆：[甲]2130 王譯曰，[三][宮]268 離婆多，[三][宮]2042 須菩提。

鬪：[元][明]721 處因貪。

段：[甲]2271 也簡。

頓：[元]、頰[明]2110 九。

額：[甲][乙]2390 橫安三，[甲]2261 上有一，[聖]200 而生出。

耳：[宮][聖]341 目等種。

髮：[宮]2048 法服周，[甲]2075 披，[三]1485 被三寶。

房：[三]、捉[聖]158 舍幢麾，[三]158。

飛：[宋]190 鴈從波。

腹：[甲]1792 大如。

故：[明]1669 有婆多。

顧：[三][宮]384 喚言男，[三]

[宮]2121 髮與千，[聖]983。

海：[甲]2196 中有浮。

頬：[甲]2401。

頸：[丙]2231 上爲其，[甲][乙]2309 荷暹，[甲]893 諸灌頂，[三][宮]1464 行入室，[三][宮]2122 頭復墮，[三]984。

徑：[三]1 向阿須。

頸：[明][和]261，[三][東]643 相者自，[三][宮][聖]613 却向令，[三]643 令起遍，[聖]1549 有痛不。

顆：[三]190 女我盡。

頼：[三][知]26 華爲我，[聖]125。

類：[甲]1833 同合而。

領：[甲]2035 陀五納。

樓：[三]984 頼吒南。

鹿：[三][宮]2121 孚乳遂。

面：[明]220 相周圓。

目：[三]196 勿妄顧。

男：[元][明]2123 兒皆以。

頗：[明]397，[三]94 向我説。

頃：[宋][宮]1690 羅刹及。

上：[明]1463 生瘡若。

身：[三][宮]2121 人不知。

頤：[原]2408 也其二。

首：[明]2076 師曰，[三][宮]623 當知天，[聖]375 髮便欲。

疋：[三]154 其主恒。

水：[明]125 而住如。

所：[元]200 末帝收。

投：[三]1552 藍子等，[宋][元]2061 然。

陀：[三][宮]414 利花那，[三]721 花遍於。

我：[宋][宮]2040 首。

顯：[宮]1509 集諸善，[甲]2217 能滿一，[甲]2812 起非一，[甲][乙]2261 藍等名，[甲]1717 然者，[甲]1821 相應，[甲]2255 部執不，[甲]2262 五十九，[甲]2390 圓忍願，[三][宮]1559 陀十摩，[三]193 縱恣，[三]1331 高明此，[聖]223，[聖]354 居，[乙]、頭[乙]1744 波若無，[乙]1821 起，[乙]2231 點其野，[原]2196 處也此，[知]1785。

相：[乙]2385 拄大小。

項：[三][宮][聖]1463，[三][宮]1463 而行諸，[三]26 便食從，[聖]26 額耳牙，[宋]194 善生牢。

須：[明]1478 其食亦。

鬚：[三]、－[宮]2121 髮即墮，[聖]211 髮自墮。

顏：[三][宮][聖][另]1451 一無言，[三][宮]258 目不暫，[三][宮]1549 光明諸，[聖]1435 羅是婆。

頤：[甲]1999 睡不怕。

以：[宮]1428 面禮足。

願：[明]224，[三][乙]1092 或乞此，[三]152 無，[聖][另]281 初發意，[另]613 使心不，[元]2016 非我所。

掌：[甲]1156。

中：[三][宮][聖]223 見佛聞，[聖][石]1509 見佛聞。

足：[三]2121 南首。

凸

凹：[宋][宮]1435 胸人象。

惡：[宮]1425 臍作如，[三]1339 諸根不。

失：[元][明][宮]614 腹五十。

亞：[聖]1451 向内置，[聖]2157 若。

禿

本：[三]26 從他活。

免：[宮]1425 梟無有，[宮]1425 梟應。

鶖：[三]212 梟。

委：[元][明]461 傻心。

一：[三][宮]2122 角可牽。

突

空：[宋]1428 吉羅不。

葖：[甲]1268 者我悉。

受：[聖]1462 吉。

特：[三]2088 起雕鏤。

埃：[宮]、湥[聖][另]1435 伏。

揆：[明]221 之，[三][宮]2121 大象踏，[三][宮]2121 各散還，[三][宮]2123 沙門答，[三]362。

笑：[甲]2128 彌骨堂。

夷：[明]2042 羅國優。

捹

深：[乙]2263 二。

探：[乙]2263 大師本，[乙]2263 本疏深，[乙]2263 護法本，[乙]2263 教實，[乙]2263 論疏意。

荼

荼：[宮]469 去字時，[宮]618，[宮]660 羅子皆，[甲]、奈[乙]2261 國，[甲]853 地也，[甲][乙]2391 羅本位，[甲]850 字以安，[甲]904 麼折羅，[甲]1306 羅唯願，[甲]1830 國建至，[甲]2128 音曇如，[甲]2250 此云，[別]397 步闍，[明]191，[明]264 若餓鬼，[明]1428 鹽嵐婆，[明]1579 緊捺洛，[明]2153 羅經一，[明][宮]278，[明][宮]278 男女身，[明][宮]371，[明][宮]1545 藥叉鬼，[明]100 二是目，[明]157 等令其，[明]212 鬼衞護，[明]264 若毘舍，[明]278 等悉於，[明]310 華爲癡，[明]310 利花及，[明]397 王皆與，[明]620，[明]725 惡形生，[明]848 羅所，[明]955 羅，[明]1000 羅并見，[明]1019，[明]1052 等飲人，[明]1069 利印密，[明]1254 藥叉等，[明]1336 者其形，[明]1341 迦羅眼，[明]1435，[明]1435 女羅刹，[明]1442 羯吒布，[明]1442 衆圍繞，[明]1458 半託迦，[明]1458 羯吒布，[明]1458 羅形如，[明]1521 毘舍闍，[明]1545 藥叉邏，[明]1562 等所受，[明]1579 緊捺洛，[明]2042 山我百，[明]2131 此云大，[明]2131 此云生，[明]2131 及薛，[明]2131 沙和多，[明]2131 山如來，[明]2131 一頭名，[明]下同 620 身根以，[明]下同 2042，[三]、恭[宮][甲][丙]2087 建那補，[三]、荼等諸神等[聖]200 等爲佛，[三]220 緊捺洛，[三][宮]620 蹲踞，[三][宮]664 跋帝婆，[三][宮]2060 羅禮佛，[三][宮][聖]440 自在

王，[三][宮]278 乾闥婆，[三][宮]279
王所謂，[三][宮]639 瞻仰兩，[三]
[宮]639 終不供，[三][宮]665 哩枳俱，
[三][宮]1425 二名阿，[三][宮]1442
羯吒，[三][宮]1451 國彼諸，[三][宮]
1452 幡牛王，[三][宮]1552 勒叉亦，
[三][宮]2034，[三][宮]2040 鬼神之，
[三][宮]2042 山那羅，[三][宮]2053
等，[三][宮]2053 月三，[三][宮]2060
國東境，[三][宮]2066 國住經，[三]
[宮]2122 來，[三][宮]2123 梨地獄，
[三][宮]2123 饒財珍，[三]1 神，[三]
125 從南方，[三]157 餓鬼毘，[三]
157 滿天，[三]187 上聲字，[三]220
緊捺洛，[三]220 利花美，[三]279 王
得滅，[三]279 王親近，[三]310 野那
仙，[三]397，[三]397 亦一切，[三]
402 象，[三]721 羅花有，[三]1132 羅
法畫，[三]1336，[三]2087 僧伽藍，
[三]2087 唐言，[三]2087 月三十，
[三]2088 國南印，[三]2125 國凡有，
[三]2125 羅著泥，[三]2125 信度西，
[三]2125 一千頌，[三]2154，[三]2154
茶音，[三]2154 大，[三]2154 羅經
龍，[聖][另][甲]1721 鬼下重，[宋]
220 羅，[宋]220 羅惡獸，[宋]1130 羅
家押，[宋][宮]、蓬[元][明]2053 城城
北，[宋][宮]660 羅童子，[宋][宮]
2122 饒財珍，[宋][明]310 現似沙，
[宋][明]1129 阿引羯，[宋][明][宮]
262 鬼蹲踞，[宋][明][宮]620 痛急驚，
[宋][明]157 等毘，[宋][明]1130 羅，
[宋][元][宮]698 羅，[宋][元][宮]660，

[宋][元][宮]660 羅等亦，[宋][元][宮]
660 羅子六，[宋][元][宮]660 羅子起，
[宋][元][宮]847 散泥六，[宋][元][宮]
1442 羅踐佛，[宋][元][宮]1442 羅世
羅，[宋][元][宮]1458 羅家若，[宋]
[元][宮]2085 羅旆，[宋][元][宮]2087
國恭御，[宋][元][甲]1037 羅三，[宋]
[元][聖]643 諸吉遮，[宋][元][聖]190
等，[宋][元]220 利花奉，[宋][元]220
利花遙，[宋][元]865 羅集已，[宋]
[元]1056 羅受，[宋][元]1056 羅受灌，
[宋][元]1123 羅諸位，[宋][元]1167
羅者云，[宋][元]1171 羅法或，[宋]
[元]2087 城周二，[宋][元]2087 國西
印，[宋][元]2154 羅等經，[宋]220 羅
家補，[宋]865 羅左邊，[宋]1167 羅
經，[宋]2061 蓼陟之，[宋]2061 毘收
舍，[宋]2154 羅依法，[乙]1239 三，
[乙]1929 無字，[乙]2393 羅阿闍，
[元][明]190 羅刹毘，[元][明]190 書
隋，[元][明]293 若毘舍，[元][明]310
華色貌，[元][明]377 毒苦切，[元]
[明]397 迦鳩槃，[元][明]1546 若過
二，[元][明]1546 蛇尼那，[元][明]
2042 山當作，[元][明]2122 洲第八，
[元][明]下同 310 乾闥婆，[元]1092
緊那羅。

查：[宋][元][宮]、茶[明]下同 278
王於能。

搽：[元][明]190 太子或。

低：[聖]1435 子尼。

多：[丙]1184 羅正對，[甲]2217
羅文欲。

伽：[明]1336 伽伽。

恭：[甲][乙][丁]2244 城西北，[甲]2244，[三][宮][甲][丙]2087 建那補，[聖]2157 毘。

罩：[甲]1238 衆印七。

莽：[甲]1141 囉，[甲]2135，[乙]1200。

挈：[甲][乙][丙]1141 攞其形，[甲][乙]2228 伽多耶，[甲]2081 羅，[乙]1069 覽勢典，[乙]2385 吉尼印。

芩：[三]196 有五十。

塗：[明]212 炭流轉，[三]2103 炭，[三]1458 不若言，[三]2145 炭含厚。

陀：[甲]2290，[甲][乙]2223 羅左邊，[甲]1268 羅花，[甲]2130 山譯曰，[甲]2217，[甲]2218 羅華散，[甲]2401 羅中，[甲]2434 羅，[甲]2434 羅法教，[甲]2434 羅教者，[甲]2434 羅之大，[乙]2397 羅一。

葉：[甲]2230 槃哆。

吒：[甲]2392 利護身，[乙][丙]877 茶底，[乙]1069 利金剛。

徒

輩：[聖]1723 皆愛身。

彼：[甲]1227 衆言大，[明]310 衆眷屬，[元][明]379 衆眷屬。

表：[明]2122 衆。

除：[三]292 去不淨。

從：[甲]1830 義如叙，[明]2145 王謐護，[宋]2145 關。

從：[丙]2163 等之所，[丙]2163 皆云雖，[丙]2163 留，[丙]2164 悉集道，[丁]1958 何者若，[宮]263 虛妄於，[宮]809 爾也阿，[宮]2058 今以後，[甲]1706 然也又，[甲][乙][丁][戊][己]2092，[甲][乙]1822 爲覺，[甲][乙]2296 正法非，[甲][乙]2391 珍和上，[甲]1782 顛倒起，[甲]1921 繁無益，[甲]2087，[甲]2128 南反顧，[甲]2129 吹謂之，[甲]2135，[甲]2250 黨有釋，[甲]2259 盡心力，[甲]2266 分別解，[甲]2266 設劬勞，[甲]2270 斗反汰，[甲]2299 衆，[甲]2299 衆佛不，[甲]2401 此，[甲]2434 道路天，[甲]2434 眞起用，[甲]2792 衆之中，[明]721 叫喚，[明]1450 加愛念，[明]1545 衆復次，[明]2060 矣有，[明]2123 捐無益，[三]152 衆就樹，[三]1579，[三][宮]270 十方來，[三][宮]553 五，[三][宮]2102 所排輒，[三][宮]2104 傳通不，[三][宮]2122 衆見杅，[三]86 務泥犁，[三]152 自然也，[三]377 衆一時，[三]2060 千餘乘，[聖]279 置他方，[聖]279 衆，[宋][宮][乙]2087 行以進，[宋][宮]2060 誨示，[宋][明][宮]2122 可恃恩，[宋]212 風去火，[宋]220 口說天，[宋]1129 衆圍繞，[宋]2063 屬甚多，[乙]1239 皆反，[乙]2227 施功勞，[元][明]212 在途出，[元][明][宮]231 口說大，[原]1895 情事理，[原]2309 白馬西。

待：[三][宮][聖]1451 從遊。

獨：[甲]1860 不聞正。

度：[宋]、蹙[元][明]152 跣不得。

後：[三][宮]2122 費設耳，[乙]2263 故依燈。

眷：[三]2063 屬不肅。

陵：[三][宮]2103 喻達。

奴：[宮]820 使衣裁。

上：[三]984 拯反祁。

使：[甲]2095 識佛心，[乙]2087 減千人。

士：[原]1858 莫不躊。

侍：[甲]2053。

釋：[乙]2261 已論文。

俗：[甲][丙]2089。

隨：[元][明]2122 從於是。

唐：[知]、徒載徒戴[宮]741 載學名。

桃：[甲]2128 到反前。

徒：[宋]、從[宮]2059 軍隴上。

途：[和]261 跣而往，[甲][乙]1929 羅漢聖，[明][和]261，[三][宮]2122 住足因，[三]2149 步生不，[原]1840 皆非宗。

屠：[三][宮]616 飢寒病。

塗：[三][宮][聖]397，[三]152 步尋厥，[元][明][乙]1092 邑。

圖：[宋]1336 先生不，[元][明]2104 法樂以。

陀：[丙][丁]848 跋難陀，[元][明]99 跋難陀。

往：[宋][宮]2103 相思，[原]1818。

位：[聖]2157 三千雖。

徙：[宮]2034，[甲]2067 家焉或，[甲]2223 陀河繞，[甲]2128 移反顧，[明][丙][丁]1199，[明][甲][丙]1214，[明][乙]、從[甲]1225 麼，[明][乙]1110，[明]2102，[明]2103 倏，[明]2131 多摩，[明]2131 繩時舍，[三][宮]2102 伏膺而，[三][宮]2122 作之所，[三]1585 蒼龍於，[三]2103 質王浮，[三]2149 住玉華，[宋][元]2061 步，[元][明]1139 皆，[原]2362 次博陵。

虛：[明]1988 消信施。

擲：[三][宮]376 著他方。

衆：[甲]2006 之際遍，[三][宮][甲]2053 千餘人，[三][宮]2053 六千餘。

走：[明]1225，[明]1450 衆而告。

途

處：[甲]2230 也，[甲]2230 也於輪。

從：[甲]1778 四教二。

道：[宮]1958 只恐現，[三]100 安隱從。

定：[甲]1782 中安和。

金：[宮]2060 八苦由，[宋][宮]397 路而有。

來：[甲]2006 却著。

路：[三][宮][甲]2053 伏惟皇。

迷：[元]2016 競起空。

逆：[甲]2299 次第竝。

器：[三]159 而行其。

人：[甲][乙]1929 解釋未。

善：[乙]2381 輕苦亦。

速：[甲]2250 得出。

徒：[甲]1512 或先舉，[甲]2195 學小從，[明]2059 啓齒施，[三][宮]1571，[原]2248 律是小。

塗：[宮][甲]1804 故成論，[宮][聖]425 路見佛，[宮]722，[宮]1998 且，[宮]2053 路覓人，[宮]2103 未光周，[甲]893 邑反二，[甲]1698 開章耳，[甲]1718 故言從，[甲]1735 更有諸，[甲]1792 身脫一，[甲]1886 生人道，[甲]2266 亦名相，[明]、逢[宮]1459，[明]722，[明]722 崖，[明][宮]722 如火燒，[明]202 我以人，[明]2053 數丈故，[明]2059 果報於，[明]2060 之日月，[明]2103，[明]2110 等語復，[明]2123，[三][宮]1459 逢難緣，[三][宮][聖]285 薰，[三][宮][聖]627 路濡首，[三][宮]627 路見一，[三][宮]1507 而同歸，[三][宮]1545 婆羅門，[三][宮]2053 久嬰痾，[三][宮]2053 路費損，[三][宮]2060，[三][宮]2060 苦，[三][宮]2060 所資皆，[三][宮]2060 亦不生，[三][宮]2103 何必躬，[三][宮]2103 一致而，[三][宮]2121 路飢渴，[三][聖]172 悲，[三][聖]210 從邪徑，[三]76 路高下，[三]154 恐不相，[三]187 必有可，[三]193，[三]212 者備，[三]945 必不能，[三]984 熙尼，[三]2103 報又云，[三]2125，[三]2154 有道存，[聖]754 得無勞，[聖]1721 爲三苦，[另]1721 修羅或，[宋][明]945 詢問盲，[宋][明]945 中獨歸，[宋][元][宮]2053 險遠又，[宋][元]2061 於彼

岸，[乙]1822 由不能，[乙]1909 報所以，[乙]1909 備嬰，[乙]1909 長沸是，[乙]1909 從今日，[乙]1909 斷除衆，[乙]1909 或在八，[乙]1909 劇報皆，[乙]1909 可，[乙]1909 之異轍，[乙]1909 重罪，[元][明]945 成狂因，[元][明]2060 然臂爲。

義：[甲]2195 理依之。

余：[元][明]1034 何反。

餘：[甲]2266 二是假。

遠：[宮]765 是故汝。

走：[乙]1736 而異獲。

作：[宮]768 中爲賊。

涂

法：[甲]2183 師撰。

屠

及：[三][宮]1451 雞猪捕。

徒：[三][宮]2122，[聖]99 主往詣。

塗：[明]2059 炭澄公。

圖：[甲][乙][丁][戊][己]2092 一所工，[乙][丁]2092 儀一軀。

宰：[乙]1909 殺爲業。

猪：[宮]2122。

挨

突：[宮]721 馳走常，[三][宮]737，[三][乙]1092 佛菩薩。

崳

塗：[三][宮]2103 山頂生。

塗

除：[甲]895 其室中。

從：[三][宮]1428 足跟足。

度：[三][聖]291 己體現。

墮：[三][宮]2104 地偽妄。

堊：[三][宮]、惡[聖]1421 灑所住，[三][宮]539 飾彩畫。

關：[三]1568 既開眞。

零：[三]、冷[宮]1428 香著末。

隆：[三][宮]2103 青揚善。

泥：[甲]2393 治於上，[明][甲][乙]1000 其壇待，[明][甲][乙]1110 其地竟，[三][宮]、－[甲]895 復用茅，[三][宮][聖]1421 地，[三][宮]1425 房爲蛇，[三][宮]1425 土是名，[三][宮]1435，[三][甲][乙]1261 作，[三]190 其上以，[三]1093 呪塗之。

趣：[三]211 無生死，[宋]374 中而諸。

深：[乙]2408 意未。

濕：[元][明]2122 氣之所。

室：[甲]911 極令細。

隨：[聖]1421 自拔良。

茶：[宮]2102 炭揮手，[宮]2102 炭我金，[宋][元][宮]2122 炭之殃。

徒：[三][宮][聖]1428 跣破足，[三][宮]1428 跣足破，[三][宮]2102 非但，[石]1509 而問世，[宋][宮]、途[元][明]2103 雖十三。

途：[宮]279 輪轉苦，[宮][聖][另]1459 能不失，[宮]309 當自，[宮]309 者無識，[宮]500 終而復，[宮]847 八難七，[宮]2060 遠請乃，[宮]2112 而

跪，[甲][乙]924 免離九，[甲]1722 次說二，[甲]1729 約果愛，[甲]1733 苦，[甲]1733 造善求，[甲]1735 同歸得，[甲]1735 同歸故，[甲]1765 二宮光，[甲]1811 正因殺，[甲]1913 答會竟，[甲]2053 既遠不，[甲]2053 又求祥，[甲]2217 亦不應，[明][甲]901 植於佛，[明]731，[明]2060 但靈廓，[明]2060 香申明，[明]2102 弟子昔，[明]2102 靡薄苦，[明]2102 中之，[三][宮]2058 無量佛，[三][宮]2103 禁淨通，[三][宮]618 無亂，[三][宮]2034 慈，[三][宮]2034 生天人，[三][宮]2034 宜應，[三][宮]2060 藏送曰，[三][宮]2060 求其宗，[三][宮]2102 同歸未，[三][宮]2103 競開夜，[三][宮]2103 無復遺，[三][宮]2103 在生逆，[三][宮]2121 自生自，[三][甲]、徒[宮]2053 驗之聖，[三]5 稱歎斯，[三]156 路得無，[三]156 路飢渴，[三]186 路侍從，[三]192 馬還得，[三]212 愛苦常，[三]212 從邪徑，[三]231 者而說，[三]1568 扶疏有，[三]2145，[三]2145 而已耶，[三]2149 宜應，[聖][另]1459 中，[聖]200 不如先，[乙]1876 名爲普，[元][明][甲]2053 水盡至，[元][明]658 徑，[元][明]1982 永絶名。

屠：[宋][宮]376 割。

圖：[甲]973 畫圍繞，[甲]1008 拭其壇。

唾：[三][宮]2104 爲醴泉。

陰：[三][宮]2109 淪歷惡。

用：[甲]1248 眼竟。

污：[三][宮]606 或見斫。

澤：[聖]227 香衣服。

圖

圖：[甲][乙]2250 同市緣。

國：[宮]2053 史此蓋，[甲]2196 法異故，[宋]2060 域同闕，[宋]2154。

簡：[乙]2263 之燈有。

面：[高]1668 像喜樂，[甲][丙]2164 一帳著。

區：[明]2103 雲祥。

色：[三]2104 雖事言。

昇：[宮]2108 握鏡始。

徒：[甲]2006 人意滯。

途：[甲]2367 不如面。

屠：[三][宮]2059 之主或，[三][宮]2102 所興浮，[三][宮]2103 所興今。

塗：[三][宮][聖]515 畫，[三]1005 瓶替之，[三]2087 瑩未周，[原]1150。

團：[宋]2145 度日月。

圍：[宮]848 作勤勇。

圓：[宮]848，[宮]2122，[甲]2266 形號曰，[甲][乙]973 寫梵字，[甲][乙]2207 云風者，[甲]2036 任於舊，[甲]2394 位而布，[三][宮]2122 猶如，[乙]2393 衆形像，[元][明]2145 義若忘，[原]、門[甲][乙]2397 中復有。

土

埃：[三][宮]2121。

安：[甲]1709 道場海。

北：[宮]2122 俗常懼。

本：[宮]428 無如來。

塵：[甲]1717 具六。

城：[三][宮]223 或以己。

出：[宮]2112 稱，[甲]1724 石山如，[甲]1246 細，[甲]1736 名而有，[甲]2397 方處是，[三][宮]288 力勢菩，[聖]、土[聖]1733 在花藏，[聖]1788 淨方三。

處：[宮]1425，[甲]1731 耶解此。

川：[三][宮]1513 如其總。

此：[原]1851 中有三。

大：[甲]1705 衆二他，[明]2123 富人儻，[三][宮]1421 地平。

地：[甲]1708 別行釋，[三]、住[宮]403 出入，[三][宮]263 甚多乃，[三][宮]2121 圍屋三，[三]125 普，[原]1722 四。

等：[甲][乙]2218 合，[甲][乙]2434 文即釋，[甲]1512 也汝那，[甲]2195，[甲]2266 寶隨意，[甲]2266 波羅蜜，[甲]2266 三界故，[甲]2266 雖是諸。

典：[三][宮]638 七寶主。

杜：[甲]2879 地者狐。

度：[甲]1736 僧徒依，[三][宮]2123 三昧經，[三]2110 經云八。

堆：[三]212 或臥石。

二：[甲]1751 已修中，[甲]1731，[甲]1731 即諸佛，[甲]1731 舍那迹，[甲]1736 攝，[甲]1786 無由淨，[明]698 作壇或，[元]2061 顯正依。

方：[甲]1723 塔現爲，[甲]1731 也多佛，[三][宮]2059 咸云已。

工：[宮]2122 猶有篆，[甲]1781 無疾之，[甲]2128 骨反葉，[三][宮]585 上妙醫。

垢：[石]1509 佛亦如。

古：[甲][乙]1287 風諸寺，[聖]2157。

國：[丙]2778，[甲]、土[甲]1781，[甲]1775 清淨階，[甲]1775 之相故，[甲]2195 名寶生，[明][聖]223 至一佛，[三][流]360 便速得，[三][宮]681，[三][宮]657，[聖][石]1509，[聖][石]1509 菩薩道，[聖][石]1509 中乃，[石]1509 清淨上，[石]1509 至一佛。

護：[三][宮]635 無。

火：[明]2131 輪金輪，[三]201 用覆其。

教：[甲]1717 不同中。

界：[三][宮]403 不煩，[三][宮]657 百億須，[三][宮]657 所有比，[三][宮]657 嚴淨聲，[三][宮]1509 有佛名，[三]183 華林園。

淨：[原]1781 成上佛。

境：[甲]2075 豐熟寇。

居：[乙]2396 出過三。

立：[甲]2035 豐樂女，[甲]1816 淨等通，[甲]1816 中云若，[甲]1863 瑜伽等，[甲]2395 八，[聖]1462 地及取，[乙]1211 來至道。

門：[原]2410 〃〃。

木：[乙]1736 石安知。

泥：[乙]1723 知水不。

年：[甲]2255 爲摩迦。

七：[甲]1778 故文中，[宋]411 三寶，[元]2109 書京邑。

去：[丙]2286 本朝舉，[三][宮][知]266 衆求國，[三]1466 突吉羅，[三]2088 吐蕃約。

三：[另]1453。

刹：[宮][聖]416 中，[三][宮]656，[乙]1796 行如來。

山：[宮]2123 臺也，[甲]1731 二處一，[甲]2195 對餘凡。

上：[丙]2092 氣和，[丙]2163 四，[宮]279 以入一，[宮]310 奉獻大，[宮]318，[宮]2045 耶奢，[宮]2060 泥兩，[宮]2122，[甲]、土[甲]1799 木精怪，[甲]、下[乙]2092 韓，[甲]1735 亦爲攝，[甲]2128 地無冰，[甲]2128 或毛者，[甲]2128 爲霾詩，[甲]2128 也從土，[甲][乙]1833 至何理，[甲][乙]1751，[甲][乙]1816 現八十，[甲][乙]2227 瓶下至，[甲][乙]2434 二本，[甲]994 如法作，[甲]1512 有是衆，[甲]1728 則利別，[甲]1731，[甲]1731 不見法，[甲]1731 亦是色，[甲]1735 經即以，[甲]1736 分權實，[甲]1775 福慶所，[甲]2036○昌生，[甲]2120 兮以表，[甲]2128 坐污也，[甲]2128 之精也，[甲]2129 石砂參，[甲]2129 義，[甲]2239 乃至，[甲]2250 義譯云，[甲]2266 等緣隨，[甲]2412 不二，[明]312 不離故，[明]1545 性聰慧，[明][宮]414 悉入一，[明]70 滿之若，[明]100 名摩竭，[明]156 攝諸衆，[明]310 功德，[明]413 海，[明]647 彼有世，[明]2041 不，[明]2059，

[明]2122 俗謂之，[三][宮]457 築城復，[三][宮]459 界悔過，[三][宮]1563 下故名，[三][甲]1227 落地者，[三]101 何如地，[三]1440 和泥此，[三]2110 屋有坊，[聖]1763 地二遠，[聖]2034 翻傳以，[另]1442 塊遙擲，[宋]、去[甲]2087 雖，[宋][宮]385 塵，[宋][宮]2102，[宋][元][甲]、上聲[明]、-[乙]972 二十八，[宋][元]223 不應住，[宋][元]682 是阿若，[宋][元]1007 其中心，[宋][元]1425 無罪，[宋]279 悉在其，[宋]810 發意之，[元]220 諸花，[元][明]425 尊母字，[元][明]821 華蓋便，[元][明]1509 甚，[元][明]2154 異經今，[元]62 一佛大，[元]220 各有如，[元]381，[元]425 地城名，[元]1435 草木等，[元]2040，[元]2060 聲疊而，[元]2121，[原]1851 妙平等，[原]2339 料簡二，[知]598 靜亦等。

尚：[甲]1963 不能盡，[三]418 當承事。

身：[明]894 眞言。

生：[宮]384 使彼大，[甲]1201 鹽蛅苦，[甲]1709 得自在，[明]263 棄國捐，[三]212 皆由一，[三]1604 名身業，[另]1509 四大不，[原]1819 安樂而。

十：[宋][元]1242 佛及菩。

士：[德]1562 業增上，[宮]817 色已平，[宮]263 諸佛世，[宮]425 衆不自，[宮]461 亦俱等，[宮]2034 國王所，[甲]1727 統，[甲]1730 者是明，[甲]895 男女失，[甲]1708，[甲]1729 方名善，[甲]1731 各，[甲]1733 輪，[甲]1742 爲所依，[甲]1805 樗蒲故，[甲]2128 所以負，[甲]2128 爲瓦之，[甲]2207 了反文，[明]125 人豐熟，[明]1191 星火星，[明]2034，[明]2034 領公遠，[明]2087 俗曰其，[明]2103 無二統，[明]2123，[三][宮]606 又斯雖，[三][宮]656 爾時世，[三][宮]1506 家法女，[三][宮]263，[三][宮]635 如彼寶，[三][宮]693，[三][宮]810 顯出於，[三][宮]1546 族姓居，[三][宮]2060，[三][宮]2103，[三][宮]2104 淪惑，[三][宮]2122 人説之，[三][宮]2122 俗以，[三][聖]170 不知厭，[三]97 十，[三]152 豈不難，[三]154 清寧四，[三]154 如師子，[三]220 品第八，[三]1543 翼從者，[三]2060 匪此難，[三]2063 人皆事，[三]2087 俗相傳，[三]2087 俗曰，[三]2087 俗曰其，[三]2087 俗諸有，[三]2106 俗乞願，[三]2122 大功非，[三]2122 俗有少，[三]2145 化物方，[三]2149 民四名，[三]2149 行僧祐，[聖]310 或名悦，[另]285 而自然，[宋][明]969 無猜，[宋]1674 國王一，[宋]2137 聚則不，[乙]、仕[丙]2134 霄，[乙]2087 恐難成，[乙]2376 之講，[元]436 名最勝，[元][明]、[宮]2122 俗無佛，[元][明]271 無刺有，[元][明]626 者是菩，[元][明]2122 俗博，[元][明]2149 雜華夷，[元]221，[元]1454 若和牛，[元]2108 而趣超，[元]2154 其年未。

世：[乙]2163 無有惡，[乙]2263 化導，[原]1818 事必知。

事：[三][宮]221 未化衆。

水：[宮]2060 作沙門，[甲]2089 搖動玄。

所：[甲]2195 在國實。

田：[原]1775 之所宜。

禿：[三][宮]、作[知]384 梟牛馬。

吐：[甲][乙][丁]2092 谷渾國，[明]1336 治赤白，[三]982 奴邑，[元][明]2059 遺芬再，[原]2126 突軍容。

亡：[甲]2128 口反聲。

王：[宮]1690 少樂生，[宮]2121 衆生聞，[甲][乙]2391 長者以，[甲][乙]2397，[甲]2039 擇吉日，[甲]2128 幼聲，[甲]2217 文，[甲]2410 榮盛此，[明]、[宮]2040 名清淨，[明]162 王處所，[明]220 終不中，[明]2041 者白，[明]2145 神通菩，[三]125 無有，[三][宮]263，[三][宮]440 華通佛，[三]153 爲五欲，[三]397 剎利婆，[宋][元]361 之，[宋]2154 嚴淨經，[元]2122 常傳有，[元]428 名無毒，[元]516 境界廣，[元]1435 有聚落，[元]1559 富樂平，[原]1141，[原]1203 多諸災，[原]2196 凋荒法，[中]440 佛南無。

𡨢：[三][宮][聖]1425。

五：[甲]1816 中現自，[原]2248 即結文。

小：[甲]、小[乙]1816 體發願。

嚴：[乙]2397 下品悉。

玉：[甲][乙]2207 者以其，[三][宮]2122 潤三者。

云：[甲][乙][丁]2244 堅園林，[甲]853 皆如金，[甲]1731 不得容，[甲]1830 田所生，[甲]1839，[甲]2068 道經不，[三][聖]176 清淨如，[聖]2157 聖賢繼，[乙]1816 果。

在：[三][宮]2102 使持節。

者：[甲]1851 教化衆，[甲]2299 十地菩，[宋][宮]2103 還是昔，[宋]1161 諸衆生。

眞：[原]2216 梵語云。

正：[甲]2214 平等無，[原]2436 並。

直：[甲]1816 佛爲説。

止：[宮]374 一切凡，[宮]2059 故傳述，[甲]2217 訓，[甲]2274 云乎説，[宋]246 石山及。

中：[三][宮]263 諸聲聞，[三][聖]158 中。

主：[宮]278 及王京，[甲]1512 以眞如，[甲]2792 有律十，[三][宮]2122 匠無益，[三]2146 王所問，[聖]2157 公。

左：[聖]2157 僉云有。

器：[乙]2263 也凡應。

吐

叱：[甲]2039 王父伊，[甲]2039 喜以，[聖]1723 也今取，[石][高]1668 然而遵。

出：[三][宮]2122 舌二三。

杜：[原]2196 女根故。

咄：[宮]1483 之取一，[宮]425 水滅熾，[甲]1077 出黑，[原]1238 之

即失。

　　法：[元][明]721 餓鬼。

　　苦：[宋]99 盡離欲。

　　去：[三][宮]2122 還視盆。

　　呋：[三][宮]402 二佉佉，[三]1336 摩羅阿。

　　上：[原]、土[甲]1781 疏而助。

　　睡：[三][宮]729。

　　土：[三][丙]982 貨羅等，[三][宮]1425 無罪若，[三][甲]2125，[三]2087。

　　唾：[明]721 蟲云何，[三][宮]2121 竟。

　　泄：[原]2266 棄大小。

　　坐：[聖]2157 味幽深，[宋][元]643。

兎

　　鹿：[甲]1828 隨我後。

　　免：[明][宮]665 浮海必，[明]1521 以身，[元][明]672 毫與隙，[元][明]681 角無。

　　勉：[聖]125 餓，[聖]125 吾手卿。

　　牛：[甲]1709 等有角。

　　色：[甲]2322 故。

　　菟：[宮]2122 行菩薩，[甲]2087 王親奔。

　　禿：[三]1425 梟。

　　莵：[德]1563 羊牛隙，[甲]2087，[聖]375 身象身，[聖]397 身止住，[宋][宮]、免[元]2122，[宋][宮]2122 毫上塵，[宋]374 角從方，[宋]374 角是無。

　　莵：[宮]2122 也春秋，[甲]1709 角故無，[甲]1709 角畢，[甲]1709 角非無，[甲]1709 角故，[甲]1709 角無分，[聖]375 角龜毛，[聖]375 牛馬之，[聖]1509 身自炙，[聖]375 角從方，[聖]375 馬何以，[聖]397 爲仙人，[聖]397 梟及以，[聖]566 猫諸野，[聖]1579 角石女，[聖]1585 角等非，[聖]1585 角等應，[聖]1585 角非異，[聖]1617 角等何，[石]1668 角無，[宋][明][宮]2122 自來馴。

　　置：[甲][乙]1772 兎縛象。

　　衆：[三][宮]2123 梟身。

兔

　　免：[甲]2128 頭與頭，[宋][元]2061 問。

　　勉：[三][宮]1523 苦二行，[三]152 爲良，[聖]125 汝身使。

　　逸：[三][宮]1674 耽欲亦。

菟

　　兎：[乙]2309 等物隱。

　　衆：[三]、土[宮]2122 梟身。

莵

　　瓮：[甲][乙]1709 樓。

　　兎：[甲]1512 角無體，[三]2145 斯首斯。

湍

　　遄：[三]190 疾身體。

　　渧：[聖]210。

　　制：[三][宮][聖]627 江波。

摶

搏：[宮]1483 喉吹問，[宮]2123 虎而説，[三]198 掩利人。

摶：[宮]1998 天，[宮]2122 耶大賢，[宮]2123 牛之，[甲]1805 食此方，[甲]2036 賜，[甲]2250 手，[明]1545 空中散，[明]1664 聚是中，[三][宮]1509 海令水，[三][宮]2122 鹿不能，[三]2103 之不得，[宋]1510 取謂一，[宋]1510 取中觀，[宋][明]2122 飯不大，[宋][元][宮]1544 如沙，[宋][元]2110 膺，[宋]1510 取中觀。

博：[宮][甲]1998。

揣：[三][宮]397 食修受，[三][宮]1521 等道路，[三][聖]99 食觸，[三]1 食搏，[聖]26 食，[聖]26 食麤細，[聖]26 食齊整，[聖]823 如須彌，[聖]1421，[宋][宮][另]下同 1435 著泥洹，[宋][宮]下同 1435，[宋][元][聖]99 食衣，[宋][元][聖]125 食或大，[宋][元]1 食觸食，[宋][元]99 泡沫，[知]1441 時作糞。

傅：[博]262 撮飢羸。

摧：[甲]1736 握故譯。

段：[元][明][宮]614 肉衆鳥。

槌：[聖]125 若須彌。

扶：[明]2076 桑日那。

傅：[宋][知]741 令如粉。

構：[宮]、揣[另]1435 飯食諸。

搏：[明]2053 飇颯至。

團：[三][宮][聖]423 萬，[三][宮][聖]1425 若人多，[三][宮][聖]1425 食者比，[三][宮][聖]1437 飯食應，[三][宮]1551 相著義，[三][宮]2042 誑惑愚，[三][宮]2122 食光，[三][宮]2122 五七日，[三][宮]2122 增長支，[三]1466 食突吉，[聖]1437 飯食應。

飲：[三][宮]1581 食如是。

蕁

鱒：[甲][乙][丙][丁]2092 羹。

團

搏：[三][宮]721 住在胎，[三][宮]721 作肉搏，[三]1440 泥未竟，[宋]、搏[元][明]1341 食，[宋]、搏[元][明]1341 食故，[宋]、搏[元][明]1341 食是其，[宋]、搏[元][明]1341 食者彼，[宋][明]、搏[元]1341 食或鹿，[宋][元]、搏[明]、揣[宮]310 不愛不。

揣：[三][宮][聖]1460 著內衣，[三]201，[聖]200 圓可愛。

搏：[三]、揣[宮]310 多怨憎，[三][宮]、搏[聖]1421 泥爲佛，[三][宮]1455 圓整而，[聖]1441 突吉羅，[宋][元]、搏[明]、揣[聖]200 時彼長，[乙]1723 增長支。

丸：[三][宮]606 又以洋。

圍：[宮]681 熱去鐵，[宮]2060 圓如蓋，[甲]951 釘結方，[甲]1715 花摩訶，[聖]1442 入逝多，[東]721 及青黃，[元]2059 丸，[元][明]2016 融煮迸。

用：[甲]1920 圓。

圓：[宮]1454 形，[甲]1733 無障礙，[三][宮]620 大小上，[三][聖]190

厚寬廣，[三]1 滿無有，[三]24 如車輪，[聖]1452 隨意應。

愽

愽：[乙]1744 又大河。

彖

彖：[聖]1859 耳言彖。

推

扠：[三]108 我佛言。

拆：[三][宮]2122 斥至梁。

持：[元][明]212 瓦石。

除：[三][宮]810 懈怠垢。

吹：[宋]211 獎其有。

搥：[甲]2196，[三][宮]2045，[元][明]626 身。

催：[甲]2255 初中有，[原]1205 伏若欲。

摧：[甲]1736 伏故釋，[甲][丁]、確[乙][戊][己]2092 像出之，[甲]911 壞曼茶，[甲]1030 棄時日，[甲]1111 黑色明，[甲]1705 色至於，[三]、崩[宮]1442，[三][宮]2060 集本末，[三][宮]2060，[宋][元]721 母令墮，[原]2369 邪萬人。

堆：[宮]2121 大地獄，[甲]1864 阜者衆，[三][宮]2121 此，[三][宮]2121 有大石。

難：[甲]2266 女，[甲]2266 之云。

輕：[甲][乙]1822 尋無有。

權：[甲]2259 度構畫，[甲]2299 云以二，[甲]2299 之便無，[甲]2299

之即無，[三][宮]2103 攀緣爲，[乙]2157 經一卷。

捨：[原]、攝[原]1818 取也所。

攝：[宮]1519，[甲]1828 前六度，[原]1818 取者。

誰：[宮]2102 之來世。

唯：[宋]、惟[元][明]945 垂哀愍。

惟：[宮]2087 舉酋豪，[甲]1718，[甲]1733 此二俱，[甲]1778，[甲]2296 之於無，[甲][乙]2263 支語，[甲]1718 則有既，[甲]1832 在因即，[甲]1973 如來報，[甲]2068 噉香蜜，[甲]2266 聽教似，[甲]2362，[甲]2367 佛在鹿，[甲]2376 汝在前，[三]125 胸喚呼，[三][宮]2034 權方便，[三][聖]210 佛法要，[聖]26 觀明見，[聖]613 汝身爲，[聖]2157 實即無，[宋][元]1562 慈尊當，[元]222 求本末，[原]、[甲]1744 於佛請，[知]384 苦由。

性：[乙]2157。

尋：[三][宮]676 求時於。

押：[甲]2314 十。

雅：[宋][元]2061 之體翰，[原]1796。

揚：[甲]1715 彌勒。

移：[宮][聖]272 乾去濕。

擁：[宮]2060 殿下所，[三][宮]2060 前英歡，[三][宮]2060 盛。

猶：[乙]2362 如煩法。

願：[三]397。

雜：[甲]2286，[乙]2396。

權：[元][明]622 六度不。

指：[甲][乙]2317 瑜伽六。

椎：[宮]1559 合若人，[甲]1728
應有地，[甲]1775 其病原，[明]309 尋
邊幅，[明]1425 若拍，[三][宮]、槌[聖]
1442 胸告曰，[三][宮]721 搥令平，
[三][宮]593 胸懊，[三][宮]1435 胸令
去，[三][宮]1451 髻之流，[三][宮]
2122 試之，[三]643 胸號泣，[聖]1723
打七，[宋][宮]2042 汝身骸，[宋][元]
[宮]1425 手捉，[元][明]2103 試之果，
[元][明]2122 胸向天，[元]1425 若抱
若，[原]1212 左手把。

准：[甲]2266 而擴之。

隤

頹：[博]262 落柱根，[三][宮][聖]
1463 毁。

頹

頓：[宋][元][宮]2060 儻。

汎：[明]2060 齡一已。

隤：[甲]1718 落譽減，[三][宮]
2103 壞，[三]264 落柱根，[元][明]
1579。

癀：[三][宮]1482 筋脈。

穨：[宮]1912 從上至，[明]2059
久遊閣，[明]2060 滅纏有，[明]2087
其異執，[宋][元]2061 金剛。

願：[聖]1452 毁如。

頹

頹：[三]1328。

癀

穨：[宋]、頹[宮]1435 不能男。

癲：[三][宮]1428 或。

腿

睫：[乙]2394 上。

退

避：[甲]2371 失更不。

遲：[聖]1562，[宋][元][宮]、違
[明]1558 失正念。

麂：[原]1308 井八東。

逮：[甲]2214 心灌頂。

怠：[三][聖]475 故禪定。

道：[宮]1546，[三][宮]2060 僧潛
匿。

得：[明]1546 不得退。

遏：[三]152 邪崇眞。

犯：[宮]405 沒樂聲。

艮：[原]1308 井井。

歸：[三][宮]1421。

過：[宋][元]100 失善根。

還：[福][膚]375 一則，[宮]224，
[甲]1828 不能盡，[甲]2254，[甲]
2339 不退説，[明]345 想於諸，[明]
1584 中修者，[三][宮]1634 墮不能，
[三][宮]425 墮聲聞，[三]125，[三]
196 是時，[三]211 於是，[三]1340
散如，[乙]2263 起疏云，[元][明]227
者是故。

迴：[宮]2121 引四種。

即：[甲]2371 位耶餘。

進：[甲]2269 二文，[三][宮]425

上首智，[元]309 轉行精。

遄：[甲]1761 生死豈。

留：[原]1308 十七退。

迷：[宮][聖]397 轉。

滅：[甲]1708 釋曰。

起：[三]618。

去：[三][宮]435，[三][宮]644，[三]143，[三]196 於時阿，[三]1485。

却：[明][和]261 還以是，[三][宮]813 坐一面。

捨：[原]1822 非得爲。

身：[明]2076 入衆雲。

失：[三][宮]1523 淨轉變。

是：[甲]2434 祕奧云，[三][宮][聖]354 我所愛，[三][宮]637 所可無，[宋][宮]675 事何以。

貪：[三][聖]397 心爲衆。

天：[三][宮]1611 次第入。

通：[宮]1548 不住是，[甲]1828 而言有。

違：[甲]1733 失也四，[三][宮]397 失神通，[三][宮]653 沙門法。

限：[甲]1771 數二飛。

現：[元][明]1522 心故。

消：[三][宮]451 散各起。

形：[明]1525 生天中。

迅：[甲]1782 辨三應。

已：[甲]1823 棄捨故。

異：[宋][宮]、即[元][明]630 座而坐。

遇：[元]721 已若。

早：[三][宮]606 還者謂。

追：[宮]1551 變心熱，[三][宮]309 尋分別，[三][宮]2041 佛頓止。

作：[明]310 微妙味。

娩

悅：[原]、一[甲]1098 妙好三，[原]1098 澤香芬。

吞

唶：[宮]500 然。

答：[甲][乙]1816 也三重。

滴：[明]2076 巨海始。

居：[乙]2092 今。

美：[甲]1964 食口。

命：[甲]1289 二丸命。

天：[三]988。

無：[三]、不[宮]2121 忍恥愧，[元][明]234 食又。

屯

長：[聖]1563 聚相依。

此：[宮]2060，[三][宮]2060 難飢餒，[聖]2157 赴闍數，[聖]2157 負留難。

佗：[明]2145 眞般舟，[明]2145 眞陀羅，[明]2149 眞所問，[三]2149 眞陀羅，[宋][元][明]2150 眞陀羅，[元][明]2034 眞，[元][明]2149 眞陀羅，[元][明]2151 眞陀羅。

封：[三][宮]2060 赴闍各。

毛：[石]1509 崤摩甄，[宋][元][宮]、守[明]1421 門者信。

營：[三]397 三者毀。

迍：[三][宮]2102 則，[三][宮]2103 否相隨，[三][宮]2103 及若。

豚

狗：[三][宮]397 麞鹿鷹。

豕：[三]606 之屬設，[三]1341 中生已。

鈍

純：[元]1435。

鈍：[明]1435 餅闍浮。

乇

僤：[三][宮]2066 其。

吒：[甲]2348 次帝須。

托

佗：[三][宮]397 次。

拂：[甲]1987 子。

拓：[甲]2006 妙門易，[甲]2006 如，[元][明]2103 跋元魏。

提：[甲]2006 起皆是。

扡：[甲]1805 腥臊。

託：[宮]1799 根境以，[甲][乙]1239 跨以右，[甲]1238 跨以，[甲]1239 胯右上，[甲]1248 腰上其，[甲]2006 人捃拾，[甲]2039 生于此，[甲]2039 焉可笑，[三][宮]721 知識諸，[三][宮]2122 右手亦，[三][聖]1579 石跳躑，[三]2149 跋鮮卑，[宋][元]1057 次以右，[宋][元]1057 豎五，[元][明]2016 內發解。

馲：[甲]2036 駝負經。

招：[甲]1238 跨。

柘：[甲][乙]1239 跨右手。

杔

託：[甲]2039 汝家家。

拖

把：[甲]1268。

杜：[三]、－[甲]1356 羅襧三。

犯：[甲]1267 鉢。

施：[宮][聖][石]1509 字門入，[三]100 魚鼈黿，[聖]224 張海邊，[宋]、陀[元][明]984 羅願雨。

陀：[宋][宮][聖]、[元][明]1425 著肩上。

柁：[元][明]、施[西]665 訶怛喇。

柂：[三][宮]1442 師曰。

拕

抱：[三][宮]2104 眞人三。

地：[明][宮]603 恚相恚，[聖]1435 曳革屣。

放：[甲]2300 光天人。

施：[宮][聖]、柂[元]223 字門入，[明]603 不拕。

他：[三][宮]1425 覆肩上。

拖：[宮]299 撲。

託：[甲]2039 迴軒輆。

陀：[丁]2244 那訶羅，[甲]1828 南義三，[三][宮]1602 南伽他，[三]1545 南頌皆，[宋][元][宮]、檀[明]2122 那波羅。

柂：[甲]1828 南，[甲]1828 南此云，[甲]1828 耶名親，[甲下同 1828 南，[明]1094 婆拕，[三]、棺[宮]1594

南頌，[三][宮][聖][另]765 南曰，[三]
[宮][聖][另]765 南曰，[三][宮][聖]
[知]1579 南曰，[三][宮][聖]765 南
曰，[三][宮]278 字時入，[三][宮]310
那平等，[三][宮]765 南曰，[三][宮]
1536 南曰，[三][宮]1539，[三][宮]
1539 南頌，[三][宮]1562 梨經告，
[三][宮]1579，[三][宮]1579 南，[三]
[宮]1579 南曰，[三][宮]1579 耶住清，
[三][宮]1594 南，[三][宮]1602 南教
謂，[三][宮]1602 南曰，[三][宮]1606
南曰，[三][宮]1648 爲得善，[三][宮]
2059 自安隱，[三][宮]下同 1536 南頌
初，[三][宮]下同 1579 南諸佛，[三]
985 鼓瑟侘，[三]985 引末達，[三]
1397 句八，[三]下同 1579 南曰，[聖]
1602，[宋][元]、[明]985 大仙，[宋]
[元][宮]1539 南頌後，[元][明][宮]
1629 已，[元][明]1579 南曰。

呢：[石]、吒[高]1668 南頌總，
[石]、咤[高]1668 南大總。

呀

哆：[三]643 面皺語。
他：[宮]721 食糞餓，[甲][乙]
1098，[三][宮][聖][石]1509 字門入，
[三][宮][另]410 迦多阿，[三][宮]下
同 370 襧二十，[三]1341 競，[元][明]
1336 婆抧留。
咃：[明]1336 襧。
太：[三]、太[宮]221 卒不能。
陀：[三][宮]410 彌二十，[三]25
隋言。

呢：[甲][乙]1098 摩，[三][宮]
1435 陀。

託

詫：[乙]850。
記：[宮]1462 生目揵，[宮]2060
雖未見，[甲]2266 境，[甲]2270 差別
發，[明]2145 生之，[三][宮]2060 可
謂師，[聖]1595，[宋]1537 爲親族，
[宋][宮]、吒[元][明]443 麻反，[原]、
原本註曰唐論作説 2339 非聲聞。
繼：[三]202 餘命大。
訖：[甲]974，[甲]1102 怛囉二，
[甲]1735 故還在，[甲]2036 質周氏，
[明][乙]1086 灑二合，[明]1591 境生
不，[三][宮]1591 後時自，[三]2145
有無度，[乙]1822 有非。
任：[甲]1728 化。
説：[宮]227 阿毘，[宮]1442 迦
此大，[甲]1709 質生喻，[甲]2266
然，[甲]2299 彌陀二，[甲]2339 事
顯法，[三][宮][聖]222 言也菩，[三]
193 是事理，[乙]2778 衆疑以。
他：[甲]1120 二合。
拓：[甲][乙]894 之此是，[明]
2103 跋行恭，[明]2122 心神然，[三]
[宮]2122 神感聖，[元][明]2059 跋壽
西。
托：[甲][乙]1799 風風質，[甲]
1103 又以右，[甲]1103 作此印，[甲]
1973 佛本願，[甲]2017 此因緣，[甲]
2266 故意説，[明]1450 生餘，[明]
1636 母胎生，[明]2103 牧母生，[明]

2123 右手亦，[三]1559 胎心次，[三]2059 跋熹，[三]2063 樹下功，[元][明]203 右手亦。

　　駞：[三][宮]2104 駝來便。
　　現：[宋][元][宮]2121 生王宮。
　　異：[三][宮]2102 人畜隨。
　　緣：[甲]1828。
　　誑：[甲]2128 也説文。

祐

　　祐：[甲]2128 非傳文。

脫

　　安：[宮]385 處過者。
　　拔：[明]1442 觀知世。
　　北：[甲]2255 地論人。
　　辯：[三]1019 地藏。
　　此：[乙][丁]2244。
　　道：[甲]2371 緣不定。
　　度：[宮]656，[三][宮]403 知見品，[三]754 衆生如。
　　段：[甲]1851 得故花。
　　斷：[三][宮]721 生死縛，[三][宮]1425 命。
　　奪：[三][宮]402 三苦，[三][宮]1437 取波夜，[聖][知]1579 者答依。
　　墮：[宮][另]1428 作若患。
　　服：[宮]398 寶，[三][宮]637 十方中，[聖]、脫下[宮]1428，[聖]1509 衣隨意。
　　縛：[三][宮][聖]1509 無所有，[原][乙]1775 一門本。
　　觀：[宮]616 故隨心。

　　脫：[宋]1982 道十力。
　　即：[甲][乙]2261 諸漏及。
　　既：[宮]263 所可講，[三][宮]2058 不如，[三][宮]2123 至，[三]201 爲身命，[另]765 衆苦邊。
　　腳：[聖][另]1459 者於孔。
　　解：[宮]309 門法諸，[宮]384 故現有，[甲]1733 次徵，[甲]2317 靜慮，[甲]2317 及定道，[明]220 有情顛，[明]1547 汝梵志，[三][宮][西]665 不可爲，[三][宮]1462 罪，[聖]125 人，[聖]1464 宿罪殃，[聖]1543 又世尊，[聖]1582 有三種，[聖]1788 贊曰恒，[宋]32 是。
　　淨：[甲]1851 義體無。
　　救：[三][宮]382 一切衆。
　　離：[三]1332 生死苦。
　　昧：[三][宮]397。
　　門：[三][宮][聖]292 三昧正。
　　免：[三][宮]2060 難乃惟，[乙]1822 鴿身過。
　　能：[甲]2266 證得有。
　　訖：[三]25 了彼等。
　　切：[甲]2196 智障無。
　　闕：[三][宮]1425 無此。
　　如：[聖]1458 如衘有。
　　銳：[元][明]2121。
　　若：[甲]1821 不現前。
　　射：[宮]1548 方便術，[三][宮][聖]1548 脫智，[三][宮][聖]1548 亦如是，[聖]1548 方便。
　　設：[三]397 布施已，[元][明]172 有此藥。

勝：[博]262 皆得深，[宮]732 二十，[宮]659 脫世間，[宮]674 云何差，[甲][乙]2259 處遍處，[甲][乙]2391 者魔即，[甲]2266，[明]1153 寃敵悉，[三]99 苦法，[三]1340 摩那婆，[三][宮][聖]425 功德，[三][宮]263，[三][宮]588，[三][宮]1607 名求解，[三][宮]2104 潁當時，[三]356 亦無所，[聖][另]1543 已脫當，[聖]1818，[另]285 門猶如，[宋][宮]649 復令解，[宋]356 無所念，[元][明]1549 彼已思，[元][明][宮]614 此死者，[知]1579 道者謂。

時：[三][宮][聖]1579。

說：[敦]1960 禪定得，[宮]310 以憐愍，[宮]633 無作無，[宮]721 化一切，[甲]1735 文一從，[甲][乙][丙]1184 法音行，[甲][乙]1709 所得功，[甲][乙]2219 文，[甲]1112，[甲]1828 境智證，[甲]1851 盡苦道，[明]198 邪信勇，[明]205 美色，[明]375 觸因無，[明]627 佛言舍，[明]1507 一切如，[明]1552 隨信行，[明]1562 正智何，[三][宮]481 衆生其，[三][宮]2043，[三][宮]2123 是心口，[三][宮]263 設有願，[三][宮]294 之藏正，[三][宮]397 經論汝，[三][宮]403 隨，[三][宮]458 不起念，[三][宮]585 眞諦之，[三][宮]618 諸惡趣，[三][宮]815 一切法，[三][宮]1509 義深語，[三][宮]2122 獲得四，[三]375 以是義，[三]1015 令一切，[三]1534 修多羅，[聖]1546 道起四，[聖][另]302 衆

語言，[聖]475 法門如，[聖]1595 衆生三，[聖]1763，[宋]1545 各以自，[宋][宮]276 亦不，[宋][宮]222 智慧善，[宋][宮]397 善男子，[宋][宮]816 以三，[宋][元][宮]1548 猶豫重，[乙]1816 凡夫疑，[乙]1816 如觀戲，[元]264，[元][明]403，[元][明]411 煩惱羅，[元][明]810 有何結，[元][明]2016 法華經，[原]1776 爲法供，[原]2196 爲十住。

統：[三][宮][別]397。

凸：[三][宮]1428 出蓮華。

退：[甲]2759 於衆苦。

蛻：[明][宮]387 皮，[三]374 故皮，[三]374 皮爲死，[元][明]190 於故皮，[元][明]385 皮樂。

晚：[甲]2299 莊嚴即，[聖]1763 耶僧亮。

腕：[甲][乙][宮]1799 骨髓。

曉：[甲]1744 故稱長，[甲][乙]1929 諸三論。

邪：[原]1724 欲無明。

有：[宮]1566 故縛則。

歟：[乙]2250。

悅：[宮]425 無餘罣，[宮]721 已於四，[明]222，[聖]292 三昧暢。

諸：[聖]310 者隨向。

駝

駱：[博]262 駝或生，[三][宮]1451 駝形佛，[三][宮]2122 駝，[三][宮]2122 駝狐狗，[三][宮]2122 駝來。

駞：[宋][元]1242 駞形同。

驠

駱：[三][宮]1476 駞無能，[三][宮]2053 駞其所，[三]86 駞。

佗

佗：[丙]862，[乙]2244 縛膩摩。
詑：[三][宮][聖]586。
陀：[甲]2035。

陀

阿：[丙]2227 那法而，[丁]2244 利柯，[高]1668 帝跋多，[高]1668 哆択槃，[宮]397，[宮]397 何，[甲]1335 羅婆地，[甲]1909 行佛南，[甲]2130 隣尼經，[甲]2230 上囉合，[明]374 那伊帝，[明]1354 羅尼章，[三]2088 羅炬，[三][宮]1509 那中，[三][宮]2121 那笈多，[三]99 羅毘迦，[三]984 瞿縷陀，[三]1332 羅那帝，[三]1340 浮底，[三]1485 秦言無，[聖]157 羅尼阿，[聖]2157 隣尼目，[另]1451，[元][明]384 波魔那，[元][明]984 死陀羅，[元][明]1336 利蛇婆，[元][明]2154 賢王經。

啊：[三][宮]1646 等字貫。
跋：[三]2153 羅於楊，[宋][元][宮]1464 同字耳。
陂：[宋][元]2155 菩薩經。
波：[三][宮]1425 那如是。
茶：[三][宮]721 羅屠兒。
池：[宮]721 流河次，[宮]2121

娑比，[甲]2130，[三][宮][聖]397 次名天，[三][甲]1335 舍，[三]985 國，[三]1348 三十六，[聖]1462 者廣説，[石]1509。

持：[三][宮]1539 堅最爲，[三][宮]1595 訶那三。

裼：[三][宮]、明註曰南藏作墮2122 脱畫状。

怛：[甲][乙]2396 羅即是。

達：[甲]1709 羅帝也，[三][宮]1428 羅飯佛。

地：[宮]397 八襄咭，[甲]2128 羅也薩，[三][宮][聖][另]1451 迦羅怙，[三][宮]721 稻次名，[三]190 目多華，[三]201，[三]987 漚究隷，[三]2145 出百句，[三]2154 譯單本，[聖]125 比丘是，[聖]125 闍比丘，[聖]1421 比丘常，[聖]2157 羅造顯，[宋][宮]895 囉木或，[宋][明][甲][乙]921 尾二合，[元][明][丙][丁]866 迦，[元][明]2034 三部十。

逗：[原]1818 善解一。

度：[三][宮]1509 阿羅呵，[三][宮]1521 三藐三。

多：[甲]2130 羅摩弗，[甲]2266 羅尼於，[甲]2289 羅尼宗，[明]671 林，[明]1331 羅阿，[三][宮]327 刹中者，[三][宮][聖]1464 優婆夷，[三][宮][石]1509，[三][宮]1425 羅呪若，[三][宮]1435 阿羅漢，[三]1 翅舍欽，[三]190 羅葉往，[聖]224 羅鬼神，[聖]310 阿伽陀，[宋][元][宮]1808 會五條，[元][明]1256。

伽：[明]1435 等乾草，[三]1331。

供：[甲][乙]2390 物者便。

海：[甲]923 羅尼。

呵：[三][宮]632 竭阿羅，[元][明][宮]632 竭。

訶：[宮]224 那含阿。

洹：[三]375 精舍聽。

居：[聖]1435 會何等。

陵：[元][明]2034 羅尼經。

羅：[甲]2130 越國應，[三][宮]1435 提舍四，[三]1 羅高，[宋][元]1 羅山不，[乙]2408 野可。

摩：[三][宮]2034 弟子復。

那：[宮]386 羅摩睺，[明]397 羅摩睺，[明]310 羅等，[明]386，[明]386 羅摩睺，[明]397 羅摩睺，[明]397 羅生大，[三]、[宮]657 羅摩睺，[三][宮]657 羅摩，[三][宮][聖]223 羅摩睺，[三][宮][聖]754 羅一，[三][宮][聖]1428，[三][宮]223 羅摩，[三][宮]223 羅摩睺，[三][宮]408 羅摩，[三][宮]479 羅或復，[三][宮]657 羅摩，[三][宮]848，[三]99 羅聚落，[三]下同 310 羅等供，[聖]1462 蘇那尼，[元][明]671 羅摩睺，[元][明]397 羅摩睺，[元][明]945 羅樂。

捺：[甲]1965 能乙反。

尼：[明]2154 邪舍，[三][甲]901，[三]201 果膚如。

泥：[原]2271 此云所。

婆：[明]1335 呵離毘，[明]1421 夷為欲。

阮：[宋][宮]、陀[元][明]1505 展

轉相。

蛇：[宮][聖]383，[明]1336 蛇那慕，[三]、池[宮]2121 端正巨。

施：[宮]1509 羅國，[三][聖]、世[宮]481 君二萬，[聖]125，[聖]2157 耶唐云，[原]、施[甲][乙]1306 主，[原]、施[乙]1796 是，[原]1771 然燭明。

隨：[丁]2244 訛也夫，[聖]1421 園入，[另]1509 是佛意。

他：[丙]862 齒木十，[宮]263 美香畫，[宮]374，[宮]379 婆訶，[宮]400 二合引，[宮]440 佛南無，[甲]1781 阿伽度，[甲]2266 中言識，[甲][乙]850 等，[甲][乙]850 曰，[甲]923 曰，[甲]982 讚諸星，[甲]997 即説偈，[甲]2130 私耶者，[甲]2130 者香摩，[甲]2250 唯自，[甲]2261 摩，[甲]2266 中説心，[甲]2339 佛，[甲]2339 功德故，[明][宮]1443 曰，[明]316 俱胝百，[明]316 衆恭敬，[明]1086 夜弭，[明]1450 而説頌，[明]1636 所得或，[三]1341 阿伽多，[三][宮]、昆用 545 羅國一，[三][宮]489 化自在，[三][宮]2040 比丘，[三][宮][聖][石]1509 字即知，[三][宮][石]1509 天人得，[三][宮]300 曰，[三][宮]397 達摩却，[三][宮]408 阿，[三][宮]415 到於第，[三][宮]479 阿伽度，[三][宮]587 得毘婆，[三][宮]833，[三][宮]1461 翻出此，[三][宮]1462 毘婆舍，[三][宮]1488 毘婆舍，[三][宮]1509 阿，[三][宮]1509 等，[三]

[宮]1509 那由他，[三][宮]1523 空，[三][宮]1545 故無量，[三][宮]1545 羯磨説，[三][宮]1546 羅陀人，[三][宮]1546 如來所，[三][宮]1559 中説，[三][宮]1562 理故彼，[三][宮]2053 梵文訛，[三][宮]2121 在胎令，[三][聖]190 阿，[三][乙]1092 上儞，[三]1，[三]24 阿伽度，[三]99 賣，[三]190，[三]190 羅去，[三]190 那〔，[三]190 陀羅陀，[三]203 阿伽陀，[三]984 邏莎干，[三]1162 而讚頌，[三]1331，[三]1598 中諸瑜，[三]2125 斯乃復，[聖]26 大臣，[聖]26 利象愛，[聖]26 王，[聖]190 阿伽，[聖]190 阿伽度，[聖]200 羅是我，[聖]371 羅花摩，[聖]626，[聖]953 羅火加，[聖]1440 尼五種，[聖]1509，[聖]1509 梨能，[聖]1509 是我大，[聖]2042 子制於，[宋][宮]397 那瞿摩，[宋][宮]1451 而陳謝，[宋][明][宮]400 行乃以，[宋][聖]190 阿，[宋][乙]1200 引，[宋][元][宮]1451 曰，[宋][元][宮]2122 曰，[宋][元][宮]765 無問自，[宋][元][宮]1435 尼以是，[宋][元][宮]1451 烟，[宋][元][宮]1459，[宋][元][宮]2121 在胎令，[宋][元][宮]2122 更爲授，[宋][元]2061 乃將紙，[宋]190 阿伽度，[宋]190 若祁富，[乙]850 已，[原]1744 大，[原]1851 那識八。

咜：[明][甲]901 去音。

壇：[三][宮]1660 那波羅。

檀：[宮]397 摩呋六，[宮]1546

那，[三][宮]2123 那波羅。

坦：[乙][丁]2244 洛。

逃：[宮]721。

提：[三]26 國往詣，[三]26 未生怨，[三]1336 五婆羅。

荼：[和]293 羅，[甲]2168 羅經一，[甲]2414 羅花，[三][甲]1101 羅等雜，[乙]912 羅持珠，[乙]2394 羅亦名。

扷：[丁]2244 羅夜叉，[三][宮]1559 以生爲，[宋][宮][西]、柂[元][明]665。

咃：[三]1 伽陀餘。

沱：[明]125 含比丘。

柂：[宮]1545 耶阿遮，[明]310 那波羅，[三][宮]295 字時入，[三]468 制點耽，[三]985 車夜阿，[三]985 枳喇拏，[三]1364 囉陀。

跎：[宋][元]901 跋達囉。

馱：[三][宮]272 須菩提，[三][宮]1545 羅國西，[三][乙][丙]848 喃一達，[三][乙]1075，[三]2153 跋陀羅，[宋][元]264 毘吉利。

駄：[東]643 名功，[甲]1709 義如上，[甲]1742 羅國名，[明]158 如來令，[明]663，[明]1450 耶，[三][宮]2034 耶舍譯，[三][甲][乙]970 耶蒲，[三]982 龍王，[乙]2777 者肇曰。

駝：[三][宮]2122 之氣，[三]2122 竹林時。

鮀：[三][宮]2102 之媚色。

暹：[三]1 支多羅。

耶：[明]2123 尼人生，[三][宮]

2123 尼有此。

吔：[宮]1435 波耆。

伊：[三]1331 字首安。

吒：[甲]2130 譯曰八。

咤：[甲]2223 天也塵，[石]、咤[高]1668 南大總。

質：[三]100 女算。

沱

流：[甲]1735 天童迎，[乙]1736 者即僧。

陀：[三][宮][聖]1537，[元][明][甲]901 屈邊者。

柂

抱：[聖]1788 耶我如。

地：[宋][宮][聖]664。

施：[三]1336 比知呵。

檀：[明]310 那波羅。

拖：[另]下同 1442 于時。

扡：[三]985 大聲鄔，[聖]310 那便增，[聖]1458 處曬穀，[宋]1095 縒麃可。

陀：[三]1016 多瞿諦，[元][明]985 鞞多茶。

桅：[三]184 架九者。

砣

矴：[甲]1828 迦此云。

跎

跋：[宮][聖]1462。

陀：[三][宮][聖]1463 來到佛，[三][宮]1451 跋蹉因。

詑

佗：[明]893 娑馱。

詫：[明]、託[甲]1080 沃刈諦，[三][乙]1092 魋賈反，[三]1092 誐跢俟。

誐：[三]1092 誐跢。

記：[元][明]951 誐。

託：[甲][乙]1250 也，[甲]850 迦詑，[甲]1828 故無依。

陀：[甲]1782 羅尼辨，[三][乙]1092。

馱

純：[三][宮]2122 地可。

怚：[乙][丙]873 波那夜。

大：[三][聖]375 佛侍者。

但：[乙]1258 娜沫思。

地：[乙]867 馱。

弟：[乙]867 馱。

多：[甲]908 南引。

馱：[元]1243 曩三合。

默：[宮]2034 耶舍秦。

娜：[甲]2219。

馴：[聖][另]1435 充滿來。

談：[甲][乙]901。

陀：[煌]262 波羶禰，[宮]389 觀察衆，[明]2122 漢言，[三][宮]278 跋陀，[三]278 跋陀，[三]1283 羅尼者，[宋][宮][甲][乙][丙][丁]848 字形或，[宋][元]848 喃一係，[元][明]278 跋陀羅。

馱：[三]、但宋本混用 375 天眼見，[三][宮]279 如來承，[三][宮]

1562 都八，[三][宮]1563 羅山竭，[三][宮]下同 1442 耶及餘，[元][明]下同 375 比丘即。

駄：[三][宮]下同 310 如來應。

駝：[宋][元]1451 索迦一。

馱

陀：[三][宮][博]262。

馱

跋：[三][宮]847 泥三十。

馳：[丙]982 藥叉住，[三][甲][乙][丙]、－[丁]1146 夜。

達：[明]1153 吽。

大：[宮]下同 2043 長老見，[甲]1775 為始得，[三][宮]374 佛。

地：[明]954 囉。

弟：[乙]867 馱阿，[乙]1069 引毘。

多：[甲]2397 今第六，[明]954 南阿鉢，[三][甲]972 沒。

馱：[元]2058。

那：[甲]1112 引捨野。

捺：[原]975 迦馱迦。

驅：[三]1341 摩。

陀：[甲][乙]2397 後漢代，[明]1646 四亦，[三][宮]2040 首祇入，[三][乙]1092 上嘯六，[三]1015 扇多譯，[三]2153 於道場，[聖]2157 波，[乙]2394 印身相。

馱：[元][明]375 言世尊。

駝：[甲]2250 此云堂，[三][宮]2053 馬還，[三][宮]2122 鞍轡謂。

槖

囊：[甲]、槖音托來註[宮][甲]1912 使風具。

驏：[宮]2087 駝卑小。

馳

馳：[甲]、[乙]1796 奢。

駝

馳：[宮]1425 走向水，[宮]2053，[三]154 經第五，[三]154 載瓦器，[三]643 步初，[宋][元][宮][聖]1442 馬待至。

驢：[三][宮]2122 騾牛馬。

馬：[宮]1451 口或中。

蛇：[聖]1425。

馱：[聖]、[甲]1723 有作駱。

陀：[三]984 龍王慈。

橐

橐：[甲]2128 省聲音。

鼉

鼉：[三][宮]2085 水性怪。

龜：[三]186 之首。

蛇：[宮]606 及。

柝

岸：[宮]2034 廣羅英。

坼：[三][宮]263 唯一男。

杵：[甲]2039 形或作。

析：[宋]、杵[宮]2103。

唾

陲：[聖]1537 生。

埵：[三][宮]882，[三][宮]370 唎阿。

栚：[三][宮]、筏[聖]2042。

呵：[三]99 突目佉。

淚：[元][明]606 在前諦。

睡：[宮][另]1442 窬見彼，[三][宮]2122 蟲風吹，[宋]、埵[明]643 者自有，[元]1331 呪不。

吐：[明]629 膿血惡。

淫

唾：[三]203 糞穢不，[宋][明][宮]616 汗垢肪。

淫：[宮][甲]1805 者羯磨。

W

洼

　　往：[聖]953。

窪

　　衰：[三][宮]2060 隆固爲。

鼀

　　鼀：[三]682 毛及與。

瓦

　　耳：[甲]2129 反避俗。
　　凡：[宮][聖][另]1442 鐵身，[宮]2103 今猶，[宮]2122 官龍宮，[宮]2122 官寺沙，[宮]2122 坏間破，[宮]2122 瓶若木，[甲]1775 礫盡寶，[甲]2362 塔未解，[三][宮]1463 鐵所作，[三]2049 解，[聖]1451 器庫中，[宋][元][宮]1424 木作四，[原]、凡[乙]1744 師見過。
　　蓋：[三][宮]606 之塗治。
　　見：[宮]607。
　　九：[甲]2120 鴟。
　　瓶：[甲]893 礫等物，[三][宮]1620 等諸分。

　　其：[甲][乙]894 器所謂。
　　死：[宮]1443 器中多。
　　丸：[明]2103 此又未。
　　兀：[三][宮]1459 頭爲制。
　　厎：[甲]2128 爲之短。

袜

　　栢：[三][宮]2060 額布裩。
　　鞅：[宋][宮]901 過右，[宋][宮]901 絞肚。
　　襪：[三][宮]1428 或作。

嗢

　　唱：[甲]2087 祇羅國，[聖][另]1451 逝尼，[另]1451 逝尼國。
　　咀：[宮]665 尸羅呾，[元][明]848 蘖。
　　路：[甲]2135 喇馱。
　　曼：[乙]2223 陀南奇。
　　溫：[明][乙][丙]857，[三]985 獨亭喻。
　　殟：[三][宮]1597 柁南諸。

襪

　　韈：[明]1686 等，[三][宮]2060

遇同進，[三][宮]2103 遇。

韤

韤：[甲][丙]1209 哩二合，[三]、
韤無鉢反[丙]982 囉拏二。

靺：[甲]1175。

襪：[三][乙]1244 以灑引，[宋]
[元]、[宮]742 澡水已。

哇

蛙：[三][宮]2103 哥聽之。

喎

唱：[甲]970 不斜善。

咼：[宮][博]262 斜不厚，[宮]694
斜脣不，[明]721 口復見，[明]721 口
望救，[宋][元][宮]、[聖]1451 遊歷
事。

崴

威：[明]、葳[宮]2103 紆高。

外

本：[元][明]2016 質有無。

彼：[聖]1428 自稱言。

辨：[乙]2249 心爲因。

別：[丙]2190 金，[甲][乙]1822
有境就，[甲]2262 説乃有，[甲]2270
無別合，[甲]2281 遮失之，[甲]2287
更，[明]2122 同前不，[原]2262 假名
依。

不：[甲]1921 觀得是，[甲]1921
則請。

床：[三][宮]1546。

寸：[元][明]2059 外非意。

大：[聖]2157 國將四。

等：[原]2248。

多：[甲][乙]2391 四供養，[明]
1602 資具或。

而：[乙]2263 具發心。

法：[甲]1719 之名昔，[三][宮]
656 無所著，[聖]1509 法中攝，[宋]
[元][宮]1548 境界智。

凡：[三][宮]739 經書無。

非：[甲]2255 道爲道，[甲][乙]
2309 外境也，[甲]2250 道遍身，[三]
[宮]657 道尼揵，[三][宮]1548，[乙]
1822 道説如，[原]1863。

分：[三][宮]656 別無識。

伏：[明]26 怨敵是，[三]125 怨
緣彼。

供：[甲]2217 者外香。

裏：[三][宮]607 處大便。

還：[甲]904 相叉仰。

閣：[甲]2017 十界具。

後：[甲]2397 之。

及：[乙]2396 一切佛。

解：[甲][乙]1822 別有形，[甲]
[乙]1929 更轉增，[甲]1828，[甲]1828
思擇作，[甲]2263 難也無，[甲]2339
言無，[乙]2261 違理，[乙]2263，[原]
1744 無漏體，[原]2317 按模倣。

介：[元][明]2059 意雖學。

久：[乙]1816 遇。

絶：[三][宮]2040 人。

林：[甲]1735 無不破。

門：[明]1450 多諸象。

內：[宮][聖]1453 遊行無，[甲]2196 嚴今，[甲][乙]2397 供菩薩，[甲]908 無置位，[甲]1088 塵色聲，[甲]1717 入等，[甲]1736 方便者，[甲]2261 人多難，[明]1423 解，[三][宮]743 自思惟，[三][宮]1509 見麁不，[三][宮]2104 乖太祖，[三][宮]2108 津梁家，[三][宮]2123 時彼珠，[三]201 不宜自，[三]212 通者是，[石]1509 虛空以，[宋]945 湛明入，[乙]1723 病應為，[乙]2390 若修降，[乙]2391 縛二風，[原]851 縛風鉤，[原]1141 第一分，[原]2241 四供彼。

前：[甲]2314 三十，[三][宮]1507 遇優波，[三]161 而令縛，[三]1058 若欲降。

上：[甲]1736 更加息，[乙]2396 七。

身：[甲]1828 者名之。

升：[甲]2067 此說法，[乙]2376 飯有限。

昇：[甲]1775 降之。

聲：[甲]2266 是常其，[原]2271 是常其。

時：[明]、內[宮]1544 時名無。

是：[甲]1922 來故離。

叔：[原]2196 云相下。

殊：[甲]1721 道謂見，[甲]2299 浪加耶，[明]1450 乃居中，[三][宮]2102 方聰敏。

水：[宮]606 風，[宮]901，[宮]1537 所攝濕，[甲][乙]1822 別有器，[甲]1728 復有銜，[甲]2087 而穴之，

[明][宮]2122 氣鬼神，[三]1566 法為生，[三][宮][聖]292 所災或，[三][宮]1470 國不，[三][宮]1545 海此八，[三][宮]2122，[三][聖]125 像金色，[三]190 鐵圍山，[三]1548 汁及餘，[三]2122 冷風來，[三]2122 隨，[聖]613 境界以，[聖]1441 道食不，[聖]1562 諸色故，[另]1451，[宋]1，[元][明]99 門，[知]1441 道來為。

他：[三][宮]272 力。

太：[宮]2103 丁治三，[三][宮]2109 丁治三。

瓩：[三]212。

往：[三]203 餘無所。

臥：[甲]2068 疾少時。

下：[乙]、內[乙]2317 造色在。

小：[宮]657 道。

邪：[三][宮]534 道興隆。

心：[三][甲]951 畢無成。

行：[甲]1735 不依善。

義：[原]2262 委細解。

永：[三][宮]2102 沈之俗。

又：[三]211 由來無。

於：[原]1700 相也謂。

餘：[甲]2814 觀故瑜。

怨：[三][宮]410 敵守護。

中：[甲]2301 道名無。

眾：[三]201 典極為。

作：[甲]1735 念麁分。

剜

刳：[三]2122 其。

挽：[宮]620 取女根，[宮]620 於

頂上，[聖]200 眼施鷲。

豌：[三][宮]374 豆乾時。

豌

登：[聖]1425 豆九粟。

灣

污：[甲]2323 水規宣。

丸

凡：[宮]1543 執縷放，[甲]2128 聲下落。

鉤：[三][宮][另]1428 燒爛五。

見：[三]1435 藥在一。

九：[明]1544 縷盡便，[明]2145 自息謂，[聖]1428 鹽樓，[另]1451 作孔此，[元]100 大地土，[元]721 虫其觸，[元]1227 三金鍱，[元]2103 累十。

縷：[三][宮]1425 時若作。

瓦：[元]2122 從地獄。

尤：[元]237 如微。

刓

刻：[宋]167 絶之爲。

汍

汎：[甲]2128 瀾上胡。

岏

岏：[宋]、[元]2103。

完

充：[宮]2045 目。

兒：[三]732 等耳有。

壞：[元][明][聖]397 破若有。

兒：[宋][宮]292 具無缺，[宋][宮]556 堅中多。

貌：[宮]263 具。

貌：[宋]1331 具者悉。

齊：[三][宮]2053 整法令。

肉：[甲][乙]1833 心即從，[甲]1813 身女害，[甲]2317 煩惱識。

阮：[宋][宮]、院[元][明]2060 韜女也。

宛：[三]2063 具瓦官。

先：[甲]2255 汝。

最：[甲]2183 珍仁録。

玩

琬：[三][宮][聖]1537 鳩教山。

翫：[宮][聖]278 好之物，[甲]1924 將爲眞，[明]2131 以爲至，[三][宮]309 習本願，[三][宮]309 習不，[三][宮]2103 清虛既，[三][聖]291 習無上，[聖]278 種種寶，[宋][宮]309 不，[元]、願[乙]1092 修法。

現：[甲]2035 好即脱。

玭：[宮]2102 文之麗。

紈

丸：[原]1776 於高頂。

捖

梡：[明]893 五穀謂，[原]920 呪經一。

垸：[乙]2394。

頑

顧：[三][宮]630 無所問。

規：[三][宮]2102 巾糈之。

頯：[三]362 健欲令。

頃：[三][宮]2104 俗多迷，[宋]483 佷不與。

詮：[原]1776 假以名。

顏：[原]2196 佛處故。

宛

充：[甲]1781 大，[甲]1813 慈悲外，[甲]1813 飢同攝，[甲]1813 數若彼，[甲]2337 滿虛空。

惡：[宮]721 轉如是。

寂：[甲]1735，[甲]2396 然亦是。

恐：[三][宮]541 見棄捐。

疏：[原]2408 用之。

死：[明]293 在他手。

完：[宮]2060 是一物，[宮]2122 轉不自。

惋：[宋][明][宮]、宛[元]、明註曰宛南藏作冤 665 胸欲破。

婉：[宮][聖][另]1428 轉在地，[宮]664 轉光明，[宮]2059 然若舊，[甲]1772 轉表菩，[甲]1733 轉，[明]220 而旨，[三][宮]2123 動宮商，[聖]643 轉邍光，[聖]643 轉於衆，[聖]1428 轉，[宋][流]365 轉葉間，[宋][宮][久]397 轉，[宋][宮][聖]613 轉入琉，[宋][宮]2040 轉蛹生，[宋][宮]2122 轉益深，[宋][元][宮][聖]613 轉吹諸，[宋][元][宮]1546 轉遊戲，[宋]1092 轉于地，[宋]1161 轉右旋。

綩：[宋][元][宮]1546 轉遊戲。

跪：[三][宮]1421 轉于地，[宋]262 轉腹行。

虛：[甲]1267 然至莫。

窓：[甲]2128 也對也。

苑：[甲]1735，[甲]2217 然文，[宋][元][宮]2060 同前夢，[宋][元]2061 陵，[宋]2103 以釁深。

挽

拔：[明]2121 骨後若。

劃：[三][宮]721 而打。

扼：[聖]1547 犁如是。

勉：[宮][聖]425 之是曰，[宮]606，[宮]607 頭髮破，[三][宮]2058 而出之，[知]266 拔癡憂。

謀：[三]202 他兒今。

抛：[宋][宮]1421 薄領痛。

晚：[三]212 行而。

輓：[明]、打[宮]1503，[明][甲]989 引多訖，[明][乙]1092 諸有情，[明]152 車，[明]721，[明]721 出其舌，[明]721 床敷或，[明]721 摸之處，[明]721 其筋地，[明]721 曳若以，[乙][丙]2092 歌詞朝。

曉：[三][宮]2121。

援：[三]203 弓射佛。

枕：[三][宮]721 臥敷手。

捉：[宮]1509 樹頭以。

盌

盂：[甲]2006 盛雪明。

盥：[三]2149 盌酌用。

梡：[宮]2122 見諸男，[三][宮]2122 非時飲，[三][宮]2122 手巾及，[三][宮]2122 我亦不，[三][宮]2122 中得舍，[三][宮]2122 中盛滿，[宋][宮]2122 釘令文。

琓

琬：[三][宮]2060 道張朝。

菀

施：[三]186 園以國。
苑：[宮]2060 之英秀，[甲]2128 珠叢云，[三]186 圍其處，[元][明]397 浴池衣。

脘

腕：[原]920 骨。
院：[丙]2392 四指在。

惋

駮：[三]202。
恨：[三][宮]1507 若爲象。
慨：[甲]2128 慨上換。
死：[宮]2122。
剜：[三]375 手比。
宛：[三]1463 轉於地。
婉：[三]1336 約美妙。
梡：[明]、怨[明]202 一婆羅，[三]374 手比丘。
怨：[三]2122 苦聲，[聖]1463 歎已與。

婉

府：[宋]、俯[元][明]、宛[宮]

2103。

腹：[宮]1435 轉擲物。
姟：[甲]1802 也前後。
絕：[宮]2053 清虛實。
統：[另]1428 轉還相。
宛：[甲]1964 轉覩茲，[明]1435 轉犯者，[明]1435 轉擲物，[明]1450 轉譬如，[明]2122 轉平任，[三]187 轉于地，[三][宮]1545 轉而戲，[三][宮]272 轉如善，[三][宮]378 轉自擗，[三][宮]2040 轉，[三][宮]2040 轉迴遑，[三][宮]2059 轉，[三][宮]2102 而，[三][宮]2103 轉響桴，[三][宮]2121 轉腹行，[三][宮]2121 轉號咷，[三][宮]2121 轉其上，[三][宮]2122 轉灰，[三][宮]2123 轉此相，[三][宮]2123 轉其，[三][宮]2123 轉土，[三][宮]2123 轉眼中，[三][宮]下同 2121，[三][宮]下同 2121 轉麾知，[三][甲]1227 轉紺，[三]26 轉糞中，[三]187 轉發大，[三]220 轉右旋，[三]263 轉忖度，[三]263 轉在地，[三]643 轉自撲，[三]2121 轉見是，[三]下同 643 轉腹，[三]下同 643 轉腹行，[三]下同 643 轉自撲，[宋][宮]2123 綣相著，[乙]895 轉焰，[元][明]452 轉流出，[元][明]187 轉遊戲，[元][明]664 轉見是，[元][明]2122 轉低。

統：[宋]2145 巧而不。
跿：[元]、宛[明]2122 轉腹，[元]、宛[明]2122 轉其上。
腕：[三]193 手柔弱。
怨：[三][宮]2122 動宮商。

琓

婉：[乙][丙]2092 文舉無。

菀

免：[三]、兔[宮]2060 羅。

椀

梡：[乙]1796 蓋合之。

挽：[甲]2128 反上聲。

盌：[宮]1804 等十誦。

碗：[明][甲]901，[明][乙]994 乳
粥，[明]2076 作聲夾。

腕：[三]2154 奮發不。

垸：[丙]973 亦安壇。

枕：[三]1428 與食根。

晚

後：[三]143 臥早起。

監：[宮]1451 田問。

今：[甲]2006 又覺饑。

免：[宮]332 女。

勉：[宋][元][宮]269 但當。

婆：[三]1642 及於帝。

脫：[甲]2130 行摩尼，[甲]1813
四而出。

曉：[三][宮]2104 登即下，[三]
[宮]2104 又重發，[三][宮]2122 即，
[三][宮]2122 捨去寶，[聖]2157 劉李
傳，[宋][宮]2122 還蒲州。

睕

苑：[三][宮]2053 過之者，[三]
[宮]2103 風過氣。

輓

挽：[乙]2092。

綰

管：[宮]2059 五衆既。

綜：[三]2122 達於是。

綣

純：[宮]310 綖妙物。

統：[甲]2084，[甲]1813 此中有，
[甲]1813 攝故爲，[甲]2084 法師上，
[甲]2084 攝此洲。

婉：[三][宮]620 綣相著，[宋]
[明][宮]、宛[元]2122 綣相著。

萋：[宋]1。

踠

宛：[明]1636 轉，[三][宮]2122
轉。

綩：[宋][宮]、宛[元][明]2122
轉眼中。

万

不：[乙]1796 物之因。

成：[甲]、了[甲]1839。

方：[宮]2103 念故，[甲]1709 爲
億此，[甲]1782 能了説，[甲]1839 成
比量，[甲]2035 山李長，[甲]2036 等
千條，[甲]2196 美也隋，[明]2043 比
丘皆，[三][宮]374 者所謂，[三][宮]
2058 羅漢亦，[聖][另][甲]1721，[聖]
953 鬼魅族，[宋]784，[乙]2092 侯醜
奴，[乙]2157 奢述。

力：[明]201 身。

十：[三][宮]2121 里志願。

卍：[明]2103 字千輻，[明]190 字。

卐

卍：[宮]279，[宮]279 字相，[宮]279 字依寶，[甲]2290 字等是，[明]1096 字西國，[三]、屯[宮]279 字名吉，[三]、萬[宮]279 字，[三][宮]279 字相輪，[三]279 字金，[元][明]279 字等相。

卍

田：[丙]2286 若漢。

万：[宮]672 字師子，[宋][宮]、卍[明]671 德處及。

萬：[甲]2036 庵顏公，[明]2076 字背，[三][東]643 字卍，[三][宮]276 字師子，[三][宮]2034 字經一，[宋][宮]901 字，[宋][元]945 字涌出，[宋][元][宮]399 字大人，[宋][元][聖]643 字令女，[知]579 字七。

忨

翫：[三][宮]656 習不捨。

萬

安：[三]2059 石後至。

白：[宋]、百[宮]2122 餘里棄。

百：[宮]2121 端三，[宮]455 歲，[宮]657 分乃，[甲]1999 里都無，[甲]2300 里鵬玉，[甲]1260，[甲]1512 川歸海，[甲]1709 萬行願，[甲]1728 機之徒，[甲]2261 數人時，[明]385 四千垢，[三]278，[三][宮]2121 端一身，[三][宮]2122 億日月，[三]2110，[聖]2157 餘卷今，[宋]210 物，[元][明][聖]224 億菩薩，[元]2122 歲受飢。

比：[明]205。

等：[三][宮]635 有億千。

反：[宮]2087 餘里靜。

梵：[宮]1703 行以布。

方：[丁]1958 難行之，[宮]761 願現前，[宮]278 梵天在，[宮]279 那由他，[宮]901，[宮]1549 端喜，[宮]1592 偈修多，[宮]1592 四千，[宮]2060 計天寺，[宮]2121 餘人中，[宮]2122 彭祖皆，[甲]953 遍則終，[甲]1709 矣又賢，[甲]2266 諸有情，[明]1129 獲壽一，[三][宮]279 宮殿樓，[三][宮]453 時閻浮，[三][宮]618 來是戒，[三][宮]1463，[三][宮]2104 恨不追，[三][宮]2121 羅漢一，[三]187 八十由，[聖]1199 遍當獲，[聖]1462 乃至海，[另]1721 德作大，[宋][宮]403 菩薩得，[宋][元][宮]2103 畝望山，[宋]377 律儀一，[宋]632 佛已起，[宋]1982 恒沙等，[乙]2397 不，[乙]1796 物莫不，[乙]2070 餘，[乙]2408 天眷，[元][明][宮]403 天悉以，[元][明]185 神侍衛，[元][明]1656 倍勝自，[元][明]2060 村中田，[元]1463 億金錢，[元]2122 像，[元]2123 阿僧祇。

佛：[明]1509 世作轉，[三][宮]598 國滿中。

功：[甲]2214 德。

貫：[甲]1969 構屋六。

果：[甲]952 行悉皆。

劫：[甲]2339 乃至合。

六：[明]2122 國連。

麻：[甲][乙]2207 名醫別。

邁：[宋]2145 日而不。

莫：[甲]1765 境去來。

乃：[乙][丙]2777。

千：[甲]1742 億那由，[甲]2881，[明]1462 供衆僧，[三][宮][聖]425 里梵志，[三][宮]263 劫未曾，[三][聖]643 由旬七，[三]190 衆聲聞，[三]2060，[聖]643 戶虫，[聖]1462 衆生即。

前：[甲]1736 類不異。

切：[宮]2102 邪滅矣，[聖]410 八千及。

十：[宮]507 戶戶有，[甲]1172 四千十，[甲]2425 踰繕那，[明]2106 歲時中，[明]2106 歲時雖，[聖]125 種九萬，[宋]125 戶比丘。

天：[三][宮]790 民請自。

卍：[宮]2122 字處色，[甲]1799 字涌出，[明][甲][乙]901 字光焰，[明]190 字莊嚴，[明]613 字衆相，[明]643 字印中，[明]1097 字香印，[明]1097 字印俯，[明]2103 字左右，[明]2122，[三][宮]1522 字胸出，[三][宮]2122 字處猶，[三][宮]2122 字於胸，[三][宮]2122 字之相，[三]643 字印相，[元][宮]579 數以此。

五：[三]2103 苦競來。

物：[甲]1881 像本空。

下：[三]125 民改行。

藥：[甲][乙][丙]2231 草，[乙]2396 物所須。

業：[三][宮]2122 泉人，[宋][明]2108 則雖死。

一：[三][甲]1097 遍所須。

億：[乙]1736。

有：[甲]1512 相而體，[原]2410 法王出。

之：[甲]2239 云。

衆：[乙]1909 苦若如。

腕

胲：[三][宮]1546 膿血汗。

腳：[宮]901 內向肩。

胯：[三]寬[宮]1435 上繫縷。

脫：[乙]2408。

捥：[聖]1579 釧臂釧，[聖]1425 乃至一，[聖]1579 釧臂釧，[聖]1579 揮戈。

捥：[甲][乙]1073 上皆作。

宛：[明][乙]1092 轉若加。

挽：[三][宮]1428 捉衣者。

脘：[甲]1156 右押左。

椀：[宮]721，[聖]190 來是時，[聖]190 指脛釧，[聖]1425 若截小。

翫

既：[三][宮]2103 習小道。

儞：[甲]1268 或。

說：[原]2263 五種差。

說：[聖]225 習而今。

玩：[內]866 最上喜，[明]156 習遠離，[三][宮]2102 崇無用，[三][宮]2122 前後數，[三]152 佛經，[乙][丙]2092 精奇車，[元][明]840 故曰大，[元][明]210 習邪見，[元][明]309 而不捨，[元][明]309 之，[元][明]468 詐現求。

習：[聖]2060 彫飾文。

現：[明]2123 要。

學：[乙]2087 人以功。

庀

陀：[甲]2129 也從人。

汪

潢：[三][宮]1425 水中，[三][宮]1435 池水中。

江：[聖]1428 水若渠。

洗：[宋][宮]、洸[知]384。

洋：[三]2103 沖深莫。

住：[宮]1425 水當看。

注：[宮]1428 水若有，[明]1425 水洗手，[宋][明][宮]2122 水。

侸

匡：[聖]190 怯行無。

亡

不：[三][宮]2060 疲開悟。

出：[聖]、云[另]1442 是故汝。

殂：[三][宮]2121 讓國與。

二：[宋]1331 者無量。

己：[甲]1709 相修無。

忌：[甲]1717 泯不二，[甲]1718

我爲本，[甲]1736 情相。

劫：[元][明]152 肉晨。

盡：[甲]1921 者億。

立：[宋][元][宮]1451 龍白佛，[元]222 是爲十。

六：[元]1616 故佛爲。

母：[三][宮]2121 背立阿。

去：[三]152 舅入處，[宋][元]1424 者物著。

三：[甲]1830，[另]1721 無復累，[宋]下同 1082 箇。

喪：[三][宮]1488 之，[三]125 菩薩行，[原]1851 名爲無。

上：[甲]2128 財物則。

失：[宮]1546 國富貴，[宋]172 太子不。

士：[甲]1709 説，[宋][元][宮]2103 匿而免。

世：[宮]1647，[三]153 王及人，[原]2317 能所。

市：[乙]1306 不起境。

死：[宮]2025 而亡故，[三][宮]1451 次翻，[三]2063 寡居鄉，[石]1668 義能令。

巳：[甲]、育[甲]2193 六弊病，[甲]1512 詮不名，[甲]1921 失正念，[甲]2128 王注云。

土：[甲]2128 昉反下。

王：[甲]1709 説聽，[甲]2128 登反韻，[三]152 女既歸，[聖]1421 失寶物，[原]1828 果亦亡。

網：[三][宮]2103 之疑蓋。

妄：[宮]1799 故，[三][宮]1470，

[宋]1670 其冥自。

忘：[宮]687 本志惠，[甲]1735 言象内，[甲]1735 緣故後，[甲][乙]2254 失餘八，[甲][乙]2296 慮，[甲]1735，[甲]1735 假説依，[甲]1735 言故約，[甲]1735 證理達，[甲]1736 皆悉自，[甲]1736 躯求法，[甲]1736 三輪故，[甲]1736 失，[甲]1736 言者可，[甲]1736 庸鄙紹，[甲]1737 修離言，[甲]1775 盡歡法，[甲]1784 十三略，[甲]1789 也三和，[甲]1852 慮絶豈，[甲]1909 身爲法，[甲]1937 終則圓，[甲]2039 之國不，[甲]2053 除去一，[久]1488，[明]2016 言迷之，[明]99 失不愛，[明]125 失財寶，[明]146 其，[明]192 天地，[明]606 失財物，[明]2053 緣俯應，[明]2102 體盡畢，[三]209，[三][宮]1562 失又見，[三][宮][甲]2053 小小衣，[三][宮][聖][石]1509 亦不失，[三][宮][聖]224 一句一，[三][宮][西]665 身弘正，[三][宮]221 悉失其，[三][宮]222 失不墮，[三][宮]224 是比失，[三][宮]270 失所在，[三][宮]272 正見之，[三][宮]285 失已衆，[三][宮]403 失降伏，[三][宮]665 身濟物，[三][宮]765 失正念，[三][宮]1435 沒破僧，[三][宮]1509 失當在，[三][宮]1513 倦勤也，[三][宮]1552 失，[三][宮]1646，[三][宮]1817 瑕，[三][宮]2034 身利物，[三][宮]2059 身，[三][宮]2060 達爲本，[三][宮]2060 疲弘務，[三][宮]2103 封而爲，[三][宮]2104，[三][宮]2122 地獄無，[三][宮]2123 失讐恨，[三][聖]、志[宮]222 失神通，[三][聖][宮]1509 是，[三]23 失之佛，[三]125 失轉輪，[三]154 失兒，[三]192 失非方，[三]212 失是故，[三]291，[三]291 道者指，[三]291 失猶如，[三]418 之佛告，[三]2145 身之誓，[聖][石]1509，[聖]222 失無上，[聖]222 失至于，[聖]224 佛語須，[聖]224 失復，[聖]224 雖有是，[另]1442，[宋]、毀[元][明]152 行，[宋][宮]754 國嗣是，[宋][明]187 憍陳，[宋]2145 靜尋遺，[宋]2145 通覺應，[乙][丙]2092 家捐生，[乙]1723 身殉法，[乙]2261 懷益物，[元][明][宮]2059 身十一，[元][明]425，[元][明][元][明]2059 身誦經，[原]2241。

望：[甲]1512 詮。

無：[甲]2826 虚妄心，[三][丙][丁]866 桂反，[乙]866 可反含。

息：[甲]1736 則迴出。

言：[三][宮]2104 姚生一。

一：[宋][元]154 得生天。

已：[丁]2187 猶在三，[甲]1736 疏離慳，[甲]1783 假也不，[甲]1830 故螺髻，[甲]1830 何故餘，[甲]1851 果德出，[甲]1851 情契實，[甲]2299 名有餘，[三][宮]263 時，[三][宮]2060 是非論，[三]2145 更生經，[聖]1723 次五頌，[宋][宮]2060 後集録，[乙]1821 斷也若，[原]1819 號振三，[原]1858 沒街巷，[原]2317 果不生。

曰：[甲]1736。

云：[宮]2122 載，[甲]1709 故即六，[甲]1709 詮勝義，[甲]1709 相故佛，[甲]1881 言就言，[甲]2792 有盧山，[三][宮]2060 前謂曰，[三][宮]2103 滅如惜，[三]2149 是公述，[聖][另]1443 殁其夫，[聖]224 心有所，[聖]2157 躯若必，[聖]2157 五人俱，[宋]、忘[元][明]2103，[乙][丙]2777 身心乎，[乙][丙]2777 於分別，[元][明]2106 罔素。

之：[甲]1733 猶如破，[三]201 者至。

止：[甲]2128 也説文，[宋][元]2060 龍泉漸。

卒：[明][宮]2122 義熙中，[三]2145 子纂襲。

王

不：[另]1721 釋今昔，[宋][元]99，[元]1451。

長：[宋][元]125 者豈異。

臣：[三][宮]1451 依命初，[另]1451 我且觀，[宋][宮]2040。

持：[三]198 前共諍。

次：[乙]2391 左南小。

促：[三][宮]2122 縛洗浴。

大：[甲]1736 乘勝。

旦：[甲]2230。

當：[聖]790 當識此。

等：[三][宮]2122 大臣工，[三]25 悉皆起。

帝：[甲]1705 爲五帝，[明][聖]225 釋矣故，[三][宮]、一[聖]410，

[元][明]156 釋前立，[元][明]156 釋言我，[知]384 釋將我。

二：[甲]1784 義則令，[三][宮][聖]1595 家具足，[聖][另][甲]1733 家具足，[宋]2121 諸釋一，[元]1425 家二狗。

法：[甲]2229 根本一，[甲]2826 故東方，[聖]1。

佛：[聖]1 塔思慕，[聖]200 所求索，[元][明]2122 出家並。

父：[宮]263 慧難解，[三][宮]2122 即請師，[三]192 爲。

高：[宮]1451 光淨無。

告：[三]25 語彼等。

工：[三][宮]2060 人繕改，[三][宮]2122 書而不，[宋]2122 等不治，[元]159 今所受。

光：[明]1336。

國：[三][宮]2040 阿，[三]397 名善意，[聖]1425 位。

華：[宮]402 捨其自。

皇：[甲]2036 之教密，[甲]2036 之凶暴，[明]2103 后若斯，[明]2122 護持世，[三][宮]638 后太子，[三][宮]2122 聖人歟，[三]152 帝釋四，[三]152 神器明，[乙]2092 子又除。

或：[宋][元]2121 聞勅令。

即：[甲]2087 諸仙侶，[三][聖]172 便請之，[乙]2385 當用布。

己：[宋][宮]2103 體大仁。

經：[三]2149。

居：[三][宮]1425 四天下。

俱：[三]23 圍遶從。

君：[三][宮]2122 時有小。

匡：[明]2060 宗鄴下。

狂：[聖]2157 經。

來：[明]2122 勅臣作。

量：[三][宮]721 如是妨。

羅：[宮]664 難陀龍。

門：[宮]2040 王見此。

母：[宮]414 常於長，[明]310 園林如，[三]172 烏曰宜，[三]200。

年：[宋][宮]2034 甲午佛。

女：[三]982 威德具，[原]1239。

其：[三][宮]2123 面色不。

全：[宋][元]、令[甲]950。

人：[明]2121 墮大地，[三][宮]895 變四大，[三][宮]2112 大域中，[宋]279 此上過。

壬：[甲]2168 歌一部，[聖]2157 子二年，[乙]2174 名例立。

汝：[甲]997 說此。

三：[宮]2058 出家學，[宮]278 佛，[宮]507 受，[宮]1546 所居宮，[宮]2078 曰夫三，[宮]2103 名雖一，[宮]2121 即召千，[甲]1736 日，[甲]2130 波陀梨，[甲]2190 如來也，[甲]2339 從所破，[甲]2397 此則大，[明]1593 路，[明]1644 善見樹，[明]2110 世紀云，[明]2145 經一卷，[三]2103 子既得，[三]1 不要論，[三]395 者經典，[宋][宮]1442 所呪願，[宋][元][宮]1462 以三月，[宋][元]671 論末世，[宋][元]2034，[宋]2122 曰今論，[乙]2391 經云我，[元]2122 名曰光，[元][明][宮]2053 仲妙於，[元][明]

847 服王服，[元]227 舍利如，[元]638 教匿態，[元]639 無堪抗，[元]1227 王煙生，[元]1435 捉若賊，[元]1451 衣服桮，[元]2060 經，[元]2103 父子十，[原]2339 諦善知。

僧：[宮]1435 聞臭不。

上：[甲][乙]2394 大蓮華，[甲]2239 如來文，[明]719 事若有，[明]310，[明]2151 聞以女，[明]2154，[三][宮]656 眾行，[三][宮]2121 如人屈，[三]2103 徵士，[三]、天[聖] 99 天日日，[聖]446 所敬佛，[宋]、藏[元][明][甲]901 小女法，[宋][聖]、出眾山上[元][明]125 王面如，[宋]2034 宗二部，[乙]2396 如來般，[中]440 佛南無。

神：[三][宮][聖]371 夜叉鳩，[聖]663 那羅延。

生：[丙][丁]848 三昧時，[宮]374 亦復如，[宮]2112 之蓬廬，[甲]2266 所問諸，[甲][乙]1822 八戒，[甲][乙]2394 供養，[甲]1782 淨信正，[甲]1789 生死者，[甲]2035 業力水，[甲]2212 位局在，[甲]2399 義釋意，[明]2016，[明]318 弘慈心，[明]801 催伺命，[明]1450，[明]1450 乃至五，[明]1451 作大，[三]25 一息名，[三][宮]2103 王力拔，[三][宮][聖]278，[三][宮][聖]379 者無攀，[三][宮]425 若干月，[三][宮]443 如來，[三][宮]1521 出神嶽，[三]193 當審覺，[三]682 色界處，[聖]1462 先要若，[聖]2157 郭子儀，[聖]2157 經，[宋][元]

[宮]1451 宜自決，[宋]125 種所問，[宋]381 無所倚，[乙]2261 詣下欲，[乙]2394 三昧起，[元]、至[明]1647，[元][明][宮]310 何謂爲，[元][明]376 名字不，[元][明]664 境界越，[元][明]1421 乃免，[元][明]1451 應於此，[元][明]1521 皆所歸，[元][明]1521 者，[元][明]2121，[元]374 不能及，[原]、至[聖]1763 五種涅。

勝：[甲]1736。

聖：[甲]2300 者夏殷，[三][宮]2121 即勅侍。

時：[三]196 乘天車。

士：[宮][聖]397，[宮]374，[宮]1451 咸持國，[三][宮]2103 文殊師，[三]153 善哉，[三]2145，[宋][元]2104 河西名，[宋]2122 生大悲。

世：[三][宮]310 尊王現，[三]125，[三]440 佛南無。

太：[三]125 子報曰，[聖]200 子比丘。

坦：[三]2110 便驚云。

天：[宮]2122 經説，[和]293 及王夫，[甲]997 祕密主，[甲][乙]1822，[甲]1708 得無生，[甲]1775 得不，[甲]2299 子問般，[明]201 所尊敬，[明]293 所聽受，[明]321 身色光，[三][宮][聖]397 告諸天，[三][宮]286 無欲界，[三][宮]638 轉輪聖，[三][宮]721 唯愛我，[三][宮]721 諸天女，[三][宮]2103 爲域中，[三][宮]2108 爲願首，[三][宮]2122 忉利此，[三][宮]下同620 手持梵，[三]1 皆謂我，

[三]193 請佛至，[三]264 迦陵頻，[聖]663 及餘眷，[聖]586 中亦不，[聖]663 及無量，[宋][宮]310 於今者，[宋][元]2040 兄弟左，[元][明]1 言天王，[元][明]573 種種多，[元][明]2026 四輩大，[元][明]2123 宮。

童：[原]2410 子經一。

土：[宮]、明註曰王流通本作土279 衆生海，[宮]310 太子適，[宮]664 不可思，[宮]2040 無威神，[宮]2043 起八萬，[宮]2108 久無太，[甲]2035 供世傳，[甲]2128 云歆謂，[甲]2362 所逼迫，[明]99 善，[明]337 名呵當，[明]673 縱廣百，[明]2016 也寶積，[三][宮]2060 汲引天，[三]682，[三]2122 分我經，[聖]225 參正，[聖]379，[宋]224 皆，[元][明]425，[元]203 聞之亦，[元]264 藥上，[元]2122 國中有，[原]、土[甲]1782 欣謂欣。

汪：[甲]2035 謡獎文。

亡：[甲]2039 云初萱，[甲]2296 迭遷，[宋][宮]534。

彺：[三][宮]2123 因緣佛。

往：[甲]、至[丙]2087 淳風遐，[元][明]193 惡道觀。

旺：[甲]1969 人皆尊。

位：[甲]1709 臣聽受，[甲]2895 資變化，[三][宮]565 出，[三]193 我當殺。

五：[宮]1421，[宮]1451 怖二無，[宮]1549 婆利，[宮]2103 阿育者，[甲]1848 心所相，[甲]1735 位之身，[甲]1805 百問，[甲]2168 瑜伽觀，

[甲]2207 藏定魂，[明]501 施設供，[宋]99 五欲不，[宋]2154 經序記，[元][明]2149 師子潼，[元]2122。

下：[明]159 坐金剛，[三][宮]410 一切諸，[宋]1 聲摩。

心：[甲][乙]1244 能滿衆，[甲][乙]2309 所緣以，[元][明][宮]1656 心願未。

性：[宮]309 下先當。

玄：[三][宮]2060 將。

牙：[明]1153 爪者不。

言：[丙][丁]848 救世者，[明]310 我見須，[三]190 曰大王，[三][宮]2042 喚使來，[三]205 譬如海，[三]2122 一切。

羊：[元]2122 一。

因：[三][宮]2122，[三]171 呼一。

用：[三][宮]2122 國內若。

有：[明]125 見彼，[三][宮]721 修施戒，[乙]1822 豈非取。

又：[三]2043 所作優。

與：[明]1425。

玉：[宮]279 作樹根，[宮]669 所在之，[宮]2060 之季，[宮]2103 門金科，[宮]2103 之宗下，[宮]2108 泉博士，[宮]2122 公共造，[和]293 砌壘其，[甲]2168，[甲]2339 互飛風，[甲][乙]2425 女寶伽，[甲]853 以嚴飾，[甲]1068 色黃青，[甲]1983 毫光，[甲]2036 行符勅，[甲]2087 母曰子，[甲]2128 從甄省，[甲]2128 使發光，[甲]2129 俱反顧，[甲]2129 樸也非，[甲]2399 宮殿於，[明]721 金光明，

[明][宮]425 女等而，[明]375 如今所，[明]721 王領國，[明]1450 增長色，[明]1656 樹忍辱，[明]2087 將往佛，[明]2104 汝過之，[明]2131 瑩千輪，[明]2149 稚遠，[明]2154 經同本，[三][宮]721 金剛，[三][宮][聖]1462 女法師，[三][宮]310 以爲其，[三][宮]329 女識，[三][宮]329 女識乾，[三][宮]329 女言汝，[三][宮]453 女中最，[三][宮]721 以爲寶，[三][宮]901 樹，[三][宮]2060，[三][宮]2103 京而凝，[三][宮]2103 形飛天，[三][宮]2112 京仙宇，[三]1 女共於，[三]101 女已得，[三]178 所願難，[三]192 女形，[三]192 心，[三]721 毘琉璃，[三]1982 手，[三]2059 筍弟子，[三]2060 豐，[三]2102 又，[三]2106 泉以爲，[三]2110 慚其暉，[三]2110 房祝，[三]2110 烏垂，[三]2123 女來以，[三]2145 像前見，[三]2149 華宮寺，[宋][宮]646 寶網鈴，[宋][宮][明]294 自，[宋][明][宮]397 疊天女，[宋][元][宮]721 色毘琉，[宋][元]2061 裝瓊樹，[宋][元]2088 大塔七，[宋][元]2153 泉寺弘，[宋]721 波頭摩，[宋]1982 手普接，[宋]2103 及金人，[乙]2218 其石漸，[元][明]158，[元]186 曰，[原]1992 女抛梭，[原]1776 女。

曰：[明]524 正受境，[三]99，[原]2425 正。

在：[甲]2035 廬山與，[元]54 舍國有。

者：[明][甲]995 作此觀，[三]26

汝謂異。

正：[宮]374 令事梵，[宮]374 善哉善，[宮]721 所應若，[宮]2040 位領閣，[宮]2122 時，[甲]1736 釋後解，[甲]2128 法人也，[甲][乙][丙]2003 勅既行，[甲]1735 心故三，[甲]1736 甚驍武，[甲]1736 自述云，[甲]1805 法宜尊，[甲]1805 明中初，[甲]2039 教早入，[甲]2128 言阿迦，[甲]2128 也食龍，[甲]2129 也謂，[明]2110 得無漏，[明]220 都而心，[明]293 國而得，[明]310 住彼岸，[明]376 法是時，[明]620 力士，[明]1428 殺父惡，[明]1442 所歡言，[明]1450 法化世，[明]1450 欲科罰，[明]2016 法何者，[明]2034 宗錄，[明]2121 作是言，[明]2123 正懸一，[三][宮]278 心得，[三][宮]310 法而説，[三][宮]625 行寂靜，[三][宮]721 處其中，[三][宮]2060 妙思滔，[三][宮]2103 位斯及，[三][宮]2122 夫，[三]99 位受，[三]190 安其彼，[三]682 位及營，[三]682 智常觀，[三]1602 書算計，[三]2149 翻經律，[聖][另]279 道六通，[聖]2157，[聖]2157 齋經一，[宋][宮]、五[明]382 法諸婆，[宋][元][宮]1650 風化譬，[宋][元]201 等積寶，[宋][元]2034 起八萬，[宋]152 者是我，[宋]272 言大師，[宋]1341 治中能，[宋]1670 言善哉，[宋]2059 母夜夢，[宋]2106 而，[宋]2121 遂詣，[宋]2122 得相比，[宋]2153 法念處，[乙]2092 儀同之，[元][明]209 意故用，[元]26 人所捉，[元]231 菩薩摩，[元]984，[元]1332 子葬送，[元]1451，[元]2088 疊石爲，[元]2109 在位五，[元]2110 聿修萬。

之：[甲]1724 者判彼，[聖]211 曰乃往。

至：[甲]1698 十方非，[甲]1708 得性空，[甲]1708 法樂忍，[甲]1708 天上正，[甲]2082 所王起，[明][宮]221 阿迦膩，[明]2040 及，[明]2123 助供即，[三]、一[甲]2087，[三][宮]425，[三][宮]606 宮具爲，[三][宮]1462 忿心轉，[三][宮]2122 軍將至，[三][宮]2123 德益之，[三][乙]1092，[聖]1462 生兒我，[聖]1670 言當，[聖]2157 奉，[聖]2157 雖，[乙]912 去垢，[元][明]397 處遮障，[元][明]5 乃受，[元][明]329 亦願大。

志：[宮]694 能作一。

中：[三][宮]2122 欲得親，[三]202 大健鬪，[森]286 積聚衆。

衆：[聖]125 隨時所。

珠：[明]305 莊嚴。

主：[丙]973，[宮]272 奪失火，[宮]549 聞佛世，[宮][聖][知]1579 能於，[宮][聖]2034 虛空藏，[宮]272 來相侵，[宮]310 者彼妙，[宮]402 勤加擁，[宮]444 我盡精，[宮]448 佛南無，[宮]649 隨喜故，[宮]664 領最爲，[宮]664 能令天，[宮]824 者説安，[宮]1442 衆所瞻，[宮]1451 靈，[宮]1474 過日中，[宮]1546，[宮]1799

以上化，[宮]2074 北，[宮]2121 四天
下，[和]293 恭敬供，[甲]1735 菩薩
位，[甲]1736 如日普，[甲]1912 四季
故，[甲]2095 恩而重，[甲]2219 也梵
云，[甲]2266 立不，[甲]2266 通因
果，[甲]2300 菩薩偈，[甲]2870 大，
[甲][乙][丙][丁]865 自然總，[甲][乙]
[丙]1098 各并眷，[甲][乙][丙]2003
相如總，[甲][乙][丙]2381 爲羯磨，
[甲][乙][丙]2397 即是大，[甲][乙]
867 毘首羯，[甲][乙]1821 天唯一，
[甲][乙]2207 劫初人，[甲]893 使者
心，[甲]895 説三萬，[甲]895 誦念
其，[甲]895 眞言主，[甲]923 如對
目，[甲]1110 等驚怖，[甲]1122 固縛
禪，[甲]1201 以不順，[甲]1227 以諸
龍，[甲]1718 從佛口，[甲]1731 經云
三，[甲]1733 意欲，[甲]1736 勢力
無，[甲]1782 四他方，[甲]1802 名曰
威，[甲]1828 第，[甲]1925 故現三，
[甲]1957 即是前，[甲]1969 以寧，
[甲]2036 猶有抗，[甲]2092 孫皓宅，
[甲]2164 大臣，[甲]2193 言若，[甲]
2222 恩德亦，[甲]2223 護念衆，[甲]
2230 所説眞，[甲]2396 乃至佛，[甲]
2397 賞功罰，[明]882 從自心，[明]
896 六十四，[明]2131 而共輦，[明]
[和]293 第六佛，[明][聖][甲][乙]983
執刀與，[明][乙][丙]1209 禮淨，[明]
154 在諸梵，[明]190 從其人，[明]
190 偸食鳥，[明]193 名堅金，[明]
228 來菩薩，[明]278 帝釋無，[明]
310 告諸，[明]397 見彼，[明]414 徐

行從，[明]493 人民，[明]721 釋以
柔，[明]721 言此阿，[明]882 大明
曰，[明]1187，[明]1421 典領國，[明]
1442 報曰彼，[明]1509 法委任，[明]
1562 者如王，[明]1579，[明]1594 示
行種，[明]2040 四子，[明]2087 甚珍
異，[明]2122 人，[明]2122 土，[明]
2122 聞遣工，[三]1982 王人王，[三]
[宮]、[另]1442，[三][宮]228 與欲界，
[三][宮]638 化五道，[三][宮]657 治
諸城，[三][宮][甲]895 足下面，[三]
[宮][聖][另]1451，[三][宮][聖]1581
以善方，[三][宮][另][石]1509 尚自
滅，[三][宮][另]1428 善好不，[三]
[宮][另]1442 師子於，[三][宮]272 爾
時復，[三][宮]376 國王阿，[三][宮]
386 心大歡，[三][宮]477，[三][宮]
493 人民與，[三][宮]649 世尊能，
[三][宮]692 王侯，[三][宮]720 名曰，
[三][宮]721 迭互相，[三][宮]721 領
或爲，[三][宮]721 牟修樓，[三][宮]
721 如天王，[三][宮]721 於鏡壁，
[三][宮]721 至此林，[三][宮]837 於
衆得，[三][宮]848，[三][宮]1435 約，
[三][宮]1443 尊者，[三][宮]1451 是
故不，[三][宮]1477 庫藏好，[三][宮]
1509 是義如，[三][宮]1521，[三][宮]
1656，[三][宮]2034 姚興厚，[三][宮]
2034 姚興遙，[三][宮]2034 澤被撫，
[三][宮]2045 別善惡，[三][宮]2059
自暢獻，[三][宮]2060 不望其，[三]
[宮]2102，[三][宮]2104 傾，[三][宮]
2108 有所不，[三][宮]2121 不與他，

[三][宮]2121 中爲太，[三][宮]2122 常行忍，[三][宮]2122 以天智，[三][宮]2122 種種宮，[三][甲][乙]970 釋提桓，[三][甲][乙]2087，[三][甲]950，[三][甲]955 先應印，[三][聖]99 第一長，[三][聖]99 三十三，[三][聖]190 出世法，[三][聖]190 次名寶，[三]24 如是勅，[三]99 常爲人，[三]120，[三]125 大臣長，[三]125 唯願世，[三]152 隣國靡，[三]154，[三]158 刹佛名，[三]163 今此坐，[三]184，[三]186 門吏見，[三]192 能移金，[三]193 名爲大，[三]201 所讚少，[三]202 所受，[三]202 統臨四，[三]212 且欲求，[三]246 修不可，[三]246 一切聖，[三]318，[三]375 大臣長，[三]455 建立七，[三]681，[三]682 而生於，[三]1033 自支分，[三]1243 能，[三]1257 名作此，[三]1331 此神主，[三]1341 功德亦，[三]1509 事我等，[三]1611 像不成，[三]2110 問，[三]2122 釋言當，[三]2145 既契宿，[三]2153 所行檀，[聖]279 或名，[聖]2157 下五部，[聖]26 是王謂，[聖]271 殺生者，[聖]279 在空中，[聖]285，[聖]566 亦復乞，[聖]639 號堅固，[聖]639 師子吼，[聖]953 輪王佛，[聖]1451，[聖]1723 貴庶宗，[聖]2157 瑜伽，[宋]201 宮智能，[宋][宮]402 倍加付，[宋][明]184 墮地便，[宋][明]1331 名曰迦，[宋][元][宮]、生[明]、明註曰生南藏作主 2122 非法，[宋][元][宮]、生[聖]318 於四方，

[宋][元][宮]387 如師子，[宋][元][宮]445 如來東，[宋][元][宮]447，[宋][元][宮]1506 受者若，[宋][元][宮]1547 因彼故，[宋][元][宮]2045 約勅獄，[宋][元][宮]2103 報檄破，[宋][元]212 以巾覆，[宋][元]993 如是言，[宋][元]1185 大臣，[宋]125，[宋]414 大智難，[宋]1459 及兵力，[宋]2061 嗣位院，[西]665，[乙]2425 教依之，[乙][丙][丁]2092 故柱國，[乙][丁]2244，[乙]895 及結喇，[乙]966 其印如，[乙]966 四隅四，[乙]1239 同至佛，[乙]1709 一切聖，[乙]1796，[乙]1821 臣等別，[乙]1909 一曰迦，[乙]1978，[乙]2207，[乙]2207 今，[乙]2228 佛部，[乙]2250 人身象，[乙]2391，[乙]2391 世間迦，[乙]2391 西方一，[乙]2396，[乙]2396 領，[乙]2397 故曰祕，[乙]2782 舍城耆，[元][明]、王若[三]99 須珍寶，[元][明]63 無上大，[元][明]379 阿闍世，[元][明][丙][丁]869 瑜伽於，[元][明]152 梵志覩，[元][明]231 領娑婆，[元][明]278 大衆圍，[元][明]414，[元][明]474 阿閦如，[元][明]681 轉輪四，[元][明]1335 拔留那，[元][明]1426 或捉或，[元][明]1427 或捉或，[元][明]1484 菩薩從，[元][明]1537，[元][明]2060 弘福思，[元][明]2087 今已寂，[元][明]2108 之制，[元]190 而說偈，[元]201 身毛皆，[元]205 無異四，[元]228 帝釋，[元]374，[元]397 者於佛，[元]539 共爲法，[元]553 曰

此，[元]665 心所愛，[元]895 然後所，[元]1008 過，[元]1421 大，[元]1435 爲地主，[元]1451 既被將，[元]1451 所都處，[元]1451 有，[元]1451 曰若，[元]2060 臨白馬，[元]2102 僧孺答，[元]2121 見惡相，[元]2121 喜問所，[元]2122 侯家五，[原]1149 者以南，[原]2196 今文略，[原]1858 道性自，[原]2236 於諸。

子：[宮]262 子臣民，[明]156 命重不，[三]1545 無，[元][明]2122 經云若。

足：[甲]1708 似。

尊：[甲][丙]1210 説。

坐：[元]639 位及城。

网

所：[甲]2129 人治在。

枉

打：[宮]1451 殺害女。

杜：[宮]2122 不可受。

杆：[甲]2128 法相謝。

抂：[三][宮]2122 相録來，[聖]、往[另]1509 他，[聖][另]1442 被賊，[聖]1 無，[聖]1723 作，[宋]、[元]196 尊於時，[宋][宮]403 因，[宋][宮]606 於他人，[宋][元][宮]1451 打賊曰，[宋][元][宮]1451 見殺害，[宋][元]125 設有，[宋][元]196 尊及比，[宋][元]2122 濫反報，[宋][元]2122 殺麴儉，[宋]810 諸佛等，[宋]2122，[宋]2122 法劫奪，[宋]2122 殺，[宋]2122 追來不。

狂：[宮]1451 不免禁，[甲][乙]1239 死得壽，[甲]2362 爲援據，[三][宮]1595 坑。

誑：[三][宮]1442 事豈避，[三]643 説是，[宋][宮]、抂[元]606 耳仁有。

任：[甲]2263 會解釋。

衽：[甲][乙]2194 反字書。

在：[明]1593 時節等，[明]2122 諸官公。

拄：[聖]125 諸人民。

住：[三][宮]、往[知]598。

注：[聖]26 屋造立。

柱：[宮]2121 濫五家，[甲]1710 遭衰患，[三][聖]125 若，[宋]2122 殺善人。

拙：[甲]1881 受。

作：[聖]200 民衆時。

罔

岡：[宋][宮]2103 叢穢要。

綱：[三]、剛[聖]291 普周一。

幻：[三][宮]746 惑或喜。

內：[甲]2837 知姓位，[宋]945 陳習唯。

因：[宋][元][宮]、組[明]2103 見徒悉。

同：[甲]2036 聖德罪，[三]2102 季俗無，[元]2102 極之情。

惘：[三][宮]820 然是吾，[三][宮]2121 然，[宋]、調[元][明]2106，[元][明][另]790 然唯佛，[元][明]167 然失，[元][明]2106 然無計，[元][明]

2121 然失。

網：[甲]952 心具足，[三]、囚[宮]2122 所得殆，[三]2146 經二卷，[三][宮]2102 不可，[三][宮]2102 滋彰刀，[三][宮]下同 292 清淨中，[三]2145 童子經，[三]2145 有劇，[三]2146 六十二。

調：[甲]1913 聖意故，[三][宮]1425 於，[宋][元][宮]495 三尊亦，[元]945 爲罪是，[元][明]1 人不爲，[元][明]826 下，[元][明]1579 於其種。

無：[三][東]643 不悉備。

因：[宮]1460，[甲]2006 測其旨。

用：[甲]2128 罔然無。

圓：[甲]1778。

徃

彼：[三]1375 諸業障。

後：[三][聖]125 當展轉。

經：[甲]2266 引圓。

徑：[三]125 趣斯處。

性：[原]1778 貧亦應。

住：[甲]2193 有有功，[甲]2266 於彼法，[三][宮]2121 其前，[宋]225 到前曰。

作：[聖]225 問訊疾。

坐：[宮]2122 尋之石。

往

彼：[宮]721 詣於鈴，[元]125 詣彼城。

徧：[明]220 十方。

遍：[三][宮]848 十方隨。

不：[三][宮]2121 還證得。

叱：[元][明]1339 呵。

出：[三][宮]、住[聖]1421 聽受時。

從：[宮]2060 何，[三][宮]225 不能書，[三][聖]375 三者聽。

待：[宋]397 先咎悉。

到：[三]1331 彼住處，[聖]1435 祇。

而：[三]2122 趣石。

法：[甲]2281 爲爲不，[三]1440 不定此，[三]1463 時有比，[聖]305 到諸佛，[聖]376 如，[聖]1462 海。

反：[三][宮]1428 語索過。

非：[三][宮]397 於彼娑。

赴：[三][宮]1428 彼食。

復：[三][宮]2122 昔毘婆。

共：[三]1 鬪所謂。

何：[宮]2078 天界也。

後：[三][宮]625 當得五，[三]125 王快可，[元]2066 相州林。

乎：[三]311 如實。

即：[三]2121 爲，[元][明]2103 赴逐。

佳：[甲]2255 今所據，[明]721，[三][宮]2121 羅村餘，[聖]1462 羅村餘，[宋][元]2066，[元]2122。

近：[宮]2060，[三]212 彼。

經：[甲][乙]2263 一大無，[甲]2073 預學流，[甲]2250 何處，[三][宮]2028 過止住，[三][宮]2103 生七世，[三][宮]2121 生死受，[原]1863

無違若。

徑：[明]、俓[宮]826 到一大，[三][宮]221 詣高，[三][宮]2121 詣，[三][聖]125 至王所，[三]2121 去此不，[宋][元]1425。

具：[三][宮]1425 白世尊，[三][宮]1428 到佛所。

來：[三][宮]、－[聖]1428 去彼不，[三][宮][聖]1421 到已飲，[三][宮]398 悉知之，[三][宮]1425，[聖][另]1435 喚，[宋][元]99 方便善。

兩：[三][宮]1428 村中間。

流：[甲]2263 未決定。

律：[宮]398 教諸兩，[元][明][宮]398 教緣知。

尼：[三][宮]1425 詣不信。

去：[甲]1733 唯斷滅，[甲]2337 來，[三][宮]730 到，[三][宮]1425 到已如，[三][宮]2121 遇國王，[三][聖]1440 若來是，[元][明]201 當供天。

却：[三][宮][知]414 住於一。

然：[三][宮]2122 收。

任：[宮]2060 備見聖，[甲]1728 俓遇賊，[三][宮][聖]381 說菩薩，[三][宮]2121 便，[三]125 至阿闍，[聖]125 逆流，[宋]住[元][明][聖]26 彼爲我。

若：[宮]1425 宿君若。

生：[宮]279 詣一切，[宮]1547，[甲]1983 只自去，[甲]1736，[甲]1969 更有不，[明]1532 大，[三][宮]313 其剎者，[三]211 如，[三]1579 善趣一，[聖]371 詣娑婆，[聖]1462 師子國，[宋][元][宮][聖]765 決定無，[宋][元][宮]2041 林六入，[宋]365 生極樂，[宋]397 波羅奈，[元][明]1579 我於斯，[元]1808 彼所懺，[原]1851 成，[原]2126 故名生。

昇：[三][宮]687 生天上。

使：[三]203 請佛佛。

始：[三]2110 從歡喜。

世：[三][宮]2122 僧有似。

仕：[三][宮]2103 漢。

事：[三][宮][聖]754 事明了。

王：[甲]、往[甲]1782，[三]23 住須彌。

枉：[甲]2012 服大乘，[甲]2036，[明]1216 他世，[明]2102 以方直。

位：[甲]1731 生若爾。

昔：[三]211 迦葉佛。

相：[甲][乙]2263。

信：[甲]1922 其名云。

行：[宮]310 詣佛所，[甲]2035 天竺求，[甲]2300 彼師處，[三][宮]1428 佛言聽，[三][宮]2122 告貴請，[聖]210 吉處爲。

性：[甲]1833 至我受，[甲]2035 姑蘇依，[甲]2068 同往之，[甲]2192，[甲]2317 者至無，[甲]2339 教化令，[明]200 過去波，[三]292 嚴治國，[聖][甲]1733 分初二，[宋][元][宮]2103 相習，[宋]187 請，[乙]2370 一時在，[元]2122 栴檀林，[原]1776，[原]920 臨頂即。

休：[聖]613 反至十。

仰：[宋][宮]384。

伊：[甲]2128 焰反。

已：[明]、已往[宮]2122 當三。

詣：[三][宮]1452 世尊，[三][宮]
[聖]1425 阿難所，[三][宮]1425 王舍
城，[三]100 於彼曠，[三]196 白佛我，
[聖]1428，[聖]1428 世尊所，[聖]1435
穩便樹。

應：[三]1644 生寒冰。

與：[宮]2121 佛寺中。

語：[三][宮]1435 若遣使。

在：[宮]310 茂陵之，[宮]721 趣
如是，[宮]1428 僧中偏，[三]202 生
出家，[三]480 於昔日，[宋][元]73 而
施與，[元]1050 波羅奈，[元]2016 無
遮止。

則：[甲]1958 生阿彌。

者：[三]、捨[聖]1440 僧應差。

征：[三][宮]768 伐大國，[三][宮]
1499，[三][宮]2122 將取世。

直：[甲]1909 趣泥洹。

至：[宮]374 佛所欲，[三][宮]
1428 夷國時，[三][宮]1435 大名梨，
[三][宮]1435 東方詣，[三][宮]1435 婆
羅門，[三][聖]26 野林中，[三]203 其
住處，[乙]1723 過去至。

種：[三][宮][聖]2042 之時香。

主：[甲]1579 他。

住：[宮]286 爲作證，[宮]288 來
其菩，[宮]676，[宮]721，[宮]1451 雞
足山，[宮]1547 不可除，[宮]1809 世
尊所，[宮][聖][另]1522，[宮][聖]1442
彼二龍，[宮]224 至彼間，[宮]263，
[宮]263 常以一，[宮]263 就嗅悉，

[宮]278，[宮]278 修滿足，[宮]309
二，[宮]335 叉手白，[宮]351 至四
方，[宮]402，[宮]425 業進大，[宮]
461 第七梵，[宮]602，[宮]761 何處
一，[宮]1425，[宮]1425 頭，[宮]1425
者有阿，[宮]1428 王舍城，[宮]1435
未捨迦，[宮]1451 之處他，[宮]1509
而死是，[宮]1549 生老病，[宮]1549
行人二，[宮]1571 定欲見，[宮]2025
持意湯，[宮]2121 大婦處，[甲]2035
往見有，[甲][丙]2397 須，[甲][丁]
1830 三行不，[甲][乙]1822 劣地受，
[甲][乙]1822 親承威，[甲][乙]2394，
[甲]950 於某處，[甲]1122 成所作，
[甲]1512 名爲過，[甲]1735 皆言普，
[甲]1735 因，[甲]1736，[甲]1782 於
佛法，[甲]1786 偏真此，[甲]1805 尼
寺緣，[甲]2008 新州國，[甲]2244 成
就或，[甲]2244 祈請祭，[甲]2266 故
梵云，[甲]2269 惡趣云，[明]165 或
以神，[明]1428 修羅吒，[明]1443 耶
自生，[明][丙]2087 從伐臘，[明][宮]
397 王家瞿，[明][宮]1648 惡趣婬，
[明]1 是，[明]24 居吒奢，[明]99 彼
爲作，[明]99 詣佛所，[明]99 尊者，
[明]166，[明]204 稽首叩，[明]310 在
虛，[明]346 昔爲菩，[明]375 至其
所，[明]402 彼法座，[明]402 於彼，
[明]411 餘處，[明]579 不應作，[明]
682 彼宮，[明]721 彼塔所，[明]885
佛菩提，[明]896 不定或，[明]997 兜
率天，[明]1418 本界中，[明]1421 往
者突，[明]1425 某甲家，[明]1450 彼

王，[明]1450 田農所，[明]1450 遊戲時，[明]1458，[明]1458 又，[明]1462 至頭頂，[明]1608 義則不，[明]1636 是時有，[明]1647 安隱處，[明]2076 後謂眾，[明]2123 白狗子，[三]156 還者，[三]185 樹，[三]192 力士生，[三][宮]397 彼他化，[三][宮]461 白佛言，[三][宮]1489 是時世，[三][宮][聖][另]1443 行住坐，[三][宮][聖][另]1458 看恐，[三][宮][聖][另]1543 不有無，[三][宮][聖]278 不，[三][宮][聖]425 道佛所，[三][宮][聖]425 佛前，[三][宮][聖]626 今當入，[三][宮][聖]1435 若無應，[三][宮][聖]1464 白衣，[三][宮][聖]1549 行增上，[三][宮][聖]1552 故起他，[三][宮][聖]1579 於彼名，[三][宮][乙][丙]866，[三][宮]263 供養，[三][宮]263 始至于，[三][宮]269 對不起，[三][宮]310，[三][宮]324 於彼行，[三][宮]397 之處至，[三][宮]398 得無受，[三][宮]403 本欲應，[三][宮]433 世亦如，[三][宮]461 十方佛，[三][宮]504 問曉道，[三][宮]606 啓，[三][宮]625 作大寶，[三][宮]630 後世，[三][宮]657 城邑聚，[三][宮]748 食欲，[三][宮]817 白言仁，[三][宮]1421，[三][宮]1421 此聚，[三][宮]1421 宿時彼，[三][宮]1421 王舍城，[三][宮]1421 現受欲，[三][宮]1425 白衣家，[三][宮]1425 世尊所，[三][宮]1425 是名請，[三][宮]1428 阿蘭若，[三][宮]1428 比丘戒，[三][宮]1428 翅婆

羅，[三][宮]1428 陶師家，[三][宮]1435 憍薩羅，[三][宮]1442 竹林充，[三][宮]1443，[三][宮]1520 成就如，[三][宮]1543 信世尊，[三][宮]1547 若生若，[三][宮]1549，[三][宮]1549 彼起欲，[三][宮]1549 問依痛，[三][宮]1549 於中知，[三][宮]1558 圓德，[三][宮]1579 一切惡，[三][宮]2043 苦林食，[三][宮]2060，[三][宮]2060 靜林講，[三][宮]2060 寺名大，[三][宮]2121 彼國思，[三][宮]2121 父邊畏，[三][宮]2121 須彌山，[三][宮]2122 從乞水，[三][宮]2122 建，[三][聖]26 如是處，[三][聖]125 日月前，[三][聖]158 處隨身，[三]6 耶迦葉，[三]22 在後妄，[三]26 策慮地，[三]26 摩竭國，[三]98 住便愛，[三]99 常獲福，[三]99 石主釋，[三]99 轡韉羅，[三]125 即，[三]154 啓受有，[三]154 三界廣，[三]186 奉敬從，[三]186 恭敬，[三]186 護人中，[三]186 侍，[三]186 問曰誰，[三]193 邪，[三]201 迦葉所，[三]201 趣於甘，[三]202 看之見，[三]210 定，[三]279 神之所，[三]311 彼數數，[三]606 察群在，[三]606 其人邊，[三]628，[三]682 於密嚴，[三]1015 暴披，[三]1101 問決諸，[三]1344 無護，[三]1408 妙高山，[三]1470 上師從，[三]1582 梵處從，[三]2060 大禪定，[三]2103，[三]2122，[三]2122 圖精舍，[三]2145 故有所，[聖]、注[甲]1733 求，[聖]222 還於世，[聖]1470 一者爲，[聖][另]

285 雨大甘，[聖]223 一由，[聖]223
於須菩，[聖]224 彼間諦，[聖]285 生，
[聖]291 古，[聖]425 到，[聖]425 反
五處，[聖]425 化之是，[聖]425 救，
[聖]425 來周旋，[聖]425 宿之所，
[聖]425 詣佛稽，[聖]643 大王殿，
[聖]643 女所是，[聖]1421 地處不，
[聖]1421 佛言不，[聖]1421 求飲水，
[聖]1421 聽至，[聖]1443 竊聽共，[聖]
1462 象屋中，[聖]1465 至佛所，[聖]
1549 但欲教，[另]285 時曾以，[另]
1428 時耶舍，[另]1428 天觀寺，[另]
1435，[另]1435 施設言，[另]1442 勝
音，[石]1509 淨佛國，[宋][宮]309 還
故爲，[宋][宮]414 寶城變，[宋][宮]
656，[宋][宮]2102 不夷，[宋][元]、
待[元][明]2042 明日明，[宋][元][宮]
221 善男子，[宋][元][宮]414 世，[宋]
[元][宮]1421，[宋][元][宮]1428 琉璃
王，[宋][元][宮]1428 入房語，[宋][元]
[宮]1432，[宋][元][宮]1435 取有比，
[宋][元][宮]1520，[宋][元]41 杖林
山，[宋][元]154，[宋][元]398 察如，
[宋][元]484 來觀看，[宋][元]632，
[宋][元]1425，[宋]26 趣彼食，[宋]26
至處世，[宋]186 佛即澡，[宋]186 欲
亂道，[宋]205 度之便，[宋]2102 之
至不，[乙][丙]2381 法界引，[乙]850
於十方，[乙]897 於西北，[乙]1723
二，[乙]1723 位故居，[乙]1723 因發
心，[乙]1796 隨意以，[乙]2393 東方
一，[元]212 至世尊，[元][明][聖]425
見六，[元][明][乙]1092 之處，[元]

[明]199，[元][明]212 不安汝，[元]
[明]221 者亦如，[元][明]285 彼道品，
[元][明]385 而不經，[元][明]1428，
[元][明]1579 是諸，[元][明]1579 諸
惡趣，[元][明]2060 酒，[元]228 趣即
一，[元]1425 檀越家，[元]1428 問言，
[元]1566 諸趣，[元]2060 視如其，[原]
2347 彼方或，[知]266 反耆年，[知]
266 還不著，[知]384 禮敬問，[知]418
白佛佛。

注：[甲][乙][丙]2227 字數滿，
[甲][乙]2390 而用之，[甲]1780 如此
問，[元][明][宮]2059 疏云明。

柱：[宮]2059 秀而道。

走：[三][聖]643 追之時。

作：[三][宮]1490 彼土，[三][宮]
2104 裨，[三][宮]2122，[三]311 無礙
住，[宋][宮][聖]1509 皆能成。

惘

悵：[三][宮]2060 然曰弟。

獨：[明]2149 乃著論。

罔：[甲]2039 然，[三][宮]2103 僧
深罔，[三][宮]351 受，[三][宮]1425
然還到，[三][宮]2103 君天地，[三]
[宮]2103 迷，[三][宮]2104，[三]
[宮]2108 君之罪，[聖]211 不解即，[宋][宮]、囚[元][明]
2103 值容養，[宋]185 然不知，[元]
[明]495 人民施，[元][明]2103 乃云
墮。

誷：[三]、罔[宮]2103 君之罪，
[三]2103 已深祚，[元][明]2103 以昏。

由：[宋]202 塞不能。

蜗

蚋：[乙]2070 命終之。
罔：[宋][宮]314 蛇等。

網

調：[原]2130 布摩得。
父：[聖]288。
縛：[甲]1201。
蓋：[甲]2337 等從無。
岡：[聖]318 普宣最。
剛：[三][宮]1435。
綱：[高]1668 隨順隨，[宮]882 二合，[宮]2034 經一卷，[宮]2053 者接武，[宮]2103 宏張，[宮]2112 而飛步，[甲]2073 以開皇，[甲]1828，[甲]2015 不可去，[甲]2191 春林開，[甲]2211 諸人受，[明]1602 故，[明]883 二，[明]1187，[明]1582 身心寂，[明]1582 是名除，[明]2060 初啓隨，[明]2103 目而示，[明]2106 潛於宅，[明]2131 目緬想，[明]2131 繩也隋，[明]2149 戒等疏，[明]2149 經二卷，[三][宮]2034 紀將四，[三][宮]2034 一部二，[三][宮]2053 包挫殊，[三][宮]2053 亦爲妨，[三][宮]2060 布此遺，[三][宮]2060 返道之，[三][宮]2060 健羨，[三][宮]2060 眾又固，[三][宮]2102，[三]2088 又斷天，[宋][宮]764，[宋][宮]1451，[宋][宮]2060 以東歸，[宋][宮]2122 者四面，[宋][明][宮]2102 於宇宙，[宋][明][宮]2122 潛於宅，[宋][明]1582 是名爲，[宋][元][宮]2108 維萬國，[宋]1288，[宋]2103 自陷重，[宋]2125 漏律云，[元]1，[元][明]、經[明]2154 六十二，[元][明][宮]2060 清肅有，[元][明][宮]2102 是以仁，[元]2061 不量涯，[元]2102 彌，[原]1065 二合無。

鋼：[三][宮]2102 弋不射。
冠：[三][宮][甲][乙][丁]848 慧手持。
惑：[聖]663 能作如。
搣：[三][宮]1435 作。
經：[宮]2122 慈欣出。
羂：[三][宮][聖]341 大怖畏。
絡：[宮]1435 佛言以。
慢：[三]125 結皆悉。
茅：[三][宮]607 中墮。
納：[宮]671 分別，[和]293 次有佛，[甲][乙]1816 受種種，[甲]1033 上右旋，[甲]1211 歸，[甲]1724 皆已除，[甲]1742 分布而，[甲]2129 鞔謂如，[甲]2135 誐，[聖]1537 繩，[另]1442 鞔小名，[原]、[甲]1744 得名爲。
難：[三]186 虛空之。
內：[宮]606 轉成愚。
能：[和]293 光明放。
尼：[和]293 以覆其。
紐：[宮]669 密四者。
旗：[三]、幡[宮]271 豎立百。
囚：[宮]269 投深淵。
人：[三]2060 遂祕不。
肉：[三][宮]1464 知當奈。
繩：[三][宮]721 所縛愛。

繩：[三]2110 茹毛之。

受：[三][宮]288 而覆之。

搜：[三][宮]2103 羅庶善。

敗：[三][宮]741。

罔：[宮]、曰[聖]425 盡衆懈，[宮]292 除去臭，[宮]292 衆塵勞，[宮]330，[甲]1828 於彼況，[三][宮]322 而以安，[三][宮]387 法門，[三][宮]1488 心，[三][宮]1548 欲忍欲，[三][宮]1585 他故矯，[三][宮]2060 便以法，[三][宮]2060 有歷年，[聖]292 以普平，[聖]210 莫密於，[聖]278，[聖]292 截生死，[聖]639，[宋][宮]、綱[明]2060 又，[宋][宮]225 用受是，[宋][元]2146 經晉，[元][明]2060 乃作二。

惘：[聖]125。

輞：[和]293 悲心廣，[三][宮]1486，[三][甲][乙]1092 刃畫火，[三]643 雨刀從，[宋][元]643 地獄十。

誷：[原]1862 心得大。

細：[宮]681 密嚴佛，[宮]2122 未易能，[甲]1030 帶委蕤，[甲]2397，[三]192 柔軟足，[三][宮]2123 雲覆上，[三]1165，[聖]663 顯耀安，[聖]675 亦滅一，[另]1721 故者第，[石]1509 人皆沒，[宋]212 覆，[元][明][宮][聖][另]310 草，[原]1890 九，[原]2339 如一極。

約：[甲]1782 分明莊，[原]2339 法陳彰。

珍：[明]187 寶蓋以。

輈

柔：[宮]1670 爲車。

網：[甲]1736 轉輪王，[甲][乙]966 以爲金，[明]2121 地獄十，[三][宮]444 佛南無，[三][宮]2121 無量諸，[三]951 刃周晝，[宋][元][宮]、明註曰輈南藏作網 1521 眞琉璃，[宋][元][宮]2040 轉輪相。

諊

詞：[聖]2157 上。

罔：[明]1579，[三]2110 之甚極，[三][宮]2060 上帝勃，[三][宮]2103 國家終，[三][宮]2103 寺稱平，[三][宮]2104 上太宗，[三]220，[三]945 不止飛，[三]2103 之極也，[宋][明]945 誣。

惘：[宋][宮]487 二。

網：[甲]1782 不，[宋]、罔[元][明]2060 帝心覆。

魖

魖：[三][宮]410 魅所持。

妄

安：[宮]721 見丘聚，[宮]1562 情擅立，[甲]1735，[甲]2266 立眞如，[明]220 生歡喜，[三][宮][聖]224 消去便。

惡：[甲]1705 取二乘，[三][宮]1463 語二者，[三][宮]2053 之罪玄。

法：[甲]1851 執於中。

果：[三][宮]267 想，[乙]1796 生戲論。

忌：[甲][乙]862 三業現。

濟：[三][宮]、望[聖]481 以慧斯。

矯：[三]2112 云老子。

竟：[甲]1700 自貢高。

淨：[三][宮]708 想爲身。

競：[三][宮]2103 佛亦防。

空：[敦]262 法堅受，[和]293，[甲]2339 者斷煩，[甲]2870 受，[三][宮]310 諸法生，[三][宮]485 等增長，[聖]278 其心無，[另]613 見屬諸，[宋]220 性不變，[宋][宮]671 顛，[宋]722 橫執染。

狂：[聖]376 想於如。

誆：[三][宮]1509 法中又，[三][宮]1562 語破壞，[元][明]1509 不實無。

令：[甲]1080 服。

亂：[三][宮]1470 起。

盲：[三]311 想自作，[聖]278 莫能惑。

名：[三]2112 若是至。

念：[甲]1828，[三]、忘[宮][聖]1549 自計吾。

俊：[三]17 語。

弄：[宋]382 自在故。

起：[甲]2313 分別故。

棄：[甲]1782 賛曰此，[元][明]271 妄想界。

妄：[甲][乙]2194 心隨所，[明]1610 想於中，[明]1613 於他詐，[三][宮]2122 所施必，[宋]721 顛倒求。

青：[甲]1884 色凡應。

任：[原]2339 細簡釋。

如：[甲]1736，[甲]2287 之教理。

實：[三]2110 之情見。

亡：[甲]1876 則藥，[原]、[甲]1744 慮絶，[原]1851，[原]2254 失中間，[原]1776 對不可，[知]384 犯。

網：[三][宮]、望[另]281 悉爲我，[三]1485 悉爲我。

忘：[敦]262 無有餘，[燉]262 見網，[宮][聖]1425 語，[宮]419 占近鬘，[宮]588 信何所，[宮]2053 之心少，[宮]2123 故識想，[宮]下同 1425 語波羅，[甲]、忌[乙]2263 根，[甲]1709 失顛倒，[甲]1788 失，[甲]1828 念起我，[甲][丙]973 生分別，[甲][乙][丙]2381 捨，[甲][乙]1796 故尚智，[甲][乙]1822 增益也，[甲][乙]2263，[甲]957，[甲]1258 傳授，[甲]1728 語是質，[甲]1733 失菩提，[甲]1733 想不相，[甲]1744 所樂便，[甲]1782 憶邪，[甲]1789 轉爲智，[甲]1805 勞故雖，[甲]1816 念六，[甲]1828 念散亂，[甲]1828 念諸天，[甲]1828 失法行，[甲]1863 善根阿，[甲]1921 想，[甲]1921 罪背，[甲]1924 識自然，[甲]2010 絶境界，[甲]2266 有疏本，[甲]2748 本大解，[明]、空[宮]1672 鄙惡若，[明]1602 想熏習，[明]2016 却，[明]2016 所有虛，[明]310 失隨逐，[明]2122 法斷除，[三]229 心生我，[三][宮]221 諸法三，[三][宮][聖]278，[三][宮]288 有，[三][宮]309 言說於，[三][宮]310 失法，[三][宮]329 誤，[三][宮]350 止，[三][宮]397 如嬰

兒，[三][宮]425 捨，[三][宮]476 念惡
慧，[三][宮]721 於林中，[三][宮]729
取非物，[三][宮]799 念不習，[三][宮]
1425 見徹善，[三][宮]1435 若聞，
[三][宮]1443 謂賊遂，[三][宮]1443
語語皆，[三][宮]1451 生煩惱，[三]
[宮]1509 不樂世，[三][宮]1509 無作
以，[三][宮]1515 福於何，[三][宮]
1522 說智異，[三][宮]1546 世言是，
[三][宮]1552 受名失，[三][宮]1554
取補特，[三][宮]1592 者，[三][宮]
1646 念少智，[三][宮]2059 歸披袊，
[三][宮]2060 經行慶，[三][宮]2102
理信目，[三][宮]2103 化，[三][宮]
2103 起多疑，[三][宮]2121 必有利，
[三][宮]2122 喜談數，[三][宮]2123
懷彼此，[三]21 念不兩，[三]116 遺
財，[三]125，[三]125 貪在眠，[三]
158 念衆病，[三]186，[三]198 舉持
直，[三]198 念欲可，[三]201 稱量
前，[三]226 必有，[三]587 念者皆，
[三]1341 失正念，[三]1471 語他事，
[聖][甲]1733 憶念所，[聖]1425 稱得
過，[聖]1425 聞妄疑，[聖]1460 語波
逸，[聖]1463 稱是醫，[聖]1512 想心
法，[聖]1552 語或身，[聖]1733，[聖]
1733 顯眞故，[聖]2157 言妖事，[另]
1721 想而生，[另]1721 傳，[另]1721
生死故，[另]1721 想之失，[宋][宮]、
惡[元][明]1442 念常起，[宋][宮]276
思想念，[宋][宮]1425 語非波，[宋]
[宮]1579 計自在，[宋][元][宮][聖]
1462 可辱光，[宋][元]99 不虛是，

[宋]1 耶答曰，[宋]682 分別恒，[乙]
912 惑，[乙]1200 念闕法，[乙]2263
失若成，[乙]2263 由來何，[乙]2296
四句心，[元][宮]2103 之災二，[元]
[明]309 獨步三，[元][明]309 衆生，
[元][明]425 斷於貪，[元][明]658 識
供養，[元][明]2045，[元][明]2103 言
今日，[原]、[甲]1744 失，[原]、[甲]
1744 失正法，[原]2196 二爲他，[原]
1776 是其念，[原]1776 相緣觀。

望：[宮][聖]425 想，[宮]225 疾，
[宮]342 想猗，[宮]810 想於諸，[宮]
2122 願以杖，[甲]1717 於顯祕，[三]
[宮]309 想貪求，[三][宮]384 斷想
盡，[三][宮]403 想是非，[三][宮]403
想之著，[三][宮]425 想普布，[三]
[宮]459 想求報，[三][宮]481 想無爲，
[三][宮]565 想謂沙，[三][宮]585 想
愚騃，[三][宮]656 想無所，[三][宮]
810，[三][宮]1425 聞以奴，[三][宮]
2123 見入於，[三][知]266，[三]174
傾，[三]186 想音，[三]212 想是，[聖]
[石]1509 想不復，[聖]425，[聖]425
想，[聖]425 想其至，[宋][宮]342，
[宋][元]1075，[宋]384 想已，[元][明]
403 想則曰。

爲：[三][宮][石]1509 見舍利，
[三][宮]223 見舍利。

委：[甲]2266 誑他爲，[甲]1828
決定意，[甲]2195 授與，[三]1005 言
背信，[聖]2060 銷。

無：[甲]1922 解而自，[甲]2434
念而有。

悉：[三][宮][聖][另]342 從是生。

想：[三][宮]821 念堅著。

心：[三][宮]1666 念則。

虛：[三][宮]895 施。

言：[三]210，[宋][元][宮]2028 僞此輩。

要：[宮]1703 心也，[甲][乙]1822 謂，[甲]2261。

已：[甲]2299 非境非。

欲：[甲]1733。

早：[甲]1775 計之譏。

至：[三]26 言乃至。

字：[宋]375 語不見。

忘

安：[三]2112 身非是。

忿：[原]1862 所爲事。

忽：[宮][聖]292 習諸菩，[三][宮]2122 也我家。

恚：[元][明]26。

忌：[丙]2163，[甲]970，[甲]1239 聰明，[甲]1717 本，[甲]1717 者下明，[甲]1736 加論釋，[甲]1921 疲，[甲]2036 父母之，[甲]2120 榮辱潔，[甲]2261 則所修，[甲]2290 染淨齊，[聖]1425 者餘人，[乙]2194 筌在慧，[乙]2194 言莫以，[原]1862 興起諍。

可：[乙]1821 倍修增。

令：[三][宮]282 誤時菩。

念：[明]2122 二者當。

去：[三][宮]221 失一句。

忍：[甲]1912 何況於。

喪：[甲][乙]2296 魚是故。

巳：[甲]1733 私生喜。

亡：[宮]761 相以離，[宮][聖]222 失法慈，[宮]224 想何以，[宮]2122 失一切，[甲]1736 如楔出，[甲]1828 四句是，[甲]1912 唯遍造，[甲][乙]2254 失中間，[甲][乙]1822 則命，[甲]1736，[甲]1736 此是取，[甲]1736 若人相，[甲]1736 戲論自，[甲]1736 言言非，[甲]1744 今且依，[甲]1795 方爲解，[甲]2018 果或非，[甲]2362 失前生，[甲]2426 慮絶遍，[甲]2748 乃可謂，[明][聖]225 失一句，[明]212 西若生，[明]2059 形殉道，[明]2154 死畏立，[三]223 此，[三][宮]2103 率由舊，[三][宮][聖]425 失忽，[三][宮][聖]425 失是曰，[三][宮][聖]1428，[三][宮]381 失開化，[三][宮]397 供養諸，[三][宮]581 命日促，[三][宮]585 失亦無，[三][宮]606 失，[三][宮]732 二者命，[三][宮]740 其，[三][宮]741 失前功，[三][宮]817 失，[三][宮]1451 倦摧五，[三][宮]1599 境界增，[三][宮]1606 四句是，[三][宮]2060 返加又，[三][宮]2103 其百非，[三][宮]2122 失讎，[三]184 其功，[三]192 貪恚得，[三]193 失其善，[三]198 法證法，[三]291，[三]945 失先心，[三]1331，[三]1441，[聖]125 計彼提，[聖]125 失遂成，[聖]125 一人爲，[聖]425 失至道，[聖]626 失道徑，[宋][宮]425 失度無，[宋][宮]2060 覺觀息，[宋][宮]2103 功之士，[宋][元][宮]263 失正法，[宋][元][宮]638，[宋]196 失修敬，[乙]1736 心方契，

[元][明]361 其功也，[元][明]2145 第二住，[原]1852 為眞會，[原]1858 言體，[原]2196 人法今，[原]2416 六即七。

妄：[丙]917 失但下，[宮]2008 能所俱，[宮]309 失復次，[宮]618，[宮]633 失道心，[甲]1795，[甲]1813 念而説，[甲][乙]2263 往日門，[甲][乙]2309 語五離，[甲]895 言綺語，[甲]1115 喜怒一，[甲]1512 謂爲實，[甲]1816 故明記，[甲]1816 語等釋，[甲]2266，[甲]2266 念等，[甲]2266 失，[甲]2362，[甲]2426 心若起，[甲]2792 説邪法，[甲]2837 念不生，[甲]2837 念而有，[甲]2870，[甲]2907 菩提心，[明]1598 失法，[明][宮]1428 誤文不，[明]352 失精進，[明]949 緣皆不，[明]1579，[明]2028 捨或與，[明]2122，[三][宮]600 寂然調，[三][宮]1451 失未必，[三][宮]1452 念故俱，[三][宮]1490，[三][宮]1548 無失正，[三][宮][聖]416 念無別，[三][宮][另]1428 有如是，[三][宮][另]1541 念亂，[三][宮]221 坐臥左，[三][宮]263 宣，[三][宮]275 失，[三][宮]278 不懈不，[三][宮]309，[三][宮]310 分別增，[三][宮]345 也吾及，[三][宮]403 傳語不，[三][宮]570 二者其，[三][宮]721 失復攝，[三][宮]1503 誤者犯，[三][宮]1557 爲人故，[三][宮]1562 失者煩，[三][宮]1579 念類，[三][宮]1581 法八者，[三][宮]1581 具足者，[三][宮]1587 念十九，[三][宮]1606

念意，[三][宮]1646 憶散心，[三][宮]2045 舉動輕，[三][宮]2102 心形報，[三][宮]2102 行彌非，[三][宮]2102 之理，[三][宮]2102 作哉若，[三][宮]2103 仁於，[三][宮]2122 失宿命，[三][宮]2122 也語久，[三]1 明欲設，[三]112 因緣止，[三]125 相有三，[三]138 失七也，[三]186 捨二曰，[三]198 意想欲，[三]291 想求，[三]631 其本意，[聖][甲]1733 想二忘，[聖][甲]1763 有即體，[聖]125 失具足，[聖]278 思惟幻，[聖]613 失得此，[聖]1428 佛言當，[聖]1463 不行菓，[聖]1585 天，[聖]1602 失，[聖]1733 德是意，[聖]1788 想既滅，[宋][宮]1605 倍復增，[宋][宮]223 三昧攝，[宋][宮]329 等之故，[宋][宮]329 失清白，[宋][宮]384 一字一，[宋][宮]397 不，[宋][宮]656 失，[宋][宮]1581 失正念，[宋][宮]2060，[宋][聖]125 第六十，[宋][元][宮]2045 所造短，[宋][元][宮]2123 捨二，[宋]1 不習禪，[宋]211 是爲奉，[宋]418 捨，[宋]1341 失念食，[宋]2103 伏時不，[乙]1796 不異之，[乙]1796 誤安置，[乙]2296 情空有，[乙]2795 佛言聽，[元][明]221，[原]、[甲]1744，[原]、[甲]1744 造稱曰，[原]1212 語清，[原]1855，[原]2317 心言悉，[知]598 何況受，[知]1441 失諸比。

忘：[原]2208 又如嘉。

望：[宮]2121 東當其，[甲][乙]1736 證修，[甲]1736 於，[三][宮]570

是爲一，[三][宮]2111，[三]373，[三]1011 於道，[聖]2157 者知便，[宋][宮][聖]425 失無能，[宋][元][宮]2053 經，[乙]1723 其機或。

末：[甲]1736 無分別。

無：[宋]2059 前。

想：[三][宮]888。

小：[甲]2157 安般經。

心：[甲]1969 也，[元][明]2016 與無同。

已：[元][明]125 失。

應：[甲]2266 無故者，[原]1851 不成言。

込：[甲]2001 功是誰。

志：[宮]1670 耶而忘，[宮]2060 心口年，[宮]2087 其兼濟，[宮]2121，[甲]2039 機，[甲]2250 失憶念，[甲]2362 念何名，[明]1648 爲更起，[明]2103 蹈顏生，[三][宮][聖]481 講奉清，[三][宮][知]266 念，[三][宮]627 亦無所，[三]193 不失，[另]281，[乙][丁]2244 艱辛，[元]2103 弘隘之。

望

處：[元][明]203 求長壽。

斷：[另]1435 而得是。

對：[甲][乙]2263 三性雖，[甲]1823 解。

俯：[宋][元][宮]、瞰[明]2053 海莫測。

堅：[甲]、重[乙]1816 引解天，[甲][乙]2192 持，[甲]2362 上所住，[聖]1509 成大事。

結：[三][宮]459 請召三。

立：[聖]376 斷忍割。

列：[乙]2263 二乘成。

慇：[宋]820 不求還。

生：[乙]2263 自類相。

聖：[甲]1830 別故，[甲][乙]1821 離染地，[甲]1816 彼爲勝，[乙]1822 法處也，[乙]1822 雖非是。

雖：[甲]2195 初解可。

亡：[甲]2207，[另]1721 之故言，[宋][聖]99 財而出。

妄：[宮]589 想於諸，[甲]1736 見如人，[明]342 想求度，[三][宮][聖]292 想一時，[三][宮][聖]318 想此乃，[三][宮][聖]816 見處於，[三][宮]221 見持諷，[三][宮]274 想無所，[三][宮]292 想，[三][宮]292 想無著，[三][宮]403，[三][宮]425 施不捨，[三][宮]477 佛與正，[三][宮]638 想不如，[三][宮]656，[三][宮]1507 見結使，[三][宮]1509 有所得，[三][宮]2122 前久處，[三]196 斷前受，[三]342 想生，[三]2121 意已絕，[宋][宮]656 受其報，[宋][明]211 止即於，[元][明][宮]310，[元][明][聖][另]342 想不墮，[元][明][聖][另]342 想故世，[元][明]221 見欲除，[元][明]342 想有我。

忘：[三][宮]285 捨益加，[三][宮]2122 於江湖，[三]185 其功今，[三]212 西玉女，[聖][另]790 敬事其，[聖][另]790 其報事，[聖]292 果實度，[宋]1982。

唯：[甲]2276 於異品。

無：[甲][乙]2219 別。

媱：[三][聖]125 意偏。

要：[宋]、忌[元][明][流]360 勝故專。

淫：[甲]2128 之所生，[甲]2128 之所生。

婬：[明]26 如是愛，[明]210 意，[三][聖]210 無所欲，[三]211 意已絕，[宋][元][宮]、淫[明]2121，[元][明]26 如是愛。

有：[三][宮]2059 求名利。

與：[甲][乙]1822 無爲非。

欲：[三][宮]1562 生故由。

約：[聖]1788 父母所。

正：[乙]1821 緣自諦。

證：[聖]1818 佛經令。

至：[甲]2367 八地聞，[乙]1796 也吠囉。

重：[甲]2299 不二理。

危

厄：[丙]1214 害者應，[宮]374 害王於，[甲]2193 故云安，[甲]2378 遍惱一，[甲]2898 臨危急，[三][宮]403 難往就，[三][宮]627 懷衣毛，[三][宮]1503 當得智，[三][宮]1509 難故如，[三][宮]2121 光明也，[三][宮]2121 群臣將，[三]1 難，[三]186 難詣其，[三]201 懼心云，[三]203 思欲相，[乙]1086 怖難，[元][明]1451 即於屏，[原]1744 難馥法，[原]2361 沒於五。

范：[乙]、尼[丁]2244 會非一。

跪：[三]1463 坐不中。

花：[甲]2244 今世有。

回：[甲]2036 以清。

禍：[三][宮]721 或言吉。

絕：[三][宮]459 其，[聖]272。

免：[三]、厄[聖][另]342 者乃爲，[聖]272 脆如焰，[聖]1579 難暫時，[另]1721。

滅：[聖]272 矣是故。

明：[甲]2006 萬事休。

尼：[聖]2157 棘無竭。

色：[甲][乙]2185 授命意，[甲]1733，[三]、厄[宮]2122 漏剋朝，[三][宮]2122，[三]220 蘊方促，[三]1507 之形無，[三]1563 故有，[三]2110 吞瑯琊，[聖]425 人身在，[聖]1421 嶮處亦，[聖]1562 就安攝，[另]1721 假誑必。

殺：[石]1509 害今。

失：[三][宮]2122 身滅命。

跳：[元][宮][聖]341 故畏退。

兔：[另]1453 嶮之處。

峗：[三]2110 渾沌檮，[三][宮]2103 左傳允。

傄：[甲]1782，[三][宮]656 脆身。

狹：[甲]1733 徑欲進。

先：[宋]1300 宿一星。

中：[聖]224 害爾時。

威

愛：[乙]1909 佛南無。

藏：[甲]2396 世界不，[甲]1816 照作地。

成：[宮][聖]425 音佛所，[宮]285

神無極，[宮]443 如來南，[甲]1893，[甲]997 德辯無，[甲]2299 速疾龍，[明]293 德王次，[明]2034 儀經一，[三][宮]384，[三][宮]445 如來東，[三][宮][聖]425 三昧定，[三][宮]285 無極大，[三][宮]1559 力於餘，[三][宮]1595 德恒依，[三][宮]2102 直應命，[三]2145 德等凡，[三]2145 實相通，[聖]291 欲得詣，[聖]613 力智慧，[宋][宮]446 佛南無。

持：[乙]2425。

處：[明]989 德龍王。

感：[三]201 德所，[宋]2110 奉勅於，[知]266 逼加菩。

功：[三][宮]1521 德。

廣：[明]310 目。

或：[聖]225 神巍巍，[聖]639 力動大。

減：[宋]1493 神從坐。

戒：[宮]1435 德是事。

誠：[宮]598 詣安明。

精：[宮]2048 靈。

力：[明]2122 則高昇。

律：[甲][乙][丙]2381 儀三千，[甲][乙]2317 儀體已，[明]220 儀語無，[乙]2381 儀十重，[原]2196 儀開善。

滅：[甲]、威[甲]1782 加護故，[甲]1921 儀示十，[甲]2792 是一切，[三][宮]425 佛寶愛，[三][宮]2122 厭妖牝，[三]99 勢自然，[聖]279 神力故，[聖]291 光，[聖]1509 德甚大，[原]1780 患意在，[知]1785 也能令。

戚：[甲]1782。

神：[三]956 力防禦。

盛：[和]293 德王如，[甲]1782 由嗔恚，[甲]2130 經，[甲]2168 佛頂經，[三][宮]263 德超越，[三][宮]443 力如來，[三][宮]2034 一部一，[三][宮]2103 業，[三][聖]26 力安隱，[三]1033 德熾，[聖]190 德甚大，[聖]310 儀等無，[聖]376 神天而，[聖]1425 儀若起，[另]1435 德顏色，[另]1435 相成就，[宋][宮]278，[宋]186 普，[乙]852 怒王，[元][明][宮]443 如來南，[原]、盛[甲][乙]1796。

是：[宮]1521 德是阿。

熟：[三][宮]1579。

我：[聖]834 燈如來。

務：[三]2059 沙門遇。

咸：[宮]433 無量，[明][甲][乙]901 侍佛所，[聖]1509 德故。

依：[三][宮]278 力故一，[三][宮]1523 儀所作。

醫：[三]2125 旦至進。

以：[甲]1742 神力故。

意：[甲]2219 入疏云。

種：[乙]2228 儀除。

成：[甲][乙]2396 非化二。

透

邐：[三][宮]2103 迤色麗。

委：[聖]271 迤是沙。

限

偈：[三]1342 法門以。

猥：[宋][明]1。

葳

威：[宋]、威蕤[元][明]2145 民譽。

嵔

隈：[三][東]643 之處糞。

愄

畏：[甲][乙][丙][丁][戊]2187 不能復。

椳

根：[甲]2129 郭璞注。

微

傲：[甲]2266 放逸，[三]2110。

跋：[甲]974 一。

半：[乙]1796。

彼：[甲]853 屈三指，[明]1621 定非實，[三][宮]1592 塵相永，[三][宮]810 邪見若，[三]194 信施故，[聖]26 少方便，[聖]1548 護人云，[元]1451 笑當必。

徹：[甲]、少[甲]、－[乙]2087 霜無雪，[甲]1781 骨，[甲]2261 者正爲，[甲]2266 然花嚴，[甲]2266 遠，[明]623 夫專稱，[三]2145 入微者，[原]2339 不由他，[原]2339 通自，[原]2339 行布教，[原]2431 雲官可。

塵：[甲]1705 分四大。

成：[甲]2266。

誠：[乙]1736 感悟不。

懲：[甲]1816 惡。

怛：[甲][乙]、怛[丙]、丙本傍註曰怛怛縛略出經作微怛鑁、金剛頂經作怛嚩麼 862 怛嚩。

大：[三]99 塵爾時。

得：[宮]309 不照明。

定：[原]2339 此世不。

吠：[三]982 二合引。

改：[三][宮]1428 服尋父。

故：[明]1562 劣故諸。

後：[甲]952 屈豎頭，[聖]1421 行乃可，[聖]1462 聲善憶。

候：[三][宮]2122。

徽：[宮]2074 年中有，[甲]2039 緒又馳，[甲]2219 音永絶，[明]、徵[宮]2103 音令穎，[三][宮]2034 二部二，[三][宮]2102 實曉庸，[三][宮]2103 雕金寫，[三][宮]2103 婉義難，[三][宮]2122 廣州記，[三]2034，[三]2060 轍開皇。

穢：[乙]2397 土顯形。

機：[三][宮]2103 析理怡。

既：[另]1721 細無常。

假：[甲][乙]2261 三從實。

漸：[甲][乙]1822 也論，[甲][乙]1816 勝命施，[甲][乙]1822 不覺第，[甲]1723 能，[原]1829 欲故名。

教：[宮]411 妙甚深。

教：[原]2339 仍權但。

金：[宮]721 塵於虛。

經：[聖]663。

聚：[甲][乙]1822 攝持。

老：[甲]1792 終朝。

贏：[乙]1822 劣故不。

離：[聖]1595 細煩惱。

妙：[甲]、最妙[丙]917 妙，[甲]1861 久修因，[元][明]433 帳，[元][明]606 行乃至。

散：[宋]374 妙天花。

深：[敦]262 妙諸佛，[甲]2006 細，[三][宮]477 妙救護。

使：[原]1073。

姝：[元][明]310 妙容。

殊：[三][宮]454 妙第一。

數：[聖]1549 妙想。

水：[乙]2249 中擊發。

微：[宮]229 塵數蘊。

唯：[明]1592 思量色，[明]1459 知將欲。

惟：[明]184 學聖智，[明]185 學聖智，[三][宮]2058 入于三，[三][宮]2060 現執紙。

幃：[甲]1828 薄工。

尾：[甲]1000，[三][甲]972 輪，[乙][丙]873 微一，[原]2409 羅。

細：[聖]1721 故在後，[乙]2397 勿令心。

現：[三][宮]591 笑。

言：[甲][丙]2163 無顯雖。

嚴：[三][宮]263 妙巍巍，[聖]1463 供如是。

疑：[甲]1816，[三][宮]1521 畏。

嶷：[元][明]2103 有威。

欲：[甲]2266，[明]2131 名爲。

徵：[丁]1831 答，[宮]1570 圓相於，[宮]2040 遺法將，[宮]2059 異恒

體，[宮]2108 以身敬，[甲]、[乙]2174，[甲]、最[甲]1816 微細習，[甲]1816，[甲]1828 破前中，[甲]1833 理不應，[甲]1848 列中疏，[甲]1962 矣既叙，[甲]2878 犯不覺，[甲][丁]2244 非也，[甲][乙]1822 因非是，[甲][乙]1833 疏主小，[甲]893 那羅，[甲]1717 對赴以，[甲]1782 同作樂，[甲]1816，[甲]1816 隱故對，[甲]1830 斷之所，[甲]1830 名無癡，[甲]1830 細常行，[甲]1832 五根根，[甲]1833 三事至，[甲]2036 表讚揚，[甲]2067 三年發，[甲]2067 驗乎乃，[甲]2266，[甲]2266 乃至廣，[甲]2266 義別文，[甲]2837 責猶如，[明]2076 入内賜，[三]、一[宮]2103 嗣世人，[三]2145 此經之，[三][宮][聖][另]1458 伽蟲所，[三][宮]2102 故夫凶，[三][宮]2102 理歸指，[三][宮]2102 紋繁絲，[三][宮]2102 引孝道，[三][宮]2121 柯，[三][宮]2122 祥言訖，[三][乙]1076 二合矩，[三]99 伽羅牟，[三]882，[三]1003 惹耶第，[三]1585 闡法王，[三]2102 備詳典，[三]2122 廣州記，[三]2145 防之宜，[三]2145 曠濟神，[三]2145 且於希，[三]2145 所以爲，[聖]1763 之也智，[宋][宮]2103，[宋][宮]2122 世俗墳，[宋][元][宮]1562 其，[宋][元]1102 一，[宋]2122 不同漢，[乙]1736，[乙]1098 覩微，[乙]1833 解亦應，[乙]2296 誰敢達，[元][明]224，[元][明]1356 耶，[元][明]2103 不期在，[原][甲]1825 其，[原]1072 上音

二，[原]1098 三鉢哩，[原]1744 者報
必。

　徵：[甲]2266 言。

　致：[乙]913 迦法應。

　最：[甲]2204 妙諸總，[石]1509
妙佛。

熅

　灰：[三][宮]2111 爐今既。

　燒：[三][宮]724 雞子燒。

薇

　微：[甲]2006 班台星，[三]、一
[宮]2059 有道德，[三][宮]2059 山創
寺，[三]1007 波迦沙。

巍

　高：[甲]2006 科酬。

　然：[甲]1782 迥出巍。

　魏：[聖]222 巍聖德，[聖]754 巍
第，[聖]2157 筆受。

　諸：[明]1521 巍姝妙。

口

　冂：[甲]2128 音韋。

　曰：[甲]2128 音韋豕。

為

　成：[三][宮]724 膿血何。

　摩：[明]721 天女衆。

　求：[三][宮][聖][另]790 知來今。

　偽：[三][宮]813 二以律。

　謂：[三][宮]813 舍利弗。

　無：[明]721 因離智，[三]721 病

苦若。

　行：[甲]1934 虧應得。

　也：[聖][另]790 難屈也。

　以：[明]813 六。

　猶：[明]721 老所壞。

　曰：[三][宮]785，[聖]790 狗獵
池。

韋

　韛：[三][宮]2123 囊盛屎。

　車：[甲]2129 反切韻。

　大：[甲]2128 也奘弱。

　革：[三][宮]2122 囊盛屎，[三]
2122 囊，[元][明]2123 囊裹諸。

　婁：[甲]2160 之晉傳。

　年：[聖]2157 九月八。

　皮：[三][宮]616 囊盛屎。

　毘：[三][宮]1521 舍首陀，[宋]
374 提夫人。

　事：[知]2082 孝諧說。

　壽：[甲]2052 雲起等，[聖]2157
琮問琳。

　圍：[宮]1632 陀經典，[三]、違
[宮]2122 豈，[三][宮]2060 陀論莫，
[三]1 蓋厚泥。

　違：[宮]2121 陀法中，[甲]2130
陀應云，[聖]200 陀經說，[石]1509 羅
摩菩，[宋][宮]1435 提希子。

　偉：[甲]2053 文休見。

　葦：[三][宮]2102 帶逸民，[宋]
[宮]、革[元][明]619 囊若言，[宋][元]
2122 以自緩。

　遠：[甲]2068 學宗莫。

桅

挽：[宋][元]、栀[明]1340 生熟。

桃：[三][宮]1435 處栀樓。

唯

徹：[甲]1736 第一義。

除：[甲]1821 有一法。

但：[甲][乙]2250 一果，[甲]1735 有假名，[甲]1821 據餘，[甲]2196 嘆化若，[甲]2274 見四塵，[甲]2274 諸因於，[甲]2358 在，[三][宮]1646 有修慧，[乙]2328 有情所。

等：[甲]2266 識唯取。

獨：[甲]2826 有淨土。

爾：[甲][乙]1822 以勝故。

非：[甲][乙]2317 無表依，[甲]2253 是因文，[乙]2261 有識，[原]2317。

復：[元][明]1608 有報陰。

管：[三]、惟[宮]1442 額者賢。

恒：[甲]2263 無記故。

喉：[甲]1965 中擡聲，[原]1278 鼻若鷹。

懷：[甲]1828 兼物故。

喚：[三]1301 猶虎口。

見：[宋]1562 見所。

焦：[宋][宮]901 烟與。

皆：[甲][乙]1822 是法念，[甲]2266 是假立。

進：[元][明]2016 即得禪。

經：[甲]、得[原]1700 退失以。

離：[三]1562 有因緣，[三]157 除過去，[三]761 心分別，[聖]1595 佛

一人，[元]1425 願大德。

名：[乙]2309 與義二。

明：[甲]、明[乙]1822 光，[甲][乙]1822 攝自性，[甲][乙]1822，[甲][乙]1822 顯正，[甲][乙]1822 意緣如，[甲]1736 是善惡，[乙]2263 修惑也。

品：[甲]2339 是一名。

其：[甲]、其[乙]908 粳米屈。

且：[甲]1928 摩訶止，[甲]2299 是。

權：[甲]2006 以一機。

然：[原]2339 行布一。

若：[三]154 見聽許。

深：[明]1636 般若波。

實：[甲]1763 唯一矣。

是：[甲]2305 真實非。

誰：[明]1562 是意識，[聖]1582 是眾生，[聖]158 不於此，[宋]、准[宮]2103 須自咎，[乙]1822 令焰滅。

順：[三]1593 思惟義。

思：[甲]1828 准應知。

寺：[甲]2035 在淨土。

速：[明]2016 將心法。

睢：[甲]2036 願大慈。

雖：[德]1562 爲益他，[宮]1509 有己身，[宮]1552 有依果，[甲]1821 互相依，[甲]2274 取合境，[甲][乙]1822 說斷樂，[甲][乙]2254 性不同，[甲][乙]2261 除許離，[甲][乙]2434 小欲懶，[甲]1512 明真如，[甲]1723 言示現，[甲]1736 就前五，[甲]1763 復非一，[甲]1763 一往於，[甲]1775 明眾行，[甲]1960 能所說，[甲]2266

心心所，[甲]2274 得，[甲]2305 有二門，[明]375 能自知，[明]1523 等示現，[明]2087 植麥豆，[三]、惟[宮]1546，[三]1545 瓶爲因，[三][宮]1562 是苦因，[三][宮]2123 出入復，[三][宮][聖]1579 聰慧者，[三][宮][聖][石]1509 説諸法，[三][宮]374 具，[三][宮]721 有髮毛，[三][宮]1463 自，[三][宮]1509 佛有是，[三][宮]1509 有化華，[三][宮]1545 有因白，[三][宮]1552 法智，[三][宮]1562 明有情，[三][宮]1562 顯彼過，[三][宮]1579 墮其中，[三][宮]1592 有説一，[三][宮]1646 不能憶，[三][宮]2122，[三][宮]2122 見法柱，[三][宮]2122 令下，[三]153 以刀斧，[三]203 是道人，[三]209，[三]374 具求有，[三]1558 遮彼事，[三]1562，[三]2063 專到縁，[三]2145 受福不，[聖]1579 度一身，[聖]211 得分那，[宋][元]1562 是，[乙]2261 煩，[元][明]惟[宋][宮]676 有下劣，[元]2016 在一念，[原]2196 舉諸説，[原]2250 少分染，[原]2339 是心識。

隨：[聖]1523 逐塊如。

推：[宋][宮]1442 我一人，[元][明]1451 求於正。

妄：[原]1936。

帷：[宋][元][宮]、惟[明]1462 除魚骨。

惟：[丙]1211 願聖者，[丙]2092 洛，[丙]2092 試坐禪，[丙]2092 桃湯，[宮]476 願如來，[宮]480 還供養，[宮]485 名字所，[宮]681 識現離，[宮]1536 伺受則，[宮]1544 對他有，[宮]1544 修所斷，[宮]1545 是異熟，[宮]1545 無入出，[宮]1546，[宮]1546 有無色，[宮]1546 願大王，[宮][三]雖[知]353 佛世尊，[宮]271 除菩薩，[宮]275 修一般，[宮]301 願世尊，[宮]302 見佛行，[宮]305 是，[宮]305 願世尊，[宮]332 佛至眞，[宮]340 仁降止，[宮]401 天中天，[宮]402 從分別，[宮]402 佛作證，[宮]402 無一事，[宮]415 生大希，[宮]434 王如來，[宮]476 舍利子，[宮]481 從虛無，[宮]481 顛倒立，[宮]481 族姓子，[宮]485 除我身，[宮]544 願世，[宮]572 道深慧，[宮]600 歸依佛，[宮]618 彼已度，[宮]618 説長無，[宮]618 一心，[宮]668 可仰信，[宮]676 佛如來，[宮]745 佛能知，[宮]813 願世尊，[宮]833 有皮骨，[宮]1421 在於色，[宮]1459 除病等，[宮]1459 少解義，[宮]1462 除，[宮]1483 有八關，[宮]1487 佛當以，[宮]1530 依許可，[宮]1542 伺法，[宮]1542 伺法無，[宮]1544 伺無尋，[宮]1546，[宮]1546 此名，[宮]1546 佛能非，[宮]1546 觀白骨，[宮]1546 空行問，[宮]1546 生依果，[宮]1546 是本得，[宮]1546 是一法，[宮]1546 一經中，[宮]1546 有一，[宮]1546 自體，[宮]1559 有四種，[宮]2008 一佛乘，[宮]下同 402 願諸佛，[宮]下同 1442 補破衣，[宮]下同 1544 一究竟，

[宮]下同 1545 汝能説，[宮]下同 1545 説諸業，[宮]下同 1545 有所，[宮]下同 1545 有擇滅，[宮]下同 1545 緣自地，[宮]下同 1545 暫有云，[宮]下同 1545 作同分，[宮]下同 1546 掉相應，[宮]下同 341 有名説，[宮]下同 376 除阿薩，[宮]下同 402 除先世，[宮]下同 402 願大悲，[宮]下同 402 願世尊，[宮]下同 416 除宿殃，[宮]下同 416 當想佛，[宮]下同 630 乞加哀，[宮]下同 649 除食受，[宮]下同 649 除丈夫，[宮]下同 653 我乃知，[宮]下同 1539 能離染，[宮]下同 1544 不善三，[宮]下同 1544 伺，[宮]下同 1544 伺無尋，[宮]下同 1545 是非學，[宮]下同 1545 依，[宮]下同 1545 於補特，[宮]下同 1546，[宮]下同 1546 除，[宮]下同 1546 龍，[宮]下同 1546 是離道，[宮]下同 1546 説一界，[宮]下同 1546 説一人，[宮]下同 1546 説知苦，[宮]下同 1546 退憶法，[宮]下同 1546 有一界，[宮]下同 1546 與，[和]1665 眞言法，[甲]1717 對二諦，[甲]1789 佛地爲，[甲]1789 説不去，[甲]1789 心心外，[甲]1789 自心現，[甲]2092 有石壁，[甲]2196 願至分，[甲][丙]1141 此起世，[甲][丙]2003 我獨尊，[甲][乙]2261 是無漏，[甲][乙]2309 爲發趣，[甲][乙]2394 願法王，[甲]951 持此法，[甲]997 願慈悲，[甲]997 願如，[甲]997 願世尊，[甲]997 願爲我，[甲]1115 願慈悲，[甲]1178 我能救，[甲]1698 仁須菩，

[甲]1727 已千生，[甲]1735 但是有，[甲]1735 一故故，[甲]1735 約法空，[甲]1736 願天尊，[甲]1786 姪罪得，[甲]1789 色轉變，[甲]1789 心起諸，[甲]1789 心所現，[甲]1789 自心量，[甲]1795 是設像，[甲]1795 一諸法，[甲]1839 等欲，[甲]1839 簡別者，[甲]1884，[甲]1969 爾忘墮，[甲]1969 專書史，[甲]1973 心本具，[甲]2006 丞相無，[甲]2017 以三，[甲]2036 余與師，[甲]2196 願至一，[甲]2376 願當生，[甲]2782 勝義觀，[別]397，[別]397 願演説，[明]、[宮]下同 1545 有漏通，[明]、唯從[甲]2087 征伐田，[明]、唯願惟垂[甲]893 願尊者，[明]190 求解脱，[明]190 一女今，[明]212 佛，[明]220，[明]220 願如來，[明]220 願世，[明]220 願世尊，[明]220 願聽許，[明]261 願開示，[明]310 願世尊，[明]312 除清淨，[明]316 現神境，[明]316 一，[明]316 一相智，[明]374 願大德，[明]400，[明]400 説最上，[明]424 汝等樂，[明]721 親近富，[明]843 願世尊，[明]1128 願如來，[明]1545，[明]1545 事佛不，[明]1604 心光，[明]1636，[明]2060 蔬菜衣，[明]2076，[明]2122 忍能止，[明][丙]1214 願哀，[明][丙]1277 願大天，[明][宮]1545 有微妙，[明][宮]668 願如來，[明][宮]1458 除過量，[明][宮]1458 除一事，[明][宮]1458 得麁罪，[明][宮]1459 齊五六，[明][宮]1459 求脱三，[明][宮]1462

除，[明][宮]下同 1545 造作復，[明]
[甲][乙]1276 願大菩，[明][甲]893 開
西門，[明][甲]893 有臘月，[明][甲]
951 改屈二，[明][甲]951 一想佛，
[明][甲]951 願聖衆，[明][甲]951 樂
世法，[明][甲]1177 有如來，[明][乙]
1092 除，[明][乙]1092 此三昧，[明]
[乙]1209 現於擬，[明][乙]1225 願，
[明][乙]1260 願如來，[明]99 願世尊，
[明]190 有色如，[明]202 願父母，
[明]210 道是，[明]220，[明]220 除
宿世，[明]220 願，[明]220 願大慈，
[明]220 願大德，[明]220 願大仙，
[明]220 願如來，[明]220 願世尊，
[明]220 願聽，[明]220 願爲說，[明]
261 願，[明]261 願哀愍，[明]261 願
世尊，[明]310 願，[明]310 願世尊，
[明]311 除世間，[明]316，[明]316 教
汝當，[明]316 母最初，[明]316 如來
所，[明]316 愼密亦，[明]316 以善
法，[明]316 專想，[明]374，[明]374
願如來，[明]375 爲法，[明]397，[明]
397 除過去，[明]397 佛坐於，[明]
397 皮，[明]397 生產處，[明]397 怖
如來，[明]397 有天人，[明]397 有一
事，[明]397 願，[明]397 願說彼，[明]
400 有一子，[明]415 出，[明]424 壞
此身，[明]424 取一渧，[明]524 願，
[明]595 餘七日，[明]598 迦葉，[明]
660 除如來，[明]719 願宣說，[明]
719 願演說，[明]721，[明]721 除帝，
[明]721 除親昫，[明]721 除如來，
[明]721 除善業，[明]721 此爲樂，

[明]721 滅於不，[明]721 汝有力，
[明]721 善逝諦，[明]721 樹色現，
[明]721 說一分，[明]721 我獨見，
[明]721 以，[明]721 有此處，[明]721
有道路，[明]721 有法能，[明]721 有
骨在，[明]721 有善業，[明]721 欲界
中，[明]759 願演說，[明]764 向不
背，[明]843 願世尊，[明]866 一堅，
[明]893 具一事，[明]895 願尊者，
[明]896 佛教本，[明]896 信辟支，
[明]896 召請不，[明]999 願世尊，
[明]1128 願菩薩，[明]1153 願速說，
[明]1195 有，[明]1428 願聽許，[明]
1450 佛能斷，[明]1450 願每日，[明]
1450 願世尊，[明]1450 願知時，[明]
1453 願大德，[明]1458 獨一身，[明]
1458 於此說，[明]1459 得揩踝，[明]
1545 伺若爾，[明]1545 二門忍，[明]
1545 佛多修，[明]1545 四念住，[明]
1545 種性，[明]1545 住威儀，[明]
1545 住無記，[明]1554 見性餘，[明]
1562 四念住，[明]1570 躅諸妄，[明]
1595 識道理，[明]1644 此園有，[明]
1644 筋骨相，[明]1644 少家在，[明]
1644 四寸其，[明]1680 願大慈，[明]
2059 勤希風，[明]2060 吳郡陸，[明]
2076 空棺，[明]2076 謾他兼，[明]
2076 我，[明]2087 習佛經，[明]2087
修施奉，[明]2102 道革群，[明]2102
一性殷，[明]2103 差離合，[明]2122
除宿殃，[明]2123 有心在，[明]下同、
[宋][元]混用 682 惑亂爲，[明]下同
375 有一子，[明]下同 680 一味，[明]

下同 1545，[明]下同 1545 至梵世，[明]下同 1559 應，[明]下同 375 見其終，[明]下同 375 能，[明]下同 375 毘佛略，[明]下同 375 爲最上，[明]下同 375 我法中，[明]下同 375 現一身，[明]下同 375 依是二，[明]下同 437 願世尊，[明]下同 660 此眞實，[明]下同 682 此佛刹，[明]下同 682 有識心，[明]下同 721 持，[明]下同 721 除光明，[明]下同 721 除蓮花，[明]下同 721 除天子，[明]下同 721 除眼觸，[明]下同 721 除飲食，[明]下同 721 觀化天，[明]下同 721 筋皮骨，[明]下同 721 取其手，[明]下同 721 説少分，[明]下同 721 爲財利，[明]下同 721 畏罰心，[明]下同 721 行彼處，[明]下同 721 學戒法，[明]下同 721 以目視，[明]下同 721 有殘骨，[明]下同 721 有大苦，[明]下同 721 有根境，[明]下同 721 有苦樂，[明]下同 721 有内心，[明]下同 721 有心念，[明]下同 721 有一法，[明]下同 721 有濁，[明]下同 721 願天王，[明]下同 721 樂欲樂，[明]下同 1428 除一供，[明]下同 1450 願世尊，[明]下同 1450 願聽我，[明]下同 1545，[明]下同 1545 成就，[明]下同 1545 有梵世，[明]下同 1559 阿，[明]下同 1559 不遮爲，[明]下同 1559 此二餘，[明]下同 1559 假名立，[明]下同 1559 三謂惑，[明]下同 1559 有壽於，[明]下同 1559 有一主，[明]下同 1559 於字，[明]下同 1596 阿梨耶，

[明]下同 1692 有無爲，[明]下同 2087 此幼稚，[明]下同 2087 瞻部洲，[明]下同 2087 施鹿林，[明]下同 2087 十六里，[明]下同 2087 我子母，[明]下同 2087 餘故，[明]下同 2087 餘故基，[明]下同 2087 置佛像，[三]、[宮]1459 僧伽聽，[三]、[宮]1536 善士邊，[三]、[宮]下同 1545 説無漏，[三]、以下混用[宮]266 論寂然，[三]12 伺三摩，[三]24 無臺閣，[三]26 願世尊，[三]99 有一門，[三]163 願慈悲，[三]185 見無婬，[三]187 閻浮之，[三]187 證此更，[三]262 願決衆，[三]262 願世尊，[三]263 垂大哀，[三]279 願仁，[三]375 願如來，[三]398 修大乘，[三]401 世尊光，[三]817 爲分別，[三]1031，[三]1332 願尊仙，[三]1335 願導師，[三]1545 除一生，[三]2149 叙大意，[三][丙]930 願聖者，[三][宮]、下同但元明混用 294 得此一，[三][宮]、准[聖]1563 色，[三][宮]286 有諸如，[三][宮]327 隨逐聲，[三][宮]347 願悲愍，[三][宮]410，[三][宮]415 除一切，[三][宮]415 願如今，[三][宮]479 鳴於法，[三][宮]485 聲中示，[三][宮]487 願十方，[三][宮]622 勅阿難，[三][宮]649 有共聽，[三][宮]1428 願大德，[三][宮]1428 願説戒，[三][宮]1442 他住他，[三][宮]1442 願世尊，[三][宮]1458 一重若，[三][宮]1511 念故又，[三][宮]1521 獨有世，[三][宮]1530 有一相，[三][宮]1537 行後

三，[三][宮]1537 有第三，[三][宮]
1542 伺或無，[三][宮]1542 是，[三]
[宮]1545 長一字，[三][宮]1545 除五
結，[三][宮]1545 噉果或，[三][宮]
1545 佛種智，[三][宮]1545 感色心，
[三][宮]1545 見苦所，[三][宮]1545
可信亦，[三][宮]1545 是迷事，[三]
[宮]1545 說自果，[三][宮]1545 未至
定，[三][宮]1545 無漏彼，[三][宮]
1545 無漏十，[三][宮]1545 言癡，
[三][宮]1545 有四義，[三][宮]1545
與不還，[三][宮]1545 與上上，[三]
[宮]1545 在第四，[三][宮]1546 除近
佛，[三][宮]1546 有不共，[三][宮]
1546 有一法，[三][宮]1551 無教，
[三][宮]1559 道於等，[三][宮]1562，
[三][宮]1562 名福業，[三][宮]1562
聞思所，[三][宮]1562 有四瞋，[三]
[宮]1566 願世尊，[三][宮]2043 有五
百，[三][宮]2121 願此志，[三][宮]
[甲][乙]901 燒安悉，[三][宮][甲][乙]
901 現半身，[三][宮][甲][乙]901 有
二呪，[三][宮][甲]2053 不愧古，[三]
[宮][甲]下同 901 起大慈，[三][宮]
[聖][另]340 願世尊，[三][宮][聖]285
志大哀，[三][宮][聖]1462，[三][宮]
[另]1451 願，[三][宮][乙][丙]876 願
諸如，[三][宮]225 闔，[三][宮]225 諸
法，[三][宮]231 求佛智，[三][宮]262
願世尊，[三][宮]266 天中天，[三]
[宮]285 大海受，[三][宮]285 復欲聞，
[三][宮]285 學佛道，[三][宮]285 欲
願愍，[三][宮]286 除大悲，[三][宮]

286 願聞善，[三][宮]294 願如，[三]
[宮]307 願世尊，[三][宮]308 願世尊，
[三][宮]314，[三][宮]318，[三][宮]
318 佛今當，[三][宮]318 宣眾人，
[三][宮]323 世尊我，[三][宮]323 天
中天，[三][宮]324 未，[三][宮]324 願
世尊，[三][宮]334 佛以善，[三][宮]
338 當依附，[三][宮]339 除一人，
[三][宮]341 聖是依，[三][宮]341 願
說之，[三][宮]354 願世尊，[三][宮]
376 有清素，[三][宮]378 世尊住，
[三][宮]379 菩薩眾，[三][宮]379 說
菩薩，[三][宮]381 佛世尊，[三][宮]
384 佛照我，[三][宮]384 願指授，
[三][宮]386 願如來，[三][宮]392 沙
門當，[三][宮]397 善男子，[三][宮]
402 佛清淨，[三][宮]402 佛一人，
[三][宮]402 見釋迦，[三][宮]402 願
釋師，[三][宮]410 斷，[三][宮]410 願
聽許，[三][宮]411 除惑不，[三][宮]
415 有大名，[三][宮]416 獨世尊，
[三][宮]420 樂佛法，[三][宮]423 佛
如來，[三][宮]423 生清淨，[三][宮]
423 願世尊，[三][宮]424 心造作，
[三][宮]425 念安，[三][宮]444 願世
尊，[三][宮]449 願演說，[三][宮]458
佛肯者，[三][宮]459 垂恩慈，[三]
[宮]461 畏大火，[三][宮]476 願，[三]
[宮]480 願如是，[三][宮]480 願生天，
[三][宮]485 除佛身，[三][宮]485 信
利益，[三][宮]486，[三][宮]507 天爲
上，[三][宮]513 王衣冠，[三][宮]518
願大神，[三][宮]522 有頭面，[三]

[宮]541 守，[三][宮]553 無此栻，[三]
[宮]574 有，[三][宮]579 我爲上，[三]
[宮]591 願，[三][宮]613 願世尊，[三]
[宮]617 佛良醫，[三][宮]617 見光明，
[三][宮]618 二種無，[三][宮]618 要
五部，[三][宮]632 爲説，[三][宮]635
世尊志，[三][宮]635 思樂聞，[三]
[宮]638 道能名，[三][宮]656 當攝一，
[三][宮]670 願爲説，[三][宮]671 是
自心，[三][宮]671 心妄分，[三][宮]
673 有善心，[三][宮]673 子滅時，
[三][宮]675 如聞，[三][宮]675 識眞，
[三][宮]675 是名用，[三][宮]675 是
識體，[三][宮]675 是心觀，[三][宮]
675 有一切，[三][宮]676 伺三摩，
[三][宮]676 有，[三][宮]676 於佛地，
[三][宮]676 願世尊，[三][宮]679 法
身差，[三][宮]681 仁爲上，[三][宮]
681 願世尊，[三][宮]695，[三][宮]
699 願世尊，[三][宮]730，[三][宮]
736，[三][宮]742 佛教誡，[三][宮]
749 願尊，[三][宮]767 天中天，[三]
[宮]779 得多求，[三][宮]783 願世尊，
[三][宮]816 世尊何，[三][宮]824 除
一人，[三][宮]825 願世尊，[三][宮]
827 見原恕，[三][宮]834 餘皮骨，
[三][宮]869 願説三，[三][宮]1421 勤
治齒，[三][宮]1421 親知應，[三][宮]
1425 野干主，[三][宮]1425 有食，
[三][宮]1425 願世尊，[三][宮]1428
願世尊，[三][宮]1434 標一羯，[三]
[宮]1435 願，[三][宮]1435 願世，[三]
[宮]1442，[三][宮]1442 除於如，[三]

[宮]1442 此事實，[三][宮]1442 打一
十，[三][宮]1442 大迦多，[三][宮]
1442 待大迦，[三][宮]1442 待鈸決，
[三][宮]1442 獨一身，[三][宮]1442
降少雨，[三][宮]1442 片許寧，[三]
[宮]1442 汝能知，[三][宮]1442 世尊
及，[三][宮]1442 聽説此，[三][宮]
1442 鄔陀夷，[三][宮]1442 一福田，
[三][宮]1442 一刃乃，[三][宮]1442
一侍者，[三][宮]1442 有笈多，[三]
[宮]1442 有希，[三][宮]1451 願大王，
[三][宮]1458，[三][宮]1458 除善來，
[三][宮]1458 有女言，[三][宮]1459
此令尼，[三][宮]1459 日夜六，[三]
[宮]1462 鬼不可，[三][宮]1462 見，
[三][宮]1462 婆伽婆，[三][宮]1467
願聽，[三][宮]1470 純直不，[三][宮]
1489，[三][宮]1489 得有爲，[三][宮]
1490 爲成就，[三][宮]1503 爲利他，
[三][宮]1505 當恐畏，[三][宮]1506
三相續，[三][宮]1530 以不作，[三]
[宮]1536 此諦實，[三][宮]1536 餘皮
筋，[三][宮]1537 能離殺，[三][宮]
1537 眼識相，[三][宮]1537 一切有，
[三][宮]1539 能了別，[三][宮]1539
有對法，[三][宮]1539 緣無記，[三]
[宮]1542 伺謂，[三][宮]1542 是，[三]
[宮]1542 是心集，[三][宮]1542 無，
[三][宮]1542 一切修，[三][宮]1545，
[三][宮]1545 不淨，[三][宮]1545 長
養自，[三][宮]1545 當斷者，[三][宮]
1545 得下下，[三][宮]1545 分別共，
[三][宮]1545 服水，[三][宮]1545 染

汚慧，[三][宮]1545 是害他，[三][宮]
1545 是善性，[三][宮]1545 説，[三]
[宮]1545 説根本，[三][宮]1545 説三
十，[三][宮]1545 四，[三][宮]1545 通
三界，[三][宮]1545 無覆無，[三][宮]
1545 一根或，[三][宮]1545 一經，
[三][宮]1545 一刹那，[三][宮]1545
一生從，[三][宮]1545 異生於，[三]
[宮]1545 有黑業，[三][宮]1545 有漏，
[三][宮]1545 有漏縁，[三][宮]1545
有如來，[三][宮]1545 有十二，[三]
[宮]1545 有四何，[三][宮]1545 於根
本，[三][宮]1545 欲界，[三][宮]1545
欲界無，[三][宮]1545 欲色界，[三]
[宮]1545 縁所除，[三][宮]1545 住聖
種，[三][宮]1545 住意識，[三][宮]
1546，[三][宮]1546 報眼無，[三][宮]
1546 長一點，[三][宮]1546 定唯，
[三][宮]1546 分別苦，[三][宮]1546
觀已身，[三][宮]1546 見，[三][宮]
1546 立不善，[三][宮]1546 勝，[三]
[宮]1546 説染汚，[三][宮]1546 説五
結，[三][宮]1546 説與無，[三][宮]
1546 我是實，[三][宮]1546 以修道，
[三][宮]1546 有，[三][宮]1546 有智
或，[三][宮]1546 願世尊，[三][宮]
1546 在内道，[三][宮]1550 苦謂餘，
[三][宮]1550 無爲善，[三][宮]1550
業是以，[三][宮]1550 縁欲界，[三]
[宮]1551 説學此，[三][宮]1552 信也
彼，[三][宮]1554 有俱生，[三][宮]
1559，[三][宮]1559 不能遮，[三][宮]
1559 空爲餘，[三][宮]1559 六識境，

[三][宮]1559 三藏梵，[三][宮]1559
生則，[三][宮]1559 外四界，[三][宮]
1559 依自地，[三][宮]1559 應此能，
[三][宮]1559 有非，[三][宮]1559 有
一一，[三][宮]1559 與修道，[三][宮]
1562，[三][宮]1562 伺起位，[三][宮]
1562 等流性，[三][宮]1562 淨無表，
[三][宮]1562 染心名，[三][宮]1562
十得遍，[三][宮]1562 俗智五，[三]
[宮]1563 此能觀，[三][宮]1563 名具
戒，[三][宮]1563 有二十，[三][宮]
1563 餘下品，[三][宮]1579 他勸非，
[三][宮]1589 有識則，[三][宮]1595
是有一，[三][宮]1598 假立相，[三]
[宮]1598 有爾所，[三][宮]1612 分別，
[三][宮]1624 在瓶等，[三][宮]1630
於異品，[三][宮]1641 有七苦，[三]
[宮]1646 是地物，[三][宮]1646 有一
諦，[三][宮]2034 一主終，[三][宮]
2043 食牛乳，[三][宮]2053 我皇重，
[三][宮]2060 識，[三][宮]2060 識味
德，[三][宮]2060 識想，[三][宮]2060
曰承大，[三][宮]2104，[三][宮]2104
道至極，[三][宮]2104 置佛寺，[三]
[宮]2108 拜起又，[三][宮]2108 寂唯，
[三][宮]2122 三寶勝，[三][宮]2122
善信爲，[三][宮]2122 太武，[三][宮]
下同 1442 仁獨得，[三][宮]下同 1462
除病者，[三][宮]下同 1542 二十法，
[三][宮]下同 1545 除勇迅，[三][宮]
下同 1545 此法者，[三][宮]下同 1545
伺地伺，[三][宮]下同 1545 伺是有，
[三][宮]下同 1545 斷結，[三][宮]下

同 1545 法類智，[三][宮]下同 1545
見所斷，[三][宮]下同 1545 解脱，
[三][宮]下同 1545 離染得，[三][宮]
下同 1545 起淨定，[三][宮]下同 1545
染污心，[三][宮]下同 1545 三，[三]
[宮]下同 1545 捨唯留，[三][宮]下同
1545 聖者，[三][宮]下同 1545 聖者
有，[三][宮]下同 1545 世變壞，[三]
[宮]下同 1545 是愛答，[三][宮]下同
1545 屬苦諦，[三][宮]下同 1545 説
十想，[三][宮]下同 1545 説以慧，
[三][宮]下同 1545 四部通，[三][宮]
下同 1545 問無色，[三][宮]下同 1545
無記隨，[三][宮]下同 1545 無漏故，
[三][宮]下同 1545 修世俗，[三][宮]
下同 1545 眼根及，[三][宮]下同 1545
業能，[三][宮]下同 1545 依法立，
[三][宮]下同 1545 以觸處，[三][宮]
下同 1545 意業爲，[三][宮]下同 1545
有，[三][宮]下同 1545 有漏復，[三]
[宮]下同 1545 有四蘊，[三][宮]下同
1545 有有，[三][宮]下同 1559 於一
坐，[三][宮]下同 1563，[三][宮]下同
1563 初刹那，[三][宮]下同 1563 對
作，[三][宮]下同 1563 厚八洛，[三]
[宮]下同 1563 去來故，[三][宮]下同
1563 染，[三][宮]下同 1563 身語業，
[三][宮]下同 1563 説有二，[三][宮]
下同 1563 有三頌，[三][宮]下同 1563
欲界人，[三][宮]下同 1566 見，[三]
[宮]下同 330 願如來，[三][宮]下同
341 空有名，[三][宮]下同 354 願世
尊，[三][宮]下同 376 除必死，[三]

[宮]下同 376 施如來，[三][宮]下同
376 願大智，[三][宮]下同 386 欲自，
[三][宮]下同 402 願世尊，[三][宮]下
同 416，[三][宮]下同 477 受斯水，
[三][宮]下同 478 願世尊，[三][宮]下
同 512 願大王，[三][宮]下同 579 願
世尊，[三][宮]下同 620，[三][宮]下
同 639 是人尊，[三][宮]下同 671 心
當如，[三][宮]下同 678 除生清，[三]
[宮]下同 730，[三][宮]下同 765，[三]
[宮]下同 822 除一人，[三][宮]下同
823 願教，[三][宮]下同 1421 知貪
受，[三][宮]下同 1442，[三][宮]下同
1442 除佛教，[三][宮]下同 1442 佛
知時，[三][宮]下同 1442 合多與，
[三][宮]下同 1442 見一尼，[三][宮]
下同 1442 摩竭魚，[三][宮]下同 1442
商主一，[三][宮]下同 1442 狎習備，
[三][宮]下同 1442 有一知，[三][宮]
下同 1442 願，[三][宮]下同 1458 著
下裙，[三][宮]下同 1461，[三][宮]下
同 1462 此人不，[三][宮]下同 1462
見偷蘭，[三][宮]下同 1462 見有肉，
[三][宮]下同 1462 有此一，[三][宮]
下同 1462 願哀愍，[三][宮]下同 1462
作淨語，[三][宮]下同 1506 有色陰，
[三][宮]下同 1536，[三][宮]下同
1536 伺想則，[三][宮]下同 1537 有，
[三][宮]下同 1537 願聽許，[三][宮]
下同 1539 緣色故，[三][宮]下同 1544
欲界繫，[三][宮]下同 1545，[三][宮]
下同 1545 成，[三][宮]下同 1545 成
就四，[三][宮]下同 1545 成就現，

[三][宮]下同 1545 除第九，[三][宮]
下同 1545 除聞思，[三][宮]下同 1545
此二身，[三][宮]下同 1545 此根，
[三][宮]下同 1545 伺若依，[三][宮]
下同 1545 伺無尋，[三][宮]下同 1545
大種心，[三][宮]下同 1545 第三立，
[三][宮]下同 1545 二初位，[三][宮]
下同 1545 非因計，[三][宮]下同 1545
見所斷，[三][宮]下同 1545 能，[三]
[宮]下同 1545 乳性肥，[三][宮]下同
1545 三界見，[三][宮]下同 1545 贍
部洲，[三][宮]下同 1545 生一法，
[三][宮]下同 1545 十一支，[三][宮]
下同 1545 食等壞，[三][宮]下同 1545
是無覆，[三][宮]下同 1545 是一世，
[三][宮]下同 1545 是有色，[三][宮]
下同 1545 受三歸，[三][宮]下同 1545
受一有，[三][宮]下同 1545 說此二，
[三][宮]下同 1545 說離喜，[三][宮]
下同 1545 說善靜，[三][宮]下同 1545
說緣過，[三][宮]下同 1545 說諸根，
[三][宮]下同 1545 說作意，[三][宮]
下同 1545 四念住，[三][宮]下同 1545
貪相應，[三][宮]下同 1545 爲過去，
[三][宮]下同 1545 未，[三][宮]下同
1545 我見之，[三][宮]下同 1545 無
記心，[三][宮]下同 1545 無漏，[三]
[宮]下同 1545 無漏道，[三][宮]下同
1545 無漏經，[三][宮]下同 1545 無
障，[三][宮]下同 1545 無障欲，[三]
[宮]下同 1545 五地繫，[三][宮]下同
1545 行善士，[三][宮]下同 1545 修
所，[三][宮]下同 1545 修所成，[三]

[宮]下同 1545 一定者，[三][宮]下同
1545 一剎那，[三][宮]下同 1545 一
謂心，[三][宮]下同 1545 一緣得，
[三][宮]下同 1545 依聖施，[三][宮]
下同 1545 依五種，[三][宮]下同 1545
依於意，[三][宮]下同 1545 有苦受，
[三][宮]下同 1545 有離於，[三][宮]
下同 1545 有漏，[三][宮]下同 1545
有漏故，[三][宮]下同 1545 有四此，
[三][宮]下同 1545 有四問，[三][宮]
下同 1545 有微妙，[三][宮]下同 1545
有五無，[三][宮]下同 1545 有一耶，
[三][宮]下同 1545 有一種，[三][宮]
下同 1545 有有，[三][宮]下同 1545
有自性，[三][宮]下同 1545 於處定，
[三][宮]下同 1545 於現在，[三][宮]
下同 1545 餘七有，[三][宮]下同 1545
欲界受，[三][宮]下同 1545 欲界厭，
[三][宮]下同 1545 緣初靜，[三][宮]
下同 1545 願世尊，[三][宮]下同 1545
在第四，[三][宮]下同 1545 在欲，
[三][宮]下同 1545 住意識，[三][宮]
下同 1545 作如是，[三][宮]下同
1546，[三][宮]下同 1546 法念處，
[三][宮]下同 1546 佛世，[三][宮]下
同 1546 以染污，[三][宮]下同 1546
有一種，[三][宮]下同 1546 尊者舍，
[三][宮]下同 1551 廣果，[三][宮]下
同 1551 苦謂餘，[三][宮]下同 1551
有漏其，[三][宮]下同 1559 佛，[三]
[宮]下同 1559 聚集爲，[三][宮]下同
1559 滅，[三][宮]下同 1559 十二分，
[三][宮]下同 1559 無流釋，[三][宮]

下同 1559 有二智，[三][宮]下同 1562
慚與，[三][宮]下同 1562 總取境，
[三][宮]下同 1563，[三][宮]下同 1563
除異熟，[三][宮]下同 1563 加行所，
[三][宮]下同 1563 金剛喻，[三][宮]
下同 1563 苦集類，[三][宮]下同 1563
名邪語，[三][宮]下同 1563 攝順真，
[三][宮]下同 1563 是化生，[三][宮]
下同 1563 是男子，[三][宮]下同 1563
釋所，[三][宮]下同 1563 說色識，
[三][宮]下同 1563 説四種，[三][宮]
下同 1563 無覆無，[三][宮]下同 1563
五根五，[三][宮]下同 1563 現四境，
[三][宮]下同 1563 修斷後，[三][宮]
下同 1563 意地故，[三][宮]下同 1563
有二，[三][宮]下同 1563 有六何，
[三][宮]下同 1563 有體前，[三][宮]
下同 1563 於自部，[三][宮]下同 1563
在無色，[三][宮]下同 1563 執與因，
[三][宮]下同 1563 自悟道，[三][宮]
下同 1598 取上品，[三][宮]下同 1598
有真，[三][宮]下同 1628 隨自意，
[三][宮]下同 1641 有根塵，[三][宮]
下同 1644 七日在，[三][宮]下同 1644
有刀仗，[三][宮]下同 1646 佛能解，
[三][宮]下同 1646 有如來，[三][甲]、
－[乙]1056 觀念大，[三][甲][乙]901
願世尊，[三][甲][乙]950 願說從，
[三][甲][乙]1092 願如來，[三][甲]
[乙]1145 願尊者，[三][甲][乙]1200
願攝受，[三][甲][乙]下同 915 願十
方，[三][甲]901 不至心，[三][甲]989
願聽許，[三][甲]1009 願世尊，[三]

[甲]1039 願世尊，[三][甲]1101 願諸
佛，[三][甲]1125 願哀愍，[三][甲]
1135 願世尊，[三][甲]1167 願如來，
[三][甲]1227 願慈，[三][甲]1227 願
演說，[三][甲]1228 願如來，[三][聖]
99 王知，[三][聖]125 向明之，[三]
[聖]375 具威儀，[三][乙]1092 除酒
肉，[三][乙][丙]873 願諸如，[三][乙]
950 願世尊，[三][乙]953 願，[三][乙]
1008 願世尊，[三][乙]1022 願，[三]
[乙]1076，[三][乙]1092 法無我，[三]
[乙]1092 觀讚聲，[三][乙]1100 願聖
者，[三][乙]1133 願世尊，[三][乙]
1261 願世尊，[三]20，[三]22 大王
他，[三]24 不能至，[三]24 除阿耨，
[三]24 得眼見，[三]24 多金銀，[三]
24 見烟出，[三]24 經七日，[三]24 留
一神，[三]24 論微妙，[三]24 能取
得，[三]24 壽十歲，[三]24 應天，
[三]24 有，[三]24 有此名，[三]34 願
世，[三]39 願大王，[三]43 大王處，
[三]60 世尊可，[三]64 世尊夜，[三]
78 加大恩，[三]99，[三]99 願哀，
[三]99 願廣說，[三]99 願世尊，[三]
99 願爲解，[三]99 願演説，[三]99 願
尊者，[三]100 有染污，[三]125，[三]
125 願垂濟，[三]125 願梵志，[三]
125 願如，[三]135 道可依，[三]137
諸賢者，[三]148 佛爲解，[三]152，
[三]152 道可宗，[三]152 燈無，[三]
152 佛教，[三]152 經是寶，[三]152
善可念，[三]152 上，[三]152 十善
矣，[三]152 爲身命，[三]152 爲斯

類，[三]152 以投大，[三]152 有歡
喜，[三]152 願世尊，[三]154，[三]
154 當身，[三]154 佛說之，[三]154
舍利弗，[三]154 爲良輔，[三]154 志
無爲，[三]159 願慈尊，[三]159 願
如，[三]159 願如來，[三]159 願十
方，[三]159 願世，[三]159 願世尊，
[三]159 願說之，[三]163 願父王，
[三]170 決要云，[三]170 願世尊，
[三]172 望，[三]176 願天尊，[三]179
白骨在，[三]184 取傘蓋，[三]184 原
之願，[三]185 哀從定，[三]187 垂見
哀，[三]187 此人死，[三]187 我獨，
[三]187 有菩薩，[三]187 有最勝，
[三]187 願世尊，[三]190 欲，[三]190
願垂神，[三]190 願大王，[三]190 願
諦聽，[三]190 願父王，[三]190 願領
納，[三]190 願仁者，[三]190 願聖
子，[三]190 願聽許，[三]192 取汝
眞，[三]192 畏五欲，[三]192 以汝
等，[三]193 佛世所，[三]193 佛於
吾，[三]193 告示其，[三]193 觀福
德，[三]193 一事，[三]193 有滅無，
[三]193 樂無爲，[三]194 有一存，
[三]195，[三]196 垂救濟，[三]196 識
我父，[三]198，[三]199 從命大，[三]
199 仁者我，[三]199 我憶念，[三]
201 我命代，[三]202 聖知時，[三]
203 願爲我，[三]212 依於聖，[三]
212 願如，[三]212 願世尊，[三]245
佛一人，[三]262，[三]262 願如來，
[三]262 願世，[三]262 願世尊，[三]
262 願說之，[三]291 察諸十，[三]

291 世遭，[三]297 願久住，[三]311
能坐地，[三]361 世尊說，[三]361 爲
說經，[三]374 垂聽，[三]374 增長
若，[三]375 願，[三]375 願哀，[三]
375 願大德，[三]375 願大王，[三]
375 願如來，[三]375 願世尊，[三]
375 願爲我，[三]397 修，[三]398 說
深，[三]398 樂善法，[三]401，[三]
422 於宮内，[三]627 大迦葉，[三]
627 諾當受，[三]643 果樹在，[三]
643 願大王，[三]643 願世尊，[三]
656 願世尊，[三]682 願見開，[三]
784 行道善，[三]865 願世尊，[三]
865 願一切，[三]918 諸天衆，[三]
984 此大孔，[三]1005 願，[三]1005
願世尊，[三]1033 願聖者，[三]1037
願世，[三]1056 願，[三]1093 除五
辛，[三]1139 願，[三]1202 願某甲，
[三]1332 奢叉，[三]1332 我能救，
[三]1334 除宿業，[三]1335 爲，[三]
1340 以具，[三]1341 除如來，[三]
1341 教在家，[三]1341 一無迴，[三]
1341 願世尊，[三]1344 願世尊，[三]
1354 除宿殃，[三]1363 願哀愍，[三]
1425 願世尊，[三]1428 願世尊，[三]
1440，[三]1440 除胡跪，[三]1440 有
下四，[三]1441 此僧能，[三]1532 如
是見，[三]1534 有如是，[三]1545 是
非學，[三]1546 是凡夫，[三]1546 願
世尊，[三]1559 佛世尊，[三]1559 無
流道，[三]1582 願，[三]1644 除阿
難，[三]1644 無逼樂，[三]1667 是一
心，[三]2040 願世尊，[三]2103，[三]

2106 在人故，[三]2110 改佛字，[三]2110 寂乃照，[三]2149，[三]2149 識論十，[三]2149 有佛名，[三]2153 無三昧，[三]2154 識普決，[三]下同 264 見哀愍，[三]下同 1341 得四禪，[三]下同 1545 苦法智，[三]下同 1644 無逼樂，[三]下同 291 佛之子，[三]下同 643 願慈愛，[三]下同 1300 好鬪諍，[三]下同 1301，[三]下同 1545，[三]下同 1545 能知二，[三]下同 1545 眼根及，[三]下同 1545 有擇法，[三]下同 1545 緣現在，[三]下同 1563 四，[三]下同 1603 爾，[三]下同 1644 餘，[聖]1552 一口業，[聖][另]790 濟人命，[聖]310 然天主，[聖]514 守一，[聖]754 然世，[聖]1552 果實，[聖]1602 憶念不，[聖]2157 佛力之，[宋]、[宮]下同 1545 有息地，[宋]379 有二食，[宋]1027 開西門，[宋]1340 不退，[宋]1341 除一者，[宋]1341 佛能度，[宋]1341 有黑，[宋]1345 假名，[宋][宮]286 除諸佛，[宋][宮]653 有臭氣，[宋][宮]824 教一人，[宋][宮]901 改開二，[宋][宮]221 世尊諸，[宋][宮]274 念，[宋][宮]294 得，[宋][宮]303 除如來，[宋][宮]318 如來説，[宋][宮]397 思戒定，[宋][宮]410 説於斷，[宋][宮]423 大悲者，[宋][宮]476 妙吉祥，[宋][宮]480 一種患，[宋][宮]481，[宋][宮]481 歸如來，[宋][宮]481 以道品，[宋][宮]485，[宋][宮]485 信，[宋][宮]574 有如，[宋][宮]649 喜得法，[宋][宮]653 除阿羅，[宋][宮]666 除四菩，[宋][宮]676 是識故，[宋][宮]815，[宋][宮]901 改，[宋][宮]901 改二食，[宋][宮]901 改二頭，[宋][宮]901 改少屈，[宋][宮]901 改以二，[宋][宮]901 開前後，[宋][宮]901 宿殃不，[宋][宮]901 以，[宋][宮]1489 除如來，[宋][宮]1490 除如來，[宋][宮]1530 緣欲，[宋][宮]1546 能見不，[宋][宮]2060 識論等，[宋][宮]下同 1530 除一喩，[宋][宮]下同 275 以方廣，[宋][宮]下同 653 有向，[宋][宮]下同 671 自心見，[宋][宮]下同 1530 有定所，[宋][宮]下同 1530 有識，[宋][宮]下同 1530 有轉依，[宋][明]、混用[宮]476 舍利子，[宋][明][宮]1545 説我見，[宋][明][宮]1545 問一刹，[宋][明][宮]1490 願世尊，[宋][明][宮]1530 願如來，[宋][明][宮]1539，[宋][明][宮]1545 謗物體，[宋][明][宮]1545 緣自相，[宋][明][乙]1092 觀世音，[宋][明][乙]1092 開東門，[宋][明][乙]1092 是，[宋][元]、唯願須[宮]1425 願尊者，[宋][元]、惟[明][宮]1542 伺或無，[宋][元]190 願大仙，[宋][元]1545 伺無尋，[宋][元]2061 甘露之，[宋][元][宮]、作[明]1462，[宋][元][宮]318 重散説，[宋][元][宮]1490 説菩薩，[宋][元][宮]1545 是道，[宋][元][宮]1562 欲及初，[宋][元][宮]1595 有識更，[宋][元][宮]225 有諸德，[宋][元][宮]314 生人天，[宋][元][宮]314 我世，[宋][元][宮]318 華開合，[宋][元][宮]318

説斯義，[宋][元][宮]376 諸菩薩，[宋][元][宮]433 有外道，[宋][元][宮]613 見一像，[宋][元][宮]671 願，[宋][元][宮]784 盛惡露，[宋][元][宮]901 此法門，[宋][元][宮]1544 伺無尋，[宋][元][宮]1545 不還者，[宋][元][宮]1545 説四沙，[宋][元][宮]1545 無，[宋][元][宮]1545 修無漏，[宋][元][宮]1546 見苦斷，[宋][元][宮]1546 以修道，[宋][元][宮]1546 與無學，[宋][元][宮]1593 識微言，[宋][元][宮]1630 悟他，[宋][元][宮]1644 骨是其，[宋][元][宮]2060 有夜松，[宋][元][宮]2102 足下，[宋][元]153 願仁者，[宋][元]220 爲救，[宋][元]262 垂給與，[宋][元]375，[宋][元]1058 菩薩，[宋][元]1092 然修誦，[宋][元]1545 一故説，[宋][元]1560 於自相，[宋]163 有一男，[宋]187 此爲上，[宋]220 然世尊，[宋]245 佛所知，[宋]398，[宋]398 族姓子，[宋]643 此白毛，[宋]643 佛獨入，[宋]643 有我等，[宋]901 改二頭，[宋]901 改開二，[宋]901 舉腕下，[宋]901 以白粉，[宋]1339，[宋]1340 除信解，[宋]1341 除菩薩，[宋]1341 除諸佛，[宋]1341 有空名，[宋]1341 有至誠，[宋]1343 願世尊，[宋]1344 爲住如，[宋]1344 在虛空，[宋]1534，[宋]2061 確鄉，[宋]2061 識論或，[宋]下同 264 有如來，[宋]下同 643 有一，[宋]下同 1341 發阿耨，[宋]下同 1341 有音，[西]1496 願如，[乙][丙]1833，[乙][丙]2092 有寺四，[乙]850 願婆詖，[乙]1110 願布施，[乙]1110 願擁護，[乙]1238 願流，[乙]1816 自聖智，[乙]1822 遮餘聖，[乙]1909，[乙]1909 願大衆，[乙]1909 願一切，[乙]2309 願世尊，[元]2016 願濡首，[元][宮]656 道，[元][明]220 願如來，[元][明]433，[元][明]644 願，[元][明]821 願敷演，[元][明][宮]1542 是心幾，[元][明][宮]1545 一雜緣，[元][明][宮]614 涅槃善，[元][明][宮]1544 欲界繫，[元][明][乙][丙][丁]848 願衆聖，[元][明]26 願世，[元][明]125 願渡，[元][明]158 願世，[元][明]172 願天尊，[元][明]228 願菩，[元][明]228 願一切，[元][明]258 願，[元][明]263 見，[元][明]264 願世尊，[元][明]400 願，[元][明]411 願受我，[元][明]423 願如來，[元][明]515 有煖火，[元][明]598 願世尊，[元][明]656 願世尊，[元][明]656 尊一一，[元][明]697 願如來，[元][明]787 願世尊，[元][明]821 願人尊，[元][明]848 願聖天，[元][明]1340 願，[元][明]1425 願世尊，[元][明]1425 願爲我，[元][明]1494 願尊者，[元][明]1579，[元][明]1579 二爲緣，[元][明]2102 一神何，[元][明]2122 願，[元][明]2122 願大王，[元][明]2122 願世尊，[元][明]2122 願説之，[元][明]下同 384，[元][元]1545 一謂事，[元]515 林泉等，[元]670 願爲解，[元]1443 願，[元]2122 有一刹。

爲：[甲]1735 證信而，[甲]1912 有二遠，[甲]1735，[甲]1735 第十，[甲]1735 一品闕，[明]220 常安住，[明]261 心，[宋]220 作是念。

維：[宮]278 摩醯首，[三]、唯喻維渝[聖]125 喻比丘，[三]1440 持正法，[三]下同 1644 能至其，[元][明]1336 衞佛第。

謂：[明]424 見死苦，[明]1558 離貪。

信：[甲]1863 大乘佛。

性：[宮]1598 是假立，[甲]1736 有眞如，[甲]1828 差別辨，[甲]2249 知苦聖，[三][宮]1550 無教者，[宋][元][宮]1545 是無覆，[元][明][宮]1545，[元][明][宮]1562 取相應。

須：[三]、雖[宮]2122，[三]、惟[宮]1459 有三種。

雅：[甲]2128 麴也左。

要：[甲]2261 有一者。

遺：[三][宮]745 有死在，[原]1743 昇兜率。

已：[甲]2299 是種子。

以：[三][宮]285 覩見品，[三][宮]2122 此三千，[聖]125 願當受。

亦：[甲][乙]1866 準此知。

意：[甲]2250 緣有苦。

猶：[三][宮]2122 難陀有。

有：[甲][乙]1822 情遍獨，[甲]1736 地前或，[明]1558 尋伺後，[三]1644，[三][宮]1545 伺地覺，[三][宮]1545 諸異生。

於：[元][明][宮]374 一闡。

餘：[宮]670 佛及餘。

喩：[甲]1841 望宗果。

喩：[甲]1839 爲多言，[甲]1839 因中。

喩：[甲]2273 既助因，[甲]1795，[三][宮]1520 明。

云：[甲][乙]1709 一時矣。

只：[原]2126 隨寺別。

只：[甲]2299 是結，[甲]2299 爲欲申，[甲]2299 應，[甲]2339 是引文，[甲]2299 是一乘，[甲]2299 是一道，[甲]2299 指說處，[甲]2339 一佛乘，[甲]2339 二乘索，[甲][乙]2288 從一門，[甲][乙]2309 七日耶，[乙]2381 制小。

稚：[甲]1736 約佛既。

住：[明]1513 此處有，[聖]210 滅不起，[宋]1558 近事得。

隹：[甲]1816 清淨身。

隹：[甲]1512 應有，[甲]1512 應有。

准：[甲]1816 正法，[甲]1841 此斯釋，[乙]2157 祐記將，[乙]2249 有，[乙]2249 正理師，[原]2339 義寂解，[原]1840 有不成，[原][甲]1851 依彼義。

准：[甲]1839 此釋前，[甲]2249 此答文，[乙]2259 不善法，[原]2196，[原]1696 道安法，[原]1774 論有五。

准：[宮]1591 斯是實，[己]1830 二，[甲]1709 起信論，[甲]1709 是出家，[甲]1709 專給施，[甲]1782 位可知，[甲]1816 此應判，[甲]1816 在有

爲，[甲]1816 知今此，[甲]1863 深密經，[甲]1873 第八地，[甲]2250 防現故，[甲]2250 聖居故，[甲]2266 五右，[甲]2270 因明總，[甲]2273 所立，[甲]2299 此可知，[甲]2299 知言忘，[甲]2305 義亦爾，[甲]2339 入菩薩，[甲]2392 安腰，[甲]1003 通修降，[甲]1700 依梵本，[甲]1708 此等經，[甲]1709 是世尊，[甲]1709 所知障，[甲]1709，[甲]1821 皆不起，[甲]1830 取後得，[甲]1863 佛性論，[甲]2035 俱舍立，[甲]2255 色，[甲]2261 前者，[甲]2266 此下界，[甲]2270，[甲]2290 一心量，[甲]2299 加十二，[甲]2339 是伏斷，[甲]2400 眞實經，[甲]1709 外事相，[甲]1863 此即是，[甲]1830 有現不，[甲]2274 喻也問，[甲]1830 自一識，[甲]1912 也，[甲]2266 標舉瑜，[甲]2339 不善望，[甲][丙]1958 此乃是，[甲][乙]2261 經論又，[甲][乙]2394，[甲][乙]2394 爲中人，[甲][乙]1822 此二智，[甲][乙]1822 五所證，[甲][乙]2254 此，[甲][乙]2254 知因亦，[甲][乙]2259 彼論文，[甲][乙][丙]2227 然釋曰，[三]2125 斯淨瓶，[三]1424 稱後三，[三]1545 佛應，[三]1562 説最勝，[三]1562，[三]2154 此僧純，[三][宮]2060 客到其，[三][宮]2122 於如是，[三][宮]1443 知飲食，[三][宮]1563 如上説，[聖]香0983，[聖]983，[聖]1788 有所依，[聖]1733 想可説，[聖]1851 義判之，[聖]1733 就法立，[聖]1562

能知自，[宋]2122 北，[宋][元]1057，[宋][元]1582 觀法相，[乙]1822 斷義名，[乙]2296 此文既，[乙]2391 意和上，[乙]2394 五淨居，[乙]2396 彼圓教，[乙]1821 地，[乙]1822，[乙]1833 俱舍正，[乙]2296 三師成，[乙]1831 以人天，[元]1007 願世尊，[元][明]、惟[宮]下同 1545 一踰繕。

準：[甲]2339 犢子爲，[甲]1733 此地中，[甲]1828 此，[甲]1828 論上文，[甲]1828，[甲]1828 無共者，[甲]2274，[甲][乙]1822 兩解不，[甲][乙]1822 共相作，[明]1809 疑。

昨：[乙]2391 香房説。

帷

唯：[宋][元][宮]2102 屏爲隔。

惟：[宮]2122 忽於，[宮]2122 席妙音，[甲]2299，[三][宮]2103 之部，[宋]2145 堵戶注，[宋][宮]2060 宸辯説，[宋][宮]1451，[宋][元][宮]2060 屏罔設，[宋][元][宮]2060 筵發明。

惟

怖：[宮]1548 覺觀，[宮]1548 覺觀。

遲：[三]196 疑不。

垂：[元][明]2125 通哲勉。

槌：[甲]2290 場等文。

碓：[三]152 首血流。

佛：[元][明]664 舍利功。

怪：[三]2060 曰此小。

懷：[三]2103 疑此，[三][宮]2121

哀，[乙]1822 慳悋若。

恚：[三]、[宮]1478 怒蹲踞。

惠：[乙]2795 四不繫。

冀：[丙]2120 聖心，[丙]2120 聖心。

焦：[三][宮]1591 心縱使。

進：[宋]401 然究竟，[宋]401 然究竟。

懼：[三][宮]2104 過由於，[宋][宮]、瞿[元][明]2123 國時國。

量：[甲]1709 不可稱，[三]1564 推求如，[三][宮]2043 生死畏。

難：[乙]2157 所問豎。

念：[明]191 在王宮，[三]1 此那陀。

遣：[宋]332 後受禍。

情：[三]2060 欲。

如：[三]189 是已至，[三][宮]2043 此事是。

善：[三]186 彼。

誰：[宋]1546 誰知此。

順：[三][宮]1548 生邪見。

雖：[三]2106 同學，[三][宮]2060 遠條暢，[三][宮]2122 出入常，[聖]675 依隨順。

推：[甲]2249 云有學，[原]1778 三乘。

推：[甲]1719 忖答也，[甲]1784 理之，[甲]2376 我當，[三]202 罪福命，[三][宮]2103 我清峻，[三][宮]606 計之皆，[三][宮][知]353 如來，[三][知]353 世尊非，[聖]1763 五事雖。

微：[明]220 正語正。

唯：[丙]2092 王，[敦]450 當一心，[宮]263 具分別，[宮]329 王極貧，[宮]624 怛薩阿，[宮]687，[宮]1506，[宮]2008 論見性，[宮]2034 舌不灰，[宮]2060 有此經，[宮]2060 於三三，[宮]2121 欲福，[宮]271 除兩足，[宮]355 依實際，[宮]670 説不來，[宮]1703 觀俗慧，[宮]1998，[宮]2040 願大仙，[宮]2060 斯南岳，[宮]2123 穢俗之，[宮]451，[宮]2060 像居殿，[宮]310 願開示，[宮]397 願聽許，[宮]451 佛世尊，[宮]2060 四分一，[宮]2060 在，[宮]2041 有九故，[宮]279 願聞善，[宮]355 盡欲瞋，[宮]2121 念我，[宮][聖]310 然十力，[宮][聖]379 廣演説，[宮][聖]676 依此一，[宮]下同 0304 見金色，[宮]下同 0671 是虛妄，[和]261 願世尊，[甲]1736 大涅槃，[甲]1736 五，[甲]2006 多與兒，[甲]2006，[甲]1735 有，[甲]1735 願下結，[甲]1750 願下明，[甲]1792 在母胎，[甲]1928 明三法，[甲]2012，[甲]2017，[甲]2036 出家不，[甲]2270 己義令，[甲]952 垂願爲，[甲]1163 願大慈，[甲]1736 往非來，[甲]2006 此一事，[甲]2006 心，[甲]2006 有如如，[甲]952 垂如來，[甲]1751 願爲我，[甲]1789 五天竺，[甲]1789 心所現，[甲]1789 有微妙，[甲]1789 造惑業，[甲]1789 是事因，[甲]1918 欣善法，[甲][乙]901 佛與佛，[甲][乙]867 一金剛，[甲][乙]

2397，[甲][乙]2397 真言法，[明]645
願世尊，[明]1463 正欲打，[明]2060
重佛，[明]2122 皇帝積，[明]2122，
[明]2131 願世尊，[明]2154 念陛下，
[明]1428 復拔劍，[明]1525 念薄忘，
[明]1534 喜下劣，[明]1604 故義知，
[明]2122 斯戒本，[明]2122 越致道，
[明]2102 孝子爲，[明]433 魔官，[明]
1340 有如來，[明][聖]下同 0476 尊
者等，[明]下同 0683 念先世，[明]下
同 1546 是無爲，[三]5 人，[三]156
王福德，[三]156 願大師，[三]156 諸
佛菩，[三]186 哀從定，[三]186 覩人
禮，[三]186 滅塵勞，[三]186 重道
德，[三]190 願大王，[三]196，[三]
196 空苦樂，[三]196，[三]203 願尊
者，[三]991 食蘇酪，[三]1331 留賴，
[三]1532 是虛妄，[三]2063 體率由，
[三]2110 大蓄域，[三]2145 八輩難，
[三]2145 扣膺津，[三]2145 念品也，
[三]2145 宣法相，[三]2149 明二十，
[三]2154 獨譯呪，[三]2154 識言乖，
[三]26 觀明見，[三]99 聖知時，[三]
158 覩虛空，[三]190 願沙門，[三]
201 有此香，[三]375 有如來，[三]
796 念一方，[三]999 願，[三]1096 願
世尊，[三]1336 此國難，[三]1340，
[三]1340 有如來，[三]1340 願世尊，
[三]1394 弟子德，[三]2145 正説曾，
[三]2149 有一，[三]158 視我等，[三]
267 願世尊，[三]291，[三]425 避捨
去，[三]992 願如來，[三]1011 是，
[三]1331，[三]1331 願世尊，[三]1340

願世尊，[三]2088，[三]2088 遙望，
[三]2103，[三]2149 諸雜論，[三]
2154，[三]156，[三]157 除天輪，[三]
187 有如來，[三]187 願沙，[三]187
願善逝，[三]382 願如來，[三]1331
願，[三]2088 以河國，[三]2106 勤
法，[三]2154 惟編經，[三]、帷[宮]
2060 留衣鉢，[三]1 是爲快，[三]26
願説之，[三]196 罪深必，[三]264 垂
給與，[三]375 受上妙，[三]2145 佛
難值，[三][宮]263 願大聖，[三][宮]
397 仁説之，[三][宮]403 有佛樹，
[三][宮]430 當念受，[三][宮]434 天
中天，[三][宮]500 忍者所，[三][宮]
510 原其罪，[三][宮]514 恃水穀，
[三][宮]586 得虛妄，[三][宮]588 因，
[三][宮]598 屈今是，[三][宮]624 怛
薩阿，[三][宮]671 心諸陰，[三][宮]
672 除識起，[三][宮]1462 願世尊，
[三][宮]1509 願大智，[三][宮]1509
願見愍，[三][宮]2034 部法聚，[三]
[宮]2059 此道從，[三][宮]2060 常坐，
[三][宮]2060，[三][宮]2102 濟物而，
[三][宮]2102 斯發，[三][宮]2102 有
周皇，[三][宮]2102 照所惑，[三][宮]
2103 觀釋氏，[三][宮]2103 恃台輔，
[三][宮]2103 斯爲政，[三][宮]2103
五世四，[三][宮]2103 與裴貞，[三]
[宮]2104 佛一道，[三][宮]2121 惡是，
[三][宮]2121 自剋奉，[三][宮]2123
佛至，[三][宮]2123 念老病，[三][宮]
300 心量得，[三][宮]374 有如，[三]
[宮]374 愚求之，[三][宮]374 願大，

[三][宮]379，[三][宮]379 有諸佛，[三][宮]387 願如來，[三][宮]431 除五逆，[三][宮]460 願大聖，[三][宮]467 是和合，[三][宮]468 阿羅羅，[三][宮]565 願，[三][宮]586 願今，[三][宮]587 有菩薩，[三][宮]623 與阿難，[三][宮]624，[三][宮]624 願聞之，[三][宮]656 空無相，[三][宮]671 願世尊，[三][宮]674 願悲愍，[三][宮]714 至第八，[三][宮]839 心識觀，[三][宮]841 除聲聞，[三][宮]1541 心幾心，[三][宮]1546 佛一人，[三][宮]1552 一種隨，[三][宮]1579 不加行，[三][宮]1579 得現法，[三][宮]1579 住他世，[三][宮]1596 有名所，[三][宮]1625 出此因，[三][宮]1633 色實有，[三][宮]2060 佛陀無，[三][宮]2103 多闕有，[三][宮]2103 二初謂，[三][宮]2103 佛爲尊，[三][宮]2108 聖之風，[三][宮]2121 彼山澤，[三][宮]2123 斯福利，[三][宮]263 願大聖，[三][宮]374 有諸菩，[三][宮]377 有香花，[三][宮]534 有此人，[三][宮]626 願發遣，[三][宮]670 有微心，[三][宮]672 此更非，[三][宮]672 心所現，[三][宮]672 有，[三][宮]815 有高臺，[三][宮]2060 法檢心，[三][宮]2060 紀也故，[三][宮]2060 覺清涼，[三][宮]2060 母，[三][宮]2060 斯壞處，[三][宮]2060 有國子，[三][宮]2060 有弘教，[三][宮]2060 餘數人，[三][宮]2103 伯喈作，[三][宮]2103 長善陽，[三][宮]2103 寂有感，[三]

[宮]2103 留臺，[三][宮]2103 一，[三][宮]2103 有一名，[三][宮]2104 彭祖之，[三][宮]2121，[三][宮]263 說今何，[三][宮]263 願如來，[三][宮]411 願世尊，[三][宮]593 涉險道，[三][宮]664 除，[三][宮]672 心捨離，[三][宮]672 願無上，[三][宮]681 願大明，[三][宮]744 天中天，[三][宮]830 願如來，[三][宮]1425 願世尊，[三][宮]1579 有淨金，[三][宮]2060，[三][宮]2103 此至極，[三][宮]2103 公逸宇，[三][宮]2103 希勒，[三][宮]2104 佛一人，[三][宮]387 願如來，[三][宮]672 求所證，[三][宮]673 見光明，[三][宮]2104 生於，[三][西][宮]665 願爲說，[三][宮]309 道爲務，[三][宮]586 求法利，[三][宮]662 願世尊，[三][宮]754 垂哀愍，[三][宮]1523 法自，[三][宮]2103 耳與目，[三][宮]2121 佛照我，[三][宮][甲][乙]848 大牟尼，[三][宮][甲][乙]848 願世尊，[三][宮][別]397 除宿業，[三][宮][聖]268 願爲，[三][宮][聖]272 願大師，[三][宮][聖]664 願大王，[三][宮][聖]754 願世尊，[三][宮][聖]790 有聖人，[三][宮][聖]1579 四攝事，[三][宮][聖]272 呵責治，[三][宮][聖]272 思戒定，[三][宮][聖]397 爲不定，[三][宮][聖]397 願世尊，[三][宮][聖]411，[三][宮][聖]545 願佛世，[三][宮][聖]586 願世尊，[三][宮][聖]664 願世尊，[三][宮][聖]380，[三][宮][聖]397 行惟，[三][宮][聖]

268 願説之，[三][宮][聖]272 是一心，[三][宮][聖]421 除燃燈，[三][宮][聖]545 彼長者，[三][宮][聖]639 願大王，[三][宮][聖]639 除佛世，[三][宮][聖]1541 心一分，[三][宮][聖][另]790 得，[三][宮][聖][另]1435 有一，[三][宮][聖][另]717 依一增，[三][宮][聖][另]310 智所能，[三][宮][聖][石]1509 説迴向，[三][宮][聖][石]1509 有，[三][宮][聖]下同 0397 佛悉除，[三][宮][聖]下同 0626 加哀受，[三][宮][石]1509，[三][宮][石]1509 欲一種，[三][宮][西]665 願，[三][宮][西]665 願世尊，[三][宮][西]665 願善逝，[三][宮]下同 0387 不能，[三][宮]下同 0387 願如來，[三][宮]下同 0425 見愍念，[三][宮]下同 0433 從命耳，[三][宮]下同 0509 此母一，[三][宮]下同 0669 得菩薩，[三][宮]下同 0669 願解説，[三][宮]下同 0754 願爲説，[三][宮]下同 1421 是爲快，[三][宮]下同 2060 九有儒，[三][宮]下同 2060 上統法，[三][宮]下同 2060 釋一門，[三][宮]下同 2060 心尚，[三][宮]下同 2060 一食不，[三][宮]下同 2060 有斷繩，[三][宮]下同 2103 佛一法，[三][宮]下同 2103 高俗猶，[三][宮]下同 2103 貴於道，[三][宮]下同 2103 願無上，[三][宮]下同 2103 注老子，[三][宮]下同 0374 毘佛略，[三][宮]下同 0374，[三][宮]下同 0374 有一子，[三][宮]下同 0387 一種乃，[三][宮]下同 0627 天中天，[三][宮]下同

0633 願隨所，[三][宮]下同 0639 一相彼，[三][宮]下同 0664 願垂聽，[三][宮]下同 0671 假名實，[三][宮]下同 0671 是一法，[三][宮]下同 0671 是一切，[三][宮]下同 0671 願如來，[三][宮]下同 0671 願世尊，[三][宮]下同 0671 自心見，[三][宮]下同 1579 除諸佛，[三][宮]下同 2103 釋氏，[三][宮]下同 0671 心無外，[三][宮]下同 0677 是聖人，[三][宮][知]266 願世尊，[三][宮][知]266 仁，[三][聖]158 以華合，[三][聖]190 二百五，[三][聖]125 願，[三][聖]227 願大，[三][聖]157 有天上，[三][聖]157 願，[三][聖]157 願今者，[三][聖]157 願，[三][聖]158 以華合，[三][聖]627 加愍哀，[三][聖]125 願世，[三][聖]下同 0397 除五逆，[三][西][宮]665，[三]下同 0836 一字所，[三]下同 1331 願世尊，[三]下同 0264 汝能證，[三]下同 2103 無迦葉，[三]下同 0264 有諸佛，[三]下同[宮]2060 取牛十，[三][乙]1092，[三][乙]1092 願聖者，[三][乙]1092，[三][乙]1092 願如來，[聖]211 汲汲我，[聖]285 佛子菩，[聖]291 雨道寶，[聖]341 願説之，[聖]481 願如來，[聖]627 爲作救，[聖]639 除諸佛，[聖]643，[聖]643 願世尊，[聖]663 願現在，[聖]675 是常常，[聖]2157 格義九，[聖]2157 格義九，[聖]2157 摩騰，[聖]310 願如來，[聖]341 願世尊，[聖]481 常修精，[聖]627 願，[聖]639 除世師，[聖]639

有世間，[聖]643 願救我，[聖]660 除如來，[聖]663 願慈悲，[聖]1443，[聖]1562 一業差，[聖]1563 於，[聖]1617 見自性，[聖]379 願世尊，[聖]375 願如來，[聖]643 有寂心，[聖]663 願世尊，[聖]675 是如來，[聖]823 願善逝，[聖]190 此法非，[聖]397 願世尊，[聖]1788 願世尊，[聖][另]765 生怯劣，[聖][另]675 有一種，[聖][另]675 願世尊，[聖]下同 0627 族姓子，[聖]下同 0515 願如來，[宋]945，[宋]1331，[宋]1982 神光蒙，[宋]99 作是念，[三]、一[宮]657 曰如來，[宋]264 願世尊，[宋]945 垂大慈，[宋][宮]、願[元][明]626 決其疑，[宋][宮]2121 本國與，[宋][宮][聖]371 願世尊，[宋][宮][西]665 願世尊，[宋][宮][西]665 願天女，[宋][宮][知]598 佛垂恩，[宋][宮]263 願正士，[宋][宮]342 察，[宋][宮]397 願救濟，[宋][宮]431 願如來，[宋][宮]447 願加哀，[宋][宮]593 願大師，[宋][宮]744 願世尊，[宋][宮]809 宜雖爾，[宋][宮]2060 客僧見，[宋][宮]2060 逃，[宋][宮]2060 正檢外，[宋][宮]2121，[宋][宮]2121 之曰斯，[宋][宮]下同 836 垂悲愍，[宋][明][宮]848 演說，[宋][明]683 念過去，[宋][明]969 願，[宋][明]971 願天尊，[宋][明]1081 願證知，[宋][元][宮]、雄[明]2103 武曾不，[宋][元][宮]268 願說之，[宋][元][宮]310 願大慈，[宋][元][宮]397 佛世尊，[宋][元][宮]397 願如來，[宋][元][宮]660 願如來，[宋][元][宮][聖]310 願世明，[宋][元][宮][聖]660 父母妻，[宋][元][宮][聖]660 起正念，[宋][元][宮][聖]1617 見自性，[宋][元][宮]310 願為，[宋][元][宮]397 願，[宋][元][宮]397 願如來，[宋][元][宮]397 願世尊，[宋][元][宮]397 願聽我，[宋][元][宮]660 此真實，[宋][元][宮]1483 願世尊，[宋][元][宮]1488，[宋][元][宮]1562 設何方，[宋][元][宮]2103 像末不，[宋][元][宮]2103 闍茂始，[宋][元][宮]2103 有梁之，[宋][元][宮]2121 若言其，[宋][元][宮]2121 越致道，[宋][元]154 先故墮，[宋][元]187 願拔濟，[宋][元]187 願如來，[宋][元]220 不生怖，[宋][元]951 日月蝕，[宋][元]1092 求無上，[宋][元]1092 願求一，[宋][元]1106 獨一身，[宋]99 作是念，[宋]264 願世尊，[宋]945，[宋]945 垂哀愍，[宋]945 垂大悲，[宋]945 願如來，[宋]1331，[宋]1982 神光蒙，[宋]2123 諸女外，[乙]2397 願慈悲，[乙][丙]2092 大夏門，[乙]1132 願一切，[乙]1796，[乙]2782，[元][明]、一[聖]643 有一，[元][明]、[聖]375 願臨顧，[元][明]、[聖]643 正路開，[元][明]467 名字虛，[元][明]645 以一食，[元][明]1340，[元][明][東]643 噉淤泥，[元][明][宮]614，[元][明][甲][乙]901 改二手，[元][明][甲][乙]901 改開二，[元][明][甲][乙]901 改以二，[元][明][甲][乙]901 好，[元][明][甲][乙]901 烏樞沙，[元][明][甲][乙]901 須好心，[元][明]

[甲]901 足不同，[元][明][聖]481 道可恃，[元][明][聖]481 覩度世，[元][明][聖]514 恃善耳，[元][明][聖]643，[元][明][聖]643 不見佛，[元][明]157，[元][明]274 求利養，[元][明]275 學般若，[元][明]356 佛勿以，[元][明]379 除，[元][明]479 名字字，[元][明]509 多然燈，[元][明]564 求佛智，[元][明]635 法王世，[元][明]658 可心知，[元][明]658 知貪欲，[元][明]671 自心見，[元][明]1035 得食乳，[元][明]1340，[元][明]1340 除彼諸，[元][明]1340 除諸佛，[元][明]1340 還於此，[元][明]1340 行惡，[元][明]1340 以驚恐，[元][明]1340 有是事，[元][明]1340 有疑惑，[元][明]1341 有如來，[元][明]1345 願，[元][明]1495 有口言，[元][明]2060 眞聖之，[元][明]下同 643 此爲快，[元][明]下同 671 是心分，[元]643 見佛色，[元]660 此眞實，[元]670 妄想外，[知]266 當説之，[知]266 佛，[知]266 天中天，[知]266 願加哀。

帷：[三][宮]2059 靖爟四，[三][宮]2103 之。

圍：[三]190 陀論及。

爲：[三][宮]2122 帝先交，[宋][宮]534。

維：[宮]223 越致是，[宮]1464 三佛欲，[甲][乙]2381 我假名，[明]152 呼車匿，[明]204 衞佛時，[明]416，[明]629 摩羅波，[明]2060，[三][宮]223 越致行，[三][宮]223 越致一，[三][宮]1462 羅衞國，[三][宮]1464 羅越那，[三][宮]1464 越致聲，[三][宮]2060 闍茂始，[三][宮]2103，[三][宮]2103 單闕仲，[三][宮]2121 衞佛，[三][宮]2121 闍是時，[三]196 摩羅三，[三]199 衞神通，[三]223 越致地，[三]1331 師尼字，[三]1331 耶離國，[三]2121 闍女於，[三]2145 者當不，[聖]1462 衞佛壽，[宋][元][宮]223，[宋][元]2145 樓延神，[乙]2192 摩經。

位：[三][宮][聖]1562 作是念。

聞：[三][宮]2108 佛道二。

無：[宮]401 戒無所。

悟：[三]2145 苦空厭。

想：[三][宮]1435 女人若。

性：[宮]309 澹泊無，[宮]1598 此義似，[甲]1706 其皆一，[甲]1816，[甲]2250 紙婆子，[三][宮]721 如向所，[三][宮]1547，[聖]1721 者隨順。

雅：[宋][元]2145 諸行布。

依：[三][宮]671 下中上。

以：[三][宮]2103 僧，[三][宮]2108 僧等。

益：[甲]1723 梵天菩。

憶：[宮]1596 位滅此，[元][明][宮]614 念欲等。

議：[三]125 世界，[三]125 云何爲，[聖]397，[宋][宮]1509 知微妙，[元][明][聖]397。

欲：[明]2122 徹誠遂。

願：[明]2103 天元皇，[三][宮][甲]2053 皇帝皇，[三][宮]638 屈尊，

[乙]2397 大牟尼。

中：[三]、唯[宮][石]1509 佛能知。

種：[甲]2266 然今此。

轉：[三]、輕[聖]190 不漏其。

准：[甲]2266 然七隨，[三][宮][聖]639 自心行，[三]2145 之悉可，[原]1840 恐文，[原]1840 爲遮前。

作：[宮]、唯[聖]1462 除鐶作。

幬

韋：[元][明]332 囊裹諸。

帷：[三][宮]1521 帳柔軟，[三]152 帳寶，[宋][宮]、圍[元][明][甲]901。

圍

國：[甲]2068 鹿超出，[三][宮]2103 内咸稟，[三]1427 城時，[宋][宮]、團[元][明]397 目夜叉，[宋][元]2110 仁被四。

回：[甲]2035 三十。

迴：[乙]2092 遶城至。

繚：[三]1 遶有園。

輪：[三][宮]2060 五千餘。

曲：[甲]1708 斯涅槃。

收：[三][宮]1435。

圖：[甲][乙][丁]2244 盧有，[甲]853 之，[三][宮]2060 坐登講，[宋][元][宮]2122 之須臾。

團：[宮]848 以青蓮，[甲]1821 有虫顯，[甲]2128 反字鏡，[甲]2337 一積一，[三][宮]1458 更無，[三][宮]

2102 澤見生，[三][宮]2122 内兵莫，[宋][元]1461 輪別住。

韋：[明]、國[聖]1462 陀書，[明][聖]100 陀如是，[明]703 陀典，[明]1191 陀典籍，[明]1450 陀之中，[明]下同 1462 陀書婆，[三][宮]310 陀及呪，[三][宮]231 紐天或，[三][宮]1435 陀經亦，[三][宮]2059 陀，[三][宮]2059 陀論風，[三]187 陀論，[三]187 陀論三。

爲：[三][宮]304。

違：[聖]310 遶在前，[聖]1441 遶第一。

闥：[明]1421 遶往到，[宋]125 遶往詣。

圉：[元][明]2059 裹。

園：[宮]721 歡喜心，[宮]2053 今現有，[甲]1828 事三山，[甲]1918 跳透求，[明]173 遶出詣，[明][宮]721 地一切，[明]721 遶毘留，[明]721 遶之於，[明]1428 遶而爲，[明]2122 内方得，[三][宮]445 世界妙，[三][宮]1644 隔地獄，[三]2122 内任之，[聖]691 中諸獨，[聖]1733 山餘名，[宋]、團[宮]721 十名，[宋]721 遶娛樂，[元][明][宮]721 衆生何。

圓：[甲]2397 乳海金，[明]1214 壇誦眞，[三][宮]721 山頂復，[三][宮]1562 七千半，[乙]850 九重虛，[元][明]1092 括量一。

匝：[石]1509 深塹七。

周：[甲]1828 盡下三，[甲]2067 以爲外。

爲

哀：[宮]309 一切衆。

礙：[原]2271 爲。

八：[元]2122 難得一。

苞：[甲]2195 含三大。

寶：[甲]1782 説，[三]2122 印手菩，[原]1098 地七寶。

卑：[甲]2128 下精育。

被：[三][宮][聖][另]1428 繫縛將。

備：[甲]2371 十住斷。

輩：[三][宮][聖]1425 分作。

必：[宮]656 淨泰佛，[聖][另]1458 羯恥那。

邊：[甲]2830 期。

便：[明]1450 立名號。

遍：[明][甲]1177 如來一。

別：[甲]2253 所依體。

並：[宮]2059 究其幽。

不：[甲][乙]1821，[甲]2266 爲證此，[甲]2266 約體，[甲]2266 正隱字，[明]1339 佛告阿，[三][宮]485 清淨佛，[宋][元]474 二誠見，[乙]2261 詮義故，[元][明]1616 離末問，[原]1238 作衰害。

常：[丙]2396 是毘慮。

超：[三]415 世間。

瞋：[乙]2397 處觀之。

臣：[宋][元]606。

稱：[甲]2305 實常曰。

成：[丙]1132 本尊便，[甲][己]1830 欲聞聲，[甲][乙]1929 聖故教，[甲][乙]2263 因，[甲]1736 第三者，

[甲]1736 因緣，[甲]1799 無上，[甲]2183 六卷凝，[甲]2223 等持，[甲]2229 染是名，[甲]2263 相違若，[三][宮]2123 屎尿本，[三]155，[宋][明][甲]1077 線一呪，[乙]2263，[乙]2263 因何犯，[原]1858 聖者聖，[原]2248 五謂。

承：[三]、一[宮]624 其。

持：[原]1743 復以法。

出：[三][宮]2122 現二十。

處：[三][宮]223 第一義。

慈：[三][乙]1092 悲實語。

此：[明]1462 隨本佛，[三]1532 明何義，[原]1780 之四用。

從：[宮]1508 癡從癡，[甲][乙]1823 此第六。

存：[甲]1780 三無性。

答：[宮]1546 已行者，[甲]2434 表示不，[三][宮]1425 我，[原]、[甲]1744 五住常。

代：[甲]1909 歸依，[甲]1909。

但：[三][宮]1435 遮是病。

當：[甲]2035 指，[甲]2434 明正因，[明]1450 嚴飾上，[三][宮]828 聽許我。

道：[三][宮]2102 大道，[乙]2218 證據今。

得：[宮]1425 懶身，[甲]2266，[乙]1723 三乘，[乙]1821 涅槃。

德：[三][宮]2103 孤哉自。

地：[聖][甲]1733 望前已。

等：[甲]1736 離除見，[甲]2223 外道，[三][宮]461 己身亦，[三][宮]

1526 二一者，[三]125 頗有是，[聖]310 者是事，[聖]1509 自重輕。

定：[甲]1780 是二今，[甲]1830 也觀待，[乙]1830 解而影，[乙]2263 遍計所，[原]1833 而有行。

對：[甲]1736 治障故。

多：[三][宮][聖]1465 佛說好，[三]1582 令衆生。

惡：[宮]374，[三]375 蛇毒耶。

而：[宮]414 說深法，[宮]1443 妄語，[甲]、與[乙]2259 智所，[甲]909 等引，[甲][乙]1822 違王勅，[甲]1723 顯今從，[甲]1733 作迴向，[甲]1742 現其身，[甲]1775 天在人，[甲]1896，[甲]2266 生互相，[甲]2266 住文樞，[甲]2814，[明]2108 損，[三]660 說菩薩，[三][宮][聖]613，[三][宮]2103 誇誕，[三]221 轉法輪，[乙]1830 邪見等，[原]1700 作多分。

發：[三][宮]816 阿耨多，[乙]1816 最。

法：[乙]1796 體所以。

非：[甲][乙]1822 欣行此，[甲]2266 一第八，[甲]2273 能立，[元][明]99 不放逸。

分：[甲]1736 三，[甲][丙][丁]1141 兩邊。

佛：[宮]657 號曰華，[甲]2339 百劫初。

復：[宮]310 從何出，[宮]675。

各：[甲]2309 別處從，[三][宮]2121 持寶珠，[原]、有[原]1818 七門第。

更：[甲]1733 若爲耶。

宮：[宮]1571。

古：[甲]2261 句句有。

故：[宮]481 持人諸，[甲]2195 說授准，[明]2123 智者，[三][宮]588 菩，[宋]220 佛十力，[乙]1822 二十雖，[乙]1978 稽首頂，[乙]2261 緣生意。

管：[原]2339。

廣：[聖]1721 廣也衆。

何：[明]2103 稱知。

後：[甲]2266，[乙]2249 說離殺。

呼：[三][宮]1463 不犯如。

慧：[三][宮]397 業知，[元][明]2154 遠法師。

或：[宮]674 我或曰。

惑：[宋][元][宮]1521 利養佛。

及：[甲][乙]1821 修幾地，[甲]1816 名此名，[甲]2035 非信帝，[甲]2195 第三，[甲]2263 異釋非，[三][宮]1509 十方諸，[三]101 我我不，[乙]2263。

即：[宮]1804 淨主名，[甲]1822 初也，[甲]2266 是無漏，[聖]227 得大利，[聖]1462 主此是。

既：[甲]1792 與索。

加：[甲][乙]1705 如實智。

假：[明]310 神足力。

見：[甲]2075 自在皆，[三][宮]2122，[三]945 空若空，[元][明]2087 侵掠自。

將：[甲]2262 當如何。

教：[三]、殺[宮]2123 亦。

解：[甲]2217。

今：[三][宮]374 當承佛，[三][宮]1451 作何事，[三]375 當承。

盡：[甲]1851 法智知。

九：[甲][乙]1821 欲爲暫，[原]2339 去來世。

局：[甲]1709 讀者悉，[甲]1731，[甲]1731 異今望，[甲]2266 定所攝，[甲]2270 唯聲體，[甲]2299 權智耶，[乙]2317，[原]2339 限無有。

句：[甲]2266 釋，[甲]2299 見諦。

可：[三][宮]2060 出水淵，[三][宮]2121 憂文殊，[原]2416。

空：[宋]1509 大以是，[原]1721 行處。

離：[三]99 恩愛。

力：[甲]1736 尊貴增，[甲]2266 優，[甲]2366 爾答如，[聖]1733 護也三，[乙]2249 牽引資，[乙]2261 略釋妙，[原]2339 不令作。

令：[三][宮]387 衆生轉，[三][宮]2122 四衆説，[三]604 護行知，[聖]183 一切衆，[聖]410 衆生滅。

漏：[甲][乙]2263 法自性，[甲]2312 之門，[三]1485 果，[三][宮]1545 及諸，[聖]1541 心不，[乙]1821 爲性十，[原]1851 解脱。

論：[甲]2266 入法。

馬：[甲]2219 地唯此，[聖]、一[另]1442 業彼有。

滿：[三]1455 隨意人。

祕：[宋]、爲祕[明]374 藏如來。

勉：[甲]1735 能現二。

名：[宮]374 善不如，[宮]387 實相若，[宮]1799 親證故，[甲]、九[乙]1821，[甲]1763 施命也，[甲]1782 體故此，[甲]2196 時也法，[甲]2255 實不足，[甲]2263 窮生死，[甲]2266 眼異此，[甲]2266 之爲總，[甲]2300 伏羲吉，[甲][己]1958 善知識，[甲][乙]1822 不，[甲][乙]2250 預流不，[甲][乙]2254 有因文，[甲][乙]2261 諮，[甲][乙]2263 牽引因，[甲]1698 金剛際，[甲]1709 義實相，[甲]1717 體用理，[甲]1718 無學別，[甲]1724 種智此，[甲]1736，[甲]1736 菩提今，[甲]1744 慈治打，[甲]1813 因緣又，[甲]1816 八亦，[甲]1816 境界不，[甲]1816 生喜，[甲]1816 説相三，[甲]1823 淨大毘，[甲]1851 法寶十，[甲]1863 非，[甲]1863 如來藏，[甲]1913 頓頓，[甲]1918 想後成，[甲]2035 即法華，[甲]2196 己利諸，[甲]2219 義云，[甲]2223 空又不，[甲]2229 寶光虛，[甲]2250，[甲]2250 師法了，[甲]2250 一生所，[甲]2255 礙是物，[甲]2263 主非所，[甲]2266 初餘修，[甲]2266 麁如，[甲]2266 下品梵，[甲]2266 因云何，[甲]2266 正，[甲]2266 之此方，[甲]2271 差別有，[甲]2274，[甲]2305 神本或，[甲]2312 自證分，[甲]2371 止一心，[明][宮]374 四苦集，[明]310 法界究，[明]310 佛道本，[明]397 精進不，[明]997 菩薩第，[明]1537 受蘊謂，[明]1579 正論，[三][宮]、爲名[聖]1509 不共法，[三][宮][聖]278 法

幢燈，[三][宮][聖]278 第三無，[三][宮]270 同行不，[三][宮]376 如來最，[三][宮]397 喜如真，[三][宮]839 安慰而，[三][宮]1425 撿挍若，[三][宮]1425 異分小，[三][宮]1470 恭，[三][宮]1488 性，[三][宮]1509 淨施淨，[三][宮]1536 上士不，[三][宮]1581 自性願，[三][宮]1646 思惟，[三][聖]375，[三]125 識食所，[三]212 梵志，[三]375 破戒何，[三]1582 天眼善，[聖]99 牟尼通，[聖]272 自業，[石]1509 破復次，[石]1509 空，[石]1509 菩薩，[石]1509 菩薩於，[石]1509 知色如，[石]1509 諸法性，[宋][元][宮]1563 處處能，[乙]1822 體而言，[乙]2426 緣覺三，[元][明]1509 菩薩摩，[原]、[甲]1744 三千大，[原]、[乙]1744 無始無，[原]2208 頓義同，[原]1858 得也是。

明：[甲]2410，[三]1532 何義遮，[乙]1736 有門毘，[原]、[乙]1744 方便不。

冥：[三][宮]2102 醮錄男。

牧：[甲]1924 小促長。

乃：[甲]1705，[甲]1782 至有情，[甲]2300 破空見，[甲]2434 正也云，[石]2125 禮聖，[原]1829 類同故。

內：[甲]2415 契當，[原]2339 種。

能：[三][甲]895 己利眾，[三]201 洗除盡，[宋][元][聖]210 今世利。

念：[三]2122 甘露法。

鳥：[甲]1921 俱遊寂。

判：[甲]2263 法輪。

披：[明]2108 法衣不。

品：[甲]2195 化者是。

平：[三][宮]657 等眼。

普：[三][宮]585 供養如。

七：[明]245 難日。

其：[宮]2080 變通乃，[甲]1775，[明]2053 國就彼，[三][宮][聖]1443 勢分，[三][宮]2060 嚫施成，[乙][丁]2092 狐魅熙。

豈：[三]657 異人乎。

器：[三]2151 量弘普。

前：[三][宮]1558，[乙]1724。

勸：[三]152 難云故。

請：[明]2076 老僧開，[三]192 洗摩足。

求：[宮]895 世樂求，[三][聖]476 床座無。

去：[聖]125 者後悔。

然：[乙]2218 法寶佛。

如：[宮]221 如是，[甲]1723 親聞法，[甲]1736 曠野今，[甲]1912 鉤悆起，[明]220 他說我，[明]461 金色菩，[明]1636 泥聚，[三][宮]1559 證若由，[另]1721 落今將。

入：[三]1485 百佛。

若：[甲]2434 是言不，[甲][乙]2254 微笑今，[甲][乙]2261 法通體，[甲][乙]2263 別為四，[甲]1733 天，[甲]1863 分，[甲]1965 一日一，[甲]2195 諸聲聞，[甲]2263 取支故，[甲]2266 中根者，[甲]2271 是，[甲]2271 同喻同，[甲]2305 得淨心，[甲]2317 實身業，[甲]2782 作人天，[甲]2837

善若惡，[三]26 作聖人，[三][宮]1521 遮一切，[三][宮]1425 覆屋泥，[三][宮]1435 欲破僧，[三][宮]1548 外觸身，[三][宮]1552 異爲，[宋][聖]1509 無生相，[乙]2397 大乘通，[乙]2812 未生相，[原][乙]2263 彼定心，[原]853 欲普爲，[原]2271 許有我。

三：[三][宮]1544 曲穢濁。

色：[甲]1709 心廣初，[甲]1834 聚俱非，[三]1590 聚俱非。

善：[三][宮]1458。

上：[甲]1733 首故是。

身：[甲]1736 爲種無，[三][宮]2121 是爲苦，[原]1829 爲血罐。

生：[三][宮]1563 勝樂或，[三]956 王，[元][明]26 子故彼。

勝：[原]、－[甲][乙]1098 依止。

施：[三]65 安樂身，[三]125 之處福。

時：[三][宮]2122 龍怪漢。

使：[三][宮]1428 他剃髮。

事：[宋][元]1603 名作意。

是：[甲]2075 懺悔以，[甲]1000 瑜伽觀，[甲]1736 大篆李，[甲]1736 下疏，[甲]2006 偏位臣，[明]、爲是[宮]482 邪邪者，[明]220 定量故，[明]220 退失一，[明]269 三昧，[明]1571 定量銳，[三]、－[宮]1548 自損他，[三][宮]384 菩薩遭，[三][宮]401 智慧力，[三][宮]544 禍之門，[三][宮]1452 野干子，[三][宮]1632 盜汝亦，[三][宮]2123 苦器憂，[三]125 老地何，[三]202 優婆夷，[三]375 大王我，

[三]375 非，[三]1435 比丘尼，[三]1532 遮彼見，[宋]374 非有無，[乙]1822 樂引教，[元][明][聖]223 行般若，[原]1819 火也諸。

首：[三]2034 大隋晋。

受：[宮]1571 人受用，[三][宮]1562 境緣受，[三]1536，[宋][元]603 意計是，[宋][元]603 作，[宋]1694 意計是，[乙]2391 大阿闍，[元][明]201 女人。

書：[三]2103 石函。

屬：[甲]1851 小大中，[甲]2266 第二根，[甲][乙]2288 眞論，[甲]2217 順世心，[三][宮]1551 他非我，[宋]374 地獄極，[乙]1736 第二一。

述：[己]1830 理言率。

說：[宮]1509 得道故，[明]220 他說，[明]670 何等法，[三][宮][聖]625 顯示其，[三][宮]385 餘者爾，[三][宮]585 爲師子，[聖]224 如是說，[宋][元][宮]502 年少比，[原]、[甲]1744 倒答然。

私：[元][明]1425 受用故。

四：[三]419 四一爲。

頌：[甲]2128 文含多。

所：[甲]1842 許，[三][宮][聖]1602 依處。

騰：[甲]1705 今事謂。

替：[甲][乙]1250 汝墮阿。

通：[乙]1736 二乘者，[乙]2261 兩疏。

王：[聖]421 慧根慧。

危：[三]212 失是故。

威：[甲]2214 三界，[明][乙]1225。

唯：[甲]1795 他，[甲]1912，[甲]1912 頓方名，[甲]2266 善精淨，[三]190，[乙]1821 釋此，[元][明]158 善男子。

惟：[甲]1735 艱前解，[甲]1828 二果性，[明]896 欲隨，[明]199 歡喜。

違：[宮][甲]1912 現文文，[甲][乙]2263 損故名，[甲]1813，[甲]1828 教失於，[甲]2075 諍又云，[甲]2837 決須斷，[三][宮][聖][另]285 無動，[三][宮]618 人子不，[宋][明][宮]2121 菩薩以，[乙][丙]2810 損故三，[原]2268 理難疏。

偽：[三][宮]322 而信，[三][宮]322 詐者不。

僞：[甲]2035 農師舜，[甲]1805 經者一，[明]663 空聚，[明]673 是菩提，[三]2151 門經一，[三]2154 錄中復，[三][宮]2102 興造無，[三][宮]271 有善莊，[三][宮]1458 濫，[三][宮]1545 性故難，[三][宮]1598 名薩其，[三][宮]2060 篤信案，[三][宮]2121 小書舉，[三][宮]2123 若廣言，[三][宮]2123 身居，[三][聖]125 猶盲無，[三]99 相規利，[三]99 誘愚夫，[三]125 幻法最，[三]186 珠非，[三]193 稱悦人，[三]193 神變現，[三]311 無所有，[三]682 而非實，[三]2154 將爲，[聖][甲]1763 人根多，[聖][甲]1763 形不立，[宋][明][宮]2122 怪相或，[宋][元]2112 注本注，[宋]221 得脱此，[元]2060，[元][明]2103 見狼，[原]1776 故。

位：[甲]1735 因後一。

畏：[甲]2244 大力大。

謂：[丙]2812 鬪諍劫，[宮]660 之爲樂，[宮][聖]1579 契經體，[宮][聖]1549 味味曉，[宮]374 在涕唾，[宮]672 調伏種，[宮]1912 日出之，[宮]2108 未可且，[和]293 供養故，[和]293 色相圓，[甲]1735 練治心，[甲]1736 我今乃，[甲]2128 授記也，[甲][丙]2812 觀待此，[甲][丙]2812 齊等流，[甲][丙]2812 眞如本，[甲][乙]894 晨朝起，[甲][乙]1736 無知，[甲][乙]1796 籍此衆，[甲][乙]1822，[甲][乙]1822 嚴心者，[甲][乙]1866 法界自，[甲]871 空無相，[甲]874 六根，[甲]893 部尊主，[甲]952 説教法，[甲]1698 具足多，[甲]1717 眷屬次，[甲]1717 王者正，[甲]1728 火難卒，[甲]1735，[甲]1735 不怖空，[甲]1735 供具田，[甲]1735 例前解，[甲]1735 生死涅，[甲]1735 欲表，[甲]1736，[甲]1736 法性心，[甲]1736 堅肉時，[甲]1736 解，[甲]1736 冥契，[甲]1736 能持故，[甲]1736 鳥卵，[甲]1736 其性平，[甲]1736 殺父母，[甲]1736 實，[甲]1736 世界即，[甲]1736 疏，[甲]1736 顯不，[甲]1786 佛是説，[甲]1789 餘，[甲]1792 目連本，[甲]1823 厭捨故，[甲]1918 生生四，[甲]1925 離離者，[甲]2006 之抽，[甲]2015 之祕藏，[甲]2218 空不見，[甲]2228 授

本誓，[甲]2255 衆生雖，[甲]2262 軌範可，[甲]2266 緣，[甲]2401 内心觀，[甲]2782 見聞等，[甲]2787 犯初篇，[甲]2787 開無過，[甲]2792 三塗純，[甲]2813 發起謂，[甲]2823 伏二障，[甲]2823 所詮差，[明]228 甚難爲，[明]1050 我夫我，[明]1505 名色因，[明]1539 同類或，[明]1985 爾是箇，[明][甲]997 慢過慢，[明]37 何，[明]125 捨離於，[明]125 欲爲大，[明]220 諸有情，[明]221 離，[明]221 菩薩摩，[明]221 無有，[明]309 菩薩，[明]310 沙門及，[明]374 我説不，[明]459 菩薩聲，[明]459 爲貧，[明]656 有形有，[明]657 諸佛未，[明]754 十事禁，[明]754 喜心何，[明]1428，[明]1428 強，[明]1450 被風雨，[明]1450 苾芻應，[明]1458 二事此，[明]1536 根本證，[明]1545 避論文，[明]1553 苦憶不，[明]1602 欲引生，[明]2060，[明]2123 閻王現，[明]2131，[明]2154 事周還，[三]310 正念佛，[三]1096 授於無，[三][宮]381 大慈彼，[三][宮]1442，[三][宮]1539，[三][宮]2122 八王日，[三][宮][聖]1552 窓牖爲，[三][宮][聖]225 之色是，[三][宮]292，[三][宮]310 不吉時，[三][宮]403 心法若，[三][宮]415 世尊之，[三][宮]585，[三][宮]606 定意始，[三][宮]606 失數，[三][宮]1539 無爲外，[三][宮]1555 契經説，[三][宮]1563 三因一，[三][宮]1595 無量菩，[三][宮]1598 彼所依，[三][宮]1648 遠，[三][宮]2060 法師

等，[三][宮]2122 殺，[三][宮]2122 生苦人，[三][宮]2122 天曹閻，[三][甲]951 求佛果，[三][甲]1003 菩提心，[三][甲]1003 三世無，[三][聖]211 梵志，[三]1 梵行，[三]125 比，[三]202 甘肥教，[三]603 道弟子，[三]895 正見正，[三]951 令成就，[三]951 族眞，[三]999 彼人分，[三]1058 此解脱，[三]1544 四攝，[三]2102 獨善之，[三]2103 爲道止，[三]2108 道法之，[三]2125 圓整著，[聖]26 病衰頼，[聖]475 我等涅，[聖]1721 失中更，[聖]1763 六趣也，[宋][元]2053 體，[宋]1694 道弟子，[乙][丙]2777 我言唯，[乙][丙]2778 凡修善，[乙][丙]2810，[乙][丙]2810 懷忿者，[乙][丙]2810 善不善，[乙]1736 現見有，[乙]2376 或有衆，[乙]2391 空無相，[乙]2782 大般若，[乙]2812 五識身，[元][明][甲][乙]895 目睛妙，[元][明]2016 如來所，[原]1796 於寶中，[原]1854 是第一。

聞：[甲]1736 師子吼，[聖]211 説法欣。

問：[甲][乙]2390 次第布，[三]291 如來法。

我：[宮]681 説佛告。

鳥：[甲]2130 也第二，[元][明]152 乎答曰。

無：[宮]672 生廣説，[甲]1830 因緣，[甲][乙]1822 違汝宗，[甲]1724，[甲]1727 住聖既，[甲]1736 侍，[甲]1799 聞何怪，[甲]1828 眞實性，[甲]1912 縱次師，[甲]1925 喜佛智，[甲]

2006 變易欲，[甲]2281 答過若，[甲]2281 過疏意，[甲]2362 不平等，[明]1571 體若，[明]278 煩惱業，[明]474 行大慈，[明]1566，[三][宮][聖]586 入道梵，[三][宮]376 數名泥，[三][宮]476 極善乃，[三][宮]656 一法志，[三][宮]1545 二，[三][聖]125 有，[聖]1547 有而有，[宋][宮]1509 一名字，[宋][明]99，[宋][明]672 譬如虛，[宋]268 明，[元][明][宮]310 黨是，[元][明]2016 妙生酥，[元][明]2016 所證般，[原]2339 非。

五：[乙]2261 名復謂。

勿：[甲][乙]2263 謂牽引。

悉：[宮]2122 枕右脇，[三][宮]425 不可保，[三][宮]78 豎淚即，[聖]278 歡喜佛。

仙：[宮]1451 布舊云。

限：[甲]2303 迴小。

相：[甲][乙]2261 名彼依，[甲]2214 法，[甲]2261 一部由，[三][宮]1443 籌議欲，[三][宮][知]598 囑累受，[三][宮]2121，[乙]2261 法師法，[乙]2261 有財他。

向：[三][聖]125 彼，[三]68 佛。

象：[三][宮]670 馬車，[三][宮]1562 等言解，[三]2088 師子之。

笑：[三][宮]2122 作塔山。

心：[明]670 量，[三]158 令一切，[乙]2232 堅固云。

行：[三][宮]1488 已復。

形：[宋][宮]309 而不可。

修：[甲]1717 善行者。

羞：[三]186 恥虛妄，[元][明]6 慙而自。

焉：[宮]1912 能測畜，[甲]2039 時南，[明]2149 後周經，[三][宮]1507 感結受，[三][宮]2103 虛非同，[原]1776 有眼外。

言：[甲][乙]2250 二三無，[三]1532 應正，[另]1721 無非有。

一：[三][宮]1488 中劫穀，[三]1485 中劫又。

衣：[元][明]189 服者或。

依：[甲]2266 緣所起，[原]1842 無非依。

遺：[明]2076 薪不續。

已：[三][宮]588 得總持，[原]2299 弟子故。

以：[甲]1736，[甲]2266 事應不，[甲]2299 第一義，[甲]2301 本識爲，[甲]2304 一力者，[甲]2412 敬愛也，[明]2131 圓通由，[三][宮]268 供養，[三][宮]322 受實，[三][宮]1646 虛空疲，[三]150 非常爲，[三]186 驂駕徹，[三]192 何勝德，[三]193 施繮，[三]212 靼繫破，[三]291 幻化普，[另]1428 虛詐利，[宋]374 如是大，[乙]2227 當部等，[元][明]2122 此追之，[元][明]2122 見追倩，[原]1289 說諸方，[原]1776 爲土究，[原]1778 佛道此。

亦：[三][宮]、一[聖]223 菩薩魔，[聖]224 無所，[另][石]1509 菩薩魔，

[石]1509 菩薩受。

異：[甲]1863 離垢眞，[聖]1859 陳謂有。

意：[甲]1828 制伏所，[甲]2261 自害虚，[甲]2266 界名身，[甲]2274 盡理説。

應：[甲]2266 等事心，[三]375 受畜不，[三]950 滅諸障。

由：[甲]1816 常益有，[甲]1830 不説，[甲]2195，[三][宮]1817 膏油力，[原]1858 神御故。

有：[丙]897，[宮]263 聲聞斷，[宮]1559 分若有，[宮]1646 中又隨，[宮]2047 怪乃爾，[甲]1735，[甲][丙]2812 二十句，[甲][丙]2812 染心非，[甲][乙]1822 二謂善，[甲][乙]1822 因斷與，[甲][乙]2309 三因又，[甲][乙]2396 二義一，[甲][乙]2396 四親近，[甲]1736 障故，[甲]1796 種子即，[甲]1816 善攝第，[甲]1821 四十五，[甲]1846 此不覺，[甲]1929 四意一，[甲]2035 男，[甲]2082 人喚孫，[甲]2195 了義爲，[甲]2250 二説寶，[甲]2250 各別處，[甲]2837 學者取，[明]1450 布施者，[明]1554 六種謂，[三]57，[三]193 瑞應，[三][宮][聖]1509 何所作，[三][宮]627 床，[三][宮]638 字耳，[三][宮]657 眞菩，[三][宮]1509 魔來壞，[三][宮]1521 志幹耳，[三][宮]1530 成熟所，[三][宮]1595 增有垢，[三][宮]1646 樂云何，[三][宮]2060 學侶復，[三][宮]2122 魚怪漢，[三]186，[三]193 改異，[三]202 飛輪

來，[三]1532，[三]2146 七卷別，[聖]1 何義若，[聖]125 明光明，[聖]1721 四初誠，[宋][元][宮]1521 得諸地，[乙][丙]2778 諸佛法，[乙]1736 此難今，[乙]1822 苦因及，[乙]2263 化身耶，[元][明][宮][石]1509 堅相火，[元][明][宮]374 故，[元][明][宮]656 道，[元][明]585 盡乎報，[元][明]671 六時何，[元][明]1428 三如法，[原]、[甲]1744 所染豈，[原]1778 往來生，[原]1796 三分初。

又：[三][宮]1646 貪樂財，[原]2264 去來世。

於：[甲]1717，[甲]1736 一念相，[甲]2035 潙山世，[甲]2195 烏頭聚，[明]1545 外壽，[明]642 一切，[明]1191 師若有，[明]1579 根本所，[明]1587 色陰乃，[明]1595 龜魚等，[明]1596，[三][宮]822 菩提生，[三]99 正法律，[三]1339 行者但，[宋]223 菩薩摩。

餘：[明]1536 識等思，[明]1547 涅，[明]1571 無病因，[三]193 滅身諸，[原]1764 習是名。

雨：[三][宮]2123 大雨七。

與：[宮]1442 相見必，[甲]2266 種何別，[甲]2311 諸衆生，[甲][乙]1821 前因何，[甲][乙]2250 三無記，[甲][乙]2259 慢見，[甲]1709 性善，[甲]1821 愛或一，[甲]1823 無漏作，[甲]1828，[甲]1873 本不起，[甲]1873 修生因，[甲]2035 眞覺爲，[甲]2263 依他爲，[甲]2266 名等身，[甲]2266

有，[甲]2266 正，[甲]2274 異品下，[甲]2337 此不同，[甲]2402 弟，[明]310 無量百，[明]1443 白王既，[明]1451 善賢作，[明]1458 重，[明]1546 變化心，[明]1810 僧所舉，[三][宮]、一[聖]1428 說法長，[三][宮]656 汝分別，[三][宮]1428 汝作，[三][宮]1428 汝作覆，[三][宮]1435 女人，[三][宮]1435 女人說，[三][宮]1435 檀越請，[三][宮]1435 我作學，[三][宮]1464，[三][宮]1464 比丘食，[三][宮]1464 說法世，[三][聖]125 梵，[三]125 說施法，[三]170 怨，[三]202 俱生受，[三]202 汝，[三]1564 有爲法，[三]2103 其人同，[三]2103 未說，[乙]1736 跋合則，[乙]2263 第六識，[乙]2263 現行爲，[元][明]1439 某甲作，[原]905 三世惡。

語：[三][宮]2121 幾羅婢。

欲：[和]293 求菩提，[甲]1920 利益他，[三][宮]415 重宣此，[聖]1488 欲調伏，[原]1700 得。

喻：[宮][甲]1912 增減。

原：[三]125 本致此。

緣：[宮]1559 法故復，[甲][乙]2263 名境後，[明]1547 緣盡智，[三][宮]2108 顧問既，[聖]1763 則生云。

願：[原]1818 八地寂。

曰：[甲]1786 非空以，[甲]2006 白淨本，[甲]2217 衆生命，[明]293，[三][宮]374 雜穢不，[三][宮]403 處處隨，[三][宮]425，[三][宮]425 忍辱在，[三][宮]425 智慧是，[三][宮]544 辯意長，[三][宮]586 往益佛，[三][宮]1646，[三][宮]1646 僧，[三][宮]2109 西域大，[三]1 我之所，[三]193 知時大，[三]202 匏提此，[聖]1509 定亦名，[乙]2782 世親位，[元][明][宮]374 持戒，[原]1966 大慈大。

約：[甲][乙]2250 境界，[甲]1700 不可說，[甲]109733 成三德，[甲]1805 夏至日。

云：[甲][乙]2263 隨轉小，[甲]1792 報恩經，[三][宮]1451 末田地，[三][宮]2122 廣，[另]1721 一切智。

蘊：[宮]1542 十二攝。

載：[三]2154 將爲未。

在：[宮]267 彼爲諸，[三][宮]1509 第四，[聖]2157 僞錄。

則：[甲]、爲[甲]1781 其師也，[甲]1736 癡無想，[三][宮][聖]1421 曲流然，[三][宮]397 利無量。

召：[原]2387 請辭。

者：[宮]1912 理，[甲]1816 本少有，[甲]2266 所對治，[甲]2299 無沒識，[三][宮]589 有爲若，[三][宮]761 欲捨者，[三]98 念不淨，[三]150 病瘦。

眞：[明]310 實是爲。

正：[甲]2223 破近成，[三][宮]1581 果略說，[原]1862 受令諦。

證：[三]1529 成可患。

之：[甲]1828，[三][宮]374 祕藏善，[三][宮]2060 梗正皆，[三]374 涅槃槃，[聖]397 寂靜光。

知：[甲][乙]1909 六根衆，[甲]
[乙]1909 作，[三][宮]2060 命已不，
[三]1559 有不。

執：[乙]2434。

指：[甲][乙]2296 虛無牟。

至：[宮]1810 伴，[甲]1736 散善
分，[宋][宮]292 菩薩釋，[乙]1723 毀
滅一，[乙]2261 難不齊。

致：[甲]2358 矛楯說。

置：[甲]2035 十五採。

中：[三][宮]1435 迦留陀。

諸：[甲]1736，[元][明]1579 斷雖
無。

自：[甲]1828 性都無，[三][宮]
1452 唱讀共，[聖]、事[甲]1733 義，
[原]2410 身中，[原]2339 體。

總：[甲]、相[乙]2261 三句三。

尊：[甲]2192 對也但，[三]125
第一其。

作：[甲]2323 第爲是，[甲][乙]
1822 所緣緣，[甲]1799 長年過，[甲]
2219 次也周，[甲]2266 上品之，[甲]
2305 蛇者喻，[明][甲]1101 供養第，
[明]1450 象子踐，[三][宮]2121 肉山
以，[三][宮][聖]606 城在中，[三][宮]
[聖]1428 云何善，[三][宮]1428，[三]
[宮]2121 國王已，[三][宮]2121 沙門
行，[三][聖]375 汝今云，[三]361 善
者少，[聖]664 男身，[聖]1428 非非
威，[乙][丙]903 曼茶，[乙]1724 三車
復，[原]1065 菩薩相。

成：[乙]2397 三世諸。

違

背：[甲][乙]2263 此文破，[乙]
2263 唯識之。

差：[甲]2823 也。

乘：[聖][甲]1733 前詞故。

遲：[甲][乙]2219 鈍性於。

達：[甲]2266 越不順。

達：[甲]1828 明處等，[甲]1735
境，[甲]1782 四彼此，[甲]1828 至而
似，[甲]2128 也，[甲]2128 也玉篇，
[甲]2130 多跋陀，[甲]2195 一乘，
[明]2087 阻此心，[三][宮]481 無明
是，[三]201，[三]2154 國化也，[聖]
1509 前語故，[聖]1763 所以有，[宋]
[元][宮]481 以精進，[乙]2186 犯亦
無，[原]、達[甲]1781 萬法皆，[原]
1778 非此非。

逮：[三][宮]585 不見塵，[三]
186，[三]193 行善者，[元][明]1536 正
理果。

定：[甲]2281 作法。

奪：[三]202 命明日。

返：[甲]2274 宗，[原]1840 名曰
相。

逢：[甲]2250 故由心。

負：[三][宮]1421 便白王。

過：[甲]2270，[原]1840 者此非，
[原]1840 如佛弟。

還：[甲]2271 用他，[明][聖][甲]
[乙][丙][丁]1266，[三][宮][甲]901 價
其像，[三][宮][甲]901 其價香。

許：[聖][另]1463 者可向。

患：[甲]1708 誠。

建：[甲]1851 立定實，[三][宮]2121 提歷大，[三]194 正法，[聖]2157 誓當親。

楗：[宋][宮]、鍵[元][明]397 陀天像。

進：[元]1579 分別謂。

立：[甲]2271 要。

連：[宮][甲]1805 讀閉戶，[三][宮]2060 正勑莫，[三]212 尼園中，[元][明]1562 故睡位，[元][明]1646 所以者，[元]1566 又無譬。

遼：[甲]2036 戾百家。

六：[甲]、遶六細註[丙]2397 此六相。

迷：[宮]278 失菩薩，[甲][乙]1822 見道強，[乙]1822 見道強，[乙]1822 論意故。

逆：[宮]1509 故既得，[甲][丙]2381 父母五，[甲]1733 行，[三][宮]2121 布施家。

棄：[甲]2036 像必停，[甲]2195 四依深。

遣：[甲]1280，[甲]1512 於不住，[甲]1709 文字相，[甲]2266 故亦對，[甲]2266 有情假，[甲]2270 所聞之，[甲]2273 之敵者，[甲]2274 者今，[明]2131 人必有，[三][宮]1466 法犯二，[三][宮]1810 一事失，[聖]285 彼行是，[石][高]1668 故八者，[宋][元]1562 然增長，[宋]1562 後釋別，[乙]1822 趣義故，[原][甲]1851 之畢竟，[原]2271 比量云。

譴：[三][宮]2103。

親：[宮]2008。

染：[甲]1924 用依熏。

速：[明]210 可絕五。

通：[宮]262 我當為。

韋：[丙]2396 陀梵志，[甲][丁][戊]2187 提以下，[明]374 陀天迦，[明]663 駄天神，[明]1646 陀等為，[三][宮]1435 舍種首，[三][宮]1566 陀有作，[三][宮]1646 陀等經，[三][宮]1646 陀等世，[三]2034 陀風雲，[聖]1509 是名菩，[元][明]375 陀天迦，[元][明]664 駄天神。

唯：[元][明]1562 經吾當。

圍：[明][和]261 陀增長，[三][宮]2121 繞亦爾，[三]201 和上語，[聖]1509 誰可信，[宋][元]韋[明]1646。

為：[宮]657 此四法，[甲][乙]2263 此世他，[甲][乙]2263 失者因，[甲]1728 戒垢謗，[甲]1736 空答，[甲]1736 有遮小，[甲]2787 事二彼，[明]1545，[明]1459 本要期，[明]1559 何以故，[明]1562 經說以，[明]1669 無有，[三]154 果如意，[三]1340 諍絕，[三]1646 害善，[宋][元][宮]1483，[乙]1736 即，[乙]1909 善戒唯。

言：[三][宮][另]、－[倉]1509 言辭柔，[聖]1421 言罪若。

依：[甲]2339。

違：[丁]1831 故非破，[甲]2266 論說六，[明]2103 教，[三]152 殃咎隣，[三][宮]586 失佛，[三][宮]815 失如是，[三][宮]2102 有，[聖]、違[聖]1733 行過次，[原]1840 也然隨。

以：[甲]2273 現量合。

異：[甲][乙]2309 義衆多。

意：[甲]2284 故又爲。

義：[甲]2270 名爲多，[甲]2281
全無。

應：[甲]1821 理此，[甲]2266 文，
[甲]2266 文義，[甲]2266 疑若。

遠：[丙]2231 無，[甲][乙]1239
衆，[甲][乙]2163 不假疏，[甲]1512
故云無，[甲]1832 初之，[甲]1863 決
定例，[甲]1863 聖説有，[甲]1921 故
名爲，[甲]2266 本計，[甲]2266 諦觀
故，[甲]2270 處先，[甲]2276，[甲]
2339 出五百，[甲]2339 久居，[甲]
2426，[金]1666 故不，[明]1595 離菩
薩，[明]2123 法不親，[三]1529 法中
方，[三][宮]2102 江而，[三][宮]329
我今於，[三][宮]590 法謗比，[三][宮]
619，[聖][甲]1733 難以相，[聖]278
離一佛，[石]1509 離師，[宋][宮]1558
界三無，[乙][知]1785 緣實相，[元]
[明][甲]901 其人於，[原]2339 而到
聲。

越：[乙]2227 同加威。

運：[聖]1579 二因。

遭：[甲]2195 燋穀之。

造：[甲]2195 此釋得，[甲]1828
根之四，[甲]2266 作或時。

遮：[甲]1863 入大乘，[甲]2217
凡位上，[甲]2271 難云，[元][明]272
逆教，[原]2339 也。

正：[三][宮]2060 出要是。

至：[宮]619。

逐：[宮]1522 相堅繫。

追：[三][宮]1546 世現見，[聖]
1463 返覆。

墜：[三]37 背亦爲。

隋

塚：[元][明]145 次作佛。

維

編：[三]2034 之冀廣。

淮：[甲]2339 上。

繼：[元][明]2053 絕紐者。

羅：[三]553 耶梨國，[元][明]
2034 摩兒經，[元]2059 摩經。

毘：[明]1435 耶離國，[宋]474
耶離及。

紝：[三]2110 之婦是。

紲：[三][宮]1559 婆種子。

雖：[甲][乙]2259 似違論，[甲]
2006 總同時，[三]2103 曰一合，[三]
2110 摩竭慈，[宋][宮]2060 志節終。

唯：[三][宮]2121 一弟，[三][宮]
2122 衞，[聖]200 那共立，[聖]225 耶
利四，[聖]2157 摩爲一，[宋][宮][聖]
310 衞佛時，[宋][元]、惟[明]2087 佛
在衆。

惟：[甲]2301 者飲，[明]2103 京
甸攝，[三]、唯[聖]1440 衞，[三][宮]
[聖]1421 衞佛，[三][宮]343 越，[三]
[宮]826 衞佛時，[三][宮]2040 羅閱
城，[三][宮]2059 羅衞，[三][宮]2060
武服道，[三]23 縵諸鬼，[三]125 先
天上，[三]185 樓勒北，[三]185 睒，
[三]193 佛往昔，[聖]222 上下及，

[聖]512 羅，[聖]1425 羅衛國，[聖]1435 羅衛國，[宋][元][宮]2121 衛佛從，[宋][元][宮]2121 衛佛時，[元]、唯[明]309 顏菩薩，[元][明]309 顏菩薩。

　耶：[三][宮]2121 者阿難。

　夷：[三]184 衛國未。

　遺：[甲]1733 口食四。

　雜：[三]2149 問往返，[原][甲]1851 此食。

撝

　揮：[三][宮]2034 科域令。

　授：[甲]1841 況復大。

　偽：[三][宮]2108 今此爲。

　指：[甲][乙]1246 示。

闍

　闈：[三]99 陀經典。

　閣：[甲]2087。

　閭：[三][宮]2053 父既學。

　闥：[三][宮]1451 綺帳。

　圍：[甲][乙]2396 山結集，[甲]2053 所以災。

尾

　遅：[甲]2128 反。

　房：[原]1308 五四二。

　吠：[三][乙][丙]1076 嚧引遮，[乙]867 尾。

　癈：[乙]850 瑟拏。

　和：[甲]893 中間皆。

　火：[三]2145 之歲十。

　毛：[聖]、尾娜怛囉二合[丙]1266 娜翼迦，[宋][元]2122 紛然而，[乙]2408 之形云。

　尼：[甲][乙]1072 揭嚰二，[甲][乙]1110 吽，[甲]974 始瑟吒，[甲]2299 上自坐，[明]954 囉耶娑，[明]1243 枳囉，[明]1283 舍羅夜，[明]1376 部底三，[明]1683，[三][甲]1253 怛哩十，[三]1257 羅花以，[乙][丁]2244，[乙]2376 國東西。

　毘：[甲]1068 秡羅娑，[三][宮][甲]901 嚕大，[三][甲]1024 嚕吉帝。

　微：[甲]1000。

　味：[乙]1069 引囉。

　勿：[明][甲]1175 微吉。

　休：[三][宮][甲]901。

委

　安：[甲]2035 王孟公，[三]1579 靜慮。

　垂：[三]186 地鼻涕。

　橫：[三][宮]1647 在地如。

　竟：[三]2063 文理不。

　餒：[元][明]2123 厄窮死。

　識：[甲]2006 水母何。

　妄：[宮]2102 離所生，[甲]2313 曲也無，[原]1796 有所説。

　忘：[宋][宮]、妄[元][明]2060 親施。

　逶：[三][宮]2103 浪迹遇，[三]2125 隨。

　萎：[明]2076 悴人欲，[三][聖]99 地不能，[三]26 頓獨無，[宋][元]

[宮]、憔[明]2121 悴困切，[乙]1821 歇故不。

痿：[明]99 篤爾時，[三]198，[三]2110 頓而死，[元][明]99 篤晨朝，[元][明]100 困時釋。

倭：[甲][丁][戊]2187 國上宮。

悉：[甲]2299 考，[三][宮]1545 知彼諸。

香：[宋][明]1331 湯藥。

秀：[三][宮]2103 於中田。

着：[三]190 地而彼。

知：[三][宮]2059 可。

姿：[甲]2128 曲也説。

洧

隨：[宋][元][宮]2122 州官人。

萎

安：[宋]、委[元][明]199 臥於空。

薦：[三][宮]721 此第四。

婆：[宮]1545 歇時滅。

委：[宮]1650 悴王心，[甲]1771 三身體，[甲]1772，[甲]2129 聲言草，[聖]1509 色好且。

痿：[三]、委[聖]210 若華零，[三][宮]721 黃咳逆，[三][宮]1425 黃知而，[三][宮]1425 黃諸比，[三][宮]1442 黃如世，[三][宮]1545 羸行步，[三]1301，[聖]613 黃當觀，[元][明][甲]901 黃眼黃，[元][明]1331 黃。

偽

訛：[三][宮]392 作比丘。

為：[宋][元]、與[明][宮]397 銅鐵白。

偉

傳：[宮]2053 器但恐。

律：[宋][宮]2060 少共。

瑋：[三][宮]2121 國內遠，[宋]2145 化千條。

暐：[三][宮]2121。

韙：[元][明]2060 其言。

搐

揣：[三][宮]1558 觸羊身。

墇

埠：[三]2145 經。

葦

籌：[宋][元][宮]2123 作籌度。

心：[宮]263 悉俱合。

猥

獷：[三][乙]、猪[甲]2087 暴語言。

狠：[三]361 於財。

隈：[明]1425 處是名，[三][宮]1435 處以刀，[三]22，[元][明][聖]125 之處補，[元][明]310 處。

煨：[甲]2128 迴反廣。

狎：[三][宮]2102 其小識。

鬚：[三]212 髮并及。

瑋

偉：[三]201 可觀彼，[三]374 老則衰，[三]375 老，[三]2034 讀書一，[宋]、韋[明]2151 尋讀一，[元][明]2058 聰明點。

璋：[甲]2128 也説文。

暐

昒：[三]、－[宮]2103 然群下。
暉：[甲]2073 暐妙。
輝：[三]152 暐要請。

痿

瘦：[三][宮]2060 之疾運。
委：[三][宮]1650 篤王聞。
萎：[三][宮]263 黃身體，[三][宮]1425 悴佛知，[三][宮]1452 黃無力，[三][宮]1452 黃以緣，[三][宮]1452 黃有何。

煒

暐：[三]2145 暐而秀。
偉：[三][宮]2122 絶世，[三][宮]2122 曜造像，[宋][宮]263 暐。
暐：[三]152 暐宮人。
緯：[三][宮]2122 絶宋齊。
暐：[三]203 以何業。
燁：[三][宮][聖]514 恃水滅。

僞

傍：[甲]1728 寶又如。
便：[宮]1425 現姿媚，[三][宮]2122 説空。
二：[宋][元]2154 未分且。
假：[甲]2305 論。
空：[宮]1489 故等一，[明]99 正智正。

詿：[三][宮]2121 存。
其：[甲]2362 釋麁。
曲：[三]99 質直心。
素：[宋][宮]、弊[元][明]2121 諂佞枉。
妄：[甲]2305 惡習所。
危：[三]、脆[宮]267 猶泥錢，[聖]425 輙得如。

爲：[宮][聖]1543，[宮]1545 素怛纜，[甲]1709 無有，[甲]2035 之人雜，[甲]2204 不實譬，[三][宮]322 詐性以，[三][宮]2060 鄭降日，[三][宮][聖]625 器增長，[三][宮]286 詐誑無，[三][宮]606 懈累劫，[三][宮]653 現親厚，[三][宮]703 詿，[三][宮]1549 盡身姦，[三][宮]1606 斗，[三][宮]2060，[三][宮]2122 通之王，[三][宮]2123 苦器陰，[三][甲][乙]2087 邪書千，[三]192 隨順是，[三]2154 疑此應，[三]2154 疑今亦，[聖]613 觀，[聖]170 亂之人，[聖]271 珠不和，[聖]425 之患是，[聖]613，[聖]1509 情，[聖]1549 者出要，[聖]1581 攀緣事，[聖]2157 沙門經，[聖]2157 四百二，[聖]2157 造以濫，[宋][宮]2060 亂地僧，[宋][元][宮]2103 主外無，[宋]1632 唯有智，[宋]2154 皆編入，[元][明]220 身見普，[元]1537，[知]741 説迷惑。

魏：[三][宮]2122 司空李，[乙]2092 來朝。

虛：[宮]2112 也然則。

彦：[宮]2045。

疑：[甲][乙]2288 論次德。

佐：[三][宮]2104 輔尤不。

熚

曄：[三]、耀[宮]403 曄皆蔽，[三]152。

緯

縛：[乙]2394 之南置。

縷：[甲]1717 三類和，[甲]2129也二字，[原]、縷[甲][乙]1796 說今且。

噂：[甲]850 之南置。

蘯

遠：[三]、筵[宮]2060 守繩床。

未

本：[宮]1455 放與我，[甲]1731來得不，[甲]1799 覺心源，[甲]2036必盡知，[甲]2274 欲至如，[元][明]201 知將來，[原]2339 悉犢子。

不：[宮]263 遭值，[宮]2026 除，[甲]1999 惺七佛，[甲]2250，[甲]2281遁其難，[甲][乙]1822 得婆沙，[甲][乙]1822 及願智，[甲][乙]1866 成位相，[甲][乙]2261 盡理有，[甲]1512，[甲]1722 得說窮，[甲]1722 免二見，[甲]1841 然其義，[甲]1912 答未見，[甲]1961，[甲]2039，[甲]2068 見昔始，[甲]2183 定，[甲]2183 詳見第，[甲]2250 得上界，[甲]2250 盡理也，[甲]2250 盡難於，[甲]2250 現觀已，

[甲]2263 出悲定，[甲]2266 合故在，[甲]2271 了知自，[甲]2312 明答餘，[甲]2339 說五十，[甲]2801 了三摩，[明][甲]1177 能休大，[明]1435 五衣鉢，[明]2016 亡何由，[明]2076 審是何，[三]1548 曾侵惱，[三][宮][聖][另]1509 信教令，[三][宮][聖]376 究竟盡，[三][宮][聖]1562 足信依，[三][宮][聖]2042 以一惡，[三][宮][另]1435 久佛以，[三][宮]221，[三][宮]613 蒙潤唯，[三][宮]721 通暢或，[三][宮]1435 聽我等，[三][宮]1435 煮不應，[三][宮]1509 淨佛世，[三][宮]1536，[三][宮]1536 見如是，[三][宮]1565 去現去，[三][宮]1646 盡又佛，[三][宮]2060，[三][宮]2102 息甫信，[三][宮]2104 發心者，[三]1 免此患，[三]118 止，[三]184 悉知至，[三]185，[三]185 度者吾，[三]196 如我已，[三]196 聞勸人，[三]1564 生法亦，[三]2122，[三]2154 當，[聖][另]1435聽我等，[聖][石]1509 純淑，[聖]310度者其，[聖]1428 未滿二，[聖]1435來聽法，[聖]1509 佛前受，[聖]1509聞故，[聖]1721 得悟今，[聖]1763 聞理雖，[另]1435 久欲手，[石]1509 純淑答，[宋]1546 知欲知，[乙]1110 得出次，[乙]2396 明圓佛，[元][明][宮]374 能知尋，[元][明]6 爲恐，[元][明]278 曾卒疾，[元][明]377 足一旦，[元][明]814 曾想我，[元][明]1435，[元][明]1485 變故第，[元]1435 學欲學，[原]、[甲]1744 盡受根，[原]1858

盡是所，[原]2271 舉因喻，[原]2396 起力用。

財：[三][宮]1470 可作某。

成：[甲]1816 悟，[甲]2219 佛道不，[三][宮]657 熟若聞。

初：[明]2016 學何以。

當：[三][宮]1502 來佛是，[聖]1552 來修非，[乙]1909 受苦者。

等：[甲]2266 取定愛，[甲][乙]1822，[甲][乙]1822 說戒相，[甲]1724，[甲]2195 二中各，[甲]2271 成時是，[甲]2299 了義是，[原]2299 開善光。

定：[甲]1724 決定令。

非：[明]1435 竟非，[明]2103 遠大之，[三][宮]2060 受請何。

夫：[宮]374 遍者不，[宮]1451 備或以，[宮]2122 斷煩惱，[甲]1512 知何時，[甲]2128 捻名舊，[甲]2837 入道多，[明]261 曾有昔，[明]1451 生怨王，[明]2103 暢遠途，[明]2151 久半，[宋]125 起道意，[元][明]2102 有能，[元]1579 開發處，[元]1644 盡求死，[元]2122 及。

恭：[宮]2060 足歸賞。

故：[原]2292 得體法。

果：[宋][元]1483 用可寄，[元][明]1522 集已集。

禾：[甲]2128 秀者也，[甲]2128 別也從，[宋]2122 明或於。

黑：[甲]1736 堪化人。

火：[明]1458 具人。

今：[甲]1736 得，[乙]2249 生無容。

近：[乙]2261 到生有。

舉：[甲]1700 發心。

來：[丁]1831 世故説，[宮]1435，[宮][甲]1912，[宮][聖][另]1543 命終，[宮]1425，[宮]1425 至之間，[宮]1435 臥我不，[宮]1470 已不得，[宮]1547 生餘處，[宮]1559 下於七，[宮]1810 起若都，[宮]2034 勘定即，[甲]952 開蓮華，[甲]1512 明眞，[甲]1736，[甲]2214 開蓮也，[甲][丙]、一[乙]2163 化乎，[甲][乙]1822 得爲，[甲][乙]1822 起下地，[甲][乙]1866 修串習，[甲][乙]1929 入見諦，[甲][乙]2376 末世，[甲]923 敷蓮華，[甲]1007，[甲]1512 出時處，[甲]1512 故信爲，[甲]1709 從虛妄，[甲]1733 法新生，[甲]1782 正，[甲]1816 發分二，[甲]1816 解故發，[甲]1816 離智障，[甲]1816 名住極，[甲]1828 生人間，[甲]1828 至此故，[甲]1851 生下地，[甲]2195 來之間，[甲]2223 到彼岸，[甲]2261 答曰五，[甲]2261 分明說，[甲]2266 世亦，[甲]2266 遠行故，[甲]2299 有遮斷，[甲]2434 立，[明]293 至中間，[明]1450 出，[明]1459 方可爲，[明]2103 日，[三]157 劫成阿，[三][宮]1452 到世尊，[三][宮][聖]1545 化事果，[三][宮]224 至中道，[三][宮]281 辦，[三][宮]285 所更所，[三][宮]1425 受具足，[三][宮]1429 作法如，[三][宮]1435 唱言非，[三][宮]1451 至舊居，[三][宮]1546 至禪定，[三][宮]1546 至

是也，[三][宮]1547 來爲名，[三][宮]1547 生餘，[三][宮]1566 現前能，[三][宮]1566 住此義，[三][宮]1579 知義得，[三][宮]1584 得法從，[三][宮]1595 得向得，[三][宮]1808 清淨無，[三][宮]2060 之爲述，[三][宮]2060 轉依作，[三][宮]2122 知此物，[三]1 受誨，[三]42 至，[三]204 到戶，[三]212 遭此難，[三]385 踐跡，[三]397 入涅槃，[三]895，[三]2063 好憑是，[聖]190 至此大，[聖]1549 生前境，[聖][另]1548 生未出，[聖]26，[聖]99 灌頂已，[聖]99 來世成，[聖]125 至比，[聖]224，[聖]225 得明度，[聖]285 得察動，[聖]643 至佛上，[聖]1425 入瞿曇，[聖]1440 竟來從，[聖]1451 答曰今，[聖]1462 成阿那，[聖]1462 至，[聖]1509 曾得摩，[聖]1509 成，[聖]1509 盡答曰，[聖]1542，[聖]1579 造立，[聖]1595 離欲，[另]1458 至苾芻，[另]1548 得當未，[宋][宮]384 至佛告，[宋][元][宮]265 應菩，[宋][元][宮]2085 得備聞，[宋][元][宮]2122 曾有經，[宋]99 得須陀，[宋]310 消菩薩，[宋]833 曾有此，[宋]1647 必得成，[乙][丙]2227 生果故，[乙]2092 沾，[乙]2092 游中土，[元]2016 必動廉，[元]2145 近積罪，[元][明][宮]374 至中路，[原]、來[甲]1828，[原][甲]1851 欲界受，[原]1776 不，[原]1829 至現在，[原]1899 觀聽得，[原]2196 之前，[原]2248 置三壇，[原]2339 際問唯，[知]1579 隱未斷。

良：[明]1442 久之間。

昧：[元][明]2103。

迷：[甲]2814。

米：[宮]1559 亡履，[宋]2121 久，[乙]1724 必不生，[原]2339 以爲三。

魔：[甲]1733 尼同諸。

末：[德]1562 度迦種，[丁]2244 陀那，[宮]1804 陳說三，[宮][甲]1804 者若論，[宮][甲]1912 得道即，[宮]269 復還本，[宮]299 來世見，[宮]1451 久之間，[宮]2060，[宮]2078 田地尊，[宮]2078 學之相，[宮]2102 覩斯響，[宮]2103 言以爲，[宮]2103 云，[宮]2122，[甲]1706 得，[甲]1805 磨食彼，[甲]1816 周極故，[甲]1829 麁色散，[甲][乙]2249 斷位於，[甲][乙]2387 羅木者，[甲]952 娜寧上，[甲]1333 和冷水，[甲]1512 知何等，[甲]1728 可成四，[甲]1733 後，[甲]1763 釋之貪，[甲]1781 得免病，[甲]1781 後守護，[甲]1786 辦今此，[甲]1805，[甲]1805 利夫人，[甲]1816 說等者，[甲]1816 終滿，[甲]1821 熟或熟，[甲]1828 後翻前，[甲]1828 說世間，[甲]1829 說世間，[甲]1830 得之退，[甲]1851 諸佛菩，[甲]1887 成福智，[甲]1912 來至佛，[甲]2039 鞦轡至，[甲]2128 反，[甲]2128 反相背，[甲]2128 詳其音，[甲]2183 皆稱盧，[甲]2255 宗既妙，[甲]2261 見正文，[甲]2261 盡理會，[甲]2266 成立佛，[甲]2266 來非皆，[甲]2266 位即與，[甲]2266 心一，[甲]2299 修得正，[甲]2339 多十婆，

[甲]2366 利唯酒，[甲]2817 證果而，[明]2016 歸本自，[明][宮]2122 受交廢，[明][甲][乙]1225 字戒當，[明]169 盡爾時，[明]380 得度者，[明]721 虫藏集，[明]1435 聽受布，[明]1544 來答十，[明]1568 變故不，[明]1636 久住菩，[明]2060，[明]2060 還吳郡，[明]2060 收者咸，[明]2076 契師祇，[明]2087 曾有，[明]2103 成乎自，[明]2103 令食九，[明]2103 說若始，[明]2110 曾攀，[明]2122 盡卷一，[明]2125 睇是中，[明]2131，[明]2131 安一，[明]2145 由見也，[明]2154 周長想，[三]、來[宮]671 世亦爾，[三][宮]337 復有菩，[三][宮]1579 法時生，[三][宮]1597 那所依，[三][宮]2060，[三][宮]2122 求飲漿，[三][宮][德]1563 起三災，[三][宮][甲][乙]901 唎摩，[三][宮]638 有人，[三][宮]1435 迦山安，[三][宮]1505 都盡也，[三][宮]1509 說，[三][宮]1509 所說阿，[三][宮]1545 得故，[三][宮]1817 論未，[三][宮]2060 漢桓帝，[三][宮]2060 後通恐，[三][宮]2060 入空中，[三][宮]2060 學亦開，[三][宮]2102 得道宗，[三][宮]2102 悔亮其，[三][宮]2102 由則分，[三][宮]2103 形凡而，[三][宮]2108 彌，[三][宮]2108 焉既懷，[三][宮]2121 懈後生，[三][宮]2121 云何阿，[三][宮]2122 輸馱，[三][甲]1333 和酒若，[三]6 後得證，[三]152 爲王說，[三]220 香燒香，[三]883 特囀二，[三]

945 法中宣，[三]1007 的及糗，[三]1105 羅引野，[三]1367 迦知迦，[三]2104 伽失於，[三]2122 世後，[三]2145 措手向，[三]2145 學庶幾，[三]2149 閱正經，[三]下同 456 城當入，[聖]1442 移本處，[另]1443 得見諦，[另]1459 生已招，[宋]、不[元][明]607 久母便，[宋]、來[宮]2102 久所，[宋]671 生於色，[宋][宮]2060 賓戒日，[宋][明]、失[宮]671 如輪轉，[宋][明]2154 學令緝，[宋][明]196 利瞿疊，[宋][元]、糕[明]201 香以塗，[宋][元]1567 住住時，[宋][元][宮]1459 成女傷，[宋][元][宮]1547 那若思，[宋][元][宮]2122 其衡，[宋][元]1579 能積，[宋][元]2108 爽一乘，[宋][元]2149 足，[宋][元]2154 卒而匠，[宋]263 爲成就，[宋]313 也爾時，[宋]674 曾聞衆，[宋]1033 加娑囀，[宋]2060 啓莊嚴，[宋]2061 到臨川，[宋]2149，[乙]1736 人壽無，[乙]1830 自解，[乙]2174 有立成，[乙]2393 有脫鬘，[元][明]、來[宮]626 而報其，[元][明][宮]2122 香者兜，[元][明]152 爲孤兒，[元][明]618，[元][明]1563 觀彼人，[元][明]2103 尊呂德，[元]125 曾瞻覿，[元]1341 致比，[元]1567 見不離，[元]1579 來一，[元]1579 有，[元]2016 學是人，[元]2053 踊於寰，[元]2060 還嶺表，[元]2061 盡大遍，[元]2061 知別奏，[元]2104 是，[原]、奉[乙]2408，[原]、木[甲]1248 和油塗，[原]1744 明如來。

沫：[甲]1736 知令知。

莫：[三]2154 悉梁天。

木：[宮]1644 盡求死，[宮]1548 斷乃至，[甲]1201 著地牛，[明]1443，[明]1546 來世修，[三]2110 生根精，[聖]1763 生之，[宋]2103 必接光，[元]1585 潤時必。

難：[三][宮]1509。

其：[聖]1428 受戒人，[原]2248 必是法。

求：[宮]1421 以何物，[宮]1804 聞令聞，[宮]2074 通昇知，[宮]2102 體之，[甲]1861 爲典據，[甲]2266 戒作白，[甲][乙]2218 都不可，[甲]1512，[甲]1724 定已定，[甲]1724 入正性，[甲]1736 住唯識，[甲]1816 知佛地，[甲]1912，[甲]2087 證菩提，[甲]2130 願乾提，[甲]2263 欲證純，[甲]2266 來或瑜，[甲]2266 然，[甲]2266 至定中，[甲]2339 希未，[明]1804 出寶未，[三]、未既求以[聖]190 已即，[三][宮]1488 受，[三][宮]607 所思欲，[三][宮]1548 度欲界，[三][宮]1559 得無聲，[三][宮]1648 修行覺，[三][宮]2121 覓莫知，[三][宮]2122 出苦海，[三][宮]2122 降雨誌，[三]1440 斷從多，[三]1458 成物應，[聖]26 離欲命，[聖]1509 受持戒，[宋]、不[元][明]1421。

去：[宮][聖][另]279 來及現，[宮]1545 不爾故，[甲][乙]1822 體有不，[甲][乙]1822 也正理，[甲]1805 色法無，[甲]2337 又未來，[三][宮]

1563 來必成，[宋]、失[元][明][宮]374 輪迴三，[乙][丁]2244 其反詐，[乙]1821 非定成，[乙]2263。

如：[和]293 能知菩，[三][宮]397 來遍見。

入：[甲]1816 成就。

甚：[明]220 爲希有。

生：[甲]1732 是證法，[甲]2266 引演祕，[甲]2270 解信受。

失：[三][宮]1562。

示：[甲]1724 教爲會，[甲]1782 諸定，[甲]2261 曾不說，[三]2110，[聖]291 之有也。

束：[甲]2434 爲悟諦，[聖]1509 去去時。

巳：[聖]1509 生，[原]1203 畢且開。

四：[聖][另]1543 至。

宋：[甲]1731。

天：[宮]616 曾所，[明]199 必心歡，[元]1579 入上。

罔：[元][明]2110 知克就。

味：[宮]1506 成是謂，[甲]1361 著心，[甲]1719，[甲]1783 別，[甲]2266 定以此，[三][宮]288 四目名，[三][宮]476 皆消盡，[三][宮]1559 生時及，[三][宮]2060 喪我何，[三][宮]2060 通被略，[三]1548 喜是名，[元][明]616 有餘。

無：[宮]397 出，[甲]1863 盡用亦，[甲]2261 盡故，[甲]2336 明，[三][宮]636 脫者，[聖]200 聞知如，[原]1833 窮失。

悉：[乙]2232 爲指南。

香：[宮]1425 塗處得。

邪：[乙]2309 見之始。

已：[甲]1828 依，[三][宮]1539 斷其體，[三][聖]1579 生惡不，[聖]2157，[元]1579 離者計，[原]1825 有已則，[原][甲]1829 滅者謂。

亦：[甲]2230 漏盡者，[甲]2261 轉依者，[乙]1821。

永：[甲]1709 無分段，[甲]1765 究竟止，[甲]1925 盡結使，[甲]2381 得無生，[明]1450，[明]2131 除，[三][宮]1458 施若不，[三][宮]2122 滅沒時。

有：[宋][元][宮]2045 久頃男。

又：[明]2104 盡善也。

於：[三]157 來世於。

欲：[甲]2006 曉洗清。

樂：[甲]1823，[甲]2255 熊折，[甲]2266 能，[原]1816 聞凡夫。

者：[甲]2748 勸供，[明]1598。

志：[三][宮]1549 盡是故，[另]1543 盡復次。

中：[甲]2255 謂不去，[甲]2299 妙故但。

朱：[宮]1432 行若干，[甲]2129 反切韻，[甲]2244 作末，[宋]810 曾修，[元]374 遇如是。

主：[甲]2195 分明之，[甲]2261。

子：[甲]1828 至。

自：[甲]2053 此已前。

卒：[宮]1571 有生者。

位

倍：[甲][乙]2231 數福聚，[甲][乙]2397 勝劫難，[甲]1709 劣自受，[甲]1830 方名不，[甲]2195 數爾時，[甲]2263 即一切，[三][宮]2102 速即。

必：[甲]1709 俱故從。

別：[石]1558 差別名。

處：[三][宮]、法[聖]278 善知分。

從：[甲]1709 此說斷，[甲]2287 不二祕，[甲]2313 法相，[原]2244 而行，[原]2339 第四住。

但：[甲]1781 以衆香，[甲]1830 中起善。

德：[甲][乙]2219 也與，[甲]1733 就前中，[甲]1733 六有，[甲]1733 中初一，[三]、謂[宮]2103 峻，[乙]1724 國出，[乙]1821 增進，[乙]1821 增進異，[原]、德[甲][乙]1832，[原]1781 阿難不。

地：[宮]1799，[三][宮]2102 兼崇高。

低：[甲]1007 各燒自，[三]192 愚癡處，[聖]1721，[乙]2394，[元][明]1097 若隱形。

段：[乙]2263。

法：[甲]2196 故還退，[甲][乙]1822 雖即等，[甲]1839 者即是，[甲]2249 顯其，[三][宮]244，[乙]1823 或從護，[乙]2263 名學法，[乙]2309 中此，[乙]2391 已，[乙]2396 差別故，[乙]2408 印明，[原]2339 攝盡一。

泛：[原]法[原]、法[甲]1821 釋法名。

佛：[原]、位而[乙]1796。

供：[乙]1816 依華嚴。

故：[甲]1816 答者。

何：[甲]1737 次各取。

河：[甲]2195 菩薩。

恒：[甲][乙]2263 唯一種。

後：[甲][乙]2250 文惠暉，[甲]1929 十，[甲]2266 別起道，[明]1458 有流泄，[原]1831 別起道。

化：[甲]1717 齊於本。

會：[甲]1735 二趣佛。

佶：[乙]1816 即此位。

皆：[宋][元]1545 除其自。

經：[甲][乙]1822，[原]2395 名同歸。

徑：[三][聖]125。

俱：[甲][乙]1822 爾時亦，[甲]1733 具一乘。

力：[明]2103 獨高道。

立：[甲]2266 者意云，[甲][乙]2259 已知根，[甲]1736 下釋法，[甲]1828 是相似，[甲]2217 相違者，[明]901 以，[明]1562 心彼諸，[明]2102 意理，[宋][元]1545 受輕安，[宋]1563 正生位，[乙]1775 國優劣，[元][明]1585 見分所，[元]901 前著四，[元]1579 髮毛爪。

歖：[甲]1735 念者標。

列：[乙]1736 分布。

祿：[宮][聖]754 寒意猶。

滅：[明]1559 中所有。

品：[甲]2367 也若如，[乙]2249 依上地。

剖：[三]2060 判冷然。

泣：[甲]2870 無量菩，[三][宮]2102。

切：[甲]2328 初發心。

佉：[甲]2250 別分折。

仁：[三]152 尊榮高。

任：[甲][乙]1822 時未圓，[甲]1782 運，[甲]2255 也疏主。

僧：[明][宮]1558 是妙。

身：[三][宮][聖]288 因所受。

時：[甲]2263 必離掉，[三][宮]1562 捨故名，[乙]2263 知以前。

示：[甲]1735 大憂大。

仕：[乙]2408 師曰，[元][明]1331 官自然。

釋：[甲][乙]2263 也。

俗：[甲][乙]1816 諦故説，[三][宮]1442 出家於，[原]2196 住。

徒：[三]2060 三千雖。

爲：[宮]1912 名爲得，[宮]2034 穆王聞。

味：[甲]1718 調熟。

謂：[甲][乙]2263 信慚愧，[甲]1733 三四二，[三][宮]2104 典，[三]1586 能。

五：[甲]2261 若作前。

伍：[甲]2073 常於寒，[甲]2266 曲直無，[宋][元][宮]2103 彈曰潘。

相：[甲][乙]1866 倍前準，[甲]2269。

信：[甲]1782 五念六，[甲]1816 證得遍，[甲]2217 也，[甲]2328 樂求解，[明]2016 十地一，[原]2205 行〇

十，[原]1744 極此故。

行：[甲][乙]1866 故知前，[甲]1717 相攝道，[甲]1733 四，[三][宮]2122 求道遙。

性：[甲]1733 故云菩，[甲]1828 是説癡，[乙]2263。

伊：[甲]2128 反。

依：[甲]1911 分之令，[甲]1920，[甲]2262 既明前，[甲]2263 後之二，[甲]2313 言也依，[原]2196 德總爲。

已：[甲]2266 任運自，[乙]1816 能住忍。

以：[甲]、似[甲]1816 等流果，[甲]2400 無縁大。

芴：[宮]2060 講筵四。

異：[三][宮][聖]1539 生非成，[原]961 寶珠故。

意：[乙]2192 若，[乙]2249 近行云。

義：[甲]1828 故由此，[甲][乙]1929 勝。

憶：[乙]1796 想執取。

欲：[明]1571 已有體，[三][宮][聖]1579 又諸菩。

者：[明]1669 自家宣。

征：[三][宮]2060 勑猛在。

之：[甲]2263 中非所。

中：[甲]2263 非無此。

主：[聖]1537 能起彼，[聖]1617 境即毘。

住：[宮]1598 中久已，[宮]223 實際有，[宮]286 是，[宮]476 者終不，[宮]866 但抄金，[宮]1595 由此道，[宮]1595 圓淨善，[宮]2108 群僚于，[宮]2123 修道敬，[甲]、－[甲]1816 全無心，[甲]1709，[甲]2266 無相圓，[甲][乙][丙]1056 勝解行，[甲][乙]1866 若依俱，[甲][乙]1929，[甲][乙]2328 方顯此，[甲][乙]2393 入曼荼，[甲]1709 云除滅，[甲]1718 耶法華，[甲]1729 辯瓔必，[甲]1731 是所化，[甲]1732 中修二，[甲]1733 二入一，[甲]1733 令其修，[甲]1736 則，[甲]1763 終心斷，[甲]1782 本性，[甲]1782 故三自，[甲]1782 無餘之，[甲]1816，[甲]1816 後離障，[甲]1816 説歡喜，[甲]1816 有此三，[甲]1816 欲入見，[甲]1828 地心後，[甲]1828 天住者，[甲]1828 中身見，[甲]1830 此意相，[甲]1851 中無後，[甲]1873，[甲]1921 之惑無，[甲]1965 立七種，[甲]2130 處釋翅，[甲]2214 彼，[甲]2214 了知得，[甲]2231 等者明，[甲]2261 二眞法，[甲]2266 菩薩轉，[甲]2266 應無漏，[甲]2266 中煩，[甲]2305 五位之，[甲]2313 那知，[甲]2335 十梵行，[甲]2337 乃至，[甲]2337 菩薩法，[甲]2397 三觀竝，[甲]2397 之階漸，[甲]2400 金剛甘，[甲]2434 故約六，[甲]2434 猶號行，[明]221 於禪布，[明]293 入，[明]1509 法性如，[明]1610 見，[明]1636，[明]2102 寂之方，[三]2145 外迹顯，[三][宮]1563 一生所，[三][宮][聖]1579 四者不，[三][宮]263 語舍利，[三][宮]305 故

四謂，[三][宮]309 云何第，[三][宮]1470 不受人，[三][宮]1530 説名涅，[三][宮]1545 若阿羅，[三][宮]1558 生漸漸，[三][宮]1562 各三機，[三][宮]1562 善根相，[三][宮]1562 未來實，[三][宮]1562 增長皆，[三][宮]1563 常，[三][宮]1579 入定無，[三][宮]1595 菩薩第，[三][宮]1660 智應解，[三][甲]1100 各各，[三]193，[三]1003 現前地，[三]1485 中發大，[三]1559 故説名，[三]1562 竟有何，[三]1563 而般涅，[三]2033，[三]2060，[聖]1595 地，[聖]279 現菩，[聖]1199 頂上散，[聖]1562 地味等，[聖]1563 對法諸，[聖]1585 斷義雖，[聖]1723 在果窮，[宋][元][宮]2102 帝王參，[宋][元]1603 思煩惱，[宋][元]1604，[宋]866 師即隨，[乙]1715 處二，[乙]1821 假立爲，[乙]1830 通十，[乙]1772 立優波，[乙]1821 由此種，[乙]2215 地耶答，[乙]2231 斷此義，[乙]2249 預流果，[乙]2250 現量所，[乙]2297 汝以要，[乙]2397 本位，[原]851 故名淨，[原]1744 門斷惑，[原]1796 猶如淨，[原]2196 聞慧十，[原]2339 不退自，[原]2339 五十二。

族：[宮]2040 與諸。

佐：[三]1300 貫身瓔。

作：[甲]2270 性義或，[甲]1839 宗隨緣，[乙]2192 葉六名，[乙]2192 種種行。

坐：[甲]1225。

味

本：[乙]1796 無餘食。

喋：[甲]974 談迦嚕。

嘗：[三][宮]1546 身所更。

等：[原][乙]2263 也而菩。

法：[元][明]26 種種豐，[元]99 莊嚴堂。

肥：[聖][另]1435 我。

吠：[明]1225 引囉，[乙]852 室羅。

患：[三]375 輪迴三。

漿：[宮]1458 若甜者。

進：[三]664 充益身。

經：[三][宮]2122 足一千。

空：[甲]1786 舌遍嘗。

理：[甲]2196 也是法。

美：[乙]2207 廣韻曰。

昧：[宮]843 怛囉二，[宮]1549 欲穢露，[宮]1958 染又復，[宮]2060 情，[宮]2123 經云佛，[甲]1828 三昧，[甲][乙]2194 勇於生，[甲]1719 爲枝，[甲]1736 成澆薄，[甲]1736 見空即，[甲]1736 七，[甲]1828 故非也，[甲]2067 經六卷，[甲]2266，[甲]2266 斷然明，[三][宮]273 證法眞，[三][宮]2121 象王，[三]1284 甜食食，[三]2149 菩薩造，[聖]425 見，[宋]676 相當知，[宋][元][宮]2121，[宋]309 之法有，[乙]850 衆圍繞，[乙]1736 起即，[元][明]26 法謂忿，[元][明]2016 眞空而。

門：[三][宮]、聞[聖]1509 此解脫。

咪：[甲]974 舍惡。

米：[三]1257 白檀薰。

末：[三][宮]1646 汝言得，[三]291 等無應，[宋][元][甲]、未[明][乙]1092 治加持。

念：[明]228 三摩地，[宋]108。

求：[宮]279 亦不求。

趣：[三]100 若復不。

色：[宋]25 彼等人。

上：[明][宮]1466 覆飯突。

生：[宋][聖]271 悉和集。

食：[三][宮][聖]376 也但著。

水：[三]1 出凝停。

尾：[乙]1184 引。

未：[宮]1545 淨四靜，[宮]618 歡不得，[宮]2122 後經三，[甲][乙]914 味羅，[甲][乙]1822 極相擾，[甲]1735 爲，[甲]1816 等者若，[甲]1930 度者令，[明]1559 滅説名，[明][乙]950 生貪著，[明]1541 粗已定，[三][宮]616 是名思，[三][宮]732 消食大，[三][宮]1436 咽食食，[三][宮]1437 咽食食，[三][宮]1521 堅牢故，[三][宮]2102 消鄙惑，[聖][另]1431 去比丘，[宋][元]1562 故又言，[宋]1545 非淨雖，[宋]1579 苦故當，[元]1463。

文：[甲]1828 三但是。

物：[宮]374 若一物，[三][聖]375 若一，[三]1 具足其。

相：[原][甲][乙]2219 一味。

養：[原]1851 次第説。

曜：[宋][宮]2122。

咏：[明]1648 生識是。

詠：[明]2103 遺典三。

樂：[甲][乙]1866。

朱：[宋]1660 相彼二，[元]1340 著是業。

咮：[明]1617 有義無。

珠：[明]293 摩尼微，[明]312 如來。

饌：[三]1331 之屬而。

字：[三][宮]1435 不足。

畏

礙：[明][乙][丙]870 大城還，[元][明]186 光，[元][明]656 慧。

畢：[宋][宮]、異[元][明]443。

怖：[甲]1736，[甲]1782 故得，[三][宮]2121 或歡，[三][宮]657，[三][宮]657 當墜大，[三][宮]657 起退沒，[三][宮]657 住佛法，[三][宮]657 墜深坑，[三][宮]1428 作如是，[三]360，[三]375 寇賊或，[宋][明][甲]1077，[元][明][宮]397 今爲汝。

長：[甲][乙]2309，[三][宮][聖]381 益從無，[聖]279 故如濟。

愁：[宮]1509 寧捨一。

惡：[石]1509 獸在道，[原]1775 猶。

法：[聖]790 法禁良。

艮：[乙]2408 不動。

鬼：[三][宮]2111 神用教，[聖]1544 轉。

果：[聖]201 報。

忽：[三][宮]523。

護：[三][宮]2121 不用鬪。

界：[宮]292 清淨無，[三][宮]381 無盡則，[三][宮]657 縛，[三][宮]1521 肉髻相。

恐：[三]201 大熱惱。

苦：[三][宮]721 不畏不。

愧：[聖]1440 心故恚。

量：[三][宮]278 能度諸。

喪：[原]2248 五陰斯。

是：[宮]721 施若以，[明]1608 分別我，[元][明][甲]901 處皆。

衰：[三][宮]、襄[聖]379 無歡喜。

思：[宮]410 後世常，[甲][乙]2397 而，[三][宮]323 想無有，[三][宮]606 想是謂，[聖]157 復作是，[聖]227 三昧性，[乙]2219 以常生，[元][明]721 欲復勝。

兒：[元][明]1435。

愄：[甲][乙]1822 乃至廣，[聖]1462 是故失。

爲：[甲][乙]1821 如契經，[甲]2266 等不共。

慰：[三][宮]1523 勝故或。

謂：[明]1547 懼堪受，[明]461 生死願。

異：[宮][聖]1428 忍行破，[三][宮]2123 即爲作，[三][宮]425 以莊嚴，[三]1509 如佛說，[乙]2425 故華嚴。

意：[三]440 佛南無。

有：[明]670，[三]、者[甲]1333 諸惡鬼。

重：[宮]374 死二俱。

眾：[明][聖]663。

胃

腸：[宮]511 空。

腹：[三][宮]1562 衝喉變。

冒：[三][甲][乙]1200 地薩怛。

帽：[丙]、胃[丁]2089 三。

胃：[宮]1458 雨住或。

男：[甲]2129 脾府也。

脾：[明]2102 肺骨血，[三][宮]721 穿破虫，[三][宮]721 頭。

腎：[三][宮]1548 大腸小。

謂：[甲]1512 聲教爲，[三][宮][聖]397 波利諸，[宋][元]220 大腸小。

胄：[甲]2036 仁義折。

尉

慰：[甲]2263 亦取各，[明]1428 次往返，[三][宮]2103 二三，[三]2103 候無警，[聖]2157，[原]2001 源拍。

鬱：[元][明]2152 持名樂。

渭

滑：[宮]2122 南山豹。

濟：[三][宮]2103 混淆魔。

洛：[宮][久]1452 州太平。

謂：[宋][宮]、目[元][明]657 多伽闍，[宋][元][宮]2122 陽之恩，[宋]2149。

濁：[甲][乙]1796 之法云。

愲

帽：[甲]1830 他者顯。

蔚

欝：[三][宮][甲]2053 彼河圖，
[三][宮]276，[三][宮]1521 茂猶如，
[三][聖]643 扶，[三][聖]643 至三界，
[聖][另]310 遍山好。

慰

乘：[甲]1782。

告：[甲][乙]1822 王言王。

愍：[明]231 菩薩安。

譬：[甲]1828 喻須地。

尉：[明]1331，[三][宮][甲]901 多
摩伽，[三][宮]2121 王典治，[三]1331
多羅摩，[聖]1421 喻言汝。

懃：[原]2431 懃載勒。

隱：[元][明][宮]374。

隱：[三][宮]305 之處何，[宋]
[元][宮]305 心有言。

喻：[原]1781 聲聞之。

至：[乙]1723 主是時。

衛

護：[明]165 園苑者，[三]192 如
人畏。

會：[三][宮]1435 糞掃鉢，[三]
[宮]1435 水囊鉢，[三][宮]1435 者有，
[三][宮]1471 三者當，[元][明]1435 鉢
漉水，[元][明]1435 莫牽，[元][明]
1435 作迦絺，[元][明]下同 1435 者有
施。

漸：[丙]2397 護諸佛。

請：[三][宮]500 即興毒。

侍：[三][宮]2040 疾而不。

衕：[三][宮]、衞也[甲]2053 訛。

位：[三][宮]1681 心入聚。

魏：[甲]2039 滿亡命。

擁：[三]1362 護我某。

御：[三]196。

越：[明]1509 人以大，[三][宮]
[聖]512 大城之，[三][宮]656 福度一，
[三][宮]656 訖周遍。

逐：[元][明]1331。

餧

賤：[元][明]1331 人。

餒：[宮]2122 長，[明]2102 獸庶
超，[三][宮]279 與寒，[三][宮]2103
沈痾之，[三][宮]2060 者志好，[三]
[宮]2087 艱辛一，[三][宮]2102 獸或
靜，[三][宮]2103 盜跖莊，[元][明]
2110 在其。

飼：[三][聖]178 餓虎者。

殣：[元][明]2059 者度。

謂

謗：[甲]1828 言無母，[三][宮]
1545 初日。

報：[甲][乙]2309 欲界者。

彼：[甲][乙]1822。

別：[三][宮]1443 此齊幾。

猜：[三]、疑[宮]2122。

詔：[甲]1782 不。

常：[甲]1804。

初：[甲][乙]1822 無始。

除：[三][宮]1562 自界三。

辭：[甲]1733 又。

從：[甲][乙]1822 第二。

但：[甲]1828，[甲]2266 有二果。

得：[宮]397 我是優，[宮]656 菩薩摩，[甲]1863 阿，[甲]1816 天親論，[甲]2239 大我之，[三][宮]1545 色愛盡，[三]1564，[乙]1821 涅槃涅，[元]220 自。

等：[三][宮]403 爲四一，[三][宮]481 爲四因。

調：[宮]310 騫陀達，[宮]866 寶珠等，[甲]1813 持此戒，[甲]1512 如，[甲]1782 伏，[甲]2128 也，[甲]2193 佛身中，[甲]2255 伏是四，[三][宮]2123，[三][宮]309 意入無，[三][宮]1536 彼成就，[三][宮]1606 於不散，[三][宮]2111 達多爲，[三][聖]1595 勝士，[三]158 一切，[聖]1548 如實人，[元][明]1579，[元][明]2110 覆護饒。

惡：[明]721 比丘。

法：[甲]1705 實智欲。

非：[三]2150 前後異。

分：[甲]2266 別智。

復：[甲]2263 色蘊，[三]1579 於世間。

告：[三][宮]461 舍利弗。

謂：[宋][元]2154 其髪髯。

給：[甲]1287 大黑神。

歸：[三][宮]2121 婦曰子。

何：[聖]1462 有戒有。

許：[甲]1736 彼身極，[宋][元]1458。

護：[三][宮]821 於善法。

魂：[宋]1545 初靜慮。

或：[明]1541 無記苦，[三]2149 孔壁所。

及：[甲]1828 即以。

即：[甲]1717 四等即，[甲]1736，[甲]2323 存依圓。

記：[三][宮]416 眾生生，[乙]2297 世俗。

見：[乙]2092 王是夷。

諫：[三][宮]263 世尊。

解：[元][明]1566 脱時名。

淨：[甲]2362 心掉擧。

具：[宮]2121 雨而雨，[乙]1796 一切色。

俱：[甲][乙]1822 生後果，[甲]1821 從一切。

可：[三][宮]322 恐。

課：[聖]1562 彼或樂。

理：[甲]1775 之教導，[甲]1816 決定不，[甲]1816 世出世，[甲]2217，[甲]2255 教二不，[甲]2266 即，[甲]2266 如世尊。

良：[宮]1703 如來。

量：[三][宮][甲]2044 問一知。

論：[宮]657 念處於，[宮]1585 三事體，[甲]2339 等是雙，[甲]1733 釋離一，[甲]1786 今云不，[甲]1828 別辨章，[甲]2263 染淨法，[甲]2270 但有宗，[甲]2277 文云有，[甲]2287 幻即幻，[甲]2362 於大乘，[三][宮]1562 如瓶水，[三][宮]305 入諸法，[三][宮]1545 雖不正，[三][宮]1563 於六中，[三][宮]1595 比丘比，[三]2108 祭典尚，[聖]1763 正義以，[聖][甲]1733 云

自我，[聖]1509 心二念，[聖]1818 法
身常，[宋]1563 前説四，[乙]2296 等
先發，[元][明][宮]402。

滿：[宋]1545 即前。

名：[甲]1736 練治下，[明]1425
不，[三][宮]741 發菩薩，[三]125 第
二未，[聖][另]342 爲菩薩。

明：[宮]843 聲聞乘，[甲]1719 下
破汝，[另]1721 四微亦。

難：[甲]1735 行同事。

能：[宮]1578 趣入行。

涅：[甲]2266 此釋本。

諿：[甲]2128 犀牛一。

其：[聖]189 衆生。

起：[三]2059 藥王。

且：[宮][聖]340 諸菩薩。

輕：[三][聖]1441 有餘無。

請：[宮]882，[宮]1483 僧，[宮]
1503 王難賊，[甲]1735 後學思，[甲]
1735 問佛境，[甲]1763 因果，[甲]2128
忍謂請，[明]489 眞，[三][宮]415 宣
説，[三][宮][甲][丙]2087 其母曰，[三]
[宮]1451 八，[三][宮]2121 快見曰，
[三][宮]2122 於現身，[三][聖]1441
彼先未，[三]94 世尊棄，[聖]2157 門
人曰，[聖][甲]1763 即是廣，[聖]1763
往給，[宋]、諸[元][明]1566 所作因，
[宋]1545 界差別，[宋][元]2061 講止
觀，[宋]626 阿闍世，[宋]627 軟首，
[元]1595 自性因，[元]2016 聞法界，
[元][宮]2122 王助供，[元][明]1579 若
貧乏，[元]1425 呼是賊，[元]1451 曰
我，[元]1579 哀愍故，[元]2103 苦惱，

[原]2248 師又受。

詮：[宮]2060，[原]2359 可專一。

如：[宮]1552 善愛果，[甲]1736
前，[三][宮]1545 契經説，[三][宮]
1552 一時生。

若：[三]、−[宮]1545 僧破已，
[聖]1541 除。

設：[丁]1831 因有無，[聖][甲]
1733 佛淨土，[原]2262 於無上。

深：[甲]1782 隱心理。

實：[乙]1796 獻也經。

識：[宮]1595 相及見，[三][宮]
1541 滅智非，[三][宮]1542 受想思，
[三][宮]1596 無有能，[三][宮]1648 知
相如，[聖]1541 識入處，[聖]1563 無
間，[宋][元]1545 欲界見。

示：[三][宮][聖]1509 須菩提。

事：[宋][元][宮]292 爲十積。

是：[甲]2219 所知法。

誰：[三][宮]1549 德田是，[三]
[宮]1571 言此智。

説：[宮]223 修，[宮]1553 分別
慧，[甲]1718 貪愛二，[甲]2266 一切
文，[甲][乙]2254 業異熟，[甲]1709 次
五，[甲]1733 梵音有，[甲]2250 此釋
爲，[甲]2271，[甲]2274 大有句，[甲]
2284 生滅門，[甲]2312 空，[甲]2391
先自身，[久]1486 諸香莊，[明][宮]
[聖][另]1563 除生體，[三][宮]1558 中
般乃，[三][宮]1563 因縁謂，[三][宮]
376 不食而，[三][宮]848，[三][宮]
1543 味身如，[三][宮]1545 即前所，
[三][宮]1545 聖道如，[三][宮]1550 有

對更，[三][宮]1640 涅槃，[三][宮]
1646 有我即，[三]100 如法聚，[三]
1515 耶第一，[三]1532 依乞食，[三]
1646 心常在，[聖]1763 離法之，[聖]
[另]342 初發意，[聖][另]1458 令衆
心，[聖][另]1458 以事處，[聖]210 我
智愚，[聖]231 世法不，[聖]279，[聖]
1552 彼次第，[聖]1670 脫人道，[聖]
2157 救焰口，[另]1428 爲犯不，[乙]
957 餘諸字，[元][明]680 大地大，[元]
[明]1579，[原]1861 一切有，[知]1579
依因生，[知]1579 於空無。

誦：[宮]225 常苦謂，[宮]1596 文
字如，[甲][乙]957 佛眼密，[甲][乙]
1210 吽字三，[甲]972 早，[甲]1735
別須用，[甲]2387 軍荼利，[明]1056，
[三][宮]1443 禪思獨，[三][宮]2059，
[三]1039 初中後，[聖]1451 是婆羅，
[原]2408 金剛薩，[知]1441。

隨：[甲][乙]1822 去來，[甲][乙]
1822 生欲界，[乙]1736 方便爲，[元]
[明]602 生死行，[原][甲]2266 尋伺
有。

體：[元][明]309 衆相光。

唯：[甲][乙]2309 翻念立，[原]
1821 修所斷。

爲：[丙]2777 之，[丙]2810 獸主
等，[博]262 今釋迦，[博]262 是邪見，
[博]262 檀波羅，[宮]586 菩薩失，[宮]
[甲]1912 此二上，[和]293 猶如大，
[和]1665 滿月圓，[甲]1735 寂靜慮，
[甲]1735 六決定，[甲]1735 行體問，
[甲]1735 衆生既，[甲]1912 簡濫故，

[甲]1969 方便實，[甲]1973 遠公，[甲]
[丙]2810 究竟圓，[甲][乙][丙][丁]
1141 無生，[甲][乙]1866 諸劫相，[甲]
[乙]2207 第一德，[甲][乙]2263 提謂
等，[甲]893 欲增加，[甲]897 於高下，
[甲]1040 諸欲清，[甲]1119 發如是，
[甲]1361 身資具，[甲]1705 有受者，
[甲]1718 已取六，[甲]1722，[甲]1722
攝因歸，[甲]1722 時節不，[甲]1722
因緣亦，[甲]1735，[甲]1735 此十，
[甲]1735 道即計，[甲]1735 能，[甲]
1735 染法所，[甲]1735 沈，[甲]1735
信悲慈，[甲]1735 已下顯，[甲]1735
遊戲是，[甲]1735 緣無，[甲]1735 增
勝廣，[甲]1736 出離也，[甲]1736 非
色者，[甲]1736 佛得亦，[甲]1736 令
衆生，[甲]1736 六十釋，[甲]1736 隨
緣住，[甲]1736 無明從，[甲]1736 希
有，[甲]1736 小乘謂，[甲]1736 眼者
是，[甲]1736 智寶故，[甲]1736 諸常
想，[甲]1792 化在，[甲]1811 如佛阿，
[甲]1828 七，[甲]1828 緣現在，[甲]
1912 調，[甲]1912 他判相，[甲]1921，
[甲]1929 一切法，[甲]2017 無成之，
[甲]2270 能立破，[甲]2270 能緣，[甲]
2394 勝仁者，[甲]2775 傳，[甲]2775
宣說傳，[甲]2810 從一時，[明]、諸
[聖]1544 預流，[明]220，[明]316 名
色謂，[明]316 未來世，[明]323 上士
如，[明]1517，[明]1545 決定無，[明]
1562 劣名爲，[明][和][內]1665 勸發
一，[明][和]1665 修習之，[明][甲]997
下，[明][甲]997 於下，[明][甲]1177

菩薩，[明][乙]994 梵本金，[明]37 本矣如，[明]101 豪貴家，[明]125 五蓋云，[明]171 父，[明]187 徐徐安，[明]196 龍火定，[明]261 長老相，[明]309 供養又，[明]322 四我以，[明]322 正定若，[明]337 女無愁，[明]401 獨步報，[明]524 有庶臣，[明]567 因緣而，[明]598，[明]614 正觀，[明]624 已媱，[明]626 生死所，[明]635 菩薩行，[明]653 黑闇舍，[明]1428 外道不，[明]1435 飲酒波，[明]1441 白衣舍，[明]1451 坐具淨，[明]1536 四食一，[明]1542 身念住，[明]1544 除能斷，[明]1544 因增上，[明]1546 能數數，[明]1546 意入法，[明]1548 處若，[明]1585 要安住，[明]1593，[明]1593 滅煩惱，[明]1599 於虛妄，[明]1636 此是菩，[明]2053 保身之，[明]2104 始，[明]2111 滅度之，[明]2122 梵行垂，[明]2122 身，[明]2123 四食，[明]2131 能親證，[明]2145 之大，[三]220 菩薩，[三]1560 尋伺四，[三][宮][聖]222 開，[三][宮][聖]1462 爲讚第，[三][宮]273 於，[三][宮]405 灌頂刹，[三][宮]606 正見諸，[三][宮]1442 從群處，[三][宮]1443 軾處云，[三][宮]1459 衆常法，[三][宮]1509 邪見麁，[三][宮]1548 法何等，[三][宮]1558 令，[三][宮]1596 求若知，[三][宮]1598 生生中，[三][宮]1598 依大乘，[三][宮]1808 六聚差，[三][宮]1809 增戒，[三][宮]2053 薩埵剌，[三][宮]2060 之諺曰，[三][宮]2104 之名，

[三][宮]2108 之懲革，[三][宮]2122 人身中，[三][甲]1009 多人利，[三][聖]125 色，[三][乙]1092 塔影映，[三]125 王子，[三]209 過去未，[三]220 此三摩，[三]220 一切有，[三]291 莖，[三]484 滿足諸，[三]598 四復有，[三]682 已成未，[聖]210 梵志斷，[聖]211 沙門，[聖]1542 法智或，[宋][元]1 當雨而，[宋]1694 四意止，[宋]1694 已解非，[乙][丙]2810 十種皆，[乙][丙]2812 長行緝，[乙]996 聲，[乙]1201 護身結，[乙]1723 時分時，[乙]1796 此一二，[乙]2092 永橋，[乙]2782，[乙]2810 根義皆，[乙]2810 示現若，[乙]2810 尋求令，[乙]2812 是錯入，[元][明]220 修行甚，[元][明]2016 之，[元][明]2122 十三一，[元][明]310 身淨戒，[元][明]1339 諸法不，[元][明]2122 清升此，[原]、爲[甲]、謂[甲][乙]1796 他，[原]、爲[甲]2006 見滯在，[原]2317 有於法，[原]1858 一念之。

未：[甲]2036 不可以。

位：[甲][乙]1821 下別釋，[三][宮]2121 人從有，[乙]1736 別也七。

畏：[明]1425 兒已死。

聞：[三][宮]2102 道若夫。

問：[三][宮]2060 曰汝兩。

無：[甲]1735 於此十。

限：[乙]2263 擇滅云。

相：[甲]2193 歡因分。

詳：[甲]1736 無，[三][宮][甲][丙]2087 其不死。

謝：[三][宮]1579 立論。

修：[三][宮]1646 禪定力。

須：[乙]1796 根在東，[乙]1796 住於世，[原]1818 上品禮，[原]2322。

續：[三]2150 尋在要。

訓：[原]2248 無妨暫。

言：[甲][乙]2261 即，[甲]2219 佛明見，[明]125 三痛云，[三][宮]1562 樂喜無。

一：[甲]1736 勸及，[甲]1736 真理即，[乙]1830 斷世間。

以：[甲][乙]1822 退失百，[甲]1736 遷流者，[甲]2195 聲聞辟，[甲]2217 自受用，[甲]2274 立於宗。

亦：[甲]2207 縱橫行。

異：[甲]2082 平生所，[甲]2266 唯十時。

詣：[甲]1782 佛所，[明]165 應施，[明]955 運爲也，[聖]279 坐道場。

意：[甲]1821 處中妙。

翼：[聖]227 當得水。

譯：[三]2151 雜譬喻。

議：[宋][元]2108，[元]2102 矣公云。

因：[三][聖]375 聽正法。

應：[甲]2266 助難至，[三]、一[聖]125 施設者，[三][宮]656 趣道門。

用：[三]129 智慧無。

猶：[甲]1733 如大海。

有：[明]848 阿字門，[明]2108 浮圖即，[三][宮]374 外色亦，[三][宮]1594 薩迦耶，[三][宮]1646 實語軟，[聖]272 娑羅樹。

又：[甲]1828 字。

污：[乙]2397 修。

於：[甲]1829 青瘀等，[三][宮]411 諸在家，[宋][元][宮]1443 此法中。

餘：[三][宮]1552 色界非。

語：[宮]1598 聲即是，[甲]2337 其別也，[甲][乙]1822 闡陀文，[甲][乙]2070 弟，[甲]1512 貪欲煩，[甲]1873 有者但，[明]2076 亦無出，[三]、說[宮]1547 留枝不，[三]、諮[聖]125 比丘言，[三][宮]302 伏一切，[三][宮]1435 居士言，[三][宮][聖]1425 其婦言，[三][宮]282 若那，[三][宮]338 離垢施，[三][宮]574 堅固女，[三][宮]657 離憂曰，[三][宮]816 釋提桓，[三][宮]1451，[三][宮]1579 於如來，[三][宮]2121 彼鬼言，[三]22 言卿何，[三]125 之然諸，[三]184 吾等神，[聖]626 文殊，[聖]1435 言是比，[乙]2227 夜叉爲，[乙]2404 口也，[乙]2408 是無畏，[原]1830 善心亦。

緣：[甲]2266 異生受。

曰：[甲]1736 滌除萬，[甲]2207 之獸走，[明]2087 因明考，[三][宮][知]741 善權何，[三][宮]403 忍辱所，[三][宮]741 正道何，[乙]2087 僧迦舍，[元][明]1549 意行。

云：[甲]、曰[乙]2390，[甲]1736，[甲]2214 已上祕，[甲]2219，[甲]2219 實相智，[甲]2266 何名爲，[甲]2268

簡別遮，[甲]2412 大智故，[甲]2434，[三][宮]1435 爲小小，[原]1796 與知者。

讚：[甲]1735 可知大，[明]279 知諸制，[明]293 名，[三][宮]1459 最姉妹，[原]2196 得果有。

則：[甲]1744 因果一，[聖][另]1721 平等大。

增：[三][宮]389 長憍慢。

詐：[甲]1846 現寂。

者：[甲][乙]1822 續善根，[甲]1783 力用也，[甲]2192 奇特如，[三]125 彼非我，[原]1987 如今一。

證：[宮]1558 能證故，[甲]2255 衆緣，[明]1602 四證淨，[三][宮]1543 不攝設。

知：[聖]223。

治：[甲]1733，[乙]1822 持及遠，[乙]2397 若見諸，[原]1796 甘露妙。

智：[甲][乙]1822 被餘障，[甲][乙]1822 苦中。

種：[甲]1863 三因三，[聖]1562 有爲無。

諸：[宮]345 見道功，[宮]1545 有學者，[宮][甲]1805 部即僧，[宮][聖]1537 我多聞，[宮][聖]1539 有一類，[宮][聖]1579 住補，[宮][聖]1602 失念者，[宮][乙]866，[宮]222 根異根，[宮]288 十種之，[宮]310 一切法，[宮]657 如來空，[宮]657 一切語，[宮]721 出家人，[宮]1514 熟内已，[宮]1545 色界中，[宮]1558 心有根，[宮]1562 彼相應，[宮]1646 因緣故，

[甲]1813 無主物，[甲]2266 如來到，[甲]2266 有境法，[甲]2362 此，[甲][乙]1822，[甲][乙][丙]1866 分別情，[甲][乙]1821 欲界没，[甲][乙]2309 初禪器，[甲]952 欲成就，[甲]1700 地前菩，[甲]1709 法，[甲]1709 前蘊等，[甲]1709 實，[甲]1717 佛，[甲]1721 大乘經，[甲]1736 法從緣，[甲]1781 仁者是，[甲]1782 書寫等，[甲]1786 衆生心，[甲]1816，[甲]1851 餘說於，[甲]2261 敎聞，[甲]2261 有學有，[甲]2261 鑚乳，[甲]2266，[甲]2266 菩薩六，[甲]2266 事四名，[甲]2266 意，[甲]2270 有情隨，[甲]2299 法常清，[甲]2299 天有八，[甲]2305 一切助，[甲]2337 此地智，[明]424 最上細，[明]1562 未來法，[明]125 比丘有，[明]158 度生死，[明]220 菩薩摩，[明]384 菩薩摩，[明]1552 滅智，[明]1579 佛世尊，[明]1579 相名分，[明]1604 奢，[三]1579 於生時，[三][宮]、－[石]1509 善，[三][宮]222，[三][宮]244 出見一，[三][宮]285 法自然，[三][宮]676 外六處，[三][宮]765 有一類，[三][宮]1537 無漏，[三][宮]1545，[三][宮]1545 苦類智，[三][宮]1545 有敬有，[三][宮]1545 有所化，[三][宮]1545 增長煩，[三][宮]1562 已生復，[三][宮]1566 耳鼻舌，[三][宮]1579 虛空，[三][宮]1596 佛法愛，[三][宮]1604 福智由，[三][宮]1604 三輪不，[三][宮][聖]397 菩薩心，[三][宮][聖]649 王治境，

[三][宮][聖]660 貪欲者，[三][宮][聖]1585，[三][宮][知]353，[三][宮][知]598 法界住，[三][宮]288 情無作，[三][宮]305 名字故，[三][宮]309 佛智慧，[三][宮]342 佛世尊，[三][宮]403 通慧本，[三][宮]461 音譬如，[三][宮]493 四事，[三][宮]639 佛菩薩，[三][宮]1442，[三][宮]1442 苾芻應，[三][宮]1451 苾芻於，[三][宮]1452 是陶師，[三][宮]1489 地獄色，[三][宮]1520 聲，[三][宮]1521 菩薩各，[三][宮]1521 菩薩修，[三][宮]1530 來朝者，[三][宮]1531 菩薩摩，[三][宮]1539 近，[三][宮]1542 善聲處，[三][宮]1544 愛敬云，[三][宮]1544 五，[三][宮]1545，[三][宮]1545 煩惱障，[三][宮]1545 戒禁取，[三][宮]1545 染污心，[三][宮]1545 思等思，[三][宮]1545 異生離，[三][宮]1548，[三][宮]1548 法智比，[三][宮]1549 垢著彼，[三][宮]1552 得等問，[三][宮]1553 無礙道，[三][宮]1554 疑貪瞋，[三][宮]1562 畢竟無，[三][宮]1562 無爲法，[三][宮]1571 世事是，[三][宮]1579 由此故，[三][宮]1595，[三][宮]1596 佛一切，[三][宮]1604 菩薩大，[三][宮]1606 取爲已，[三][宮]1628 同法等，[三][宮]1646 觸因縁，[三][宮]2104 門徒並，[三][宮]2121 天帝釋，[三][聖]125 比丘我，[三][聖]291 十力之，[三]1 有沙門，[三]16 弟子事，[三]26 大木，[三]26 天來會，[三]44 如來至，[三]99 天帝，[三]125，[三]158 菩薩摩，[三]194 所生種，[三]220 善現言，[三]375 菩，[三]657 佛無上，[三]1341 法是可，[三]1440 親，[三]1441 比丘等，[三]1532 外道等，[三]1545 法捨意，[三]1562 如種非，[三]1563 欲界諸，[三]1598 佛所作，[聖]1536 顯趣向，[聖]1539 欲界繫，[聖][另]765 別，[聖]225 常行等，[聖]288 諸佛之，[聖]425，[聖]1509 輕賤，[聖]1509 人來割，[聖]1509 人語如，[聖]1509 檀，[聖]1537，[聖]1539 色無色，[聖]1544 根未來，[聖]1562 善心此，[聖]1562 欲界，[聖]1563 初所起，[聖]1564 爲生死，[聖]1579 大風飄，[聖]1595 般若大，[聖]1602 染污及，[聖]1721 苦諦是，[聖]1733 行是前，[聖]1763 相假名，[另]1543 法外彼，[宋][宮]305 見他過，[宋][宮]624 爲如故，[宋][元][宮]1545 從預流，[宋][元][宮]1558 能起得，[宋][元]1424 自恣等，[宋][元]1602 修彼對，[宋]1585 果色量，[醍]26 大天，[乙]1864 佛圓滿，[乙]1736 聲聞成，[乙]1796 囉是無，[乙]2227 天説者，[乙]2396 凡夫，[元][明]26 外結人，[元][明]288 行無所，[元][明]1563 五根中，[元][明]1567 五蘊品，[元]2016 於眼中，[原]、諸[甲][乙]1796 佛第一，[原]1780 聖無煩，[原]2339 種子隨，[原]1774 大般若，[原]2327 禪，[知]598 佛教而，[知]598 十善布，[知]1579，[知]1579 地等諸，[知]1579 法王由，[知]1579

眼耳等，[知]1579 已獲，[知]1581 無明行。

作：[三]1442 自作教，[宋]、爲[宮]403 也阿差。

濈

濈：[甲]2128 沱音達。

憎

快：[三][宮]2121 四十一。

魏

此：[明]721 言雜地，[明]1522 云天親。

晉：[宮]2008，[宋][元][宮]2122 沙門朱。

媿：[明]2154 世録。

士：[宮]2122 太和中。

巍：[三][宮]2122，[宋][宮]1608 都鄴安。

傀：[三][宮]2059 國。

餵

餧：[三][宮]2122，[原]、餧[甲]2006 魚餵。

温

火：[聖]1428 室中若。

涅：[甲][乙]2390 哩底方。

煥：[原]2410 動無礙。

濕：[宮]2121，[甲]2084 便信此，[甲]2266 等用如，[甲]2035 西北至，[甲]2087 泉其水，[甲]2087 暑風俗，

[甲]2087 暑人貌，[甲]2274 等用者，[三]2060 熱雨，[原]2131 縛拏此。

袒：[三]、袒[宮]2059。

嗢：[三][宮]2122 唐言新，[三]985 摩，[原]1308 沒。

畏：[三][宮]1547 生卵生。

瘟：[明]2122，[三]1331，[三]1331 山海之，[三]1331 疫毒之，[元][明]984 疫。

習：[三]20 故知新。

洫：[明]2110。

煖：[三]、沈[宮]1525 水等一，[三][宮]1425 無罪若，[三][宮]1428 水屋時，[宋]、暖[元][明]157 皆使滿。

燸：[三][宮]2060 五日方，[三]1441 水和之，[宋][宮]、煖[元][明]895 煙火光，[宋]374 熱者求。

熅：[宮]1425 室樹下，[三][宮]1428 水天雨，[宋][宮][聖]1425 水典知，[宋]105。

蘊：[甲]2270 處界等，[元][明][宮]443 習於彼。

正：[甲]1733 念增明。

殟

熅：[三][宮]263 灰。

溫

涅：[甲]2266 雖無加。

蘊：[甲]2748 積此理。

文

本：[甲]1913 十章前，[甲]2195

相違以，[乙]2263 難知何，[乙]2263 雖無。

不：[甲][乙]2259 立食文。

處：[宮][甲]1912 成之說，[三][宮]1458 說設。

辭：[三][宮]638 不志大。

此：[甲]2400 准思。

大：[宮]2122 宣佛法，[甲]2196 意必然，[甲][乙][丁]2092 覺三寶，[甲]1736 意後已，[甲]1816 利樂相，[甲]1816 正所廣，[甲]1828，[甲]2039 王聞是，[甲]2219 是廣五，[甲]2266 如次四，[甲]2266 同文義，[甲]2274，[甲]2299 經二十，[甲]2299 也成實，[甲]2400 讚其文，[三][宮]2059 業會，[三]44 鮮明，[三]2110 人無上，[三]2146 乖，[三]2149 同別，[聖]2157 而溫潤，[聖]2157 同是初，[宋][宮]2059 教未暢，[乙]1724 法等故，[乙]2391 字四，[原]2248 異今記，[原]1776 也假使，[原]1863 法華會，[原]2220 歡喜自。

等：[甲]、等云云[乙]2263 念慧，[甲]2290。

度：[甲]2255 爲三昧。

而：[甲]1246 案吉凶。

乏：[三]2145 斯一部。

法：[甲]2217 證，[三]1433。

反：[明]2102 者不欲。

方：[原]1696 天子問。

分：[甲]2371 當德門，[原]、分[甲]2006 明草木。

夫：[甲]1816 初二句，[甲]2266

謂士夫。

服：[元][明]、文飾飾文[宮]810 飾重座。

父：[丙]2381 佛成無，[宮]425 攝善權，[宮]1457 鳩死樹，[宮]2034 叔高帝，[甲]2270 即是惡，[甲]2409 闍〃〃，[甲]2410 祖，[甲]1512 且境中，[甲]1723 法輪有，[甲]1733 也文中，[甲]1832 常能，[甲]1863 立，[甲]2270 是即惡，[三][宮]2060 祖之生，[三]99 還，[聖]224 佛是優，[聖]371 與，[聖]1547 沙門斷，[另]1459 作法應，[宋]211 佛爾時，[乙]2397 示之乃，[原]、久[甲]2196 登十地，[原]1721 凡有六，[原]1774 答云其，[原]2216 蝦蟇蠎。

更：[甲][乙]2263 無說一，[乙]2263 何不說，[原]2263 非今證。

故：[甲]、但作本文 2266 演祕云，[甲][乙]2263 二云智，[甲]1783，[甲]2217 文私云。

乎：[原][乙]2259 答云云。

火：[甲][乙]2376 羅國誦，[三]212 選擇淨，[聖]272 日月八。

即：[宮][甲]1884。

家：[甲][乙]1821 又正理，[甲][乙]1822 何爲正，[乙]1821 滑等四。

价：[三]2103 辭趣翩。

簡：[甲]1805 下。

見：[乙]2249 而於欲。

交：[甲]1030 背稍去，[甲]2128 綵繁數，[明]288 諸行等，[聖]354 沙，[宋][宮]2034 王。

教：[宮]2112 逾顯至。

節：[甲]850 次第開。

今：[甲]2266 考金七。

經：[三][宮]1504。

久：[宮]2122 解義及，[宮][甲]2044 以示後，[宮]1808 廣説若，[甲]、人[乙]2173，[甲][乙]1833 之言釋，[甲]1816 法，[甲]1816 攝依初，[甲]1816 顯名句，[甲]2204，[甲]2266 作久，[三][宮]2102 自難均，[三][宮]2122 稽留停，[三]2110 遠大之，[聖]2157 詞並用，[宋][宮]2103 猶，[宋][明]2122 之，[乙][丙]1833 誤爲文，[元][明]2102 滯尋文，[原]1289 精雲山，[原]1776 行疲惱，[原]1782 不受理。

句：[三][宮]1462 陀達多。

理：[甲]1736 者已如。

論：[甲]2249 擇滅唯。

曼：[明][甲]1175 殊常爲，[明][甲]1175 殊羯磨，[明]1521 陀羅華，[三][宮][石]1509 陀羅花，[三][宮]1509 陀羅花，[元][明]223 陀羅華。

門：[甲]1928 之欠剩，[甲][丙]2397 異名三，[甲][乙]1822 中有，[甲]1775 互顯，[甲]2299 第四重，[甲]2299 中世諦，[原]1825 理也，[原]2431 之法治。

名：[甲][乙]1822 便，[甲][乙]1822 初也正，[甲][乙]2250 而立亦，[甲]1918 字涅槃，[甲]2400 也。

銘：[三]2059 時莊。

牟：[明]440 尼佛侍，[明][石]1509 尼佛無，[三][宮]1550 尼相故，[聖][石]1509 尼佛共，[聖]1509 佛本爲，[知]384 尼佛今。

目：[三][宮]2104 如雲。

乃：[甲]2274 云謂若。

念：[三]2123。

支：[甲]2128 音普卜。

臍：[甲][乙]2390。

千：[石]1509 字般若。

欠：[甲]、朱云文[乙]2392 名入室，[甲]1065 觀自在。

犬：[甲]2128 作倏亦。

人：[甲]1782 未知中，[甲]2195 槃，[甲]2299 初解顯，[明]1513 有三種，[三][宮][乙]895 是第一，[三]2154 皇帝黃，[乙]2263 歟後釋。

入：[乙]1816 復二初。

上：[甲]、文云云細註[甲]2195 亦開元，[乙]2263 眞妄相。

聲：[乙]2397 字實相。

失：[甲]2266 然無歸，[甲]2266 光，[三]2145 旨或粗。

史：[三][宮]2104 記法師。

示：[原]、示[聖]1818 處易知。

事：[甲][乙]2263 證之耶，[甲]2299 寄相是，[乙]2263 等正量。

是：[甲]2230。

勢：[甲][乙]2261 中三護。

釋：[甲]2217 云是因，[甲][乙]2250 爲善，[甲][乙]2254 自性斷，[甲][乙]2263 佛應有，[甲][乙]2263 皆在，[甲][乙]2263 者第八，[甲][乙]2263 者隨增，[甲]2217 讀故經，[甲]2239

者難，[甲]2263 明，[甲]2263 十八
圓，[甲]2263 也難云，[乙]2263 上述
欲，[乙]2263 此義應，[乙]2263 二念
捨，[乙]2263 釋除後，[乙]2263 消文
後，[乙]2263 依，[乙]2263 歟彼分，
[乙]2263 源出瑜，[乙]2263 者演祕，
[乙]2263 者變土。

受：[甲]1828，[原]2248 日可爲，
[原]1851 中無作。

疏：[甲]2277 云論此。

說：[乙]2263 也非相。

説：[甲][乙]2263 云又取，[甲]
2263 此是，[甲]2263 以周遍，[乙]
2263 云云二。

天：[甲][乙]901 藏我身，[甲][乙]
1816 上以生，[甲]2266 是梵言，[甲]
2290 隔不應，[三][宮]2122 胄素與，
[三][宮]2053，[聖]2157 並使搜，[乙]
1816 即是無。

圖：[三]2110 來鳥。

亡：[甲]1723 兩反魎。

未：[乙]2397 問。

彑：[明]2087 佛坐。

紋：[宮]2040 不明顯，[宮]2121
精進純，[三][宮]1507 迹現於，[三]
[宮]1507 刻鏤金，[三][宮]2053 及瓶，
[三][宮]2060，[三][宮]2060 間發彪，
[三][宮]2060 理如，[三][宮]2060 如
菩薩，[三][宮]2060 屋上見，[三]1 繡，
[三]2088，[三]2103 彩煥，[三]2110 鳥
足之，[三]2123 或在毛，[宋][宮]2060
石四段，[宋][宮]2121 繡所成，[宋]
[宮]2123 成見天，[宋][宮]2123 相師

見，[宋]2060，[宋]2088 後人，[宋]
2110 雜，[元][明][宮]614 明直三。

聞：[甲]2035 物屬中，[甲]1735
由多善，[三][宮]1433，[三][宮]1462
解義，[三][宮]1598 我所思，[三][宮]
2060 奉行四，[宋][宮]2103 命引狩，
[乙]1724 具列然，[元][明][甲]951，
[元][明][乙]1092 持藏三，[元][明]309
者清淨，[原]2196 慧次一。

扠：[宮]、交[聖]481 飾是，[宮]
481 飾謂是。

問：[元][明][宮]1546。

五：[甲]2266 六十。

下：[甲][乙]2259 云，[甲]2281 云
如難。

孝：[宋][元]、武[明]、父[宮]2103
誕載於。

校：[三][宮]309 飾住，[三]212 飾
外何。

序：[宋][元][宮]1499。

宣：[原]1764 説菩。

言：[甲]1816 皆解無，[甲]2263
顯俱有，[三]2034 三分獲，[三]2106
同在一，[乙]1821 既不遮。

也：[甲]、矣[乙]2263，[甲]2195
分身出，[甲]2196 又爲時，[甲]2266
今謂此，[甲]2299，[乙]2263。

矣：[甲]2254 界品次，[甲]2271，
[甲]2412 義釋，[甲][乙]2397 若金剛，
[甲]2254 此是訓，[甲]2254 定春，[甲]
2290，[甲]2299 初一是，[甲]2412，
[甲]2412 悲想天，[甲]2412 乘者運，
[甲]2412 此西，[甲]2412 佛部，[甲]

2412 利牙出，[甲]2412 是本有，[甲]下同 2254 准此等，[乙]2254，[乙]2263 定可攝，[乙]2397 今謂此，[乙]2397 是草木，[乙]下同 2254，[乙]下同 2254 律儀得。

亦：[甲]1735 顯三復，[原]2208 在第七。

意：[甲][乙]1822，[甲]2263 耶。

義：[甲]2195 殘若望，[甲]2195，[甲]2254 莫知論，[甲]2266 故婆沙，[甲]2271 亦不分，[甲]2371 多釋境，[甲]2434，[三][宮]2122 外書不，[聖]1456。

譯：[乙]996。

又：[丙]2092 攝齊北，[宮][甲]1912 若言下，[宮][甲]1805 下斥，[宮]1912 略列菩，[甲]1706，[甲]1778 二一明，[甲]1828，[甲]2089 場准勑，[甲]2128 帝母薄，[甲]2128 作詔俗，[甲]2254 依有漏，[甲][乙][丙]1833 類離識，[甲][乙]1821 同顯宗，[甲][乙]1822 正理論，[甲][乙]2263 云然立，[甲][乙]2296 云一切，[甲][乙]2328 何，[甲][乙]2390 云行者，[甲]1709 具如前，[甲]1717 二初正，[甲]1736，[甲]1736 斷現故，[甲]1736 四一正，[甲]1736 以爲體，[甲]1782 不二法，[甲]1782 十方，[甲]1816，[甲]1816 答初問，[甲]1816 牒，[甲]1816 分二初，[甲]1816 分爲四，[甲]1816 可知無，[甲]1816 是略，[甲]1821，[甲]1821 屬下將，[甲]1821 應言由，[甲]1828，[甲]1828 分有四，[甲]1828

名者四，[甲]1828 無邪欲，[甲]1828 以意解，[甲]1828 由三緣，[甲]1833 初標言，[甲]1839 於此中，[甲]1847 是三轉，[甲]1912 二先立，[甲]1918 云正直，[甲]2128 從馬作，[甲]2128 從羽作，[甲]2128 灰塵曰，[甲]2128 玉也，[甲]2128 瘀同臾，[甲]2128 隹，[甲]2128 作塊同，[甲]2128 作銶，[甲]2183 護國抄，[甲]2195 非錯又，[甲]2195 假說也，[甲]2195 無過，[甲]2204 諸愚夫，[甲]2217 有順逆，[甲]2255 俗破性，[甲]2261 若云同，[甲]2266 光記一，[甲]2266 演祕，[甲]2266 亦復如，[甲]2266 與雜，[甲]2271 彼九因，[甲]2274 字，[甲]2277 云問如，[甲]2299 五種戒，[甲]2299 一義云，[甲]2299 云遍喩，[甲]2313 今言所，[甲]2323 既票實，[甲]2337 若約境，[甲]2339 竝曰若，[甲]2412 說破有，[甲]2434 更有，[甲]2434 萬加季，[甲]2434 云如來，[甲]2434 證其廣，[明]1669 云何通，[明]2103 頗，[明]2110 蓋盈溢，[明]2131 孔雀，[明]2154 殊五體，[三][宮]322 微妙然，[三][宮]1424 言應到，[三][宮]2102 不然矣，[三]474 菩薩有，[聖]1818 二第一，[宋][元][宮]1558 遍淨天，[宋][元]1546 應如是，[宋][元]2045 爲，[乙]1822 有前，[乙]2376 聲聞僧，[乙]1736 明約行，[乙]1816 即此中，[乙]1816 中離小，[乙]1822 引造無，[乙]2192 云凡，[乙]2192 云佛自，[乙]2249 解脫，[乙]2249 意顯也，

[乙]2261 廣百論，[乙]2397 可，[乙]2397 云然此，[乙]2408 云灌頂，[元]895，[元][明]1546 應如是，[元][明]2016 具顯，[元]1521 深威儀，[原]、又[甲]1700 三一，[原]、又[甲]1782 妙吉祥，[原]1936 云理本，[原]1818 三第，[原]1887 一事中，[原]2196 明三過，[原]2248 夕方，[原]2259 何暇更，[原]2408 如。

欲：[宮][甲]1912。

喩：[甲]2339。

元：[明]2076 徽至院，[明]2112 始內傳。

曰：[聖]1563。

云：[甲]2301 云問常，[甲]1717 本譬，[甲]1736 彌餘，[甲]1736 佛子菩，[甲]1736 五重但，[甲]1736 先，[甲]2128 從木厥，[甲]2128 從手持，[甲]2128 從手延，[甲]2214 疏十二，[甲]2266 緣此後，[甲]2412，[甲]2412 莊嚴經，[三]1424 云有一，[原]2337 三昧業。

丈：[宮][甲]1805 六七許，[甲]2035 殊今住，[甲]2036，[明]1462 所説佛。

杖：[乙]2261 自。

者：[甲]2266 義蘊云。

正：[三][宮]318 法王四。

之：[內]2163 書等請，[宮]1808 非明了，[宮]1808 如上如，[甲]2271 若因外，[甲]2339 但，[甲][乙]2223 亦爲二，[甲][乙]2249，[甲]‧原本甲

本冠註曰下六邊染者不信‧懈怠‧放逸‧失念‧散亂‧不生知此除惛沈掉舉 2266 中即無，[甲]1708 五忍從，[甲]1816 有二初，[甲]1912 後故，[甲]2128 從木從，[甲]2128 一名也，[甲]2212 不出因，[甲]2262 也言我，[甲]2266 鈔云然，[甲]2266 辭故樞，[甲]2266 此則，[甲]2266 身識所，[甲]2266 文，[甲]2266 文如上，[甲]2266 餘業者，[甲]2274 非所要，[甲]2274 能有性，[甲]2299，[甲]2305 一對約，[三]1340 時以大，[三][宮]2103 弘，[三][宮]2122 卦也乃，[聖]1763 第三明，[聖]2060 御世多，[乙]2296 初時以，[乙]2394 置之若，[元][明]2122 斯亦神，[原]2196 主意存。

支：[宮]1461 所顯與，[甲]1735 分爲五，[甲][乙]1822 不同例，[甲]1736 因緣具，[甲]1782 等缺不，[甲]2266 持受種，[甲]2266 生果識，[甲]2266 是無學，[甲]2266 相，[甲]2266 以欲顯，[甲]2274 如上卷，[宋][元][宮]2103 梁劉孝，[宋][元]2122 慧太，[元][明]2125 藻粲粲。

志：[元][明]2060 類淵海。

中：[甲]2006 所載甚，[甲]2195 ○除佛。

字：[甲]、字文[乙]2396 由，[聖]1602 身及依。

左：[三][宮]2103 僕射齊。

作：[三][宮]1808 句違順。

々：[甲]2266 免故也。

蚊

蛾：[宮]1648 蚋等無。

蜂：[三]201 翅而除。

蛟：[宋]、蚤[宮]1509。

皎：[三]26 蚊種龍。

蚊：[三][宮]624。

咬：[宋][元][乙]1200 經六月。

蚤：[三][宮]1558 母隱在。

紋

交：[三][宮]452 絡時諸。

絞：[宋]、文[元][明]89 飾香熏。

摎：[三]1332 項使病。

綾：[聖]1463 鬘花如。

文：[三][宮]1425，[乙]1736 此不
同。

裝：[三][宮]2040 飾即離。

聞

礙：[宮]278 法障供。

譜：[宮]1428 佛說法。

闇：[三][宮]288，[三][宮]1559
二義起。

暗：[宮]730 一阿含。

白：[三]211 王王感。

彼：[甲]2263 熏習故。

閉：[宮]1435 王宮，[乙]1705 諸
門以。

闡：[宮]263 說得立，[宮]1521 無
礙四，[甲]2036 於洙泗，[聖]222 是
謂樂。

常：[三]211 老如特。

賜：[宮]2108 傲慢君，[元]2122
大秦廣。

得：[明]440 彼佛名，[三]192 捨
離於，[聖]663。

鬭：[明]205 之必散，[明]1647
仗被服，[三][宮]2029 諍訟，[三][宮]
2122 喚呼，[聖]2157 瓶中鎗，[聖]
2157 提奢此，[元]158 資用得。

法：[甲][乙]1866 一切佛。

佛：[元][明]193 如。

故：[三][宮]339。

關：[甲]2263 實，[聖]1763 衆生
惑。

觀：[三][宮]2122，[元][明][宮]
1562 等所成。

國：[三]1301 旋還返。

會：[元]2145。

及：[宋][元]2123 身餘力。

間：[德]1563 已皆入，[宮]1432
疑罪大，[宮][另]1435 舍，[宮]397 無
聞，[宮]401 所說者，[宮]445 迹世
界，[宮]1428 舍利弗，[宮]1442 我告
尚，[宮]1451 默然不，[宮]1545 異生
成，[宮]1545 有死，[宮]1579 具足
聞，[宮]1595 思慧各，[宮]1595 無上
菩，[宮]1596 菩薩無，[宮]1596 者，
[宮]1611 故二者，[宮]1629 性故或，
[宮]2060 有異香，[宮]2121 而歡息，
[宮]2122 不費尊，[甲]1763 果向以，
[甲]1112，[甲]1174 如是人，[甲]1721
必起謗，[甲]1721 是藥，[甲]1724 法
本爲，[甲]1724 昔於波，[甲]1755 水
禽之，[甲]1782，[甲]1816 無，[甲]
1828 第八住，[甲]1839 三，[甲]1969

斷故也，[明]598，[明]1646，[明]2131，[三]、開[宮]1548，[三]15 善降諸，[三]150 善行得，[三]186 有一媒，[三][宮]、間立[聖]1552 名地界，[三][宮]1545 異生由，[三][宮]2053 有僧詞，[三][宮][聖][另]310 常知一，[三][宮]266，[三][宮]280 所有現，[三][宮]458 當，[三][宮]626 文殊師，[三][宮]721 因此失，[三][宮]1490 等如如，[三][宮]1537 沙門及，[三][宮]1579 積集若，[三][宮]1597 熏習攝，[三][宮]1608 思亦復，[三][宮]1628 勇發，[三][宮]1629 勇發，[三][宮]2060 有括訪，[三][宮]2103 英雄而，[三][宮]2121 長者，[三][宮]2121 有三，[三][宮]2121 之修福，[三][宮]2122 有人言，[三][甲]951 出諸妙，[三][聖]120 事七者，[三]99 獨住故，[三]150 比丘色，[三]194 聲響愚，[三]198 每樂不，[三]263 最勝説，[三]1579 種種戲，[三]1597 等熏習，[三]1597 所熏意，[三]2059 上，[三]2060 而超然，[三]2088 故無可，[三]2106 空中樂，[三]2112 知同徹，[三]2121 俱在遊，[三]2149 尚，[三]2154 多有一，[聖]279 佛説法，[聖][另]285 致是任，[聖][另]1435，[聖]310 大仙説，[聖]419 便受内，[聖]754 何以故，[聖]1462 律如人，[聖]1464 法亦難，[聖]1536 此語向，[聖]1546 聲而已，[聖]2157 得徹聖，[聖]2157 謹具委，[另]1442 東門，[宋]、奸[元][明]、姦[宮]374 邪惡法，[宋]220 般若聲，

[宋][宮][知]、同[元][明]266 會者悉，[宋][宮]585 斯等類，[宋][宮]2122 佛當下，[宋][元][宮]2121 之，[宋][元]99 佛所説，[宋][元]150 難，[宋][元]1340 之或當，[宋][元]1598，[宋]206，[宋]220 異生於，[宋]225 者當守，[宋]554 醍醐之，[宋]642 佛告堅，[宋]660 此法門，[宋]816 柔軟音，[宋]2061 睿宗潛，[宋]2121 亦受五，[乙][丙]1222 召即來，[乙]2092 逼禪，[乙]2309 所發性，[元]91 世尊所，[元]378 聞是法，[元][明]461 説亂，[元][明]2145 道至於，[元]125 天語已，[元]1509 無知無，[元]1579 受用諸，[元]2122，[原][甲]2196 義辯異，[原]1763 佛法嚴，[原]1771 人。

簡：[三][宮]2122 略知機。

見：[敦]365 空中有，[宮]2103 微去，[甲][乙]1709 佛説菩，[甲]1718 共不共，[甲]1799 妄隔根，[三]660 已不驚，[三][宮]743 莫言，[三]76 佛王者，[元][明]1331 亦難得。

皆：[甲][乙]2309 無自性，[三][宮]2049 信大乘。

戒：[元][明]1579 所餘別。

經：[原]1856。

開：[丙]2396 此法，[宮][聖]651 即知，[宮]483 法，[宮]618，[甲]2207 況餘處，[甲]2299 一因一，[甲][乙]2396 此法，[甲][乙][丙]938 方便慧，[甲][乙][丙]2396 一切法，[甲][乙]2362 無作四，[甲]1173 心地已，[甲]1728 聲故勸，[甲]1733 機説法，[甲]

1735 如上一，[甲]1736 大，[甲]1755 曉，[甲]1771 善聞惡，[甲]1781 法身，[甲]1786 悟，[甲]1828 四門一，[甲]1912 雙非復，[甲]1918 此大藏，[甲]2036 長生之，[甲]2067 之謂弟，[甲]2119 罽賓，[甲]2120 傳譯，[甲]2196 衆生問，[甲]2214 戒及餘，[甲]2239 之法體，[甲]2250 香自無，[甲]2255 偈爲三，[甲]2261，[甲]2395 持三藏，[甲]2396 深祕，[明]847 解譬如，[明]1377 宣，[三][宮][聖]1579 法義具，[三][宮]397 天上甘，[三][宮]2027 解斷一，[三][宮]2060 三論學，[三][宮]2102 金石洞，[三][宮]2103 寶蓋之，[三][宮]2103 妙音中，[三]211 甘露如，[三]1331 策之者，[聖]425 柔和猶，[聖]225 明度書，[聖]294 不能深，[聖]397 解脫亦，[聖]1581 覺亦復，[聖]1851 解不由，[石]1509 諸法實，[宋]、間[宮]1505 是說，[宋]1517 故是故，[宋]2145 若開易，[宋]2149 興於，[乙]1796，[乙]1796 佛所説，[乙]1709 既，[乙]2261 舍利弗，[乙]2397 自心佛，[元]2016 相故名，[元][明][宮]397 諸論説，[元][明]329 捨心，[元]1982，[原]1773 金口演，[原]1780 爲三乘，[原]2339 三顯一，[原]2395 教在諸。

可：[甲][乙]2328 思修三。

空：[甲]1969 性是三。

羅：[甲]2410 菩薩。

攞：[宋][明]、欏[元][宮]402 婆婆十。

闉：[甲]2128 巷以禮。

罵：[三]100 是已默。

滿：[甲]2068 諸國。

麼：[宮]1998 鐘聲披。

門：[宮]223 若受若，[甲]1873 即得證，[甲]1973，[甲]1512 中生信，[甲]1721 恒護佛，[甲]1728 品得益，[甲]1728 品功德，[甲]2214 之法開，[甲]2339 隙内炎，[明][甲]997 包攝出，[明]824 是經者，[三][宮]、間[另]1435 處令還，[三][宮][聖]1421，[三][宮]356 但欲聞，[三][宮]1509 是安隱，[三]99 而，[聖]99 婆羅門，[聖]1425 是事便，[聖]1509 若受，[聖]2157，[宋][宮]310 法答言，[宋][宮]1421 已，[宋][元]、問[宮]1521 相得修，[宋]1425 斷事若，[宋]1435，[乙]1866 等六或，[乙]2397 二十伊，[元][明]384 空三昧，[知]741。

蒙：[敦]262 佛音聲，[甲]1000 本已還，[三][宮]656 聖尊教。

名：[三]2063 也。

明：[甲][乙]1736 一，[甲]1828 用所謂。

能：[三][宮]299 知各各。

朋：[三][宮]414 邪師論。

親：[三][宮]2122 往言訖。

闕：[宮]1452 以緣白，[甲]1709 義類應。

如：[敦]367 是經已，[甲]2195 是說。

聲：[甲]2035 之以爲，[聖][甲]1763 爲難異，[宋][宮]624 其音了，

[元][明]1579 受持精。

授：[三][宮]2122 還同佛。

說：[三]99 聞，[原]2248 小即但。

四：[甲]1912 門稍異。

雖：[宮]411 所說法。

隨：[宋][元][宮]1428 疑白如。

遂：[三]1443 驚怖走。

聽：[甲]1958 如是。

聽：[宮]416 經，[三][宮]743 耳，[聖]221 二聲意，[聖]1442 法已即。

同：[內]2286 其梵本，[甲][乙]2263，[甲]1512 其所得，[甲]1512 前二佛，[甲]1512 下地色，[甲]1828 分死等，[甲]1828 疑彼所，[明]2123 其義各，[乙]1822 應無漏，[乙]2254 舊解，[原]1856 於夢，[原]2271 彼世間，[原]2339 立此宗。

王：[聖]1 如來於。

文：[宮]1912 是已入，[甲]1735 上法故，[明]2108，[明]2154 然三寶，[三]2060 至如，[三][宮]2053 唯增悚，[三][宮]2104 者必當，[三][聖]210 學積聞，[三]2154 罕有其，[聖]1428 達多觸，[聖]2157 經一卷，[另]1428，[另]1428 陀羅達，[乙]1736 贍學通，[元][明]658 異字能。

問：[內]2164，[宮]760 經皆歡，[宮]310 孔，[宮]310 之生怖，[宮]1425 已自相，[宮]1509 上種種，[宮]1521 地相得，[宮]1703 此義至，[甲]、聞[甲]1781 答以，[甲]1728 諸法門，[甲]1778 大乘以，[甲]1512 言實有，[甲]1700，[甲]1724 慧依理，[甲]1733

義無折，[甲]1736 當念彼，[甲]1736 說法果，[甲]1775 也，[甲]1781 得佛國，[甲]1781 疾文殊，[甲]1795 菩薩行，[甲]1805 第六既，[甲]1816 有不宜，[甲]1816 證無相，[甲]1839 安立敵，[甲]2035 一律師，[甲]2187 仍，[甲]2261 對治法，[甲]2266 幾，[甲]2376 外道惡，[明]201 說如是，[明]125，[明]136 法，[明]316 垢雜染，[明]380 一時佛，[明]754 聖教曠，[明]1450 六師種，[明]1450 已命，[明]1521 復次是，[明]1554 異生無，[三]、間[宮]1505 涅槃教，[三]1582 正，[三]2122 鍾聲兼，[三][宮]338 者悉解，[三][宮]601，[三][宮]1545，[三][宮][甲]895 事畢即，[三][宮][聖][另]790 到，[三][宮][聖][另]790 高遠不，[三][宮][聖]224 怛薩阿，[三][宮][聖]419 阿彌陀，[三][宮][聖]1509 猶未足，[三][宮][乙]2087 可知，[三][宮]322 而說之，[三][宮]385 如來說，[三][宮]403 當頒，[三][宮]458 怛薩阿，[三][宮]458 之是何，[三][宮]606，[三][宮]639 不思議，[三][宮]649，[三][宮]657 諸佛，[三][宮]700 略說詎，[三][宮]760 經但當，[三][宮]810 無言是，[三][宮]1428 能說自，[三][宮]1443 是家人，[三][宮]1488 他罪莊，[三][宮]1488 樂論聞，[三][宮]1509 般若波，[三][宮]1509 惡口罵，[三][宮]1523 不爲，[三][宮]1545 說授，[三][宮]1546 已瞋恚，[三][宮]2060 不以，[三][宮]2060 難叙命，[三][宮]2121 之曰汝，

[三][宮]2122，[三][聖]1441 言不憶，[三][知]418 者不疑，[三]97 三，[三]99 世尊住，[三]99 已不知，[三]99 已往詣，[三]101 比丘色，[三]101 便爲人，[三]101 有道眞，[三]123 不知爲，[三]212 爾，[三]220 書寫受，[三]625 者，[三]1013 其義快，[三]1340 陀羅尼，[三]1427 而，[三]1549 以彼因，[三]1644 帝釋説，[三]2122 邊方道，[三]2122 經文説，[三]2122 曰姻，[三]2154 無本與，[聖]1537 密護根，[聖][甲]1723 等後彼，[聖]170 作瑕穢，[聖]189 者汝可，[聖]1509 般若波，[聖]1549 云何天，[聖]1763 耶正皆，[聖]2157 佛十四，[石]1509 帝釋深，[石]1509 之謂爲，[宋]101 佛報，[宋]1545 婆羅門，[宋][宮]310，[宋][宮]657 是法故，[宋][宮]1451 名者尼，[宋][宮]2060 西秦有，[宋][元]1011，[宋][元][宮]221 者皆非，[宋][元][宮]1464 當爲沙，[宋][元][宮]1521 問曰菩，[宋][元][宮]2060 遊歷篇，[宋][元]26 若如來，[宋]125 流聞四，[宋]186 世億姟，[宋]1341 已，[乙]1715 即釋上，[乙]2261，[乙]2391 此四大，[乙]2434 若謂離，[元]220 書寫受，[元][明]220，[元][明][另][石]1509 之故言，[元][明]626 怛薩阿，[元]172 香皆大，[元]2016，[原]2248 大小並，[原]1803 取捨如，[原]2208 深義緣，[知]418，[知]418 經大歡。

無：[明]293 一義觸，[明]1692 愧恥。

閑：[甲]2195，[甲]2300 之，[宋][元]2154 善通梵，[知]418 寂三昧。

閒：[宮]263 服佛法。

相：[甲]1828 自下明。

修：[三]194 心是福。

學：[明]418 是。

熏：[三][宮]1646 爲天花。

尋：[宮]2034。

言：[三][宮]2103 策係告，[乙]2261 聲時唯。

晏：[元][明]721 然而住。

仰：[乙][丙]2092 激電。

疑：[三][宮][另]1435。

以：[元][明][宮]374。

因：[甲][乙]1822 隨分解，[甲]1965 者在前，[甲]2266 隨順通，[聖]1763 聲而聞。

音：[三][宮]1521 聲中得。

應：[石]1509 是相佛，[原]1721 又如一。

用：[乙]2309 也基師，[乙]2391 此説云。

有：[明]2103 父有，[三]212 衆生解。

于：[三]152 隣國。

語：[三][宮]2122 已。

欲：[明]225 見之稍。

遇：[甲]1732 次三頌。

圓：[甲]1736 所成慧，[甲]2128 讜言顧。

緣：[甲][丙]2218 二乘，[甲][乙]1822 香。

則：[三]1440 鼓聲是。

之：[甲]1912 法華是，[乙]1816 故因此。

知：[明]2076 道真誦。

值：[三]362 我曹比。

自：[甲]1799 性於無。

作：[甲]2274 性因波，[甲]2274 性因既，[甲]2274 性因耶。

閔

關：[甲]2120 鄉里俗。

蝨

蚊：[三][宮]2122 虻比於，[三][宮]2122 虻毒螫。

刎

刹：[明]984 闍山王。

鑁：[丙]1056 十二阿。

扠

扠：[另]1435 鉢食諸。

挍：[聖]1475 面目。

教：[明]261 爲蛇所。

捫：[三][宮][聖]1428，[三][宮]1543 身言此，[三]1470 面目二，[三]1547 摸床同，[元][明]220 摩光明。

牧：[聖]1425 鉢此。

收：[三][宮]392 淚而止，[聖]663，[聖]1436 鉢食應，[另]1435 鉢食佛。

收：[聖]1423 鉢食應，[聖]1425 鉢食爲，[宋]、投[元][明]200。

吻

勿：[三][甲]1124 微一。

煦：[宋][明][宮]、照[元]2112 所詮寒。

穩

經：[三]2145 故仍前。

隱：[甲][乙]1929 道中行，[甲]1929，[甲]1929 故名停，[三][宮]2103 處安置。

隱：[甲]2001 全。

穩

隱：[甲]1828 修。

隱：[宮][甲]1799 前則世，[宮]1509 彼，[宮]1509 道，[宮]下同 1509 世間故，[甲][乙]2185 快樂，[甲]904 法者用，[甲]1220 悉雲集，[甲]1828 行攝行，[甲]2250 涅槃文，[甲]2266 義演不，[明]2131 於是世，[明]2131 亦不作，[三][宮]1451 棄唾水，[三][宮]1509 者菩，[三][宮]2053 并得觀，[三][乙]1092 三昧耶，[三]190 無有差，[三]2125 已然後，[乙]1238 寂靜令，[乙]1239 善男子。

種：[三]199 安得無。

汶

故：[甲]2400 能得諸。

岷：[元][明]2060 蜀脫落。

役：[三][宮]2060 中路逢。

問

阿：[宮]1459 婆羅門，[宮]2121，

[明]1428 房內何，[宋]2149 慧經第，[宋]721 凶頑不，[元][明]1435 如佛，[元]2125 難事若。

闇：[甲]2266 昧等心，[三]100 共住。

白：[三][宮]228 法上，[三][宮]1435 佛佛語，[聖]224 佛言持。

報：[三][聖]125。

不：[三]2123 於我。

參：[明]2076 馬祖如。

次：[宮]1509 欲使菩。

答：[宮]598，[甲][乙]2309 今舉真，[甲]2266 圓成實，[三]99 長者言，[三]1549 此非譬，[三][宮]565 曰賢者，[三][宮]1546 曰無處，[聖]1859 書已遠，[元]1425 言何道。

得：[乙]2309 無間定。

闍：[甲]2337 世王族。

對：[明]2060 曰既覿。

罰：[原]、罪[原]2196 祥皆取。

方：[甲]1736 若言方。

佛：[三][聖]1440。

復：[三][宮][聖]585 梵天其，[三][宮]810 天子不，[三][聖]1441 二比丘。

告：[甲]1736 比丘此。

閣：[甲]1512 即牒後，[甲]1512 上偈。

共：[明]1435 汝滿二。

固：[甲]1736 明賢首。

故：[甲]1736 云爲是，[明]810 以何信。

呵：[甲]2128 也。

何：[甲]1799 所依，[甲]1842，[甲]1863 定經二，[甲]2227 反合掌，[甲]2266 已說心，[元][明]1548 空定相，[元][明]1459 狀方還，[元]1579 生色界。

河：[明]721 錯。

間：[宮]657 如是行，[宮]1505 我有怨，[宮]1509 言如是，[宮]1536 言世尊，[宮]1540 謂除眼，[宮]1545 此器世，[宮]1646 異答異，[甲]1781 出也就，[甲]2266，[甲]2266 意云如，[甲][乙]1822 答論，[甲][乙]1822 上地無，[甲][乙]1822 少多，[甲]893 前後恒，[甲]1708 著味善，[甲]1723 文殊告，[甲]1724 始自，[甲]1733 於中初，[甲]1735 就如來，[甲]1735 明十地，[甲]1735 行在前，[甲]1750 白毫者，[甲]1805 誤心迷，[甲]1805 中必取，[甲]1816 非是餘，[甲]1828 故時時，[甲]1830 變易生，[甲]1830 之，[甲]1839 一因謂，[甲]1851 觀空斷，[甲]1998 以爲不，[甲]2015 難皆悉，[甲]2035 僧俗皆，[甲]2082 有，[甲]2217 耶但智，[甲]2219 名也又，[甲]2250 所以，[甲]2266 意頗有，[甲]2266 雜，[甲]2266 自說隨，[甲]2274 意，[甲]2339 八種皆，[甲]2339 即修前，[甲]2399 自然，[甲]2434 法相，[明][宮]1545 如是，[明]1428 言大德，[明]1545 多名身，[明]1545 輪王眼，[明]1545 亦爾有，[明]1546 曰若離，[明]1552 何故初，[明]1604 如是利，[明]2112 經宋文，[三][宮][甲]2053 有

一字，[三][宮][聖]1547 不，[三][宮]1506 從食所，[三][宮]1536 世是何，[三][宮]1546 者定初，[三][宮]2060 榛梗猛，[三][宮]2066，[三][宮]2122 投者並，[三][甲][乙][丙]1056 斷，[三]42 其人言，[三]985 道俗大，[三]2151 言美色，[聖]、[宮]1425 覆不覆，[聖]1425 亦如是，[聖]1509 菩薩發，[聖]2157 持經得，[宋][宮]1463 佛大小，[宋][元][宮]665，[宋][元]2061 重之如，[宋]2122 耆婆我，[乙]2261 相爲實，[乙]2394 師地弟，[乙]2408，[乙]2408 印也火，[元][明]335 禮事諸，[元][明]649，[元][明]1425 比丘住，[元]221 五陰是，[元]1442 主人應，[元]1602 學勝利，[元]2059 所從來，[原]1775 耳肇曰，[原]2006，[原]2408 看諸。

簡：[甲][乙]1822 多少是，[甲]1828 定心如，[甲]1924 在，[甲]2227 其地隨，[甲]2266 超一二，[甲]2271 何眞答。

教：[明]99 持，[三][宮]、門[另]1458 者若，[三][宮]1458 曲問。

皆：[原]920 悉一音。

迥：[甲]2068 著黃。

局：[乙]2249 天眼天。

句：[甲]2262 即惠解，[原]2264 答文。

覺：[明]293 海啓請。

開：[甲]1828 後第二，[甲]1828 後後對，[甲]1795 示，[甲]1828 後二正，[甲]1828 後後開，[甲]2035 無畏

三，[甲]2261 建立法，[甲]2298 轍而不，[甲]2299 此二門，[甲]2336，[明]2076 曰當斷，[明]但不明 170，[三]159 眞佛乘，[三][宮]1808 若有犯，[三]2060 義門既，[三]2106 解明年，[聖]1509 須菩提。

論：[明]2103 曰夫膏。

闇：[甲]2067 後不知，[三][宮]397 婁叉婆，[宋]2153 經一卷。

門：[宮][甲]1805 明之答，[宮]1552 具，[宮]2121 何以地，[宮]2122 吏言是，[宮]2122 言，[甲]1721 時節也，[甲]1830 不放逸，[甲]1830 故次説，[甲]1833，[甲]1887 如上所，[甲]2195 玄贊義，[甲]2339 以顯此，[甲][丙]1823 俱許無，[甲][乙]2263 略説三，[甲]1709 先陳果，[甲]1721，[甲]1736 以爲，[甲]1763 也若言，[甲]1781 也前既，[甲]1782 次鶩子，[甲]1805，[甲]1821 於八衆，[甲]1828 遍破隨，[甲]1828 但了，[甲]1828 得證眞，[甲]1828 廣辨第，[甲]1828 中七作，[甲]1830 觸依，[甲]1830 次答此，[甲]1830 返詰雖，[甲]1830 可知，[甲]1830 也，[甲]1830 有，[甲]1913 人曰聲，[甲]1928，[甲]2006，[甲]2128 也從言，[甲]2157 菩提經，[甲]2157 陀羅尼，[甲]2195 也，[甲]2250 有一增，[甲]2259 云眼耳，[甲]2261 起居安，[甲]2261 至年，[甲]2262 八七六，[甲]2266 起因如，[甲]2281 差別若，[甲]2290 曰下問，[甲]2299 中以中，[甲]2434 以能治，[明]1199 持明者，[明]

1548 斷一切，[明][宮]1545 何故名，[明]1 訊，[明]1299 學伎，[明]1340 是中何，[明]1443 實訶責，[明]1507 道人道，[明]1546 曰若爲，[明]2131 中一月，[三][宮]1545 數數分，[三][宮][別]397 三向中，[三][宮]381 句精進，[三][宮]585 也白曰，[三][宮]637 是爲三，[三][宮]1513 疑情遂，[三][宮]1523 以何，[三][宮]1536 何緣是，[三][宮]1545 由斯，[三][宮]1546 故作此，[三][宮]1548，[三][宮]1562 四者一，[三][宮]2048 求，[三][宮]2053 藉出至，[三][宮]2060 不，[三][宮]2060 二載薄，[三][宮]2060 侶蓋衆，[三][宮]2104 非夫契，[三]99 義即，[三]1340 菩薩行，[三]1341 印已若，[三]1506 可説三，[三]2145 竺道生，[聖][甲]1733 故攝十，[聖][另]1431 波逸提，[聖][另]1543 竟諸見，[聖]376，[聖]1442 苾芻曰，[聖]1562 三無色，[聖]1763，[聖]1763 答兩問，[聖]1763 乃驚以，[聖]1763 以爲寶，[聖]2034 經二卷，[聖]2157 除鬼病，[聖]2157 經一卷，[宋][元]1563 行者何，[宋][元][宮]2060 分析曾，[宋]1545 云何名，[宋]1550 彼幾行，[宋]2122 其故，[乙]1822 也但言，[乙]1866 眞如既，[乙]2249 同，[乙]2261 何故煩，[元]2016，[元][明]22 入無孔，[元][明]1536 何緣，[元][明]1545 定，[元]26，[原]1776 分別一，[原]1829 問解中，[知]384 佛言何。

悶：[丁]1831 即有，[甲]2266，[甲]2266 絶若餘，[甲]2266 由觸，[原]2408 閣〃〃。

夢：[三]2110 於莊周。

名：[宋][宮]269 佛何謂。

明：[甲]2035 身爲處，[甲]1821 不相應，[原]1829 施體。

難：[甲][乙]1822 大德也，[甲]2274 意，[三]375 何以故。

内：[甲]2270 曰聲無。

求：[聖]172 無。

關：[高]1668 觀止輪，[三][宮]2102 利競之。

人：[宮]616 諸樂願，[宋]、大[元][明]1435。

日：[聖]225 如是爲。

尚：[元]488 言寶授。

身：[甲]1816 之果隨。

聲：[元][明][宮]532 便即起。

時：[元]220 現在此。

是：[甲]1987 曹山作。

釋：[明]2122 論云。

受：[三][宮]263 經典。

順：[宮]1545 云何此。

説：[甲]2266 云何故，[三][宮][聖]1509 曰能如，[三][宮]1437，[聖]99 如世。

司：[丙]2120 道久沐。

所：[三]125 汝是何。

同：[丙]2218 歟明果，[宮]1579 集來乞，[甲]、同問[乙]1816 文中，[甲][乙]1822，[甲][乙]1822 不同名，[甲][乙]1822 等述可，[甲][乙]1822 短長，[甲][乙]1822 意以種，[甲][乙]

1822 於虛空，[甲][乙]2328 一佛性，[甲][乙]2396 餘教以，[甲]1700 次善現，[甲]1700 何故不，[甲]1719 故得以，[甲]1731 云，[甲]1733 本願釋，[甲]1816 佛位及，[甲]1816 勝時，[甲]1816 兄總，[甲]1816 亦不願，[甲]1828 即瞋不，[甲]1851 響應故，[甲]1929 曰何故，[甲]2244 道遇自，[甲]2266 二乘人，[甲]2299 而答云，[甲]2299 而諸草，[甲]2299 二云上，[甲]2299 即自答，[甲]2299 天天答，[甲]2305 若言竝，[甲]2317，[甲]2367 大意，[三][宮]1424 單白羯，[三][宮]2122 並欷稱，[聖]1454 主，[聖]1512，[聖]2157 相酬披，[宋][元]2041 不來之，[宋][元]1545 何故復，[乙]1871 顯示大，[乙]2218，[乙]1816，[乙]1821 總發，[乙]1822 餘，[乙]2249 時能造，[乙]2394 三事，[元]1340 如是修，[元][明]1571 世俗非，[元]1092 觀世音，[原]1764 佛性令，[原]1776 佛成就，[原]1282 之有何，[原]1829，[原]1840 似喻過，[原]1849，[原]2219 訓汝也，[原]2266 體，[原]2339，[原]2339 涅槃疏。

調：[宋][元]、網[明]、門[宮]2102。

謂：[甲]2035 曰十力，[三][宮][甲]2053 法師曰。

文：[甲]1816 答四果，[甲]2204 意即是。

聞：[宮][石]1509 住不住，[宮]223 菩薩，[宮]263 智慧吾，[宮]279

能說問，[宮]398 無放逸，[宮]486 諦聽諦，[宮]598，[宮]671，[宮]1421 言汝作，[宮]1559 云何世，[宮]1604 故問，[宮]2060 偏所顧，[宮]2103 緯玉則，[宮]2104，[宮]2123 鍾開覺，[甲][丙]2087 法教流，[甲][乙]2087 衆賢當，[甲]970 是事世，[甲]1512 何者，[甲]1718 如文二，[甲]1724，[甲]1735 但言觀，[甲]1782 說已亦，[甲]1816，[甲]1816 地前地，[甲]1816 又彼義，[甲]1816 自利利，[甲]1913 經漸名，[甲]1920 亦無得，[甲]1969 佛本是，[甲]2087 告諸臣，[甲]2087 咸來，[甲]2196 如是，[甲]2218 諸佛菩，[甲]2261 經，[甲]2339 法迴心，[甲]2748 其義趣，[明]220 此中甚，[明]1442 已即與，[明][宮]2060 飛移兼，[明][宮]2103 遠振常，[明]212 意故衆，[明]220 甚深義，[明]220 書寫，[明]220 書寫受，[明]225 聞之必，[明]261 此經觸，[明]310 已諸比，[明]379 我時阿，[明]585 何謂隨，[明]588 云何，[明]624 佛佗眞，[明]893 諸明王，[明]1545 鹽喻經，[明]1545 應一耳，[明]2076 遷化答，[明]2087，[明]2087 風範語，[明]2122 頻贈香，[明]2123 諸地獄，[三][宮]222 過去當，[三][宮]2060 開張衢，[三][宮]2060 轉高陳，[三][宮][聖]1462 三，[三][宮][聖]1509 是深般，[三][宮][聖]1549 不取彼，[三][宮][乙]2087 者驚骸，[三][宮]224 佛如是，[三][宮]234 仁即應，[三][宮]278 自遠而，[三]

[宮]294 清淨法，[三][宮]327 爲衣食，[三][宮]343，[三][宮]379 於眞理，[三][宮]384 說無盡，[三][宮]461 空正慧，[三][宮]606 於是頌，[三][宮]624，[三][宮]639 如法語，[三][宮]653 此事以，[三][宮]656 如來至，[三][宮]657 之法亦，[三][宮]744 求請佛，[三][宮]1421 汝等何，[三][宮]1425，[三][宮]1435 修妒，[三][宮]1451 是已告，[三][宮]1462，[三][宮]1489 文殊師，[三][宮]2040 乃因餘，[三][宮]2053 芳聲從，[三][宮]2059 今與家，[三][宮]2059 遣使并，[三][宮]2059 若，[三][宮]2060 陳隋唐，[三][宮]2060 加復器，[三][宮]2060 頻贈香，[三][宮]2060 深知神，[三][宮]2060 五湖馳，[三][宮]2060 依勅散，[三][宮]2060 於，[三][宮]2060 彰，[三][宮]2060 周遠及，[三][宮]2060 轉，[三][宮]2103 悲怛于，[三][宮]2103 令望察，[三][宮]2104 後皇妣，[三][宮]2121 之祇域，[三][宮]2122 復有，[三][宮]2122 其事時，[三][宮]2122 所由，[三][甲][乙]2087 遐被法，[三][甲][乙]2087 欲來論，[三][甲][乙]2087 諸土俗，[三][聖]26 已，[三][乙]2087 失墜虛，[三]1，[三]14 是便對，[三]22 諸外異，[三]26，[三]99 尊者阿，[三]125 法，[三]125 事因緣，[三]154 指示樹，[三]157，[三]212 何法輒，[三]212 一句之，[三]291 於此清，[三]292 慧決衆，[三]419，[三]985 西，[三]1340 如來教，[三]1348 甚深義，[三]2063 云誰，

[聖]221 我當於，[聖][石]1509，[聖]26 彼大衆，[聖]26 瞿曇此，[聖]225 曰闍士，[聖]397 如來如，[聖]1425，[聖]1425 言汝長，[聖]1435 能得者，[聖]1548 住一彈，[聖]1763 可得聞，[石]1509，[宋]、間[宮]656 可雖不，[宋]301 普，[宋][宮]2059 道八百，[宋][元]1428 此比丘，[宋]1340 於我帝，[乙]1709 經名後，[乙]1822 義故，[元][明][宮]1545，[元][明][聖][另]310 諸佛事，[元][明]99 經如是，[元][明]203，[元][明]223 是深，[元][明]272 法二者，[元][明]310 最勝願，[元][明]2145 長集，[原]2001 絕學謂，[原]2208 之生信，[原]2248 故曰如。

問：[丙]1002 皆答。

相：[宋][元][宮]1425 訊時不。

向：[丙]2163 法門則，[甲][乙]2390 明師何，[甲]1816 相應三，[甲]2068 汝，[甲]2261 緣色等，[三][宮]1432 彼言汝，[三]682 金剛藏，[聖]1733 下，[聖]2157 佛經同，[宋][宮]1435 曰何故，[宋]26 頂法及，[戊][己]2089 本配寺，[元][明]1566 如論偈。

言：[明]220 是心爲，[三]、[聖]375 以何義，[三][宮]382 文殊師，[三][宮]1425 汝實，[三][宮]1428，[三][聖]375 十住菩，[三]2060 曰時將，[元]374 佛皆默。

闍：[甲]1111 薩。

也：[甲]1792 佛本意。

以：[甲]1830 別境問，[乙]2328 即法相。

因：[甲]1816 何故不。

用：[乙]2263 之其座。

有：[聖]1435 若比丘。

又：[甲]1828 其身雖，[三]375 言如是。

語：[三][宮][聖]1428 守籠，[三][宮][聖]1428 言長老。

淵：[聖]2157 致衆咸。

緣：[宮]671。

遺：[甲]2036 那講主。

曰：[明]2076 到遮裏，[明]2076 請師別，[三][宮]585 云何梵，[三][聖]99 一説一。

閲：[宮][甲]1805 城大臣，[三][宮]2104 幽。

責：[三][宮]1458 輒便遮。

周：[宮]2059 經多明，[甲]2130 烌蜜多，[甲]2128 利此云，[三][宮][甲]2053 亦從寂，[乙]2157 録編爲。

諸：[宮]2121 晝夜。

鍐：[原]2409。

作：[三][乙]1092 皆答若。

周：[甲]2274 云此文。

搵

榲：[甲]997 陀那尼，[乙]913 三昧誦。

翁

父：[三][宮]2122 母並在。

公：[宮]2122 聲呼曰，[三]152 斗量賣，[三][宮]、[聖]1425 説偈言，[三][宮]2122 説偈言，[三][宮][石]

1509 而舞有，[三][宮]1425 阿母阿，[三][宮]1425 及和上，[三][宮]1425 時諸小，[三][宮]1425 頭，[三][宮]1463 羊爲陀，[三][宮]2121 不達道，[三][宮]2122，[三][宮]2122 當命過，[三][宮]2122 可百餘，[三][宮]2122 身，[三][宮]2122 問云，[三][聖]211 不達道，[三]171 頭白如，[三]211 命不終，[聖][另]790 生，[聖][另]1442 便伺人，[宋][元][宮]、父[明]2123 聲復是。

鳥：[三][宮]2122 説偈言。

蕰：[元][明]2121。

勎

徹：[三][宮]2059 幽凝提。

瓮

瓮：[甲][乙]2296 亦應分，[三][宮]1425 頭印，[三][宮]1451 齒木澡，[宋][元][宮]1602 若言亦，[元][乙]、盆[甲]901 中總相。

盆：[宮]1462 骨以下，[甲]1333 受五，[三][宮]1442 在處安，[三][宮]2121 中酒，[聖]613 乃至大，[元][甲]901 即取壇。

盐：[三][甲]901 用柳枝。

瓦：[三][宮]1425 瓶器物，[乙]2092 之影恒。

甇：[三][宮]721 金師因。

甕：[丙]2092 百餘口，[宮]1425 上著器，[宮]1435 却瓨滅，[三][宮]1425 先，[三][宮]1442 瓶，[三][宮]2121，[三]25 觸象項，[三]25 鐵瓮鐵，

[乙][丙]2092 注屠兒，[乙]2092 子人皆。

瓨：[三][宮]1428，[三][宮]1428 著上開，[三][宮]1435 瓮中。

甕

盆：[宋][宮]2121 八銀。

瓮：[宮]2121 中鬼聞，[聖]375 其觸尾，[宋][元]1092 瓶鉢一。

瓨：[三][宮]1428 中。

壅：[明]1435 草木皮。

甖：[三][宮]1442 聲蓬聲。

鼳

蝛：[宮]263 不瘕不。

倭

和：[甲]2207 名乎能，[乙]2207 名曰爾。

佞：[甲]2207 也曲。

挼

挼：[三][宮]1458 令碎投，[三]1482 四不觸。

撾

棒：[三]211 繫著象。

鞭：[三]201 打飢渴。

摘：[三][甲]1039 子上山。

柾：[三]211 杖良善。

摘：[宋]152 搥。

踒

傴：[三][宮]2123 僂人。

我

阿：[原]1890 藍伽藍。

愛：[甲]2814 等執故。

白：[甲]2255 象降神。

般：[甲]2300 涅槃後。

彼：[甲]1709 資具此，[甲]1958 國者莫，[甲]2274 失，[明]708 有無有，[三][宮]1425 穿牆間，[三][宮]1509 彼以爲。

表：[甲]1736 慢愛有。

病：[甲]1781 本。

不：[三]50 住不無，[三]1633 是難則。

常：[三][宮]1462 因此觀，[三]375 等觀。

成：[甲][乙]1822 畢竟無，[甲]1735 義矣四，[三][宮]272 佛國土，[三]299 等過，[三]1566，[宋]1191 今說最，[元][明]628 誠心敬，[元][明]1562 畢竟無，[元]375 於爾時，[原]1851 實，[原]2271 立遠。

乘：[甲]、學[甲]2261 一師何，[甲][乙]1821，[甲][乙]1822 便別諍，[甲][乙]2309 者依一，[甲]2219 不可得，[甲]2273 不立極，[甲]2317 次執我，[甲]2401 之釋，[三]273 何況沙，[乙]2190 顯云聞，[原]1859 我即，[原]2216 之釋種。

持：[宮]847 令法種。

初：[乙]2393 今爲汝。

此：[宮]2045 作兒兼，[甲]2195 旣。

從：[甲]2128 也顧野。

大：[三][宮]536 無。

但：[三][宮]、我但[聖]606。

得：[宮]1662 一切福，[三][宮][西]665 見解我。

地：[元][明]1425 某甲和。

等：[三]585，[原]、及[原]、為[原]、一[甲]1203 一。

定：[甲]2266 法愛等。

俄：[甲]2036 病頭風，[甲]2039 埋此處。

誐：[甲][乙]1037。

鵝：[明]1648 鳥。

耳：[三][宮]2121 獼猴見。

二：[甲]2266 分釋所。

發：[乙]2192 是中。

法：[甲][乙]2261 我所，[甲]2261，[聖]1512 法故也。

非：[三]99 不隨時。

飛：[聖]、一[三]125 在舍衞。

風：[甲]1828 性我亦。

夫：[元][明]2122 作於婦。

佛：[宮]402 我是彼，[三]220 戒蘊，[三][宮]1435 結同戒，[另]1428 法中能，[宋][元][宮]2121 言大王，[宋]374 言彼婦，[乙]2263 意也今，[元][明][宮]397 說無量，[元][明]656 言世人，[元]453 所，[元]2123 如是說。

復：[三]26 更有五。

根：[乙]2218 耶是能。

宮：[元]191 宮中來。

故：[甲][乙]1822 及色違，[三][宮]1809。

好：[三][宮]2121 婦兒。

何：[宮]1646 因故苦，[甲]2266 義故入，[三][宮]2122 物應問。

和：[甲][乙]2194 師呼和，[元][明]1331 沙。

後：[三][宮]1566 亦不違。

華：[甲]1846 說三界。

或：[甲][乙]1250 心眞言，[甲][乙]1821 約此說，[甲]1816 所化衆，[甲]1816 執別，[甲]1828 隨行時，[甲]2262 無分別，[明]375 若惡心，[三][宮]2123 以惡業，[三][宮]479 未來諸，[三][宮]2122 萬一自，[聖]953 來為令，[另]1509 等著何，[石][高]1668 非外道，[宋]、[元][明][宮]224 無所畏，[宋][元]125 弟子中，[原]2408 以此法。

惑：[甲]1698 三事即，[三]56 彼言。

及：[元][明]309 人壽命。

即：[三]375 復語言，[另]1428 語夫言。

已：[三][宮][聖]376 及衆生，[三][宮]1581 者則以。

家：[甲]2217 云神作，[三][宮]1442 出俗為，[原]2271 相違因。

假：[三][宮]1425 令汝得。

見：[三][宮]606 如毛塵，[三]1 受戒受。

戒：[宮]1551 已先說，[宮]1808 不讀歎，[甲]1811 故四示，[甲]1828 所引戒，[甲]2266 品云犢，[三]203 信因緣，[三][宮]270 名比丘，[三][宮]

397 正法能，[三]24 其頂生，[三]721 入受樂，[三]1441 衆多作，[聖]1429 等喜樂，[宋]220 所無常，[乙]2263 所緣互，[乙]2381 白諸佛，[乙]2381 所得當，[元][明]26 説想多，[元][明]204 一切空，[原]1775 也法中。

今：[甲]2337 爲此時，[三][宮]657 世尊説，[三][宮]754 能令汝，[三][宮]1425 欲報恩，[三]203 向所以，[聖]99 皆悉已，[聖]1421 等當云。

敬：[乙]2408 禮敬禮。

空：[甲]1736 次。

來：[三]643 滅後欲。

禮：[三]26 足。

利：[三][宮][聖][另]310 益世間，[聖]1421 縫成諸，[元][明]310 或復證。

漏：[原]2271 法而爲。

秘：[甲]1724 成佛來。

滅：[宮][聖]1462 法中慎，[明]1646 語取是，[石]1509 心故當。

民：[宋]1521 如法求。

能：[明]397 以清淨，[聖]190 我衆智，[聖]1442 施半兩。

寧：[宋]197 見乃當。

哦：[甲]1065 羅我。

其：[甲]2075 髓，[明]397 眷屬，[三][宮]385 屈伸時，[三]192 命。

祇：[三][宮]1507 戲言相。

前：[明]1442 所制不。

強：[三]192 弓智慧。

求：[三]1082 最勝驗。

然：[甲]2217 而有不，[三][宮]

606 本空無。

嬈：[三][宮]2121 狗而。

人：[三][宮]1425 者汝可，[三][宮]1451 等不。

戎：[宋]1571 在爲燎。

如：[宮]310 今不求，[聖]26，[宋]383 來此不。

汝：[甲]2274 執言簡，[三]1568 今説空，[三][宮]666 身是彼，[三][宮]1428 作如是，[三][宮]2058 之左眼，[三][宮]2122 邊佛告，[聖][另]1435 一如與，[聖]178 現至誠。

入：[甲]2261 我所及。

若：[明]1650 處。

殺：[明]120 於無量。

身：[三][宮]414 非陰生，[石]1509 何以故，[宋][宮]1509 見實有。

神：[三][宮][石]1509 復次是，[另]1509 不可得。

生：[元][明]397 忍於。

施：[甲]1700 者有其。

食：[聖]1488 時。

時：[三]99 有我。

實：[甲]2266 性，[元][明]374 若法是。

識：[宮]1585 法二見，[甲]2266 等五支，[甲]2266，[甲]2266 故名根，[原]2264 等五支。

氏：[甲]2266 謂族類。

是：[宮]1435 邊莫別，[明]158 今日捨，[明]333 長夜，[三][宮][聖]625 等説所。

釋：[甲]1512 此土安。

手：[三][宮]374 足清淨，[三][宮]1648 常施與，[三][宮]2122 五拘。

水：[三][宮]638 不得前。

説：[甲][乙]2186 法也毘。

四：[甲]1929 顛倒是。

俗：[甲]1736 下解妨。

所：[三][宮]309 從來處。

體：[原]2271。

天：[甲]2261 魔所。

外：[明]225 無宜坐。

王：[宮]1670 意當，[三][宮]2122 心自非，[三]190 言大王，[三]212 太子女。

忘：[三][宮]270 失來久。

爲：[宋][宮]223 得大利。

吾：[宮]2058 前行尋，[明]125 貫針，[明]152，[明]397 曹教，[明]624，[明]629 等欲共，[明]2076 道不從，[三][宮]1489 少説，[三][宮][聖]376 般泥洹，[三][宮]534 等毀辱，[三][宮]606 治罪衆，[三][宮]1421，[三][宮]1421 宣此意，[三][宮]2121 不堪任，[三]125 有法作，[三]152 身是四，[三]152 身是也，[三]172 語卿知，[三]185 受此厄，[三]1331 當將護，[宋][元]2047 前行答，[乙]2092 共叙哀。

無：[甲]1828 常者此，[原]1768 常果。

物：[宋][元][宮]1451。

悟：[宋]161 自還。

咸：[明]293 皆親近。

相：[甲]2262 亡四不，[乙]1796 耶對如。

校：[甲]1973 此身從。

形：[元][明]656 以無我。

性：[甲]2018 執或亡。

崖：[甲]1775 謂之耳。

依：[三][宮]1611 此所説。

宜：[三][宮]2060 偏敬其。

儀：[明]633 醜陋人。

已：[三][宮]1451 當施與。

義：[甲][乙]1736 經中説，[甲][乙]1822 常住實，[甲][乙]1822 即是無，[甲]1782 不可屈，[甲]1816 曾，[甲]1828 根，[甲]1828 所發言，[甲]1828 應無所，[甲]2266 者佛果，[甲]2269 識者猶，[甲]2270 爲眞我，[甲]2274 皆名自，[甲]2281 豈呼非，[甲]2305 故，[明][宮]1602，[明]212 無著，[明]1515 如來藏，[明]1603，[三][宮]650 者我是，[三]20 非我而，[聖]1723，[宋][宮][聖]1585，[乙]1816 唯能斷，[乙]1822 也指同，[乙]2408 唯供，[元][明]2145 之在己，[原]2271 應。

議：[宋][宮]、義[元][明]721 名爲空。

用：[甲][知]1785 若併是。

猶：[宋]26 爲諸年。

有：[三]202 幾時住，[三]375 入出諸。

於：[宮]1428 如是見，[宮]1521 中有陰，[宮]2122 今忽來，[甲]1736 我等中，[甲]1816 不在内，[三]201 信故現，[三][宮]1579 他所，[三]100 家中事。

願：[三]1579 無常苦。

樂：[乙]2309 無量我。

云：[甲]2249 恒於自。

哉：[甲]1709 今，[明]497 受不摩，[明]885 法等金，[明]885 自在相，[三]152 斷我繫，[三]205，[三]362 助汝曹，[聖]178 布施與，[宋][宮]322 空爲居，[乙]2157 生人伏。

在：[三][宮]2121 在所生。

者：[宮]310，[甲]1254 之手作，[三][宮][另]1435 我等便，[聖]223 具足四，[乙]1821 據此説。

之：[甲]1778 齊，[三]1339 想自陳。

執：[甲]2270 生五唯。

中：[三][宮]494 諸弟子。

衆：[宋]26 等衆多，[元]223 見。

諸：[三][宮]657 癡冥法。

自：[三][宮]1425 得是法。

沃

惡：[宮]1577 焦吞。

波：[聖]279 田彼有，[宋]1092，[宋]1092 身心清。

減：[宮]644 燋山故。

淚：[乙]2157 宿誠廢。

沒：[宋][元]193 使悦。

默：[甲]2207 焦萬流。

妖：[三]193 咒惑菩。

湲：[宋][宮]381 自然爲。

臥

床：[元][明][宮]374 離生死。

墮：[宋]374 非起非。

敷：[明]1454 具若坐，[三][宮]1458 具咸應，[三]201 者，[聖]1428 具諸居。

呵：[聖]1470 五者欲。

即：[宮]2060 床枕失。

具：[明]125 及所安。

眠：[三][宮]397 不安九，[三][宮][聖]1425 説高床，[三][宮]1425 我獨爲，[三][宮]2058 我當經，[三][宮]2122 處足知，[三]99，[三]100 厭，[乙]2391。

滅：[甲]1828 名坐以。

仆：[元]2122 耶輸陀。

起：[三]211 呻吟恒。

棄：[明]375 灰土棘。

虯：[三][宮]2060 龍魚水。

褥：[三]226 醫藥悉。

師：[甲]2087 傍有窣。

堅：[原]2248 次第量。

睡：[三][宮]1435 聞人聲。

宿：[三][宮]1458 事不寂。

行：[元]263。

狀：[聖]1475 不得教。

作：[三]98 具。

坐：[三][宮]1428 具宿十，[聖]1421 空中如，[宋]125 梵志當。

座：[三][宮]1428 具佛言，[三]125 備具是，[宋]374 其床兩。

偓

齷：[三][宮]2060。

握

出：[宋]、掘[元]2103 伸之隨。

掘：[宮]2060 手忽然，[甲]1912 摩善哉，[甲][乙]2385，[甲][乙]2392 右大指，[甲]861 右手，[甲]1030，[甲]1200 大指爲，[甲]2035 之得金，[甲]2053 極而撫，[甲]2391 而指，[甲]2400 或云慈，[甲]2400 力之端，[明][聖]1441 搦不出，[宋][甲]1069 大指爲，[宋][元][宮]2122 之珍，[乙]1239 四指仍。

攟：[甲]1782 故遊貧。

捻：[三][乙]1092 大。

屈：[丙]1222 即成，[甲]、掘[乙]966 爲拳地，[甲][乙]2385 左母指，[甲][乙]2390 空指直，[三][宮]2122 節，[乙]2391 合名。

振：[宋][宮][甲][乙]、扼[元][明][丁]866 腕。

挃：[三]186 十三正。

幄

握：[宋][宮]、幄[元][明]2122 籌計利。

帳：[三][宮]2103 之策欲。

渥

泥：[宋][宮]1509 所獲必，[原]、[甲]1744 合時可。

涯：[甲]2214 恐不當。

注：[宮]397 毘婆車。

齷

握：[三][宮]2122 齷齪。

圬

治：[三]、汙[聖]1 此非三。

污

行：[甲]2290 分於此。

巫

筮：[三][宮]2041 卜或因，[三]2145 師。

誣：[宋][元]2103 臣諫。

覡：[甲]1912 謂陰神。

座：[宋][宮]2059 師對曰。

汚

淬：[三][宮]1549 沙彼以。

誇：[三][宮]2060 拙羨巧，[三][宮]2122 拙羨巧，[三]150 念墮非。

潦：[甲]2036 擬廣於。

染：[三][宮]2121 猶水精。

污：[三][宮]606 視其骨，[三][宮]2121 泥土沙，[三][宮]2121 豈可於，[三][宮]2122，[三]2145 心猶鏡。

屋

癡：[甲]2261 宅衆人。

房：[宮]1425 隨事應，[甲]2254 室等，[三][宮]1421 牽出，[三][宮]1810 宿七在，[三][宮]2121，[聖]1428 無主自，[乙]2092 相望衣。

富：[宮][知]1581 宅未住。

居：[甲]2317 恒，[萬]26 舍及床，

[知]384 舍非材。

空：[三]1528 與花二。

窘：[甲]1276 宅被火，[乙]2393 上竝。

衾：[三][宮][甲]2053 可坐千。

尼：[宮]2122 中穢物。

屏：[宮]1435 蓋藏各。

屈：[甲]974 四面懸，[明][甲][乙]1276 蔓草和，[宋][宮]2122 山修習。

室：[丙]1202，[甲]2195 宅金銀，[三][宮]263 宅若在，[三][宮]381 作行則，[三]5 舍車乘，[三]945，[三]2060 相望索，[聖][另]1463 上是名，[元][明]1462 如是三。

沃：[甲]1000 計引。

星：[三][宮]2122 祠果乘，[乙]2408 光者一。

崖：[三][宮]2029 不能自。

衣：[乙]2092 隨逐。

有：[甲]2068 覆其。

宅：[三]1331 之中。

之：[三]375 宅。

至：[三][宮]1432 上覆蓋，[宋]2085 字嚴麗。

座：[甲]2250 簷下即。

烏

島：[甲]2128 學反詩。

呼：[三]1332 吐。

馬：[聖]1428 烏時諸，[宋][元][宮]2103 去風路。

鳴：[甲][乙]2174 瑟尼沙，[明]1336 奴破三，[三][甲]1007 唵二合，[三]2122 呼那須。

鳥：[宮]387 角鵄同，[宮]721 鵄雕鷲，[宮]2058 爾時尊，[甲]1806 雀比，[甲]2128 悔反不，[甲]1178 蘇，[甲]1799 玄皆了，[甲]1912 隨啄吞，[甲]2035 盧博迦，[甲]2128 蓋反梵，[甲]2128 骨反下，[甲]2128 瓜反説，[甲]2128 郭璞曰，[甲]2128 侯反説，[甲]2128 迴反考，[甲]2128 喙也經，[甲]2128 見反者，[甲]2128 沒反舊，[甲]2128 育，[甲]2129 耕反下，[甲]2129 公反蝪，[甲]2129 加反切，[甲]2129 絞反今，[甲]2129 外反謂，[甲]2266 或，[甲]下同 2129 見反又，[甲]下同 2128 固反顧，[甲]下同 2129 定反切，[明]99 欲來食，[明]721，[明]721 十，[明]721 有金剛，[明]1425 逐鳴諸，[明]1442 飛騰而，[明]1521 鵲鴟梟，[明]1549 鷲呪降，[明]1562 莫迦，[明]1644 鵄鵰鷲，[明]1690 常懷諸，[明]2076 銜一紅，[明]2103 猶未翔，[三][宮][聖]1452 從空飛，[三][宮]397 一，[三][宮]427 鳴，[三][宮]721，[三][宮]721 食，[三][宮]1425 無來，[三][宮]1486，[三][宮]1509 鷲野干，[三][宮]1509 挑其眼，[三][宮]1546 等是也，[三][宮]2104 鵲亦有，[三][宮]2104 吻噬終，[三][宮]2123 至知友，[三][宮]下同 2123 飛來，[三][聖]125 鵲，[三][聖]125 鵲鴻鵠，[三]375 競逐，[三]607 八七日，[三]607 鵲衆鳥，[三]987 不羅利，[三]

2149 王經或，[宋][宮]310 蠅蛻，[宋]
[宮]1509 逐之貧，[宋][宮]2122，[宋]
[宮]2122 語云急，[宋][明]311 而生
迦，[宋][明]1170 摩女天，[宋]26 以
毛嚴，[宋]1336 乾吒，[宋]2151，[宋]
2151 事經一，[乙][丙]2092 場，[乙]
2092 頭，[乙]2394 及狐竝，[元][宮]
721 鶖雕鷔，[元][明][宮]2123 中來，
[元][明]2122 金盤代，[元][明]2122
鵲狐。

鄔：[明]1450 陀夷見。

爲：[甲]2129 皎，[乙]1796 陀那
是。

鄔：[三][宮]2053 闍衍那，[三]
220 波，[乙]1821 波婆沙。

鳴：[三][宮]2060 咽由斯。

隖：[甲]1700 波索迦，[三][甲]
1080 波難馱。

塢：[甲][丁]2244 跋末娜。

象：[宮]1509，[三]201 越鞈。

梟：[三][宮]721 鶖狐狗。

寫：[甲]1304 名位設。

焉：[宮]731 卑次草，[宮]2060
耆已西，[甲]2035 見理欲，[甲]2089
耆國，[三][宮]2060 迴後，[三][宮]
2103 善，[三][宮]2112 有夫葬，[三]
2121 爲斯語，[三]2152，[聖]2157 耆
摩，[宋][宮]2060 合心性，[宋]2059
合纂有。

油：[甲]951 麻各皆。

淤：[元][明]、象[聖]99 泥中大。

斅：[三][宮]397 多羅僧。

鄔

那：[明]1450 波離足。

嘔：[甲]1821 陀南此。

烏：[甲][乙]2087 波毱多，[甲]
[乙]2087 波鑒阿，[三][乙]1075，[宋]
[元][宮]1545 波索，[宋]1103 波斯迦，
[宋]1442 波難陀。

隖：[甲]850 姹。

鳴

鳴：[宮]2025，[宮]2122 亦鳥也，
[甲]1178 呼深可，[甲]1333 處呪之，
[甲]2128 噎，[甲]2128 噎上屋，[明]
162 呼嗟歎，[明]383 呼苦哉，[明]1425
若，[明]1435 說邪語，[三][宮]1425 徹
好面，[三][宮]1509 呼得母，[三]440
闍光明，[聖]1451 呼此，[宋][元]205
呼。

舐：[三][甲][乙]2087 足摩踵。

鳥：[甲][乙]901 樞沙摩，[三][丙]
1211，[三]1332 暌暌暌，[三]1335 呵
羅地。

誣

經：[宮]2108 佛法遂。

誑：[甲]1512 聖言故。

謀：[三][宮]2122 爲廢立，[宋]
[元][宮]2122 謗。

輕：[宮]2103 謗之甚，[甲]2787
言犯之，[聖]210 罔人清。

訴：[三]211 應當得。

誤：[甲]1708 聲七深。

謠：[三][宮]2060 自滅總。

鎢

鎢：[甲]2128 銷音。

无

天：[宋]、夫[元][明][宮][甲][乙][丙][丁]866 我反袪。

先：[甲]2261 表。

元：[甲]2255 康明云。

毋

母：[宋]1272 娑多藥。

王：[三]211 哀愍別。

無：[明]2122 傷也此。

吾

彼：[甲]1909 我同善，[甲][乙]1909 我心生，[甲]1909 我故好，[乙]1909 我心生。

告：[宋]196 欲從兄。

今：[三]156 當爲王。

苦：[甲]1731，[甲]1969 覆多矣。

立：[三][宮][聖]481 以轉法。

菩：[明]2121 本不強，[宋]196 佛名汝。

善：[宮]784 以四等，[甲]1782 行次四，[甲]2036 弗得而，[明]2110 所聞也，[三]184 自當之。

身：[三]474 是也。

王：[甲]2035 同坐吾。

文：[甲]2035 今所有。

我：[甲]2036 鄉羽衣，[甲]2036

而，[甲]2286 朋愍，[明]152 裸之重，[明]152 身，[明]153 於處處，[明]172 本非奴，[明]314 今説，[明]314 今問汝，[明]627 今尋後，[明]821 當少，[明]1435 欲使水，[明]2076 莫識此，[明]2123 齎去著，[明]2123 是鬼中，[明]2154 若著筆，[三][流]360 於此世，[三]154 等悉見，[三]220，[三][宮]544 爲王以，[三][宮]745 不能答，[三][宮]263 説之一，[三][宮]606 不久爲，[三][宮]810 身又彼，[三]159 今爲汝，[三]184 本願成，[三]186 終不起，[三]187 今看樹，[三]196 身何如，[原]2431 身相傳。

無：[三][宮]221 我亦不。

五：[宮]396 道五十，[甲][乙]2070，[甲]2036 祖出入，[明]384 曾作畢，[明]398 等，[三][宮]627 眼不淨，[三][宮]671 則以現，[三][宮]1545 左右不，[三][宮]2102 已有所，[三][宮]2122 所欲，[三][宮]2122 姊以，[三]193 分壽捨，[三]2112 書者喪，[聖]1509 我心故，[聖]225 受，[聖]481 我，[聖]1509 我心及，[另]1721 子者，[乙]1709 濁轉增，[元]186 不貪欲，[元]2016 百歲非。

言：[三][宮]582 日三浴。

與：[三][宮]397 今所説。

欲：[聖]125。

珠：[三]2121 糞可施。

吳

昊：[甲]2120 遊巖至。

商：[三][宮]2103 太。

唐：[三]2150 孫氏傳。

矣：[宋][元]2059，[元]2059。

異：[甲][乙][丁]2092 國沙門，[乙][丙]2777 本云爲。

戻：[甲]2128 月盈則。

炙：[三][宮]2103 兩娛心。

足：[明]2034 録及三。

梧

桐：[三]2059 表於房。

枳：[甲]2196 羅此云。

無

八：[聖][另]1543 道種未。

拜：[甲]2266 約法士。

被：[元][明]159 瞋無報。

必：[甲][乙]2263 起身識，[甲]2195 觀音不。

辨：[甲]2255 之。

并：[甲]2266 間二道，[甲]2250 想天者。

並：[甲][乙]2250 是婆沙，[甲]2266 據論語。

不：[博]262 擯出，[宮][聖]1595 異亦無，[宮][知]266 有漏，[宮]223 色非可，[宮]227 受則非，[宮]278，[宮]278 所染著，[宮]374 貪著，[宮]397 增減即，[宮]603 色，[宮]810，[宮]810 雙無，[宮]1505 結也世，[宮]1506 福不動，[宮]1509 能動無，[宮]1646 知見亦，[宮]2103 德不報，[宮]2121 愛以，[宮]2121 欲無求，[甲]、

無[甲]1782 生故此，[甲]1735 可説耶，[甲]1795 違，[甲]1973 盡謂之，[甲]2255 生等者，[甲][乙][丙]2249 能演説，[甲][乙]1821 明利故，[甲][乙]1822 攝，[甲][乙]1822 誤失得，[甲][乙]1866 二之，[甲][乙]2263 如第八，[甲][乙]2263 順因義，[甲][乙]2391，[甲][乙]2404 生理，[甲]1000，[甲]1203 動尊安，[甲]1705 二方便，[甲]1731 礙淨，[甲]1733 礙中初，[甲]1733 倒八念，[甲]1735 殊一示，[甲]1736 二，[甲]1763 變，[甲]1763 惑不除，[甲]1763 可救因，[甲]1775，[甲]1775 盡無闕，[甲]1775 深大則，[甲]1775 生滅菩，[甲]1775 心故平，[甲]1775 諍善業，[甲]1786 染，[甲]1804，[甲]1816 住經文，[甲]1911 成今亦，[甲]1911 見覺云，[甲]1922 異故有，[甲]1922 證憐愍，[甲]2075 顛倒是，[甲]2191 識，[甲]2195 喻門外，[甲]2211 斷行方，[甲]2217 應怖而，[甲]2253 退墮法，[甲]2255 及一今，[甲]2255 見與可，[甲]2255 染而染，[甲]2274 別者疏，[甲]2339 常不異，[甲]2410 間斷等，[甲]2837 取相此，[別]397 依句是，[明]220 退屈不，[明]212 想著，[明]220 退屈不，[明]225 敗無不，[明]225 忘守眞，[明]229 破壞無，[明]293 退，[明]310 迷惑，[明]318 著漏盡，[明]352 清淨自，[明]504 聽施言，[明]586 動業，[明]660 違越唯，[明]1428 犯者最，[明]2076 能知無，[明]2076 語保福，[明]2087 止，[明]

2121 嫌妬神，[三]、一[宮]1435 先作，
[三]220 執著，[三]1340 可説，[三]
1582 礙菩薩，[三][宮]309 強梁不，
[三][宮]647 滅亦無，[三][宮]1435 犯
波羅，[三][宮]1521 淨，[三][宮]1545
染心慚，[三][宮]1595 瞋欲即，[三]
[宮][聖][另]1543 淨想退，[三][宮]
[聖]279 高下求，[三][宮][聖]376 勤
方便，[三][宮][聖]410 行陰界，[三]
[宮][聖]425 願之法，[三][宮][聖]703
所索言，[三][宮][聖]1428 疑便言，
[三][宮][聖]1429 病不得，[三][宮]
[聖]1435 犯何以，[三][宮][聖]1451 暇
親近，[三][宮][聖]1509，[三][宮][知]
598 著水不，[三][宮]221 住，[三][宮]
222 求此二，[三][宮]223 滅即是，
[三][宮]223 生須菩，[三][宮]227 驚
怖，[三][宮]227 畏有來，[三][宮]231
毀言如，[三][宮]263 缺減東，[三][宮]
278 盡法門，[三][宮]292 憍慢三，[三]
[宮]309 限衆生，[三][宮]325 疲倦覺，
[三][宮]338 有實其，[三][宮]397 瞋
打我，[三][宮]397 慢受苦，[三][宮]
397 增知道，[三][宮]403 增減，[三]
[宮]411 暫廢如，[三][宮]414 離見佛，
[三][宮]425 傳世俗，[三][宮]433 學
聲聞，[三][宮]481 合不，[三][宮]481
慕家出，[三][宮]571 生不終，[三][宮]
585 忘失一，[三][宮]586 異時四，[三]
[宮]588 恐懼何，[三][宮]606 安隱如，
[三][宮]606 倚無色，[三][宮]624 定
無所，[三][宮]625 傾動住，[三][宮]
626 所緣亦，[三][宮]627 念行一，[三]

[宮]653 記我以，[三][宮]653 異於意，
[三][宮]670 生無自，[三][宮]810 遠
無，[三][宮]810 願之法，[三][宮]813
堅固想，[三][宮]813 明達亦，[三][宮]
1425 病，[三][宮]1428 若言無，[三]
[宮]1435 犯九事，[三][宮]1488 義可
受，[三][宮]1489 觀菩，[三][宮]1509
錯謬法，[三][宮]1509 實不生，[三]
[宮]1509 因是虛，[三][宮]1509 雜毒，
[三][宮]1509 著故得，[三][宮]1521 行
不捨，[三][宮]1521 作一有，[三][宮]
1543 斷答曰，[三][宮]1546 能如法，
[三][宮]1546 繫或是，[三][宮]1547 説
樂諦，[三][宮]1604 退者不，[三][宮]
1611 分別是，[三][宮]1633，[三][宮]
1646 貪則不，[三][宮]1647 異由火，
[三][宮]2060 聲與食，[三][宮]2060 異
後疾，[三][宮]2104 妨臣等，[三][宮]
2104 羨於短，[三][宮]2108 宜設禮，
[三][宮]2122 比丘食，[三][宮]2122
倦，[三][甲][乙]2087 挍輕重，[三][聖]
125 充財貨，[三][聖]361 自羞慚，[三]
[聖]375，[三]99 能害我，[三]125 錯
亂彼，[三]125 犯戒無，[三]125 乞，
[三]125 違失漸，[三]125 畏怖已，[三]
125 厭，[三]125 疑難唯，[三]125 由
行盡，[三]157 悔恨，[三]157 受戒毀，
[三]170 起瞋恚，[三]185 念善者，[三]
185 死法垂，[三]186 明，[三]186 色
九神，[三]186 虛妄三，[三]192 憂亦
無，[三]194，[三]201 惱爲我，[三]202
退縮亦，[三]203 善語六，[三]220 猶
豫是，[三]264 懈惓，[三]268 堅固，

[三]291 滅處眞，[三]291 清，[三]322
色界恐，[三]374 放逸是，[三]374 貪
著不，[三]375 變如來，[三]375 遮，
[三]474 明與恩，[三]481 合有法，[三]
643 傾搖觀，[三]1011 得，[三]1331
定夜臥，[三]1335 虛妄若，[三]1485
二，[三]1485 二一合，[三]1532 可，
[三]1564 縛亦無，[三]1564 有何，[三]
1564 作作時，[聖]1539 學心亦，[聖]
[甲]1733 窮盡也，[聖][另]1435 難道
路，[聖][另]1543 悔，[聖]26 施無施，
[聖]157 畏有樂，[聖]170 敬多貪，[聖]
200 有厭足，[聖]223，[聖]223 起無，
[聖]272 有一切，[聖]397 堅牢無，[聖]
397 有怨不，[聖]475 動如來，[聖]586
垢性不，[聖]790 不，[聖]1425 病，
[聖]1428 蟲見蟲，[聖]1428 犯而不，
[聖]1428 犯者最，[聖]1428 犯自，[聖]
1509 分別，[聖]1509 相非世，[另]1428
犯不應，[石]1509，[石]1509 壞實智，
[石]1509 解如是，[石]1509 能爲作，
[石]1509 疲，[石]1509 生即是，[石]
1509 生以是，[石]1509 實以是，[石]
1509 增減須，[宋][宮]1509，[宋][宮]
1509 生際，[宋][元]224，[宋][元]
1489，[宋]186 念善者，[宋]211 所得
於，[宋]220，[宋]310 退轉緣，[宋]374
變不生，[宋]627 離塵亦，[宋]746，
[乙]1822 變有變，[乙]2192 異亦復，
[乙]2263 能立不，[元][明][宮]310 轉
移無，[元][明][宮]374 變若言，[元]
[明][聖]223 錯謬法，[元][明][聖]223
生是名，[元][明][石]1509 應悔惜，

[元][明]186 厭志性，[元][明]221 眼
耳鼻，[元][明]658 謇吃辭，[原]、無
不[甲]1775，[原]2362 滅是滅，[原]
1079 遷貧苦，[原]1201 動金剛，[原]
2271 遣過遮，[原]2378 滅戒品，[知]
418 瞋恚心，[知]418 有能中，[知]598，
[知]598 亂一切，[知]598 言聲眞，[知]
1581 二平等。

茶：[明]1336 彌伽比。

差：[甲]1709 別故文。

塵：[原]853 垢義加。

乘：[甲]2266 上道心，[甲]2266
前之難，[聖]1788 能說及。

持：[三][宮]640 上妙而。

充：[宋][宮]、統[元][明]2103。

初：[甲]1828 間章後。

除：[甲][乙]1909 五怖畏，[甲]
1733 障大悲，[甲]1909 五怖畏，[乙]
1909 五。

處：[聖][甲]1733。

垂：[甲]1784 應說故。

此：[甲]2400 是一切，[甲]2400
用蓮花，[甲]2400 中用印。

次：[宮]1546 施設有。

從：[甲]2250 退。

大：[甲]2274 乘自許，[三][宮]
387 闇有光，[宋]1694 有。

道：[聖]1548 我思惟。

得：[明]325 鬪諍前。

德：[甲]1735 救初句，[明]225
量用是。

等：[甲]901 香花飲，[甲]2266
即應破，[三][宮]1610 者故知。

定：[原]1841 有言作。

斷：[甲]1778 生死病。

惡：[甲]2412 穢觸染，[聖]1428 智教令。

而：[宮]656 不定志，[明]2103 赫赫之，[三][宮]588 求泥洹，[三][宮][聖][另]342 常不斷，[三][宮]433 不宣，[三]20 憂，[三]2122 能除斷。

爾：[甲]、論[原]1778 其正要，[三]1604 不住則。

二：[宮]657 想世，[甲]1709 煩惱故。

乏：[三][宮]1462 食衆僧，[三][甲]、之[宮]2053 主原野。

法：[聖]1562 法可説。

方：[聖]26 惡語言。

非：[宮]519 常苦空，[宮]1551 漏無報，[甲][乙]1822 種義種，[甲]1775 我是名，[甲]2230 情毒者，[甲]2250 無始來，[甲]2426 法，[明]997，[明]221 從中出，[明]223 義如是，[明]310 聞凡夫，[明]1453 病並隨，[明]2016 暫無況，[三][宮]374 有邊際，[三][宮]1548 學定云，[三][宮]1558 常觀一，[三][宮][聖]1442 金翅所，[三][宮][聖]1562 常及苦，[三][宮]588 我故法，[三][宮]632 往啓亦，[三][宮]1425 惡意，[三][宮]1458 住處者，[三][宮]1545 常等四，[三][聖]99 我是故，[三][聖]178 有，[三]1 想此是，[三]99 寡女有，[三]159 等倫，[三]192 常動搖，[三]1525 誑他心，[三]1548 悔法除，[聖]1579 展轉，[石]1558 常和合，[宋][宮]、－[聖]376 有是，[宋][宮]656 未來身，[乙]2263 我，[元][明]639 瞋想，[元][明]721 所我如，[原]1851 有非無，[原]2339 彼菩薩，[原]2406 生起因，[知]598 人非身。

分：[明]945 別今於。

夫：[明]1462 慈者悲，[原]、[甲]1744 如來出。

扶：[甲]1786 殘習幻。

佛：[甲]1863 性煩惱，[原]1780 乘爲實。

浮：[甲]2035 生至是。

復：[甲]1512 生疑若，[聖]1549 有義在。

根：[三][宮]1551 極少成。

供：[宮]1548 恚究竟。

垢：[宮]761 垢處，[明]、垢無[宮]397 膩臭穢，[中]440 垢去佛。

故：[宮]1509 心故不，[明]1545 所緣故。

光：[聖]410 明黑闇，[聖]627 極大聖，[宋][宮]443 邊明王，[元][明][宮]374 明六者，[元]1341 因緣故，[原]1203 海録外。

鬼：[甲][乙]1239 神。

果：[甲]1828 事三趣。

還：[甲]1828 數九次。

何：[宮]2102 能，[甲]1736 定始終，[三][宮]1509 由得。

恒：[三]2063 新。

乎：[甲]1969 根其所。

花：[原]1251 點即蓮。

回：[三][宮]2060 金玉幽。

或：[甲]2299 言三論，[三][宮]
[聖]231 復。

及：[甲][乙]1832，[三]374 婆羅
門，[三]375 婆羅，[乙]1823 隨應者。

集：[三]1442 次第而。

既：[甲]2274 帶似理，[聖]278 上
道是，[原]2208 諸行者。

兼：[三]156 數，[三]2154 福增
因，[聖]2157 製序見。

見：[宮]2103 李姓何，[三][宮]
440 邊願功，[三][宮]1515，[三]2088
憂遇近，[聖]675 異，[聖]222 所。

角：[三]682 角等。

皆：[甲]2274 之言是。

界：[三][宮]1545 色界。

今：[聖]200 有人。

盡：[甲][乙][丙]1866 窮法界，
[三]193，[宋][宮]1553 證思惟。

經：[甲]1778 我法中，[三][宮]
1552 生故聖，[三][宮]1562 意說。

九：[宮]1548 喜共味，[宮]2122
空旬日，[甲]1709 所擁滯，[三][宮]
1552 色現在，[三]1505 種中此，[聖]
1463 隱吾大。

就：[甲]1816 分別智，[甲]2261
常等。

絕：[三][宮]2060 言非言。

覺：[甲]1863 明，[甲]1863 因果
故。

丂：[三]212 然。

可：[宮]231 離我我，[三][宮]
1425 知男子。

克：[甲]2261 實亦是。

空：[宮]1581，[甲]1929，[甲]2219
亦不可，[甲]2255 始得明，[甲]2298
亦爲是，[三][宮]627 無所依，[三]
1568 諸法皆，[聖]222 以虛無，[乙]
1736 爲因亦。

苦：[甲]2218 亦不然，[甲]2262
漏無受。

況：[甲][乙]1822 經妄立。

來：[宮]2102 來也不。

了：[宋]374 見無明。

離：[三][宮][聖]1602，[三][宮]
1602 生或已，[三][乙][丙]930 蘊界
處。

立：[甲]、不列[乙]2263，[甲][乙]
[丙]2163 威，[甲][乙]1822 四。

量：[甲]1873 其心之，[明]1336
量此陀。

聾：[元][明][宮]374 因緣故。

漏：[明]1552 漏是一。

每：[甲]2250 色處文，[宋][元]
[宮]2104 詞又轉，[乙]2393 所不有，
[乙]2393 相形唯。

靡：[甲][乙]1831 際疎，[三][宮]
[聖]639 能壞，[三][宮]813 不通。

滅：[乙]1978 有對故。

憫：[元][明]2103 辜。

名：[甲]2266，[原]2208 名體機，
[原]2270 能。

明：[宮]1548，[甲]1799 見也二。

摩：[三]657 訶羅闍。

謨：[甲][丙]973 佛，[三][宮]1507
十力世，[三][宮]2053 彌勒如，[宋]

[元][宮][甲]2053 彌勒如。

莫：[宮]2008，[明]2076 染著亦，[三][宮]397 疑早懺，[三][宮]2034 是過乃，[三][宮]2122 嫌恨我，[聖][另]790 犯，[聖]211 過，[聖]1723 方名上，[原]2248 聞植深。

牟：[甲][乙][丙]862 東，[甲]2337 識三藏，[三]1 尼坐烏。

母：[明]152 懼，[元][明]152 以穢行，[元][明]152 令得去。

暮：[聖]397 經多。

內：[三]125 外而領。

能：[明]1631 偈言，[三][宮]1642 此業。

念：[甲]2246 向達。

其：[甲]2263 諸外道，[元][明]606 央數大。

起：[三]1660 瞋恚得。

氣：[三]2110 清天太，[宋]2110 上三天。

千：[宮]351 想不想。

前：[乙]2249 諸聚若。

切：[甲]2837 相也是。

取：[甲]1816 究盡此。

去：[甲][乙]2263 一重難，[三]2053 取義涉，[原]2409 處更見。

然：[宮]1488 兩舌教，[甲]1706 謂，[三][宮]397 能令諸，[乙]1775 也主我。

人：[三][宮]606，[三]1646 能生異。

鎔：[宋]2061 之。

如：[明]310 薪之火，[三]338 有

婬怒，[宋][宮]1505 恚戒。

若：[宮]1565 常與聲，[三][宮]1548 報是名，[三]1485 二無別，[元]223 取無。

灑：[甲][乙]2390 淨衣次。

三：[甲]1736 間道斷，[三]1553 想，[元][明]1545 為非親。

色：[甲][乙]2309 等五種，[甲]1829 能除色，[甲]2266 無色無，[甲]2266 也或轉，[甲]2362 厭足加，[元][明]656 離色度。

善：[甲]1715 機發故。

上：[甲]2266，[原]1764 義上來。

捨：[宮]1458 羞。

生：[宮]674 邊，[和]293 迷醉，[甲][乙]2296 滅無常，[甲]1579 有，[甲]2266 漏心應，[元][明]1443 淨信復，[元]2016 有生論。

聖：[甲][乙]2296 問等失。

失：[三]374 去耶是，[乙]1736 濕性將。

施：[丙]2777 不普以。

時：[甲]1333 虛空藏。

世：[甲]2266 計者恐，[甲]2299 諦空爲，[甲]2337 間自在，[三]158 間乃至。

是：[博]262 名無，[甲]1835 修證修，[甲]2036 佛性話，[甲]1816 染心説，[明][甲]997 無異行，[三][宮]654 無分別，[三][宮]1546 有覺有，[聖]1579 想定由，[乙]2394 三重之。

受：[宮]1424 戒場不。

疏：[乙]2249 中不名。

述：[乙]2249。

誰：[三][宮]2121 能脫之。

說：[乙]2309 離義第，[原]1851。

斯：[三][宮]272 有是處。

死：[宮]317 眼目口，[宮]397 上菩提，[宮]1548 漏解脫，[甲]2339□色身，[甲][乙]1832 生中間，[甲][乙]2397 邊際或，[甲]2434 佛，[甲]2879，[明]225 滅盡時，[三][宮]721 等大惡，[三][宮]1508 所知故，[三][宮]1545 有屍骸，[三][宮]2045 兩目，[三][宮]2121 入三惡，[三]1 想無常，[三]607 說所聞，[三]682 有復生，[聖]26 不死比，[聖]222 本無所，[聖]224 所從，[聖]291 生之，[聖]1425 屬如，[聖]1428 漏智證，[聖]1509 有作者，[聖]1548 而生已，[聖]1549 有俱相，[聖]1763 故名爲，[元][明]210 痛，[元][明]2016 垢清淨，[知]1579 差別欲。

頌：[原]、－[乙]2263 練根幷。

所：[宮]1501 有違犯，[明]598 著不住，[三]945 明佛言，[三][宮]636 有，[三]682 能害所，[聖]816 生，[元][明][宮]224 從中得，[元][明][宮]310 喻佛土。

他：[甲]2299 礙故菩。

天：[丙]1076 曼荼羅，[德]26 諍經第，[宮]387 數千年，[宮]702 上法王，[宮]721 惱汝等，[宮]1562 昇見上，[甲]1736 性繫珠，[甲]2255 主息心，[甲]1065 動，[甲]1512 有二佛，[甲]1763 意樹也，[甲]1775 本爲色，[甲]1782 定主故，[甲]1863 性等，

[甲]1909 勝佛南，[甲]2196 合說名，[甲]2299 身不礙，[三][宮]1562 別有因，[三]190 人扶，[三]192 攝受師，[三]192 雲雨香，[三]199 上之導，[聖]224 有盡，[聖]425 蓋慈無，[聖]481 有界粗，[聖]1440 往不見，[另]1721 善法也，[宋][元][宮]446 悅佛南，[乙]966 有是處，[元][明]639 大夜叉，[原]1764 人相故，[原]2196，[原]2339 妙音除，[知]266 數百千，[知]384 日月。

同：[甲]、[乙]2390 此印權。

亡：[甲]2837 言言。

王：[宮]387 彗星三。

為：[宮]813 惡趣其。

唯：[宮]1544 伺或樂。

惟：[宮]671 心而不。

爲：[宮]374，[宮]1549 辯何事，[宮]1559 憂，[宮]1799 戲論，[宮]1912 礙，[宮]2111 雙未免，[甲]1735 其性第，[甲]2204 有體法，[甲]1805 九句此，[甲]1828 除二種，[甲]2035 病忽聞，[甲]2036 上老子，[甲]2255 我述義，[明]945，[明]1582 上義無，[明]220 法皆非，[明]222 他，[明]309 所爲分，[明]310 有邊際，[明]476 障礙福，[明]1331 憂毒氣，[明]1566 過，[明]1595 變異身，[三]397 緣生無，[三]1462 蓮花有，[宋]375 常若使，[宋][明]1191 礙之所，[宋][元]220，[乙][丙]2777 心以心，[原]1778 迦葉。

未：[甲]1733 足，[甲]1973 易也遂，[三][宮]374 歸故未，[三][聖]361

央無般，[三]1044。

謂：[明]1544 有見於。

文：[甲]1732 不明了，[甲][乙]1822 理後有，[乙]2261 釋將八。

聞：[三]2042 勝福業。

我：[甲][乙]2263 法實無，[三][宮]323 因緣當。

蕪：[三][宮]1464 夷羅母，[三][宮]2060 昧至理，[三]2103，[三]2106 沒良由。

五：[明]468 障礙，[三][宮][聖]1549 陰苦觀，[聖]231 分別者。

舞：[聖]1451 不歡悅，[乙]2391 華臺上。

勿：[三]375 爲利根，[三][宮]389 得暫替，[三]374 爲利根，[三]1340 留遲如。

杌：[元][明]721 樹如毒。

物：[和]293 邪耳目。

務：[甲]1805 道中有。

悉：[元][明]309 無所損。

繫：[三][宮]1539 色界繫。

先：[丙]2249 聲聞部，[甲]1828 明流轉，[甲]1925 明三世，[甲]2239，[甲]2253 從此生，[甲]1709 亂鬼神，[甲]1781，[甲]1782 或觀諸，[甲]1813 說苦行，[甲]1924 所熏力，[甲]2196 生滅理，[甲]2230 放逸出，[甲]2313 奪而言，[三]2146 所出故，[三][宮]616 滅憂喜，[三][宮]653 得涅槃，[三][宮]1509 以供養，[三][宮]2103 窮日，[聖][甲]1763 信於二，[聖]1463 來者隨，[聖]1763 去耶，[聖]1763 叙

師子，[宋][元]397 不作念，[宋]639 歸信不，[乙]1821 解脫道，[原]2248 求聽能，[原]1773 習慈定，[原]1776 別歎如，[原]1776 舉二後，[原]1776 舉三邪，[原]2271 生至其。

閑：[聖]1441 閑時居。

顯：[甲]2299 義言定。

相：[甲]2195，[甲]2266 故名爲。

心：[三][宮]2103 豈，[聖]158 忘失無。

行：[三]1545 者如前，[三][宮]1555 應無苦。

性：[甲]2273 同品定。

異：[宮]1810 復應問。

言：[甲]2073 顧弘，[甲]2305 七情者，[甲]2305 體實。

也：[三][宮]1548 非境界，[聖]425。

一：[甲]1778 定相豈，[聖]223 相所謂，[另]1543 解脫未，[乙]2296 相故名，[元]2016 記如素。

已：[明][宮]1550，[宋][明]374 亦非畢。

以：[三]375 是事故，[原]2196 四。

亦：[甲]、無[甲]1718 所可照，[原]1840 法自相，[原]2339 有似有。

益：[原]2250 心位命。

異：[甲]2263 與相違。

逸：[三][宮]2104 懷悼致。

意：[三][宮]397 識不取。

億：[乙]1736 數難思。

因：[甲]2276 不。

殷：[三][宮]2122 上是故。

永：[宋][元][宮]2045 已學道。

由：[甲]2339 獲故。

友：[宋][聖][宮]310 難失壞。

有：[宮]384 著識法，[宮]671 人，[宮]671 爲世間，[宮]754 言，[宮]1435 漏心從，[甲]2012 四生六，[甲]2370 漏之中，[甲][丙]2397 限義即，[甲][乙]1822 勢諸經，[甲][乙]2219 爲離倒，[甲][乙]2219 實，[甲][乙]2219 心可得，[甲][乙]2263 文釋論，[甲][乙]2317 漏問若，[甲]1717 翻次，[甲]1731 三土唯，[甲]1736 故合爲，[甲]1736 體故略，[甲]1828 不同變，[甲]1851 是義云，[甲]1863 性同即，[甲]1863 諸乘差，[甲]2087 刊落昔，[甲]2249 轉變之，[甲]2250 所有，[甲]2255 漏意識，[甲]2266 漏等者，[甲]2266 實用以，[甲]2266 爲無爲，[甲]2273 體自一，[甲]2274 非我現，[甲]2281 不名有，[甲]2299，[甲]2337 名之教，[甲]2371 始云事，[甲]2408 曼荼，[明]1571 第，[明][聖]1549 異彼或，[明]261 漏無，[明]566 所求能，[明]1539 覆無記，[明]1539 內念等，[明]1544 覆無記，[明]1544 尋無伺，[明]1545 餘勢云，[明]1562 覆許十，[明]1562 所待可，[明]1563 漏慧名，[明]1616 法空十，[明]2016 終長懷，[三][宮]656 未來身，[三][宮]1545 嫉故如，[三][宮][聖]421 爲如是，[三][宮][石]1509 爲法，[三][宮]288 相而覺，[三][宮]310 悉採供，[三][宮]384 善惡受，[三][宮]671 名，[三][宮]1437 漏心從，[三][宮]1521 二定有，[三][宮]1546 邊地獄，[三][宮]1579 今有便，[三][宮]1648 異，[三][宮]2102，[三][宮]2122 我心，[三][聖]375 四大無，[三]14 更因緣，[三]375 無常見，[三]2034 經字，[聖]1435 殘，[聖]1442 犯，[聖]1509 法相者，[聖]1539 覆，[另]1428 恭敬，[宋][元]220 變無，[乙]2261 分別故，[乙]1832 漏從質，[乙]1833 不定已，[乙]2263 漏六無，[元][明]220 分限見，[原]、有[甲]1781，[原][乙]2263 因用故，[知]384 盡菩薩。

又：[甲][乙]2261 字有先。

于：[宮]309 神通常，[宮]2060，[三][宮]384 外時，[三]193 外，[三]291，[宋][宮]222 孔譬如。

於：[甲]1781 不能故，[明]202 行時，[明]278 量佛證，[明]288 數億劫，[明]1450 耳猶如，[明]1652 迷心及，[三]375 外三，[宋][宮]761 怨親及。

魚：[甲]2270 反去聲。

與：[宮]425 倫大聖，[宮]744 苦別如，[甲]1735 間解脫，[甲]2261 四衆遊，[甲]2266 此二義，[甲]2266 心睡眠，[甲]2266 樂者謂，[三][宮]309 眼。

元：[宮]345 始立茲，[宮]810 其寂，[宮]2060 輟講待，[宮]2060 一，[宮]2108，[甲][乙][丙]973 一體，[甲]1709 二十三，[甲]1733 與此經，[甲]1821 至，[甲]1830 始來第，[甲]2128 不是字，[甲]2339 傳鈔二，[甲]2290

是，[明]、無慶無邊[宮]263 慶諸菩，[明]、源[宮]2112 之理立，[三]1169，[三]2125 心設令，[三][宮]425 是曰持，[三][宮]285 是忍度，[三][宮]285 虛空尚，[三][宮]381 德之本，[三][宮]403 求諸度，[三][宮]425，[三][宮]425 不可盡，[三][宮]425 純，[三][宮]425 所因由，[三][宮]481，[三][宮]481 宣布諸，[三][宮]1451 不與何，[三][宮]1458 心同乘，[三][宮]1458 由尊者，[三][宮]1458 衆，[三][宮]1459 由帝釋，[三][宮]1459 由敬師，[三][宮]2034 見吳錄，[三][宮]2102 慈悅天，[三][宮]2103 始天尊，[三][宮]2104 嗣，[三][甲]2125 是踵斯，[三]159 不，[三]193 又知苦，[三]606 是謂爲，[三]606 因其形，[三]945 生滅，[三]1982 虛假，[三]2103 造化縹，[三]2110 功克舉，[三]2149 興極聖，[聖]285 無央數，[聖]1859 君聞之，[宋]、淵[元][明]635 府衆經，[宋][宮]、已[元][明]402 下當有，[宋][宮]2034 定見道，[宋][宮]2034 注並見，[宋][明][宮]425 心念是，[宋][元]945 第五顚，[乙]2394 六甲云，[元]、[明][聖]125 本，[元][明]2103 太無，[元][明][宮]403 元勸助．[元][明][宮]477，[元][明][宮]2041 二暑景，[元][明]309 本是故，[元][明]425 無所違，[元][明]618 匠孱焉，[元][明]2060 方改前，[元]869 時無，[原]1744 未來後，[原]1782，[原]1796 含藏薩，[原]1832 不起，[原]1840 有異能，[知]266 諦如是。

原：[三]125 本吾昔，[三]125 其本末，[宋][宮]425 是曰持，[元][明]565 逮。

源：[三][宮]266 則謂爲，[三]291，[聖]627 不失本。

緣：[甲]2195 熟令其。

苑：[甲]2339 主引論。

樂：[宋][元]2112 上天三，[元][明]375 常入於。

云：[甲][乙]1736 各，[甲]1863 定性但，[三]2154 乳王經，[三]2154 優，[聖]2157 優婆離，[元][明]100 少偈。

允：[甲]2039 容皇后，[甲]2400 經云云。

蘊：[甲]2250 爲應有。

在：[甲]1782 實女何。

者：[甲]2263 以心爲，[甲]2305 別名意，[甲]2312 豈可相，[甲]2313。

正：[宮]585 有量智。

之：[甲][乙]1822 間道，[甲]1705 有前後，[甲]1851 始佛性，[甲]2271 不定七，[三][宮]660，[三][宮]746 斷絕何，[聖]1463，[聖]1851 相説爲，[宋][宮]309 量弘誓，[原]2196。

支：[甲]2068。

知：[宮]2060 惻答曰，[宋][元][宮]310 諸，[乙]1724。

智：[明]2016 所成刀，[三]83 慧。

置：[乙]2263 諸定言。

中：[三][宮][聖][石]1509。

衆：[甲]1965 生，[三]1569 外曰破。

呪：[元][明][甲]901 淨水一。

諸：[三][宮]403 所，[三][宮]1425 過患，[三][宮]1542 色界見。

注：[聖]190 羅摩往。

字：[甲]1816 已後頗，[原]2261 名不言。

足：[聖]310 窮盡。

尊：[三][宮]477，[元]227 佛時。

作：[甲]1851 由情名，[甲]2266 無我觀。

蜈

蜈：[甲]1239。

裖

福：[甲]2084 與君。

偶：[三][宮]588 之福，[三][宮]588 之福何。

蕪

無：[三]、一[宮]2104，[三][宮]1502 陀曡無，[三][宮]2102 陋鄙，[聖]2157 函帙莊，[宋][元][宮]2122 湖妻得。

蔗：[甲]1805 等三種。

五

[元]1581 者。

八：[甲][乙]1821 云頗有，[甲]2266 十八，[明]656，[明]2103，[三][宮]1548 除色染，[三][宮]223，[三][宮]1543 心四色，[三][宮]2122 戒十善，[三]2034 部二百，[乙]1830 貪唯喜・[元][明]1435。

百：[宮]1644 百年壽，[三][宮]263，[聖]1547 種是九，[聖]1428 百結人，[聖]1464 百阿羅。

必：[乙]1821 趣四，[乙]2261 梵云難，[乙]2263。

兵：[三][宮]2040 衆時王。

並：[宮]1562 受三無。

不：[丁]1831 説以現。

丑：[明]2122。

出：[丙]2397 智五佛，[甲]1782。

此：[三][宮]2102 皆殊時。

刀：[三][宮]639 兵毒藥。

坻：[三][宮]483 根所入。

第：[乙]2309 八而。

二：[宮]、二十二[另]1543 竟，[宮]2034 十八卷，[甲]2035 陰無常，[甲]1786 敍，[甲]2249 云中有，[甲]2250 云堅牢，[甲]2266 塵等之，[甲]2266 紙佛地，[甲]2290 次説下，[甲]2293 縛之劍，[明]2034，[明]2034 日，[明]2149 紙後秦，[三][宮]2060 年辛亥，[三][甲]1102，[三]2149 卷三百，[宋]1435 誦，[乙]1724，[乙]2207 千五百，[元][明][甲]901 盤食并，[元]474 陰知，[元]574 百千萬，[元]1566，[原]、後[甲]2290 次説下，[元]1581 者。

法：[甲][乙]2393 品入。

凡：[宋][元]、九[宮]1483 百二十。

方：[甲]1719 等尚昧。

非：[宮]2122 不護。

互：[甲]2274 句義非。

共：[三]1545 部皆。

後：[甲][丙]、後五[乙]2218 分，[甲]2266 品加行，[甲]2266 泰抄亦，[甲]2410 供養，[明][宮]738 末之世。

互：[甲]1735，[甲]1805 望二，[甲]1735 依，[甲]1736 識各緣，[甲]1828 諸餘軌，[甲]2266 染縛三，[明]1562 根説爲，[明]2131 相不同，[宋]157 逆成，[乙]2157 體，[乙]2249 形無間，[元][明]、牙[甲]893 印次右，[原]1828 現起位，[原]2408 處。

詰：[三]、吾[宮]2122 衆。

金：[宋][明][宮]2122 色顯州。

九：[甲]901，[甲]967 昆輪馱，[甲]2254 十七部，[甲]2266，[甲]2271 日傳燈，[甲]2323 三十，[甲]2395 年説法，[甲]2395 主莊王，[明]2149，[三][宮]2122 品方乃，[三]2154 年説法，[另]1548，[石]1509 有皆無，[宋][宮]2034 卷，[乙]2157 年説法，[乙]2408 月，[元][明]1397 南無鼻，[元][明]1397 颯婆，[原]1757 十劫來。

句：[三]1337 素上嚕。

可：[三][宮]1550 樂故不。

口：[甲]1816 種。

苦：[甲]1828 苦也又。

理：[甲]1733 事平等。

立：[宮]1546 欲，[宮]1559 果，[宮]2034 行經一，[甲][乙]1822 蘊無增，[甲][乙]2223 大誓願，[甲][乙]2309，[甲][乙]2309 趣生名，[甲]1816 句義所，[甲]1828 假我由，[甲]2087 年一大，[甲]2157 印聖無，[甲]2255 正法之，[甲]2261 正，[甲]2270 別句

前，[甲]2270 違不容，[甲]2391 佛先以，[明]1598 如預流，[三][宮]1562 蘊中已，[三][宮]1563 處全一，[三][宮]656 根德力，[聖]1452 學處後，[聖]268 神通，[聖]627 色青赤，[乙]2396 位修行，[原]、立[乙]1797 願也此，[原]1863 種名，[原]1872 緣爲因，[知]384 大神是。

兩：[原]1869 段一喻。

六：[宮]1799 麁第五，[宮]1604，[宮]2122 論至魏，[和]261 道一切，[甲]2035 終，[甲]2249 十六中，[甲][乙][丙]1246，[甲][乙]982，[甲][乙]2259 遁倫記，[甲]901 十，[甲]1000 阿囉，[甲]1717 記次阿，[甲]1718 文今但，[甲]1733 寄現，[甲]1733 種可知，[甲]1735 度萬行，[甲]1920 眷屬，[甲]2035，[甲]2035 卷終，[甲]2036，[甲]2039 年甲，[甲]2039 日爲烏，[甲]2053 百餘人，[甲]2186 句明外，[甲]2196 人大迦，[甲]2259 遁倫記，[甲]2266 末五，[甲]2266 十一紙，[甲]2266 紙左云，[甲]2266 終十七，[甲]2339 即是小，[甲]2395，[明]、一[甲]1000，[明]、引六[甲]1000 捨弭跢，[明][甲]901 觀世音，[明]948 吽引，[明]1552，[明]2060，[明]2110，[明]2110 失過患，[明]2110 釋，[明]2122 驗，[明]2122 驗出，[明]2131 日至四，[三]2149 首，[三][宮]、以下記數至三十各加一數[三][宮]402，[三][宮]2060，[三][宮][甲]901，[三][宮][聖][石]1509 道生死，[三][宮][聖]223 道生死，[三][宮]

[聖]223 神通力，[三][宮][聖]1545 謂
七味，[三][宮][石]1509，[三][宮]263，
[三][宮]278，[三][宮]278 者究竟，[三]
[宮]397，[三][宮]414，[三][宮]483，
[三][宮]606，[三][宮]848，[三][宮]
1471 者若所，[三][宮]1546，[三][宮]
2034 年都雒，[三][宮]2059 竺僧輔，
[三][宮]2060，[三][宮]2122 驗，[三]
[甲][乙]970 毘輸馱，[三]212 親出家，
[三]221 情亦復，[三]278，[三]643 種
諸梵，[三]1056，[三]1124 阿引訖，
[三]1440 日應如，[三]2034 十卷阿，
[三]2145 十僧劍，[三]2146 部一百，
[三]2146 卷，[三]2154 經同本，[聖]
[甲]1733 初一偈，[聖][另]1435，[聖]
223 道，[聖]223 道令離，[聖]223 道
生死，[聖]223 道無分，[聖]223 道中
生，[聖]1421，[聖]2157 卷闕本，[另]
1721 道衆生，[石]、五釋第四十三品
下訖第四十四品夾註[宋][元][宮]但
宋本無下字 1509，[石]1509 學人攝，
[宋][宮]、五道往來往來六道[元][明]
[聖][石]1509 道往來，[宋][元][宮]
2122，[乙]1796，[乙]2190 門且就，
[乙]2249，[乙]2249 文同說，[乙]2261
說由五，[乙]2381 道說名，[元]2123，
[元][明][甲]、甲本奧書曰、此中大法
彈一品自第四首至第五半貞享三年
七月二十九日訓點了淨嚴四十八載
第六一卷元祿七甲戌年四月四日訓
點了武城靈雲艸刱沙門淨嚴五十六
載 951，[元][明]658 塵，[元][明]1425，
[元][明]1435 竟，[元]2154 種道經，

[原]、六[甲]1897 條在下，[原]1308
退，[原]1764 時變異，[原]2896 波羅
蜜。

　母：[甲][乙]1822 聲等婆。

　年：[明][宮]397 時暫一。

　七：[甲][乙]1000 蘇，[甲][知]
1785 行半是，[甲]1736 無染名，[甲]
1830 及佛地，[甲]2036 十而卒，[甲]
2255 卷云釋，[明]1549，[明]2016，
[明]2145，[三][宮]223，[三][宮]2034
年戊酉，[三]2103 年太歲，[聖][另]
1458，[聖]278，[聖]1421 衣法，[宋]、
十[元][明]2149 卷弘始，[宋][宮]2103
十，[宋][元][宮]2060 人，[乙]1100 曜
陵逼，[乙]2192 云多，[乙]2396 失次
有。

　其：[聖][甲]1723 根利鈍，[乙]
2397 部法各，[原]1856 事所謂。

　千：[宮]2103 億重天。

　且：[甲]2266 識得生，[乙]1816
地有。

　去：[甲]1072 阿。

　如：[甲]1000 寶。

　三：[丙]897 股，[丁]2089 乘，
[宮]2031 識有染，[宮]1442 百苾芻，
[宮]1509 世皆受，[宮]1545 地於欲，
[宮]1595 障者，[宮]2034 千人，[宮]
2103 千七百，[宮]2121，[宮]2122 驗
出冥，[甲]、正[乙]1796 是空又，[甲]
1960 界故三，[甲]2249 中明初，[甲]
[乙]1799 一正就，[甲]951 股金剛，
[甲]1717 汎舉涅，[甲]1717 如文三，
[甲]1813 云譬如，[甲]1813 云如佛，

[甲]1813 云妄語，[甲]1830 十五亦，[甲]1831 句頌彼，[甲]1863 時第四，[甲]1988 簡餻餅，[甲]2035 藏法賢，[甲]2186 句若施，[甲]2266，[甲]2266 二十，[甲]2397，[甲]2434 云四，[久]1452 月十五，[明]、五之六[宮]400，[明]1545 近分，[明][甲]1175 怛他，[明][甲]1175 嚩囉迦，[明]18 煩惱及，[明]2131 戒得宿，[三][宮]、四[聖]397，[三][宮][甲]、－[乙]848，[三][宮][甲]2053 寸擬吠，[三][宮]402，[三][宮]721 百世生，[三][宮]885，[三][宮]1443 衣等物，[三][宮]1458 種牆籬，[三][宮]1472 事一者，[三][宮]1508 事，[三][宮]1521，[三][宮]2104 日勅召，[三][宮]2121 卷，[三][宮]2122 年夢見，[三]1341 無，[三]1509 法不去，[三]2149，[三]2149 十一卷，[三]2149 紙一名，[三]2154 百七，[聖][另]1543 千一，[聖]1509，[聖]1552 品斷名，[聖]2157 部，[宋][宮][石]1509 識相應，[宋][元][宮]1677 怛摩喝，[宋][元]1092，[宋][元]1808 種謂飯，[宋]190 人令三，[乙]1709 故有而，[乙]1724 趣，[乙]1821 云如何，[乙]2092 千赴哀，[乙]2092 十匹盡，[乙]2263 目次，[乙]2263 終，[乙]2390 禮次當，[元]2016，[元][明]1586 行頌明，[元][明]2034 部多卷，[元][明]2034 卷並，[元][明]2149 紙，[元][明]2154 卷出大，[元]882，[元]1579 取蘊煩，[元]1808 種人得，[元]2121 十金錢，[原]2248 日先往，[原][甲]2263，[原]1308，[原]

2410 則祕密，[知]1785 日一風。

色：[甲][乙]2263 根若識，[甲]2263 塵爲我。

上：[宮]1646 陰中取，[甲]1139 娑上，[甲]2218 不可有，[甲]2266 四十，[聖]2157 十經出，[乙]、引五[丙]1141，[原]2248。

甚：[原]1863 也又云。

師：[三]2059 十有五。

十：[明]26 竟，[明]26 有十經，[三][宮]2040，[三][宮]2060 圓勝，[三][宮]2085 歲之時，[三]2040 卷若夫，[宋][元][宮]、十人[明]2060 附見。

是：[乙]2259 句遍處。

收：[甲]1813 以攝小。

數：[三]154 行長跪。

四：[丙]2081 種智火，[宮]374，[宮]397 之四，[宮]1503 惡一，[宮]1546，[宮]2034 部一百，[和]261，[己]1830 義，[甲]1736 句唯出，[甲]2266 右，[甲][乙]2223 明鉤索，[甲][乙]850 達，[甲][乙]852 達，[甲][乙]852 囉引護，[甲][乙]867 尊，[甲][乙]2219 家於，[甲][乙]2259 日，[甲][乙]2263，[甲][乙]2263 目次，[甲]893 丸爲中，[甲]1735 能問，[甲]1736 別，[甲]1736 經南經，[甲]1742 精進，[甲]1822，[甲]1921，[甲]1928 記云剎，[甲]2039 年始與，[甲]2053 部，[甲]2053 方印度，[甲]2068 無量義，[甲]2196 頌報恩，[甲]2196 頌正明，[甲]2255 今此第，[甲]2266 左，[甲]2290 海次第，[甲]2339 一證見，[甲]2370 耶例既，

[明]890 十四噎，[明]1299 日十一，[明]2034，[明]1537，[明]1545 受異熟，[明]1596，[明]1669，[明]2034 卷太學，[三][宮]、以下記數至八減一數[三][宮]402，[三][宮]、以下記數至七各減一數[三][宮]402 摩佉耶，[三][宮]、以下記數至十二各減一數[三][宮]402 那佉伽，[三][宮]1425 衆罪不，[三][宮]395 之亂令，[三][宮]443 莎呵，[三][宮]481，[三][宮]1458 日大衆，[三][宮]1581，[三][宮]2042，[三][聖]125，[三][乙]1092 布囉野，[三]201 日惡業，[三]203，[三]397 阿陀羅，[三]656，[三]982，[三]1332，[三]1332 莎呵，[三]1582 者慈心，[三]2034 部八十，[三]2146 經序注，[三]2146 卷，[三]2149，[三]2149 卷，[三]2153 經同卷，[三]2154 卷，[三]2154 卷宋沙，[三]2154 卷同帙，[三]2154 卷新編，[聖]1542 之，[聖][甲]1733 善財白，[聖]125，[聖]223 法何等，[聖]1595 第，[聖]1602 略開，[另]1721 句，[石]1509 品竟，[宋]、六[宮]2034 部合一，[宋][宮]397 之一，[宋][宮]1509 者不捨，[宋][明][乙]、－[元]1092，[宋][元][宮]、聲四[明]848 莎訶，[宋][元][宮]、四人[明]2060，[宋][元][宮]1545 識住空，[宋][元][宮]1435 日少舊，[宋][元][宮]1808 正見五，[宋][元][宮]2122，[宋][元]2122 此別六，[宋][元]2154 紙符秦，[乙]、以下記數至九乙本倣之 972 婆誐嚩，[乙]1736 西山住，[乙]2215，[乙]2263 卷證第，[乙]2263 終，[乙]2390 指之端，[乙]2397 相答一，[元][明][乙]1092 摩訶，[元][明]212，[元][明]2016，[元][明]2053 靈見質，[元][明]2154 卷，[元]26 竟，[原]1763 純陀自，[原]1861 合有一，[原]904 唵，[原]1212，[原]2196 句兩義，[原]2290 云未入，[原]2410 要。

他：[原]1159 方世界。

天：[甲]1735，[宋]2122 生部。

土：[甲]1821 此王，[明]1545 地苦法，[乙]2387 音，[乙]2408 印。

外：[甲]2217 境名外。

萬：[三][宮]2103 苦。

王：[宮][聖]224，[宮]721 十由旬，[宮]1453 緣作令，[宮]1461 部八緣，[宮]1546 亦如是，[宮]1547 百青鬼，[宮]2112 千元無，[宮]2121 問謂生，[甲]1828 爲我，[甲]2067 淹，[甲][乙]1929 三昧即，[甲]1253 護世吉，[甲]1735 約對面，[甲]1736 頂中，[甲]1965 逆子因，[甲]2128 割反，[明]2034 天使經，[明]2110 六十萬，[明]2149 事證經，[三]200 族使令，[三]1547 如是彼，[三]2106 侯寺僧，[另]1721 欲癡愛，[宋]2153 夢經一，[元]、第五[明]1435 事，[元][明]2153 法行經。

爲：[甲][乙]1821 人皆是，[甲][乙]1822 境是共，[甲]2183 本義略，[明]261 衰相勿，[聖]1421 四三二。

文：[甲]1851 住處衆。

吾：[丙]2120 身更增，[甲]1708 福應爲，[三][宮]263 弘意勤，[三][宮]

656 德行，[三][宮]1505 入我入，[三][宮]1546 從大威，[三][宮]1550 我見，[三][宮]2121 不中止，[三][宮]2122，[三]44 品定意，[聖]627 逆罪，[聖]1509 衆乃至，[宋][元][宮]2045 樂自娛，[宋][元][宮]2103 第一賦，[宋][元]606 事不污，[乙]2070 以三縁，[原]、二[甲]、五[乙]1724 子驚入，[知]741 使。

無：[甲]1828 分別故，[甲]2164 字，[明]1552 地，[三]198 恐怖慧，[三]1548 學法五，[聖]225 陰意不，[宋][元][宮]1548 知法五，[乙]2777 瘡。

午：[明]1459 咸同犯。

伍：[三]156 百深心，[三]2153 仙人經，[乙]1723 佛眼因。

悟：[博]262 神通又。

心：[乙]2263 皆無。

閻：[明]2123 羅大王。

也：[聖]1552 通各有。

一：[宮][聖][另]675 業應知，[甲]1960 種言得，[甲]952 或，[甲]1736 百牛欲，[甲]2167 卷，[甲]2214 故云理，[甲]2250 中前四，[三][宮]2121 卷，[三]202，[三]1530 波羅蜜。

已：[三][宮]1641 隨日仰。

亦：[甲][乙][丙]1833 有執受，[甲][乙]1822 因是因，[甲][乙]2296 破時不，[甲]1832 七不能，[甲]2261 色，[甲]2299，[三]1618 即五力，[乙]2249。

意：[甲][乙]1822 根行處，[三]1563 識現在。

引：[宋][明][甲][乙]921 羯沙野，[原]、一[甲]923 發吒。

有：[甲]1831 姓差別，[甲]1833 共業故。

又：[甲]2217 復所聞，[甲]2273 如上。

餘：[宮]1509 年，[宮]2060。

玉：[宮]2103 豉貴，[甲]2036 局觀甞，[甲]2036 石金光。

云：[甲]2261 千文迦。

正：[甲][乙]1736 問曰自，[甲]1736 六謂六，[甲]1816 種平等，[甲]2299 篇七聚，[甲]2301 部攝，[明]1440 爲護正，[明]1551 無間，[三][宮][聖]754 無所乏，[三]125 法者孝，[聖]2157 色雲現，[原]1776 道行雖，[原]2306 法屬實。

之：[甲]1724 人説後。

知：[宮]1646 味又智。

至：[甲]1735 對一依，[明]1272 由旬地，[三][宮]2122 千年，[三]2153 略翻廣，[另]1543 見三行。

諸：[甲]2269 塵或緣，[甲]1733 位相攝，[三]190 比丘等，[乙]1724 趣於諸。

子：[甲]1816 段中開，[乙]1816。

午

干：[宮]2122 關南獨。

乎：[甲]2274 名傍准。

年：[宮]2060 前取訖，[甲]2194 時前後。

千：[三]、于[宮]2103 室爾後。

手：[甲]2214 水大事。

五：[聖]2157 之。

子：[明]2154 時，[聖]、中[乙]1266 三遍共，[乙]2157 正月十。

伍

伐：[三]2122 總統六。

任：[甲]2052 師去儻。

仕：[明]2110 賢官成。

位：[宮]2053 陳列即，[甲][乙]1736 智出衆，[甲]1717 等者如，[甲]2068 誦法華，[三][宮]2103 法儔聖，[三]1591 便爲亡，[三]2125 自損損，[宋]、住[宮]619 次第嚴。

五：[宮]619 給，[宮]619 佛坐，[明]2149 振，[三][宮]2122 羅大王。

仵：[宋]、卒[宮]、仵[石]1509 等卑賤。

仵

五：[甲][丁]、仵一作忤下同夾註[甲][丁]2092 龍平北，[甲][丁]2092 龍。

忤

忓：[宋][元][宮]2103 聽。

干：[三][宮]2122。

汗：[宋]2122 旨遂。

許：[宮]2060 意又因。

計：[三][宮]2046 諸沙彌。

连：[三][宮]2102 聖聽陳。

悟：[三]2103 俗或穢，[宋][元][宮][聖]1462 王意王，[元][明]2060

其。

誤：[宮]2112 高懷伏，[明][宮]322 意爲以，[三][宮]322 哉諸定。

汙：[丙]2777 物，[宋]1336 大，[乙][丙]2777 物心名。

武

成：[三][宮]2122 帝時沙，[三]2110 皇帝諱。

此：[明]2151 三年歲。

大：[宋][元]2153 周刊定。

帝：[明]2154 帝大明，[三]2153 代曇摩。

虎：[甲]2035 魄大如，[元]2103 窟山寺，[原]、－[甲]1304 狼惡獸。

滅：[甲]2035 法本内。

某：[甲]2082 爲太山。

舞：[三][乙]1092 印左手。

姚：[丙]2286 皇帝遣。

弋：[甲]2296。

玉：[甲]2039 州都督。

侮

撫：[宮]2102 聖人之。

悔：[三][宮]1521 堅執懈，[三][宮]2122 如經犯，[三]2110 晋太。

武：[三]2149 所被爱，[宋]1340 防非侍。

瑪

鄔：[甲]951 瑟膩灑，[明][甲]951 波索迦，[明][甲]951 跋計始，[明][甲]951 瑟膩灑。

塢：[明][甲]951。

舞

　埋：[宋][元]310 聲流雞。

　帶：[三]2121。

　飛：[乙]2092 花叢宋。

　海：[三]848 過去未。

　化：[三][宮]671 之身建。

　融：[甲]2168 禪師注。

　舜：[甲][乙]2391。

　無：[甲][乙]1072 可反那，[三]1069 納婆，[三]2125 詠遍五，[宋][宮]848 伎。

　五：[原]、五[甲]2006 臺。

　儛：[聖]26 倡妓及，[聖]170 未曾作。

　音：[甲]895 聲或諸。

　轉：[三]1123 八供養。

廡

　蕪：[明][宮]2123 庭絕車。

憮

　撫：[宋][宮]2103 然而笑。

儛

　舞：[甲]864 菩薩妙。

鵡

　鵝：[元]26 分別。

兀

　都：[聖]200 無有手。

　杌：[三]125。

　尢：[宮]1998 軒中且。

　瓦：[甲]2128。

　刓：[元][明]125 其手足。

　無：[石]1509 然不動。

杌

　杌：[三][宮]657 樹似，[三][宮]2102 然寂，[元][明]、瓦[宮]2123 之切酷，[元][明]125 之或言，[元][明]203 後還生，[元][明]2045 之切酷。

　刖：[三][宮]2123 其手足，[三]2145，[元][明]、無[聖]1425 其手足。

勿

　白：[三]1424 相並入。

　不：[甲]2039 詳忠告，[三]220 相捨離，[三][宮]895 與外道，[三][宮]1458 施人應，[三][宮]2122 以施人。

　初：[明]1579 彼自謂，[三][宮]1545 果與因。

　忽：[甲]2087 反支國，[宋]2122 彰言死。

　而：[甲]2250 自母等，[甲][乙]1822 我昔，[明]1563 因與果，[三][乙]895 以讚歎，[乙]1816 實而非，[乙]1830 我昧。

　吠：[甲][乙][丙]908 捨野弱。

　弗：[明]333 生瞋汝，[明]682 懷疑。

　復：[明]624 致愁今。

　忽：[宮]2121 恩舊，[甲]1795 然，[甲]1804 略不行，[明]1559，[明]2103 驚某甲，[明]2122 怪先行，[三]220 彼聞此，[三]220 我起惡，[三][宮]1442 於我子，[三][宮]342 得孝順，[三]212 懷懈慢，[三]1331 與惡人，[聖]210 污可離，[聖]613 覆藏若，

[宋][宮]328 用愚所，[宋]1331 生不信，[元][明]220 彼聞此，[元][明]220 害法者。

幻：[明]1450 此斾。

局：[甲]1922 斷見。

句：[甲]1156 著無名，[甲]2300 伽羅是，[甲]2392 著當，[聖]210 生。

恐：[甲]1870 彼執爲。

力：[宮]2121 足，[甲]1361 生起謂。

沒：[甲]2075 生坐禪，[明]2076 交涉師。

莫：[三][宮][聖]613 放，[三][宮]1451 令親往，[三]125，[聖]613 忘失若。

朋：[宋][宮]790 友從事。

切：[明]894 爲嚴身。

人：[元]262 貪。

若：[三][宮]1443 共雜亂，[三]125 起利養。

設：[三]125 有狐疑。

無：[三][宮]721 放，[三][宮]2059 妄説説，[三]118 由斯路，[石]1509 以見怨。

物：[宮]895 令人發，[和]293 生是意，[甲][乙]894 以香水，[甲][乙]897，[甲]2748 不能咀，[明][宮]1595 執爲我，[明]1092 生怖畏，[明]1336 頭華，[三][宮]1563 令斯捨，[三][宮][另]1451 聽我且，[三][宮]231 頭華，[三][宮]1459 措口，[三][宮]1464 陀分陀，[三][宮]1562 馬，[三][宮]1595 執爲我，[三][聖]99 聲而大，[三]1 頭花分，[三]187 頭花波，[三]1441 有虫淨，[宋]1011 有，[宋]1092 懈怠放。

心：[三][甲][乙][丙]930 懷。

易：[乙]1723 爾故作。

應：[三][宮]1458 臥若患。

愚：[三][宮]493 愛。

自：[甲]1782。

戉

成：[元]2154。

代：[三][宮]2102 宋景之。

庚：[明]1096。

戍：[甲]2129 以此逆。

戌：[明]2151，[宋][元]2154 寅至開。

机

杭：[甲]1918 雖復知，[原]1695 等二無。

机：[宮]495 命，[宮]1551 長。

機：[明]1646 若人不。

掘：[宋][宮]1670 無手。

瓦：[三][宮]1428 木頭上。

朿：[宮]513 喟然悲，[宋][宮][聖]223 荊。

刖：[三]152 其手足。

砆

砥：[宋][宮]2103 巨石。

物

把：[乙]2391 勿頭華。

寶：[明]201 不可爲，[明]1450 而，[三][宮]1435 得波夜。

財：[宮][聖]376 諸，[三][宮]1484 利養名，[三]205 子又幼，[乙]1723。

藏：[三][宮]1425 若淨人。

草：[元][明][聖][另][石]1509 寶物幻。

勑：[宋][宮]2060 常飯千。

初：[宮]610 有本有，[宮]2102 之合用，[甲][乙][丁]2244 害其味，[甲]1333，[甲]2270 相義分，[明]1578 世間共，[三][宮]616，[三][宮]671 生即有，[三]2121 不相侵，[聖]1733 信故七，[另]1721 之宗，[宋][宮]1509。

床：[三][宮]1476 一色名。

擔：[甲]2787 重不舉。

刧：[甲]2792 受三物。

得：[三][宮]479。

德：[明]723。

等：[明]1435 答言我，[三][宮]1435。

法：[宮]223 安立眾，[甲]1881 即成菩，[甲]2012 迦，[三][宮]1581 即此，[三][宮]下同 1581 無彼物。

飯：[宋][明][甲]1077 若有重。

費：[宮]1670 自汝物。

分：[三][宮][聖]1581 而不捨。

佛：[甲]1735 樂皆由，[甲]1795 像眾生，[甲]2255 唯，[明]100 最爲難，[明]272 解義，[明]651 無有相，[明]1461 眼所至，[明]2154 法非法，[乙][丁]2092。

服：[明]1425，[明]1451 乃至極，[聖]2157 各賜師。

富：[另]1428 無限嚴。

根：[三]1579。

功：[甲]1705，[甲]2204 云云。

害：[三]193。

好：[宮]1462 阿育王。

許：[三][宮][聖]1442 答言一。

華：[宮]721 具足，[三][宮]272。

幻：[甲]1782 大乘如。

悔：[聖]1421 正自迷。

拘：[甲]1705 謂第十，[甲]1781，[甲]1782 名法身，[甲]2130 梨譯曰，[三][宮]617 制，[三][宮]2102 於都盡，[聖]2157 夷國得。

句：[乙][丙]2003 不見一。

具：[三][宮]1435 亦，[三][宮]1458 應爲。

利：[三][宮][石]1509。

劣：[甲][乙]2249 品類分。

魅：[三][宮]2040 鳴聚居。

牟：[三]360 頭華分。

牧：[宮][甲][丙]2087 至此西，[甲]1736 二。

內：[甲][乙]2263 道入蘊。

切：[宮]1598 種種勝，[三][宮]1566 體一刹，[三][宮]2102。

人：[三][宮]2060 外晚遊，[三]2106 此，[聖]189 而以花，[石]1509 無益今。

伋：[宋]2149 房書序。

汝：[宋][宮]1428 與之無。

若：[三][宮]1428 乃至一。

牲：[三][宮]、性[聖]1421 今悉施。

施：[甲]1925 也法，[三][宮]1425 屬現前，[三][宮]2123，[聖]1452 時六十。

時：[明]1450 貪不息。

事：[三][宮]2122 尋即破。

獸：[甲][乙]2207 形體特。

碎：[明]1470 皆當。

他：[甲]1929 菩。

桶：[甲]2339 極是微。

外：[明]1442 師首見。

無：[甲]1736 實有故。

勿：[甲]2837 令妄想，[明][宮]397 頭華波，[三][宮]785 不准，[三][宮]1451 頭華，[三][聖]190 頭花分，[三][聖]310 頭華芬，[三]190 頭華波，[三]190 頭華分，[三]2103 論事迹，[聖]157 頭華分，[聖]231 頭華，[聖]1462，[聖]1462 叫聲答，[宋][宮]2123 令，[宋][元][宮]1462 人者父，[原]1308 服業。

愄：[甲]2036 也三乘。

相：[甲][乙]2207 無相默，[甲]2266 既名爲，[甲]2271 假他，[原]2271。

揚：[甲]1700 能破之。

養：[乙]2408 等准。

也：[三][宮]1458 僧有。

衣：[三][宮]1435 語已命。

抑：[三]、物異人異初申異人[宮][聖]1552 異人。

益：[三][宮]1451 答言，[原]1818 之事此。

由：[宋]2103 表三空。

有：[三]99 於是得。

於：[甲]897 大衆然，[三][宮]2122 施後來。

約：[原]1771 淨土答。

者：[甲]1763，[甲]1763 今亦以，[三][宮]1425 應乞物，[乙]1900 縱廣一。

珍：[三]161 更相貢。

質：[原]、假[甲]2250 及鏡依。

衆：[三][宮]1425 善攝眷。

灼：[甲][乙]、燭[甲]2254 二帶熱。

子：[博]262 象馬車。

惣：[聖]190 悉皆分，[原]1872 具理而。

總：[宮]630 不達也，[甲][乙]2387 者謂於，[甲][乙]1816，[甲]970 惡口猛，[甲]1717 所，[甲]1718 之功乃，[甲]2249 隨分布，[甲]2255 空有竝，[甲]2266 執分別，[甲]2393 在瓶水，[甲]2782 此諸有，[明]322 無可戀，[明]2131 持志在，[三]1056 有四種，[聖][甲]1733 故三四，[宋][宮]1509 及聖人，[乙]2227 加持闕，[乙]2408，[乙]2408 標也，[原]2408 之體。

悟

得：[三][宮]2121 道，[三][聖]639 無上大。

度：[三][宮]1509。

怗：[甲]1775 解在。

晦：[三]2060 非任而。

箋：[宋]、寤[元][明]152 曰彼買。

解：[甲][乙]1929 三轉凡，[甲][乙]2288 可云立，[甲][知]1785，[甲]2068 之僧，[三]1485 法緣成，[聖][另]1721 之由，[另]1721 即成菩。

覺：[甲]1828 窹瑜伽，[三]、揩[宮]374 之如人。

括：[甲]1775 之焉前。

酩：[博]262 莫復與。

慢：[元][明]1486 解疾得。

捨：[甲]1863 四記失，[乙]1816 無貪嗔。

識：[三][宮]2104 也。

釋：[三]、慢[宮]2121 群臣百。

說：[甲]2261 法門雖。

巳：[三][宮]1507 即達。

蘇：[元][明]664 即起舉。

恬：[甲]2036 契佛心。

同：[甲]2255 等者案。

脫：[宮]754 各各修，[三]100 都無諸。

謂：[知]2082 儀同云。

梧：[明]1450，[宋][元]2061 不吟數。

愄：[三][宮]2103 浮游三。

晤：[明][宮]2108 義在擊，[明]2060 晝藏夜，[三][宮]2060 時心莫，[三]2154 言相對，[宋]1092 解於何，[宋][元][宮]2103 許以自，[宋][元]2154 者流濫，[宋]945 如雞。

誤：[明]2016 行解相，[三][宮]2029 者，[宋]、忤[元][明]2122 久而，[元][明]2060 非吾師。

寤：[宮]534 會得免，[宮]614，

[宮]2040 得無上，[甲]1778 者悟，[甲][乙]2087 便苦心，[明][甲]1177 聖力品，[明]476 已夢中，[明]999 即啼哭，[明]1450 菩薩爾，[明]2063 後七日，[明]2151 心神喜，[三]1 無餘智，[三]76 念曰當，[三][宮]2058 舉聲大，[三][宮]2058 者罪我，[三][宮][聖]294 我，[三][宮][聖]425 化，[三][宮][聖]1579 或於真，[三][宮]263 不肯尋，[三][宮]268 愁憂恐，[三][宮]380 則心歡，[三][宮]613 令得解，[三][宮]639 十六不，[三][宮]669 遍視衆，[三][宮]671，[三][宮]749 則心歡，[三][宮]1548 說法默，[三][宮]1552，[三][宮]2058，[三][宮]2121 失，[三][宮]2121 曰分國，[三][宮]2122 則心歡，[三][聖]125 勿著於，[三][聖]291 諸不覺，[三]101 不復得，[三]125 大用愁，[三]153 常安我，[三]161，[三]185 即時自，[三]185 驚乃知，[三]187 中心驚，[三]194 無有境，[三]196 世尊又，[三]201 仰，[三]212 如服，[三]212 是謂入，[三]212 者如彼，[三]245，[三]375 故七為，[三]375 亦無覺，[三]375 之如人，[三]397 時與若，[三]1331 阿難即，[三]1345 心我所，[聖]125 是時，[聖]291 悉使覺，[聖]380 無生勝，[聖]754 時大，[宋][宮][聖][另]310 菩提，[宋][宮]656 乃應如，[宋][宮]817，[宋][元][宮]664，[宋][元]2061 而尚學，[宋]145 愚者，[宋]309 皆由前，[宋]309 菩薩爾，[乙]1822 答也如，[元][明]187，[元][明]189 心自念，[元]

[明]415 及夢，[元][明]992，[元][明]1509 則還，[元]2053 之或可。

窘：[三][宮]380 已振衣，[聖]234 故與諸，[宋][元][聖]、寙[明]125 王意耳。

醒：[宋]、覺[元][明]157 一。

性：[甲]2017 清淨性，[甲]2270 比量比，[甲]2270 故如汝。

修：[原]1890 善財一。

宣：[甲]2261 請錯綜。

言：[甲]、悟[甲]1782 更。

怡：[宋][元]2103 云漸究。

詣：[聖]2157 三學坐。

憶：[甲]1969 念見如。

語：[甲]1721 群生靈，[甲][乙]1821 解謂達，[甲]1723，[甲]1724 人爲漸，[甲]1816 答爲謀，[甲]1816 且隨鄙，[甲]1839 皆悉是，[甲]1929 分明名，[甲]2036 即，[甲]2214 示，[甲]2261 唯識性，[甲]2261 無我名，[甲]2266 五者彼，[甲]2777，[明]2060 如常，[三]154 其意當，[三]2151 云何不，[聖]278 諸衆生，[乙][丙]876 眞實，[乙]1816 具足顯，[乙]2376 眼見沙，[原]2248 通大小，[原]902 百千無，[原]1818 不須復，[原]1854 如實而。

增：[甲][乙]2254 天故名。

證：[甲]2195 解四結，[甲]2195 義能叶，[甲]2313 機所謂。

知：[甲]2426 吾非但。

諸：[甲]2262 法眞理。

惧

惱：[原]、忤[甲]2196。

忤：[明][宮]2103 之愆伏。

悟：[聖][知]1441 者爲。

誤：[三]152 中之耳。

務

費：[三]2103 至於。

貴：[三][宮]317 來神卑。

豪：[元][明][宮]614 貴處七。

矜：[明][和]293 自事各，[三][宮]2102 戀所留，[三][宮]2102 之情寧，[三]192 施以財，[三]2110 耕孔子。

救：[三][聖]1440 事。

瞀：[三][宮]2060 賓主咨。

墓：[元][明]309 魄太子。

慕：[元][明]810 求道慧，[元][明]810 求追逐。

事：[三][宮]2060 形。

婺：[甲]2276 州雲黃。

霧：[明]2103 蠲四民。

行：[三][宮]2060 盡。

預：[三]、與[聖]210 慮莫知，[三][宮]1650 造橋梁。

豫：[宮]814 生於戲，[三][宮]493 世俗故，[三][宮]2122 章僞稱，[三]2110 令周備，[三]2145 難遭之，[元][明]152 好小禮，[元][明]721 樂不生。

晤

晧：[宋]2060 駮。

悟：[宮]2060 語吾，[甲][乙]2393

一切如，[三][宮]2053 英秀日，[三][宮]2059 齊人家，[三][宮]2060 清遠以，[乙]2157。

語：[三][宮]2059 言相對，[三][宮]2060 成章衆。

隖

烏：[甲]973。

隝：[三][宮]1545 陀衍那。

麳

婆：[三][宮]882 引沙。

務：[宮]2122 州人少，[甲]2006 州東陽。

塢

鵭：[甲]2128 猛反集。

樢：[三][宮]1453 間。

嘔：[明]880 字門一。

沃：[甲]1000 俱黎。

鄔：[明]1005。

隖：[明][甲]989 波難陀，[明][甲]下同 989 此哩二，[三][宮]1545 波離等。

塢：[甲]2038。

邑：[甲]1909 偸劫盜。

誤

錯：[三][宮]1458 害父母。

該：[甲]2039 丙午立。

悍：[三][宮]2102 矣論又。

護：[三][宮]665。

理：[甲]2263 歟但依。

録：[聖]2157。

沒：[原]1796 之者一。

沒：[三][宮]403 一切衆。

謬：[丙]2190 不失是，[甲]2271 說因言，[甲][乙]2250 矣然慈，[甲]1913 觀者輒，[三][宮]394 聲音嘶，[三][宮]416 言，[三]2154 或，[原]1744 矣有餘。

勸：[宮][甲]2008 他人自。

捨：[三]2043。

設：[宮]2123 聲七深，[宮]351 失之短，[甲]1816 犯三業，[甲]2274 法自，[三]、悟[宮][聖]1425 忘不受，[三][宮][聖]225 有恚，[三][宮]376 受學者，[三][宮]1559 殺餘人，[三][宮]1562 等無或，[聖]279 起捨衆，[聖]2157 非欲指，[乙]2249 作十二，[元][明]2016 學中論。

攝：[甲]2271 也。

失：[原]、[甲]1744 所以然。

說：[甲]2128 也，[三][宮]1547 彼客比，[聖]1425 害中人，[聖]1425 說心狂。

談：[甲]2261。

忏：[明]155 其意，[三][聖]190 人下賤，[三]2104 即奏云，[三]2106 犯者衆。

悟：[宮]2112，[甲]2261 令學者，[甲]2261 也者辨，[三][宮]2044 哉昔隴，[聖]2157 經水喻，[另]1721 故云自。

愄：[宮]262 服毒藥，[三][宮][聖]1442 等自手，[三][宮]309 復，[三][宮]544 亂意，[三]99 聽沙，[元]

[明]2154 也。

寤：[三][宮]2122 不時還。

信：[三]361 傾邪准。

渝：[甲]2073 衆中益。

語：[甲]2130 也，[明]2154，[聖]1425 害後人。

寤

覺：[宮]374，[甲]1799 如蓮華，[三][宮]397 而得菩，[三][聖]26，[三][聖]26 如是，[三][聖]26 語默皆，[三][聖]26 者妹便，[三][知]26 語默皆，[三]26，[三]26 不聞此，[三]26 告曰，[三]26 起語長，[三]26 語魔王，[三]26 則知寤，[三]153 時諸惡，[聖]26 語默皆。

開：[三]631 不別深。

瘦：[元][明]26。

寐：[甲]1816 所作勇，[三]1 語默攝，[三]186 起，[三]212 成諸道，[三]212 心意潔，[三]1331 顛倒見。

癙：[宋][元]、夢[明]184 對曰向。

夢：[宮]1546 已不忘，[三][宮]263，[三]154 甥得。

寝：[元][明]2058 而責之。

審：[宮]2060 寐然於。

寤：[宋][宮]、[元]310 已互相。

悟：[宮]2040 及鞁，[宮]309 於無餘，[宮]374 尋自思，[宮]448 佛，[宮]1507，[宮]1591 之，[宮]2121 憶念夢，[宮]2122 而責之，[甲]1828 勤修觀，[甲]2082 家人奉，[明]212 法我爲，[明]316 寶雲聞，[明]2076，

[明][甲]1177 入諸佛，[明][甲]下同1177 入是時，[明][甲]下同 1177 入諸佛，[明][甲]下同 1177 聖力第，[明][甲]下同 1177 心鏡瑩，[明]205 識無常，[明]2102 之道何，[明]2105 諸大德，[三]、一[聖]125，[三]193，[三]203 還以鑰，[三]212 故謂覺，[三]2122 憂愁啼，[三][宮]、晤[甲]2053 令，[三][宮]244，[三][宮]279 十方刹，[三][宮]309，[三][宮]309 欲使香，[三][宮]310 者，[三][宮]656 如汝所，[三][宮]2122 此，[三][宮]2122 道者亦，[三][宮]2122 心澄靜，[三][宮][另]281 呪願達，[三][宮]285 之開之，[三][宮]288 覺道，[三][宮]294 一切知，[三][宮]300 法自在，[三][宮]309 大智之，[三][宮]309 漏盡意，[三][宮]309 唯有如，[三][宮]309 終不隨，[三][宮]323 人然後，[三][宮]338 一切世，[三][宮]374 已心生，[三][宮]403，[三][宮]425 懈廢，[三][宮]433 衆生善，[三][宮]534 醉醒婦，[三][宮]541 兄者，[三][宮]656 爾時世，[三][宮]749 還爲比，[三][宮]1505 是恚得，[三][宮]1507 處以爲，[三][宮]1579 少事少，[三][宮]2043 便欲捉，[三][宮]2045 眼得清，[三][宮]2060 方知夢，[三][宮]2103 三空將，[三][宮]2121，[三][宮]2121 得羅漢，[三][宮]2121 即以瓔，[三][宮]2121 願滅其，[三][宮]2121 曰四人，[三][宮]2121 之爲說，[三][宮]2122，[三][宮]2122 彼有情，[三][宮]2122 此可笑，[三][宮]

2122 從佛得，[三][宮]2122 大乘，
[三][宮]2122 大乘四，[三][宮]2122
道，[三][宮]2122 道惰之，[三][宮]
2122 而登之，[三][宮]2122 法七念，
[三][宮]2122 法應乃，[三][宮]2122
非常，[三][宮]2122 非常成，[三][宮]
2122 分身也，[三][宮]2122 高非，
[三][宮]2122 跪而謝，[三][宮]2122
還生悔，[三][宮]2122 恨不見，[三]
[宮]2122 宏遠上，[三][宮]2122 後還
都，[三][宮]2122 悔其本，[三][宮]
2122 即起，[三][宮]2122 即作沙，
[三][宮]2122 解三事，[三][宮]2122
盡誠懺，[三][宮]2122 競共出，[三]
[宮]2122 絕離三，[三][宮]2122 開棺
棺，[三][宮]2122 剋責即，[三][宮]
2122 理必藉，[三][宮]2122 連建福，
[三][宮]2122 六塵輕，[三][宮]2122
命終者，[三][宮]2122 念知前，[三]
[宮]2122 其非凡，[三][宮]2122 騎頸，
[三][宮]2122 清，[三][宮]2122 什亦
神，[三][宮]2122 神英，[三][宮]2122
生歡喜，[三][宮]2122 生老病，[三]
[宮]2122 失兒具，[三][宮]2122 是地
獄，[三][宮]2122 寺僧並，[三][宮]
2122 問比丘，[三][宮]2122 無爲之，
[三][宮]2122 怡神淨，[三][宮]2122 圓
覺所，[三][宮]2122 真理心，[三][宮]
2122 指事而，[三][宮]2122 尊者占，
[三][宮]2122 昨之迎，[三][宮]下同
656 乎爲音，[三][宮]下同 656 無師
一，[三][宮]下同 2122 其心令，[三]
[宮]下同 2122 無上菩，[三]100 作是

念，[三]125 曰甚善，[三]152 曰分國，
[三]152 之，[三]186 老病死，[三]190
發出家，[三]193 佛，[三]193 我無種，
[三]194 彼衆生，[三]196 意解便，[三]
201 善哉大，[三]210 明，[三]212，
[三]212 抱愚投，[三]212 不開，[三]
212 法，[三]212 後學三，[三]212 將
諸，[三]212 靡不解，[三]212 卿一人，
[三]212 染著世，[三]212 慎莫，[三]
212 一切諸，[三]212 則常歡，[三]212
之士告，[三]291 其有行，[三]374 之
心云，[三]375 已，[三]2122 旦而自，
[三]2145 復多矣，[三]下同 656 深法
要，[三]下同 310 者亦是，[聖]125，
[聖]125 坐臥經，[聖]225 即起坐，[聖]
225 之也，[聖]663 已至，[聖]664 心
大愁，[聖]1549 法善諷，[聖]1549 故
曰阿，[聖]1579 正知住，[宋][宮]、懷
[元][明]2122 胎至四，[宋][宮][聖]383
而作是，[宋][宮]309 當念，[宋][宮]
389 煩惱毒，[宋][宮]2122 心大愁，
[宋][明][宮]221 須菩提，[宋][聖]125
起於亂，[宋][元][宮]448 佛南無，[宋]
[元][宮]448 者，[元][明]309 便成無，
[元][明]375 既醒，[元][明][宮]309 乃
知妄，[元][明][宮]309 亦復如，[元]
[明]125 猶如今，[元][明]155，[元][明]
212，[元][明]212 祭祀神，[元][明]212
是故說，[元][明]309，[元][明]309 疑
結數，[元][明]310 安隱妙，[元][明]
310 於不，[元][明]329，[元][明]485
於愚癡，[元][明]785，[元][明]下同
309 力善超。

窳：[宋]187 已遍體。

語：[三][宮]425 衆生。

窹

悟：[三][宮]2122 遂舉兵。

霧

覆：[三][宮]721。

霽：[原]2001 容懷月。

露：[甲]2036 合西舍，[三][宮]
2123 半層生，[三][宮]2123 勢不久。

霈：[明]2103 四境甘。

窮：[三][宮]2103 滌望北。

務：[三][宮]2059 而皆不。

鶩：[明][宮]2123 託，[明]2122
託白淨。

雲：[三][宮]2122 昏三，[原]2006
起高山。

鶩

鶩：[宋][宮]263 周旋詰，[宋][宮]
2060 義。

鶩

鶩：[三][宮]2103 枌鄉訪。

鶩：[宮]2102 一異競。

霧：[三][宮]2122 託迅。

鶩：[三]682 生殺輪。

鶩：[宋][明]2125 獨。

X

夕

多：[宮]2060 出住寺，[甲]2266 卽可還。

漢：[三]2110 夢金人。

久：[甲]2036 作何行，[三][宮]2122 蘇活説，[元]2060 又放赤，[元]2122 因覺爲。

名：[宮]2104 不寐爲，[明]2145 歸悠。

明：[宮]2060 三塗苦。

暮：[甲]2035 矣豺狼。

且：[甲]2217 初分中。

勾：[三][宮]345 饍無鄙。

時：[三][宮]2059 門人莫。

昔：[聖]1428 不絕彼。

歇：[宮]2059 放光照。

夜：[聖]211 持佛法。

兮

号：[聖]2157 流。

號：[甲]1924 凝湛，[三]1336 卑柔卑，[乙]877 兮若。

乎：[三][宮]2103。

嵆：[宋][元]951 反上聽。

焉：[三][宮]2034 而夷泊。

中：[甲][丙]、中兮[丙]2120。

子：[三][宮]386 摩跂多，[三]992 利社羅，[宋][宮]下同 397 阿兮阿。

西

北：[宮]2040 方所以，[甲]2087，[三][宮]2122 山鑿巖，[三][聖]1 方所以。

並：[甲]2035 並屬梵。

東：[甲]893 面一所，[甲]901 三指一，[甲]1736 岸有其，[甲]2255 晋天竺，[三][宮]440 北方住，[三][甲][乙]2087 二十餘，[宋][元]2153 晋惠帝，[元][明]2154 賓，[原]2412 也妙觀。

而：[甲]2266 不恒有，[聖]2157 行漸屆。

後：[甲]2037 秦弘始。

即：[甲]2266 明道。

兩：[宮]2025 序章終，[甲][丙]2286 國取此，[甲][乙]2250 國受戒，[甲]2035，[甲]2217 方諸菩，[甲]2250 北洲唯，[甲]2299，[乙]1239 面爲門。

嶺：[三][宮]2053 名。

面：[丁]2244 目亦云，[甲]2035 但能從，[甲][乙]2207 銀牛口，[甲]893，[三]、而[宮]、惡[甲]2044。

洒：[三][宮]2059 適成都。

南：[甲][乙]908 而，[三][宮]、西南[甲]2053 行千餘，[三][宮]397 方海中，[三][宮]2040，[乙]2092 陽門内。

栖：[元][明]2103 賢寺設。

四：[宮]1451 國法也，[宮]2122 方海中，[甲]2068 海而別，[甲]2128 典千典，[甲]2400 觀紅北，[明]2123 壁到已，[明]2146 方諸聖，[三][宮]848 向通達，[三][宮]2122 大女國，[三][宮]2122 僧令婢，[三][聖][甲][乙]953 印曼，[三]99，[三]187 面而行，[三]2112 夷，[三]2154 十里中，[聖]2157 崇福寺，[聖]2157 明寺撰，[乙][丙]973 面外去，[乙]2394 方故東，[元]719 方，[元]2088 番。

先：[三][宮]1464。

凶：[三]21 一人言。

血：[聖]2157 來徒衆。

要：[宮]2122 方俗人。

一：[三][宮][甲]2053 下是佛。

酉：[甲]2128 方日狄，[甲]2128 北入波，[乙]2263 院修之。

雨：[甲]1065。

曰：[明]2154 晋沙。

正：[甲]2035 向而化，[乙]2261 明意者。

州：[甲][乙][丁]2092 刺史隴，[明]2076 盧山雙。

住：[原]2196 神足力。

宗：[明]228。

吸

及：[元]331 諸滋味。

汲：[三]152 水。

歙：[三][宮]1505 煙。

翕：[元][明][乙]1092 集一切。

噏：[三][宮]、翕[石]1509 鐵如眞，[三][宮]1506 煙彼於。

扚

空：[元][明]153 虛我之。

希

不：[宮]2103 留。

布：[福]279 有，[宮]1425 織者非，[甲]1030 於佛菩，[甲]1782 床訶令，[三][宮]309 現智，[三][宮]1549 有漏是，[三][宮]2027，[三][宮]2102 者命寧，[三][宮]2122 張永王，[三]1 現則名，[三]194 現覺悟，[三]194 相，[宋]186 言屢中，[宋]2149 邪徑捷，[元]2123，[原]1776 於後故，[中]440 佛南無。

怖：[甲]1778 望故名，[三][宮]1631 淨，[聖]1522 中天竺。

常：[明]152 聞比丘，[三]、希聞希間[宮]263 聞講説。

當：[三]153 滿所願。

等：[宮]1425 行與我。

非：[元]2016 有。

顧：[三][宮]2103 垂照覽。

悋：[聖]272 望心。

教：[宮]1605 法若於。

恪：[宮]1523 求大乘，[明][宮]2029 法經。

求：[三][宮]638 望便墮。

甚：[甲][乙]2309 奇甚爲，[元][明]299 希有。

未：[明]340 求是修。

俙：[明]1442 其父聞，[元][明][甲]901 帝十五。

悕：[宮]278 望恭敬，[宮]278 望逮得，[宮]278 望自然，[甲]1736 冀隨其，[甲]1828，[明]316 有，[明]318 冀不懷，[三]152 心欲其，[三]220 正法不，[三]2145 不，[聖]278 望欲性。

晞：[宮]309 望成福，[宮]309 望五垢。

睎：[宋][元]2063 顏之士。

稀：[宮]1428，[明]316 有一一，[明][宮]2087 請益方，[明]316 求，[明]316 望常當，[明]316 有，[明]316 有法律，[明]316 有勝慧，[明]843 有不思，[明]843 有世尊，[明]843 有事而，[三][宮]、布[聖]397 潤枯竭，[三][宮]2085 曠止有。

曦：[明]2016 光隨孔。

喜：[甲]1912 走狗。

肴：[甲]1816 改決。

潃：[元][明]2123。

者：[聖]371 有事何。

昔

百：[宮]310 有佛號。

背：[甲]1736 以初十，[元]1451

有六王。

本：[甲][乙]1822 集，[甲]2195 名雖說，[三][宮]263 至于今。

曾：[甲][乙]2263 發大心。

楮：[三][宮][甲][乙]2087 竹園居。

到：[明]187 兜率宮。

等：[甲]2053 仲由興。

第：[宋]2146 爲鹿王。

而：[三][宮]2122。

介：[聖]190 日以諸。

梵：[原]1774。

共：[三][宮][聖]383 於過去，[三][宮]2060 習故有，[聖][另]1442 日曾，[原]2408 皆。

古：[三][宮]2104 稱菩提。

皆：[宮]1452 時苾蒭，[甲]1782 由虛妄，[明]2087 摩臘婆，[乙]2092 有商人。

今：[三]674 未曾見。

舊：[丁]2244 烏場或。

苦：[宮]、若[聖]2042 慇懃勸，[宮]322 之有非，[甲]2261 時界外，[宋]1559 福非福，[原]2339 空無我。

普：[宮]656 行施度，[宮]2040 至今起，[明][宮]279 於一，[三]278 不生卉。

日：[三]203 施鉢因。

若：[三]99 有時釋，[元]2060 竺道生。

岂：[甲]2036 萬里沙。

世：[三][宮][甲][乙]2087 多此說。

釋：[另]1721 未實滅。

首：[甲]1781 貧里，[三]26 善逝如。

宿：[三]154 飢渴見，[元][明]26 然之或，[元][明]26 燃之或。

夕：[甲]2036 夢爲勇，[甲]2036 夢相責。

悉：[明]293 救彼令，[三][宮]2043 見佛來。

惜：[明]327 捨身數。

先：[三]1339 於王舍。

寫：[三][宮]2122 之心哉。

眼：[元][明]375 所不見。

以：[明]293。

亦：[明]、明註曰亦字南藏作昔字 1545 聞佛曾。

音：[宮]2059 與師，[宮]2060 疑乃以，[宮]2087 劫初人，[甲]1723 權有四，[明]2102 有，[明]2110 行者登，[聖]2060，[元]497 在閻浮，[元]639 時我子。

有：[甲]1735 理無二，[原]2339。

又：[三][宮]374 時在毘。

者：[丙]2381 蓮華臺，[甲]2255 爲此縁，[甲]2299 外道具，[甲]2299 爲，[三][宮]313 求菩薩，[三][甲]1332 國王，[三]190 獲得如，[宋]2112 怪焉今。

諸：[宋][明][宮]414 四流。

著：[三][宮]2103 綢繆。

自：[三]190 觀看生，[宋]1339 來未有。

枂

枂：[甲]1733 衆生性，[三]187 諸定差。

折：[聖]416 還令，[宋]2153 佛經一。

析

拆：[甲][乙]1822 至説乃，[乙]852 開，[乙]1822 自在名。

刺：[宮]653。

斷：[三][宮]、折[聖]376 石説過。

拊：[元][明]2103 事寂寥。

斤：[宋]1 修途所。

片：[甲]893 復上有，[三][宮]2122 理琳今。

祈：[宮]2122 悔前所，[和]293 一切佛，[三][甲][乙][丙]930 願遍數。

散：[三]192 乖理本。

誓：[三][宮]263 此誼。

泝：[三][宮]1647 不流不。

所：[元]1579 麁物乃。

柝：[宮]下同 1571 未，[甲]1805 故先，[明]613 何者是，[明]1562 數成多，[三]2145 之中而，[宋][宮]2060 新奇抗。

欣：[三][甲][乙][丙]930 慕現前。

薪：[三]1 杵。

研：[明]2059 至明清。

折：[宮]2103 色心或，[宮][聖][知]1579 諸行別，[宮]387 有壞密，[宮]413 如微塵，[宮]1484 骨爲筆，[宮]2059 文求理，[宮]2060 玄滯後，[宮]2060 疑伏每，[甲]1751 巧拙有，

[甲]1795 汝識於，[甲]1836，[甲]2129 皆形聲，[甲][乙]1822 顯非實，[甲][乙]1822 出，[甲][乙]1822 各各別，[甲][乙]1822 漸，[甲][乙]1822 如波，[甲]1239 身猶如，[甲]1239 碎頭破，[甲]1805 如指諸，[甲]1871 爲十類，[甲]1912，[甲]1918 法，[甲]1918 法道品，[甲]1918 體拙巧，[甲]1922 悉如上，[甲]2006 之邪諸，[甲]2014 誰無念，[甲]2087 石然後，[甲]2087 微言提，[甲]2087 詳其優，[甲]2129 上府文，[甲]2266 故是法，[甲]2296，[明]261 與人，[明]1564 之以中，[三][宮][聖]231 菩薩摩，[三][宮]513 一髮以，[三][宮]1545 石而斷，[三][宮]2034 佛經一，[三][宮]2122 谷内椶，[三][宮]2122 於智慧，[三][宮]2123 減又起，[三]220 所以室，[三]2145 傷玷缺，[三]2154 護所集，[三]2154 字，[聖]99 破棄於，[聖]1562 爲下中，[聖]1579 言五者，[聖]1602 麁物乃，[宋]1579，[宋][宮]1453 爲，[宋][宮]2102，[宋][元]、拆[宮]下同 1579 諸色至，[宋][元][宮]2102，[宋][元][宮]2102 三破論，[宋][元][宮]2123，[宋]1509 不可得，[宋]2103 秋蟬靈，[宋]2103 疑論唐，[宋]2112 辯之夫，[宋]2145 振發義，[宋]2149 疑略二，[乙]1822 制伏令，[元][明][甲]2125 開十物。

礫：[甲]893 皆須濕。

斫：[甲]1239 頭作七。

朌

盼：[宋][宮]、眆[元][明]2103 之嗣絶。

影：[宮]2103。

岔

多：[宮]2060 于鍾皋。

僑

恬：[宮]2102 未，[聖]26 屬辭句。

稀：[甲]1969 識心文，[明]2076 似曲才，[宋][元][宮]2122 如夢。

郗

絺：[三]190 那摩訶，[三][宮]669，[三][宮]1546 羅往長，[三]190 羅邊摩，[三]190 羅村陀，[三]190 羅房門，[三]190 羅摩訶，[元][明]1509 羅拘。

都：[三][宮]2122 恢。

郊：[三]2122 國之故。

稀：[元][明]1509 那阿。

恓

悽：[明]2131 惶奔赴。

栖：[宋]、栖[宮]2122 惶失據。

唏

嗁：[三]1336 泯阿勿。

希：[甲]1238 梨，[三]1336 泥唏泥。

晞：[三]1336 咩唏隸。

息

鼻：[宮]397 本無有。

不：[乙]1821 求故不。

出：[和]293 及以出。

除：[三][宮]2123。

怠：[宮]1488 失身命，[甲][乙]1909 乘智，[明]220 攝大慈，[明]220 求諸善，[明]265 佛於是，[三][宮]606，[三][宮]1509 是名精，[三][宮]2121 自致，[三][宮]2123 其長者，[三]220 求諸善，[聖]1451 未證得，[元][明]1509 故具足，[元][明]1509 故舍利，[元]1462 已起追。

恩：[宮]263 非，[宮]2102 駕本夫，[甲]1783 攀緣謂，[三][宮]2060 難顧鳩，[宋][元][宮]2040 愛終日。

伏：[三][宮]1435 還使一。

慧：[元][明]310 所行清。

寂：[甲][乙]867 災法取，[甲][乙]867 災增益，[甲]2228 災增益。

加：[三][宮][甲]2053 平復。

見：[三][宮]629 沙門持，[乙]1821 求非見。

具：[甲]2281。

慮：[三][宮]1562 爲。

滅：[甲][乙]1866 以是義。

目：[三]2145。

鳥：[明]305 智故取，[聖]1425 心定時。

氣：[三][宮]581 絶火滅。

憩：[甲]2128 也戰國。

塞：[聖]211 中庭如。

身：[元][明][宮]614 念止中。

食：[明][和]261 不安恒。

識：[宮]606 順而出。

思：[甲][乙]1821 求，[甲]2128 之也説，[明]1425，[宋]1563 故立動，[宋]1542 心勇悍。

悉：[宮]286 閉在三，[甲][乙]867 若常用，[甲][乙]1222，[甲]1239 香三稱，[明][甲]1260 香，[明]312 除一切，[明]414，[明]722 除塵垢，[明]896，[三][甲][乙]972 香若作，[三][甲]1080 香等和，[三]101 不，[三]953 諸天法，[三]956 香，[三]1374 熏陸，[宋][元]950 災等三，[宋][元]1096 香，[宋][元]1181 香熏之，[宋][元]1202 香零陵。

瘜：[三]374 肉八如，[元][明]125 肉後轉。

相：[甲][乙]2207。

想：[明]1545 第二之，[聖]311，[宋][元]、明註曰息南藏作想 1521 覺觀相。

消：[甲]1736 相疏聖，[三]1414 滅又若。

懈：[三]202 佛告阿。

心：[甲]、自心[乙]2397 煩惱隨。

姓：[三][宮]2122 每祷祀。

意：[明]2154 三藏安，[三][宮]1478 思念經，[元][明]1579 一切事。

胤：[三][宮]2122 者皆往。

止：[三][聖]125 住復從。

志：[三][宮]2121 行不覺。

衆：[三]、悉[宮]2122 天王來。

子：[三][聖]211。

自：[宮]2034 恚經一，[宮]513 奔突走，[宮]1563 地，[宮]2108 驚象王，[甲][乙]1225 相捻禪，[甲]1733 心謂一，[甲]1851，[甲]2412，[明]293 熱光，[三]99 法一切，[三]99 住受縛，[三][宮]1579 語言自，[三][宮]221 知意與，[三][宮]278 滅住大，[三][宮]606 守意求，[三][宮]656 意不復，[三][宮]656 意成道，[三][宮]1548，[三][宮]1579 遣，[三][宮]2034 知身偈，[三]125，[三]212 怨者自，[三]953 忿怒生，[聖]1 滅，[聖]125 覺知有，[聖]210 心非剔，[聖]1464 調達亦，[宋][宮]1509 除食患，[宋]1546 時知息，[元][明][宮]834，[元][明]212 怨滅怨，[元]1488 譬如飢，[知]266 斯礙遠，[知]384 在胞胎。

奚

何：[甲]1775 爲。

紇：[乙]2391 哩字。

鷄：[三][聖]、羅[宮]294。

灸：[知]26 米何犁。

爽：[三][宮]2103 感將吼。

兮：[三][宮]397 摩跋多，[三][宮]397 周迦國。

溪：[甲]2036 斯歌虞。

矣：[三][宮]2103 可與言，[三]474 但身見。

魚：[甲]2244 敬反。

爰：[三]2145 所取明。

子：[宋][宮]、尼[元][明]397 曼多龍。

怖

布：[明]832 如是語。

怖：[宮]397 求得彼，[宮]648 欲善，[宮]1611 寂樂故，[甲][丁][戊]2187 取一湌，[甲]1512 聞佛，[甲]1804 心何以，[明]1536 求欣求，[明]1336 彌，[明]1522 望供養，[三][宮]、希[聖]1443 者應告，[三][宮]675，[三][宮]721 彼處如，[三][宮]1536 求已滅，[三][宮]1674 佛說應，[聖]663 帝三曼，[聖]1581 望求，[聖]1733 取美名，[另]1543 望若欲，[宋][元]1628 他決定。

恦：[明]、怖[宮]2121 深自傲。

説：[乙]1723 也。

望：[三][宮]1579 名悕望。

悕：[宮]451 福德斷，[宮][聖]660 求，[宮]263 望，[宮]323 求堅，[宮]325 望智勝，[宮]459 望皆從，[宮]482 望出世，[宮]534 望天福，[宮]564 求以，[宮]618 望説阿，[宮]618 望無量，[宮]618 望則於，[宮]660 望九者，[甲]1733 法心前，[甲]1733 求義證，[甲]1733 生天者，[甲]1733 同出世，[甲]1733 心大法，[甲]1733 願無師，[甲]2157 望經一，[明][聖]221 望者所，[明]221 望，[明]397 望阿修，[三]187 求無息，[三][宮]310 望故離，[三][宮]476 求雖復，[三][宮]485 望欲入，[三][宮]573 求正覺，[三][宮]586 望功德，[三][宮]587 望功德，[三][宮][博]262 望又不，[三][宮][別]397，[三][宮][別]397 受生常，[三][宮][別]397 餘乘故，

[三][宮][聖]660 求利養，[三][宮][聖]397 望觀如，[三][宮][聖]425 望猶，[三][宮][聖]626 望作是，[三][宮][聖]639 果修諸，[三][宮][西]665 求事悉，[三][宮][知]266 望譬如，[三][宮]310 望，[三][宮]314 求樂心，[三][宮]347 妙法欲，[三][宮]397 求識者，[三][宮]397 望聲離，[三][宮]398 望是寶，[三][宮]410 望同所，[三][宮]423 望一切，[三][宮]425 望之業，[三][宮]433 望無有，[三][宮]443 望如來，[三][宮]478 望心，[三][宮]566 望非動，[三][宮]618 有見已，[三][宮]626 望無所，[三][宮]639，[三][宮]657，[三][宮]665 求速得，[宮]679 望方便，[三][宮]1523 求，[三][宮]1546 有想若，[三][宮]下同 341 望無所，[三][宮]下同 403 望福所，[三][宮]下同 425 求是曰，[三][宮]下同 624 望以法，[三][宮]下同 626 望故以，[三][宮]下同 660 求出世，[三][宮]下同 660 求故七，[三][宮]下同 678 望清淨，[三][聖]627 望則應，[三]99 望好衣，[三]157 求，[三]157 望於發，[三]163 勝法召，[三]187 求勝樂，[三]203 仰白老，[三]210 望欲解，[三]212 望衣被，[三]264 取，[三]311 望而不，[三]311 望於上，[三]311 欲佛法，[三]1341 望，[三]1341 望六法，[三]1341 望無有，[三]2145 感之誠，[三]2149 望經，[聖]310 望菩提，[聖][甲]1723，[聖]1494 臣佐當，[宋][明][聖]1017 如來甘，[宋][明]187 速下生，[宋][元][宮]

1581 望清淨，[元][明][宮]614 望，[元][明]658 望心自，[原]1858，[知]418 望施人，[知]下同 1581 望故以。

稀：[明]316 求名聞，[明]316 望求佛，[明]721 天如。

忻：[甲]1958 趣入若。

行：[元][明]421 望於一。

異：[宮]1515 求。

有：[聖]1494 取者解。

屖

摩：[三][宮]721 挈洲次。

晞

怖：[三][宮]2122 酸疼更。

晞：[甲]2128 同虔依，[甲]2128 意道言，[三][宮]2103 齡永苟，[三]17 坐六面，[宋][宮]2059 字玄宗。

稀：[宋][宮]2058 唯有善。

羲：[乙]2092。

腠：[甲]2128 下稀依，[三][宮]1562。

悉

半：[三][宮]657 現此諸。

悲：[聖]222 越度一。

必：[三][宮]1451 當除殄。

遍：[乙]1822 發聲又。

不：[宮]397 發勇猛，[三][聖][宮]528 令滿其。

長：[三][宮]2122 應得道。

臣：[另]1442 皆見嫉。

垂：[三]157 以莊嚴。

達：[乙]865 地成就。

得：[明][乙]994 滿足，[明]278 清淨一，[三][宮]411 銷滅，[聖]222 將護內，[乙]867 退散。

都：[三]1339 以雜色，[三][宮][聖]376 非其境，[三]1339 由此門。

惡：[宮]1545 名爲有，[甲]1805 人用智，[明]921 地願諸，[三]153 捨身命。

而：[三][宮]292 共曲躬。

法：[三]1582 覺知優。

縛：[原]2412 寧此言。

各：[三][宮]、彼[別]397 生慈心。

光：[聖]291 見於衆。

還：[明]1450 遭苦難。

忽：[三][宮]638 現他方。

化：[三]1532 令得阿。

患：[甲]2281，[三]361 各自然，[三][宮]2060 爲心計，[聖]613 見四大，[宋]310 亦等矣，[知]1579 寂滅當。

毀：[三][宮]2034 滅。

恚：[甲]1828 尋思以，[甲]1828 與苦憂，[甲]1870 使，[三][宮]2121 去長者，[元][明]196，[元][明]224 不捨去。

惠：[丙]1184 地應須，[乙]2408 皆云是。

即：[明]190 得自。

皆：[甲][乙]1866 亦如是，[三]264 能知，[三][宮]724 具犯之，[三][宮]1458 使周遍，[三]171 發無上，[聖]371 空名名，[乙]1871 於，[乙]1909 捨，[乙]2396 具一人。

盡：[甲]1841，[甲]2218 以金剛，[三][宮]1425 令集，[三][聖]1440。

來：[甲]1816 論第三，[聖]125 縛之共。

毛：[聖]292 感諸國。

没：[明][甲]1175 地捺。

迷：[宮]672 空無自，[甲]2217 能起用，[三]、遂[宮]2103 敬信單，[三][宮][聖]2060 略璋弧，[三][宮]299 遭苦，[三][宮]606 不自覺，[三][宮]721 没於道，[三][宮]2041 生誹謗，[三]631 甚矣言，[三]985 地悉地，[三]1009 他二合，[聖]361 道故有，[聖]1595 應同歸，[宋][宮]2123 欲避。

米：[聖]376 已究竟。

愍：[元]363 捨三塗。

名：[宮][聖]376 爲，[三][宮]376 爲菩薩。

能：[三]374。

怒：[明]2131 生恐，[三]721 如怨家。

平：[三][宮]657 等是人，[三][宮]657 等相是。

普：[乙]1736 能容受。

其：[三]153 破壞譬，[三]1339 得見。

起：[三][宮]639 平等莫。

遣：[三]1 無亂衆。

切：[明]278 遠離衆。

罄：[甲]1854 無不盡。

然：[宮][聖]425 使聞音。

惹：[甲]2135 也。

忍：[宋][元]1007 皆除滅，[元]

[明]589 爲閑靜。

若：[宮]1648 見此諸。

薩：[丙][丁]865 體。

瑟：[三][甲]989 吒二合。

善：[三][宮]397 修習十，[宋]895 地者以。

攝：[知]1785 屬冬分。

甚：[甲]2223 能了知。

時：[甲]1229 不暫捨。

使：[聖]1425 令集乃。

示：[三][宮]278 現一切。

是：[三][宮]1581 名共。

受：[宋][元]690 皆供養。

述：[甲][乙]1822，[宋][宮]624 欲聞佛。

私：[三]375 陀大河。

姿：[甲]1120 怛哩，[甲]1120 覩二。

所：[聖][石]1509 不得。

忘：[宮]278 能壞散，[聖]279 明徹。

爲：[明]376 消滅復，[三][宮]322 知足哉。

委：[宮]2122 以衣鉢，[甲]1782 外化德。

未：[東][宮]、亦[元][明]721 有火人。

嚥：[宮]397 多若若。

聞：[三]176 如獼猴。

昔：[明]279 開示等，[明]423 供養以。

息：[甲]901 滅無餘，[明]1330 香蛇，[明][丙][丙]1214，[明][丙]1202，

[明][丙]1202 香三時，[明][丁]1199 香，[明][甲]901 香盤次，[明][甲][乙][丙]1214 香及白，[明][甲]893，[明][甲]893 香而燒，[明][甲]901，[明][甲]901 香，[明][甲]901 香即得，[明][甲]901 香誦呪，[明][甲]901 香一千，[明][甲]901 香汁和，[明][甲]1227 香丸一，[明][甲]1228 香燒向，[明][甲]1229 香度之，[明][甲]1229 香於山，[明][乙]983 香燒，[明][乙]1008 香和酥，[明][乙]1092 香燒焯，[明][乙]1100，[明][乙]1110 香，[明][乙]1244 香白檀，[明][乙]1254 香和酥，[明][乙]1260 香以胡，[明][乙]1261 香爲丸，[明][乙]1276 香誦根，[明]890 香用赤，[明]997 香或於，[明]1005 董陸白，[明]1005 香和白，[明]1005 香摩尼，[明]1006 香及白，[明]1007 香白芥，[明]1033 香搵三，[明]1217 香發，[明]1217 香酥隨，[明]1257 香用燕，[明]1272 香及五，[三][宮][甲]901 香也薰，[三][宮]1562 可轉，[三][甲]1227 香，[三]999 香及白，[三]1005 香一千，[三]1007 香又接，[宋][明]1191 香作丸，[乙]953 香作丸。

想：[三][宮]888 無上菩。

曉：[三][宮]278 了知。

心：[甲]2299 之更思，[三]153 生懊惱。

信：[三]418 諷誦此。

業：[聖]225 得一切。

已：[三][宮]397 滿心意。

亦：[甲][乙][丙]1866 如是各，

[三][宮]227 憂毒各，[三][宮]588 俱寂以，[三][宮]657 如是目，[三][宮]664 皆迴向，[三][宮]1484，[三][宮]1581 不施與，[聖]222 不可得，[原]1898 縫合有。

義：[甲]2299 檀也又。

應：[宮]263 觀其心，[甲]1816 預解難，[聖]222 空不可。

憂：[宮]263 爲除屏。

欲：[三][聖]291 志求法。

爰：[三][宮]2122 能行動。

暫：[甲]902 得。

則：[三][甲]1080 得成就。

知：[甲]1816 覺是人。

至：[聖]224 常在佛。

志：[宮]、心[聖]1579 能安忍，[宮]415 祈無上，[甲][乙]1816 求菩提，[甲]1287 與焉吾，[甲]2400 癡好鬭，[甲]2895 誠慚愧，[明]1450 奈，[三][宮]425 永寂是，[三][宮]636 意大歡，[三][宮][聖]278 樂無厭，[三][宮][聖]318 行，[三][宮][聖]397 樂無，[三][宮][知]598 不狐疑，[三][宮]263 當悦意，[三][宮]263 在道慧，[三][宮]310 大乘四，[三][宮]318 求道所，[三][宮]534 欲發狂，[三][宮]606 更患厭，[三][宮]816 願同一，[三][宮]1549 欲行頭，[三][宮]1648 退散其，[三][聖]190 意氣，[三]26 淨妙我，[三]264 願如來，[聖]397 如金剛，[聖]291 空無自，[聖]425 和同王，[宋][宮]318 佛，[宋][明]1128 獲利樂，[元]222 皆寂然，[原]1796 孕反係。

忠：[甲]1736 守護故。

紫：[三][宮]385。

自：[三][宮]2040 充足世。

總：[甲]1724 能受。

坐：[三][宮]2121，[宋]、若[宮]626 説是諸。

淅

術：[甲][乙]2194 東沙門。

析：[甲]2035 擇説文。

淅：[甲]1969 之所無，[三]2145 河下。

渓

狹：[甲]1925 谷中及。

惜

揩：[三][宮]2053 顧斯法。

錯：[三]2103 永棄一。

積：[三][宮]2121 財不施。

憍：[甲]1828 掉舉隨。

嗟：[三][宮]2059 焉既而。

借：[甲][乙][丙]2003 也無汝，[三][宮]2102 君可，[原]2299 事緣悟。

苦：[三][宮]1425。

怙：[宮]310 身命以，[宮]1548 詭，[三]99 從怖生，[三]193 善法者，[元][明][宮]338 嫉於經。

愍：[三]374。

惆：[三]375 者如。

怒：[宮]461 不望其。

慳：[三][宮]2121。

情：[丙]1246 或時自，[宮]2102 神。

貪：[三]、貪惜[宮]2121 衣食，[三][宮]2122 瞋嫌佛。

昔：[甲][乙]894 本願眞，[明]665 身命流，[聖]125 所有如，[元]2016 身命。

悉：[元][明]2122 垂淚而。

惜：[宮]415 身。

憎：[聖]310 於軀命。

重：[元][明]362 坐之思。

晳

晳：[宋][宮]2122 端正流。

睎

睎：[三][宮]2103 僧深慧。

稀

怖：[三]、惟[宮]721 常愛語，[三][宮]721 不念無。

抄：[甲]893 寫所。

絺：[甲]1828 羅也摩。

授：[甲]2081 經數百。

希：[宮]721 之處無，[宮]2060 還是東，[三][宮]847 有甚爲，[三][宮]397 疎諸行，[三][宮]721 物而生，[聖]201 疏，[聖]643 稠得所，[元][明]397 少衰二。

俙：[宋][元]2061 西去迨。

桸：[宋][元][聖]、[明][宮]1462 老。

煬

煬：[明]883 酤，[明]882 帝引切，[明]885 迦囉十。

犀

屬：[甲]2053 那唐言。

群：[三][宮]2122，[宋][元][宮]2103 首相右。

嵠

溪：[三][宮]313 谷亦無，[三][宮]410 谷，[三][宮]410 澗溝壑。

溪

漢：[三][宮]2103 館自稱。

峻：[聖]272。

山：[宮]2121 河江海。

石：[明]2103。

婬：[三][宮]263。

苑：[三]2110 覆船龍。

熙

極：[宮]2053。

尼：[明]2040 連河，[明]2041 連河天。

希：[三]1083 怡微笑。

嬉：[宋][宮]1509 怡，[宋][宮]1509 怡而笑。

嘻：[甲]2128 敬止也。

憘：[三]、嬉[聖]1 怡而笑，[三]201 怡而作。

興：[聖]291 隆巍巍。

姬：[甲]2039 也甲寅。

熈

暉：[甲]1080 怡微笑。

監：[甲]2068 十。

嬉：[三][宮][聖]664 怡爲欲。

照：[甲][乙]2394 商佉色，[甲]2274 似。

熙

希：[宋][宮][甲]895。

晞：[東][宮]721 怡含笑。

嬉：[聖]663 怡爲欲。

醯：[聖]397 奢摩。

僖

傅：[甲]2036 子興言。

喜：[明]2131 所以不。

磎

蹊：[明]2087 徑餘流，[三][宮]2121 逕要路。

嵠：[聖]190 谷迎將。

嘻

嬉：[三][甲]1173 戲印禪，[三]1331 利毘利。

喜：[三]1341 鉢提。

憘：[三]1336 攬婆波。

噏

哈：[三][甲]901，[聖]292 普詣安。

吸：[三]984 人，[三]984 食部多，[聖]211 佛光刺。

翕：[明]261 糞穢塵。

嶲

雟：[宋][元][宮]2122 有男子。

膝

髀：[三]1102 二脛。

脚：[宋][元][宮]1432 著地合，[原]923 上誦。

脛：[三]187 十六或。

拘：[甲][乙]2396 絺羅經。

勝：[甲]1828 慧下明，[聖]953 去瓦礫，[聖]1425 悶絕。

滕：[甲]2128 也或作。

藤：[三][宮]2043 汝當遂。

騰：[三]2103 竺法蘭，[三]2149 竺。

味：[甲]2089 飛雪迷。

腰：[乙]2391 次右股。

臆：[原][乙]868 上次以。

瘜

肉息肉[宋][宮]、悉由[元][明]1579 肉未生。

息：[宮]、臭[甲][乙]1799 肉，[三][宮]2122 肉至七。

嬉

怖：[三]203。

善：[乙]2223 愛密供。

熙：[元][明]1509 怡縱逸。

熙：[三][宮][聖]627 遊若坐。

喜：[甲]868 等名影，[甲]1921 戲快樂，[明]1450 戲作是，[三][宮]271 殺，[三][宮]721 戲，[三][宮]721 戲若歌，[三][宮]1462 樂男子，[三][宮]1579 戲嚴身，[三][甲]1101 微笑憐，[三]190 樂行於，[宋][宮]268 戲愚，

[宋][元][宮]721，[乙]1171 戲印速，[元][明]821 自樂故，[元][明]2103 修政不。

憘：[聖]190。

欣：[三][宮]703 戲原野。

娛：[三][宮]721 樂其地。

熹

患：[三][宮]656。

喜：[宮]657 見城即，[甲]2223 寶日幢。

錫

賜：[明]524 勳庸而，[明]2060 豐美乃，[三][宮]1615 賚群臣，[三][宮]2060 之費蓋。

洋：[三][宮]1559 赤鐵汁。

陽：[三][宮]2102 力傾山，[三][宮]2102 六國之。

銀：[甲]2128 鈒之間。

杖：[宮][聖]613 威儀。

羲

犧：[三][宮]2103 農之政。

曦：[甲]1733 陽令聰，[明]2103 帝高陽，[三][宮]2102 和之長，[三][宮]2103，[三][宮]2103 和迭駕，[三][宮]2103 和爭暉，[三][宮]2103 騰望舒，[三][宮]2104 光已沒，[三]2103 之影藥。

犧：[三]2110 治國太，[三][宮]2103 之，[三][宮]2103 寶吉祥，[三][宮]2103 比肩炎，[三][宮]2103 皇已來，[三][宮]2103 因之而，[三]2103

酒神八，[宋][宮]、曦[元][明]2103 麗天曨，[宋][宮]2103 吉祥菩，[宋][元][宮]2103 吉祥菩，[宋][元][宮]2103 爲三皇，[元][明]2109 氏始畫。

義：[甲]1736 得之以，[甲]2035 寂志因。

谿

谷：[三][宮]2122 洗器流。

溪：[三][宮]721。

溪：[三]152 鼈曰。

醯

醜：[甲][乙]2250 其衣染。

訶：[三][宮][甲][丙]2087 河東南。

醯：[乙]2087 掣。

彌：[宮]664 利毘遮。

徙：[甲]901 上音利。

曦

曦：[明]、儀[宮]2102 霜戈拂。

曦：[三][宮]2122 爆聲烈。

巇

嘁：[三][宮]2103 微我諒。

犧

義：[明][宮]2112 神農黃，[三]、義[甲]2087 出震之，[三][宮]2040 農軒，[三]2088 爲始曁，[宋][元][宮]2109 元年甲。

犧：[三]2063 杓之聲。

席

場：[甲]1792 之事至。

唱：[三][宮]2060 於是扶。

床：[三]174 可坐果。

帶：[甲]1782 問教初，[宋][宮]281 以綵，[宋][明][宮]901 席下敷，[乙]1709 經猶。

廓：[宮]1435，[甲][乙]1736 即曰邪，[甲]2130 亦可作，[聖]1442 薦等爲。

電：[宮]2123 卷。

廣：[宮]2103 親承金，[宋]187 大地。

虎：[三]2060 之始搖。

麛：[甲]1921 被鹿皮。

褥：[三]374。

蓆：[宮]2122 數重夜，[明]556 中裹者，[明]2103 五，[三][宮]1425 法者佛，[三][宮]1453 肘量之，[三][宮]1462 下至草，[三][宮]1462 隱囊，[三][宮]2103 草屨葛，[三][宮]2121 雕文刻，[三][宮]2121 食飲泉，[三][宮]2121 以水果，[三]26 斂洗足，[三]152 執三，[三]211，[宋][元][宮]1425 當應日，[宋][元][宮]1462 諸大德，[宋][元][宮]2121 有大鬼，[元][明]2122 不須人。

序：[聖]1471，[另]1442 安大水。

坐：[三][宮]496 佛尋坐。

座：[三][宮]1451 於佛前，[三]196 對曰未。

習

背：[三]99 捨長夜。

曾：[宮]1550 已觀非，[甲]1709，[元][明]433 貪欲不。

昌：[宋][元]、唱[宮]1482 歡樂非。

觸：[三][宮]638 從習。

道：[三][宮]1543 斷因見。

得：[甲]2266 定因定。

縛：[三][宮]671 種種生。

故：[三][宮]671 多生羅。

好：[三]2110 文雅義。

集：[煌]262 一切，[福]375 菩提之，[膚]375 如是三，[宮]279，[宮][聖]397 緣衆生，[宮]374 不修無，[宮]374如是修，[宮]416身，[甲]1717 三藏佛，[甲]1925 諸善法，[甲][乙]1866 所得，[甲]1089，[甲]1717 道法後，[甲]1742 梵行法，[甲]2036 亦至既，[甲]2211 身口意，[明]1435 諦多，[明][元]810 諸行斷，[明]26 滅味患，[明]194 更不復，[明]221 盡道法，[明]221 盡道四，[明]222 盡道四，[明]222 亦復空，[明]414 證滅修，[明]627 師子步，[明]819 盡道，[明]1425 盡道四，[明]1440 證滅修，[明]1443，[明]1464 盡道時，[明]1521 何事故，[明]1550 滅道斷，[明]1557 起見，[明]2121 滅道安，[明]2122 仙尼寺，[三]245 無量功，[三][宮]1632 滅道三，[三][宮][聖]1552 比智，[三][宮]263 佛慧，[三][宮]461 起又，[三][宮]494 滅得道，[三][宮]588 而有，

[三][宮]657，[三][宮]657 佛法得，
[三][宮]657 善根故，[三][宮]665 皆
除法，[三][宮]670 莊嚴誘，[三][宮]
708 盡道譬，[三][宮]1484 因相似，
[三][宮]1501 小，[三][宮]1507 諦，
[三][宮]1521，[三][宮]1543 思惟色，
[三][宮]1595 從初地，[三][宮]1646
滅道無，[三][宮]2053，[三][宮]2123
灰鹽等，[三][宮]2123 衆邪見，[三]
[宮]下同 453 盡道，[三][宮]下同 461
一切，[三][聖]125 諦彼云，[三][聖]
125 是，[三]26 知苦滅，[三]60 盡道
無，[三]100 斷於生，[三]100 滅道
此，[三]113 是，[三]123 諦苦盡，[三]
125 之，[三]140 盡道時，[三]156 有
方便，[三]194 盡道現，[三]196 三曰
爲，[三]202 讀誦修，[三]202 盡道
心，[三]202 滅道，[三]212 盡道四，
[三]263 盡道由，[三]309 證清爲，
[三]374，[三]374 能淨衆，[三]374 無，
[三]1301 盡道譬，[三]1579 親愛而，
[聖]125，[聖]125 法而自，[聖]125 我
爾，[聖]125 之法皆，[聖]278 五欲
遠，[聖]311 行慈心，[聖]375 六波
羅，[聖]663 菩提之，[聖]663 善，
[聖]下同 375 大，[聖]下同 375 世間
第，[宋]、下同 375 外道若，[宋][宮]
279 增長圓，[宋][宮]657 忍，[宋][宮]
1501 不欲暫，[宋][明][宮]374 道離
煩，[宋][元]311 迦葉若，[宋][元][宮]
279，[宋][元][宮]279 於道及，[宋]
[元][宮]653 阿耨多，[宋][元][宮]
1579 念，[宋][元][宮]1579 如先得，

[宋][元][宮][聖]1585 種種勝，[宋]
[元][宮]657 當行如，[宋][元][宮]657
具足佛，[宋][元][宮]1579 對治謂，
[宋][元][宮]2040 一切善，[宋][元]
125 觀苦盡，[宋][元]1484 而捨七，
[宋]1 神通智，[宋]374 二法一，[宋]
374 故得如，[宋]374 善，[宋]374 聖
道是，[宋]374 之是人，[宋]下同 374
諸善方，[元]、[明][聖]125 生盡生，
[元][明]26，[元][明]26 共合爲，[元]
[明]26 滅道彼，[元][明]26 滅道成，
[元][明]26 滅味患，[元][明]26 知，
[元][明]75 苦盡苦，[元][明]82 苦盡
苦，[元][明]125 盡道盡，[元][明]125
盡道是，[元][明]221 諦及道，[元]
[明]221 亦善於，[元][明]309 盡，[元]
[明]360 滅音聲，[元][明]468 滅七使，
[元][明]569 盡，[元][明]614 盡道法，
[元][明]656 盡道亦，[元][明][聖]99
盡道亦，[元][明][聖]125 此色，[元]
[明][聖]125 此色滅，[元][明][聖]125
諦當，[元][明][聖]125 諦義，[元][明]
[聖]125 盡道盡，[元][明][聖]125 盡
道是，[元][明][聖]125 盡道悉，[元]
[明][聖]125 苦盡，[元][明][聖]1582
無我，[元][明]1，[元][明]1 諦盡諦，
[元][明]6 滅行得，[元][明]13 諦盡，
[元][明]22 盡諦道，[元][明]26 不，
[元][明]26 苦滅，[元][明]26 苦滅苦，
[元][明]26 苦趣苦，[元][明]26 滅，
[元][明]26 滅道大，[元][明]26 滅道
得，[元][明]26 滅道優，[元][明]26 滅
道尊，[元][明]26 生苦苦，[元][明]26

是色，[元][明]26 是智，[元][明]26 知，[元][明]26 知此苦，[元][明]26 知苦滅，[元][明]26 知滅知，[元][明]26 知食滅，[元][明]31 有從，[元][明]46 盡道何，[元][明]76 生上士，[元][明]99 盡道斷，[元][明]99 苦寂滅，[元][明]99 滅道，[元][明]99 滅道聖，[元][明]100，[元][明]100 及滅道，[元][明]100 滅道亦，[元][明]100 是苦滅，[元][明]100 知智，[元][明]101，[元][明]109 盡爲，[元][明]113 是爲盡，[元][明]114 爲是盡，[元][明]125 不知盡，[元][明]125 諦如實，[元][明]125 盡道，[元][明]125 盡道諦，[元][明]125 盡道爾，[元][明]125 盡道普，[元][明]125 盡道是，[元][明]125 苦盡苦，[元][明]125 之法皆，[元][明]133 盡道，[元][明]144，[元][明]145，[元][明]154 盡道於，[元][明]155，[元][明]194，[元][明]196 不復疑，[元][明]197 諦，[元][明]198 盡，[元][明]203 實滅實，[元][明]211 勤修經，[元][明]212 記智，[元][明]212 盡，[元][明]212 盡道眞，[元][明]221 慧盡慧，[元][明]221 亦無，[元][明]221 義知盡，[元][明]278 盡道十，[元][明]285 諦盡諦，[元][明]309，[元][明]309 暢本解，[元][明]309 諦不，[元][明]309 盡道諦，[元][明]309 色著苦，[元][明]309 亦，[元][明]309 義盡道，[元][明]309 音盡音，[元][明]309 衆生説，[元][明]342 諦不，[元][明]384 盡道亦，[元][明]397 故不自，[元][明]397 難得度，[元][明]398 而修道，[元][明]403 盡道不，[元][明]403 盡道所，[元][明]425 生自，[元][明]481 盡道以，[元][明]496 盡道即，[元][明]565 不造盡，[元][明]585 不造盡，[元][明]598 盡道者，[元][明]598 義證於，[元][明]606 盡道四，[元][明]614 四種煩，[元][明]656 盡道慧，[元][明]656 音法門，[元][明]681 乃至法，[元][明]730 阿那含，[元][明]741 諦三曰，[元][明]754，[元][明]1301 諦盡諦，[元][明]1435 盡道如，[元][明]1505 盡道如，[元][明]1508 三爲知，[元][明]1509 盡道斷，[元][明]1547 諦答曰，[元][明]1581 滅道善，[元][明]2040 盡道盡，[元][明]2040 盡道眼，[元][明]2042 而生猶，[元][明]2121 盡道遠，[元][明]2121 滅道弗，[元][明]2122 而生猶，[元][明]2123 而生猶，[元][明]2145 諦賢聖，[元][明]下同 585 諦斯，[元][明]下同 602 知盡行，[元]寂[明]26 苦滅苦，[原]1764 總以結。

皆：[三]682 賴耶所，[三]202 効佛日，[三]212 邪見非，[元][明]626 住於。

解：[甲]2262 三云問。

進：[三]2063 道爲業，[知]1785 善法即。

盡：[三][宮]1557 斷邪邪。

淨：[三]374 習戒已。

苦：[元][明]1549 諦問行。

老：[甲]2035 惑。

理：[甲][乙]2397 如，[乙]2263 也
故，[原]2339 性勢力。

禮：[三]186。

令：[三]192 習樂世。

啓：[宋][宮]222 亦復如。

善：[甲]2217 者問從。

什：[甲]2255 受學愛。

生：[原]2263 根極成。

說：[乙]2263 也設菩。

思：[乙]2263 之。

四：[三][宮]1543 諦思惟。

所：[宮]398 行於無。

外：[甲]1736 熏爲緣。

妄：[甲]2305 何不引。

息：[明]99 定覺分，[明]618 安
般念。

詔：[聖]125 吾欲於。

襲：[明]193 父位，[三]2154 白
衣時，[元][明]626 其後便，[元][明]
2121 此死死。

行：[三][宮]532 菩薩行，[聖]
1581 忍辱不，[元][明]660 圓滿云。

修：[甲]2250 學已，[甲]2266 二
習修，[明]278 平等，[三]1593 上。

學：[甲]1960 小乘，[三][宮]1581
樂因具。

尋：[甲]、審[乙]2263 之如尋，
[甲][乙]2254 久，[三]292 善友爲。

以：[三][宮]374 善法資。

異：[宋]1585 而。

義：[甲]1851 如上辨。

有：[三][宮]221 守行般。

羽：[原]2208 足論破。

障：[宮]1581 斷，[甲][乙]2288
顯此一，[聖]272。

者：[宮]1605 已。

執：[甲][己]1958 心者。

旨：[明]2076 禪師一。

智：[宮]294 出生，[宮]398 化
五，[甲][乙]2391，[甲]1816 雖復發，
[甲]2261 名重，[明][和]261 事，[三]
1559 氣滅盡，[三]157 慧種種，[三]
1341 慧，[原]1849 淨。

種：[甲]1863 以爲因。

衆：[三]26 滅道成。

諸：[宮]425 好樂功。

資：[甲]1873 故方離。

自：[三][宮]、白[聖][另]1451 讀
或云。

遵：[甲]1811 學亦兩。

蓆

席：[三][宮]1452 次鳴，[三][宮]
263 及屋室，[三][宮]1421 曬臥具，
[三][宮]1435 從，[三][宮]2122 捐除
睡，[三][宮]2122 扇蓬戶，[三]374 不
坐象。

覡

巫：[甲]1912 女師曰。

隰

濕：[三][宮]1545 縛。

隙：[三][宮]2122 中有。

橄

欻：[甲][乙]2309 有部考，[乙]

1822。

要：[甲]1736。

謟

謂：[甲]2128 非也謟。

襲

捕：[三][宮]1425 時舍衛。

襲：[明][甲]2131 平陽武。

龍：[丙]2163，[丙]2163 禪，[甲]2035 而不使，[甲]2087 伽藍，[聖]2157 冠，[聖]2157 蘭若之。

龔：[三][宮]2060 送柩還。

習：[聖]211 代爲王。

洗

彼：[甲]2084 曰汝持。

波：[明]1007 浴時取。

池：[明]192。

法：[甲]2230 去毛等，[三]2060 理越公。

浣：[宮]1458 染衣并，[甲]1804 手至衣，[明]、洒[宮]1435 浴，[明]1299 頭造宅，[三][宮]1442 衣水中，[三][宮]1455 衣者波，[三][宮]1470 淨是爲，[三][宮]2060 器之水，[三]2060 濯，[元][明]1442 便起瞋。

濟：[明]2123 拔得爲。

澆：[宮][另]1435 鉢水中，[宮]1435 手，[明]24 其鼻者，[明]607 手麁身，[三][宮][聖]1428 半身，[三][宮]1428 處泥應，[三][宮]1442 身水末，[三][宮]1470 手使淨，[三]607 者骨骨，[聖]189 鉢漱口。

淨：[三][宮][石]1509 此身不，[三]2125 其塼木。

酒：[宮]618 心靜亂，[明]721 浴。

沐：[三]100 浴。

泥：[甲][乙][丙]1098 三。

栖：[宮]2103 心滌。

清：[明]2076 淨威儀。

洒：[宮]、灑[聖]1454 鉢水除，[宮]633 除貪欲，[宮]1458 足爲供，[宮]1476 足坐問，[宮]356 置其平，[宮]386 佛告阿，[宮]401 一切垢，[宮]410 除，[宮]425 除心垢，[宮]458 浴還作，[宮]620 心觀，[宮]649 除若濁，[宮]683 瘡便可，[宮]770 垢如水，[宮]824 已清淨，[宮]901 手面訖，[宮]901 手面已，[宮]901 浴其身，[宮]901 浴入於，[宮]901 浴著新，[宮]1421 手捉，[宮]1422 鉢汁不，[宮]1437 時以指，[宮]1442 或以牛，[宮]1442 手濾水，[宮]1442 手足嚼，[宮]1442 浴冠，[宮]1442 浴之具，[宮]1458 去塵土，[宮]1458 時見寶，[宮]1458 浴及諸，[宮]1458 浴室，[宮]1458 浴洗浴，[宮]1458 足塗油，[宮]1462，[宮]1462 板鉢，[宮]1465，[宮]1470，[宮]1470 令淨十，[宮]1471 鉢有五，[宮]1545，[宮]1545 浴時彼，[宮]2103 令與肉，[宮]2103 意識之，[宮]下同 1435 著衣著，[宮]下同 1442 鉢，[宮]下同 1495 手若洗，[宮]下同 1496 手自衣，[宮]下同 1545 手足住，[宮]下同 1545 浴一末，[明]721 除三惡，[明][宮]901 浴著新，[明][乙]1092，[明][乙]1092 浴，

[明][乙]1092 浴著淨，[明][乙]1092 浴著新，[明][乙]1092 之則得，[明][乙]下同 1092，[明][乙]下同 1092 浴身即，[明]12 足，[明]721 除一切，[明]721 沐清池，[明]721 以放逸，[明]721 浴速，[明]721 治無所，[明]1092 眼或眞，[明]1092 浴眞言，[明]2087 改著新，[明]2087 香水香，[明]2087 於是奏，[三]649，[三][宮]1458 令淨曬，[三][宮]263 之感，[三][宮]281，[三][宮]745 浴而便，[三][宮]901，[三][宮]901 手漱口，[三][宮]901 浴，[三][宮]1421 煩勞以，[三][宮]1421 猶故不，[三][宮]1462 浴以，[三][宮]1476 著，[三][宮]下同 746 浴冀得，[三][宮]下同 1442 者可於，[三][宮]下同 1462，[三][聖]361，[三]362 除心，[三]651，[三]901 浴著新，[三]1093 大小便，[三]1335 浴著鮮，[三]2149 浴衆僧，[宋][宮]1442 又觸雨，[宋][元]、灑[明]184 浴身形，[宋][元]、灑[明]245 三界迷，[宋][元]、灑[明]1458 床脚極，[宋][元][宮]1462 浴衣國，[宋][元][宮]、灑[明]565 淨，[宋][元][宮]、灑[明]282 口時心，[宋][元][宮]、灑[明]1442 鉢，[宋][元][宮]、灑[明]1442 淨，[宋][元][宮]、灑[明]1442 手滌鉢，[宋][元][宮]、灑[明]1442 足而進，[宋][元][宮]、灑[明]下同 1442 手足至，[宋][元][宮]1462 浴以油，[宋][元][宮]410 浴，[宋][元][宮]683 浴衆僧，[宋][元][宮]901 浴著新，[宋][元][宮]1442 我，[宋][元]

[宮]1458 手淨濾，[宋][元][宮]1462 或作染，[宋][元][宮]1462 浴是名，[宋][元][宮]1462 浴是時，[宋][元][宮]1545 浴思所，[宋][元][宮]下同 1462 除已依，[宋]180 兒手應，[宋]1332 浴妙香。

灑：[宮]817 除惡，[三]、洒[宮]1442 手，[三]、洒[宮]1442 手足即，[三]、洒[宮]1442 浴飲噉，[三]、洒[宮]1442 濯手足，[三]、洒[宮]1459 手洗鉢，[原]2409 其。

沈：[宮]1799 垢由前，[三]193 清淨池，[乙][丙]1210 長病而，[乙]2207 從車展，[原]1780 空觀名，[原]2196 沒。

盛：[宋][元]、洒[宮]901 手面一。

泗：[明]2087 殘宿不。

淘：[三][宮]2121 却赤蟲。

脫：[原]1899 足香水。

先：[甲]1722 破諸計。

行：[另]1428 亦如是。

堯：[三][宮]745 身得，[三][宮]1435 時不便。

污：[宮]1435 不應驅。

浴：[明]1463 若一有，[三][宮]1435 是諸比，[三][宮]1451 處遂，[三][宮]1451 衣後於，[三][宮]1509 是時俱，[三][宮]2121 燒香散。

沅：[甲][乙][丁]2092 湘江漢。

澡：[三]26，[三]152 浴，[三]201 浴不如，[三]408 浴著淨，[三]洒[宮]408 浴著淨。

汁：[宮]1425 足。

枭

枭：[甲]904 陀譏哩。

徙

被：[聖]2157 從父僧。

從：[甲]1723 革不違。

從：[宮]810 女天王，[宮]2122 至扶風，[甲]853 瞞界麼，[甲]1912，[甲]1705 向雪山，[甲]2299 置他方，[甲]2792 善四柔，[三][宮]2053 多，[三][宮]2060 化然以，[三][宮]2122 苦至苦，[三]2034 郡國豪，[聖]1425 佛告諸，[聖]2034 至武定，[聖]2060 物，[聖]2157 於玉華，[宋][明][宮]2122 倚欲去，[宋][元]1425 處坐一，[宋]1356 十九惡，[元]2061 倚間如，[元]345 置。

後：[明]2060 迹終。

籙：[元]901 十四。

徒：[丙]1184 阿，[宮]2122 去四獸，[甲]、隸[甲]1069 者隸虎，[甲]2039 至登屋，[甲][乙]901 跋麼，[甲]1069 隸娑嚩，[甲]2087 家焉或，[甲]2087 鳥居不，[甲]2087 展轉方，[明]754 陀，[明]2087 多河地，[明]2103 靡亡本，[三][宮]2105 馬邑，[宋][宮]2103 馬，[宋][元]2087 居此，[宋]901 哩跋折，[宋]2060 于許州，[宋]2103 石蓋，[乙]2092 千人天，[乙]2207 多河舊，[元]2061 寓新平，[元][明]2040 繩時舍，[元][明][宮]、訶徒[甲][乙]901 跋去音，[元]2061 居廣陵，[元]2122 住在中。

莚：[宋]1045 陀禰佉。

喜

愛：[甲]1823 近行，[三][宮]443 果報亦。

悲：[甲]1067 喜善哉，[甲]2084 喜交集。

表：[甲]2249 根。

差：[原]1829 別初。

嗔：[甲]2006。

慈：[聖]200 心時有。

當：[三][宮]263 分別。

得：[三]197 婬他妻。

而：[三]125 奉行爾。

奉：[甲]2196 行如文。

富：[三][宮]721 樂第一。

觀：[三]、歡[宮]425 是持戒。

好：[石]1509 或有喜，[乙]1909 殺眾生。

歡：[明]201 悅菩薩，[明]354 悅如是，[三][宮]1435 踊躍集，[三]125 悅正使，[聖]200 樂求索。

患：[和]261 不能動，[甲]2362 足，[三][宮]729 死爲。

恚：[甲]1816，[聖]157 五欲諸。

惠：[三][宮]657。

慧：[甲]2897 如來身，[三][宮]657 故菩薩，[三]1582 施三者。

或：[元][明][甲]901 歌憙笑，[原]1776 生。

即：[三]196。

加：[元][明]2060 勇即遣。

嘉：[宮]2122 悅旦，[甲]2084 譽

常願，[甲][乙]1796 慶也遲，[甲]1796 慶，[甲]1937 迴向發，[甲]2401 會爲時，[三][流]360 樂尊，[三][宮]2060 滿懷以，[三][宮]2122 奉以製，[三][宮]2122 之問，[三]152 其志甚，[聖]2157 懼感懷，[聖]224 者，[聖]341 笑菩薩，[聖]2157 尚讀所，[宋]1092 順諸，[乙]2087 增君，[乙]2376，[元][明][聖]199 教，[元][明]202 言願除。

盡：[聖]1509 心最上。

竟：[聖][另]1543 喜無無。

敬：[宮][聖]627 見菩薩，[宮]627 見菩。

覺：[三]、[宮]374。

苦：[宮][聖]1548 不苦不，[宮]1548 捨行念，[三][宮]2122 論，[三][宮]1521 滅涅槃，[三]125 樂想是。

惱：[元][明]310 損害而。

拍：[原]904 印加持。

菩：[三]987 利利夷，[宋]26 謂於我。

普：[三][宮]443 光如來。

七：[乙]2263 根爲依。

起：[甲]2204 心若則，[甲]2266 言說如，[明]220 迴。

器：[丙]1076 禪悅食。

前：[宮]1810 問此事。

然：[三][宮]565 恒隨而，[三]116 除愚癡。

汝：[三][聖]99 示我所。

善：[宮]310 樂城到，[宮]1451 忽然隱，[宮]1545 無量等，[宮][聖][另]

310，[宮]228 功德如，[宮]263 所說，[宮]310，[宮]425 悅覺意，[宮]426 隨壽長，[宮]460 悅樂法，[宮]619 心不見，[宮]848，[宮]1509，[宮]1598 皆由等，[宮]2042 不加，[甲]1830 俱，[甲][丙][丁]1141 無畏，[甲][乙]2223 舊云，[甲][乙][丙]2163 此法教，[甲]1731 一世界，[甲]2130，[甲]2266 受亦爾，[甲]2266 猶無況，[甲]2269 樂法爾，[甲]2425 猶如己，[明]397 或有見，[明]1452 樂我，[明]1509，[明]2122 唐，[三]220 事是大，[三]2042 覆自慚，[三][宮]1563 與輕安，[三][宮]2122 憒鬧故，[三][宮]585，[三][宮]721 處如彼，[三][宮]1509 迦須那，[三][宮]1579 或立三，[三][宮]2122，[三][宮]2122 見城搖，[三][聖]224 師也當，[三][聖]361 實當念，[三]125 行德無，[三]125 言談少，[三]159 捨供養，[三]198 念，[三]361 憎嫉恚，[三]397 三昧捨，[三]397 心不，[三]619 心乘華，[三]721，[三]1546 心令此，[三]1582 行時斷，[三]1646 出他過，[三]1646 則能捨，[聖]125 惠施所，[聖]397 不害他，[聖]1509 聞惡不，[聖]1537 俱行心，[聖]1548 根不善，[另]1435 心舉掌，[宋][元]99 覺知樂，[宋]99 悅呵責，[宋]196 適念欲，[宋]440 佛，[乙]2250 觀義是，[元][明][聖]158 如來稱，[元][明]26 年少沐，[元][明]639 方便離，[元][明]1562 故輕安，[原]1721 之。

壽：[聖]953 者安像。

書：[三][宮]425 是三昧。

王：[三]2123 但於今。

微：[三]310 笑誰於。

希：[三][宮]1605 樂愛是。

僖：[宋][元]98 已。

嘻：[三][宮]2122。

嬉：[明]162 戲遊觀，[明]639 戲如來，[三][宮][丙]、畫[丁]866 戲等復，[三][宮]354 戲，[三][宮]607 妬，[三][宮]721 戲以自，[三][宮]2122 語笑即，[聖]1462，[乙]1796 遊而自，[元][明][乙]、[丙]1056 戲菩薩，[元][明]639 戲亦不，[原]904 戲內供。

熹：[聖]1547 不欲而。

憘：[聖]190 樂其殿，[聖]222。

憙：[宮]263 若，[甲]2191 見隨類，[三]190 如是妙，[聖]190 樂看此，[聖]190 之心亦，[聖]190 著諸，[聖]26，[聖]26 爲食自，[聖]26 行惡法，[聖]26 晝不喧，[聖]190，[聖]190 此是上，[聖]190 等苦若，[聖]190 端正媄，[聖]190 端正興，[聖]190 而住，[聖]190 如是醜，[聖]190 心情斷，[聖]190 形容端，[聖]190 嚴，[聖]190 以見老，[聖]190 玉女赤，[聖]190 樂而口，[聖]190 樂況有，[聖]190 眾人樂，[聖]211 食鴈肉，[聖]222 護故何，[聖]1509 染著是，[宋][聖]190 來者隨，[醍]26，[知]26 不自觀。

戲：[明]1450 隨時得。

心：[三]125 即有悅。

欣：[甲]2879 合掌一，[三]、忻[宮]606 則知心，[三][宮]2040 即然

可，[三][宮]374 慶如是，[三][宮]560 傾側即，[三][宮]586 悅無可，[三][宮]827 欲往，[三][宮]1464 無量不，[三][宮]1520 合掌一，[三][宮]2040 我所覓，[三]202 慶然不，[另]1428 信樂受，[石]1509 故笑有，[元][明]658 樂。

信：[三]、憘[宮]2121 伏龍王。

行：[乙]2249。

言：[宮]722。

一：[明]1546 隨。

怡：[三][宮]1488。

意：[丙][丁]866，[宮]694 願與大，[甲][乙]1822 樂勝解，[甲]2266，[明]316 讚聲遍，[三]1549 無瞋恚，[三][宮]403 於識知，[三]1648 以喜故，[聖]26 足可還，[宋][宮]221 順敬然，[元][明]585 而以慧。

勇：[三][宮][知]1579 悅四於。

憂：[三][宮]1548 樂。

有：[宮]1509 轉此恒。

右：[甲][乙]1822 旋吉祥。

娛：[明]1450 受樂便，[三][宮]721 受樂往，[三]945 得未曾，[聖]200 受樂持。

悅：[三][宮]381 以自勸，[三][宮]395 因致名，[三][宮]1521 如辟支，[三][宮]1577 面，[三][聖]125 心，[三]26 而自娛，[三]194 心善德，[三]200，[聖]310。

樂：[甲][乙]2223 義而生，[甲]1775 國來遊，[別]397 同止是，[三][宮][聖]625 唯願世，[三][宮][石]1509 飲食七，[三][宮]351，[三][宮]411 隨

其所，[三][宮]1425，[三][宮]1509 因緣是，[三][宮]1690，[三][宮]2042，[三][宮]2121 盲聾得，[三][聖]125 遊志，[三][聖]157，[三][聖]157 彼中人，[三][聖]190，[三]26 不諍，[三]187，[聖]1，[聖]158 迴向阿，[聖]1442，[聖]1788 見梨車，[元][明]157 世界，[原]2241 之事故。

在：[聖]210 能不貪。

贊：[甲]2067 興善寺。

責：[聖]190 言已。

之：[甲]1718 心有二。

知：[三]、吉[宮]455 足天。

智：[三]1 修。

㢟

屧：[三][宮]790，[三][宮]2121 及鉢。

銑

乃：[宋]、刻[元][明]、銳[宮]2060 鏤。

屣

屧：[明]、跋[聖]1425，[明]1421 以是白，[三][宮]2122 以擲，[三][宮]729 船車橋，[聖][另]1428 囊針，[元][明]212 價。

履：[甲]1912 以，[三]26 一切除，[聖]1421，[聖]1670 王語那，[宋][元]212 者說法，[乙][丙]2092 庶士豪。

籭：[宋][宮]1435 曲杖諸。

徙：[聖][另]1428。

㢟：[宮]374 造扇，[聖]1425 此

間一，[聖]1428 偏露右，[聖]1428 向上，[聖]1435 針筒在，[另]下同 1428 擔世尊。

躤：[元]、[明]2103 摳。

蹤：[聖]376 織蓋竹。

縱：[三][宮]310 鉢儞十。

憘

嘉：[宮]2053 慶又告。

喜：[宮]618 悅。

憙

嘉：[宮]2059 放救生，[聖]1859 為慰也。

善：[三][宮]586 見我，[三][宮]1646 處不憙，[聖]26 施人飲。

悉：[宮]310 捨無悋。

嬉：[元][明]658。

喜：[燉]262 見彼佛，[燉]262 見身現，[甲]1823 盜他物，[明]316 一切魔，[明]316 樂是名，[三]25 七寶所，[三][聖]157 為殺害，[三]25 端，[三]25 色，[三]25 所謂優，[三]157 便可發，[三]157 妙寶衣，[三]190，[三]190 端正世，[三]190 行檀，[三]263 見，[聖]26 不，[聖]26 好法若，[聖]26 伎樂，[聖]26 樂復次，[聖]125 來相試，[聖]125 三昧護，[聖]190 見於此，[聖]190 樂入於，[宋][元]2103 大僧正，[乙][丙][丁][戊]下同 2187 就第。

言：[明]、喜[明]2103。

意：[三][宮]1562 愛潤。

瞦

晞：[三]2103 陽前飛。
瞦：[甲]2128 陽虛盰。

謑

溪：[原]2216 聞有説。

璽

繭：[宋]2122 及令禪。
瑶：[三]2151 永初年。
異：[乙]2207 義依別。

躧

屜：[三]2110。

亡

上：[甲]2128 聲上音。

系

繼：[三]1 其宮。
糸：[甲][丙]、丙本冠註曰糸略出教王皆作係 862 日曬，[甲][乙][丙]2087 鼠皆齧，[甲][乙]2087 系斷，[甲][乙]2254 要者要，[甲]867 系金剛，[甲]2035 談莊子，[甲]2128，[甲]2128帝聲也，[甲]2128 晶世聲，[甲]2128也從糸，[甲]2128 音覓作，[聖][另]1451 斷佛言。
絲：[和]293 嚕迦系，[三][宮]1509 相，[三][宮]2059 作，[三]152 髮執能，[三]201 用以懸，[三]1341 團轉未。
兮：[明]、呬[甲]1225。
菼：[宮]下同 1451 齊即。

係

係：[甲]2053 妄起多。
繫：[元][明]2060 象或，[元][明]2121 斷聲震。

呬

弗：[甲]2358 定學翻。
紇：[甲]1040。
哩：[三]985 呬里呬。
囉：[宮]665，[甲]1007，[三][宮]310 多鉢馱，[宋][元]1101 唎蘇蘇。
三：[甲]、呬三[乙]966 阿。
哂：[宮]891。
四：[丙]1201 摩畔馱，[甲][乙]894 那咩唵，[甲]2261 子未生，[三][宮]411 隸二十。
枳：[甲][乙][丙]1306 頗。

眄

眄：[宮]1799 雄毅心，[甲][乙]1929 群怖不，[宋][元][宮]、盼[明]672 欣然大。
盼：[明]2123，[宋][宮]1442 老母曰。
肦：[明]2103，[三][宮]2103。
舒：[三]2102 鮒異形。

咥

叱：[三][宮]625 自樂安。
哩：[丙]2397。
噬：[宋][宮]、蜇[元][明]2121 螫五拔。
姪：[甲]971 他唵。
至：[聖]2157 里制吒。
窒：[聖][另]1458 里迦。

係

插：[三][宮]1421 頭爲好。

擊：[甲]1969 童蒙焉。

計：[甲]952 修呪法。

繼：[三][宮]1559 無，[三]156 國位月，[三]2122，[三]2122 病癩而，[元][明]2060 躋安公。

你：[甲]2135 麼。

儞：[乙]1211 曳二合。

醯：[乙]867 係。

系：[明]890 曳二合。

呬：[甲]、呬[乙]1069 譏。

繫：[東]下同 643 念念佛，[宮]530 戀之心，[甲]2207，[明]397 念之處，[明]1551 縛，[明]2122 念歸依，[三][東]下同 643 念在前，[三][宮][聖]376 念明，[三][聖]643 心正念，[三]294 念在前，[三]2121 縛將還，[元][明]、住[宮]656 意在目，[元][明]839 念思惟，[元][明]1043 一處稱，[元][明][聖]278 屬一切，[元][明]99 念明，[元][明]99 念明相，[元][明]360 念我國，[元][明]384 意在明，[元][明]397 縛身，[元][明]397 念思惟，[元][明]397 念諸，[元][明]397 念專住，[元][明]397 念坐禪，[元][明]589 著亦無，[元][明]656，[元][明]下同 656 意明想。

像：[宮]2034 世常於。

伊：[甲]952。

餘：[三][宮]2122 佛泥洹。

囑：[聖]1421 念所聞。

作：[宋]309 意盡爲。

郤

初：[甲][乙]2261 起尋求。

釳

鈍：[宮]848 喫二合。

鈒

録：[三][宮]2108 其人百。

細

編：[宋][宮][乙]、佃[甲]2087 民不謹。

塵：[乙]1736 無。

紬：[三][宮]1690 五子殺，[三]1335 茶。

稠：[甲]1782 密不白。

初：[元][明]2016 窮旨趣。

麁：[甲]、經[甲]2335 分言之。

底：[乙]867 細六。

鈿：[原]1239 金甲龍。

縛：[三]1683 引。

紺：[元][明]1342 琉璃蓋。

綱：[甲]1816 牢。

腳：[聖]221 軟劫波。

妙：[甲][乙]2434 義也甚，[甲]2196 祕密藏。

納：[甲]1733 法智次，[甲]2339 意識諸，[乙]2244，[乙]2244 乃至極。

紐：[三][宮]1425 結無罪，[三][宮]2103 者肩隨，[三][宮]2108 經，[三][宮]2121 依品云，[三]1336 多佉岐，[聖]1354 毘，[元][明]984 羅迦毘。

泊：[乙]2174 明二三。

詮：[原]2317 次。

人：[三]129 民復有。

薩：[三]982。

散：[三]1043 安。

色：[甲]2250 色皆實。

深：[甲]1736 云諸聲。

填：[元][明][乙]1092 飾塗治。

網：[甲]2339 皆已除，[三][乙]1092 那鉢底，[三]193 明珠，[宋][宮][聖]272 草，[宋][元][宮]1548 網覆小，[元][明][宮][聖][另]310 雨能潤。

微：[三][宮]1548 智，[乙]2263 妙殊勝。

習：[甲]2036 長黑瘦。

相：[甲]2290 著即人。

寅：[三]192 小星。

隱：[甲]2263 由何知。

雨：[明]278 澤然後。

約：[甲]2266 意識住。

重：[三][宮]1548 軟滑若。

舄

瀉：[三]2088，[元][明]1579 鹵田不。

隙

陳：[另]1442 得在酒。

過：[三][宮]2122 影之命。

際：[乙]1821 而不。

詰：[三]2122 之所侵。

隣：[三][宮]2122 塵而得。

郄：[宮]221 佛告，[三][宮][石]、－[聖]1509 而墮地，[聖]1428 閻浮提，[宋][宮]2122，[宋]190 身被甲。

瀗

氣：[三]101 出沸大。

熛

僄：[甲]2128 説文深。

戲

處：[宮]721 歌舞娛。

高：[三]、虞[宮]2103 廣浮長。

虖：[三][宮]381 攝權方。

行：[三][宮]721 衆蓮華。

遊：[三][宮]721 行所近。

潟

寫：[宋][元]1314。

繫

寶：[乙]2393 珠此輪。

捕：[三][宮]581 著獄酷。

慚：[知]1579 等諸。

繮：[三][宮]2122 縛現在。

斷：[明][宮]1545 者定彼。

繫：[甲]1828 不述爲，[甲][乙]2259 多何以，[甲]2250 亦云無，[三][宮]2122 疑霧卷。

縛：[甲][乙]1822 此事未，[三][宮]1545 白白繫，[三][宮]1546，[三]152 腰登樹。

擊：[宮]866 其頭，[甲][乙][丙]973 大法鼓，[甲]1999 馬家家，[甲]2035 汝俱碎，[甲]2255 者玉篇，[甲]2266 便生擊，[甲]2266 發生生，[明]665 縛，[明]1509 心一處，[三][宮]2060 之年登，[三][宮]310 人眼，[三]

[宮]657 我頭上，[三][宮]1563 名，[三][宮]2122 蒙遜因，[三]99 一鼓，[三]375 惡罵善，[三]556 船，[三]2122 賊以金，[聖][甲]1763 揚也寶，[宋][宮]1545 相害，[宋]1056，[乙][丁]2244 揵搥一，[乙]1171 帛，[乙]2192 壽量之，[元]2016 緣法界，[元][明][宮]374 惡罵善，[元][明]1509 惡人不，[原]、擊[甲]2006 出窟後，[原]973，[原]1774 大。

擊：[三][宮]1505 首破樂，[三][甲]1227 之皆大。

計：[甲]1799 顛倒相，[三][宮]1644 録取其，[三][宮]2112 妄以爲，[三][聖]99 念明想。

瞖：[三]264 珠之本。

繼：[甲]1333，[三]212 後嗣彼，[三]991 念受持，[三][宮]309 著心思，[三][宮]2121 縛因，[宋][宮][甲]895 心一念，[宋][宮]895 縛及以，[宋][甲]1333 小，[宋][元][宮]2121 以五縛。

漸：[宮]1543，[三][宮]384。

結：[三]1545 乃至諸，[三][宮]1425 縛自解。

禁：[宮]1509 閉。

開：[原]、暫[原]1829。

類：[聖]1544 耶答應。

挐：[聖]953 縛之施。

醫：[三]198。

牽：[聖]1425 象近此。

善：[聖][另]1541。

攝：[甲]2263 言超三，[三][宮]1602 十住最。

數：[聖]613 念在於。

歎：[乙]2309 宗人之。

系：[甲]1724。

係：[宮]659 心，[宮]397 念不如，[甲]2006 駒伏鼠，[三][宮]633 念其相，[三][宮]2121，[三]203 象多集，[聖][知]1581 心供養，[聖]1509 在緣，[宋][宮]2121 頸狀似，[宋][明][宮]、計[元]403 在欲若。

賢：[聖]1547 者拘絺。

業：[甲]1816 果得。

有：[元][明]1542 受想行。

獄：[三][聖]199 須出如。

暫：[甲]1811 念小乘，[甲]1833 時離繫。

繫：[甲]1912 者絆也，[三][宮][聖]1579 若於。

轉：[聖]613 念成阿。

戲

處：[宋][元][宮]1443 笑者波。

鼓：[聖]1428 笑時衆。

觀：[明]1450 時增長。

悔：[三]1543 蓋答曰。

穢：[聖]26 佛弟子。

虧：[明][宮]309 云何爲，[三][宮]309，[三][宮]637 耳，[三]198 隨苦，[宋][宮]2102，[元][明]658 動，[原]895 犯罪漸。

我：[元]190 者其四。

喜：[明]1450 種種飲，[三][宮]2121 來惱人。

戲：[甲][乙]2391 嬉樂薩。

獻：[明]1636 笑言論。

行：[三][宮]1451 出遂被，[聖]200 漸次往。

虛：[丁]2244 遊遠適。

謞：[宋]120 三者煩。

搖：[聖]223 是名不。

遊：[聖]1721 快樂大。

越：[三][宮]2066 南溟。

樂：[聖]125。

戰：[元]1484 彈碁六。

瞎

瞥：[聖]1428 人。

鎝：[甲]2400 反。

鰕

蝦：[三][宮]2060 子鰕。

匣

篋：[宮]1435 刮汚。

夾：[三]2145 即得大。

甲：[乙]2120 再譯舊。

柙：[元][明]2103 況復最。

俠

便：[甲]1512 直言及，[甲]2261 兩邊王。

夾：[宮]534 道兩邊，[明]2121 道兩邊，[三][宮]636 道，[三][宮]2122 侍兩邊，[三]188 之臥婦，[三]挾[聖]1 道兩邊。

使：[甲]1512 三惡罪，[甲]1782 二親友，[三][宮]451。

狹：[甲]1723 利養恭。

狹：[甲]1512 故，[甲]1512 故但言，[甲]1512 直云離，[三]、陝[宮]1546 少，[三][宮]1546 道次第，[聖]292 照。

陜：[三]154 且復。

挾：[三][宮]720 怨羅刹。

挾：[三][宮]1464 雜物分，[三][宮]1507，[三][宮]2121 惡心欲，[三][宮]2122 怨舍，[元][明]、夾[宮]637 道華香，[元][明]402 侍於前，[元][明][甲][乙]901 澡罐罐，[元][明]6 道自生，[元][明]202 子四人，[元][明]272 在兩，[元][明]309 恥度於，[元][明]402 其前，[元][明]513 惡識非，[元][明]1425 恨求過，[元]125 道口。

狎

洽：[聖]1428 習經行，[聖]1428 習親附，[元]2122 法化卒。

狹：[聖]224 習故佛。

柙

匣：[宋]2145 宗室致。

押：[宋]、匣[元][明]2145 持之自。

峽

陝：[三]2149 使大將。

俠

使：[宋][宮]1442。

狹：[三][宮]2040 少即光。

佚：[三]2102 蕩。

狭

陿：[三][宮][聖]1602 小執受，[三][宮]721 流河次。

校：[甲]1728 舊釋三。

陝

陋：[三][宮]2060。

狹：[宮]1558 諸聖不，[甲]1828 如小城，[三][宮]1425 道巷中，[三]2122 以化生。

峽

夾：[元][明]2123 山欲生。

陝：[三][宮]2059 遣使徵。

狹

護：[宋][宮]、行護[元][明]387 心法門。

夾：[德][聖]26 塵勞，[聖]26 塵，[聖]1462 小齊何，[另]1509 谷中大。

尖：[三][宮][聖]1451 下寬中。

狡：[甲][乙]2194 凡夫二，[甲][乙]2194 臨崖西，[甲]1737 至闊略，[甲]1737 自在。

絞：[甲]1828 死者出。

陋：[甲]1736 門故雜，[三]1340 乃至如，[三]1340 不識小，[三]1340 若是方。

論：[甲][乙]1822 論如。

窮：[宮]1435 隘邊鄙。

陝：[三][宮]327 劣正等，[三][甲]901 懸諸幡，[宋][元]、使[聖]1462。

使：[甲]1512，[另]1509 乃至來。

侠：[甲]1775 劣之想。

陜：[宮]408 劣亦復，[宮]675 劣一向，[甲]1804 而見微，[聖]272 不長不，[宋]189 更廣門。

峽：[聖]1421 小不得，[聖]1421 作，[元][明]2088。

陿：[甲][乙]1822 准頌，[三]375，[三][宮]278 劣樂於，[三][宮]278 及中無，[三][宮]397 去來無，[三][宮]415 劣辯才，[三][宮]690 北廣假，[三][宮]703 憂愁慘，[三]135 瞿耶尼，[三]152 而釋義，[三]153 劣者雖，[三]262 長亦不，[三]264 劣不信。

挾：[甲]1835 今從名，[甲]1828 利養互，[甲]2261 既是同，[聖]1462 劣故不，[乙]2261 帶親附。

陿

匧：[甲]2128 也小也。

愜：[明]2131 用心不。

俠：[三]、夾[聖]1509 小不受。

狭：[三][宮]1656 劣。

狹：[宮]2122，[宮]2122 一至於，[三][宮]1558 故應成，[三][宮]1558 慧通行，[三]2122 劣也。

硤

峽：[三][宮]2060 僧法隱。

遐

避：[宮]2060 入京朝，[甲]2301 邇時人，[宋][宮]2103 瞻足賢。

段：[甲][乙]2778 慨。

逝：[明]2102 驗。

退：[聖]2157。

霞：[宮]2041 相，[三][宮]2059 王庾又，[三][宮]2060 造禪定，[三][宮]2103 靈風緬，[宋][宮]2060，[宋][宮]2060 晚住定，[宋][宮]2060 于時隆，[宋][元][宮]2103 哀纏臣，[宋][元][宮]2122 方知兆。

遜：[三]2034 袁彥伯。

疑：[三][宮]2125 途若不。

瑕

班：[聖][另]342。

斑：[聖]125 穢見阿。

頒：[宮]310 音不輕。

塵：[乙]950。

癡：[宮]606 即自了。

玭：[三][宮]278 穢。

鍜：[三]203 約其頭。

過：[宋]1331。

穢：[聖]285 疵。

叚：[甲]2128 礨愆過。

假：[宮]1452 隙七界，[三][宮]222，[三][宮]2060 謬自貞，[宋][元][宮]2122 正其骨。

瘕：[宮]598 穢故諸，[三]152 穢令崇，[三]187 疵何用，[三]187 疵十五，[三]1529 疵故二，[宋][宮]389，[宋][元]187 汝施無，[乙]1723 疵至佛。

厩：[宋][宮]598 如應無。

淚：[三]203 出若是。

取：[宋][元]212 穢見彼。

暇：[和]1665 玷，[甲]1969 成就上，[三][宮]2060 余聞往，[聖]425 穢常，[元]589 穢又問。

殷：[三][宮]263 猥不識。

暇

假：[甲]2089 療治經，[乙]2261 令覺對，[元]1 得見聽。

駕：[甲]1929 還國七。

瑕：[甲]2381 亦許不，[乙]1796 之身。

暇：[三][宮][聖]411 傍。

暇：[宋]2154 有暇。

綴：[聖]2157 若闕者。

晛

暇：[明]2131 郗超千，[元][明]159 中如戲。

轄

鎋：[三][宮][丙][丁]848 令不敗。

霞

覆：[宮]2122 寺在南，[三][宮]2041 起廣被。

露：[宮]2111 之表發，[明]2053 之映靈。

霓：[三][宮]2123 幡同錦。

退：[明]2122 舉即亦。

瑕：[三][宮]414 翳閻浮。

雲：[明]293 夕電種。

震：[明]2103 暉間旛。

點

點：[宮]222，[宮]1998 過冷地，[宮]760，[甲]1924 慧之，[甲]2087 反斯國，[甲]2266，[三]13 苦點，[聖][另]675 慧人智，[聖]224 慧學其，[聖]1536 通達審，[聖]下同 272 慧有罪，[元][明]793 不敢，[元]221 十二因。

慧：[三][宮]350 不念我，[三][宮]598 已滅生。

默：[甲]1921 慧菩薩，[甲]2068 澹之字，[三]22 除去，[聖]380，[宋][宮]588 等類是，[知]266 之行則。

然：[宋][宮]644 慧三昧。

鐉

轄：[明][和]293 深固堅，[三][宮]279。

闆

攞：[三][宮]402 伽三阿，[三][宮]402 婆婆二。

下

百：[宮]2122 座不應。

半：[三]220 圓，[乙]1723 至戲笑。

卑：[三]2087 濕稼穡。

背：[乙]2391 有。

必：[三]、不[宮]2122 有金。

庀：[甲]2128 卑至反。

不：[丁]1831，[宮]504 空閑一，[宮]1428 在本，[宮]1505 是衆生，[甲]1828 分別持，[甲]2067 之旨如，[甲]2068 火然之，[甲]2299 說等覺，[甲][乙]1816 會釋，[甲][乙]2328 文餘義，[甲][乙]2778 能成就，[甲]952 淨步多，[甲]1512 經言通，[甲]1735 化次二，[甲]1736 異難令，[甲]1816 解欲得，[甲]1816 具顯，[甲]1816 尋，[甲]1828 現就正，[甲]2035 生不可，[甲]2052 褥而眠，[甲]2255 爲，[甲]2261 女如，[甲]2266 必要由，[甲]2266 爾，[甲]2266 可又一，[甲]2266 然故一，[甲]2266 自在文，[甲]2299 墮二邊，[明]58 隨時雨，[明]375，[明]387 色密語，[明]1476 可悔若，[明]1563 爲麀，[明][宮]1599 負處七，[明]237 願樂人，[明]246 忍觀一，[明]524 類而生，[明]1441 盡應次，[明]1566 相續隨，[明]1579 至，[明]1635 劣，[明]2154 二百三，[三][宮]613 至腹，[三][宮]620 熱水脈，[三][宮]1459 明恭敬，[三][宮]1584 登高是，[三][宮]1606 趣故以，[三][宮]1613 生敬重，[三][甲]901 別記次，[三]194，[三]212 密內共，[三]303 入諸法，[聖][甲]1763 不過，[聖][甲]1763 改爲性，[聖]1441，[聖]1458 文云佛，[聖]1562 甚深故，[聖]1723，[聖]1763 爲福上，[另]1543 分中誰，[另]1453 二，[宋]、行[元][明][宮]638 亦不轉，[宋][元][宮][另]1442 安支物，[宋][元]1462 從三昧，[宋][元]1462 餘人佛，[乙]2092 俗之所，[乙]2250 口二仰，[乙]2261 隨增然，[乙]2394，[乙]2795 打水開，

[乙]2795 離頭者，[元][明][宮]660 勇，[元]1546 法不善，[知]741 過無。

出：[三][宮]2121 生賤貧，[三]171 墮地地。

初：[甲]1736 賢如地。

此：[甲]1828 第一品，[乙]1723 第二。

次：[甲]1733 二類出。

道：[明]2076 三。

地：[甲]2039 鬼神皆，[明][宮]534 有佛群。

等：[甲]1733 並同淨，[甲]1736 出不答，[甲]1912 判漏無，[乙]2408 云云。

底：[三]170 有相輪。

第：[甲]2195 文得，[明]1544 三靜慮。

丁：[甲]2128 涑厚反，[甲]2390 分嚩臍，[明]1545 地沒生。

對：[甲]2195 玄贊。

而：[原]1776。

二：[甲]1736 結上三。

法：[宋][元][宮]1552 苦。

反：[明]1440 戒作沙。

方：[宋]440 四。

敷：[原]2416 可解其。

高：[聖]1427 著內衣。

後：[甲]1828 明正見，[甲]1736 通妨辨，[三]2149 一百二，[乙]1736 引二經，[原]2301 別云云。

穊：[三]375 汁想而。

降：[三]1331 供養大。

解：[甲]1816 佛別答，[甲]2262

會違有，[三][宮]285 聖慧而。

今：[乙]2263 解無違，[原]1776 明其因，[原]2196 明過。

竟：[宮]1435，[三][宮]433。

敬：[三][宮]544 五者博。

九：[三][宮]612 孔處屎。

可：[宮]1559 天謂四，[甲]1735 知第三，[甲]1816 釋有因，[甲]2006 良工兮，[甲]2249 品苦法。

來：[甲]1717 明理妙，[三]125。

六：[甲][乙]1822 半行頌，[甲]2128 苦角反，[甲]2266 末二十，[原]1776 弊文皆。

尨：[三]1426 若過分。

末：[原]、末[甲]2006 梢正法。

木：[聖]1421 夜爲蚊。

乃：[明]264 至阿，[三]1442，[聖]1427 至聚落。

貧：[乙]1909 賤護。

品：[甲][乙]1822 兩頌第，[甲][乙]1822 文云於，[乙]1709 云此地。

七：[甲]1736 依聖道，[三]721。

起：[甲]2255 一念心。

千：[三][宮]2122 結集中。

去：[原]1744 即屬正。

人：[甲]2035 答南山，[三][宮][聖][另]285 此經如，[三][宮]397 於，[三][宮]2060 才學通，[三]152 歡德王，[三]212 相事舉。

入：[甲]1987。

奘：[甲]1813，[甲]1813 品二雖。

軟：[聖]1552 下至。

若：[明]1441 白減與，[三]987

氣慈心。

三：[甲]1736 會通言，[宋][聖]
[甲]、下念誦儀軌附細註[明][乙]953。

山：[三]193。

上：[丁]1263 節餘並，[甲]1733
無功用，[甲]2195 三無色，[甲]2339，
[甲][丙]2120 轉念助，[甲][乙]1822
地定，[甲][乙]1822 經部異，[甲][乙]
1822 生名後，[甲][乙]1822 問答分，
[甲][乙]1822 一行頌，[甲][乙]1822
諸，[甲][乙]1929 分結七，[甲][乙]
2254 無尋無，[甲]1065 似不空，[甲]
1268 手把歡，[甲]1700，[甲]1823 七
等至，[甲]2120 七相同，[甲]2249 有
五異，[甲]2261 界第八，[甲]2290 雖
談之，[甲]2290 總名法，[甲]2339 是
單，[明][宮]670，[明]1199 眞言首，
[明]1562 處中，[明]2154 新附此，
[三]、惠[聖][另]790 下仁和，[三][宮]
[聖]1435 座比丘，[三][宮]272 殊勝
諸，[三][宮]721，[三][宮]721 地獄以，
[三][宮]1425 有癰瘡，[三][宮]1459
座，[三][宮]1523 相釋漸，[三][宮]
1545 染已盡，[三][宮]1546 好山，
[三][宮]1546 中結斷，[三][宮]1547 賤
弊惡，[三][宮]1808 依，[三][宮]2049
擊鼓宣，[三][宮]2102 不恤孤，[三]
[聖]157 有妙寶，[三]1 有石牛，[三]
198 正眞定，[三]873 端身勿，[三]1007
作摩，[三]1440 各異處，[三]1562 故
不立，[聖]1440，[宋][元][宮]1428 燒
死屍，[乙]2408 句説，[乙]1909 火起
如，[元][明]1582 得，[元][明]2122 寶

衣奉，[原]、上[甲][乙]1822 過其，
[原]852，[原]2196 雙觀不，[原]2271
諸句相，[原]2339 名爲二，[原]2339
引本。

少：[甲]2195 分。

生：[三][聖]125 是時修。

十：[甲]1782 八變中，[甲][乙]
[丙]922 七位，[甲][乙]2250 方界一，
[甲][乙]2261 六天處，[甲]1735 有十
八，[甲]2250 云聖人，[甲]2266 至皆
大，[甲]2339 者欲顯，[三]2145 經出
阿，[宋][元]1458。

示：[甲]2087 禮求婚。

事：[甲]2068 官，[明]2076 是始
覺。

手：[甲]1232 舒掌向，[甲]2390
相重定。

四：[宮]278 中有八，[甲]2386 全
在然。

所：[宮]2122 常。

土：[甲]1732 於染行。

萬：[三][宮]2121 物如斯，[三]
1132 至一百，[宋][元]2103 輦停躊。

王：[宮]2034 之用還，[三][宮]
[聖]272 三十三，[三]23 忉利天。

爲：[乙]2249 餘師不。

文：[甲][乙]1816 當述，[乙]2263
可有一，[原]1776 用之轉。

午：[三]2103 時四方。

西：[宮]400 方過於。

夏：[乙]2092 實半天。

小：[甲]1963 阿彌陀。

行：[甲]1830，[三][宮]342 人間

不。

言：[甲]1736 次第顯。

耶：[三][宮][聖]1460 行淨意。

也：[甲]2128。

一：[甲]1709 品心如，[甲]1795
皆頓出，[甲]1805 殿不定，[甲]2250
狹南洲，[甲]2266 顯揚，[甲]2266 七
中約，[甲]2266 若不遍，[甲]2266 通
二，[甲]2269 處鬼人，[甲]2335，[明]
2131，[宋][元]1604 者求自。

亦：[宋][元]2154 云廣説，[乙]
1723 明藥及，[元]895 者即。

印：[甲]2214 更問上，[甲]2262
立彼三，[乙]2404 也六。

有：[三][宮]397，[三][宮]397 身
雖。

又：[元][明]2060 勅於鄴。

餘：[乙]1724 六成不，[元][宮]
1435。

欲：[乙]2263 界之人。

約：[甲]1736 大小乘。

者：[宮]1703 徵，[甲]1705 三，
[甲]1736，[甲]1744 第二別，[原]、
[甲]1744 上辨行。

正：[宮]618 餘種悉，[甲]2128 言
薄伽。

枝：[三]196 佛欲令。

止：[三][宮]2122 山龍。

至：[三][宮]2122 心承事。

志：[博]262 劣忍于。

中：[甲][乙]2390 有鳴字，[甲]
1828 不論故，[甲]1912，[甲]1912 廣
如初，[甲]2128，[甲]2266 無，[甲]

2266 又阿羅，[明]359 信解衆，[明]
549 照時所，[三][宮]1509 禪淨坐，
[三][宮]2104 有一老，[三][宮]2122
時得全，[宋]847 佛所是，[宋]2112 元
釋云，[乙]1796，[乙]2263，[乙]2396
即生卑，[元][明]553。

子：[甲]1735 圓融，[三]192 執
髮還。

夏

邊：[聖]1509。

厦：[明]2060 屋非散，[三]194 堂
高廣。

身：[聖]1421 故失衣。

歲：[宮]1425 故敷具。

下：[宮]1912 内不畢，[甲][乙]
2309 至日稍。

玄：[甲]2250 耳此譯。

憂：[宮]1546 毘因陀，[宮]2060
分常行，[甲]1718 日所以，[三][宮]
1648 熱人冷，[三][宮]606 當還獄，
[三][宮]823 比丘并，[聖]125 坐亦，
[聖]1459 隨情用，[宋][元]、應[宮]
1435 安居是，[宋]62 行今已，[宋]
2145，[乙]2215 時天暴。

嚇

吥：[三]78 佛佛即。

呷：[三]190 汗流人。

赫：[聖]190 呼欲令。

哄：[宮]2040 有如是。

囓：[甲]1828 時以尾。

熱：[三]1 於。

鏄

鏄：[宮]2123 孔亦得。

仙

變：[三]2110 化佛者。

此：[甲]2035 骨法若，[宋][明]1191 人之身。

佛：[甲]2401 衆四十，[甲]2409 印，[甲][乙]1822 涅槃後，[甲]1782 處聽法，[甲]1963 兩足尊，[甲]2261 瞋怒呪，[甲]2299 光院以，[乙]2394 印然五，[原][甲]1980 兩足尊。

供：[宮]2102 養命猶，[元]2122 聖修梵。

化：[三]201，[聖]278 或稱勝，[聖]2157 毫首題。

佳：[宮]721 人瞋故。

例：[宮]2053 驥之遐。

遷：[宮]2060 城山即，[明]238 人，[明]2016 法。

人：[宮]310 龍神咸。

如：[甲]974 衆今日。

山：[丙]2003 仗，[丙]2120 立木，[宮]402 善步莫，[宮]2112 闕之名，[甲]1802 西阿處，[甲]2164 大，[明]220 王周匝，[明]1442 渠或採，[三][宮][聖]397 佉羅擔，[三][宮]440 佛南無，[三]440 餘本山，[聖]190 人所說，[聖]425 人居在，[宋]、僊[元]279 降旨大，[元][明]158 火，[原]1308 二合婆，[原]1898。

神：[三][宮]2122 道故里。

他：[宮]2040 人辭別。

位：[聖][另]310 聖子。

先：[和]293 人大威，[甲]867 藥，[明]2103 明延期，[三][宮]1562 如前說，[三][宮]2104 生撰南，[聖]2157 仙時。

僊：[甲]1789 人者有，[明]7 人住處，[明]1636 尊剎那，[明][乙]1092 人印，[明][乙]下同 1092 恭敬伴，[明]99 人持此，[明]1114 衆歸命，[明]1579 詞闡三。

心：[聖]410 轉於梵。

依：[宮]2102。

征：[宮][聖]1425 彌尼剎，[宮]2103，[三][聖]26 宿一小。

諸：[元][明][甲]1313 美妙。

住：[甲]2217 人非身。

自：[明]2154 等譯出。

仚

企：[三][宮]397 九羶帝，[元][明][別]397，[元][明][別]397 隸磨蹉，[元][明]689 耶修，[原]1249 莎婆訶。

先

本：[三]、令[宮]2040 無。

必：[三]1 知此義。

並：[乙]2157 載恐未。

充：[宮]2122 冬至一，[三][宮]329 飽不知，[三][甲]1228 爲侍者。

初：[甲]1733 標何以，[甲]1733 舉佛果，[甲]1735，[甲]1735 標教悔，[甲]1736，[甲]1736 引論證，[甲]1736 約眞實，[甲]1799 所計心，[乙]1736 雙標二。

此：[甲]2068 經有幾，[三]100 與我師。

大：[三]2103 覺語從。

當：[元][明]1 滅度我。

定：[三]1646 水無波。

而：[甲]1719 覩聖主。

法：[元][明]1571。

梵：[甲]2250 世因緣，[明]2123 世之時，[乙]1796 尼諸。

夫：[甲]2204 可知此，[乙]2263 定障者。

告：[甲]1268 令見本。

古：[三][宮]268 昔諸佛。

故：[三][宮][聖]1421。

光：[丙]2120 踐，[宮]649 過去世，[宮]1912 明起誓，[宮]397 佛，[宮]414 於大衆，[宮]460 瑞而雨，[宮]731 就乎而，[宮]1425，[宮]1428 不知不，[宮]1428 敷不好，[宮]1472 欲出當，[宮]1562 建立天，[宮]1571 所破我，[宮]2060 靈瑞呼，[宮]2060 是五月，[甲]1718 明入室，[甲]1733 授菩薩，[甲]2255 遍滿，[甲][乙][丁][戊][己]2089 寺僧靈，[甲][乙]2254 望，[甲][乙]2394 顯加本，[甲]1201 想訶字，[甲]1201 莊嚴，[甲]1719，[甲]1719 明文無，[甲]1719 破古爲，[甲]1719 五句酬，[甲]1735 相，[甲]1735 修，[甲]1735 兆，[甲]1813 潔故須，[甲]1813 揚顯發，[甲]1816 明見淨，[甲]1830 緣俗智，[甲]1851 明之，[甲]2087 瑞即以，[甲]2089 寺沙門，[甲]2250 一切有，[甲]2259 舉説置，[甲]2259 學見跡，[甲]2261 於眞俗，[甲]2263 耀高山，[甲]2266 陳故言，[甲]2266 許意成，[甲]2290 明染淨，[甲]2339 照，[甲]2391 月輪中，[甲]2400 出行者，[甲]2401 以白色，[甲]2778 明乘，[明][甲][乙]994，[明]293 王爾時，[明]901 舒左手，[三]、[宮]1646，[三]1096 所出者，[三][宮]1545 生諸天，[三][宮][甲]2053 滅攀戀，[三][宮]310 所現微，[三][宮]415 導，[三][宮]1471 欲出戶，[三][宮]1489 相大雨，[三][宮]1578 顯，[三][宮]2059，[三][宮]2059 道護，[三][宮]2102 歸逝者，[三][宮]2104 敷帝德，[三][宮]2122 盛今萎，[三]643 隨毛孔，[三]1579 益天，[三]2059 曇猷等，[聖]、先亦[三]183 先，[聖]1723 伏斷故，[聖]1763 冥以遠，[聖]1763 同其事，[聖]231 笑曾無，[聖]279 出現，[聖]291 照諸菩，[聖]310 道遠離，[聖]953，[聖]953 以千三，[聖]1421 得二鉢，[聖]1425 不語外，[聖]1425 與欲默，[聖]1435 拭前頭，[聖]1440 世罪業，[聖]1458 犯人或，[聖]1509 現此相，[聖]1549，[聖]1595 已滅盡，[聖]2042 佛涅槃，[聖]2157，[聖]2157 身已，[聖]2157 寺，[聖]2157 寺是也，[聖]2157 寺譯婆，[聖]2157 天二年，[聖]2157 譯故免，[聖]2157 有懸記，[另]1442 生一女，[另]1721 悟之能，[宋]、須[明][宮][西]665 誦之，[宋][宮]2060 告又嘗，[宋][宮]2103 帝鼎湖，[宋][宮]2123 照一切，[宋][元][宮]1545 現愛多，[宋]

[元][宮]2108 崇孝敬，[宋][元]1566 觀煩惱，[宋]152 知佛偈，[宋]157 令無量，[宋]468 花上又，[宋]649 在家時，[宋]2059 時亦在，[乙]1821 薪等色，[元][宮]、廣[明]2059 明三世，[元][明][乙]1008 譬喻量，[元][明]2149 智以貞，[元]2061 開荒雪，[元]2063 受不得，[原]2292 明內外，[原]2292 明。

華：[三][甲]1227 廣設供。

喚：[宮]1425 喚羅睺。

吉：[乙]1822 兆也王。

即：[明]165 入池內。

幾：[甲]2300。

既：[甲]2195 起造立，[明]2110 無文何。

加：[乙]2263 行力漸。

見：[甲]2266，[甲]1823 捨者據，[明]1200 說塗香，[宋]1662 當如是。

交：[三]、失[宮]2122 光三日。

澆：[甲][乙]1225 想已身。

皆：[三]159 與其子。

究：[元]2016 德云剖。

決：[三][宮]657 定立誓。

考：[三]2063 少爲國。

老：[甲]1999 師亦乃。

立：[甲][乙]2394 作阿。

米：[三][甲][乙][丙]1076 和。

明：[甲]1911 歷教判。

尼：[甲]1735 標形相。

齊：[甲]2006 號。

乞：[宮]2059 捨三指，[三][宮]1421 已差教。

遷：[三][宮]1462 提坐蹬。

前：[甲]1795 後約行，[甲]1805 後反前，[甲][乙]957 說，[甲][乙]1821，[甲][乙]1821 後生，[甲][乙]1821 退姓非，[甲][乙]1822 後應互，[甲][乙]1822 未起故，[甲][乙]2263 生三緣，[甲][乙]2328 後者本，[甲]1719 標次引，[甲]1783 樂是善，[甲]1830 說今，[甲]1863 後若，[甲]2214 次觀字，[甲]2217 已說文，[甲]2219 說名色，[甲]2223，[甲]2262 上下在，[甲]2262 作，[甲]2263 後文可，[甲]2263 後耶答，[甲]2263 捨違下，[甲]2266 後此意，[甲]2339 後時分，[甲]2362 三不同，[明]1442 世因緣，[明]1653 已說緣，[明]2087 辱便興，[三][宮]1435 住比丘，[三][宮]1491 功德百，[三][宮]1509 說不，[三][宮]2059 障始，[聖][另]1435 來道便，[另]1721 頌也初，[乙]1823 後言正，[乙]1796 業更受，[乙]2263 此，[乙]2263 後所舉，[乙]2263 後有三，[乙]2263 後者頓，[乙]2263 量已成，[乙]2263 六行斷，[乙]2263 業，[原]1781 因後果。

青：[甲]2263 境作。

去：[甲][乙]2219 世時障。

繞：[甲]909。

善：[三]99 所供養。

上：[三][宮]1488 所說得，[三][聖]375 說三種，[三][聖]375 所說何，[三]375，[三]375 說梵行，[三]375 說若人，[三]375 說有，[三]375 說正法，[三]375 所，[三]375 所說者，[三]375 所言如，[聖]1428 爲，[聖]375 不

説眾，[宋][元]374 所説，[元][明]375 説菩薩。

生：[宮]671 有化而，[甲]2036 之，[明]1165 供養，[明]1541 耳識後，[三]1562 時已生，[三][宮]710 名不移，[三][宮][知]741 死墮須，[三][宮]2122 地獄盡，[宋][元]1562 義無別，[乙]2263 依，[元][明]1507 受善來，[元][明]1509 無佛塔，[元][明]1570 已有定，[元]1169 誦大明。

失：[甲][乙]1821，[甲]1821 已至於，[甲]2266 有漏道，[三][宮]1425 受持故，[聖]225 是時世，[聖]1509 答而汝，[宋]270 然後次，[宋]1435 請比丘，[元]614 因緣中，[原]1776 告示彌，[原]2271 也已上。

師：[三][宮]2060 範以貞。

時：[三][宮]2053 有，[乙]2263 因緣也。

是：[甲]2300 破初，[三]1546 説以是，[聖]1579 所説貪。

順：[甲][乙]1822 於此方。

所：[石]1509 説佛教。

索：[三]205 奉佛供。

亡：[甲]1736。

微：[甲]2195 科以懲。

無：[宮]635 順不有，[宮]674 識託身，[宮]741 解無我，[宮]1425 檢校如，[宮]1461 是比丘，[宮]1571 若居見，[甲]1736 學位見，[甲][乙]1709 學位見，[甲]1512 問於與，[甲]1700 妄覆，[甲]1828 明後解，[甲]1828 於遍計，[甲]1830 牒計非，[甲]2017 禮佛四，[甲]2195 坐答彼，[甲]2266 聞，[甲]2266 用六行，[甲]2299 妨佛化，[甲]2362 不修行，[三][宮][聖]1458 所，[三][宮]1421 不，[三][宮]1432 使管事，[三][宮]1470 數隨時，[三][宮]1562 取涅槃，[三][宮]1571 常後乃，[三][宮]2102 本禮俗，[三]848 造作歸，[三]1562 學位中，[三]1566 所見物，[三]2121 王言城，[聖]1440 應量，[聖]1451 數其欲，[聖]1452 欲香油，[另]1442 我舍食，[宋][宮][聖]639 罪而不，[宋][宮]656 寤豈不，[乙]1821 加行位，[元][明]220 喜憂沒，[原]2339 先生後。

悉：[三][宮]741 了此意，[聖][甲]1733 入定如。

洗：[甲]1080 浴三寶，[甲]1784 用淨三，[甲]2392 面上勿，[三]、洒[宮]1435 衣緉曬，[聖]1421 浣舒張。

仙：[甲]2017 宗皆是，[三]99 尼有一，[三][宮]1546 苦行。

鮮：[三][宮]2122 淨今穢。

現：[三]1191 在曼拏。

也：[甲]1763。

一：[甲]1733 舉佛所。

已：[甲][乙]1822 離欲超。

亦：[原]、元[甲]1861 非墮入。

欲：[三]1426 作何事，[聖]1437 作何事。

元：[宮]279 發阿耨，[明]2110 莫大之，[明]2149 來不譯，[三][宮]1458 施一人，[三]2125 云同袖，[宋][元]2110 齊録尚。

源：[三][宮]266 破壞愛。

云：[乙]2408 所聞。

造：[甲]2299 製耶若。

占：[三][宮]1435 取如是。

者：[甲][乙]1822 即列名，[甲]1782 應方便，[甲]2195 雖發大，[甲]2195 嘆二深，[甲]2410 立奉被，[乙]2263 所，[乙]2394 在外而。

之：[甲]、之前[甲]2195 所修行。

知：[元][明]1646 心。

志：[三]2110 初爲晋。

中：[三][宮][另]1435。

衆：[三][宮]2122。

呪：[三]1157 須志心。

走：[另]1435 行説如。

尊：[三]2110 於六。

僊

倦：[聖]2157。

仙：[甲]1717 有呪得，[甲]1973。

暹

遲：[乙]2092 所殺榮。

律：[宮]2034。

周：[宮]2034 等。

嬐

僉：[元][明][乙]1092 然一面。

鮮

罕：[三][宮]2122 有。

衡：[宋][宮]、蘅[元][明]222 華諸妙。

會：[三]、尠[宮]2060 會清柔。

皆：[宮]598 潔言行。

解：[丁]2244 之者希，[宮]399 潔護犯，[宮]484 淨五眼，[宮]2122 妙寶蓮，[甲]1973 能盡之，[甲]1792 懷仁孝，[甲]2128 好也善，[別]397 明故常，[明]2122 卑慕容，[三][宮]1462 白而以，[聖][另]285 明之法，[聖]1421 文諸比，[宋][聖]、尠[元][明]210，[元]451 白梵行。

淨：[宮]1521 潔心淨。

碎：[宋][宮]796 肉可得。

先：[三]2066 入律典。

尠：[三][宮]1562 少故佛，[三][宮][聖]278 有欲求，[三][宮][知]266 愚冥人，[三][宮]2060 承都，[三][宮]2121 能該，[三][宮]2121 有何可，[三]187 少林泉，[宋][元][宮][西]665 智慧，[元][明]658 少則言。

祥：[明]2122。

詳：[元]99 潔。

悦：[三]375 恐怖之。

纎

讖：[甲]2129 也謂其。

纖

懺：[原]1776 治名爲。

讖：[三][宮]2059，[聖]1582 悔諸罪。

銛：[元][明]24 利悉若，[元][明]24 利一一，[元][明]25 利各各，[元][明]25 利其牙，[元][明]25 利鐵刺，[元][明]25 利雜。

攕：[聖]278 長手指。

織：[宮]2060 慧次等。

鱻

鮮：[三]198 明法。

弦

愻：[宋][宮]、[元][明]2059 縣亮年。

箭：[乙]2092 而倒即。

絃：[宮]1646 若急若，[宮]1912 入弄後，[甲]2266 管等俱，[明]1104 歌出微，[明]1119 勢眞言，[明]2122 並以妙，[三][宮]461，[三][宮]2060 何以知，[三][宮]263 箏笛吹，[三][宮]414，[三][宮]414 音雷震，[三][宮]639，[三][宮]1646 聲或言，[三][宮]2040 不害其，[三][宮]2040 琴王有，[三][宮]2059 於鍾子，[三][宮]2060，[三][宮]2060 歌，[三][宮]2060 管詠美，[三][宮]2103 恢心委，[三][宮]2122 而滅並，[三][宮]2122 歌於館，[三]201 歌往至，[三]2087 奏管經，[宋][宮]2103 管之寥，[宋][明][宮]2122 以自急，[元][明][宮]2103 綺靡酒。

咸

成：[丙]2381 爲自，[宮][聖]397 供三世，[宮]666 謂不淨，[宮]2060 開心隨，[宮]2060 誦行之，[宮]2060 誦在心，[宮]2060 同，[宮]2060 云，[宮]2123 共，[甲][乙]2223 爲塵，[甲]1816 以無有，[甲]2120 續千官，[甲]2434

證法界，[明][宮]2112 虛設令，[明]1000 證菩提，[明]1680 欣悅，[三][宮]2060 誦，[三][宮]2060 習門風，[三][宮]2102 序資通，[三]263 至佛道，[聖]1452 應共食，[聖]324 爲人說，[聖]425 生寶樹，[聖]1723 益佛創，[另]1442 隨喜捨，[宋][元][宮]2060 陽造佛，[宋]244 恭敬諸，[乙]2244 會少長，[乙]2250 注等飾，[元]2016 收邪正，[元]395，[原]907 於悉地，[原]2196 聖若離。

答：[三][宮]2121。

感：[丙]2120 需然之，[丙]2120 戴欣荷，[宮]618 乘至願，[甲]、緘[戊][己]2089 默無對，[甲]1717 然故使，[甲]1735 悉開示，[甲]1209 忿怒，[甲]1512 去來化，[甲]1709 悉，[甲]1969 寸，[甲]2119 欣大賴，[甲]2299 同一類，[甲]2395 見之機，[明]291 悉照靡，[明]2063 歡服焉，[明]2087 無所得，[明]2104 發神瑞，[明]2110 見沙門，[三]167 惶露上，[三][宮]285 致一切，[三][宮]2060，[三][宮]2060 悲枕，[聖]1723 欣喻七，[聖]2034 令滿足，[聖]2060 萃皆，[另]279 來共遶，[宋][宮]2121 喜亦說，[宋][明]2122 蒙充足，[宋]847 以清淨，[乙]2194 池天，[元][明]2103 因宿忿，[原]2199。

或：[甲][乙]1822，[明]665 爲上首，[明]2103 飛錫，[三][宮]1451，[三][宮]2122 言無能，[三]201 云善說，[三]202，[乙]1821，[乙]2092 共恥之，[元][明][甲]951 心息伏。

緘：[甲]、盛[乙]2254 封建卒，[三][宮][聖][另]1451 在櫃。

減：[宮]1609 使速，[宮][丁]1958 洞達身，[和]293 增戀慕，[甲]2087 稱，[甲]1719，[甲]1723，[甲]1728 謂觀，[甲]1782 迫迮二，[甲]1828 燒，[甲]1828 字也施，[甲]1830 備名極，[甲]1924 是眞心，[甲]2217 集説聽，[甲]2290 損煩惱，[三][宮]2034 二，[三]13 五心意，[三]1336 損眠欲，[三]2154 十萬偈，[聖]291 斯菩，[聖]1723 達由此，[聖]1723 悉即在，[另]1451 賜增養，[原]1700 時方有。

皆：[甲]1000 獲無上，[三][宮]2122 共戴仰，[聖]99 作是念。

減：[甲]、咸[甲]1782，[元][明][宮]462 稱讚故，[原]2196 一僧祇。

普：[三]1082 生愛敬。

啓：[明]310 受言教，[三][宮][聖]425 受立四，[三][宮]403 發道意，[三][宮]459 受六度，[三][宮]481 受亦然，[三][宮]627 受經典。

盛：[宮]2060 充時，[甲]2348 講次弘，[三][宮]627 聖或，[三]2088 屬磔迦，[聖]425 用禮節，[另]1451 來問疾。

式：[三][宮]2059 仰。

歲：[原]1774 時下生。

威：[甲]2119 英跨千，[三]263 興，[聖]1442，[聖]2157 十萬偈。

我：[元][明]1375 蒙授記。

銜：[宋][宮]、街[元][明]377 哀喑咽。

戰：[原]2408○。

咨：[三][宮]2121 嗟王爲。

成：[甲]2274 法師此。

眩

眩：[元][明]224 存乎邇。

涎

誕：[甲]2290 湤器腹。

進：[甲]2128 俗字也。

涕：[三][宮]1548 唾膿血。

羨：[三][宮]2122 髑髏腦。

延：[甲]2217 唾大小，[聖][另]1548 瘂身冷。

唌：[聖]1428 出似乳，[宋][元][宮]1506 唾增長。

舷

弦：[宋][宮]1435，[元][明]2125 管令人。

絃

戾：[聖]99 有。

舞：[宋][宮]329 歌供養。

弦：[宮]1998 須得鸞，[和]293 歌悦，[和]293 其音既，[甲]2128 黄帝使，[甲]2266 管聲也，[明]2087 清雅帷，[明][宮]2102 歌亦皆，[明]187 歌舞俳，[明]784 緩何如，[明]2087 歌，[明]2087 歌祭祀，[三]1340 生爲從，[三][宮]310 歌鼓吹，[三][宮]1443 絹爲歌，[三][宮][聖]278 音聲既，[三][宮]263 歌讚佛，[三][宮]384 琴及一，[三][宮]721 歌遊戲，[三][宮]721 衆寶鼓，[三][宮]847 其音若，[三][宮]2122 管歌讚，[三][聖]99 說偈，[三][聖]643 歌聲萬，[三]1 歌，[三]1 鼓之並，[三]26 急爲有，[三]184 歌之聲，[三]945 一，[聖]1585 管，[聖]375 聲亦不，[聖]2157 歌百戲，[宋][宮]1425 急時得，[宋][元][宮]1670 無柱無，[宋][元][宮]1451 歌香花，[宋]1451 歌恒遞，[元][明][宮]2122 而競落，[元][明]2125 歌隨情，[元][明]2154 爲善凡。

援：[三][宮]1425 夜當内。

茲：[宮]618 管諧。

閑

礙：[宋][宮]、問[明]309 業四辯。

闇：[三][宮]1514 智若明，[三]2122 室經日。

閉：[宮]1804 及寺中，[宮]2108 綽身，[三][宮][聖][另]1451 如是六，[三][宮]2060，[三]1169 尼，[宋][宮]622 思。

洞：[丙]2081 三藏五。

都：[三][宮]2122 雅謂。

對：[甲]2006 云早晨。

關：[宮]2060 邪正經，[三][宮]2045 又石室，[三][宮]2102 雅俗。

閩：[宋][宮]、潤[元][明]2103 遨遊於。

寂：[三][宮]650 靜相。

間：[丙]2092 雅本自，[宮]309 罪四十，[宮]2045 顛倒之，[甲]1848 房思，[甲]1963 時即念，[甲]1969 而示嘉，[甲]1969 之，[甲]1828，[甲]1828 處蚊虻，[甲]1828 觀察尋，[甲]1828 居下明，[甲]1848 處謂，[甲]1848 居等者，[甲]1969 寂寞之，[甲]1969 事化紫，[甲]1969 思往事，[甲]1969 暇朝暮，[甲]1969 暇且盡，[甲]1969 宇而感，[甲]1973 抹過死，[甲]2017 處捨諸，[甲]2230 而不見，[甲]2230 雅即而，[明]212 靜安樂，[明]1428 告諸比，[明]125，[明]212 靜處慎，[明]212 暇逃走，[明]220 兵法善，[明]263 不復，[明]263 不懷懼，[明]263 靜不可，[明]263 居，[明]263 居欲棄，[明]485 處，[明]682 地欲造，[明]1602 或居林，[明]2059 今在剡，[明]2060 立，[明]2103 放之流，[明]2103 曠彼奈，[明]2103 堂呼爲，[明]2103 虛，[明]2103 逸每思，[明]2103 昨製序，[明]2154 居經，[三][宮]309 處，[三][宮]2122 處小，[三]656 言說度，[聖]125 靜，[另]1442 三藏無，[乙]1823 蓋縉紳。

簡：[宋][宮]2060 邪信明。

靜：[乙]2263 可。

開：[甲]2392，[三][宮]1650 宴之處，[聖]125 近四日，[聖]125 正應敬，[宋]2122 今古詳。

困：[甲]2053 於著述。

闊：[原]、闊[甲]2006。

林：[三][宮][聖]639 獲是利。

闍：[甲]1775 境而遠。

冄：[乙][丁]2244 反玉也。

通：[三]2152 曉今古。

聞：[聖]1442 三藏今，[乙]2157 善通梵。

問：[明]327，[三]2125 此不同。

閒：[丙]2092 未，[甲]1969 發願散，[甲]1969 捨諸亂，[明][甲]901 靜處當，[明]125 靜之處，[明]263 居，[明]263 居而行，[明]1217 舍中隨，[明]2060 澹等懷，[明]2060 房攝靜，[明]2060 披翫而，[明]2103，[明]2103 晨遊心，[明]2103 合度如，[明]2103 居寺起，[明]2103 居以永，[明]2103 林中虎，[明]2103 邃易，[明]2103 逸相學，[明]2103 自釋，[乙][丙][丁]2092 養生自。

閤：[甲]1969 浮急景。

闕：[甲][乙]1796 反殊勝。

知：[三]143 禮儀唯。

閗

聞：[三][宮]2122，[宋][宮]2108 者有執。

閑：[宮]2078 見虎又，[宮]263 居解暢，[宮]2008 恬，[宮]2053 居寺等，[甲][乙][丙]973 處各晝，[甲]1717 靜處，[甲]1931 居靜處，[甲]2036 呪術能，[明]2059 厤心傳，[三][宮]2123 處小便。

嗛

嫌：[宮]2060 乎雖盛。

嫌

稱：[聖]440 眼佛南。

惡：[宮]1425 多求況。

婦：[三]、謙[宮]2122 夫故常。

呵：[三][宮]1425 責。

譏：[三][宮]、謙[聖]1425 云何沙，[三][宮]1425 此非出，[三][宮][聖]1425 云何沙。

兼：[宮]617 人。

惱：[聖]1582 得時知。

謙：[甲][乙][丙]2381 戒，[甲]2748，[明]2122 有比丘，[聖]1462 不得奪，[聖]1462 故楊枝，[宋]1525 是故如。

慊：[三]100 恨之心，[三]190 恨，[石]1509 恨汝應，[宋][元]220，[宋][元]220 恨心後。

笑：[另]1428 沙門釋。

願：[三][宮]2102 於。

銜

衝：[聖]1454 有百針。

釘：[宮]1509。

官：[三][宮]2060 並不依。

含：[宮]2121 良藥，[宮]2123。

啣：[甲]1806 食若風，[乙]1822 子不，[元][明]310 之至多。

嚙：[宮]2078 一顆米，[明][乙]1276 蛇將來，[三]152 泣身命，[三]152 賊寇，[宋][宮]1428 去著餘，[宋][元][宮]721 勝光明，[宋][元][宮]2122 袈，[宋]279 諸。

御：[宮]1547，[宮]2121 當折兩，[三]2110 手板逆。

賢

寶：[丙]917 十，[明]261 瓶出無，[明]411 瓶除貧，[明]887 瓶及香，[三]190 車太子，[三][宮]890 瓶滿盛，[三]190 車其車，[乙]2390 摩。

長：[三][宮]2034 者手力，[三][宮]534 者明。

嗔：[甲]1709 次有十。

貫：[聖]2060 代興有。

貴：[元][明]643 以。

堅：[甲][乙][丙]2381 誓師子，[甲]1708 心釋，[甲]1733 陂城，[甲]1851，[甲]2073 或云，[三][宮][聖]425 如來所，[三][宮]425 其佛光，[另]1451 首爲我，[原]2196 寶自在。

見：[和]293 身一一，[甲]2249 外道并。

緊：[甲][乙]2207 那羅等，[乙][丁]2244 質迦或，[乙]2408 捺。

覺：[三][宮]606 七反生。

覽：[甲]2053 見聞弘，[甲]2053 其。

攬：[三][宮][福]370 光神足，[三][宮]2122 光神足，[三][宮]2123 光神足。

忍：[原]2339 位故立。

善：[三][宮]425 月辯無，[三][宮]2102 之流必。

聖：[三][宮]2034 善住天，[三]76 所歎億，[三]100 道，[宋][明][宮]2122 者何故。

失：[乙]2215 大菩提。

實：[甲]2269 四善根。

是：[三][宮]398 聖。

隨：[三]193 良調善。

天：[明]166 奉詔譯，[明]705 奉詔譯。

贊：[甲]2035 贊德。

現：[甲][乙]2397 色身亦，[甲]2898 劫千佛，[乙]2396 色身之，[原]2416 三昧勝。

焉：[甲]1969 作詩寄。

眼：[甲][丙]2081 修。

醫：[三][宮]、聖[知]598 衆所奉，[三]310 療治衆，[元][明][宮]425。

於：[三][宮]810 聖法律。

愚：[三][宮][甲][乙]2087 智畢萃。

歟：[乙]2391。

遇：[三][宮]384 聖。

樂：[明][甲]1216 寂靜究。

贊：[甲]2290 位等何。

哲：[乙]2263 未決。

質：[甲]2261 善，[元][明]6 聖慈智。

資：[元][明]761 財成。

尊：[甲]2207 者阿難，[元][明]26 者大目。

鹹

醋：[三][甲]951 淡勿欲。

鹽：[明]374 淡六味。

誠

誠：[三][宮]2111 感神者。

嗀

　　衞：[甲]893 界角隨。
　　銜：[明]321 稻穀養。

痫

　　病：[甲]1736 消瘦是。
　　閑：[甲]1335 鬼日月。

鶥

　　鶥：[甲]1912 鶩。
　　鶮：[宋][元][宮]2103 鼂而生。

隃

　　嶮：[宮]352。

勘

　　勘：[甲]1805，[明]1562，[聖]2157 此亦璠。
　　堪：[三][宮]2121 能效命。
　　妙：[宮]815 及緣覺。
　　少：[三][宮]598 聞。
　　甚：[宮]2122。
　　斯：[甲]952 福人，[元][宮]374 乏或。
　　鮮：[明]186，[明]186 今會大，[明]186 少不可，[明]451 少不修，[明]1435 少，[三]、斯[宮]2060 具不，[三][宮]451 少作如，[三]375 少亦願，[三]1440 少若有。
　　趔：[明][乙]1092 福有情，[明]721 味智慧，[明]2087 少從此。

跣

　　踐：[三]212 形體不。

　　洗：[甲]1030 足而往。
　　銑：[宮]、洗字洗音[甲]1912 左右等。

險

　　除：[甲][乙]1822 業是惡，[聖][另]1442 路無人，[聖][另]1459 處恐。
　　際：[三][宮]1660 岸佛子。
　　儉：[三][宮]1646 有國多，[乙]2157 下勑道，[元][明]2060 人來問。
　　檢：[甲]、瞼[宮]1912 道衆惡，[宋][元][宮]1453 畜門徒。
　　臨：[甲]1733 危將墜。
　　岨：[三]152 遂。
　　隃：[甲]2160 若夷不。
　　谿：[博]、嶮[敦]262 谷。
　　譣：[明]2145 詖之邊，[三]2145。
　　嶮：[宮]1912 惡人執，[宮]374 路路，[宮]1537 徑涉邊，[宮]1912 如王事，[甲]1356 棘道中，[甲]1921 道至珍，[甲]2008 峻啓迪，[三]993 艱難非，[三][宮]263 谷不得，[三]152 還家見，[三]192 故，[三]1341 惡相根，[聖][另]410 或，[聖]100 難之，[另]410 道，[宋]、峽[元][明]2088 蒽，[宋][宮]321 忽然躄，[宋][元]1548 若身，[乙][丙]2092 路得無，[乙]1723 谷其苗。
　　陳：[三][宮]2060 過半已，[三][宮]2060 乃見譖。
　　噞：[聖]1436 惡道，[宋][元]2122 難諸惡。
　　驗：[明][甲][乙]1260，[乙][丙]

2092 之，[乙]2157。

峪：[甲]2879 路賊盜。

宅：[三][甲][乙][丙]1202 恐懼
之。

嶮

撿：[和]293 斷岸周。

峻：[三][宮]2122 中多妖。

臨：[三]1 危救厄。

險：[敦]262 道相續，[煌]262 路
其中，[宮]278 谷救無，[宮]322 然義，
[宮]618 岸，[宮]618 是皆退，[明]190
道行顛，[明]642 道已還，[三][宮]
397，[三][宮]1548 等若不，[三][宮]
263 常懷毒，[三][宮]308 自見己，[三]
[宮]380 路免諸，[三][宮]380 難路，
[三][宮]411 阻多難，[三][宮]639 地微
寂，[三][宮]670，[三]1，[三]22，[三]
120 難諸恐，[三]152 而，[三]152 乏，
[三]375 涅槃平，[三]945 是則名，[聖]
99 怖道慧，[聖]99 惡相殺，[知]1581
處恐怖。

獮

彌：[聖]375 猴豬羊。

獮：[宮]1545 猴子不，[甲]2128
猴也説，[聖]375 猴白鴿。

顕

見：[乙]1821 立解脱。

幰

幔：[聖]1442 帳於此，[聖]1443
帳於。

慢：[三]220。

軒：[宮]276 蓋天妙，[三][宮]276
蓋天妙，[三]下同、花[宮]276 蓋天
妙。

憶：[宋][元]220 蓋寶幢。

蘚

鮮：[宋][元]2088 現佛河。

玁

狁：[三][宮]2041 之郷無。

顯

必：[甲]2312 然皆如。

辨：[甲]1735 佛菩提。

辯：[甲]1799 無，[甲]1929 圓教
從。

標：[甲]2269 三結釋。

表：[甲][乙][丙]1866 上諸義。

別：[甲]2273。

昞：[三][宮]2102 然表裏。

財：[甲]2261 道是常。

瞋：[甲]1828 故苦下。

成：[甲]1823 一頌請。

出：[宮][聖]223 示分別，[三]
[宮][聖]223 示分別。

但：[甲][乙]1822 不欲忍。

道：[甲]2035 三乘九。

得：[甲]1851 一生因。

頂：[甲]1978 神。

頓：[甲]、顯[甲]1876 出法身，
[甲]2290 教如斯，[甲]2434 出生醍。

煩：[明]1585 故餘互，[宋]1597

示離一。

分：[甲]2053 別斷常。

高：[甲][乙]2228 山王頂。

歸：[甲]2339 一開方。

貴：[三][宮]2058 終。

果：[甲][乙]1822 現見諸。

好：[三][宮]1606 清淨力。

即：[聖][甲]1733 是遠近。

記：[甲]2195 人法俱。

簡：[宮]1458 非錯誤，[原]2339。

見：[聖]1733 九門救，[原]1840 其因隨。

界：[甲]2281 九實一。

開：[明]293 示出世。

類：[宮]1562 心願如，[甲]1829 變爲餘，[甲][乙]1822 如多境，[甲][乙]2186 萬法，[甲]1736 例然故，[甲]1816 心，[甲]1828，[甲]1830 無生滅，[甲]1863 述，[甲]2217 是同意，[甲]2253，[甲]2434 理，[三][宮]1545 捨義定，[乙]2263 假説。

離：[甲][乙]1929 出也若，[甲]1733 自過六，[甲]1813 外，[甲]1887 無量故，[三][宮][聖]1562 正見如，[聖][甲]1733 化事故。

理：[甲][乙]1866 等準，[甲][乙]1866 耳此上。

禮：[甲]2263 相。

裂：[甲]1733 十門三。

領：[甲]1736 其當。

六：[甲]2274 飛。

履：[三][宮][知]384 行羅列。

略：[甲]2290 亦如亦。

滿：[三][宮]318 十方端。

明：[甲]1715 第三雙，[甲]1733 勝進行，[甲]1733 所見分，[甲][乙][丙]1866 無性也，[甲][乙]1821 別緣修，[甲]1733 至極迴，[甲]1736 非，[甲]2195 領，[甲]2273 自共量，[聖][甲]1733 無盡故，[聖]1721 無三，[聖]1721 者，[原]、[甲]1744 所得深，[原]1744，[原]1829 現，[原]1834，[原]2271，[原]2339 增即順。

破：[乙]1723 體。

其：[甲][聖]1723 數多。

起：[聖]1595 故眞實。

強：[甲]2263 耶是以。

聲：[原]2271 論則是。

勝：[甲]2290 前諸乘。

示：[甲]2274 於持業。

是：[甲]2204 有般若。

釋：[甲][乙]1822 順教也，[甲]1736 文意四。

順：[甲]2305 眞如眞，[乙]2261 示如意，[乙]2263 此。

説：[甲][乙]1821 與此論，[甲]1733，[乙]1821 與此論。

頌：[宮]1544 經中佛，[甲]1708 正位後，[甲]1830 皆唯問，[甲]2195 土相乎，[乙]1821 彼色，[原]2262 一刹那。

歡：[乙]1816 法及修，[乙]2263 德。

題：[甲]2266 何故不，[甲]2035 其頓悟，[甲]2204 略儀分，[甲]2204 宗體綱，[甲]2254 此類，[甲]2299 標

一部，[原]2248 名入懺。

體：[三][宮]1571 應本有。

頭：[宮]1559 色隣虛，[甲]1273 權實相，[甲]1887 示一乘，[甲]2219 名，[三]、一[甲][乙]1069 指甲二，[三][宮]2049 擊論義，[三][宮]2122 處令人，[三][宮]2122 相，[三]1424 數雖多，[三]2040 園中波，[聖]425 發慕樂，[另]1442 敞之處，[宋]、頤[元][明]992 利反，[原]1764 仙造僧，[原]1828 亦。

爲：[明]1562 彼壽言。

謂：[甲]1733 歎眞。

賢：[甲]2130 經。

現：[丙]1866，[和]261 求者千，[甲]1828 利鈍別，[甲][乙][丙]1866 無盡問，[甲][乙][丙]1866 緣起勝，[甲][乙]1866 應身業，[甲]1722 故以，[甲]1733，[甲]1733 佛光明，[甲]1733 故不起，[甲]1733 皆名法，[甲]1924 現諸佛，[甲]2259 眞如名，[甲]2274 比量差，[甲]2779 聲即，[甲]2814 故言取，[明][和]261 人身婆，[明]565 分衞又，[三][宮][聖]278 在是去，[三][宮][聖]613 前骨人，[三][宮]2122 亦不施，[三][宮]2122 在前，[聖][甲]1733 前決定，[聖][甲]1733 法門故。

須：[宮]1545 三界各，[甲][乙]1822 過九人，[甲][乙]1822 隨眠，[甲]2259 其火大，[明]1523 菩提時。

續：[三]1647 是故。

演：[乙]1816 即是此。

耶：[甲][乙]2309 過未無。

以：[明]2145 發事類。

隱：[甲]1735 有一有。

隱：[甲]1881 俱顯隱，[甲]2018 微毫若，[甲]2299 名法身，[元][明]2060 常樂。

影：[甲]2196 之，[甲]2217 幻法義，[甲]2270 論之説，[三]1598 現此心，[宋][元]279 現山上，[原]2196 云文有，[原]2262 依於質，[原]2196 聖文，[原]2196 釋云二，[原]2196 意云，[原]2196 意云若，[原]2196 意云謂，[原]2196 云凡，[原]2339 惠遠入。

穎：[元][明][宮]1437 集出。

映：[甲][乙][丙]1866 互現重。

於：[甲]2250 無記。

歟：[甲]2313 者所破。

欲：[甲]2217 受之可，[聖]1788 引彼一。

喻：[甲]2219。

預：[甲][乙]2254 釋出殺。

緣：[甲]1828 性故者。

願：[宮]481 發忻，[甲][乙]1822 生處，[甲]864 相金剛，[甲]1733 心作業，[甲]1813 意謂先，[甲]1961 求者希，[甲]2227 受生不，[甲]2266 不共唯，[甲]2266 得眞如，[甲]2399 也依此，[明]1514 多差別，[明]1562 佛說法，[三][宮]637 是，[聖]1512 現有，[聖]1733 此，[宋]2154 三昧經，[元][明]702 示佛法，[原]1744 佛與二，[原]2408 也故。

彰：[甲][乙]2317 無表此，[甲]2305 故名内。

證：[甲]1710 一切空，[甲]2214
顯。

知：[乙]1821 男女。

終：[乙]2263 問答中。

自：[甲]1863 具自無。

限

隁：[甲]1820 也。

度：[三]22。

法：[聖]200 令諸。

服：[三]1440 王法勝。

幅：[三]309 天眼菩。

根：[宮]681 量及以，[和]293 不
失時，[三]670 分譬，[三][宮]606 不
至究，[宋][明][宮]672 量二乘，[宋]
[明][乙]1092 草三寸。

恨：[宮][宮]445 淨如來，[宮]477
雅典以，[宮]624 其功德，[甲]1112 復
過一，[明]193，[三][宮]1559 類境，
[三][宮][聖]1549 非不有，[三][宮]263
忍無數，[三][宮]309 共相敬，[三][宮]
398 講諸法，[三][宮]587 心拔我，[三]
[宮]2060 終京室，[三]2060 年，[聖]
291 所入之，[元]221 之苦是，[知]598
叡智無。

階：[三]1336 功勳。

局：[甲]2285 顯論歟。

據：[甲]、就[乙]2249 起威儀。

閫：[聖]1441 邊受食，[聖]1441
等所出。

浪：[甲]1719 且云可。

量：[宮]659 無盡善。

難：[元][明][宮]1428 得飽足。

薩：[明]1523 量諸成。

說：[甲]2195 有性歟。

隨：[聖]1440 者。

通：[甲][乙]2263 無新種。

唯：[乙]2263 身業歟。

現：[甲]2262 作用成，[明]627
喻其有。

眼：[宮]329 不詣佛，[三]1558 非
彼，[宋]、明[元][明]158 月光花。

厭：[三][宮]403 長遠無。

垠：[三]2102 之實親。

隱：[宮]2060 未及旋，[甲]1813
心樂心，[三][宮]285 德藏。

有：[甲]2281。

緣：[乙]2263 真如亦。

陷

搜：[明]2102 求皆如。

覔

莞：[三][宮]2059 劉虯製。

睍

呪：[三]1336 坭梨。

陷

蹈：[甲][乙]2194 八大國，[明]
201 墮，[三][宮]1425 火坑，[三]23，
[三]360 下四寸，[三]1340 塵成二。

阽：[甲]2120 垂露於。

隊：[三][宮]2060 收登城。

埳：[明]1529 如被劫，[三][宮]
389 如被劫，[三][宮]1425 若阿波，
[三]1529 故復。

埧：[宋]152 人不能，[宋]206 入地中。

陌：[原]1771 上鉢住。

泥：[三]945。

踏：[三]201 人不鬥。

滔：[甲]1728 一，[三]945 溺云。

隱：[宮]1545 彼故行，[三][宮]2104 顧斯陳。

墜：[宮]395 墮故爲。

現

比：[甲]2274 量自教。

出：[甲][乙][丙]1172 十萬億，[三][宮]1435 時比丘，[三]1043 寶蓮華，[聖]125。

次：[乙]2263 在苦果。

達：[宋、見[元][明]212 嬰兒能。

但：[甲]2274 因彼明。

得：[三]2030 人身於。

獨：[明]278 稱我最。

覩：[三]211，[三][宮]399 已自在，[三][宮]381 之悉現，[三][宮]585 於上方，[三][宮]2121 我夫心，[聖]643 人遠望。

而：[甲][乙]1929 爲説法，[三][宮]374 涅槃現。

法：[甲]1736 身雨爲。

反：[甲]2263 他受用，[三]212。

浮：[甲]2311 影心法。

根：[甲]2266 眼能持。

觀：[聖]606 外陽。

觀：[丙]2397 自在故，[宮]309 神足爲，[甲]1828 後云相，[甲]1830 所緣論，[甲]2313 隨時不，[甲][乙]1822 也隨一，[甲][乙]1821 門故説，[甲][乙]1822 照轉故，[甲]1709 理，[甲]1735 無依著，[甲]1736 量也現，[甲]1781 身實相，[甲]1863 無，[甲]1928 言良，[甲]1965 之時或，[甲]2214 意生八，[甲]2219 於法界，[甲]2266，[甲]2266 故故名，[甲]2266 時非眞，[甲]2400 智身可，[三][宮]847 將，[乙]2215 離於心，[乙]2263 香味者，[乙]2396，[乙]2397 身中三，[原]、觀[乙]1744 有中觀，[原]2202 法界云，[原]2408 之，[原]2412 無量壽，[原]2416 三昧觀。

規：[明]2034 剃頭有，[三][宮]2121 殺阿育。

化：[甲]1709 塵沙身，[明][甲][乙]950 爲帝釋，[三]196 度人。

即：[三][宮][聖]1552 在化主。

既：[甲]1828 獲財寶，[甲]2266 説巳生，[三][宮]1451 有村城，[乙]2397 闕八識，[原]2271 違本立。

記：[聖]1563 生如是。

假：[原]2263。

見：[宮]2111 前而不，[宮][聖]310 一切諸，[宮][聖]278 照法界，[宮][聖]1428，[宮][石]1558，[宮]263，[宮]263 天上世，[宮]279，[宮]279 三世一，[宮]310 生，[宮]310 作四魔，[宮]598 是爲菩，[宮]657 神力隨，[宮]721 種，[宮]816 所以者，[宮]882 證三昧，[宮]901 形或夢，[宮]1458 瞋忿相，[宮]1509 佛從無，[宮]1509 在何以，[宮]

1549 在造當，[宮]1552 法，[宮]1558 見，[宮]2048 世如意，[和]293 其，[和]293 神通變，[和]293 天龍乾，[和]293 爪髮筋，[和]293 諸三，[甲]1735 第三善，[甲]1735 無有邊，[甲]2281 行註釋，[甲]2339 故第四，[甲][乙]950 於實事，[甲][乙]1822 在八支，[甲][乙]2263 文誰人，[甲][乙]2309 天色，[甲][乙]2309 天壽八，[甲]867，[甲]1125 生證得，[甲]1728 一毛孔，[甲]1733 説法之，[甲]1735 半身兜，[甲]1735 在等佛，[甲]1736，[甲]1742 佛如雲，[甲]1775 故譏之，[甲]1775 我及衆，[甲]1775 肇曰顯，[甲]1775 衆華遍，[甲]1816 行正起，[甲]1851 色像色，[甲]2006 成舌，[甲]2035，[甲]2035 在也大，[甲]2053 了者表，[甲]2125 行願諸，[甲]2195 文何難，[甲]2195 行，[甲]2195 行品次，[甲]2305 行流布，[甲]2393 或作火，[明]220 物類能，[明]293 以佛威，[明]312 但爲成，[明]372 其身神，[明]1015 在亦不，[明]1450，[明]2016 佛身恐，[明][宮]下同 603 色爲却，[明][和]293 諸王勸，[明][甲]1177，[明][甲]1177 在前，[明][甲]1177 在一切，[明]152 女爲之，[明]154 奇雅爾，[明]222 一切，[明]279 一切國，[明]307 在前三，[明]598 無，[明]657，[明]672 諸衆生，[明]682 衆色像，[明]1425 狗驅，[明]1450，[明]1450 時佛世，[明]1450 於世利，[明]2076 又云佛，[明]2121 在，[明]2122 神通教，[明]2122 慾心發，

[明]2122 自亦致，[明]2123 此影像，[三]21 後世寶，[三]150 世不得，[三]264，[三]397 是事已，[三]664 一生補，[三]1099 其，[三]1348 在隨心，[三]2110 周鑒娠，[三][宮]、－[石]1509 受須菩，[三][宮]393 威靈，[三][宮]476 金色佛，[三][宮]1559 前起九，[三][宮][甲]2053 在咀麗，[三][宮][聖][別]397 在身得，[三][宮][聖]292 化在如，[三][宮][聖]310 瑞，[三][宮]221 般若波，[三][宮]223 十，[三][宮]263 妙音菩，[三][宮]270 劫燒或，[三][宮]278，[三][宮]310 前能得，[三][宮]310 證阿羅，[三][宮]384 如有力，[三][宮]397 象像事，[三][宮]415 菩薩摩，[三][宮]443 在隨心，[三][宮]461 其身年，[三][宮]481 鏡中有，[三][宮]481 在者咸，[三][宮]534 稽首稟，[三][宮]598 無能知，[三][宮]613 無量百，[三][宮]618 火然，[三][宮]627 斯須超，[三][宮]632 爾時，[三][宮]653 知有所，[三][宮]656 其剎土，[三][宮]656 身盡彼，[三][宮]656 無央數，[三][宮]656 云何，[三][宮]672 無有外，[三][宮]676 可得，[三][宮]681，[三][宮]696 世當受，[三][宮]708 從是得，[三][宮]721 猶如日，[三][宮]732 在事，[三][宮]810 十方無，[三][宮]816，[三][宮]885，[三][宮]1425 似有世，[三][宮]1462 如，[三][宮]1509 在病，[三][宮]1509 在他心，[三][宮]1526 佛言舍，[三][宮]1546 己身法，[三][宮]1546 菩薩若，[三][宮]1552，[三][宮]

1562 於如是，[三][宮]1596 在言説，[三][宮]2034，[三][宮]2042 法海欲，[三][宮]2053 佛法當，[三][宮]2059 斯證因，[三][宮]2060 前弟子，[三][宮]2060 有緣耳，[三][宮]2060 於，[三][宮]2060 在藏經，[三][宮]2102 而，[三][宮]2102 在不，[三][宮]2103 髻中眞，[三][宮]2103 前幽顯，[三][宮]2103 生穢土，[三][宮]2111 不疲而，[三][宮]2111 在不見，[三][宮]2111 在之無，[三][宮]2112 之徵災，[三][宮]2121 還現帝，[三][宮]2121 槃特威，[三][宮]2121 時飲，[三][宮]2122，[三][宮]2122 五色光，[三][宮]2122 形於沈，[三][宮]2122 在内供，[三][聖]291 告詔猶，[三][聖]310 金容告，[三]1 至槃頭，[三]32 在世賢，[三]58 法應當，[三]76 在十方，[三]170 不知所，[三]186 瑞應三，[三]189 過七日，[三]192 素身，[三]192 於今，[三]193 者吾出，[三]201 供養，[三]202 世，[三]212 身未死，[三]263，[三]374 未摧伏，[三]375 善男子，[三]956 夜三日，[三]1117 在常説，[三]1126 在未來，[三]1301 有僂一，[三]1331 惱如是，[三]1349 在十方，[三]1366 在及與，[三]1585 證現量，[三]1629 別轉故，[三]2087 雙足示，[三]2088 于城北，[三]2103 在爰及，[三]2110 身，[三]2110 在遮智，[三]2122 星殞如，[三]2145 天下於，[三]2151 千輻輪，[三]2154 前報，[聖]1544 在一餘，[聖][另]285，[聖][另]302 其前亦，[聖]1 還至天，[聖]

99 身口密，[聖]224 法盡於，[聖]224 身及諸，[聖]272 種種相，[聖]278，[聖]310 身諸漏，[聖]310 他方刹，[聖]376 老病死，[聖]425 瑞威神，[聖]425 在不可，[聖]425 在之事，[聖]663 其身至，[聖]1428 身相不，[聖]1465 身入滅，[聖]1509，[聖]1721 也有人，[聖]1763 爲佛眼，[聖]1763 在有果，[聖]1763 在有也，[石]1668 諸境界，[石]2125 行要，[宋]220 眼識界，[宋][宮]656 花敷何，[宋][宮][聖]284 在事是，[宋][宮]310 與無量，[宋][宮]626 在佛悉，[宋][宮]656 若干法，[宋][宮]656 釋身隱，[宋][宮]657，[宋][宮]2122 此受苦，[宋][明][宮]2122 神足變，[宋][元][宮]1552 法果施，[宋][元][宮]657 佛相今，[宋][元][宮]1421 在僧應，[宋][元][宮]1559，[宋][元][宮]1646 知事中，[宋][元][宮]2122 衰，[宋][元][宮]2122 在果欲，[宋][元]190 於世號，[宋][元]2106 邪見相，[宋][元]2122 在因所，[宋]310 號曰然，[宋]374 身有疾，[宋]1185，[宋]1340 不現義，[宋]1425 前僧何，[宋]1596 行，[宋]2110 身吾不，[乙]897 時或於，[乙][丙]2092 眞，[乙]1069，[乙]1171 身一一，[乙]1724 在諸佛，[乙]1736 等出現，[乙]2263 文不許，[乙]2263 文靜慮，[乙]2879 其人前，[元]2016 本來是，[元]2016 眞如亦，[元][明][宮]310 其色行，[元][明][宮]310 一切諸，[元][明]196 正諦皆，[元][明]309 皆，[元][明]329 所知審，[元][明]

425 道猶月，[元][明]598 得叡達，[元]
[明]621 即八方，[元][明]624，[元][明]
624 於諦道，[元][明]624 諸法不，[元]
[明]656 衆生受，[元][明]658 變化善，
[元][明]658 王身得，[元][明]661 三
者眉，[元][明]666，[元][明]702 知及
能，[元][明]839 者此人，[元][明]1509
不妨閑，[元][明]1549 在也若，[元]
[明]2060 即解，[元][明]2122 第七夢，
[元][明]2122 因果此，[原]、[甲]1744
陰壞謂，[原]1981 眞容菩，[原]917 好
相若，[原]1796 驗不，[原]1818 下論
文，[原]1863 轉依非，[知]1579 觀位
清，[知]1587 鏡中亦。

降：[三][宮][聖]268 身在地。

今：[三][宮]223 世功德。

觀：[明][宮]398 諸佛是。

殀：[宋]、境[元]1603 染。

境：[甲]1795 爲定實，[甲]2195
行果故，[明]657 在，[三][宮]1558 極
聚散。

就：[甲][乙]1822 明除前。

離：[聖][甲]1733 無相行。

理：[甲]1733 本無故，[甲][乙]
1822 互爲，[甲][乙]1822 起一切，[甲]
[乙]1822 在前時，[甲]1733 故是故，
[甲]1733 智業用，[甲]1736 實，[甲]
1771 滿金器，[甲]1816 問後如，[甲]
1830 起即簡，[甲]2266 故，[甲]2266
顯離外，[甲]2269 觀諸大，[甲]2274
無失云，[甲]2299 教釋義，[甲]2339
實三十，[甲]2412，[三][宮]1558 前餘
業，[聖]1602 觀是故，[聖]1763 若如

此，[乙]1092 若欲調，[乙]1736 量此
即，[乙]2263 觀人得，[原]1700 無授
記，[原]1872 全收事，[原]2339 不顯
雖，[原]2339 既是通。

量：[甲]2018 量而堅。

滿：[甲]853 種種形。

門：[宮][聖]294 速行法。

名：[三][宮]1598 不現此。

明：[三][宮]1546 過去世，[三]
[宮]1546 欲界身，[宋]、顯[元][明][聖]
643 觀眼心，[元][明]1579 世希求。

能：[甲]2274 量又。

破：[明]397 時難可。

前：[元][明]1544 觀欲色。

勤：[三]278 如來常。

親：[宮]1799 親證眞，[甲][乙]
1821 嚴身非，[甲]1828 種無始，[明]
[宮]433 住其前，[三]212，[原]1089 一
法速。

去：[宮]1558 苦，[三][宮][聖]
224。

瑞：[甲][乙]1736 相既。

善：[宮]532 安隱。

沈：[丙]1832 重相二。

生：[丙]2812 事不應，[乙]1204
使者名，[乙]2263 是則如，[乙]2390
而現具。

施：[甲]1782 慈悲訓，[元][明]
221 與人使。

時：[三]203 高大如。

示：[三][宮][聖]292 在露精，[三]
193 其，[三]375 涅槃現。

世：[三][宮]278。

是：[明]1442 樂及受。

視：[宮]、神[知]598 諦無，[宮][聖][石]1509 語言，[宮]263 何故愚，[宮]895 奮迅神，[宮]1530 爲欲摧，[宮]1592 智者，[甲][乙]856 三昧耶，[甲]1717 病品去，[甲]1718 毒亦云，[甲]1781 之如佛，[明]367 廣長舌，[明]402 己所得，[明]624 盲人悉，[明]1003 者與金，[明]2121 之遙試，[明]2122 神光基，[三][宮]263 小乘一，[三][宮]281 道法至，[三][宮]399 一，[三][宮]657 如世，[三][宮]1457 窓中，[三]152 之曰吾，[三]201 親，[聖]1579 起言未，[聖][另]281 衆經入，[聖]278 安隱，[聖]397，[聖]1428 身得，[宋][宮]443 如來南，[宋]53 苦陰因，[宋]2061 其鉢中，[乙]857 三昧耶，[原]1979 外道比。

殊：[三]278 各不同。

説：[甲]1863 無皆悉，[甲]2035 二者，[甲]2195 歟答設，[甲]2207 無説此，[甲]2266 非，[甲]2266 者意云，[乙]2396 非謂內，[原][甲]1833 果由因。

思：[宋]、見[元][明]210 道解疑。

斯：[三]222 神足三。

隨：[甲]1851 助名伴，[三][宮]302 一切界。

歲：[甲]1705 比丘。

所：[甲]1792 生七世。

脫：[甲]2195 身皆當。

外：[甲]1834 境起許。

頑：[三][聖]201 作逼。

謂：[甲]1816 在。

繫：[明]1544 在前設。

賢：[甲]2214 色身三，[甲]2223 色身也，[乙]872 色身等。

顯：[宮][甲]1884 等殊故，[甲]1733 說法之，[甲]1928 十，[甲]2266 說波羅，[甲]2434，[甲][乙][丙]1866 無盡義，[甲][乙]1796 也，[甲][乙]1866 未必一，[甲]1733 一盧舍，[甲]1736 染若變，[甲]2073 等慨先，[甲]2073 經四卷，[甲]2073 義寺請，[三][宮][石]1509 示法故，[三][宮]813，[三][宮]1509 示現，[三][宮]1523 示調順，[三][宮]1545 一切皆，[三][宮]1546 己義故，[三][宮]2060 皆此類，[三][聖]1579 發善思，[三][聖]1579 如是一，[三]375 示所以，[聖][甲]1733 不無義，[聖][甲]1733 能治廣，[聖][甲]1733 山中物，[聖][甲]下同 1733 無相初，[聖]211 其智，[石]1668 前，[石][高]1668 說，[石][高]1668 中有故，[石]1668 於千器，[乙]1871 此所說，[乙]2263 望有性，[原]、[甲]1744 之時名，[原]2290 了經當。

限：[甲]2339 教亦無。

睨：[聖]790 於上誰。

相：[甲]1816 在我從，[三][宮]2123 別愚人。

想：[明]1605 安立見，[三][宮]292 道法無，[宋][宮]285 一切行，[宋]1562 所證境。

新：[聖]1851 觀斷結。

行：[甲]1775 聲聞辟，[甲]2266

又，[聖]、現[聖]1733 者行相。

言：[甲]2266 菩薩者。

眼：[甲]2266 非，[甲]2305 識生是。

耶：[聖]1723 聰明識。

業：[甲]1733 報不差。

一：[宋][元]2060。

意：[元][明][聖]、規[宮]754 欲施設。

有：[三][宮]349 在成慧。

於：[明]193 先世行。

歟：[甲]2262 行時復。

語：[宋][宮]292 感動現。

願：[甲]1729 也用此，[明]1336 得願陀，[元]783 在不住。

雲：[甲]1512 現已還。

在：[三]100 於西面，[三][乙]1092 其前，[乙]1821 身內除。

照：[三][宮][聖]278 一切受。

證：[甲][乙][丙]1172 三摩。

至：[甲]2250 觀流。

終：[三]185 受。

種：[甲]2266 又復不。

珠：[原]904 妙女形。

諸：[明]1563 險難，[聖]1602 比至教。

自：[宮]263 在十方。

作：[三][宮]408 於婆羅。

睍

現：[三][宮]443 如來南。

羨

美：[宋]、著[元][明]425 是曰忍。

献

告：[丁]2244 則。

巘：[甲]2183 有序。

羨

美：[宮]2102 矣雖復。

羨：[甲]2039 之山下。

泳：[宋][宮]、淨[元][明]2122 慧定計。

綫

縫：[三][宮]1428 續若縫。

縷：[三]2110 楊侯。

線：[三][宮]、綖[聖]1428 貫，[三][宮][聖]、綖[另]1428 下至，[三][宮]1428 編若帶，[乙]1069 麁如銅。

線

繪：[三][宮]1451 結好鬘。

綿：[宮]1459，[三][宮]2059 極令細，[聖]2157 州振響，[宋][元][宮]2122 焉時，[宋]999 下，[乙]2092 物目，[元][明][乙]1092 索外畔。

綹：[乙][丙]1098 跋尾多。

綫：[明]1459 便得勝，[三][宮]386 種種色。

綖：[宮]374，[甲]1335 繫於樹，[甲]1717 等，[三][宮][聖]1425 安紐作，[三][宮][聖]1425 拂，[三][宮][聖]1425 經義知，[三][宮][聖]1425 經中廣，[三][宮]385 丸緒，[三][宮]821 若

自取，[三][宮]1425 纏已復，[三][宮]1425 經，[三][宮]1425 經惡邪，[三][宮]1425 經中，[三][宮]1425 經中廣，[三][宮]1435 囊中乃，[三][宮]1435 一針一，[三][聖]375，[三][聖]1582 一，[三][乙]、縛[甲]1028，[聖]1425 經中廣，[聖]1425 者有縫，[聖]1428 貫穿故，[聖]1428 貫花教，[聖]1428 居，[宋][明][宮]1452 而縫絡，[宋][元]1583 亦如是，[宋][元]1101 拼其界，[原]1183 長一。

縁：[甲]1203 色旗。

雜：[甲]1736 華色雖。

縣

聚：[三][宮]585 邑燕處。

懸：[甲]1718 乏力，[甲][乙]973 幡四，[甲][乙]2087，[甲]1721 爲邑內，[甲]1736，[甲]2035 淮出桐，[甲]2053 開國公，[甲]2087 而不郡，[三][宮]2122 泉村人，[三][宮]2122 已衣鉢，[三][宮]2122 以，[三][宮]2122 遠而無，[三]2122 置塔中，[聖]1354 官不能，[宋][元]2149 繒燒香，[宋]2061 泉院釋，[宋]2145 忽得移，[乙][丙]2092 虛爲渡。

憲

寶：[甲]2183。

慮：[明]322 教之要。

獻：[三][宮]2122。

巘：[甲]2183。

愚：[甲]1709 故遷居，[聖]2157 誠表陳，[聖]2157 誠奉宣。

霰

覆：[甲]2176 譯。

露：[甲]2168 譯。

獻

斷：[甲]2277 記云此，[甲]2277 二記也。

獲：[三][宮]2121 財致不。

敬：[三]2108 君變俗。

庶：[三]2109 方欲興。

戲：[甲]1782 姪逸及，[甲]853 華勢滿，[乙]2157 致變經。

憲：[丙]2120，[三][宮]2102 刻意而。

嚴：[宋][明][宮][知]414 座已訖。

巘：[甲]2400 蕩引，[甲]2400 第引虎，[宋][元][明]882 提引吽。

厭：[原]2216 妙軍持。

養：[甲]1000 於其八，[三]1257。

雨：[元][明]1161 甘露不。

獻：[明][甲]11000，[三]982 拏。

相

阿：[明]1544 續此有。

安：[三]1301 不占別。

柏：[甲]1828 樹佛在。

報：[聖][甲]1733 之喜。

標：[原]、明[甲]1781 權智不。

別：[甲]2266 總數行，[元]2016 分起見。

不：[甲][乙]1709 甚深二。

財：[元][明]26 已受比。

常：[三][宮]1552 續心，[三]885 轉。

唱：[三][宮]2034 録。

稱：[甲]1805 喪德九。

成：[乙]1736 即約此。

抽：[乙]2391 捻風天。

初：[宮]263 請命若，[甲]1512 者
正釋，[甲]1719 是總舉，[甲]2249 於
彼天，[宋][元]1646，[元]1579 又諸
菩。

處：[三]603 令從是。

幢：[甲]、憧[乙][丙]1098 失唎
二。

粗：[三]2108 爲論之。

旦：[宋]206 衆好光。

但：[宋]、－[元][明]2110 問君
當。

道：[明]2076 上。

得：[宮]1432 了應如。

地：[宮][聖][石]1509 須菩提，
[甲]2255 等等者，[宋][元]447 佛南
無。

等：[甲][乙]2263，[甲]2263 五根
所。

調：[甲]2254 練捨下，[原]2271。

頂：[甲]966 儀毛孔。

定：[三][宮]2122。

段：[乙]2263，[乙]2263。

對：[甲]2312 對而説。

頓：[乙]2249 息都不。

二：[甲]2274 各各自。

法：[甲]952 不，[甲]1881 具，
[甲]2312 但是學，[甲]2314 故淨，
[甲]2371 宛然名，[三][宮]385，[三]
[宮]1581 各五種，[三]245 法亦如，

[聖]586 無所增，[石]1509 善人中，
[元][石]1509 性空故，[原]1089 行者
諦，[原]1760 炳然念。

翻：[甲]1805 前曲分。

非：[三][宮]632 雙亦非。

福：[甲]2036 利須髮。

剛：[甲]2266 心斷文。

格：[甲]1781 量佛告。

根：[宮]1525 等厭，[宮]1545 應
勝解，[宮]385 不可量，[宮]397 及知
諸，[宮]567，[宮]721 生大怖，[宮]
1451，[宮]1509 滅故亦，[宮]1544 應
無明，[宮]1548，[宮]1552 別復次，
[宮]1552 應使，[宮]1558 現前寧，
[宮]1592 身依故，[宮]1598 取故其，
[宮]1622 續轉時，[宮]1632 不明了，
[宮]2042，[甲]1804 本通依，[甲][乙]
1822 衆生不，[甲]1733 非青見，[甲]
1733 於中先，[甲]1830 相分等，[甲]
2261 利鈍，[甲]2262 應云云，[甲]
2266 第六依，[甲]2266 釋曰以，[甲]
2299 作義迦，[明][宮]1563 差別由，
[明]310 聲舍利，[明]1341 無缺無，
[明]1579 意趣云，[明]2110 人感檀，
[明]2131 或廣，[明]2154 涉故爲，
[三][宮]309 連，[三][宮]1545 問云何，
[三][宮]1562 不律儀，[三][宮]278 鼻
得愛，[三][宮]285 豪劣周，[三][宮]
402 義，[三][宮]618 彼成曼，[三][宮]
627 寂定志，[三][宮]1428 共靜言，
[三][宮]1506 故信首，[三][宮]1545，
[三][宮]1546 差別如，[三][宮]1559 境
謂色，[三][宮]1559 應知除，[三][宮]

1563 貪等加，[三][宮]1571 無別故，[三][宮]1584 何以故，[三][宮]1592 故及，[三][宮]1594 修，[三][宮]1608 應如是，[三][宮]1646 不生名，[三][宮]1646 差別故，[三][宮]1646 當亦是，[三][宮]1646 故色可，[三][宮]1646 應，[三][宮]2059 不可不，[三][聖]285，[三][乙]1092 復爲世，[三]154 危熟身，[三]397 不熟熟，[三]1435 食故作，[三]1545 緣等者，[三]1571 生如，[聖][另]1543 耶答曰，[聖][另]1543 應彼非，[聖][另]1543 應除苦，[聖][另]1548 是名女，[聖]26 貌憶本，[聖]225 爲得諸，[聖]440 丹根佛，[聖]1441，[聖]1509 以是故，[聖]1548 應一不，[另]1543 無願相，[石]1509 出此，[石]1509 貌知是，[宋]1545 應法如，[宋][明][宮]1509 者，[宋][明][石][宮]1509 是故不，[宋][元][宮]276 眼對絕，[宋][元][宮]1550 應答此，[宋][元]1435 也故作，[宋]285 應思惟，[宋]1562 依經主，[乙][丙]2394，[乙]2249 即不爾，[乙]2394，[元]589 而自莊，[元]670 性智慧，[元]2016 如，[元][明]310 現前亦，[元][明]1018 故三十，[元][明][宮]717 滅沒差，[元][明]616 己心安，[元][明]672 境不生，[元][明]1336 不具，[元][明]1494 無所有，[元][明]1530 決定和，[元][明]1546 分別名，[元][明]1549，[元][明]1562 攝者謂，[元][明]1579 蒙諸如，[元][明]2016 金體不，[元][明]2016 如佛所，[元]1563，[元]1579 續不滅，[元]1579 續而，[元]2016 而能隨，[原][甲]1781 目爲其，[原]1851 如何前，[原]2425 同時相，[知]1579 攝道理。

恭：[三][宮]1435。

共：[三]375，[聖]211 娛樂何。

垢：[宮]310 其性極。

故：[甲][乙][丙]1866 也問若，[甲][乙]2263 以爲喻，[甲]1828 不爲縛，[甲]2299，[甲]2412 也又現，[明]223，[明]1616 墮斷見，[三][甲]1195 敬禮無，[乙]1822 第五五，[原]1818 也又緣。

觀：[甲]2305 待名之，[知]1579 待道理。

光：[聖]643 現時十。

國：[三]100 大臣。

海：[三][宮]426 滅我當。

好：[三][宮]263 八十具。

和：[甲]1886 合方能，[元][明]1585 合故空。

恒：[原]2262。

華：[原]2299 玄贊釋。

化：[甲]2250 是時大，[元][明]658 善知一。

或：[甲]2266 別或總。

即：[甲]1733 無色次，[甲]1863 種生故，[三][宮]2121，[乙]1736 舉況以。

極：[甲][乙]1822 能緣聖。

偈：[元][明][甲]893。

際：[宮]279，[三][宮]1509 中不見。

加：[元]1579 一發勤。

間：[宮]389 如是當，[原]2196 思惟解。

見：[丁]1830 實唯現，[明]、如[宮]677，[明]1450 此事白，[明]2106 識直入，[明]2121 比。

教：[甲]1736 疏，[甲]2314。

結：[三][宮]402 和好如。

解：[甲]2263 名，[乙]2263 何有四。

戒：[乙][丙]2778 同無漏。

界：[甲]1816 後。

境：[乙]2263 歟將根。

俱：[甲]2277 之由也，[三][宮]1522 放菩薩，[元][明]1567 二俱無。

捐：[三]、捐[宮]263 棄。

眷：[宮]1602 屬。

可：[甲]2271 符順今。

空：[宋][元][明]1509 作是言，[元]、一[聖]223 空非常。

苦：[三][宮]1581 所謂行。

稇：[甲]2039 載元惡。

類：[甲]2263 餘六種，[三][宮]716 勝異由，[乙]2263。

理：[宮]231 與法，[甲]2263 明破他，[甲]2312 皆融互。

力：[三][宮][聖]1451 欲移住。

利：[明]1541 應，[元]1602 違因。

量：[石]1509 無。

林：[三]193 樹皆動。

貌：[甲]1924 不，[三][宮]338，[三][宮]630 貌，[三][宮]1650 現，[三][聖]157 端正讀。

門：[甲][乙]1822 在故無，[甲]2281 之門也，[明]2016 不，[宋][元]1455 應者皆。

迷：[原]1844 心體令。

名：[甲]2801 安受苦。

明：[宮]377 自此當，[宮]721 類如是，[甲]2214，[甲][乙]1736 常住三，[甲][乙]1909 佛南無，[甲][乙]2261 亦無無，[甲]1763 了者，[甲]1775，[甲]1775 之報，[甲]1781 說，[甲]2186 教一受，[甲]2217 也文，[甲]2232 云福智，[甲]2266 二，[甲]2266 之如下，[甲]2339 能現心，[明][甲]1177 普現一，[明]1545 暗昧順，[明]2121 昉著世，[三][宮]673 功德威，[三][宮]403 入徑路，[三][宮]1425 照無有，[三][宮]2059 暉然通，[三][宮]2060 宛具須，[三][宮]2121 又見小，[三]202 昉然無，[三]211，[三]212 欲來詭，[三]286 故說復，[三]1012 及種性，[三]2060 德延入，[聖]1488 得是相，[聖]1522 無願而，[宋][元][宮]447 佛南無，[宋]157 有，[乙]1816 似勝此，[乙]1821 有爲應，[乙]2390 中多羅，[乙]2393 遊戲神，[元][明][宮]377，[原]2248 彼就法。

目：[聖][另]310 度生死。

內：[甲]1041 叉。

能：[宮]1509 緣相者，[甲][乙]2263 違有何，[明]1545 應行爲。

捻：[原]923 麼如寶。

念：[甲]2075 野鹿喻。

起：[甲]1736 融爲法，[宋][宮][聖]223。

前：[宮][甲]1912 體眞及。

切：[宮]279 無相是，[宮]464 所謂無，[宮]1509 無有，[明]930，[三][宮]761 無有高，[三][宮]1596 應知此，[三][乙]1092 理，[聖]1509 所謂。

親：[甲]1983。

取：[宮]1515 不可取。

人：[宮]1509 不可，[元][明]2016 不改善。

日：[宋]1451 憂如我。

如：[甲]1735 續無變，[三][宮]2060 迎引|。

瑞：[三][宮]2121 皆王功。

若：[宮]1509 是爲。

善：[三]1 共和合。

捨：[甲]2255 以是諸。

攝：[甲]2339 益二別。

身：[甲][乙]1709 及土如。

神：[宋][宮]285 不有合。

生：[甲][乙]1822 續無窮，[甲]2006 爲，[明]2121 掴，[三][宮]421。

時：[三][宮]618 近邊住，[三][宮]1443 汝若見，[三][宮]1546 唯佛境，[聖]1547 似修道。

識：[甲]2814 皆屬七。

始：[乙]2263 善。

示：[乙]1736 次對難。

事：[三][宮]2104 非駁立。

視：[明]894 也。

飾：[甲]1911 好輪王。

數：[原]2416 之答五。

衰：[甲]2309 先現一。

雙：[甲]2017 扶成其，[甲]2290

融二而。

順：[甲]1828 建立六。

説：[明]1622 應及生。

四：[甲]1828 滅相對。

所：[甲]2269 應中推，[明]154 遇輒爲，[乙]1092 離有情。

太：[甲][乙]1822 至如無。

特：[乙]2397 行法修。

體：[甲]2266 故，[甲]2266 應一切。

同：[甲][乙]2263，[聖][甲]1763 各一人，[宋][元]1425 待汝差。

頭：[原]920 指下呪。

脱：[宮]721 我今總。

王：[甲]、寶[甲]2434 建立。

爲：[甲][乙]1816 生忍處，[甲][乙]2261 不得表，[乙]2254 緣引生。

物：[甲]2312 所以。

細：[甲]2196 諸相或。

相：[甲]1733 麁説是，[甲]2217 女想。

䈉：[東][宮]、廂[元][明]721 作勢一。

廂：[甲][乙]901，[甲][乙]901 各竪四，[甲]901 各別安，[明][甲][乙]901 繩内次，[明][甲]901 布以綠，[三][宮]1435 入庭中，[三]2123 其三者。

湘：[三][宮]2122 縣少信。

箱：[三][宮]354 唱聲説。

詳：[三][宮]721 共入彼。

想：[另]613 慎，[丙]1823 故亦名，[丙]2777 乎，[博]262，[博]262 又復，[德]26 應，[丁]2777 無，[煌]1654

行識蘊，[宮]796 四者墮，[宮][聖][另]
1522 故，[宮][聖]425，[宮][聖]425 願
度三，[宮][聖]1562 異如人，[宮][聖]
1602，[宮]221 無願三，[宮]221 亦不
見，[宮]223 無憶念，[宮]224 三者無，
[宮]301 還得，[宮]306 具足莊，[宮]
374 融，[宮]374 如，[宮]425 神足弟，
[宮]478，[宮]481 成自然，[宮]502 佛
說此，[宮]616 喜何事，[宮]617 心無
罣，[宮]618，[宮]618 繫念無，[宮]618
憶念，[宮]632 亦非不，[宮]657，[宮]
659 而，[宮]670 所相，[宮]675 思，
[宮]1435 看比坐，[宮]1435 無作當，
[宮]1505 似女人，[宮]1509 外觀色，
[宮]1536 精勤勇，[宮]1539 是眼觸，
[宮]1546 有相，[宮]1552 滿足，[宮]
1562 今當辯，[甲]、相[甲]1781 若隨
相，[甲]、相[甲]1782 可知病，[甲]、
相[甲]1851 有體無，[甲]、想[原]1700
也，[甲]1828 九於他，[甲]1832 定故
此，[甲]2186 也當作，[甲]2290 二通
達，[甲][丙][丁]1141 義右手，[甲][乙]
2227 然後觀，[甲][乙][丙]2381 起如
此，[甲][乙]1225 當清淨，[甲][乙]
1796 煩惱也，[甲][乙]1796 也阿，[甲]
[乙]1821 處染起，[甲][乙]1821 麁動
難，[甲][乙]1822，[甲][乙]1822 故論，
[甲][乙]1822 既唯決，[甲][乙]1822 無
樂之，[甲][乙]1929 背捨，[甲][乙]
2192 譬如壯，[甲][乙]2223 一切如，
[甲][乙]2249 天，[甲][乙]2249 天幾
根，[甲][乙]2390 如弓絃，[甲][乙]
2391 召諸尊，[甲][乙]2397 超百六，

[甲][乙]2397 唯假名，[甲][乙]2434
即，[甲]850 碧頗梨，[甲]1028，[甲]
1112 已以手，[甲]1268 及，[甲]1705
見花使，[甲]1705 忍證因，[甲]1709
而，[甲]1709 忍者智，[甲]1709 思惟
修，[甲]1709 應之想，[甲]1709 者智
所，[甲]1733 妄取，[甲]1735 非嚴非，
[甲]1735 以攝善，[甲]1736，[甲]1775
心，[甲]1775 心愛著，[甲]1778 法微
故，[甲]1778 生三明，[甲]1778 謂此
人，[甲]1781 無所入，[甲]1782 二破
著，[甲]1782 平等欲，[甲]1782 異如
人，[甲]1782 應行布，[甲]1789 性即
法，[甲]1811 說戒，[甲]1816，[甲]
1816 方生邪，[甲]1816 故彼執，[甲]
1816 故此釋，[甲]1816 故論云，[甲]
1816 忍觀二，[甲]1821 瞋恚蓋，[甲]
1821 異者，[甲]1828，[甲]1828 等俱
時，[甲]1828 等者於，[甲]1828 離遷
動，[甲]1828 乃至無，[甲]1828 取法，
[甲]1828 爲，[甲]1828 謂於彼，[甲]
1830 應故，[甲]1832 等四我，[甲]1841
能爲逼，[甲]1851 故能令，[甲]1863
異說言，[甲]1886，[甲]1912 應諸行，
[甲]1918 念處今，[甲]1920，[甲]1921
息出，[甲]1924 心，[甲]1924 之有有，
[甲]1929 行識亦，[甲]1958 亦得生，
[甲]1965 念不稱，[甲]1969 力所持，
[甲]1973 心，[甲]2075 即是眞，[甲]
2075 涼冷觀，[甲]2157 大雲經，[甲]
2186 定非非，[甲]2214 顚倒故，[甲]
2214 者謂觀，[甲]2259 應，[甲]2263
者聊，[甲]2263 不盡之，[甲]2263 以

爲想，[甲]2266 等持依，[甲]2266 等
爲依，[甲]2266 定如見，[甲]2266 故
第二，[甲]2266 惠三問，[甲]2266 既
滅除，[甲]2266 界定謂，[甲]2266 界
故正，[甲]2266 入縁第，[甲]2266 似
云亦，[甲]2266 無尋伺，[甲]2266 於
諸事，[甲]2266 與意業，[甲]2270 名
似比，[甲]2299 二所依，[甲]2299 菩
薩室，[甲]2305 雖，[甲]2305 無體即，
[甲]2313 明了妙，[甲]2339 天及五，
[甲]2400 以殺之，[甲]2748 心及縁，
[甲]2777 惠藏如，[甲]2801 自在遊，
[甲]2870，[別]397 不，[別]397 不廢
善，[明]261，[明]887 求成就，[明]
1646 續入無，[明][宮]374 於非色，
[明][宮]603，[明][宮]656 乃應果，[明]
[宮]1646，[明][甲]1000 在己身，[明]
26 亦不味，[明]99 三，[明]220 乃至
如，[明]225 休止相，[明]239 亦無所，
[明]257 無所生，[明]1459 若分明，
[明]1509 義有一，[明]1540，[明]1545
謂，[明]1551 中不，[明]1562 定應可，
[明]1563 作意異，[明]1602 空一切，
[明]1602 作意相，[明]1603，[明]2153
思念如，[三]1 生是非，[三]26 正念
正，[三]186 起毒垢，[三]212 不起時，
[三]267 是名爲，[三]267 則爲動，[三]
761，[三]1539 是眼觸，[三][宮]、一
[石]1509 故不可，[三][宮]、聖]285
去於有，[三][宮]、[聖]278 知一切，
[三][宮]、想皆悉寂滅[元][明]376 常
住不，[三][宮]221 行故所，[三][宮]
223 故得阿，[三][宮]225，[三][宮]

268，[三][宮]305 又於他，[三][宮]
397，[三][宮]478 求唯名，[三][宮]565
字假使，[三][宮]606，[三][宮]619 莫
念是，[三][宮]671 亦復非，[三][宮]
814 無聲無，[三][宮]1458 覆蓋故，
[三][宮]1522 心生悔，[三][宮]1544 定
出定，[三][宮]1545 問此説，[三][宮]
1545 現前謂，[三][宮]1546 觀外色，
[三][宮]1546 解脱問，[三][宮]1546 如
一法，[三][宮]1592 別故知，[三][宮]
1597 光影影，[三][宮]1602 應知何，
[三][宮]1606 作，[三][宮]1646 故一
切，[三][宮]1646 皆由飲，[三][宮][久]
1488 觀諸衆，[三][宮][別]397 者受
聲，[三][宮][聖]1562 説爲車，[三][宮]
[聖]1602，[三][宮][聖][聖][另]310 入
非取，[三][宮][聖][石]1509 斷，[三]
[宮][聖][知]1579 是文若，[三][宮][聖]
[知]1579 義當知，[三][宮][聖]224 見
牧牛，[三][宮][聖]225 莫作異，[三]
[宮][聖]268，[三][宮][聖]271 行識亦，
[三][宮][聖]272 入非想，[三][宮][聖]
285，[三][宮][聖]285 著其戒，[三][宮]
[聖]294 爲計樂，[三][宮][聖]294 於
邪法，[三][宮][聖]310，[三][宮][聖]
425 而無所，[三][宮][聖]476 故則無，
[三][宮][聖]481 曉了其，[三][宮][聖]
481 於三昧，[三][宮][聖]606 著外四，
[三][宮][聖]639 得於不，[三][宮][聖]
1488 不惜身，[三][宮][聖]1549 得諸
顛，[三][宮][聖]1549 然，[三][宮][聖]
1552，[三][宮][聖]1562 必待有，[三]
[宮][聖]1562 多故行，[三][宮][聖]

1579 施設言，[三][宮][聖]1585 既滅除，[三][宮][石]1509，[三][宮][知]384 知滅方，[三][宮][知]1579 此，[三][宮]221，[三][宮]221 若念五，[三][宮]221 以諸見，[三][宮]222 著諸佛，[三][宮]263，[三][宮]266 者使其，[三][宮]267 是名具，[三][宮]271 戲論，[三][宮]275 以我，[三][宮]278 非眞相，[三][宮]286 滅一，[三][宮]292，[三][宮]309 不可究，[三][宮]309 從無明，[三][宮]309 無願亦，[三][宮]310 而取彼，[三][宮]310 貌觀念，[三][宮]314 語我言，[三][宮]341 著非不，[三][宮]342 願，[三][宮]374 常生知，[三][宮]376 是故不，[三][宮]381 爲一，[三][宮]382 無思無，[三][宮]385 皆到無，[三][宮]397 處行調，[三][宮]397 還入空，[三][宮]398 無有念，[三][宮]398 知瞋恨，[三][宮]403，[三][宮]414 復次阿，[三][宮]425 在於一，[三][宮]443 國如來，[三][宮]459 清淨蠲，[三][宮]462 故菩，[三][宮]479 善思，[三][宮]481 解一切，[三][宮]481 悉無所，[三][宮]532 視是爲，[三][宮]564 法如炎，[三][宮]585，[三][宮]587 爲欲令，[三][宮]587 亦非法，[三][宮]588 施與則，[三][宮]607 識相爲，[三][宮]618，[三][宮]618，[三][宮]618 次第起，[三][宮]618 行如前，[三][宮]627 謂是我，[三][宮]635 亦不與，[三][宮]637 非想處，[三][宮]653，[三][宮]656 是謂菩，[三][宮]656 是謂有，[三][宮]656 行云何，[三][宮]656 智力度，[三

[宮]656 諸法因，[三][宮]669 執六無，[三][宮]671 分別以，[三][宮]671 言，[三][宮]672 縛隨見，[三][宮]721 非於生，[三][宮]721 知是想，[三][宮]813，[三][宮]813 合會不，[三][宮]813 以故離，[三][宮]814 是見於，[三][宮]866 著，[三][宮]885 三，[三][宮]889 善界即，[三][宮]895 分品第，[三][宮]1421 動手相，[三][宮]1421 欲覺欲，[三][宮]1425 是，[三][宮]1425 越比尼，[三][宮]1428 日時若，[三][宮]1462 非出息，[三][宮]1488 初中後，[三][宮]1488 是故次，[三][宮]1505 恚修妬，[三][宮]1505 婬恚，[三][宮]1506 復次惡，[三][宮]1506 應彼護，[三][宮]1509 復次若，[三][宮]1509 觀是離，[三][宮]1509 名爲，[三][宮]1509 受名，[三][宮]1509 行識乃，[三][宮]1509 有言從，[三][宮]1509 中説此，[三][宮]1515 故無我，[三][宮]1521 不廣不，[三][宮]1521 三十六，[三][宮]1521 鎖，[三][宮]1522 出相皆，[三][宮]1522 決定救，[三][宮]1522 入是菩，[三][宮]1522 應善字，[三][宮]1523 執性空，[三][宮]1525 等四大，[三][宮]1537 施設名，[三][宮]1543 三昧滅，[三][宮]1543 攝竟共，[三][宮]1543 施設説，[三][宮]1544 如無常，[三][宮]1545 而由勝，[三][宮]1545 修所，[三][宮]1546，[三][宮]1546 所以者，[三][宮]1547 者恚相，[三][宮]1548 定無願，[三][宮]1548 如狀貌，[三][宮]1548 以外，[三][宮]

思，[聖][另]410 禪定莊，[聖][另]310
已成就，[聖][另]1548 應行，[聖]99 超
絕生，[聖]99 慰勞慰，[聖]125，[聖]
125 應者是，[聖]125 願於欲，[聖]157
定，[聖]157 立是故，[聖]221 及衆生，
[聖]221 念當離，[聖]221 無，[聖]222，
[聖]222 亦無所，[聖]223 惡魔來，[聖]
223 空故，[聖]223 若初禪，[聖]224
行具足，[聖]225 好嚴佛，[聖]225 夢
中與，[聖]225 之，[聖]227 當，[聖]
272 見外色，[聖]272 應聞如，[聖]278
彼人得，[聖]278 佛子譬，[聖]311，
[聖]376 故，[聖]397，[聖]397 二心二，
[聖]397 觀已，[聖]397 菩提之，[聖]
425 願無所，[聖]475 好除一，[聖]480
如來乃，[聖]613 見閻浮，[聖]613 有
智慧，[聖]1509，[聖]1509 不破世，
[聖]1509 非趣非，[聖]1509 苦，[聖]
1509 爲非十，[聖]1509 無，[聖]1509
行布施，[聖]1509 修，[聖]1509 憶念
亦，[聖]1539 無相，[聖]1544 三摩地，
[聖]1549 應念心，[聖]1552 分別是，
[聖]1552 應觸緣，[聖]1552 應六謂，
[聖]1579 境轉是，[聖]1579 奢，[聖]
1579 思惟諸，[聖]1579 應想外，[聖]
1581 應義，[聖]1582 不名眞，[聖]1582
眞實，[聖]1595 想數起，[聖]1733 上
下種，[聖]2034 大雲經，[聖]2157 經，
[聖]2157 應相可，[另]1451，[另]1509
男相，[另]1509 應法名，[另]1585 離
故如，[另]1721 貌爲，[石]1509 復次
須，[宋]375 萬五千，[宋]1694 連生
爲，[宋][宮][聖]425 而自檢，[宋][宮]

[乙]866 惱害離，[宋][宮]221 念須菩，
[宋][宮]221 施者欲，[宋][宮]357 離
心意，[宋][宮]384，[宋][宮]384 不可
窮，[宋][宮]385 願分別，[宋][宮]624
無願之，[宋][宮]656 不願法，[宋][宮]
741 無願是，[宋][宮]817 所著，[宋]
[宮]895，[宋][宮]2102，[宋][宮]2122
者答曰，[宋][宮]2123 緣第二，[宋]
[明][宮]2122 化，[宋][元][宮]1545 聖
慧，[宋][元][宮]1579 若具一，[宋][元]
[宮][金]、明註曰相疏本作想 1666 念
念不，[宋][元][宮][聖]613 長短，[宋]
[元][宮]269 好示光，[宋][元][宮]876
好運清，[宋][元][宮]2121 前捉父，
[宋][元]384，[宋][元]603 連生爲，[宋]
[元]908，[宋][元]939 好具足，[宋]
[元]1075 能滅諸，[宋][元]1101 爪甲
纖，[宋][元]1341 及不順，[宋]99，
[宋]374 善男子，[宋]384 願觀了，[宋]
951 心，[宋]1341 十詐善，[宋]1559
思惟謂，[宋]2040 化則妙，[宋]2122
是則名，[乙]1796 是故住，[乙][丙]
922 害疾起，[乙][丙]2777 故彰阿，
[乙][丙]2777 生此三，[乙][丙]2778
六無，[乙]1796 次至此，[乙]1816 一
親善，[乙]1816 應聞思，[乙]1821 攝
意根，[乙]1821 者此下，[乙]1822 伏
治四，[乙]1822 故彼得，[乙]1909 願
一切，[乙]2254 而，[乙]2261，[乙]2263
方能，[乙]2263 觀二乘，[乙]2263 論
同性，[乙]2263 無量想，[乙]2296 流
歸本，[乙]2296 悉名戲，[乙]2376 作
分別，[乙]2394 此，[乙]2394 之形餘，

[乙]2408 故歟，[元][明]、[聖]223 無色，[元][明]1509 起結使，[元][明]2016 差別轉，[元][明][宮]374 名爲衆，[元][明][宮]310 念猶如，[元][明][宮]374，[元][明][宮]374 欲令比，[元][明][宮]670，[元][明][宮]1509 十想三，[元][明][宮]1559 於外觀，[元][明][別]397 想境界，[元][明][聖][石]1509 無色，[元][明][聖]224 當持得，[元][明][聖]272 名不共，[元][明][聖]425 報加於，[元][明][聖]下同 643 觀九相，[元][明][石]1509 八念等，[元][明][石]1509 乃至一，[元][明][知]418 空，[元][明]26 標唯行，[元][明]26 所標度，[元][明]26 所標離，[元][明]97 爲障十，[元][明]272 故發菩，[元][明]273 譬彼虛，[元][明]462 故世尊，[元][明]586 不起非，[元][明]657，[元][明]658 除內，[元][明]658 如虛空，[元][明]1341 行不名，[元][明]1505 應，[元][明]1509 中當廣，[元][明]1548 心向彼，[元][明]2103 間，[元][明]2145 梵本一，[元][明]下同 1509 義，[元]474，[元]1075 漸具如，[元]1509 不淨者，[元]1566 爲隨順，[原]、[甲]1744 無四，[原]2271 天闇冥，[原]1112 菩薩法，[原]1700 展轉趣，[原]1776 煩惱所，[原]1829 者即計，[原]1851 心三者，[原]2317 知總名，[知]418，[知]598 識而，[知]598 無願人，[知]1579 心住何，[知]1579 應作意，[知]2082。

像：[高]1668 門就此，[和]293，

[三]186 貌難得，[三]211，[三]1331 類使一，[宋][元][宮]2040 貌難得。

心：[宮]384 連，[三][宮]374 何以故，[元][明]1646 問曰若。

星：[聖]1440 但於明。

行：[明]1559 續譬如，[三][宮]、打[聖]341 知本，[原]2263 隨於見。

形：[三][宮]410 若有病。

性：[宮]672 如虛空，[甲][乙]2317 宗，[甲][乙]2263 故，[甲][乙]2309 以有無，[甲]1733 義謂後，[甲]1736 於，[甲]1742 如本無，[甲]2075 如虛空，[甲]2262 一體有，[甲]2266 非共相，[甲]2274 差別，[甲]2274 已乖因，[甲]次同 2277 者法自，[明]220 空共相，[明][宮]1581，[明]220 亦離自，[明]670 如是大，[明]1610 者謂如，[三][宮]223 空故世，[三][宮]223 異無爲，[三][宮]286 無相無，[三][宮]586 不可垢，[三][宮]618 功德及，[三][宮]1598 我，[三]220 若各異，[三]278 究竟三，[三]671，[石]1509 空無所，[石]1509 空中起，[乙]973 更無異，[乙]2192，[乙]2376 一切行，[元]、明註曰相南藏作性 279 菩薩如，[元][明]580 豈非如，[原][甲]1851 前體中，[原]973 入五智，[原]1722 論云諸，[原]1840，[原]2271 已乖因，[原]2306 無明所。

姓：[明]220 空共相。

修：[聖]1546 續入無。

押：[乙]2391 叉是弓。

言：[聖]1548 已若樹。

顏：[聖]231 貌端圓。

眼：[宋]657 名爲非。

耶：[明]220 設固隨。

也：[甲]1929 八明入。

夜：[三]193 又神毘。

業：[三][聖]643 果報。

以：[甲]2281 違後二。

亦：[甲]2266。

抑：[三]2103。

異：[宮]1545 異故不，[三][宮]398。

意：[甲]2263 等於迷。

義：[甲]2801 二依本。

因：[甲]1928 三法唯，[三]375作故有，[宋][元]788 差別諸。

陰：[三]1564 念念滅。

應：[甲]1821 違者答，[聖]1541應行云。

用：[甲][乙]867 若欲爲，[甲]2017 性是相，[甲]2261 有別以，[三][宮]1509 佛知一，[乙]1202 和作飯，[元][明]2016 分別者，[元]1579 故三寶。

有：[甲][知]1785 強弱名，[甲]1763 實，[甲]1816 故則知，[甲]2309執手熱，[明]1545 勢用強，[明]1558續常能，[三][宮]1563，[三][宮]1541法。

於：[煌]1654 餘處而，[甲]、一[乙]2219 佛日等，[甲][乙]、相[甲]1796 如如，[甲][乙]1822 時但名，[甲][乙]2390 青蓮，[甲]1268 者成，[甲]2119 逢朕自，[甲]2239 彼亦有，[甲]

2837 名聞利，[三]2103 師則師，[聖]1509 是中，[另]1721 名，[乙]2261 想法中，[知]1785 貌下五。

餘：[三][宮]2060 州隆化。

語：[甲]1863 鉾楯又。

豫：[明]220 至菩薩。

緣：[原]2263。

願：[宮]1543 盡未知，[三][宮][聖][另]1543 相。

云：[甲]2281 者敵者。

雜：[宮]1559 雜能持，[三]2122亂。

則：[三][宮]790 赴。

輒：[明]1458 翻亦得。

者：[宮]657 即是假，[宮]676，[宮]721 則起長，[三][甲]972 二手大，[三]193，[聖][甲]1733，[宋]765 二。

正：[甲]2266 智相者。

之：[乙]2092 承當在，[原]1201中而現。

知：[宮]672，[甲]1736 見道中。

直：[乙]2391 口授。

執：[原]1818 障令得。

指：[甲]2257 生非生，[甲]2396言，[甲]2400 以掌面，[明]1119 鉤如鎖，[明]1254 背，[三][乙]、相[乙]1092去一寸，[三]901 拄二小，[三]1080 著二中，[三]1124 合，[乙]2296 的説五，[乙]2385 壓右即，[乙]2391 實，[元][明]1530 成所作，[元][明]901 掩，[原]1205 合即配。

至：[三][宮]2109 匬削迹。

智：[甲]2219 之住處，[甲][乙]

2223 也分別，[甲]1733，[甲]1822 定名，[甲]2212 大也嚩，[甲]2814 何，[甲]2814 所引境。

終：[宮][甲]1884 成義以。

種：[甲]1733 初金剛，[明][宮]374 義何等，[石]1509 所謂無，[宋]220 應作意，[原]1840。

主：[明]2149 助弘通。

柱：[乙]914 拄以頭。

著：[甲]2396 恒樂諸。

狀：[聖]466 無貌無。

自：[宮]1509 別相等，[宮]1546 應故云，[甲]1924 體證真，[三]193 捨，[乙]1736 謂言彼。

字：[甲]1709 是修。

宗：[甲]2218 意判異，[甲]2274 若不爾。

總：[甲]2266 念處是，[三][宮]377 欲攝取，[原]1821 雜念住。

祖：[宮]400 云何菩，[三][宮]2122 考不許。

罪：[三]1488 勤勸衆。

作：[宮]420 行者我，[宮]2121，[甲]1921。

香

百：[甲]1335 以十色，[聖]1509 澤香天。

不：[甲]1735 故名奪。

春：[甲]1735 風之。

地：[三]486 表。

燈：[三]246 散花廣。

俄：[三]2104 起。

芳：[三]152。

高：[甲]2217 象釋相。

光：[宮]278 燈雲，[宮]445 如來東。

果：[三][宮]393 泉水周。

合：[丙]973 如是等，[甲][乙]2393 供養諸。

花：[甲]973 上持誦。

華：[甲]1103 印第四，[三][宮][久]1486 若能不，[三][宮]263 實各各，[三][宮]657 塗香衣，[三]23 香也柔。

昏：[宮]1483 三布施，[甲]1973 夜坐未。

皆：[宮]901 種種供，[宋][元]1285 誦此陀。

戒：[三]212 香莫不。

看：[宮]1435。

口：[三]2122 不合閉。

裏：[聖]371 或執。

蓮：[三][宮]721。

美：[三][宮]263 芬馥假。

品：[丙]1056 莊嚴身。

普：[宮]278 熏香百，[宮]309 如風等，[甲]1828 爲一切，[甲]2195 香，[乙]2394 華等普。

奇：[三][宮]2060。

耆：[宮]628 氣爲風。

臍：[乙]2408 上。

錢：[三][宮]2122。

如：[甲]1782 象故名。

若：[宋]、若香[元]1057 誦我身。

色：[明]1587 等不成。

善：[甲]1828 等。

舌：[甲][乙]1822 味，[石]1509 味觸法。

身：[三][宮]1548 床褥臥，[原]1089。

甚：[三][宮]2122 異黃遷。

生：[三]26 陰已至。

聲：[三][宮]266 聞十方，[三][宮]1646 細故不，[宋]152 熏十方。

事：[甲]1736 等，[甲]2400 花。

樹：[宋]1057 果子於。

水：[三]1339 熏陸海，[原]2409 龍腦欝。

吞：[三]1648 入味入。

委：[宮]2060 柴千計。

未：[宮]2123 味又日。

馨：[宮]1462 答，[三][宮]2122 煙京師。

杏：[甲]2401 尊辰爲，[三][宮]1453 湯定非，[乙]2393 華散臺，[原]1091 木未巳。

雪：[三]125 象之力，[三]374 山中微，[三]643 山百千。

熏：[三][宮]480 華塗末，[元][明]698 馥安置。

言：[聖][另]285 守護禁。

杳：[甲]2067 然未期，[明]2103 然災無，[乙][丁]2244 冥。

意：[三]116 佛言若。

音：[宮]310，[宮]1509 度，[甲]2073 樂從西，[甲]1736 味觸其，[明]278 莊，[三][宮][另]285 逮得五，[三][宮]456 華優曇，[三]26 愛樂色，[三]

201，[宋][宮]309 教而得，[宋][宮]639 而說法，[乙]1909 佛南無，[元]、－[明]1559 候反六。

月：[明]1646 而來又。

樂：[甲]2243 音神則。

者：[甲][乙]897 取水陸，[三][宮]263，[三][宮]263 而於山，[三][宮]461，[三]1257 誦人自，[聖]211，[宋][元][宮]721 昔所未，[宋]1103 宜即誦，[元]721 流。

之：[宮]529 味。

智：[宮]263，[宋]489 中不愛，[元][明]2121 光明一。

中：[宮]272 味中隨。

重：[宮]2060 流氣難。

鄉

邦：[三][宮]2060。

遍：[宮]659 村國邑。

東：[甲]1912。

卿：[甲][乙][丙]1210 大興，[宋][元][宮]2121 邦父母，[宋][元]2151 公正，[宋]2060 犲狼之。

響：[甲]2787 湌。

州：[明]2076 郡不用。

萡

廂：[元][明][宮]309 時彼典。

箱：[宋][宮]、廂[元][明]690 南。

廂

厠：[甲]850 曲中。

廟：[三][宮]2122 宇破壞。

相：[宮]721 之骨復，[宮]901 菩薩右，[宮]901 侍者菩，[宮]2122 其三監，[甲]2409 私云般，[明][宮]1588，[明]1588 不照餘，[三]、身[宮]2122 而立令，[三]、䊶[宮][聖]397 而引，[三][宮]、䊶[聖]354 寬博多，[三][宮]721 處坐如，[三][宮]901 畫觀世，[三][宮]901 懸神王，[三]190 出火右，[三]831 右膝著，[三]1588 能成則，[宋][宮]901 皆畫作，[宋][宮]901 三面當，[宋][宮]901 上一菩，[宋][宮]901 上有二，[宋][宮]901 又有二，[宋]901 近像髀，[宋]901 菩薩通，[宋]901 三面似，[宋]901 侍菩薩，[宋]1180 畫觀世，[元]1070 三面作。

䊶：[宮]721 亦無麁，[宮]下同 721 有四叢，[宮]下同 721 則是青，[甲]1007 刈取，[聖]272 令護步，[聖][另]310 化作七，[聖]211 當安兒，[聖]272 大國土，[聖]272 王，[東]721 左廂，[宋]、箱[宮]833 右膝著，[宋][宮]721 彼舌一，[宋][元][宮]721 風殺二，[宋]190 而行。

箱：[宮]721 見有文，[宮]721 去至右，[宮]721 則是青，[宮]1461 別住，[三][宮]1525 直去不，[三][宮]1565 未是全，[三][宮]1565 語故如，[三][宋]、相[元][明]24 二名一，[聖]823 右，[宋]、相[宮]721 於顯現，[宋]、䊶[宮]721 銀。

序：[原]2897 西廂。

湘

相：[明]2103 州昭潭，[明]2122 府直省。

鄉

卿：[甲]2266 所引諸。

御：[甲]2183 殿。

箱

㠔：[三][宮]1428 盛爾時。

筋：[甲]2215 槃龍相。

税：[三]1442 中。

廂：[和]293 慈愍普，[甲]1792 萬斛秋，[明][和]293 上妙栴，[三]193 喜護屋，[三]1336 七枚大，[宋][元]1608 過是何，[宋]279 智慧方，[元][明]25 二一搏，[元][明]25 其中人，[元][明]689，[元][明]691 人面亦。

襄

愁：[三][宮]2122 陽人少。

曩：[宋][元]297 麼悉底。

喪：[原]1851 於三界。

衰：[甲][乙]、襄禍㥶[丙]2163 禍雨，[三][宮]2104 平無不，[宋]2122，[原]1311 厄得延。

瓊

環：[明]2122。

懹

孃：[甲]2128 丘方反。

禳：[甲]2039 隣國之。

攘：[宋][宮]、㯂[元][明]2122 直
竦遂。

纕

繚：[甲]2128 者音蘇。

瓨

瓨：[明]1451。

瓨：[元][明]375 器悉空。

缸：[三][宮]2122 器悉空。

瓶：[甲][乙]901 形其瓨，[三][宮]
1452 盛餘日，[三][甲][乙]901 水西
門。

瓫：[三]201 亦。

瓨：[元]201。

庠

禪：[聖]26 序善著。

祥：[宮][聖]278 序其心，[宮]721
序歌舞，[甲]1721 序名不，[聖]278 序
其心，[聖]1462 序當。

翔：[宮]1425 序如似。

詳：[宮]1463 序安心，[明]、祥
[聖]1452 舉足蹈，[明]220，[明]1521
雅，[明][聖]190 慰喻瞿，[明]25 而行
諸，[明]26 而過我，[明]26 庠，[明]
190，[明]190 而入護，[明]190 而向
毘，[明]190 而行如，[明]190 而行無，
[明]190 而行一，[明]190 而學問，
[明]190 而至毘，[明]190 而至向，
[明]190 而至心，[明]190 而坐時，
[明]190 還至菩，[明]190 漸漸，[明]
190 漸至一，[明]190 覺起而，[明]

190 面向菩，[明]190 摩，[明]190 如
住，[明]190 審諦次，[明]190 徒步，
[明]190 行至頻，[明]190 徐步向，
[明]190 序進止，[明]190 序如，[明]
190 序視地，[明]190 直視一，[明]190
最勝最，[明]192 師子步，[明]192 序
而就，[明]220 審如龍，[明]312 而坐
入，[明]613 足下蓮，[明]1342 步無，
[明]1545 來入城，[明]2041 序路逢，
[明]2122 而學問，[明]2122 漸，[明]
2122 面，[明]2122 直進不，[明]2122
矚眄處，[三][宮]、祥[聖]1452 而坐
告，[三][宮]426，[三][宮]443 步行如，
[三][宮][石]1509 下足足，[三][宮]277
徐步雨，[三][宮]408 步水，[三][宮]
443 牛王如，[三][宮]443 如來南，[三]
[宮]647 徐步猶，[三][宮]673 而去向，
[三][宮]1425 審來去，[三][宮]1425 序
發歡，[三][宮]1488 序三業，[三][宮]
1547 徐有長，[三][宮]2040，[三][宮]
2060 威儀合，[三][宮]2121 序心生，
[三][宮]2123，[三][宮]2123 直進不，
[三][聖]643，[三][聖]643 徐步至，[三]
26 而過我，[三]190 漸至向，[三]198
行能解，[三]201 步如象，[三]202 審
持戒，[三]205 序謂是，[聖]200 發誓
願，[聖]200 序心生，[聖]310 正智而，
[聖]1428 閣下，[聖]下同 425 序安隱，
[另]1442 序如離，[宋][宮]403 序，[宋]
[宮]721 序言則，[宋][宮]2121 序，[宋]
[明][宮]2040 序即馬，[宋][聖]200，
[宋][元][宮]1463 序諸根，[宋][元]

1435 從憍薩，[元]190，[元][明]、翔[宮]671 而直進。

序：[甲]2128 夏曰序。

佯：[三]192 步顯眞。

洋：[聖]1547 序笑如。

痒：[明][聖]379 而出説。

癢：[三][宮]356 思想。

祥

報：[三][宮]2122 拾遺。

禪：[原]1744 王。

稱：[三][甲]951 財寶自，[原]、稱[甲]1782。

符：[宮]2122 記。

何：[元]2122 感故匪。

荷：[原]、荷[甲]1782。

禍：[甲]1216 種種不。

利：[甲]1929 太子相，[三]1331 之福無。

明：[三]184。

蕾：[三][乙]1008 薇。

請：[三][宮]2060 瑞以沃。

神：[甲]1030 等皆不，[元][明]889。

庠：[三][宮]622 序，[三]375 無所觸，[宋][宮]381 順行其，[元][明]231 徐步視，[元][明]310 遊步時。

翔：[三][宮]2122 鳴二十。

詳：[宮]299 而起即，[宮]2059 記彭城，[宮]2122 其可，[甲][乙]2309 更釋其，[甲]1828 審第三，[甲]2266 可解於，[明][甲]997 足不履，[明]1092，[三][宮]1579 處設座，[三][宮]585 尋

後將，[三][宮]657 從彼來，[三][宮]657 而起告，[三][宮]2060 評紀正，[三][宮]2108 道等，[三]154，[三]192 師子步，[三]222 心若大，[三]1043 徐數從，[三]1435 語若上，[三]2110 愼辭令，[三]2154，[三]2154 譯，[宋][元][宮]2060 潛思玄，[宋]848 生死受，[宋]2045 之應，[元][宮]2122 記，[元][明][乙]848 在於，[元][明]309 無有卒，[原]1825 若謂者。

佯：[宋][宮]、詳[元][明]、祥[聖]625 徐進趣。

翔

朝：[三]152 以爲國。

朔：[宮]234 公於南，[明]2034 公於南，[三]2154 公於南。

詳：[甲]2073 集洲渚，[明]2060。

詳

辯：[三][宮]476 説諸法。

常：[宮]263 觸嬈之。

詞：[宮]、諦[聖]1579 眼見色。

諦：[三][宮][聖]224 人有，[宋][宮]292 何謂爲，[元][明][宮]323 爲如來。

諜：[宋]、講[元][明]2145 譯人之。

定：[甲][乙]2387 觀身如。

斷：[三]2110 其。

許：[宮]1424 集，[甲][乙]2277 一分云，[甲]2067 撰，[甲]2266 且如此，[甲]2266 曰意説，[甲]2266 者五緣，

[甲]2270 此過，[原]1819 也。

決：[甲]2400。

誑：[三][宮]310 在家多。

侼：[宮]2060 矣近覽。

評：[宮]2060，[甲][乙]1822，[甲][乙]1822 此解不，[甲][乙]1822 此釋未，[甲][乙]1822 兩，[甲][乙]2250 優婆，[甲]974 其句無，[聖]2157 整文偈，[乙]1833 曰如是，[乙]1822 論無記，[乙]2250 疏取人。

群：[甲]1973 審遠公，[明]2149 覈可委，[乙]2218 其所踴。

殊：[三][宮]2103 驗靈。

訴：[乙]1909 聖賢裁。

庠：[宮]1521 默，[和]293 而出，[和]293 令我載，[明]、祥[和]293 諦視正，[明]190 漸至向，[明]293 諸根調，[明][甲]1177 熙怡微，[明][甲]1177 性定起，[明]190 而行入，[明]321 而，[明]1488，[三]221，[三]264 而坐普，[三][宮]、詳序祥敍[聖][另]285 序而不，[三][宮]425 序不，[三][宮]477 序深妙，[三][宮]606 歌舞不，[三][宮]690，[三][宮]1421 身無傾，[三][宮]1442 曾所未，[三][宮]1442 而坐時，[三][宮]1442 就坐，[三][宮]1442 審諦牟，[三][宮]1442 審防護，[三][宮]1459 審就師，[三][宮]1464 被僧，[三][宮]1464 不犯他，[三][宮]1579 而起，[三][宮]1648 而起，[三][宮]2121，[三][宮]2121 序如似，[三]99，[三]100 序來詣，[三]186 序愍念，[三]186 因是使，[三]187 序向迦，[三]192 而諦步，[三]193 雅，[三]193 以次第，[三]200 序威儀，[三]200 序執持，[三]202 序入波，[三]375 執持衣，[三]643，[三]643 序分身，[三]2123 勿令傷，[聖]354 審深心，[宋][元]1，[宋][元]190 徐步，[宋][元][宮]1442 審徐徐，[宋][元][宮]415 雅入善，[宋][元][宮]1442 審諦牟，[宋][元][宮]1442 審時實，[宋][元][宮]1442 坐已告，[宋][元][宮]2040 我今便，[宋][元][宮]2040 序猶，[宋][元][聖]190 用心右，[宋][元]2040，[乙]1909，[元][明]221 不失威，[元][明]374 爾時純，[元][明]186，[元][明]200 序而行，[元][明]223 序常念，[元][明]231 不搖至，[元][明]310 從精舍，[元][明]310 從三昧，[元][明]310 直視心，[元][明]374 執，[元]374 無所。

祥：[博]262 而起告，[宮][聖]278 審言音，[宮]263，[宮]598 行無缺，[宮]801 而坐正，[宮]1425 往到其，[宮]1435，[宮]1523，[宮]2123 於茲矣，[和]293 具足威，[甲]913 不得卒，[甲]1909 行佛南，[明][甲]964 變禍但，[明]401 柔和發，[明]402 而，[明]2154 何者若，[三][宮]332，[三][宮]425 幢佛在，[三][宮]425 得聞棄，[三]184 譯，[聖]291 而下則，[石]2125 鳥喻月，[宋][宮]、庠[元]415 徐步詣，[宋][宮][聖]、庠[元][明]278，[宋][宮]1473 行不失，[宋][元][宮]222 憙在閑，[宋]1191 而坐世，[宋]2106 示存感，[乙][丙]2092 觀，[原]2425 而不輕。

翔：[三][宮]2103 觀之已，[三]2125 集寺有，[元]2122 於茲矣。

行：[甲]、祥[甲]2167 集。

羊：[甲]1007 健平。

佯：[元][明]721 打戲弄。

洋：[三][宮]2104 即。

痒：[聖]1425，[宋][元][宮]377 而，[元][明]1509 一心舉。

譯：[甲][乙]1822 前之二，[甲]2217 其意今，[甲]2299 之論文，[三]2149，[聖]2157 各寫二，[宋]2153 出，[乙]2173，[元][明]2034。

議：[明]1453。

擇：[宋][元][宮]、譯[明]1549 人不解。

諍：[元][明]2103。

證：[乙]1822 多教。

祥：[宋][元][宮]2040 事可，[乙]2263 曰下皆。

享

惇：[三]、亨[宮]2060 強捍僧。

亨：[宋][元]2061 初命二，[宋][元]2061 四年也，[宋]2145 願以元。

饗：[明]2034 宴不聽，[三][宮]2103 壽不遙，[三]2103。

响

響：[甲][乙][丙]2092 羽觴流。

想

成：[宋][明][甲][乙]921 妙高山。

除：[宋][元]1552 入作出。

從：[明]887 金剛薩。

當：[甲]1969 極樂國。

頂：[三]1087 禮一。

惡：[三][宮]1611。

法：[三]、一[宮]1435 受婬欲。

根：[甲][乙]1822 故名苦，[三]、相[宮]671 非因亦，[三][宮][聖]1617 門者也，[三][宮]222 則不信。

故：[聖]1464 苦樂亦。

觀：[甲][乙]2390 安水輪，[甲]2393 己身同，[三][甲]955 身爲諸，[三]1169 微妙字，[乙]2391 已入無。

柜：[宮]848 置本初。

患：[宮]279 所持故。

即：[宮]887 安布。

見：[甲]1202 身如倶，[三]1552 倒，[石]1509 著淨佛。

就：[乙]1796。

量：[三][宮]371 大地六。

明：[甲]2266 行識名，[原][甲]1781 欲令其。

惱：[甲]1781 以之生。

念：[明]1549 知心念，[聖][石]1509 分別故。

起：[宮]398 等所。

切：[丙][丁]866 隨形相。

情：[甲]2081 身中。

實：[三][宮]268 云何以。

視：[三][宮]263 諸菩薩，[聖]279 之以爲。

思：[甲]1828 四心前，[甲]2400，[明]1548 觸思惟，[三][宮][聖]1579 者謂諸，[宋]811 念皆能，[元][明]1579 行識及。

所：[三][宮]、相[知]384 著。

妄：[明]945。

惟：[三][宮]606 悉和順，[三]98 十四爲。

畏：[原]2410 怖。

謂：[元][明]1579。

息：[原]2339 生。

悉：[甲]2339 定。

細：[甲]、相[甲]1851 應緣集。

相：[敦]365，[敦]365 名第十，[宮]598 無願無，[宮]1547 定滅盡，[宮][聖]1646 以色等，[宮][知]598 及界女，[宮]309 何以故，[宮]309 願其，[宮]309 諸法無，[宮]353 住如人，[宮]374 猶不審，[宮]399 曉了無，[宮]419 已分別，[宮]481 無言教，[宮]598 見不諦，[宮]616 故雖見，[宮]618，[宮]618 修行覺，[宮]670 現彼非，[宮]761 是名菩，[宮]839 生如夢，[宮]885 四寶莊，[宮]1435 平之可，[宮]1439 受，[宮]1459 疑，[宮]1549 是謂穢，[宮]1552，[宮]1558 及，[宮]1562 定有說，[宮]1566，[宮]1592 云何復，[宮]1646 若起即，[宮]2108 不惑，[甲]、想[甲]1782 界想初，[甲]、想[甲]1851 非想心，[甲]1709 發二輕，[甲]1816 是不共，[甲]1918 尚非初，[甲]1926 行復次，[甲]2266 定彼於，[甲]2266 之心何，[甲][乙][丙]2394 念誦善，[甲][乙]1709 應也跋，[甲][乙]1821 易，[甲][乙]1822，[甲][乙]1822 滅盡，[甲][乙]1822 心可，[甲][乙]1822 不同也，[甲][乙]1822 觀外色，[甲][乙]1822 觀也

境，[甲][乙]1822 也論，[甲][乙]1822 也正理，[甲][乙]1822 諸阿羅，[甲][乙]1830 等應立，[甲][乙]1929 別想，[甲][乙]1929 四念處，[甲][乙]1929 性念處，[甲][乙]2250 名數，[甲][乙]2263 觀然未，[甲][乙]2263 見，[甲][乙]下同 1929，[甲][乙]下同 1929 四念，[甲][乙]下同 1929 體法入，[甲]853 天，[甲]894 自身如，[甲]895 或即吟，[甲]913 靈塔成，[甲]921 金剛焰，[甲]923 成七，[甲]923 眞言，[甲]973 本色所，[甲]973 顛倒當，[甲]1007 佛於，[甲]1030 知諸魔，[甲]1065 有或一，[甲]1119 諸聖，[甲]1239 其聲，[甲]1700 中言，[甲]1709，[甲]1709 念住正，[甲]1710 皆不能，[甲]1733 此中，[甲]1733 見顛倒，[甲]1733 見中同，[甲]1733 謂自謙，[甲]1763 心中行，[甲]1775 以，[甲]1781 及衆生，[甲]1782 定安寂，[甲]1782 有八非，[甲]1782 至無住，[甲]1799 常住爾，[甲]1816，[甲]1816 但是凡，[甲]1816 定欲界，[甲]1816 對，[甲]1816 非相字，[甲]1816 故，[甲]1816 名非無，[甲]1816 若取現，[甲]1816 疑，[甲]1816 以辨，[甲]1816 以取我，[甲]1816 者取，[甲]1821 名謂二，[甲]1828，[甲]1828 故如加，[甲]1828 過患前，[甲]1828 如文第，[甲]1828 爲對治，[甲]1828 心定不，[甲]1828 心定及，[甲]1828 一忿，[甲]1828 者即計，[甲]1828 者入見，[甲]1830 等如前，[甲]1830 定此即，[甲]1833 須陀

是中亦，[三][宮]1655 自知能，[三][宮][森]286 皆如實，[三][宮][聖]224 三昧向，[三][宮][聖]480 無願而，[三][宮][聖][另]410 毀，[三][宮][聖][另]1552 者隨信，[三][宮][聖][石]1509 忍欲樂，[三][宮][聖][知]1579 定，[三][宮][聖][知]1579 無所，[三][宮][聖]223 以空度，[三][宮][聖]225 本無所，[三][宮][聖]268，[三][宮][聖]272 故言無，[三][宮][聖]285 去於自，[三][宮][聖]318 不願斯，[三][宮][聖]341 不分別，[三][宮][聖]341 一切戲，[三][宮][聖]397 非，[三][宮][聖]410 心能住，[三][宮][聖]476 爲，[三][宮][聖]481 亦非一，[三][宮][聖]481 猶如小，[三][宮][聖]606 如，[三][宮][聖]627 攬執諸，[三][宮][聖]1509 以空度，[三][宮][聖]1547 盡知行，[三][宮][聖]1549 無相如，[三][宮][聖]1562 等緣有，[三][宮][聖]1579 法記別，[三][宮][知]266 了之爲，[三][宮]223 無法以，[三][宮]233 慧，[三][宮]263 無願海，[三][宮]268 於一切，[三][宮]271 名見如，[三][宮]271 無異，[三][宮]274 之業諸，[三][宮]279 三昧一，[三][宮]286 麁，[三][宮]292 爲真諦，[三][宮]294 若有衆，[三][宮]309，[三][宮]309 不住在，[三][宮]309 法除去，[三][宮]309 深體無，[三][宮]309 以度衆，[三][宮]309 於聖無，[三][宮]309 願拔濟，[三][宮]309 願禪，[三][宮]309 知滅復，[三][宮]310 故不懈，[三][宮]310 故非法，[三][宮]310 外

觀色，[三][宮]310 我命速，[三][宮]323 於我無，[三][宮]351 治一切，[三][宮]374 而實非，[三][宮]374 無有真，[三][宮]374 應滅世，[三][宮]374 於諸衆，[三][宮]376，[三][宮]381 印句無，[三][宮]382 是名爲，[三][宮]382 著名之，[三][宮]384 願時會，[三][宮]397，[三][宮]397 大智慧，[三][宮]397 惡病皆，[三][宮]397 滅寂靜，[三][宮]397 無決定，[三][宮]397 亦莫念，[三][宮]398 其本際，[三][宮]401 報故耳，[三][宮]403 立無願，[三][宮]403 願唯覩，[三][宮]403 願謂等，[三][宮]403 願以此，[三][宮]403 在於無，[三][宮]410 及智慧，[三][宮]421，[三][宮]425 報是曰，[三][宮]425 處是曰，[三][宮]425 是曰忍，[三][宮]425 無願至，[三][宮]426，[三][宮]459 際無有，[三][宮]461 不願之，[三][宮]461 三者供，[三][宮]477 可窮説，[三][宮]481 者本無，[三][宮]585 如是住，[三][宮]585 諸法無，[三][宮]588 所以者，[三][宮]588 行意分，[三][宮]598 數名本，[三][宮]602 隨止得，[三][宮]603 令從殺，[三][宮]606 分別想，[三][宮]606 若斯悉，[三][宮]606 無願之，[三][宮]613 成已復，[三][宮]613 亦名分，[三][宮]618 修行善，[三][宮]618 已成就，[三][宮]624 已，[三][宮]627 報，[三][宮]627 莫造畢，[三][宮]632 法悉逮，[三][宮]635 而離念，[三][宮]635 願都無，[三][宮]635 願解苦，[三][宮]637 不，[三][宮]639 隨形好，

184 無願我，[三]190 一切諸，[三]194，[三]194 除去悕，[三]198 空法本，[三]201 今以小，[三]201 行喻若，[三]212 故說此，[三]212 空定是，[三]212 入無，[三]212 無願觀，[三]212 願忍煖，[三]212 願一一，[三]212 著，[三]223，[三]245 信恒河，[三]267，[三]291 念，[三]311 者驚畏，[三]375 不善思，[三]375 無無常，[三]397 句無諍，[三]399，[三]399 行則，[三]399 之行亦，[三]410 依止果，[三]418 離十方，[三]606 是身如，[三]643 境界未，[三]682 名及分，[三]682 心習氣，[三]1152 此菩薩，[三]1339 而作令，[三]1341，[三]1343 智入無，[三]1435 還更發，[三]1440 七煩惱，[三]1505 雜，[三]1562 言顯是，[三]1582 是名性，[三]1582 一者衆，[三]1646 入滅，[三]2145，[三]2154 經一卷，[聖]26 二者念，[聖]223 行識如，[聖]224 無願無，[聖]278，[聖]1562 雖有餘，[聖]1579 謂彼長，[聖]1602 非非，[聖]1788 贊曰合，[聖][甲]、想[甲]1851，[聖][甲]1733 故也具，[聖][甲]1763 心名淺，[聖][另]342 與無，[聖][另]310 非用非，[聖][另]1442 如是忍，[聖][知]1441 衆僧一，[聖]1 無復老，[聖]26 入初禪，[聖]26 亦不味，[聖]125 念意，[聖]125 所，[聖]125 由如應，[聖]125 云何大，[聖]125 尊顏欲，[聖]190 此義眞，[聖]211 自致得，[聖]222 亦無無，[聖]222 願諸解，[聖]223 當來與，[聖]223 行識識，[聖]224 波羅蜜，

[聖]224 莫得作，[聖]224 無願計，[聖]224 亦入於，[聖]224 知不久，[聖]225 想也何，[聖]234 不，[聖]268 皆如幻，[聖]268 所謂色，[聖]271 正智心，[聖]278 明淨智，[聖]279，[聖]285 猶，[聖]291 蠲除，[聖]303 無思無，[聖]375 異説言，[聖]376，[聖]376 而彼魔，[聖]376 入諸長，[聖]376 衆，[聖]379 不，[聖]379 故生諸，[聖]379 及丈夫，[聖]397，[聖]397 大德汝，[聖]416，[聖]475 入於，[聖]481 當來現，[聖]481 求食盡，[聖]586 諸邪見，[聖]613 持用支，[聖]627 不起不，[聖]643 者，[聖]1421 取籌今，[聖]1425 其至須，[聖]1425 永滅煩，[聖]1443，[聖]1458 疑是先，[聖]1464 諸鹿食，[聖]1509 不作佛，[聖]1509 分別和，[聖]1509 分別覺，[聖]1509 分別應，[聖]1509 分別諸，[聖]1509 苦行，[聖]1509 如兒，[聖]1509 若在兩，[聖]1509 妄見謂，[聖]1509 行識亦，[聖]1509 行者如，[聖]1509 智力慧，[聖]1509 轉故云，[聖]1523 莫作，[聖]1537 等，[聖]1546 如，[聖]1546 若起樂，[聖]1547 嫉中慳，[聖]1548 定，[聖]1549，[聖]1552 緣，[聖]1562 若爾於，[聖]1563 應如受，[聖]1579 非，[聖]1582 雖得了，[聖]1582 無爲者，[聖]1602 定或復，[聖]1646 勝非勝，[聖]1763 者説計，[聖]1788 梯悕得，[聖]1851 覆心在，[聖]2042 魔即入，[另]675 非非想，[另]1428 不暫取，[另]1428 是犯不，[另]1458 無不

與，[另]1509 非，[另]1548 觸思惟，
[石]1509 譬如除，[石]1509 小大無，
[宋]220 顛倒執，[宋]374 而實無，
[宋][宮]、[聖]1509 樂想，[宋][宮]671
大慧云，[宋][宮][聖]383 牽挽無，
[宋][宮][聖]1509 及弟子，[宋][宮]
[聖]1617 定及滅，[宋][宮]268，[宋]
[宮]374 異説言，[宋][宮]381，[宋]
[宮]397 無受斷，[宋][宮]585 忍辱不，
[宋][宮]1509 不知是，[宋][宮]2034 經
一卷，[宋][聖]1509 若能知，[宋][元]
220 有爲有，[宋][元]1510 則不名，
[宋][元][宮]613 其，[宋][元][宮]671
種子熏，[宋][元][宮]1545，[宋][元]
[宮]1579 界，[宋][元][聖]26 亦不味，
[宋][元]375 以是義，[宋][元]603 是
爲苦，[宋][元]1582 作善友，[宋]1 思
惟無，[宋]26 心定，[宋]125 無想三，
[宋]375 常生知，[宋]384 成，[宋]810，
[宋]1161 明利猶，[宋]1341 雖生實，
[宋]1559 不明了，[宋]1694 怨是爲，
[宋]1982 中是，[宋]2154 連有二，
[宋][元]220 無不擇，[乙]1796 即成
非，[乙]2218，[乙][丙]2777 隨心而，
[乙][丙]2810 十六無，[乙]850 如經，
[乙]913 同乳水，[乙]1723，[乙]1723
濁起妬，[乙]1724 非無，[乙]1724 解
將爲，[乙]1736 都，[乙]1796 故不得，
[乙]1796 也想義，[乙]1821 思，[乙]
1821 者或，[乙]1822，[乙]2192，[乙]
2215 念我法，[乙]2261，[乙]2263 依
地，[乙]2263 應我所，[乙]2376 則喜
於，[乙]2394，[乙]2397 一，[元]945

常住爾，[元][明]267 能令悉，[元][明]
658 心爲先，[元][明]1579 尋思生，
[元][明][宮]292 願四諦，[元][明][宮]
614 心生愛，[元][明][宮]639，[元][明]
[宮]670 計，[元][明][宮]671 分別能，
[元][明][聖]381 亦如是，[元][明][聖]
224 願識無，[元][明][聖]278 普令衆，
[元][明][聖]626 無有願，[元][明]158
困者令，[元][明]212 恒觀五，[元][明]
221 法有爲，[元][明]221 亦無，[元]
[明]309，[元][明]309 法出，[元][明]
309 解不起，[元][明]310 外觀諸，[元]
[明]310 因緣，[元][明]384 法門八，
[元][明]425 不願脱，[元][明]425 度
無極，[元][明]425 願解無，[元][明]
425 願心無，[元][明]566 離一切，[元]
[明]585 念故諸，[元][明]585 行爲上，
[元][明]588 度諸想，[元][明]624 清
淨行，[元][明]624 無有，[元][明]626
故諸法，[元][明]626 是故諸，[元][明]
626 無願無，[元][明]627 復聞空，[元]
[明]627 復聞聲，[元][明]656，[元][明]
656 度無極，[元][明]658 無實皆，[元]
[明]676 謂之有，[元][明]810 分別無，
[元][明]1342 亦無無，[元][明]1440 經
宿亦，[元][明]1552 自，[元][明]1562
皆超越，[元][明]1579 受事到，[元]
[明]1584 定入無，[元][明]2016 生八
萬，[元][明]下同 624 忍，[元][明]下
同 624 無所求，[元]223 行識空，[元]
376 菩薩摩，[元]1435 二者重，[原]、
[甲]1744 觀，[原]1112 拍摧諸，[原]
[甲]1851，[原][甲]2266 貫諸法，[原]

1212 即知法，[原]1700 説故不，[原]1700 也，[原]1700 因還得，[原]1796 故，[原]1796 及心殊，[原]1796 網是三，[原]1851 彼見空，[原]1851 無四離，[原]1862 令俱生，[原]1869 忘想不，[原]1960 都滅唯，[原]2196 乃至十，[原]2196 三威儀，[原]2219 既空，[原]2431 若有感，[知]266 陰若寂，[知]384，[知]598 不可盡，[知]598 離想，[知]598 念起婬，[知]1579 處思惟，[知]1579 名攀受，[知]1579 四軛蠲，[知]1581 即時往相[明]342 不無。

像：[甲]952 一由旬，[宋]365。

心：[三][宮]1646 分別言，[宋]125，[宋]1521 求多。

須：[甲]1089 往彼山。

意：[三][宮]468 亦得言，[宋]220 行識蘊。

憶：[三][宮]1648 無想性。

應：[宮]1571 妄立一，[甲]1816 是，[宋]220 亦不修。

由：[三][宮]1548 善取法。

有：[宮]616 非。

於：[甲][知]1785 受求指。

緣：[三]100 不愛作。

在：[乙]1736 流水。

哲：[元][明]2108 殊塗一。

者：[宋]374 輕而不。

執：[甲]1736 即云見。

志：[三]、思[宮]585 念無所。

惣：[甲]2262 言似者。

總：[甲]1816 願作佛，[甲]1830 地唯八，[甲][乙]1822 遍，[甲][乙]

1822 等經部，[甲][乙]1822 心見倒，[甲][乙]1822 樂住故，[甲]1816 不，[甲]1816 次下雙，[甲]1816 者，[甲]1828 名無，[甲]1828 無，[甲]1828 義爲二，[甲]1830 非非想，[甲]2262 迷諦，[甲]2266 相念處，[三]309 持受決，[聖][甲]1763 結智行，[乙]1822 想説於，[乙]1833 不起説，[乙]2263 蘊，[原]1833 聲，[原]2408 送彼。

餉

飽：[甲]2036 他方。

飼：[三][宮]2103 母釋迦。

蠁

饗：[宋][元]2061 代病入。

響：[宋][宮]2103 仙聖互，[宋][宮]2103 於清夜。

饗

鄉：[乙]2207 注云漢。

享：[三]945 佛菩薩。

響：[三][宮]2060 然又，[三][宮]2102 莫悟冥，[三][宮]2122 之事廢，[宋][宮]、蠁[元][明]2103 神物奔。

響

鼓：[三][宮]1572 世間相。

聲：[三][宮]813。

鄉：[甲][乙]2089 寺僧道。

享：[元][明]、響䬹音氣[宮]263 䬹猶如。

想：[明]266 口言無。

蠁：[三]2103 戒行精，[元][明]

2060 以今，[元][明]2108 戒行精。

饗：[甲]2128 非字體，[宋][宮]、享[元][明]2103 餘慶四。

嚮：[宮][聖]1463 喻如銅，[宮][聖]1523，[宮][聖]425 神足弟，[宮][聖]425 審其佛，[宮]309 是時座，[宮]397 復有二，[甲]1112，[甲]1728 不實能，[甲]1924 十方五，[甲]2196 化如水，[甲]2217 應如樂，[甲]2837 若言是，[甲]2870 受想行，[久]1486 愚夫愛，[別]397 相非畢，[三][宮][聖]222 離，[三][宮][聖]271，[三][宮]607 自身觀，[三][宮]2060 敷等十，[三][宮]2060 然，[三][宮]2121 咸皆稱，[三]186 書六十，[三]193，[三]2145 附前規，[三]2145 應感，[聖]125 言語往，[聖]190 諸人睡，[聖]222 又如鏡，[聖]278 己心亦，[聖]278 忍菩薩，[聖]278 一切世，[聖][另]302 聲菩薩，[聖][石]1509 如，[聖][石]1509 如影如，[聖][中]223 化隨順，[聖]125，[聖]125 便生此，[聖]125 而作是，[聖]125 歡喜踊，[聖]125 爌然大，[聖]125 乃徹此，[聖]125 清徹聲，[聖]125 統領闔，[聖]125 亦無人，[聖]125 音盡當，[聖]125 之，[聖]125 之聲歡，[聖]125 之所致，[聖]190 遍色界，[聖]190 徹弄諸，[聖]190 爔燃略，[聖]190 出聲而，[聖]190 聲，[聖]190 聲射即，[聖]190 喧鬧以，[聖]190 猶如猛，[聖]190 中出種，[聖]199，[聖]211 應，[聖]211 卒來卒，[聖]221 如熱時，[聖]221 也須菩，[聖]222 皆悉自，[聖]222 水，

[聖]222 現影如，[聖]223 出於諸，[聖]223 幻化不，[聖]223 如，[聖]223 如焰如，[聖]223 聲實不，[聖]223 影佛所，[聖]224 不釋提，[聖]234 所有如，[聖]272 如影如，[聖]278，[聖]278 了一切，[聖]278 菩薩，[聖]278 如化菩，[聖]278 如鏡中，[聖]278 如旋，[聖]278 無主知，[聖]278 亦如夢，[聖]288 耳觀於，[聖]291 言，[聖]291 一切悉，[聖]294，[聖]318 如幻法，[聖]341 覺如芭，[聖]421 聲平等，[聖]425 入第七，[聖]425 是曰智，[聖]475 如空，[聖]476，[聖]613 是，[聖]627 自，[聖]639 如光影，[聖]639 聲出於，[聖]1428 震動烟，[聖]1440 相與爲，[聖]1549 是人音，[聖]1549 應聲連，[聖]1733 忍菩薩，[聖]2157 僧徒咸，[聖]下同 291 不興二，[聖]下同 291 而無處，[聖]下同 292 文辭是，[聖]下同 651 曼殊尸，[聖]下同 1509 如幻，[石]1509 如天伎，[石]1509 誰讚誰，[石]下同 1509 者若深，[宋][宮]1509 之間蕩，[宋][宮]2103 應真人，[宋][聖]125 亦無相，[宋][元][宮]1523 彰其諸，[宋][元][宮]1526 滿足衆，[宋][元][聖]310 所，[宋]186，[宋]2145 於此世，[乙]866 如旋火，[元]2122 赴所，[原]1819 宣吐妙，[原]1840 若息還，[知]266，[知]384，[知]384 即，[知]384 解了諸，[知]384 所將眷，[知]384 有甜有，[知]384 衆相悉，[知]598，[知]598 故曰，[知]598 甚柔軟，[知]598 應假使，[知]下同 266 等

因興。

音：[甲]1961 皆說苦。

樂：[明]1636 聞已尋，[聖]190 安靜清。

向

阿：[宋]1429 大德悔。

白：[宮]901 我道之，[宮]1432 說言長，[宮]1552 涅槃得，[甲]1733 已發心，[甲]2120 諸佛庶，[甲]2304 牛車故，[明]183 佛叉手，[明]227 佛白佛，[明]1523 人罪過，[明]2123 夫我欲，[明]2123 佛樹神，[三][宮]2121 穀賊今，[三]193 佛，[三]200 佛至心，[三]202 王自陳，[三]1428 同意比，[聖]1463 餘比丘，[元]、－[宮]2060 呪諸衣，[元][明]193 目連叉，[元]621。

百：[原]1205 草華和。

彼：[三][聖]643 無異。

伯：[乙]2207 云孔雀。

常：[三][宮]403 淨是相。

稱：[三][聖]125 小比丘。

初：[甲]1717 釋也第。

此：[三][宮]1428 因緣具。

伺：[宮]2121 禮婿殺，[聖]1723 下而刺。

當：[甲]1103 下垂真。

得：[三][宮][聖][知]1579 求三現，[聖][甲]1733 果位通。

等：[宮]1537 及住四。

而：[甲]2271 若立，[甲][乙]2390 立之如，[甲]1782 學空而，[甲]1828

來下指，[甲]2281 師可問，[三]397 立誦如，[宋][宮]、－[元][明]2102，[宋]192 告我隨，[宋]1581 住於，[原]、[甲]1744 計現五，[原][甲]1851 無青。

赴：[三][宮]721 望救望。

高：[甲]1733 菩提不。

功：[宋][明]353 向記說。

固：[三][宮]1425 當出門。

還：[三]1532 彼世去。

害：[三][宮]606，[三][聖]1 心心不。

何：[甲]1512，[甲]1736，[甲]1736 故四何，[甲]1736 問後引，[甲]1813，[甲]2082 云國事，[甲]2266 狀，[聖]222 者須菩，[宋]671 所說時，[乙]1816 說心住。

河：[甲]1733 者觀內。

荷：[三][宮]2122 衆善法。

回：[宮]1998，[甲][乙]2391 外睿行，[三][宮]2060 風漸潤。

迴：[甲]1733 無所迴，[甲]1799 位十一，[宋][元][宮]1599 不生五。

即：[明]1450 外人導。

間：[乙]1821 中。

簡：[甲]1717 決位故。

見：[乙]2249 婆沙論。

竭：[宋][元][宮]2060 請沙門。

戒：[明]2110 十行俱。

井：[甲]2255 等空是。

敬：[三][宮]1442 說伽。

扃：[明]1435 法者應。

迴：[甲]2196 施衆生。

迥：[宋][元][宮]、迴[明]292 玄之。

局：[甲]2339 限不融，[原]2208 不應理。

句：[宮]1562 所説，[宮][聖]324 道意在，[宮]729 生，[甲]2035 曉盛明，[甲][乙]2391 云補陀，[甲]1112 隨順説，[甲]1512 非法不，[甲]1719 於昔對，[甲]1735，[甲]1805 明制除，[甲]2036 正即無，[甲]2266 若超果，[甲]2792 作呵不，[明]675 答相隨，[明]1562 是有爲，[明]1594 無障轉，[明]2145 語文無，[明]2146 拜經晋，[三][宮]222 不，[三][宮]1648 欲者依，[三]1428 説彼聞，[三]1517 義若彼，[宋][元]656 於道門，[宋]2145 説竟説，[元][明]158 音，[元][明]283 一慧入，[元]901 外相叉，[元]2122 所樂方。

看：[三]、向者[聖]125 沙門神。

可：[宮]532 行六。

空：[元][明]602 凡四十。

況：[乙]1796 輕於此。

兩：[三][宮]2122 船中貴。

論：[甲]1828 前先説。

面：[宮]2122 下水界，[甲]893 東臥於，[甲][乙]901 各安二，[甲][乙]2387 東者謂，[甲]2035 上啄兩，[明]1336 灑之即，[三][流]360 恭敬合，[三][宮]500 乎吾欲，[三][宮]2034 拜經大，[三][乙]1092 西以諸，[三]64 著衣叉，[乙][丙]2777 佛説其，[乙]1069 西應習。

閔：[宮]2122 大慈普。

內：[宮]1433 共作三，[宮]1435 長老，[宋][元]2122 腹心合。

啓：[宮]2008 別駕言。

前：[甲]1705 明頂上。

切：[甲]1512 非法故，[甲]2273 遮，[三][宮]1692 修崇徳，[聖]120 快樂爾。

求：[甲]2266 無上大。

趣：[明]1548 餓鬼業。

却：[明]2076 鼻孔道。

日：[元][明]157 如來出。

入：[三][宮]1470 聚落得。

上：[三][宮]2042 有瘡捉，[聖][石]1509。

尚：[博]262 所説眼，[甲]1912 已斥成，[甲]1735 無何能，[甲]1736 不生未，[甲]2036 什麼處，[甲]2036 暑發大，[甲]2037 勒愛子，[甲]2250 所謂是，[甲]2305 無，[明]1559 非撥故，[明]南藏 66，[三][宮]1442 未善審，[三][宮]2060 汲郡洪，[三][宮]2102 麁苟，[三][宮]2121 大，[三]2063 不衰終，[三]2103 淺未能，[三]2108 非謂禮，[石]1668 法入十，[元]、明註曰向南藏作尚 1521 他説即，[元][明][宮]2112 有萬里。

施：[乙]1736 衆生者，[原]923 一切。

始：[三]125 八歳去。

屬：[宮]221 之所問，[宮]338 者説法，[三][宮][聖]626 之所問，[三][宮]626 所説，[三][聖]26。

巳：[甲][乙]1246 下二頭。

四：[甲]1709 一切，[三][宮]2102 方篤其，[元]2145 爾爲，[原]2303 海之義。

隨：[三]157 其所求。

所：[元][明]1340。

他：[宮]1425 物十一。

同：[宮]1635 詣，[甲][乙]1822 之中斷，[甲]1733 凡小故，[甲]1958 善六迴，[甲]2362 制作名，[明][甲]1177 大會衆，[明]2131 父母禮，[三][宮]656 無上正，[三][宮]732 意便當，[三][宮]1641 分因約，[宋][明][宮][另]、何[元]1435 火，[宋][元]2059 之二三。

聞：[甲]2305。

問：[宮]1483，[甲]1733 於道路，[甲][乙]1821 命終往，[甲][乙]1822，[甲]1724 據實三，[甲]1816 説，[甲]1828 頌第二，[甲]1828 一，[甲]2286，[甲]2366 指非奇，[聖][甲]1733 前大衆，[宋][宮]2103 隅斯須，[乙]1822 涅槃至，[原]、問[甲]2006 長安又。

無：[宋][元]1550。

饗：[三]184 飲食王。

響：[三][宮]1505 鏡中像。

嚮：[三][宮]1428 若杙若，[三][宮]1428 亦如是，[宋][元]2061 化憲宗。

心：[甲]1754 已經開。

行：[甲][乙]1929 第。

詣：[三]26 佛具陳。

音：[原]2721 缺之黃。

用：[乙]2263 也如初。

於：[甲]2129 八轉聲，[三][宮]683 如來者，[三][宮]1489 一切至。

與：[聖]200 説於是。

欲：[聖]99 於離欲。

在：[三][宮]2122 彼房衆，[三][宮]2123 床上禮。

證：[三]1331 無上正。

至：[甲]1821 細展轉，[甲]2410 因也普，[明]2103 南背北。

自：[宮]901 掌屈之，[甲]1267 於世，[甲]1705 別斷界，[甲]2036 氏召宰，[三][宮]587 下皆同，[三]656 性，[原]1205 心三遍。

巷

港：[甲]2128 胡絳反。

溝：[三][宮]1425 陌邊宿。

街：[聖]1733 僧祇衆。

卷：[宋][元][宮]2104 爲雅論。

路：[聖]189 側云何。

菴：[宮]397 次名雜，[宮]1425 舍外除。

象

布：[三]171 施者。

慧：[宮]657 菩。

獲：[甲]1733 猴及。

急：[明]217 可厭生。

家：[甲]、衆[乙]2261 二象不，[宋][元][宮]1521 相身大。

力：[三][宮]278 摧散一。

鹿：[三][宮]2121 馬。

馬：[甲]1816 小即驢，[甲]2879 鳳凰及，[三][宮]2053 之奔馳，[三]212 口出恒，[宋]99 奮迅去，[乙]2391 鼻山形，[乙]2396 乘行菩。

蒙：[三][宮]2102 弘接聖，[三]2103 心了世，[聖]2034 二年出，[宋]2053。

鳥：[宮]225 觀，[宮]288，[宮]810 頂吼如，[三]1 呪或支，[聖]1425 鳴，[另]1428 皮馬皮，[宋][聖]125 不眴，[宋]2088 堅也頂。

色：[三]、豫[宮]2122 鶩鴨鳥。

上：[三][宮]263 馬車乘。

豕：[三]186 鬼形。

獸：[宮]1421 猶如。

兎：[甲]2434 馬將度。

爲：[三]721 等雖有，[三][宮]2121 王洗尾，[聖][另]、寫[宮]1442 之酒置，[元]25 身馬身。

烏：[三]1 力能飛，[三]186 在紫金，[聖]1 善調隨。

相：[甲]1736 對差別。

像：[宮][甲]2008 一一音，[宮]279 如須彌，[宮]332 金車馳，[宮]1799 二百五，[宮]2008 皆現世，[宮]2103 之所莫，[甲]1775 不可爲，[甲]2036 先尚，[甲][乙][丙][丁]2092 十軀閣，[甲][乙]1796 槌形也，[甲][乙]1909 佛南無，[甲][乙]2296 深而莫，[甲]1268 牙四名，[甲]1708 四跡成，[甲]1717 等者立，[甲]1717 若作，[甲]1735 也即菩，[甲]1775 也，[甲]1775 應物故，[甲]1922 慧日亦，[甲]

2006 合而含，[甲]2006 言前獨，[甲]2053 顯可徵，[甲]2053 之能擬，[甲]2239 雲遂，[明]2060 函之北，[明]2076 足下野，[明][甲]1177 唯見清，[明]210 以招苦，[明]312 而不，[明]312 境界普，[明]613，[明]2060 故也願，[明]2060 末，[明]2060 忘若忘，[明]2106，[明]2108 豈稽首，[明]2110 福田器，[明]2110 於福田，[三]2103 昔宋，[三][宮]309 亦無音，[三][宮]2102 法，[三][宮]2108 之所，[三][宮][聖]1462 山法師，[三][宮][聖][石]1509 夜來恐，[三][宮][聖]1549 彼，[三][宮][聖]1549 造，[三][宮]224 本無所，[三][宮]334 身好潔，[三][宮]401 三昧正，[三][宮]419，[三][宮]419 拔陂菩，[三][宮]440 佛南，[三][宮]445 步樓世，[三][宮]496 七寶合，[三][宮]496 曰無恚，[三][宮]557 被服謂，[三][宮]606，[三][宮]620 化爲獮，[三][宮]656，[三][宮]656 如有，[三][宮]1425，[三][宮]1505 即上三，[三][宮]1505 身更苦，[三][宮]1505 香爲首，[三][宮]1505 作，[三][宮]1548，[三][宮]1596 實不有，[三][宮]1598 等又未，[三][宮]2029 法故正，[三][宮]2053 季允膺，[三][宮]2053 聞者嗟，[三][宮]2053 元資一，[三][宮]2060，[三][宮]2060 初瓦官，[三][宮]2060 大生怪，[三][宮]2060 而弘演，[三][宮]2060 而有，[三][宮]2060 冠尾圓，[三][宮]2060 罕遇也，[三][宮]2060 教之棟，[三][宮]2060 厥相

猶，[三][宮]2060 尚取依，[三][宮]2060 少時還，[三][宮]2060 設煥乎，[三][宮]2060 實假冥，[三][宮]2060 鮮，[三][宮]2060 象等具，[三][宮]2060 夜臺圖，[三][宮]2060 運攸憑，[三][宮]2103，[三][宮]2103 而俱，[三][宮]2103 福田器，[三][宮]2103 假名言，[三][宮]2103 內見衆，[三][宮]2103 琴瑟玄，[三][宮]2103 賢發蒙，[三][宮]2104，[三][宮]2104 皆毀滅，[三][宮]2108 所立因，[三][宮]2108 外之遺，[三][宮]2108 義軼，[三][宮]2109 非十翼，[三][宮]2109 皆有天，[三][宮]2121 正，[三][宮]2122 仙人於，[三][宮]2122 也投擲，[三][宮]2123 無言感，[三][宮]下同 708 非故彼，[三][甲]1227 其華色，[三][聖]190 光，[三]152 矣吾等，[三]190 蓮時諸，[三]192 天后降，[三]264 運之機，[三]300 如，[三]310 顯現如，[三]474 而爲神，[三]2088 傳云象，[三]2088 者，[三]2110 殿陵倒，[三]2110 法莊嚴，[三]2122 毀經焚，[三]2122 設，[三]2145 軌請以，[三]2145 教之中，[三]2145 其所遊，[三]2145 外可以，[三]2145 於形器，[聖]1 丘陵溝，[聖][另]285 紫金床，[宋][宮]2060 二年隋，[宋][宮]2060 非，[宋][宮]2060 之初皇，[宋][宮]2103 皆一防，[宋][元][宮]448 如來，[宋][元][宮]2103 教東流，[宋][元]2103 智曉江，[宋][元]2110 寺四事，[宋]2145 天樂若，[元][明]99 類執杖，[元][明]187 兵機權，

[元][明]681，[元][明]1432，[元][明]2060 西梵言，[原]1858 風，[原]1858 者耽。

寫：[宮]2040 食三名，[宮]2121 王七化，[甲]1733 寶座菩，[三][宮][聖]1462 山與大。

焉：[三]211，[原]1744 王視觀。

雁：[三][宮]1425，[宋][元][宮]2045 中來身。

鴈：[三][宮]1428 行而去。

欲：[三]2125 雖復親。

豫：[元][明]221 法若有。

眞：[宋]、像眞[元][明]1597 實無所。

之：[三]202 令去象。

豸：[明]982 毒蝦。

衆：[甲]2261 多象名，[甲]2266 等，[甲]2270 傳告萬，[甲]2400 乃至諸，[明]1636，[明]1215，[三][宮]606 遊跡如。

著：[三]25 耳者答。

篆：[甲]2128 計長數。

項

臂：[甲][乙][丙]1098 上常佩。

擔：[三][宮][石]1509 汝去女。

頂：[丙]1277 上青十，[宮][聖][另][石]1509 及齗齒，[宮]276 日光旋，[宮]616 睡則，[宮]721 腹莊嚴，[宮]901 柳柏竹，[甲]、頂次[乙]2394 以，[甲]1861 有圓光，[甲]2348 等二十，[甲][乙][丙]2092 東南有，[甲][乙]901 上經一，[甲][乙]1002 上則

便，[甲]1181 上擁護，[甲]1781 受隨
諸，[甲]1786 蜂王等，[甲]1969 光明
境，[甲]2128 也小曰，[甲]2400，[甲]
2400 後垂記，[明]873 額又頂，[明]
1450 悲號懊，[三]、項佩頂珮[聖]643
佩赤眞，[三][宮][甲][乙]901 上經一，
[三][宮][久]1486 如大山，[三][宮]
[聖]613 光光有，[三][宮]286，[三]
[宮]339 相猶如，[三][宮]425，[三]
[宮]606 頸脇脊，[三][宮]1647 生王
復，[三][宮]2121 入足出，[三][宮]
2122 骨頤骨，[三][宮]2122 及以手，
[三][宮]2122 猶如繖，[三][宮]2123 及
齗齒，[三][甲]1227，[三][聖]643 八
萬四，[三][聖]643 光生王，[三][聖]
643 上有，[三][乙]1092 上見諸，[三]
[乙]1092 上以金，[三][乙]1092 上則
得，[三][乙]1133 後直舒，[三]26 彼
時王，[三]361 中光明，[三]643 金光
化，[三]991 上及灑，[三]1006 病手
病，[三]1234 上，[三]1300 上有黶，
[三]1336，[三]1457 稱名與，[三]2122
上有雙，[三]2125 下通風，[三]2151
有日月，[三]下同 361 中光明，[聖]
2042 魔，[聖][另]1435 有圓光，[聖]
[另]1458 耳鼻及，[聖]1442 按使低，
[聖]1579 脊各一，[宋][宮]703 手足
如，[宋][宮]901 若二日，[宋][明]2122
諸出家，[宋][元][宮]2122 及齗齒，
[宋][元][甲]1264 上散印，[宋][元]25
背脇腳，[宋]186 頸二十，[乙]973 壇
上，[乙]2390 爲上分，[乙]2408 胎，
[乙]2408 上字，[元][明]310 後七處，

[元][明][宮]310 巾七，[元][明][宮]
1545 是爲，[元][明][甲][乙]901 其病
即，[元][明][聖]125 頸轉生，[元][明]
[乙]1092，[元][明]152 中肩上，[元]
[明]310 巾及，[元][明]757 背露現。

額：[甲]2401 也一。

縛：[三][聖][另]、頭[宮]1435 言
汝比。

滇：[宮]2103 籍喪師，[聖]、頸
[乙]953 灌。

頸：[宮]2043 乃至優，[甲][乙]
901 下著寶，[甲]893，[甲]894 中是
爲，[甲]1248 下，[三]1435 棄無
人，[三][宮]1435 毛下者，[三][宮]
1509 脊舉身，[乙]895 安於四。

頸：[明][和]293 七處平，[明][和]
293 行王女，[三][宮]606 大頭廣，[三]
[宮]1425 長且曲，[三][宮]1425 諸野
干，[三][聖]99 後者攀，[三]26 是謂
尊，[三]125，[三]150 鼻能自，[三]186
而多頭，[三]202 上小，[三]202 鴈便
飛，[元][明]26 制樂野，[元][明]125
往詣。

酒：[三]152 醉衆事。

頃：[甲]1906 故時雖，[甲][乙]
1822 雙因先，[甲]1828 至色究，[三]
[宮]1499 善心一，[三][宮]1547 於彼
上，[三][宮]2121 梵志躬，[宋][元][宮]
2121 梵志蒙，[乙]2218 皆悉現。

頭：[甲]1736 胸鼻而，[三][宮]
1521 上兩腋，[三][乙]1092 三面作，
[三]26 額耳牙，[知]2082 瘡而去。

頑：[三][宮]221 佷之名，[三][宮]

221 很自用。

須：[三]2125 平直十。

頊：[明]2060，[宋][元]38 頸妙
好。

以：[三][宮]2103 姦心頻。

願：[甲]1828 本等分。

像

傍：[甲][乙]2309 生類。

法：[原]2310 流行從。

佛：[三][宮]2060 其相還，[三]
643 令坐見，[原]862。

家：[三]220 諸蘊令。

鏡：[甲]2250 者準此，[元][明]
2016。

臘：[三]2154 經見長。

類：[三]433 其人所。

蒙：[宮]1673 復聞智，[宋]2060
法信有。

鳥：[宮]309 爲是畜。

僧：[甲]1771 衆僧之，[甲]1804
中布設，[甲]2167 影一鋪，[甲]2381
法之中，[三]1341 名和合，[聖]1421
行婬後。

傷：[三][宮]630 故佛出。

身：[三][宮]638 化成男。

生：[甲]2305 若相若。

石：[甲]1717 自現譬。

似：[聖]125 熟或有。

塔：[三][宮]1430 在下房，[聖]
[宮]1429 在下房。

壇：[甲]2400 上直觀。

王：[三][宮]1421 執杖而。

席：[三][宮]2060 檀龕。

現：[明]1530 非合離。

相：[甲]1969 法相甚，[甲][乙]
1751 無邊尊，[甲]1735 八樹，[甲]1736
入身十，[甲]1736 現識處，[甲]1775
非明，[甲]1973 重重此，[明]201 不
及佛，[三][宮]672，[三][甲][乙]1022，
[聖]211 悲喜悚。

象：[德]26 寶斷受，[宮]384 類，
[宮]681 現從其，[宮]694 身而爲，[宮]
2122 意者義，[宮]2122 正之記，[甲]
[宮]1799，[甲]864 大力金，[甲]951 名
香象，[甲]996 則知一，[甲]1728 之
爾，[甲]1733 而有幻，[甲]1736 之所
以，[甲]1799 近見，[甲]1799 一切沈，
[甲]1881 璨，[甲]2006 重陽九，[甲]
2012 無音聲，[甲]2087 化之跡，[甲]
2879 佛，[別]397 相故見，[明]1513
次後之，[明]2076 歷然曰，[明][甲]893
乳，[明][聖]190 輿，[明]291，[明]415
輦分明，[明]1266 不得，[明]2016，
[明]2053 顯覆載，[明]2102 相濟大，
[明]2103 末崇振，[明]2103 天任地，
[明]2154 功德經，[三]191 像乃復，
[三][宮]649 入，[三][宮][甲]2053 德
聖種，[三][宮][聖]397 王菩，[三][宮]
263 迦葉江，[三][宮]425 手善華，[三]
[宮]443 如來南，[三][宮]444 佛南無，
[三][宮]445 世界集，[三][宮]618 於
未形，[三][宮]1428 金寶莊，[三][宮]
1472 運皆僧，[三][宮]1644 鳥獸花，
[三][宮]2053 降靈山，[三][宮]2103 體
叡春，[三][宮]2103 猶恐九，[三][宮]

2104 表又非，[三][宮]2104 易疑沈，[三]202 彼時象，[三]212 法不可，[三]279，[三]2088 寶莊或，[三]2103 置於許，[三]2145 於無形，[三]2149 正誘訓，[聖]310，[聖][甲]1733 門中示，[聖][另]1428 金若比，[聖][另]1463 皆得爲，[聖]211 乃知至，[聖]211 自然報，[聖]224 來言是，[聖]291，[聖]292，[聖]302 師子高，[聖]545 而來集，[聖]613 行者，[聖]643，[聖]643 以爲莊，[聖]649 若汝何，[聖]1464，[聖]1470 不得背，[聖]1595 爲令有，[聖]1733 者以喻，[聖]下同 224，[宋]99 念像，[宋][宮]1509 骨及其，[宋][元][宮]2040 思議而，[宋][元][宮]225，[宋][元][宮]1656 及生滅，[宋]1092，[宋]1092 諜利誦，[宋]1092 生相鮮，[乙]1736 猶，[乙]2394 也一切，[元][明][宮]618 待感而，[元][明][聖]272 菩薩大，[元][明]440 佛南無，[元][明]2102 斯歸故，[元][明]2103 常住非，[元][明]2103 應物有，[元][明]2110 一，[元][明]下同 2102 所擬清，[元]2060 以表意，[元]2122 舍利時，[原]1091 及訶利，[知]26 定，[知]567 乎答曰。

邪：[甲]1778。

形：[三][宮]269，[三][宮]342 貌好醜，[聖]222 爲菩薩，[原]922 燈燃四。

顏：[三][宮]2122 如斯渾。

依：[甲][乙]2309 深蜜三。

儀：[宮]2103 故，[宮]2103 其來永，[甲]2120 已，[甲]2262 意表菩，[三][宮]2122 其像。

影：[甲]2249 色即是，[甲][丁]1141 處一時，[三][宮]1594，[三][宮]1598 光影谷。

應：[三][宮]1611 現。

有：[三][宮]606 色形。

預：[三][宮]1521 於我，[宋][元][宮]310 合掌恭。

緣：[甲][乙]2215 故，[甲][乙][丙]1202 神應，[甲][乙]2223 故一切，[甲]2119 綵幡及，[甲]2266 相故又，[甲]2270 三支妄，[三]2122 何忽云，[聖]2157 身五十。

幀：[三]1097 法及成。

衆：[三][宮]2060 晉川，[三]285 業積功。

嚮

扃：[三]1 無。

屬：[三][知]26 之所説。

鄉：[甲]2089 義俗姓，[三][宮]2060 華俗而。

享：[三][宮]2060 高位籌。

饗：[宮]2103 位用敷，[甲]1287，[三][宮]2112 諸自然。

響：[甲][乙]1822 等應成，[甲]1733 如來二，[甲]2230 釋迦耳，[甲]2787 聲以異，[明]1428 彼嚮無，[明]2059 僧猛法，[明]2076，[三]、種嚮[石]1509 出於，[三]、類[聖]125 無若干，[三][宮]223 如影如，[三][宮]262 意八名，[三][宮]299 四大，[三][宮]

624 知其心，[三][宮]1597 喻云何，[三][宮]2060 寺，[三][宮][甲]2053，[三][宮][聖]292 等，[三][宮][聖]292 幻化夢，[三][宮][聖]2060，[三][宮]223 如影如，[三][宮]285 無所想，[三][宮]292 現法音，[三][宮]299 放此清，[三][宮]425，[三][宮]425 悉空興，[三][宮]477 野馬芭，[三][宮]606 但可有，[三][宮]606 呼者即，[三][宮]606 野馬忽，[三][宮]1451 失歌聲，[三][宮]1451 遠聞流，[三][宮]1509 趣影趣，[三][宮]1509 如焰如，[三][宮]1509 是嚮，[三][宮]1579 譬如世，[三][宮]1579 應光影，[三][宮]1596 譬若實，[三][宮]1597 水月變，[三][宮]2045 嗚呃，[三][宮]2053 踊躍歡，[三][宮]2059，[三][宮]2059 清靡四，[三][宮]2060，[三][宮]2060 而共嗟，[三][宮]2060 風馳應，[三][宮]2060 彌天，[三][宮]2060 斯厚澤，[三][宮]2060 寺釋僧，[三][宮]2060 相續不，[三][宮]2102 之實亦，[三][宮]2104，[三][宮]2108 如其不，[三][宮]2111 隨聲而，[三][宮]2112 革狼顧，[三][宮]2112 謂縱堅，[三][宮]2121 若師子，[三][宮]2121 震國去，[三][宮]2122 言嚮，[三][宮]下同 2045 應，[三][知]418 亦，[三]125 應我今，[三]149 比丘女，[三]190，[三]193，[三]193 聲鼓，[三]193 應，[三]193 震天地，[三]194 辯才善，[三]198，[三]206 之報不，[三]223 如影如，[三]474 夢幻水，[三]620 貢高，[三]632 遠離於，[三]833，[三]1336 嚮

影，[三]1509 影焰化，[三]1982 遍虛空，[三]2053 彝倫郁，[三]2060 同心脣，[三]2110 烈雷震，[三]2145 集，[三]2145 劫數雖，[三]下同 2103 自徹不，[宋][宮]2103 明南面，[宋][宮]2103 聽朝咸，[宋][元]2061 慕京師，[乙]1736 其跡靡，[乙]1736 忍三引，[乙]1909 佛南無，[乙]2296 冥冥寂，[元][明]276 八種微，[元][明]722 壞劫報，[元][明]1509 化隨順，[元][明]2145 報成生，[原]1819 也一得。

向：[三][宮][聖]627，[三][宮]1428 牖光明，[元][明]1509 明鏡。

音：[三][宮]、響[甲]2053 寺。

逍

消：[宋]、捎[元][明]205 之風吹。

消

除：[甲]1085 滅一切，[明]1153 滅由書。

斷：[三][宮]1646 邪見問。

伏：[明]1579 變至中。

割：[三][宮]309 除三想。

濟：[原]1840 故。

淨：[三]1644 盡無復。

滅：[三]1331 亡無敢。

誚：[宋][宮]、肖[元][明]329 者會欲。

清：[宮][聖]425 除罪舋，[宮]425 除令體，[聖]310 唯除有，[聖]613 滅眾像，[宋]285 著意并。

稍：[甲]1778 轉內行，[三][宮]

760 滅諸菩，[三][宮]1478 衰微所，[三]150 飯食未，[三]192 除熾然，[聖][另]790 費與分，[乙]2263 練果報。

燒：[三][宮]278 盡菩提。

燒：[三][宮]2040 盡當於。

少：[三]、省[聖]643 諸煩惱。

哨：[甲]2036 殺得盡。

深：[甲]2255 也通也。

濕：[三][宮]384 盡永無。

鎖：[明]2103 而葉散，[三][宮]1584 生諸病，[三][宮]1592 滅作一，[三][宮]1597 衆毒，[三]192 羸。

通：[甲]1828。

息：[三][甲]1253 除一切。

悉：[三]1332 除四者。

鍛：[乙]2309 練意欲。

道：[甲]2035，[三][宮]2122 散自安。

痟：[明]985 瘦病遍，[三]374，[三]985 瘦病遍，[元][明]2121 瘦過是，[元][明]2123 或身臭。

銷：[宮]513 除，[宮][聖]279 滅無量，[宮][聖]279 歇貪愛，[宮][聖]279 要穿其，[宮]279，[宮]279 竭悉無，[宮]279 竭諸愛，[宮]279 滅，[和]293 除世間，[和]293 滅一切，[甲]1997 進云此，[甲][乙]1214 滅行者，[甲][乙]1799 殞今入，[甲]1040 滅，[甲]1735 等二令，[甲]1929，[明][宮]279 滅世間，[明][和]261 滅佛告，[明][和]261 滅若離，[明][甲][乙]1225，[明][聖]231 滅諸佛，[明]292 化五陰，[明]293 除身心，[明]387 氷舍利，[明]

387 氷雪是，[明]387 除衆生，[明]387 服唯是，[明]1579 化除諸，[明]下同811 螢，[三]、[宮]657 滅菩薩，[三]1 竭又地，[三]125 化無便，[三][丙]930，[三][宮]、清[聖]354 化離辛，[三][宮]385 雪若不，[三][宮]541 索産業，[三][宮][聖]1442 散崇高，[三][宮][另]1451 除國界，[三][宮][乙]848 除功德，[三][宮]278 竭貪愛，[三][宮]354 洋猶如，[三][宮]374 鍊治轉，[三][宮]383 毀在生，[三][宮]411 其心狂，[三][宮]416 鍊冶熾，[三][宮]581 而火滅，[三][宮]618，[三][宮]742 國患世，[三][宮]743 風吹亦，[三][宮]1421 藥酥油，[三][宮]1435 滅盡，[三][宮]1442 除曾所，[三][宮]1443 亡父母，[三][宮]1451 滅王對，[三][宮]1458，[三][宮]1562 金石而，[三][宮]1577 伏老病，[三][宮]1666 業障善，[三][宮]2060，[三][宮]2060 障，[三][宮]2121 除衆僧，[三][宮]2122 瘦皺滅，[三][甲]1333 除無復，[三]1 盡當，[三]1 滅使緣，[三]1 滅戲論，[三]1 散人，[三]119，[三]125 盡唯有，[三]125 滅聞，[三]135 伏所以，[三]152 滅皆信，[三]185 索，[三]187 歇，[三]192，[三]209 伏魔怨，[三]374 融之時，[三]374 則名爲，[三]1058 滅身，[三]1096 滅若誦，[三]1300 滅牧馬，[三]1982 融一念，[三]下同 374 除一切，[三]下同 374 一切龍，[另]310 盡骨盡，[宋]374 唯除一，[宋][元]374 滅如，[宋][元]1069 滅智者，[宋]374 融成

金，[宋]374 與不，[宋]374 者，[乙]
1100 除水火，[乙]1785 文出瞋，[元]
[明]55 銅。

蕭：[三][宮]2060 散映徹。

肖：[甲]2792。

指：[乙]2263 此文云。

住：[甲]2339 要從身。

宵

霄：[甲]2035 情話擲，[明]1674
覩明月，[明]2103 幽念悲，[三][宮]
1817 中良，[三][宮]2060 忽見天，[三]
[宮]2060 落照侵，[三][宮]2102 堂莫
登，[三][宮]2122 獨處空，[三]2154 燭
斯繼，[聖]1452，[宋]2061 梵唄響，
[宋][元][宮]2122 屢，[宋][元]2060 迹
怠心，[原]2101 漢下瞰。

有：[另]279 地震動。

智：[甲]2250 向腹而。

梟

鴞：[宮]2040 驚異類，[宮]2102
見暴起。

鵂：[宮]563 蛇蚖蝦。

鳥：[宮]1425 烏鵲鳴，[宮]2102
蟒之虛。

梟：[宋]26 其首若。

臬：[聖][另]1543。

鴉：[三][宮]2109 之嗜腐。

痟

病：[三][宮]244 乃至宿。

消：[博]262 疥癲癘，[三][宮]724
疥癲癘，[三][宮]1537 及餘種，[三]

[宮]2122 鬼魅所，[三][聖]1354 渴鬼
或，[三]982 遍身疼，[宋][宮]1435 盡
病。

綃

絹：[三][甲]950 縠，[宋][丁]、絲
[宮]848 縠爲裙，[宋][宮]848 縠衣自，
[乙]1796，[原]2216 縠也身。

紗：[甲]、綃[乙]850 縠衣自。

霄

宵：[宮]2060 禮懺欲，[宮]2060
哉，[明]2122，[三][宮]2053 晋后翹，
[三][宮]2053 月繼西，[三][宮]2060
法，[三][宮]2060 法集，[三][宮]2060
法集實，[三][宮]2060 門人側，[三]
[宮]2060 思擇統，[三][宮]2060 蚤蝨
流，[三][宮]2060 征間，[三][宮]2060
至旦驚，[三][宮]2102 絕望舒，[三]
[宮]2103 薰風動，[三][宮]2122，[三]
[宮]2122 乎，[三][宮]2123 乎，[三]
2103 暢微言，[三]2145 夢固，[三]2145
勤仰思，[宋][元][宮]2060 大如十，
[宋][元][宮]2060 飲德欽，[宋][元]
2103 隱書無。

銷

措：[宋][明][宮]、消[元]2103 遂。

鑛：[甲]1795 始有若。

拼：[三]、摽[宮]721 其身體。

鋪：[宋]2122 五道縛。

鎖：[三]1033 內縛風。

消：[甲]2068 衰顏色，[甲][乙]
[丁]1145 滅常得，[甲]1786，[甲]1795

之冰湯，[甲]1799 滅者三，[明]293 滅無諸，[明]310 滅，[明]424 滅我即，[明][甲][乙]1225 爲我友，[明][甲]915 滅，[明][聖][乙][丁]1266 滅其所，[明]244 除，[明]244 除諸障，[明]293 滅諸，[明]293 釋善男，[明]310 供養，[明]310 亡是故，[明]1053 除，[明]1450 散崇高，[明]2106 或二求，[明]2122 燭，[明]2153 伏毒害，[明]下同1443 盡或令，[三]159 除，[三]279 滅若有，[三]279 滅一切，[三][宮][久]1488 滅時到，[三][宮][聖]411 滅，[三][宮]300 滅即於，[三][宮]310 滅我及，[三][宮]402 滅，[三][宮]402 滅故一，[三][宮]411 滅於當，[三][宮]456 化百味，[三][宮]639 諸苦名，[三][宮]1442 散但有，[三][宮]1458 散浴洗，[三][宮]2059 散，[三][宮]2103 痾還年，[三][宮]2104，[三][宮]2121 無有餘，[三][聖]下同 291 滅覆蔽，[三][乙]1092 滅若欲，[三][乙]1145 滅身心，[三]155 除須大，[三]155 然諸欲，[三]279 滅爾時，[三]293 滅，[三]1051 滅若日，[三]1396 滅，[三]2112 聲疊足，[三]下同 411 流諸河，[聖]1723 爛，[聖]411 滅無量，[聖]411 釋輕冰，[聖]425 盡是曰，[宋][明]1081，[宋][元][宮][聖]376，[宋][元][宮]729 銅入口，[宋][元][甲]1080 諸罪當，[宋][元][甲]1163 滅是故，[宋][元]293 除一切，[宋][元]1264 除即於，[乙]994 滅一切，[元][明]2122 滅由斯，[元][明]1442 散崇高，[元][明]2122 融。

痟：[三]1439 盡病癲。

肖：[甲]1718 文，[明]261 除身心。

洋：[三][宮]1509 銅如三。

鎮：[宋]2087 聲緘口。

蕭

炳：[甲]1846。

蕃：[甲]2068 偏崇重。

蕭：[三][宮]2102 若窺，[三][宮]2103，[三][宮]2122 哉，[三]2063 然寡欲，[宋][宮]2103 然頓遣，[宋][元][宮]1571。

蕭：[宋][明][宮]2122 喪服要，[宋][元]2122，[宋][元]2149 勵，[宋]2122 宣慈撰。

鴉

鶊：[甲]1912 類也故。

烏：[元][明]2060 飛。

簫

琴：[聖]、簫瑟琴瑟簫[另]1435。

蕭：[宮]1566 環信根，[三]2110，[三][宮]、－[另]1435。

水：[三]190 鳥所謂，[元]2122 火雖微。

隨：[明]449 好以爲。

太：[甲]2039 子孝恭。

外：[宮]1546 種子法。

文：[三]2153 異。

習：[甲]1736 鏡義兼。

細：[三][宮]1584 於色界。

下：[甲]1799 無識勸，[甲]2195 乘對佛。

相：[原]2196 相小相。

心：[元][明]1546。

一：[甲]1881 法中含，[甲]2362 乘機已，[三][宮]425。

以：[宋]1509 大自休，[乙]2296。

因：[甲]2195 行也論。

應：[明]316。

于：[甲]1929 法輪爲。

於：[甲]2217 驗也故。

曰：[甲]2128 小珠也。

中：[甲]1724 乘法自，[甲]2386 指無名，[明]2110 劫，[三]201 浮木孔，[聖]2157 乘録中，[乙]1723 劫賛。

暁

告：[三][宮]721 示諸天。

能：[明]398 於衆生。

時：[宮]398 了斷除。

曉

得：[元][明]2016 差別智。

覩：[三][宮]263 了知。

儵：[明]2154 聲明尤。

教：[甲][乙]2390 阿闍，[乙]2390。

解：[三][宮]403。

了：[三][宮]1435 時著衣。

流：[宮]741 三達智。

明：[甲]2073 此法，[三][宮]425 了思惟。

巧：[三][宮]1611 畫身。

燒：[甲]1782 香三塗，[聖]419 竟便癗。

時：[三][宮][聖]425 見佛得，[三][宮]606 了非常，[元]2145 所諍不。

隋：[甲]2196 云明作。

統：[三]196 三世衆。

晩：[甲]2196 四十劫，[三]2110 闕名僧，[聖]1421 今。

我：[甲]952 時即證。

洗：[三][宮]2122 悟。

曉：[元][明]31 斷有流。

邀：[三][宮]403 遇稽首。

遠：[甲]2006 水和明。

祇：[明]2076 在目前。

晝：[三]2088 爲衆説。

篠

勁：[三][宮][甲][乙]2087 被山滿。

條：[乙]2157。

孝

存：[聖]1 敬爲首。

等：[聖]383 戀情。

供：[三]2125 養父母。

好：[三]203 所。

教：[甲]1921 志情尚，[三][宮]2102 首記注。

考：[宮]2078 靜之世，[宮]2104 各各自，[甲]2128 經云謹，[明]2034 王隗元。

拷：[三]362 治勤苦。

老：[宮]321 是故得，[甲]2261 子

述義，[三][宮]2103 者不食，[乙]1269
家生產，[原]2001 牸牛汝。

李：[三][宮]2104 道獲其，[宋]
[宮]2034 文子改，[宋][元][宮]2104
經曰有，[元]2110 矩。

前：[宮]687 養。

事：[元][明]362 其。

索：[三][宮]2059 而韜光。

效：[三][宮]2122 寺事沙。

有：[聖]1670 父母信。

者：[明]2104 在心由，[三]2110
略十八，[三]2122 寔建國，[聖]224
於佛，[元]2059 武深加。

肖

背：[甲]2217 生死向。

骨：[丁]2244 以。

肯：[宮]263 志。

少：[宮]656 人本無。

消：[三]1332 謬得爲，[聖]125
之妻在，[聖]790 亦不。

宵：[三][宮]2103 形二氣，[三]
[宮]2103 形於八。

霄：[三][宮]2108 形二氣。

銷：[和]261 滅爾時。

有：[宮]2122。

効

勅：[丙]2120 但晝夜，[丙]2163
天下本。

初：[三]1007 相又汝。

反：[三]209 觀六界。

倣：[甲][乙]2397 此故。

放：[宮]632 起菩薩，[甲]2394
此，[聖]225 立是時，[聖]225 我用
是。

觀：[三]209 不淨反。

劾：[三][宮]2060 方便雪，[三]
[宮]2102 咸託老。

後：[甲]1736 學亞夫。

降：[三]2110 祉屬此。

交：[石]2125。

郊：[宮]2112 征戰之。

敏：[聖]627 彼童子。

施：[聖]1509 他供養。

校：[三]154 進，[聖]606 者治罪。

效：[三]206 我化爲，[聖]99 彼
龍象。

倣：[三]、效[聖]99 彼合泥。

斅：[三][宮]227 薩陀波，[三]215
彼擇。

學：[宋]、教[甲]1080 驗唯佛。

欲：[甲]2217 彼行因。

做：[聖]1425 如來。

咲

吠：[原][乙]1796 至火自。

根：[甲]904 菩薩。

喚：[甲]923 作威怒，[原]1744
之爲。

哭：[乙]1821 等。

嘆：[甲]2261。

笑：[甲]2035 語不傷，[甲]2276
論及因，[甲]2036 一咲，[三][宮]2122
言咄婢，[乙]1246 或坐或，[乙]1723
又若入，[乙]2370 賤慢爲。

嘯：[甲]2035 可得。

校

拔：[甲]1816。

拔：[宮]2122 如實不，[聖]1456 努證梵。

板：[丙]2003 正頗完。

博：[宮][聖]514 飾金縷。

放：[宮]425 飾無有。

扶：[甲]1723 量罪福。

格：[甲]1733 量正理。

技：[甲]1792 量實。

檢：[甲]1912 校塞著。

交：[甲]1733 量可知，[三][宮]2058，[三]1 飾絡用，[三]1 飾以七，[聖]125 飾在上，[宋][元]1 飾以七，[宋][元]2102 若瞋怒，[宋]1 飾，[宋]1 飾以七，[宋]1 飾由此。

狡：[甲]、校[甲]1782 勘上下，[宋]2087 獵中原。

絞：[三][宮]221 其色上，[聖]1721 即是萬，[宋]1 飾以七。

鉸：[博]262 於諸塔。

挍：[聖]125 飾，[宋][明]156 委付國。

玫：[聖]278 飾百萬。

教：[三][宮]2041 之普曜，[聖]1428 定陶，[宋][元][宮]1579 量於他，[宋][元][宮]2122 一月六。

較：[甲]1969 之一合，[明][甲]1173 量世間，[宋][宮]321 於殿中，[元]2016 緣想一。

覺：[宮]1522 量智義。

枚：[甲]、狡[乙]2194 具妙慧。

攝：[原]2339 界外機。

侍：[乙]2120 右僕射。

授：[丙]2164 請來先，[甲]、校[甲]1782 量神通，[甲]1733 量地智，[宋][元]2110 正典自。

文：[甲]2196 飾光網，[明]403 飾中不。

挾：[甲]1921 周匝欄。

挾：[甲]1805 量初總。

嚴：[三][宮]657，[聖]211 施設幢，[聖]1721。

衣：[三]21 計取其。

枝：[三][宮]624 別七心。

哮

哮：[宮]659 生旃陀。

號：[宮]1465 吼動地。

乳：[甲]1728 諸羌散。

庨：[元][明]2103 豁俯窺。

笑

艾：[三][宮]720。

斌：[三][宮]2105 對。

答：[甲]2035 曰入涅。

喚：[宮]1425 入家內，[宮]2122，[三][宮]653 舍利弗，[三][宮]1463 而坐雖，[三][宮]2121 謂黑曲。

哭：[宮]2122，[明]2123 而，[三]204 之愚癡。

美：[三][宮]1478 不避禁。

難：[三]1428 言守籠。

弄：[三]1341 毀辱彼。

遂：[三]2110 而憶之。

嘆：[宮]2103 歌申，[三][宮]2121 恨我治，[三]2026，[聖]1509。

歎：[宮]721 等聲邪，[三][宮]637，[三]2060 而皇甫。

喜：[三][宮]2060 一無。

咲：[東]643 諸佛笑，[甲][乙]1821 或因嫁，[甲]1715 下有兩，[甲]1718 者對治，[聖][另][石]1509 亂心當，[聖][另]1509 散亂心，[聖]223 如諸佛，[聖]1428 者波逸，[聖]1509，[聖]1509 須菩提，[另]1428 治，[宋]2122 而怪之，[醍]26 尊者阿，[乙]1199 形。

嘆：[和]1665 爲四菩，[甲]2400 契故共。

語：[三]125 亦不起。

効

倣：[三][宮]1425 佛衣量。

放：[甲]、倣[乙]2296。

教：[三][宮]1425 人乘象。

効：[三]152 其實。

斅：[三]、效如來佛[聖]1427 如來衣，[三][宮]1425 而食之。

敦：[三][宮]2122 之尋得，[三][宮]2059 太公用。

傚

傚：[甲][乙][丙]862 此誦前。

喫

笑：[明][和]261 遠離嚬，[宋][宮]、笑[元][明]483 一切人，[乙]

2192 印。

嗽

嗽：[原]、口敖[甲]1744 吼之時。

嘯

出：[明]293 和雅音。

肅：[三][宮]2102。

笑：[明]310 是十地。

斆

斅：[原]1936 講習此。

効：[甲]1932 世人瓦。

效：[甲]1728 何也答，[三][宮]、効[聖]1425 如。

些

縒：[宋][元]1057 摩些。

此：[宋][元]2061 者按文。

楔

篳：[甲]2882 或取人。

擖：[三][宮][聖]1458 牢者無。

屑：[甲]2006。

椳：[三][宮]1548 出大。

歇

次：[宋][元][聖]、冷[明]125 而。

喝：[甲][乙]2309 折。

嗽：[三]985，[三]985 囉歇。

竭：[明]2016 且如世，[三]152 諸患自。

散：[明]1450 即與美。

甄：[甲][乙]1822 故俱舍。

瞖

瞖：[三][宮]下同 1451 羅鉢。

蝎

蠆：[三]375 及十六，[三][宮]2040 及十六。

竭：[三][宮]2040 國，[元][明]1339 帝座羅。

渴：[甲]1796。

虿：[元][明]658 不能。

蠍：[宮]1537 惡觸及，[宮]1537 那伽藥，[明]1451 所生今，[明]190 晝日寂，[三]2154 王經一，[三][宮]1579 諸惡毒，[三][宮][聖]1579 蚰蜒百，[三][宮]1442 等此中，[三][宮]1451 等來入，[三][宮]1458 蜈蚣等，[三][宮]1521 黿龜，[三][宮]2102 國世，[三]220 盜賊唯，[三]220 欲來害，[三]1080 守宮蜘，[三]1301 低頭舉，[三]1534 青蠅蚊，[元][明]1300 一日一，[元][明][乙]1092 螫者以。

蠋：[甲]2249 國法勝。

蠍

蠆：[三]1331 之中若。

蓋：[宋]374 螫命終。

蛆：[另]1428 蜈蚣百。

螫：[三][宮]2122 中愚癡。

蝎：[敦][燉]262 氣毒煙，[宮]1428 蜈蚣蚰，[宮]2123 等以生，[甲]1071 蜈蚣，[甲]1718 觸則螫，[三][宮]1525 等雖殺，[三][宮]451 之所侵，[三][宮]1428 蜈蚣諸，[三][宮]1428 中

來汝，[三][宮]1579 觸悉能，[三][宮]2122 等以生，[三][宮]2122 毒陀羅，[三][宮]2122 少穀細，[三][宮]2122 蜈蚣蚰，[三][宮]2122 仙人子，[三]156 百足之，[三][宮]1525，[三]2154 王經一，[宋][元]982 等螫時，[宋][元]2125 等毒全。

邪

不：[宮]286 定正。

怖：[甲]2337 者即是。

恥：[三][宮]636。

道：[三][宮]674 者調令。

都：[明]310 徑。

闍：[聖]189 迦葉各。

法：[宮]721 見。

邗：[宋][元]2061 溝故呼。

即：[宮]730 道故佛，[元][明]1598 遍計性。

極：[乙]2397 見通達。

奸：[三][宮]1545 穢事。

見：[聖]125 戒盜。

矯：[三]118 正歸則。

聚：[三]186 癡墮。

郎：[宮]2122 變使絕。

聊：[三][宮]1655 亂相。

烈：[甲]2087 正兼信。

亂：[三][宮]630 而生受。

亥：[明]12 見邊見。

明：[三]192 師。

魔：[三]1331 魅鬼恒。

那：[宮]492 善如佛，[甲]1742 威力於，[甲]1795 明，[三][宮]2122

薩嘍怛，[三]1681 鹿王，[聖]1763 今
以解，[元]2060 歸正遊，[原]、那[甲]
1828 工業者。

難：[甲]893 故應作，[甲]893 來
應自。

取：[甲]1736 見取少，[甲]1782
故，[三][宮]1488 財物任，[三][宮]
1523 行相差，[三][宮]1548，[三][宮]
2121 嫉妬邪，[三]1629 證法有，[聖]、
耶[另]1509 名爲清，[聖]1541 見疑
相，[聖]222 見十惡，[聖]225 反覆往，
[聖]1509。

散：[甲]1828 和合方。

剎：[明]323 吏民亦。

蛇：[甲]、地[甲]2212 執不可，
[甲]2412 者四，[明]210 毒害不，[三]
211 毒害不。

身：[三][宮]672 行中楞。

勝：[宮]1530。

聖：[三][宮]1546 答曰先，[三]
193 徑路。

師：[聖][另]790 友蔑聖。

斯：[元][明]328 匿起住。

巳：[三]2123 無雙噓。

所：[聖]425，[聖]1548 定人不。

他：[宮][聖]1552 姪，[三][宮]476
論惡見。

聽：[聖][另]790 偽之友。

斜：[三][宮]606 出不順。

妄：[三][宮]2123 不肯延。

望：[三][宮]、[聖]425 想等見。

唯：[三]43 眼見世。

我：[三]1488 見修十。

物：[宋]、愚[元][明]2110 後歡
聖。

小：[甲]1813 法令失。

衰：[明][乙]1092 見傲誕。

斜：[明]174 父，[三]1 二者得，
[三][宮]2060 仄殊非，[三][乙]1092
低頭半，[三]185，[三]982 瘇病鬼，
[三]2123 眄歌笑，[三]2123 曲，[三]
2123 走七態，[元][明][乙]1092 低頭
半，[元][明][乙]1092 低頭左，[元]
[明]1092 申微竪。

邢：[明]212 部是故。

瑯：[三][宮]2122 王奐仕，[三]
[宮]2122 諸葛覆，[三]2122 孝王。

雅：[三]2145 翫神趣，[三]2149
論均三，[聖]2157 疑三學，[宋][宮]、
推[元][明]736 步廣視，[元]1593 覺觀
正。

耶：[宮]1598 智或聲，[宮][聖]
1585 命等彼，[宮][聖]1585 行障謂，
[宮]222 師子座，[宮]329 好於女，[宮]
653 諸比丘，[宮]1425 世八法，[宮]
1428 教破壞，[宮]1435 行事，[宮]1543
見盡諦，[宮]1545 聲顯成，[宮]1591，
[宮]1804 正，[宮]1912，[宮]2102 去
正是，[宮]2122 迷慳貪，[宮]2122 徒
結信，[甲]、[乙]1724，[甲]、瞻[甲]
1007 視少低，[甲]1709 如依唯，[甲]
1718 斷善根，[甲]1721 見坑二，[甲]
1727 二以四，[甲]1751 答既不，[甲]
1751 答名能，[甲]1789 佛言建，[甲]
1830 命等述，[甲]1900 求事鈔，[甲]
1929 因緣生，[甲]2266 智若彼，[甲]

[乙][丁]1830 宗謬義，[甲][乙]1775，
[甲][乙]1822 順正，[甲][乙]1866 若
言雖，[甲][乙]2261 者然集，[甲]862
歸正發，[甲]1008 見異道，[甲]1092
見衆生，[甲]1238 師不問，[甲]1708
見八生，[甲]1708 師教後，[甲]1717
僻失眞，[甲]1717 是諸佛，[甲]1718
輝將，[甲]1718 計，[甲]1718 人法三，
[甲]1718 説，[甲]1719 見熾盛，[甲]
1719 見嚴王，[甲]1728 當知鬼，[甲]
1733 行，[甲]1751，[甲]1751 答彼明，
[甲]1751 有，[甲]1763 道厭苦，[甲]
1781 又令了，[甲]1782，[甲]1782 道
可見，[甲]1782 名爲不，[甲]1782 命
明正，[甲]1782 所不能，[甲]1782 顯
八正，[甲]1782 心重法，[甲]1785 或
時更，[甲]1789 然慧者，[甲]1816 道
不能，[甲]1816 慢説亦，[甲]1828 以
見戒，[甲]1832 由此色，[甲]2053 祠
諸不，[甲]2120 捨執稽，[甲]2250 三
歸及，[甲]2261 教非是，[甲]2261 解
空理，[甲]2261 行則可，[甲]2266 見
及邊，[甲]2401 之名，[甲]2434 論不
可，[甲]2792 命自活，[甲]2792 正者
當，[甲]下同 1789 一切異，[甲]下同
1928 此乃責，[甲]下同 1928 時大宋，
[金]1666 見若出，[久]485 徑當作，
[明]312 爲諸賢，[明]882，[明]2131
答不然，[明][宮]896 謂彼眞，[明]
[甲]1177 聲聞緣，[明]11，[明]165，
[明]165 時主兵，[明]312 作是念，
[明]782 佛，[明]882，[明]1450 世尊
告，[明]1544 答應作，[明]1544 精進

相，[明]1646 道而得，[明]2076 僧云
請，[明]2076 師云十，[三]10 作是
念，[三]85，[三]159 大劫中，[三]159
我今現，[三]882 薩怛鑁，[三]882 實
義生，[三]882 印契如，[三]882 又復
行，[三]1517 頌答言，[三]2151，[三]
[宮]1435 佛言有，[三][宮]1515 莫能
沮，[三][宮]1540 勝解云，[三][宮]
1544 思惟相，[三][宮]1545，[三][宮]
1559 如分別，[三][宮]1562 而但撥，
[三][宮]1571 謂一切，[三][宮]1641
彌是，[三][宮]2122 王茂弘，[三][宮]
224 拔致天，[三][宮]310，[三][宮]
1425 娑羅林，[三][宮]1435，[三][宮]
1435 答有若，[三][宮]1458 除初後，
[三][宮]1462 貪後句，[三][宮]1480
多聞四，[三][宮]1543 行，[三][宮]
1545 等彼，[三][宮]1546，[三][宮]
1546 答曰他，[三][宮]1546 答曰諸，
[三][宮]1546 復次可，[三][宮]1546
乃至廣，[三][宮]1546 是一意，[三]
[宮]1547 成就若，[三][宮]1549 欲使
六，[三][宮]1552 若有者，[三][宮]
1557 結爲何，[三][宮]1558 頌曰，[三]
[宮]1558 以於八，[三][宮]1562 逆，
[三][宮]1562 讚具色，[三][宮]1563
是業資，[三][宮]1579 增上慢，[三]
[宮]1660 夜，[三][宮]2060 答曰此，
[三][宮]2060 恨功，[三][宮]2103 山
敬法，[三][宮]2122，[三][宮]2122 且
來如，[三][宮]2122 筏陀，[三][宮]
2122 佛告文，[三][宮]2122 那尼迦，
[三][宮]2122 聲，[三][宮]2122 心中，

智名正，[乙]1796 二，[乙]1816 小是
故，[元][明]310 論相雜，[元][明]375
曲見，[元][明][宮]614 若，[元][明]
[宮]1545 答今破，[元]下同 400 謂於
蘊，[原]1212 阿蜜哩。

爺：[明]2076 阿邪。

亦：[元][明]616 見愛著。

有：[甲]1709 錯故五，[宋][宮]
397 見三者。

緣：[三][宮]1548 見緣。

正：[宮]1646 定者必，[三]2122
著。

之：[宮]425 心是曰。

指：[乙]1723 亂各。

智：[甲]1721 智光明。

諸：[明][宮]351 眾生結。

恊

刕：[三][宮]1464 犎子反。

慢：[甲][乙]2309 心便謗。

惕：[宮]2034 靈帝子。

狹：[三][宮]285。

挾：[三][宮]635 懷權辯，[元][明]
403 恨心所，[元][明]403 恨荷負。

憎：[乙]2207。

叶：[甲]2006 全。

挾

侠：[宋][元][宮]785 地著左。

恊

慑：[聖]、脇[甲]1721 之在梧。

挾

拔：[三]721 其指若。

便：[宮]619 小不，[甲]2192 之。

采：[三][宮]645 集人在。

策：[三][宮]2103 群有而。

扶：[甲]1728 船遂得，[甲]2087
轂馬軍。

夾：[甲]2128 反字苑，[三][宮]
523 山欲生，[三][宮]1462 或以手，
[三]190 置倚枕，[三]202 道兩邊，[三]
2110 道種槐，[三]2145 紵像記，[三]
2154 創譯沙，[宋][宮]419 其鼻不，
[元][明]1 岸兩邊。

俠：[宮]2103 藏姦器，[宋][元]
[宮]2103 中軍。

篋：[乙]2296 共譯之。

乳：[原]2292 更無異。

陜：[石]2125 進止。

使：[聖]、俠[宮]664 本業緣。

授：[甲]2290 量同白。

俠：[宮]403 癡冥知，[宮]1425 篋
持飯，[宮]2122 勢，[宮]2122 子四人，
[三]192 長路側，[三]192 路迎，[聖]
1425 衣，[宋]、夾[元][明]1，[宋][明]、
夾[元]205 左右時，[宋][元][宮]1425
腋下佛，[宋]100 怨憎心，[宋]185 住
佛。

俠：[三]、使[宮]2034 門兩傍，
[宋][宮]、夾[明]742 道欄楯。

狹：[甲]、[甲]、搜[甲]1816 眞，
[甲]2281 以之爲，[甲]1816 故隨三，
[甲]1900 如麥疏，[三][宮]2122 右袂
便，[宋][宮]2122 婦於後，[宋][宮]

2122 挽。

校：[乙]2425 其。

恊：[宮][聖]425 怯弱敬，[三]152 之群魚，[宋]185 水瓶持。

脇：[宮]、恊[聖]1464 阿難飛。

挾：[宮]1451 利刀詣。

掖：[明]2076 告寂壽。

扙：[三]2109 策而來。

執：[三][宮][另]281 持應器。

帙：[三][宮]2060 西。

脇

腳：[聖]1428 著床隨。

肋：[三][宮]223 髀，[三][宮]223 骨脊骨，[三][宮]310 有二十，[三][宮]2122 作一大。

面：[宋]125 臥以其。

氣：[三][宮]1545。

胎：[甲][乙]1822。

膝：[明]1428 著地犯。

恊：[宋][元]、拹[明]2087 而歸既。

憎：[三][宮]1421 言汝若，[三][宮]2103 而。

胸：[三][宮][聖]225 臆行神。

脅

頂：[三]23 上與無。

賀：[甲]2128 反顧野。

勝：[三][宮]425 佛。

憎：[三][宮]1478 語欲得，[三][宮]2041 不能得，[三][宮]2102，[三]190 菩提樹，[三]192 於菩薩，[三]2087 菩薩於。

偕

偝：[宋]1694 三界欲。

皆：[甲]2897 老者少，[三]187 來優多，[宋][宮]、階[元][明]2121 十。

階：[甲]2348。

潛：[宋][宮]2102 滅之。

斜

邪：[甲]1080 豎頭，[三]、耶[甲]1007 射入，[三][宮]、耶[聖]425 是曰精，[三][宮]、耶[聖]1428 屈，[三][宮][甲]901 豎頭相，[三][宮][甲]901 豎頭正，[三][宮][聖][另]1451 出若有，[三][宮]263 無所不，[三][宮]309 復有容，[三][宮]403 傾普悉，[三][宮]1428 眼或瞋，[三][宮]1547 彼時世，[三][宮]2122 視耳語，[三][甲]951 礫豎伸，[三][聖]375 角輕重，[三]1，[三]374，[三]374 角輕重，[聖]663 戾，[宋][宮]901 垂右腳，[宋][甲]1080 伸頭相，[宋][元][甲]1080 豎，[宋]901 直以右，[宋]1006 顧。

叙：[甲]2266 彼計云。

耶：[另]1721。

針：[明][宮]721 風卑波，[三][宮]2060，[宋][元][宮][乙]2087 通至于，[知]2082 貫大小。

猲

猖：[甲]2128 也考聲。

攜

護：[三]186 持應鉢。

雋：[元]2060 子弟。

俊：[甲]2181，[三][宮]2103 儁巷。

儁：[宮]2059。

憎

恊：[宋]、挾[元][明][宮]585 結恨。

脇：[宋][宮]593 無有自，[宋][元][宮]1548。

脅：[聖]639 無義頑。

燴：[三]152 覺身可。

頡

頓：[三]985 里陀耶。

鞋

履：[三][宮]2060 經今。

頓

頓：[甲]1805 也今下。

諧

陛：[聖]2157 上報不。

該：[三][宮]2122 暢見器。

皆：[甲]2017 妙旨答，[宋]、喈[宮]2059 無聲之。

揩：[宮]1471 法則以。

譜：[甲][乙]2194 會彼趣。

偕：[三]212。

謝：[宮]2060 四始咸。

詣：[甲]2193 佛所者。

讚：[三]2110 一同首。

諸：[甲]2128 反尚書，[甲]2128 買反文，[三][宮]811 別離廣。

鞣

鞋：[三][宮]2122 經三。

纐

紇：[甲]1120 哩二。

頡：[明][乙]1110 哩二合。

寫

傳：[甲]2274 之人誤。

富：[三][宮][聖]富寫提婆 1462 寫提。

羅：[元][明][聖]100 最爲第。

憑：[甲]2409 大藥叉。

述：[甲]1969 鄙懷以。

瀉：[三]375 瓶水置。

象：[甲]2402 復，[明][甲][丙]1277 甲蜂二。

瀉：[宮]2060 曲泉野，[甲][乙]1822 藥痢豈，[明]663 置池，[明]2060 此懸河，[明][乙]1092 水時諸，[明]411 無遺受，[明]1418 於鏡上，[明]1451 水竟時，[明]1451 藥三衣，[明]2060 瓶非喻，[三]664 置池中，[三][宮]263 斯人目，[三][宮]1507，[三][宮]2060 河傾響，[三][宮]2060 泉流，[三][宮]2060 水之聞，[三][宮]2123 置口中，[三]1336 孔中乃，[三]1644 置器中，[乙]2263 瓶不暗，[元][明]374 水置之，[元][明]402 藥四百，[元][明]1202 著淨處，[元][明]1332 孔中乃。

焉：[原]2196。

雁：[宮]1462 村已經。

野：[丙]982 娑囀。

與：[甲]2084 取現前，[乙]1201
修眞言。

御：[甲]2195 本云。

泄

池：[知]1579 精或復。

此：[甲]、洩[乙]1724 過不絕，
[甲]1724。

舌：[宋][元]、手[明]194 具足滿。

世：[宋]1459 染心量。

洩：[明][和]293 樞密奉，[三][宮]
1650 急追將，[三][宮]1562，[元][明]
945 佛密因。

衪

衪：[甲]2128 上必袂。

卸

却：[三][宮]2121 五。

脫：[明]2076 却衣師。

洩

復：[宮]2103 糞之。

泄：[三]、曳[宮]1421 衣鉢。

曳：[原]1251。

喊

訶：[三][宮]2121 言活。

戒：[明]204 言汝是。

屑

寶：[三][宮]410 散彼地。

草：[三][宮]1425 末瓶誤。

油：[三][宮]2059 以布纏。

屓

負：[宮]1804 豈不悲，[甲]下同
1744 山河攝。

員：[原]、[甲]1744。

械

核：[宮]278 所繫入，[宮]384 鐵
鎖鞴。

解：[宋][宮]1509 外更求。

悈：[宋]2059。

滅：[明][宮]738 心意猶，[石]
1509 更求解。

試：[宋]、計[元][明]、拭[宮]2103
欲來侵。

我：[甲][乙]2391 之印布。

於：[三][宮]817 膝上無。

緤

緤：[明]2110 可恥之。

絏：[明]2060 放免來。

渫

歃：[三]2145 血而不。

喋

渫：[聖]1442 語而爲。

糊：[宋][宮]、楣[元][明]2123。

褻：[宋]192 隱陋忘。

榭

樹：[宋][宮]310 珍奇寶。

謝：[三][宮]2103 竟言不。

楬

誚：[明][甲]2131 出楬是。

楔：[三][宮]671 出楔詿，[三][宮]
1646 出，[三][宮]1646 出楄，[三]154
機關解。

屧

孌：[宮]變[聖]1421 諸。
履：[甲]1227 杵輪鈇。

薤

悲：[聖][甲]953 蘿蔔鉢。
茝：[宋]2145 到其年。

避

懈：[三][宮]322 彼要者。

澥

濯：[三]212 浣家出。

懈

哺：[甲]1089 慢心。
慚：[明]1636 退之心。
瞋：[元][明][知]418 何以故。
怠：[元][明][聖]224 心不迷。
解：[燉]262 息，[宮]270，[宮]425
自致正，[宮]811 道，[宮]1548 不緩，
[甲]2067 學得初，[明]99 怠，[明]228
怠乃至，[明]310 怠邪見，[明]1529 怠
睡眠，[三][宮]288 息十方，[三][宮]
544 休，[三][宮]630 者，[三]1543 四
十六，[聖][宮]626 無復念，[聖][石]
1509，[聖]211 意猶復，[聖]224 惰過
出，[另]1721 倦即常，[宋][宮]520 已
佛念，[宋][元]1579 廢，[元]1425 至
八日。

倦：[聖]627 倦九有。
懶：[明]1341 怠被他，[三][宮]
1536 惰由斯。
能：[宮]283 慢，[三][宮]606 止
修行。
墊：[元][明][聖]、墾[宮]425 中
將護。
性：[三][宮]309 亦然修。
應：[宮]761 入城邑，[宮]1509 退
是故。

謝

被：[甲]2337。
對：[甲]2053 曰我今。
悔：[原]、－[原]1201。
誨：[三][宮]2060 至旦語。
盡：[明]1636 法即滅。
敬：[宮]810 文殊師。
流：[乙]1736 過去現。
請：[丙]2120 以聞不。
讓：[明]2060 岳以後。
時：[甲]1512 以其不。
識：[三]202 來意今。
說：[三]2145 求錢意。
謂：[宮]2103 於是五。
翔：[甲]2131 信翩以。
榭：[宋][元]1662 棄糞土。
喻：[元][明]754 之令其。
誅：[三][宮]2103 過朱門。
狀：[三]2060 聞。
酢：[宋][元][宮][聖][另]1442 以
手支。